소년의 비애

소년의 비애

이광수 중단편선집

애플북스

춘원 닮은 나

고 정 욱

오늘은 오전에 부산, 오후 늦게는 창원에서 강연이 있는 바쁜 날이다. 부산과 창원은 멀지 않지만 기차로 가려면 시간을 맞추기가 쉽지 않다. 결국 나는 부산에서 밀양까지 살짝 올라온 뒤에 밀양에서 창원 가는 KTX를 타고 다시 내려가는 방법을 택했다. 결국 하루에 KTX를 네 번 타는 셈이다.

밀양역에서 잠시 기다렸다 서울에서 내려오던 KTX에 올랐다. 경부선 기차는 도중에 부산으로 가거나 창원으로 갈라진다. 그 갈라지는 요충지가 삼랑진이었다. 삼랑진이라는 말을 듣자 나는 문득 과거의 어린 시절로 돌아갔다. 삼랑진이 왜 나에게 익숙할까? 아무리 생각해보아도 기억이 나지 않았다.

한참 뒤에야 삼랑진에서 수해가 났다는 문장 하나가 떠올랐다. 그것은 바로 어렸을 때 읽었던 작품 춘원 이광수의 《무정》마지막에 나오는 대목이었다. 어려서부터 책벌레였던 나의 독서욕을 충족시키기 위해 아버지는 부단히 노력했다. 책을 사다 주기만 하면 금세 읽어대는 통에 직업군인이던 아버지는 육군본부 도서관에서 책을 대출해다 주셨다. 그때 처음으로 접한 작품이 이광수의 《무정》이었다. 정이 없다는 제목의 뜻부터가 아리송했다. 그런데 한번 붙잡으니 도저히 놓을 수가 없었다. 춘원 이광수의 독자들을 끌어들이는 필력은 이제 갓 사춘기에 들어선 나에게는 마력이나 마찬가지였다. 정신없이 스토리 안으로 빠져들어 갔다.

주인공들은 작품 전개 과정에서 온갖 사건을 일으키며 뒤엉키다가 결국 모든 갈등과 아픔을 뒤로하고 기차를 탄다. 일본과 미국으로 유학을 가기 위해 경부선 열차에 몸을 싣는다. 그 열차 안에서 운명의 주인공들인 형식과 선형, 그리고 영채, 병욱은 만난다. 해피엔딩을 향한 종착점에 춘원 이광수는 삼랑진의 수해를 설정해놓았다.

수해를 입고 모든 것을 잃어버린 이재민들을 보면서 이들 유학생은 다시 태어난다. 그리고 음악회를 열어 그들을 위로한다. 이들을 구해주기 위해 자신들이 외국에서 선진 문물을 익히고 돌아와 우리 땅을 위해 봉사하겠다는 결심을 한다.

외국 학생들에게 왜 공부를 하느냐고 물으면 다 돈을 많이 벌거나 좋은 직장에 가서 행복하게 살기 위해서라고 답을 한다. 하지만 우리나라 학생들은 부모를 위해 가정을 위해 국가와 민족을 위해 공부한단다. 나 역시 그러한 생각에서 자유롭지 못하다. 전국으로 강연을 다니는 이유도 바로 이 땅의 어린이들과 청소년들에게 장애의 고통과 아픔을 널리 알리고, 그들의 삶에서 장애인을 배려하고 사랑하는 마음을 싹 틔우기 위해서다. 한마디로 나는 계몽주의 시대를 벗어나지 못하는 구닥다리 인간인 셈이다. 나 같은 게 뭔데 감히 세상을 바꾸겠다고 나서며 전국을 돌아다니느냐 말이다. 어디서 나의 이러한 생각과 소명의식이 왔을까 곰곰이 생각해보니 청소년기에 읽었던 일련의 작품들 가운데서도 《무정》 때문이다.

주인공인 형식은 우유부단한 인간이었다. 떠돌다가 애국자 박진사의 신세를 지며 그의 딸인 영채와 약혼을 하고는 그 뒤에 경성학교의 영어선생이 된다. 이 대목도 어린 시절 공교롭다고 생각했다. 내가 졸업한 학교와 이름이 같았기 때문이다. 나는 우리 학교의 어느 영어 선생님을 상상하면서 이 작품을 읽었다. 이형식은 그 옛날 영어를 가르칠 정도의 실력을 갖췄으니 대단한 인텔리였음은 분명하다.

그 후 영채는 아버지 옥바라지를 위해 기생이 된다. 기구한 운명이지만 약혼자인 형식만을 애오라지 바라본다. 이때 형식은 미국으로 유학 갈 김장훈의 딸 선영을 가르치기 위해 영어선생으로 들어간다. 그러면서 이들의 삼각관계가 시작된다. 사랑 가운데 가장 재미있는 게 삼각관계 아니던가.

까까머리 고등학생이었던 나는 그때 여자라면 치마만 둘러도 다 예쁘고, 보기만 해도 가슴 설레지 않을 수 없었다. 전교생이 수천 명인 나의 모교 학생들이 하교 시간에 시커먼 교복을 입고 쏟아져 나오면 거리가 온통 검게 물들었다. 그때 이 검은 물결을 거스르며 자기 집으로 가는 여고생이 하나 있었다. 화사한 미모에 단발머리, 훤칠한 키의 그 여학생은 바로 학교 앞에 있는 커다란 프랑스식 주택에 살고 있었다. 남학생들은 모두 힐끔힐끔 그녀를 쳐다보았다. 하지만 그녀는 이미 남고 앞에 사는 여고생의 바람직한 태도를 알고 있는 듯했다. 도도하게 시선 하나 곁에 주지 않고 자기 집을 향해 걸어갔던 것이다.

우연한 기회에 나는 그 여학생 성이 구 씨라는 사실을 알게 되었다. 내 여동생이 그 여학생 동생과 같은 중학교에 다녔기 때문이다. 나는 가슴 속에 구 씨 성을 가진 그 여학생을 살포시 품고 있었다. 지금 생각하면 짝사랑도 되지 못하는 웃기지도 않은 일이었지만 먼발치에서 그 여학생이 자기 집으로 들어갈 때면 가슴 설레며 쳐다보았다. 가까운 친구에게 참지 못하고 이 작은 정보를 흘렸다. 그 여학생 성이 구 씨라는 것만 안다고.

짓궂은 친구 녀석은 어느 날 그 여학생이 하굣길에 자기 집으로 자주색 가방을 들고 가는 것을 보자 큰소리로 외쳤다.

"어이, 구 씨!"

그 여학생이 그 소리를 들었는지 안 들었는지 모르지만 정작 얼굴이 빨개지고 화들짝 놀란 것은 나였다.

"야야! 그만해."

"어이 구 씨! 나를 봐!"

녀석은 더더욱 소리를 질렀다. 그 여학생이 구 씨인지 아닌지 확인할 길은 없었다. 하지만 그때 여학생만 보면 가슴 설레던 이 팔청춘은 밤새 춘원의 이광수를 읽으며 다시 설레었다. 사랑하는 남자를 쫓아가는, 그러나 그에게 인정받지 못하는 비운의 여주인공 영채. 남자는 자신의 출세를 위해 돈 많은 집의 딸을 바라보고 신분상승을 꾀하는 이 극적이면서도 통속적인 상황설정. 거기에 배 학감에게 겁탈을 당하는 여주인공 영채를 보고는 주먹이 불끈 쥐어졌다. 그러한 영채를 선영과의 사이에 놓고 갈등을 벌이는 주인공 형식의 비겁한 모습에서는 분개하지 않을 수 없었다. 같은 남자로서 부끄럽기 짝이 없는 형식이었다.

밤을 새워 춘원의 《무정》을 읽고 난 뒤 나는 가슴이 설레어 잠도 잘 수 없었다. 사랑이 무엇이길래 이렇게 가슴 아프게 하는 것일까. 갈등과 배신, 그리고 안타까움으로 점철되던 《무정》은 마지막 대목에서 삼랑진의 홍수라는 대화합의 장을 만난다. 모두 공부를 마치고 오면 민족을 위해 노력하자는 대목에서 나는 고개를 끄덕였다. 그 결과 나도 크면 뭔가 이 사회에 도움이 되는 사람이 되어야겠다는 결심을 은연중에 하게 되었다. 처음으로 접한 한국문학 작품의 감동이 내 삶을 결정짓고 말았다. 운명인지 필연인지 나는 국문학을 전공하게 되었고 지금은 글밭을 일구어 먹고 사는 작가까지 되었다.

지금 나의 삶은 《무정》을 만난 뒤 하게 된 그 결심대로 펼쳐지고 있다. 전국을 다니며 강연을 하고 어린이들에게 장애인에 대한 인식을 개선시키고 책을 많이 읽으라고 권하며 그들을 독려하고 있지 않은가. 나도 모르게 춘원의 메시지를 그대로 받아들이며 살아가고 있다. 세상을 바꾸고 선한 영향력을 미치겠다는 말도 안 되는 당돌한 목표가 결국 평생 나의 삶을 좌우하고 있다. 나의 소명이 그것이기 때문이다. 청소년기에 읽은 작품 하나하나가 사람들의 삶에 영향을 끼치고 변화를 준다지만 춘원의 작품은 분명 내 삶을 지금까지 규정하고 있다.

지금도 나는 대동강 변에서 빠져 죽으려고 했던 가련한 영채를 생각하면 가슴이 아릿하다. 우리 어머니도 소아마비에 걸린 아들인 나를 업은 채 한강 다리에서 뛰어내리려 하시지 않았던가. 남의 일 같지 않았다.

《무정》을 포함한 수많은 문학작품을 통해 나는 삶을 미리 예습한 게 아닌가 싶다. 그리고 그들 주인공의 삶을 함께 고민하고, 번민하며 간접경험을 키웠다. 내가 조금이라도 남들에게 기여하는 바가 있다면 젊은 시절, 춘원의 작품을 만났기 때문인 듯싶다.

이 겨울 찬바람 부는 어느 날 나를 실은 KTX 고속열차는 작품 속의 삼랑진을 지나 내가 강연할 창원으로 빠르게 달렸다. 차창에 비친 내 모습은 춘원 이광수의 그 동그란 안경 쓴 얼굴과도 제법 비슷했다.

고정욱 | 1992년 〈문화일보〉 신춘문예에 단편소설 〈선험〉 당선. 대표작으로는 《아주 특별한 우리 형》《안내견 탄실이》《가방 들어주는 아이》《까칠한 재석이가 사라졌다》《까칠한 재석이가 돌아왔다》 등이 있다.

차례

~~~~~~

일러두기

1. 이 책에 수록된 작품은 이광수의 주요 중단편소설을 모은 선집으로 작품 배열은 발표 연대 순으로 했다.
2. 맞춤법, 띄어쓰기는 현대어 표기로 고쳤으나 작가가 의도적으로 표현한 것은 잘못되었더라 도 그대로 두었다. 띄어쓰기와 맞춤법은 국립국어원의 《표준국어대사전》을 기준으로 삼았다.
3. 한글로 표기된 외래어는 외래어맞춤법에 맞게 고쳤으나 시대적 상황을 드러내주는 용어는 원문을 그대로 살렸다.
4. 한자는 한글로 표기하고 의미상 필요한 경우에만 한글 옆에 병기하였다.
5. 생소한 어휘는 독자들의 이해를 돕기 위하여 각주로 설명을 달아두었다.
6. 대화에서의 속어, 방언 등은 최대한 살렸으나 지문은 현대어로 고쳤다.
7. 대화 표시는 " "로 바꾸었고, 대화가 아닌 혼잣말이나 강조의 경우에는 ' '로 바꾸었다. 또 한 말줄임표는 모두 '⋯⋯'로 통일하였다.

무정

유월 중순, 찌는 듯하는 태양이 넘어가고, 안개 같은 수증기가 만물을 잠가 산이며, 천이며, 가옥이며, 모든 물건이 모두 반이나 녹는 듯 어두운 장막이 차차차차 내림에 끓는 듯하던 공기도 얼마큼 식어가고, 서늘하고 부드러운 바람이, 빽빽한 밤나무 잎을 가만가만히 흔들어서, 정적한 맘에 바삭바삭하는 소리가 난다.

처소는 박천博川 송림松林. 몽롱한 월색이 꿈같이 이 촌락에 비치었는데 기와집에 사곽문舍廓門 열어놓은 생원님들은, 몽몽濛濛한[1] 쑥 내로 문군蚊群[2]을 방비하며, 어두운 마루에서 긴 대 털며 쓸데없는 수작으로 시간을 보내나, 피땀을 죽죽 흘리면서, 전답에 김매던 가난한 농부와 행랑 사람이며, 풀 뜯기와 잠자리 사냥에 피곤한 아

---

1 비, 안개, 연기 따위가 자욱하다.
2 모기떼.

동배兒童輩는 벌써 세상을 모르고 혼수昏睡하는데, 이 촌 중 중앙에 있는, 사오 채 와옥瓦屋 뒷문이 방싯하고 열리더니, 그리로, 한 이십 세나 되었을 만한 젊은 부인이 왼편 손에 자그마한 사기 병을 들고 나온다. 늙은 밤나무 잎 사이로 흐르는 월광이 그 몸을 수놓더라. 몸에는 새로 지은 듯한 생저生苧[3] 적삼과, 가는 베 치마를 입었고, 흰 그 얼굴에는 심통한 비애가 나타났더라. 부인을 따라 나오는 검은 강아지를 "쉬! 쉬!" 하여 들여 쫓고, 다시금 몽롱한 집을 들여다보더니, 소리 아니 나게 문을 닫고, 돌아선다. 그 두 눈으로는 멈춤 없이 눈물이 흐르더라. 부인은 쑥이며 으악이 갓길로 자란 풀을 헤치고, 캄캄한 솔밭을 향하여 올라가면서, 때때로 머리를 둘러 자기의 집을 돌아본다. 밤이 이미 깊었으매, 바람 한 점 없고, 푸른 하늘에 물먹은 무수한 성진星辰만 반듯반듯 하계를 감하瞰下한다.[4] 부인은 거의 이성을 잃은 듯, 들편들편 하면서 발을 옮겨놓는데 목적은 자못 캄캄한 데로 가는 것이라. 지금 이 부인의 마음에는 희망도 없고, 공포도 없고, 심지어 비애조차 없게 되었도다. 처음에는 집을 떠날 때는 무슨 목적도 있었겠고, 계획도 있었겠다마는, 일보 일보로 점점 소거消去하고,[5] 제일 어두운 수풀 속에 이르렀을 때에는 전혀 아무 감상도 아니 나게 되었더라.

아름이나 넘는 소나무가 빽빽이 들어서고 총생叢生한[6] 가지며 잎이 하늘을 가리어 별도 잘 아니 보이고, 습한 지면에서는 눅눅한 취기臭氣가 나며 빽빽한 소나무 잎 사이로 흐르는 월광은 무수

---

3 생모시.
4 위에서 내려다보다.
5 글자나 그림 따위를 지워 없애다.
6 여러 개의 잎이 짤막한 줄기에 무더기로 나다.

한 금침이 지면에 산散한 듯하더라. 부인은 미친 듯 오륙 보나 뛰더니 구부러진 소나무에 맞질려 깜짝 놀라서 우뚝 서면서 머리를 들어 우러러보더니, 경련적으로 해쭉 웃고, 앞으로 거꾸러지는 듯 그 나무를 안고 얼굴을 나무에 비빈다. 부인은 이러하고 한참 있더니, 무엇에 놀란 듯 프릇 떨면서 물러서서 손에 든 병을 보고 퍼석 주저앉는다. 한참이나 머리를 숙이고 앉으니 이성이 얼마큼 생긴다. 혼잣말로,

"아아, 그럴 때가 왜 있을꼬? 그럴 때가 왜 있을꼬? 아이고, 분해라! 아이고 절통해라! 그럴 때가 왜 있을꼬?"

부인은 병 든 손으로 땅을 덮고, 몸을 왼편으로 기울이고, 바른손으로 가슴을 누르면서 머리를 흔든다.

"내가 이 집에 시집오기만 잘못이야, 이럴 줄 알았으면, 일생 시집이라고는 아니 가고, 어머님과 함께 있을걸, 흥, 흥."

이마를 치마로 가리고 앞으로 거꾸러진다.

"무엇이니, 무엇이니 하여, 다―쓸 데 있나…… 쓸데없어. 실컷 서방질이나…… 그래 쓸데없어, 쓸데없지!"

"계집아이 하나 믿고 살까? 죽었으면 편안하지. 이놈, 어디, 얼마나, 잘 사나 보자!"

하고 부인은 머리를 들고 어깨춤을 추면서 곁에 누가 서 있기나 한 것같이, 피 선 눈으로 견주어 보더니,

"네, 이놈, 얼마나 잘 사나 보자!"

하고 병에 넣은 약을 꿀꺽꿀꺽 마시고 입을 접접 다시면서 병을 내던진다. 길게 한숨짓고 누우면서,

"그럴 때가 왜 있을꼬? 그럴 때가 왜 있을꼬? 이놈 어디 얼마

나 잘 사나 보자, 내가 죽어서 귀신만 되었단 보아라, 그제, 칼을 가지고 와서, 그년, 그놈을 이렇게……."

팔로 찌르는 형용을 하면서,

"아이고, 어머니, 난 죽노라!"

하고 뱉는 듯이 운다. 두 합이나 먹은 것을 기우이 동맥, 모세관을 좇아, 각 기관과, 세포에 퍼지니, 심장의 기능도 점점 둔하게 되고, 호흡도 곤란하여지며 전신에 허한 虛汗[7]만 솟는다. 정신도 차차 몽롱하게 되어 작용이 점점 단순하여지면서 원망과 육신의 고통밖에 감응치 아니하더라. 처음에는 "이제 죽겠다" 하고, 눈을 감고 가만히 누웠더니, 바라고 바라는 죽음은 아니 오고, 오는 것은 고통뿐이라. 고통이란 놈은 우리의 일생을 안고 돌다가 그것도 오히려 부족한지 죽을 때 일순시 一瞬時에 남은 고통 전체가 우리의 육체와 정신을 싸는 것이라. 가련한 이 부인은 지금, 잔혹, 무정, 침통한 고통에 싸여 "아이고 배야, 이놈!" 하는 소리로 이것을 벗어나려 하지도 못하고 부엉이의 입에 물린 토끼와 같이 '고통'의 하라는 대로만 하고 목숨 끊어지기만 기다리도다. "아이고 배야, 아이고 아이고 어머니, 이놈" 하면서, 꼬불락, 닐락 팔과 다리를 들었다, 놓았다 하더니 약 한 시간이나 지나니, 끙끙대는 소리와, 이따금 흑흑 느끼는 것밖에 없게 되더라. 나무는 의연하셨고, 밤은 의연히 어두우며, 우주는 의연히 묵묵하도다. 자연(천지만물, 단 인류는 제하고)은 무정하고 냉혹하여, 우리야 싫어하든, 즐거워하든 잠잠히 있고, 또 그뿐 아니라 그 법칙은 극히 엄준하여 우

---

7 몸이 허약하여 나는 땀.

리로 하여금 결코 일보도 그 외에 나서게 하지 아니하나니, 즉 우리가 슬퍼한대야 위로하는 법 없고, 우리가 일분일초의 생명을 더 얻으려 하여도 허락지 아니하지 않는가. 그런데 사람이란 동물은 고독을 싫어하는 고로 항상 그 '동무'를 구하며, 구하여 얻으면 기뻐하고 행복되며, 얻지 못하면 슬퍼하며 불행되느니라. 자연히 그 '동무'에는 조건이 있으니 즉 '정다운 자', '사랑스러운 자'라. 만일 이 조건에 불합하는 자면 비록 백만의 '동무'가 있어도. 오히려 무인광야에 홀로 선 것같이 기쁨과 행복이 없으되 만일 일인이라도 이 조건에 합하는 자 있으면 기쁨과 행복이 마음에 충만하여 전 우주 간에 만물이 하나도 미美 아님이 없고, 하나도 애愛 아님이 없나니 전자는 인류에 가장 불행하며 가련한 자요, 후자는 가장 복되며 운 좋은 자이니라. 제왕, 부귀 그 무엇인고?

전자에 속하는 가련한 저 부인은 고독의 비애가 그 극점에 달하여, 애를 실失할 시에 그 행복과, 기쁨을 잃고, 심지어 그 생명까지 버리려 하는도다. 이 부인으로 하여금—용자容姿 숙덕淑德을 무비無備한[8] 이 부인으로 하여금 이 지경에 이르게 한 자, 그 누구? 한 사람의 생명을 파멸한 자가 누구? "아이고 배야, 이놈!" 하던 소리는 공기에 파동을 작하여 어디까지나 퍼졌는지 지지只至는 아무 소리도 없고 움직임도 없는 생명 없는 일 물체로다.

촌가에서 닭의 소리 한두 마디 나더니, 젊은 여름밤이 벌써 지나가고 동편 하늘이 희어지며, 별이 조는 듯 차차 없어지는데 촌중이 북적 뛰놓더니 등불이 여기저기 왔다 갔다 하더라.

8 방비나 준비가 없다.

＊

이상, 부인이라 하여온 사람은 송림 한 좌수韓座首의 자부子婦라. 본시 동군同郡 모제장某齊長의 독녀로서 일찍 부친을 여의고 모친과 노조모 하에 그 아우 하나로 더불어 길러낸 사람이라. 가세도 유여有餘하여[9] 여비남복女婢男僕에 물 길어본 적 없으며, 또 그 모는 오십 넘은 상처喪妻 끝에 시집와 이십오에 과부가 되어 다문[10] 두 자식을 바라보고 백발이 되도록 살아왔느니, 별로 교육 있는 이도 아니요, 자못 '무던한 사람'이러라. 그러므로 이 부인도 그 모의 감화를 입어 그저 '무던한 사람'이라. 학교에서 선생의 강의를 들은 바도 없고, 서적에서 물리며, 인정을 연구한 바도 없고, 외계外界 즉 사회의 영향이라고는 그 가정과 친척의 상태, 언어, 행동 등의 지나지 못하는 단순한 부인이라. 즉 한국 모형적 부인이라. 별로 특질도 없고, 능력도 없으나 간단히 그 성질을 설명하건대 입이 무겁고, 행실이 단정하고, 아무 일이고 삼가고 삼가며 절대적 부모와 지아비의 명령에 복종함이라.

저가 한명준의 아내가 된 것은 거금去今 팔 년 전, 즉 저가 십육, 명준이가 십이 적이라. 부인의 모친은 이 개년이나, 그 딸을 위하여 인근 촌리를 미행하면서 사위 될 재목을 고르던 결과로 한명준을 얻은 것이라. 저가 사위를 고를 때에 무엇을 표준으로 하였는고, 말하기를 일에 문벌, 이에 재산, 삼에 가족, 사에 당자

18

며, 또 자기의 가정이 외롭다 하여 세력 있는 한 좌수와 사돈 되는 것이 한 끗 의지가 된다 함이라. 부인은 그 모만 믿고 어린 마음에 신랑의 얼굴 보기만 고대하고, 남모르게 기뻐하며, 아무도 없을 때에는 '한명준 한명준' 하고 즐겨 하며, 또 신랑의 화상을 여러 가지로 마음에 그려보고, 그 가운데 제일 풍채 좋고 천재 있는, 정 있는 청년을 선택하여 '한명준'이라는 이름을 짓고는 즐겨 하며, 철없는 아우가 "야―, 한명준이 색시" 하면서 어깨를 짚을 때에도 가장 시끄러운 듯 몸은 흔드나 기쁜 웃음이 목젖까지 말려 나오고, 귓결에 신랑의 결점이 들리면, 한끗으로는 노하고, 한끗으로는 무섭기도 하여, 아무쪼록 부인하려 하더니 어언간 십일월 십칠일이 왔더라. 부인은 밤 들기를 고대하여 기쁨과 부끄러움과 의심을 섞어가지고 위황煒煌한 촉광燭光에 비치어 신랑의 방에 들어가, 장옷 속으로 병풍에 의지하여 서 있는 신랑을 보니 키는 십 세나 난 아해 같고 검은 갓 아래로 겨우 보이는 조그만 얼굴에는 핏빛 하나 없고 멀뚝멀뚝하는 그 두 눈, 조말조말한 그 태도. 얼굴에는 조금도 사랑스럽거나 정다운 표정이 없더라. 부인의 가슴에 있던 아름다운 마음은 다 스러지고, 비애와 절망만 문들문들 솟아나와 울고까지 싶도다.

곤하여서 곁에서 색색, 자는 신랑의 숨소리를 들으매, 지금껏 꽃밭에서 노니다가, 여우한테 홀리어서 여우의 굴에 들어온 것 같기도 하고, 재미있는 꿈을 꾸다가 깨친 것 같기도 하고.

'아아. 이것이 내 일생에 같이 살아갈 지아빈가' 생각하면 가슴이 막히어. 어찌하여 어머니가 이런 사람을 골랐던고? 시집가는 데는 어미도 믿지 못할 것이로다. 아아, 이것이 나의 지아비인가? 난생처음 한심이요, 난생처음 슬픔이며, 난생처음 탄식이라.

이후 일 년허許[11]나 본가에 있다가 시집이라고 가보니, 모두 낯모르는 사람이요, 자못, 하나, 아는 사람은 지아비나 남보다 더 냉담하고. 구고舅姑[12]는 첫 며느리라 하여 심히 종애鐘愛하나,[13] 정작 사랑할 지아비는 "옷 내라" "버선 기워라" 하는 소리밖에 아니 하니 부모의 사랑이나 받으려면 본가에 있는 편이 낫지 아니할까.

남모르게 눈물로 지내는 중 흐르는 세월이 일 년이나 지나가는데 명준이는 점점 소원하여져서 부모의 말도 아니 듣고 사랑에서 독거하게 되니 부인의 비애와 적막은 날로 깊어가는지라. 그 화기 있고 아름답던 얼굴은 점점 여위어가고, 활발하던 정신은 점점 침울하게 되어 듣지도 못하고 보지도 못하던 인생 문제까지 생긴다. 한 좌수는 항상 밖에 있는 고로 자세히 가내 사정을 몰라, 안에 있고 이런 방면에 주의하는 모친은 대단히 걱정하여, 이따금 그 아들을 불러서 훈계하나 아들은 마이동풍으로 듣지 않고, 정이 점점 더 소원히 되어 그 처를 보기만 하여도 미운 생각이 나는 고로 조그만 일에도 팔깍팔깍 노하더라. 명준이도 차차 힘이 들어오매 이따금 그 처를 어여삐 여기는 정이 생기나 이는 잠시라, 자기도 왜 미워하는지 그 이유는 모르나 그저 미운 것이라, 뉘라서 능히 이 정을 없이하리오, 자못 발현치 않게 제어할 따름이지.

부인은 처음에는 애정과 육욕의 기갈飢渴에 비탄하더니 연령이

---

11 거리나 시간을 나타내는 말 뒤에 붙어 그 거리쯤 되는 곳, 또는 그 시간쯤 걸리는 곳이라는 뜻을 더해주는 접미사.
12 시부모.
13 따뜻한 사랑을 한쪽으로 모으다.

이십이 넘음에 자손 걱정까지 생겨서 비탄에 비탄을 더하더라. 설상가상은 이를 이름인지? 그 모친의 일찍 늙은 이유를 비로소 깨닫더라.

명준이도 열일곱이 넘자 역시 고독의 비애를 깨달아 그 처에 대한 애정을 회복하려 힘쓰더니 힘쓰면 힘쓸수록 더욱 소원하여 가는지라. 마침내 외박이 빈번하며 성중 출입이 잦고, 얼마 아니 하여 이웃에게 '외입쟁이'라는 칭호를 얻고, 주상酒商, 창기의 채인債人이 한 좌수의 문에 자주 출입하며, 전답 문건이 날마다 날아나게 되니 부인의 유일 동정자 되는 시어머니도 점점 냉담하게 되어가더라.

이렁저렁 이 년이 되는 후 하루는 한 좌수가 명준을 불러,

"너, 이놈, 왜 그런 못된 짓을 하여서 네 집안을 망하게 한단 말이냐."

하고 그 죄를 꾸짖으매

"그러면 첩을 하나 얻게 해주시오."

명준이는 외입에 단련이 되어, 조금도 부끄러움 없이 대답하거늘 좌수도 여러 말로 꾸짖어도 보고, 얼려도 보다가 할 수 없이

"그러면, 네 처에게 물어봐라."

하고 입을 쩍쩍 다시면서 담뱃대를 떠니,

"정말이십니까?"

명준은 희색이 만안滿顏이라.

*

칠 년 만에 부부 동침이라!

부인은 무슨 일인지를 모르고 꿈같이 생각하나 조금도 기쁜 정은 없더라. 부인의 열렬하던 정은 육칠 년간 애수 비탄에 다 식어 냉회冷灰[14]가 되었도다.

무슨 일인데 명준이가 그날은 가장 친절하며 지금껏 소원하던 죄를 성심으로 하는 것같이 사[漢]하며 각색 행동이 명준이는 아닌 듯하더라. 어디 알았으리오. 이리가 양의 가죽을 쓰고 양의 무리에 섞이는 것은 양을 해하려 함일 줄을.

"여보게, 나 원할 게 하나 있는데."

부인은 들은 듯 못 들은 듯 잠잠하고 있다.

"여보게, 나, 원할 게 하나 있어."

"아니. 원할 게라니. 내게 무슨 원할 게 있겠소?"

부인이 온순한 음성으로 대하면서 '무슨 소리를 하려는고?' 하고 생각한다.

"아니 그렇게 말할 게 아니야."

"⋯⋯."

"들어주겠나? 이건, 꼭, 자네가 들어주어야 할 게야."

"무엇인지 말씀하시구려."

"아니, 이건 참 들어주겠다야 하겠는데⋯⋯."

"말씀을 하시구려."

---

14 기운이 전혀 없는 차가워진 재.

"임자, 켤 내지 말으시. 나 첩 하나 얻으라나?"

부인도 이 말을 듣고는 분이 버썩 나서 '에, 이, 개 같은 자식 같으니' 하고 욕하고 싶은 마음이 무럭무럭 생기며, 욕이 목젖까지 밀어오나 '무던한 사람'이라, 그도 못 하고,

"나돌아다니면서 부모님 걱정 아니 시키겠으면 얻구려."

이것은 참 억지로 억지로 나오는 말이라. 이 말 속에 얼마나 비애와 원통이 숨었으리오.

"그래도 나를 버리지는 않지요."

부인은 오래오래 생각하다가, 필사의 용勇을 다하여 이 말을 하였다.

"그럴 수가 있나 버리다니……."

첩을 데려온 후에는 또 전과 같이 소원하여지더라. 부인은 그 속음을 알고 더욱 분하며, 더욱 절통하며, 더욱 비애하여, 이전에는 자못 명준이만 원망하였더니, 좀 지나서는 전 남자를 원망하게 되며, 심지어는 전 인류를 원망하게 되고, 마침내 자기의 존재를 원망하게 되더라.

부인은 잉태한지라. 이런 줄을 안 후로는, 자연, 좀 기쁨이 생기며 이것이 아들인가 딸인가 하는 문제로 날마다 궁구하면서 팔구 년 전 명준의 화상 그리던 법을 재용再用하며 전혀, 스러졌던 공상이 점점 생겨, 다시 즐거운 시대를 만날 것 같은 희망도 생겨 그 아이 나기만 고대하더니 생부의 제일祭日에 본가에 갔다가 어떠한 무녀에게 문점問占한즉 여자라 하는지라. 공중에 지었던 누각이 다 무너지고 실망 낙담하여 시가에 돌아와 본즉 자기 있던 방에는 자기의 기구는 하나도 없고 어떤 눈썹 짙고, 분 바르고, 권

연卷煙 피우는 계집이 있더라. 이것은 유월 십칠일이러라.

　(작자 왈) 이 편篇은 사실을 부연敷衍한 것이니 마땅히 장편이 될 재료로되 학보에 게재키 위하여 경개梗概[15]만 서書한 것이니 독자 제씨는 양찰諒察하시오.[16]

— 〈대한흥학보〉, 1910. 3~4.

15　전체 내용의 요점만 간단하게 요약한 줄거리.
16　다른 사람의 사정 따위를 잘 헤아려 살피다.

어린 희생

上

"아버지가 언제깨나 돌아오실는지요."

십 육칠 세나 됨직한 소년이 은 같은 장발이 반면이나 가린 노인더러 묻는다.

"언제 돌아올지 알겠니 죽을지 살지도 모르는데."

"아라사[1] 놈들을 많이 죽였으면……."

소년은 조그마한 두 주먹을 꽉 부르 쥐인다. 때는 서기 일천칠백칠십삼년 일월 십사일. 녹다 남은 눈이 여기저기 남아 있고 북영양北永洋으로 불어오는 바람이 살을 베는 듯한 저녁이라.

1 러시아.

이때에 문 두드리는 소리 들리거늘 소년이 분주히 문을 열더니 어떤 전보 한 장을 받아다가 머리 숙이고 앉았는 노인께 드린다. 노인이 깜짝 놀라는 듯 머리를 번쩍 들고 떨리는 손으로 그것을 뜯어보니 "으룻친스키—금조전사今朝戰士" 노인은 그릇 보지는 아니한가 하여 다시금 보더니 전보를 구겨 쥐고 눈이 둥굴하야 왼편 어깨에 손 짚고 섰는 소년을 본다. 소년도 그 적은 몸이 불불 떨리며 눈에 이슬이 맺혀 두 사람이 아무 말도 없이 서로 보고 있는 것이 정신 잃을 것 같더라. 노인이 소년을 안으면서

"네 아비가 죽었다…… 나라를 위하야! 동포를 위하야."

"아라사 놈의 손에!?"

"오냐 아라사 놈의 손에…… 우리 대덕."

"아라사 놈의 손에…… 아라사 놈의 손에 아버지가 죽었어요!?"

"응, 아라사 놈의 손에…… 우리 대덕 아라사 놈의 손에."

소년은 머리를 돌려서 내려다보니 노인의 흐린 눈을 본다.

"할아버지 아바지가 다시 돌아오시겠소…… 다시…… 집에?"

소년의 어여쁜 눈에 맺혔든 이슬은 깊은 눈썹을 숨기며 솟아난다. 노인의 가슴은 종 치는 듯, 소년 안은 팔에 힘을 쓰면서

"네 아비가 죽었어…… 하나님헌테 가서. 나라 위해…… 동포 위해."

"아바지, 아바지."

소년은 할 일 없는 듯 흘끈흘끈 느낀다.

"네 아비는 명예 있게…… 나라 위해, 동포 위해……."

"아라사의 손에……."

기둥같이 믿던 다만 외아들이 영원히 못 돌아오는가 생각하면

가슴이 터져와서 발 구르고 소리 질러 울고 싶으나 무릎 위에 있는 어린 손자를 보고 울지도 못하고 목에까지 밀려온 울음을 즈르잡고[2] 우는 손자를 위로하는 노인의 심중!

"울지 마라. 울지는 않아도 잊지를 아니하여야 한다. 어서 공부 잘하여서…… 커서…… 원수 갚게……."

머리를 뒤로 젖히고 길게 한숨 지우면서

"네 아비, 네 나라, 네 동포, 원수 갚게……."

노인은 감정이 자아친 듯 더 힘껏 손자를 안으면서 불그레한 손자의 얼굴에 수없이 '키스'한다. 이때에 문밖에 마제馬蹄[3] 소리 들리거늘 안겼던 소년이 조부의 팔을 치우고 벌떡 일어서면서

"할아바지 나, 나, 저놈들, 쥐, 쥑이겠습니다."

하고 입을 감물로 몸을 흔들면서 마제 소리에 귀를 기울이더니 아무 말도 없이 문께를 뛰어나간다. 노인은 놀라 일어나 손자를 붙들고

"얘, 공부 잘 하구, 큰 담에……."

"크기 전에 죽으면…… 이제, 이제 한 놈이라도 때, 때려죽여야!"

"너보다 더 세인 네 아비도 죽었거든……."

소년은 뛰어나가려고 몸을 흔든다.

"아이고, 놓아주, 주세요! 한 놈이라도……."

"얘, 너보다 더 세인…… 그래야 쓸데없다."

소년은 머리를 흔들면서

"노아주세요, 노아……, 한 놈이라도…… 아버지 주, 죽인……

---

2 졸라 잡다.
3 말굽.

대덕, 원수."

소년은 여러 번 뿌리치고 뛰어나가려 하다가 그 조부의 간절한 말을 들음에 자연 뛰는 마음이 적이 가라앉아 의자에 돌아와 맥없이 앉는다.

바람은 여기저기 백악白堊[4]이 떨어져서 불긋불긋 벽돌이 나타났으며 실室의 중앙에는 어느 십 년 전 것인지 오래지 않아 다 부서질 듯한 사방 박힌 '테이블'이 놓였고 그 위에는 접시, 포크, 칼, 양묵洋墨, 철필鐵筆 등이 어지러이 놓였으며 그 주위에는 손바닥만한 나무판에 세 발 단 의자가 삼사 개 놓였으며 문을 들어서서 왼편에는 노인의 검소한 침상이 있는데 잿빛 같은 수전手氈이 덮였고 오른편에는 벽장이 있으니 일용가구가 있더라.

십일월 삼오월은 흐르는 듯한 찬 빛을 더러운 유리창으로 들여보내어 비관하는 두 사람을 몽롱하게 비추고 살을 베이는 듯한 북영양으로서 오는 찬바람은 마당에 나무를 잡아 흔들어 창에 그린 나무를 동요하는데 노인과 소년은 아무 말도 없이 앉아서 속절없는 눈물과 한숨만 지운다. 골수에 사무친 적개심은 잇다감[5] 발동하여 이를 살여물고 신체를 떤다.

소년은 적은 가슴에 슬픈 생각과 분한 생각이 뒤섞여 일어나 큰 바다에 물결같이 뛰놀며 노인은 여러 가지 생각이 차서次序[6]없이 무럭무럭 솟아나서 어찌할 줄을 모르고 그린 듯이 앉았더니 어떤 생각이 났던지 손길을 비틀며 으흐흑 느낀다. 이 으흐흑 소

---

4 백색이나 담황색의 부드러운 석회질 암석.
5 '이따금'의 옛말.
6 차례.

리는 대표풍大颲風 같은 힘으로 소년의 심해에 물결을 일으켜 가만히 앉았던 우리 용勇 소년이 후닥닥 일어서서 나는 듯 침상 위에 걸린 엽총을 벗겨가지고 나가려 하거늘 노인이 놀다 걸앉았던 의자를 넘어뜨리면서 나가려 하는 손자를 붙들고 총을 앗으려 하나 손자는 몸을 흔들며 총을 안 빼앗기려 하여 침상에 덧업혀 넘어졌다.

"또, 또, 그러는구나."

노인이 원망하는 듯 아래 깔린 손자의 변색한 얼굴을 내려다보면서

"네가 네가, 아, 암만, 그래, 그렇다, 암만 그, 그래야! 아, 아."

"놓아주세요, 노, 놓아주세, 요."

양인의 숨소리는 차차 높아간다.

"얘, 쓸, 쓸데없어, 저놈, 저놈들의, 칼에 피, 피나 발랐지."

"놓아주세요, 하, 한 놈이라도, 쏘, 쏘아 죽이게, ……한."

"얘, 왜, 그다지도 내, 내 말을 안 듣는단, 말이냐."

"총, 초, 총 맞아도 안 죽겠소, 총 맞아도."

"못 해, 못, 못 해, 한 놈도, 못 해."

이때에 더운 한 방울이 소년의 이마에 떨어진다. 이 한 방울이 무슨 힘을 가졌든지 소년의 총 부르쥔 손이 맥없이 스르르 풀리며 이제껏 먹었던 마음이 봄철 눈같이 차차로 스러지고 새 슬픔과 새 동정이 샘같이 솟아나서 얼음 속에 묻혔던 몸이 갑자기 불 가운데로 들어온 듯. 노인은 총을 앗아가지고 일어서서 이런 것이 있어서는 손자의 목숨이 위태하리라 하야 낑낑하면서 꺾어버린다.

이에 노인은 안심한 듯이 길게 한숨지으면서 벽장으로 가 양초

洋燭에 불을 붙여 '테이블'에 붙여놓고 마른 면보 덩이와 '버터'를 내어놓고 넘어졌던 의자를 바로 놓고 걸앉아서 소년을 불러 앉히니 이는 대개 자기는 가슴이 꽉 차서 들어갈 데도 없거니와 생각이나 있을 리 없으나 손자나 먹일 양으로 석반夕飯을 차림이라.

노인은 칼에다 버터를 묻혀 손자에게 주면서

"애, 내가 그처럼 말해주었는데도 모른단 말이냐, 네가 그래야 아무것도 못 하고 죽기만 할 따름이지. 난들 생각하면 가슴이 쏘지마는……."

노인은 여기까지 말하여오다가 문득 가슴에 무엇이 밀려 올라와서 말을 끊고, 소년은 조부가 주신 면보를 의미 없이 받는데 그 손은 떨리고 그 눈에는 눈물만 연방 솟는다. 받기는 주시는 것을 어찌하지 못하여 받았으나 목이 겹겹으로 메인 터이라 먹지를 아니한다 아니 못 한다. 조부도 다시는 권하는 말도 없이 기다랗다 늘어진 수염을 흔들흔들 흔들더니 머리를 돌려 손자를 보면서

"애, 넌들 여복해 그러겠느냐, 마는 지금 그래야 쓸데없어."

쥐었던 칼을 놓으면서

"어서 공부나 잘해가지고 크게 한번 원수를 갚게 마음먹어라."

손자는 듣는 듯 아니 듣는 듯.

피차에 무언이 각기 아래를 정신없이 보더니 얼마 있다가 노인이 다른 양초에 불을 붙여 손자에게 주면서

"네 방에 가 자거니 깨거니 하여라 공연히 쓸데없는 생각은 말고."

소년은 조부의 '키스'를 받고 (습관)으로 양초를 받아가지고 제 방으로 들어가다가, 가고 싶은 것은 아니나 먹은 마음이 있어서.

노인은 손자의 들어가는 것을 우둑하니 보고 섰더니 침상에 걸앉아 손길을 비틀며 손자 때문에 참았던 눈물을 쏟는다. 손자 때문에 아들 죽은 슬픔은 꾹 참고 있더니 손자가 없어진즉 기다리고 있던 것같이 여러 가지 생각이 한꺼번에 쓸어 들고 슬프기도 하고 분하기도 하여 주먹으로 가슴도 치며 이도 부득부득 갈고 앉았더니 너무 속을 썩여서 몸이 피곤하여진 듯 '다시는 못 돌아오겠지' 하고 길게 한숨 지우면서 거꾸러지는 듯 모전毛氈[7]을 쓰고 눕더니 얼마 안 가서 슬그머니 잠이 든다. 소년은 제 방에 돌아와 모전을 쓰고 눕기는 누었으나 잠이 와야지.

마음 같아서는 뛰어나가서 돌멩이라도 한 통筒 집어서 아라사 병정의 머리를 깨치고 싶으나 알뜰히 만류하는 조부를 생각하면 그도 못 하겠고, 그렇다고 가만히 잘 수도 없고, 어찌하면 좋을는지, 전 아라사 놈들을 다 잡아서 뼈를 갈아 가루를 만들고 고기를 탕 쳐 젓을 담가도 오히려 만족지 못할 이 원수를 안 갚고야 어찌해! 우리 사랑하는 아바지가 저놈의 손에 죽고 또 우리의 피를 나눈 전 동포가 저놈들의 노예가 되어 개와 도야지같이 학대를 받게 되었는데. 우리는 땅도 없고 집도 없고 자유도 없고 권리도 없어 살고도 죽은 모양이야. 살아서 있을 데가 없고 죽어서 묻힐 데가 없으니 이에서 더한 불행이야 인류에 우리밖에 더 있겠나. 도로혀 죽음만도 같지 못하여 죽기나 하였으면 이러한 학대는 안 받으련만. 용감한 이 소년의 가슴은 삼같이 어지러워 암만 하여도 풀리지 아니한다. 그러나 도저히 평안히 자고 있지 못할 것

---

7 짐승의 털로 색을 맞추고 무늬를 놓아 두툼하게 짠 부드러운 요.

은 누가 와도, 어떠한 힘으로도 움직이지 못할 결심이요, 다만 그 방법을 연구할 따름이라, 될 수 있는 대로 적에게 큰 손해를 입힐 계책을 생각하나 어찌하여야 좋을는지 일정한 생각이 안 난다. 소년은 암만 하여도 분한 마음이 가라앉지 아니하여 한숨도 쉬고 이도 갈아보며 가슴도 쳐보고 있다가 미친 듯이 후닥닥 일어났다가는 맥없이 눕기도 하더니 또 무슨 생각이 났는지 번쩍 일어나서 외투 입고 모자 쓰고 뽀지직 뽀지직 타는 양초를 떼여 들고 가만가만히 조부의 자는 방으로 내려가 촉을 조부의 머리맡에 내려놓고 조부의 자는 얼굴을 보니 잠은 비록 깊이 들었으나 고민의 빛을 미우眉宇[8]에 널렸고 애통의 기운은 얼굴을 휩쌌구나.

中

소년이 조부의 얼굴을 보매 또 슬픈 생각이 물결같이 밀려와 전신이 녹는 듯하나 이런 생각하고 있을 때는 아니라고 제가 저를 분려奮勵[9]하야 가만가만히 침상 아래를 뒤적뒤적 뒤더니 한 뼘이나 됨직한 동녹싼 가위를 얻어내어 두어 번 데걱데걱 놀려보고 외투 안 '포켓'에 접어 넣고 빨리 문께로 가더니 다시 생각한 듯 이삼 보 돌아와 조부의 주름 잡힌 얼굴을 굽어보고 가는 목소리로

"조부님 용서하시오."

하고

8 이마의 눈썹 근처.
9 기운을 내어 힘씀.

"제가 만일이라도 원수를 갚고저 하여 아라사 놈의 전선 끊으러 갑니다. 조부님의 명령을 거역하는 것이 죄 되며 그것은 고사하고 조부님이 여복 슬퍼하실 것은 아나 암만 하여도 정이 자아쳐 누르지 못하겠나이다. 여서 끝난 것이 제 힘에는 제일 큰 것이올시다. 전선을 끊어서 조금이라도 적에게 손해를 끼치면 저의 소망을 달함이로소이다. 마음은 크지만은 이 육체가 마음과 같지 아니하니 어찌하오리까. 어떻든지 내 힘에 믿는 대로나 하였으면 정에 만족할까 하나이다."

하고

"이제 가면 다시는 조부님께 안기여 '키스'하지 못하겠나이다."

함에 철석같은 이 용^勇 소년의 심장도 녹아 눈으로 쏟아지는도다. 행여 기념이나 될까 하여 때 묻은 조부의 눌은 목도리를 제 목에 휘휘 잡아 두르고 침상 곁에 꿇어앉아 드리워 있는 갈색 같은 조부의 손에 '키스'하니 조부는 이런 줄도 모르고 팔을 걷어 친다.

"조부님 이것이 영원한 이별이올시다. 제가 죽었다고 그다지 슬퍼 맙시오, 아바지헌테 가서 조부님 오시기를 기다리고 있겠습니다."

우리 용감한 소년은 다시금 조부의 얼굴을 보고 섰더니 결심한 듯이 홱 돌아서서 문을 열고 한걸음 나서니 찬바람과 찬 달그림자가 흘러들어와 촛불이 춤춘다. 나서기는 하였으나 어미도 없는 나 하나를 제 몸보다 더 사랑하여주시던 늙으신 조부며 이 세상에 떨어져서 십여 년간 살아오던 집을 영원히 떠나는가 생각하면 굳게 한 결심도 얼음같이 녹아서 다시 돌아들어 가 조부를 안고 실컷 울고도 싶으며 험상스러운 '테이블'이며 여기저기 떨어진 벽조차 정다이 보여 나를 보고 울며 나를 잡아끄는 듯. 소년이 우상 같이 섰더니 안연듯 달은 형동衡動이 마음에 들어와 흩어졌던 정신을 다시 수습하여

"다시 살아 돌아오면 보고."

하고 문도 아니 닫고 뛰어나간다.

아까 불던 바람은 죽은 듯이 자고 둥그런 삼오월이 서으로 기울어져 산이며, 들이며, 집이며, 남기며, 지구상에 만물이 다 그 빛에 잠겨 반이나 녹은 듯 꿈같이 몽롱한데 용감한 이 소년도 월광에 감기여 두루번두루번 살피면서 집 뒤 솔밭 그늘로 숨는다. 처음에는 조부며 집 생각이 나더니 오분이 못하여 그런 생각은 다 없어지고 다만 어떻게 올라가서 어떻게 끊을까 하난 생각뿐이라. 슬프다 누라서 이 소년의 이 마음을 알리오. 우주는 묵연하여 아무 소리도 없고 다만 이 용 소년의 정신만 자유자재로 무궁 공간을 비상할 뿐. 집에 누워 있던 노인은 어떠한 꿈을 꾸는가.

얼마 아니하여 용勇 소년은 어떤 행길에 나서서 우뚝 서서 서방을 보더니 동으로 향하여 뛰어가니 그림자가 앞섰더라. 좌우에 섰는 적은 나무 큰 나무는 잎이 다 떨어졌고 뼈만 남아서 달빛에 죽은 빛이 되었고 바람도 안 불건만 전선 위는 소리 으릉으릉 비분한 남아의 회포를 돕는 듯. 용 소년은 새로 세운 전주 앞에 머물러 우러러보면서 무심히 웃는다, '용 소년은 주저치 않고 다람쥐같이 전주에 기어 올라간다. 이때에 이 힘은 전혀 이 소년의 힘은 아니라. 사기통 박은 쇠를 붙잡고 외투에서 가위를 내어 약한 힘을 다하여 두 줄을 다 끊으려 한다. 소년의 손이 거의 닿으려 할 때 동방으로 달려오던 삼기三騎! 사자使者! 소년의 최후!

전주 아래에 말을 세우고 각각 땅에 내려 소년을 치어다보면서

"이놈, 전선 끊으려 하는구나, 내려오너라."

"이놈, 빨리."

"죽일 놈 빨리 내려와."

세 범이 한 토끼를 다투는 듯. 그러나 제가 토끼인 줄은 몰랐으리라.

소년이 이 소리를 듣는 찰나에 어떻게 그 속이 상하였을까? 그가 아직 목적을 달하지 못하였다. 그러나 이제는 어찌할 수 없이 되었구나. "이놈" 소리가 귀에 들어오는가 하였더니 금시에 뒤로서 옷깃을 잡아당기는 자가 있다. 그리하는 자는 수염 많은 기병이라. 무쇠 몽둥이 같은 팔로 거약(巨弱)한 그를 남게 붙은 것을 떼는 듯 힘껏 잡아끄니 소년은 일이 이미 틀린 줄 알고 조금도 저항치 못한다. 못 하는지 안 하는지?

굳은 주먹이 무수히 소년의 몸에 떨어지더니 곁에 섰든 키 큰 기병이 서리 같은 긴 칼을 획 잡아 뽑으니 달그림자에 반사하야 불티가 나는 듯. 위기일발, 상인(霜刃)[10]이 소년의 목에 떨어지려 하는도다.

"죽여라. 나는 다만 너희가 이 줄 끊으리란 것을 안 것이 원통하다. 죽여라, 이놈들. 내 아버지, 아버지를 죽이고 내 동포를 죽인 아라사 놈들아!"

소년은 다시 잠잠하여지고 몸도 움직이지 않는다. 그림자가 한 아이 되었다 셋이 되었다 여러 가지로 변한다. 삼 인이 냉소하

10 서슬이 시퍼런 칼날.

는 듯 씩 웃더니

"얘, 칼로 죽일 것 무어 있느냐, 요 애가 전선에 손을 대려 하였으니 그것으로 동여매어 죽이세그려."

이것은 수염 많은 자의 말.

"그게 좋으이. 저 전주에다, 응."

검을 집어 도로 꽂으면서.

"하하, 쇠줄로 감장[11]을 하나, 별일도 있고, 하하하하."

삼 인이 다 웃는다. 사람 죽이면서 웃음은 어떤 뜻일꼬?

삼 인은 우리 어린 용 소년을 전선이 끊어져라 하고 잔뜩 결박하여 댕글하게 전주에 달아매고 재미있는 듯 한 번씩 흔들어보고 웃더니 말에 올라 서로 향한다.

우리 어린 용 소년의 몸은 각 일각으로 식어가고 정신만 "자유, 자유"(프리, 프리)를 부르면서 공중에 나는도다.

이리하여 어린 아해의 크지 못한 보복수단은 한갓 몸만 잃었도다.

下

이때에 노인이 악몽에 놀라 깨여본즉 머리맡에 촛불이 있고 문이 열렸는지라. 도적이나 들어왔는가 하여 두리번두리번 살피되 아무 형적形跡[12]도 없어 잠시 의아하더니 안연 듯 손자 생각이

---

11 장사 지내는 일을 돌봄.
12 사물의 형상과 자취를 아울러 이르는 말. 또는 남은 흔적.

난다. 노인이 펄쩍 일어나서 침상을 내려온다. 양초를 본즉 과연 손자의 것이며 반이나 너머 탔더라. 노인이 가슴이 설렁설렁 갑자기 뛰놀아 그 초를 들고 손자의 방에 들어가 보니 아 손자는 간 곳없고 자리만 차게 남았도다. 미친 듯 자기 방에 돌아와 문으로 내다보니 달빛과 나무뿐이로다. 아아! 내가 왜 잤던고! 내가 자는 때를 타서 어디로 갔는가 보구나. 갔으면 무슨 일을 할는지 아마도 다시는 못 돌아오리라. 꿈에 그 애가 와서 말도 못하고 나를 붙들고 우는 양을 보았더니 그것이 죽은 영혼은 아니든가. 창천아! 무정하도다 나의 사랑하는 아들을 앗고 오히려 부족하여 손자까지 앗는가. 노인이 입을 감물고[13] 주먹을 부르쥐고 문밖을 바라보면서 전기 맞은 것같이 프들프들 떤다. 이때에 제걱제걱 들어오는 기병 삼 인. 이것은 이 앞을 지나가다가 추움을 못 이겨 술이나 얻어먹으려고 들어온 것이라. 노인이 이런 줄은 모르고 손자 일로 온 줄로만 생각하고 분해하며 또 두려워한다. 그러나 행여 사랑하는 손자를 잡아나 가지고 오는가. 그렇기나 하였으면 죽을 때엔 죽어도 한번 보기는 하련마는, 그러나 아아! 들어온 것은 다만 기병 세 사람. 세 사람뿐이라.

"애. 이놈아 술 내라. 술 내여."

하고 소년에게 향하여 칼 뽑던 자가 손등으로 노인의 뺨을 철썩 때린다. 세 사람이 '테이블'을 싸고 돌아앉아서 안개를 푸우푸우 토한다.

노인이 생각건대 이놈들은 우리 원수! 우리 손자도 아마 이놈

---

13 입술을 감아 들여서 꼭 물다.

들의 손에 죽었는지 모르겠다…… 우리 아들도. 아아! 물어뜯고 싶어. 그러나 이제 거역하면 자못 저놈들의 칼에 피나 발랐지. 내 손자가 죽었으면 죽어도 아깝지 아니하나 만일 살아 있고 보면 내가 죽어서야 될 수 있나. 제아무리 어른스러운들. 차라리 저놈들의 하라는 대로 복종하다가 다행히 취하든지 하여 좋은 기회가 있거든 한 놈이라도 때려죽이는 것이 상책이다.

"이놈아. 어서어서. 술 가져와. 술 가져오라 하면 어서 가져오지." 하면서 수염 많은 (상관인 듯) 자가 목에 감았던 누런 목도리를 풀어 팩 소리가 나도록 노인의 상에 던진다. 노인은 더욱 분심憤心이 탱중撐中하야[14] 죽더라도 한 놈마저 치려 하다가 다시금 생각하고 목도리를 침상에 놓고 벽장에 가서 한 되나 되는 즉한 사기병과 고기를 내어 테이블 위에 놓는데 세 사람이 노인의 얼굴을 물끄러미 보면서 빗죽빗죽 웃더니 칼 뽑든 자가 노인의 뼈만 남은 높은 코를 잡아 흔들면서 재미있는 듯이 웃으니 다른 사람들도 웃는다. 노인은 수모受侮하는 줄로 생각하되 삼 인은 무심이라. 저희들도 집에 있을 때에는 경장敬長하는 법도 알았고 또 실행도 하였으나 저의들의 입은 옷과 찬 칼은 저희들로 하여금 이것을 잊어버리게 한 것일러라.

삼 인이 찬술을 잔에 평평 부어. 졸졸 소리가 나고는 목이 뒤로 넘어간다. 삼 인은 어—어— 하난 소리밖에 아무 말도 아니 한다. 노인의 침상에 걸어앉아 손자의 생사만 생각하기에 방 안에 누가 앉았는지도 모르고 있더니 불의에 상 맞은 목도리를 들어보더니

14 화나 욕심 따위가 가슴속에 가득 차 있다.

노인이 깜짝 놀래어 고개를 번쩍 들고 두어 번 보더니 고개가 움츠러진다. 이것이 어인 일인고! 이것이 나 가졌던 목도린데. 암만 보아도 분명히 나 가졌던 목도리야! 아마도 우리 손자가 이것을 두르고 갔다가 저놈들의 손에 죽고 이것을 앗긴 것이로다. 노인이 잠시도 참을 수 없어 인촌隣村[15]에 갔다 오겠노라 핑계하고 뛰어 나간다. 어디로 갈는지를 모르고 주저하더니 손자 간 길로 뛰어간다. 같은 달빛이오 같은 길이건마는 전에 가는 사람과 후에 가는 사람과는 전혀 별인別人이로다 전에 가는 사람은 희망을 달達하려 가고 후에 가는 사람은 절망을 달하려 가는도다. 노인이 아무 생각도 없이 그저 뛰더니 문득 발에 걸리는 것이 있거늘 본즉 이것이 어인 일고. 이것은 의심할 것 없이 우리 사랑하는 손자의 모자로다. 노인이 예서 비로소 정신이 들어 그 모자를 가지고 죽은 손자를 찾아간다.

기其 전주電柱 하下에 다다르니 전선은 끊어져서 땅에 떨어졌는데 최애最愛하는 손자는 전선에 얽매여 덩그러니 매달렸구나. 아까까지 불든 그 피리는 지금 어데. 달빛에 눈은 번쩍번쩍하나 벌써 아무 표정도 없는 눈이라. 노인이 그 아래 떨어진 가위를 들어 떨리는 손으로 달아맨 줄을 끊고 손자를 안아내려 창백한 그 얼굴에 무수히 '키스'하면서

"아아! 산해롭게 죽었다. 네가 비록 죽었지마는 네 정신은…… 그 굳세고 맑고 더운 정신은 이 우주와 같이 하나님 앞에 영원히 빛나리라."

15 이웃 마을.

이렇게 말은 하였으나 또한 슬픈 마음이 장마에 구름같이 가슴 하늘에 떠올라와 눈물이 앞을 가리운다. 노인이 다 식은 소년을 안고 지축지축하면서 집으로 돌아와 곳간에 드러누이고 다시 '키스'하고 울고 안는다.

노인이 술병을 하나 내여 그 가운데 독약을 타서 손에 들고 소년의 가슴에 얼굴 대고 산 사람에게 대화하는 태도로

"잠깐만 기다려 다구. 응, 잠깐만."

마음이 너무 자아쳐 울지도 못하고

"내 이제 가서 쥐 때려죽이듯 저놈들 죽이고 올 것이니."

노인이 다시 '키스'하고 미친 사람같이 방으로 들어간다. 그 얼굴은 아까 거와는 전이全異하더라. 삼 인은 대강 취하여 말소리도 똑똑지 않게 되었는데 노인 오는 것을 보고

"어데 갔다 오나."

수염 많은 자의 취성이라.

"에. 헤. 술이 다 없어졌기에 건넛마을 술 사러 갔다 왔소."

노인은 웃는 소리라.

"아. 거 수고하였구먼."

칼 뽑던 자

"자. 어쨌든지 부어라."

수염 많은 자

노인이 구부리면서 세 잔에 독주를 채운다.

"너. 수고했는데 한잔 먹지."

이것은 가만히 앉았는 자

"아니올시다. 나는 술 먹을 줄 모릅니다."

"이놈 잔소리 말고 이 잔을 들어."

칼 뽑는 자는 넘을넘을 하게 붓는다. 노인의 마음에는 '천벌'이라는 소리 일어나더니 엎어지고 술잔을 들고 떨기만 한다. 세 사람은 한숨에 쭈욱 들이마시더니 노인이 아직 안 먹고 섰는 것을 보고 칼 뽑던 자는 "이놈!"하면서 군도 집으로 노인의 팔을 치니 술잔이 땅에 떨어져 부스러진다. 세 사람이 멈춤 없이 마시더니 수염 많은 자는 병나발을 분다. 노인의 마음에 또 한 번 '천벌'이 어른한다. 이윽하더니 세 사람은 독약 기운이 나타난다. 칼 뽑던 자는 "이놈 독약 먹었구나" 하면서 칼을 뽑아 노인을 찌르려 하나 사 사지가 마비하야 임의로 아니 된다. 노인이 문밖에 나가서 낡은 쟁을 가져다가 "이놈들!"하면서 세 사람을 질러 꺼꾸러 치니 선혈은 임적淋滴하야 방바닥에 찬다. 노인이 피가 뚝뚝 떨어지는 쟁을 들고 굽어보더니 달려나가 손자의 주검을 안아다가 테이블 위에 있던 물건을 밀고 뉘어놓으면서

"자. 네 원수를 갚았다. 이 광경을 보아라. 왜 대답이 없느냐. 아 어두워서 보이지가 않는가 보구나. 자 이제는 보이지. 그래도 대답이 없구나. 오냐 사죄시키지."

노인이 그 손자의 죽은 줄을 모르는 것같이 니약하더니 차제로 한 사람씩 끌어다가 굳어진 고개를 억지로 숙이면서

"이놈. 사죄하여라."

"자, 사죄하였다."

"왜. 그래도 대답이 없어. 왜. 왜. 아! 너는 죽었지. 아이고 산 줄 알았구나. 죽었지."

노인이 실성하여 우둑하니 주검들을 보고 섰더니

"아아 너희들 무슨 죄가 있기에. 못된 놈들 때문에 너희도 부모 처자를 버리고 멀리 나왔지. 너희도 원래는 사람 죽이기 좋아하지는 않았겠구나. 몇 놈 때문에…… 너의 경우가."

노인이 다시 본성이 든 듯이 주먹을 가슴에 대고 하늘을 우러러보더니

"내가 너희들을 원망한 것같이 너의 부모 처자가 이것을 보면 얼마나 나를 원망할까?"

노인이 새 슬픔이 또 생겨서 이때껏 없던 기병들의 시체가 손자의 시체와 같이 정다워진다. 노인이 "아아" "아아" 하고 머리를 숙였다 들었다 하더니

"조물주여. 왜. 전지전능하신 손 가지고 이렇게 서로 죽이고 서로 미워하게 만들었소. 오. 으─ㄱ."

하면서 거꾸러진다.

테이블 위에 있던 양초는 다 타고 불이 끔벅끔벅.

— 〈소년〉, 1910. 2~5.

소년의 비애

1

　난수蘭秀는 사랑스럽고 얌전하고 재주 있는 처녀라. 그 종형 되는 문호文浩는 여러 종매들을 다 사랑하는 중에도 특별히 난수를 사랑한다. 문호는 이제 십팔 세 되는 시골 어느 중등 정도 학생인 청년이나 그는 아직 청년이라고 부르기를 싫어하고 소년이라고 자칭한다. 그는 감정적이요 다혈질인 재주 있는 소년으로 학교 성적도 매양 일이 호를 다투었다. 그는 아직 여자라는 것을 모르고 그가 교제하는 여자는 오직 종매從妹들과 기타 사오 인 되는 족매妹妹들이라. 그는 천성이 여자를 사랑하는 마음이 있는지 부친보다도 모친께 숙부보다도 숙모께 형제보다도 자매께 특별한 애정을 가진다. 그는 자기가 자유로 교제할 수 있는 모든 자매들을 다 사랑한다. 그중에도 연치年齒[1]가 상적相適거나[2] 혹 자기보다 이하되는 매妹들을 더욱 사랑하고 그중에도 그 종매 중에 하나인 난수를 더욱 사랑한다. 문호는 뉘 집에 가서 오래 앉아 있지 못하는 성급한 버릇이 있건마는 자매들과 같이 있으면 세월 가는 줄을 모른다. 그는 자매들에게 학교에서 들은 바 또는 서적에서 읽은 바 재미있는 이야기를 하여 자매들을 웃기기를 좋아하고 자매들도 또한 문호를 왜 그런지 모르게 사랑한다. 그러므로 문호가 집에 온 줄을 알면 동중洞中의 자매들이 다 회집會集하고 혹은 문호가 간 집 자매가 일동을 청請하기도 한다. 토요일 오후나 일요일 오전에는 의례히 문호가 본촌本村에 돌아오고 본촌에 돌아오면 의례히[3] 동중 자매들이 쓸어 모인다. 혹 문호가 좀 오는 것이 늦으면 자매들은 모여 앉아서 합협을 하여가며 문호의 오기를 기다리고 혹 그중에 어린 누이들—가령 난수 같은 것은 앞 고개에 나가서 망을 보다가 저편 버드나무 그늘로 검은 주의周衣[4]에 학생모를 젖혀 쓰고 활활 활개를 치며 오는 문호를 보면 너무 기뻐서 돌에 발부리를 차며 뛰어 내려와 일동에게 문호가 저 고개 너머에 오더라는 소식을 전한다. 그러면 회집한 일동은 갑자기 희색이 나고 몸이 들먹거려 혹

"어디까지나 왔더냐?"

하는 자도 있고 혹

"저 고개턱까지 왔더냐?"

---

1 '나이'의 높임말.
2 양편의 실력이나 처지가 서로 걸맞거나 비슷하다.
3 으레.
4 두루마기.

하는 자도 있고 혹 난수의 말을 신용치 아니하여,

"저것이 또 거짓말을 하는 게지."

하고 눈을 흘겨 난수를 보는 자도 있다. 학교에 특별한 일이 있
거나 시험 때가 되어 문호가 혹 아니 올 때에는 난수가 고개에서
망을 보다가 거짓 보도를 한 적도 한두 번 있은 까닭이다.

　이러할 때에 자매들은 대문 밖에 나섰다가 웃으며 마주 오는
문호를 반갑게 맞는다. 어린 누이들은 혹 손도 잡고 매달리고 혹
어깨에 올려 업히기도 하고 혹 가슴에 와 안기기도 하며 좀 낫
살 먹은 누이들은 얼른 문호의 손을 만지고 물러서기도 하고 조
금 문호의 옷을 당기어보기도 하고 혹 마주 보고 빙긋이 웃기만
하기도 한다. 난수도 작년까지는 문호의 손에 매달리더니 금년부
터 조금 손을 잡아보고 얼굴이 빨개지며 물러서게 되고 작년까
지 문호의 가슴에 안기던 연수蓮秀라는 난수의 동생이 손을 잡고
매달리게 된다. 그러고는 문호의 집에 몰려 들어가 문호의 자친
慈親5께 매달리며 어리광을 부린다. 문호는 중앙에 웃으며 앉고 일
동은 문호의 주위에 돌라앉는다. 그러나 그네와 문호와의 자리의
거리는 연령에 정비례한다. 제일 나이 많은 누이가 제일 멀리 앉
고 제일 나이 어린 누이가 제일 가까이 앉거나 혹은 문호의 무릎
에 기대기도 하고 문호의 어깨에 걸어 엎드리기도 한다. 문호는
이런 줄을 안다. 그리고 슬퍼한다. 이전에는 서로 안고 손을 잡고
하던 누이들이 차차차차 앉기를 그치고 피차의 사이에 점점 다
소의 거리가 생기는 것을 보고 문호는 슬퍼하였다. 무슨 까닭인

5　남에게 자기 어머니를 높여 이르는 말.

지 모르나 자연히 비감한 생각이 남을 금하지 못하였다.

사십이 넘은 문호의 어머니는 그 어린 매녀妹女들을 잘 사랑하였다. 그는 문중에도 현숙하기로 유명하거니와 문호에게는 모범적 부인과 같이 보인다. 문호는 자기가 아는 부인들 중에 그 모친과 숙모(난수의 모친)를 가장 애경愛敬한다. 그래서 사오 세 적에는 꼭 숙모의 곁에 자려 하였다. 한번은 그 모친이,

"문호는 나보다도 동서를 더 따러!"

하고 시기 비슷하게 탄식한 적도 있었다. 그러나 지금 문호는 모친과 숙모를 거의 평등하게 애경한다. 그러나 친누이 되는 지수芝秀보다도 종매 되는 난수를 더 사랑하였다.

문호의 종제從弟 문해文海도 문호와 막형막제한 쾌활한 소년이라. 종제라 하건만 문해는 문호보다 이십여 일을 떨어져 낳았을 뿐이라, 용모나 거동이 별로 다름은 없었다. 그러나 문해는 그 모친의 성격을 받아 문호보다 좀 냉정하고 이지적이라. 문호는 문해를 사랑하건만 문해는 문호의 감정적인 것을 싫어하였다. 그러므로 문호가 자매들 속에 섞여 노는 것을 항상 조소하고 자매들이 문호에게 취하는 것을 말은 못 하면서도 항상 불만히 여겼다. 그러므로 문해는 자매계姉妹界에 일종의 존경을 받으나 친애는 받지 못하였다. 문해는 자매들이 자기를 외경畏敬함으로 자기의 '점잖다'는 자랑을 삼고 문호에 비하여 인격이 일층 위인 것으로 자처하였다. 문호도 문해의 자기에게 대한 감정을 아주 모름은 아니나 이는 문해가 아직 자기를 이해하기에 너무 유치한 것이라 하여 그리 괘념치도 아니하였다. 이렇게 종형제간에 연치의 점장漸長함을 따라 성격의 차이가 생기면서도 양인兩人 간에는 여전히

따뜻한 애정이 있었다. 물론 문호가 항상 문해를 더 사랑하고 문해는 문호에게 대하여 가끔 반감도 일으키건마는.

2

문호가 집에 돌아오면 문호의 모친은 혹 떡도 하고 닭도 잡아 문호를 먹인다. 그러할 때에는 반드시 문해와 문호를 따르는 여러 자매들도 함께 먹인다. 모친은 아랫목에 앉고 문호와 문해는 윗목에서 겸상하고 자매들은 모친을 중심으로 하고 좌우에 갈라 앉아서 즐겁게 이야기도 하고 혹 먹을 것을 서로 빼앗고 감추기도 하면서 방 안이 떠들썩하도록 떠들며 먹는다. 문호의 부친이 문밖에서

"왜 이리 떠드냐?"하면 일동이 갑자기 말소리를 그치고 어깨를 움츠리다가 부친이 문을 열어보고 "장꾼 모이듯 했구나"하고 빙긋이 웃고 나가면 여전히 떠들기를 시작한다. 이것을 보고 문호는 더할 수 없이 기뻐하건마는 문해는 양미간을 찌푸린다. 그러할 때에는 난수도 웃고 지껄이기를 그치고 걱정스러운 듯이 또는 원망스러운 듯이 문해의 눈을 본다. 그러다가도 문호의 웃는 얼굴을 보면 또 웃는다. 이러다가 식후가 되면 문호와 문해는 윗간에 올라가서 무슨 토론을 한다. 그네의 토론하는 화제는 흔히 지나와 서양의 위인에 관한 것이라. 여기도 두 사람의 성격의 차이가 드러난다. 문호는 이백 왕창령 같은 지나 시인이나 톨스토이, 사옹沙翁,[6] 괴테 같은 서양 시인을 칭찬하되 문해는 그러한

시인은 대개 인생에 무익한 나타자懶惰子라고 매도하고 공맹, 주자라든가 서양이면 소크라테스, 워싱턴 같은 사람을 찬송한다.

양인이 다 어떤 의미로 보아 문학에 뜻이 있는 것은 공통이었다. 그러나 문호가 미美적, 정情적 문학을 애愛함에 반하여 문해는 지知적, 선善적 문학을 애한다. 즉 문해는 문학을 사회를 교화하는 일 방편으로 여기되 문호는 꽤 분명하게 예술지상주의를 이해한다. 그러므로 문호는 문해를 유치하다 하고 문해는 문호를 방탕하다 한다. 이러한 토론을 할 때에는 자매들은 자기네끼리 무슨 이야기를 한다. 실로 차동此洞 중에 양인의 담화를 알아듣는 사람은 양인 외에 없다. 부로父老[7]들도 이제는 양인의 지식이 자기네보다 승勝한 줄을 속으로는 인정한다. 더구나 자매들은 오직 언문소설을 읽은 뿐이라. 원래 문호의 당내堂內[8]는 적이 부요富饒하고[9] 또 대대로 문한가文翰家라. 석일昔日[10]에는 여자들도 대개는 사서와 《소학》 《열녀전》 《내칙》 같은 것을 읽더니 삼사십 년래로 점차 학풍이 부裒하여[11] 근래에는 언문조차 불능해不能解하는 여자가 있게 되었다. 그러나 문호와 문해는 천생 문학을 좋아하여 그 자매들에게 언문을 가르치고 또 언문소설을 읽기를 권장하였다. 삼사 년 전에 문호가 그 자매들을 위하여 소설 일 편을 작作하고 익년翌年에 문해가 또 소설 일 편을 작하였다. 그러나 자매들 간에는 문호의 소설이 더욱 환영되었고 문해도 자기의 소설보다 문호의 소설을 추장

6 영국의 문호 '셰익스피어'를 달리 이르는 말.
7 한 동네에서 나이가 많은 남자 어른을 높여 이르는 말.
8 같은 성을 가진 팔촌 안에 드는 일가.
9 부유하다.
10 옛적.
11 모으다. 모이다.

推奬[12]하여 자기의 손으로 좋은 종이에다가 문호의 소설을 베끼고 그 표지에 '김문호 저, 종제 문해 서'라 하고 뚜렷하게 썼다. 문호의 부친도 이것을 보고 양인의 정의情誼의 친밀함을 찬탄하고 또 그 아들의 손으로 된 소설을 일독하였다. 그리고 "이런 것을 쓰면 사람을 버리느니라" 하고 책망은 하면서도 십오 세 된 문호의 재주를 속으로 기뻐하기는 하였다. 그리고 과거 제도가 폐하지 아니하였던들 문호와 문해는 반드시 대과에 장원 급제를 할 것인데 하고 아깝게 여겼다.

3

문호는 난수를 시인의 자질이 있다고 믿는다. 재미있는 노래나 시를 읽어주면 난수는 손으로 무릎을 치며 좋아하고 또 즉시 그것을 암송하며 유치하나마 비평도 한다. 문호는 이것을 기뻐하여 집에 돌아올 때마다 반드시 새로운 노래나 시나 단편소설을 지어가지고 온다. 난수도 문호가 돌아올 때마다 이것을 기다린다. 그러나 문호의 친누이는 난수와 동갑이요 재주도 있건마는 문호가 보기에 난수만큼 미를 감애感愛하는 힘이 예민치 못하다. 그러므로 문호가

"애 지수야 너는 고운 것을 볼 줄을 모르는구나."
하고 경멸하는 듯이 말하면 지수는 얼굴이 빨개지며

---

12 추천하여 장려함.

"내야 아나 난 수나 알지."

하고 눈물 고인 눈으로 문호의 얼굴을 힐끗 본다. 이렇게 되면 문호도 지수의 우는 것이 불쌍하여 머리를 쓸며

"아니, 너도 남보다야 낫지. 그러나 난수가 너보다 더 낫단 말이지."

한다.

과연 지수도 재주가 있다. 그러나 지수는 문호보다 문해와 동형同型이라. 말이 적고 지혜롭고 침착하고…… 그러므로 지수는 문호보다도 문해를 사랑한다. 한 번은 문호가 난수와 지수 있는 곳에서 문해에게,

"얘 문해야. 참 이상하구나. 난수는 나를 닮고 지수는 너를 닮았구나. 흥, 좋지. 한집안에 시인 둘하고 도덕가 둘이 나면 그 아니 영광이냐."

하였다. 문해도 지수의 머리를 쓸며,

"지수야 너와 나와는 도덕가가 되자. 형님과 난수는 시인이 되어 술주정이나 하고."

하고 일동이 웃었다. 더욱이 평생에 불만한 마음을 품던 지수는 이에 비로소 문호에게 대하여 나도 평등이거니 하는 위로를 얻었다. 그리고 문해에게 대한 사랑이 더욱 많아졌다.

다른 누이들 중에도 난수의 형 혜수惠秀가 매우 재주가 있다. 그는 차동 중 청년 여자계에 문학으로 최선각자라. 언문소설을 유행케 한―말하자면 이 문중에 신문단新文壇을 건설한 자는 문호의 고모라. 그는 오래 외가에서 길러 나는 동안에 내종제자內從諸姊의 영향을 받아 언문소설을 애독하게 되고 십사 세에 외가에 올 때

에, 《숙향전》《사씨남정기》《월봉기》 같은 언문소설을 가지고 와서 동중 여러 처녀들에게 일변一邊 언문을 가르치며 일변 소설을 권장하였다. 마침 문중에 존경을 받는 문호의 조모가 노년에 소설을 편기偏嗜[13]하므로 문호의 부친 형제의 다소한 반대도 효력이 없고 언문 문학의 효력은 점점 문호의 당내 여자계에 침윤浸潤하였다. 그러므로 문호와 문해의 부인네도 처음에는 언문도 잘 모르더니 지금은 열렬한 문학 애호자가 되었다. 그러나 그네는 며느리 된 몸이라 딸 된 자와 같이 자유롭지 못하므로 겨우 명절 때를 타서 독서할 뿐이요 그밖에는 누이들의 틈에 끼어서 조금씩 볼 뿐이었다.

이 모양으로 김문金門 여자계에 문학을 수립한 자는 문호의 고모로되 그 고모는 출가한 지 삼 년이 못하여 천절夭折하고 문학계의 주권은 혜수의 손에 돌아왔더니 재작년 혜수가 출가한 이래로 문학계는 군웅할거의 상태라. 그중에 문호의 재종매再從妹[14] 되는 자가 가장 유력하나 그는 가세가 빈한하여 독서할 틈이 없고 그나마는 대개 재질才質이 둔하여 장족의 진보가 없고 현재에는 지수와 난수가 문학계의 쌍태성雙台星이라. 그러나 난수는 훨씬 지수보다 감애성感愛性이 예민하다.

그래서 문호는 한사코 난수를 공부를 시키려 하건마는 문호의 계부季父는,

"계집애가 공부는 해서 무엇하게!"

하고 언하言下에 거절한다. 문해도 난수를 공부시킬 마음이 없지

---

13 치우쳐 즐김.
14 육촌 누이.

아니하건마는 워낙 냉정하여 열정이 없는 데다가 또 부모의 냉담에 절대로 복종하는 미질美質[15]이 있고 난수 당자當子는 아직 공부가 무엇인지 모르므로 부모에게 간구干求도 아니하여 문호 혼자서 애를 쓸 뿐이라. 그러므로

"내가 중학교를 마치고서 서울에 갈 때에는 반드시 지수를 데리고 가리라 될 수만 있으면 난수도 데리고 가리라."

하고 어서 명춘明春이 돌아오기만 기다린다.

4

그해 가을에 십육 세 되는 난수는 모 부가富家의 십오 세 되는 자제와 결혼이 되었다. 문호가 이 말을 듣고 백방으로 부친과 계부에게 간諫하였으나 들리지 아니하였다. 그래서 문호는 난수에게,

"애 시집가기 싫다고 그래라. 명춘에 내 서울 데려다 줄 것이니."

하고 여러 말로 충동하였다. 그러나 난수는,

"내가 어떻게 그러겠소. 오빠가 말씀하시구려."

한다. 난수는 미상불未嘗不[16] 남자를 대하고 싶은 생각이 없지 아니하였다. 어서 혼인날이 와서 그 신랑 되는 자의 얼굴도 보고 안겨도 보았으면 하는 생각조차 없지 아니하였다. 난수는 지금껏 가장 정답게 사랑하던 문호보다도 아직 만나보지 아니한 어떤 남자가 그립다 하게 되었다. 문호는 난수의 이 말에,

15 아름다운 성질이나 바탕.
16 아닌 게 아니라 과연.

"엑, 못생긴 것!"

하고 눈물이 흐를 뻔하였다. 그리고 아까운 시인이 그만 썩어지고 마는 것을 한탄도 하였다. 또 자기가 가장 사랑하던 누이를 어떤 사람에게 빼앗기는 것이 아깝기도 하고 분하기도 하였다. 마치 영국 시인 워즈워스가 그 누이와 일생을 같이 보낸 모양으로 자기도 난수와 일생을 같이 보냈으면 하였다.

얼마 있다가 신랑 되는 자가 천치라는 말이 들어온다. 온 집안이 모두 걱정하였다. 그러나 그중에 제일 슬퍼한 자는 문호라. 문호의 부친이 이 소문의 허실을 사실할 양으로 오륙십 리 정㎞ 되는 신랑 가를 방문하여 신랑을 보았다. 그리고 돌아와서,

"좀 미련한 듯하더라마는 그래야 복이 있느니라."

하고 혼인은 아주 확정되었다. 그러나 전하는 말을 들건대 신랑은 《논어》일 행을 삼 일에도 못 외운다는 둥, 코와 침을 흘리고 어른께도 "너, 나" 한다는 둥, 지랄을 부린다는 둥, 눈에 흰자울뿐이요 검은자울이 없다는 둥, 심지어 그는 고자라는 소문까지 들려서 문호의 조모와 숙모는 날마다 눈물을 흘리고 혼인한 것을 후회한다. 난수도 이런 말을 듣고는 안색에 드러내지는 아니하여도 조그마한 가슴이 편할 날이 없어서 혹 후원에 돌아가 돌을 던져서 이 소문이 참인가 아닌가 점도 하여보고 문호가 시키는 대로

"나는 시집가기 싫소."

하고 떼를 쓰지 아니한 것을 후회도 하였다.

문호는 이 말을 듣고 울면서 계부께 간하였다. 그러나 계부는

"못 한다. 양반의 집에서 한번 허락한 일을 다시 어찌한단 말이냐. 다 제 팔자지."

"그러나 양반의 체면은 잠시 일이지요. 난수의 일은 일생에 관한 것이 아니오리까. 일시의 체면을 위하여 한 사람의 일생을 희생한다는 것이 말이 됩니까?"

하였으나 계부는 성을 내며,

"인력으로 못 하느니라."

하고는 다시 문호의 말을 듣지도 아니한다. 문호는 그 '양반의 체면'이란 것이 미웠다. 그리고 혼자 울었다. 그날 난수를 만나니 난수도 문호의 손을 잡고 운다. 문호는 난수를 얼마 위로하다가

"다 네가 약한 죄로다. 왜 내가 시키는 대로 하지 아니하였느냐?"

하고 왈칵 난수의 손을 뿌리치고 뛰어나왔다. 그러나 문해는 울지 아니한다. 물론 문해도 난수의 일을 슬퍼하지 아님은 아니나 문해는 그러한 일에 울 만한 열정이 없고 그 부친과 같이 단념할 줄을 안다. 그러나 문호는 이것은 그 계부가 난수라는 여자에게 대하여 행하는 대죄악이라 하여 그 계부의 무지 무정함을 원망하였다. 이 혼인 때문에 화락하던 문호의 집에는 밤낮 슬픈 구름이 가리었다.

5

혼인날이 왔다. 소를 잡고 떡을 치고 사람들이 다 술에 취하여 즐겁게 웃고 이야기한다. 동내洞內 부인들은 새 옷을 갈아입고 난수의 집 부엌과 마당에서 분주히 왔다 갔다 한다. 문호의 부친과 계부도 내외로 다니면서 내빈을 접대한다. 그러나 그 양미간에는

속일 수 없는 근심이 보인다. 문해도 그날은 감투에 갓을 받쳐 쓰고 분주하다. 그러나 문호는 두루마기도 아니 입고 집에 가만히 앉았다. 혼인날이라고 고모들과 시집간 누이들이 모여들어 문호의 집 안방에는 노소 여자가 가득히 차서 오래간만에 만난 반가운 정회를 토로한다. 늙은 고모들은 혹 눕기도 하고 젊은 누이들은 공연히 자리를 잡지 못하고 들어왔다 나갔다 한다. 마치 오랫동안 시집에 있어서 펴지 못하던 기운을 일시에 다 펴려는 것 같다. 가는 말소리 굵은 말소리가 들리다가는 이따금 즐거운 웃음소리가 합창 모양으로 들린다. 그러나 문호는 별로 이야기 참례도 아니 하고 한편 구석에 가만히 앉았다. 시집간 누이들과 집에 있는 누이들이 여러 번 몰려와서 문호를 웃기려 하였으나 마침내 실패에 종※하였다. 문호의 어머니가 음식을 감독하다가 문호가 아니 보임을 보고 문호를 찾아와서,

"애, 왜 여기 앉았느냐. 나가서 손님 접대나 하지그려. 어디 몸이 편치 아니하냐?"

하여도 문호는 성난 듯이 가만히 앉았다. 여기저기서 취한 사람들의 웃고 지껄이는 소리가 들릴 때마다 문호는 분노하는 듯이 주먹을 부르쥐었다. 난수는 형들 틈에 앉았다가 시끄러운 듯이 뛰어나와 문호의 곁에 들어와 앉는다. 형들은 난수를 대하여 "좋겠구나" "기쁘겠구나" "부자라더라……" 이러한 농담을 하였다. 그러나 난수는 이러한 농담을 들을 때마다 가슴을 찌르는 듯하였다.

난수는 문호의 어깨에 기대며 문호의 눈을 본다. 문호는 난수의 눈을 보았다. 그 눈에는 절망과 단념의 빛이 있는 듯하다. 그

러나 난수는 다만 신랑의 천치라는 말에 근심이 되고 절생絶生이 될 뿐이요 이 사건에 대하여 어떠한 태도를 취할 줄을 모르고 다만 나는 불가불 천치와 일생을 보내게 되거니 할 뿐이라. 문호는 눈물을 난수에게 아니 보일 양으로 고개를 돌리며

'아깝다. 그 얼굴에 그 재주에 천치의 아내 되기는 참 아깝고 절통하다.'

하고 어느 준수한 총각이 있으면 그와 난수와 부부를 삼아 어디로나 도망을 시키리라 한다. 차라리 부모의 억제로 마음 없는 곳에 시집가기보다는 자기의 마음 드는 남자와 도망하는 것이 마땅하다고 문호는 생각한다. 그리고 다시 난수를 보매 사랑스러운 마음과 불쌍한 마음과 아까운 마음과 천치 신랑이 미운 생각이 한데 섞여 나온다. 문호는 난수의 손을 힘껏 쥐었다. 난수도 문호의 손을 힘껏 쥔다. 그리고 이빨로 가만히 문호의 팔을 물고 바르르 떤다. 문호는 무슨 결심을 하였다.

신랑이 왔다. 신랑을 맞는 일동은 모두 다 낙심하고 고개를 돌렸다. 비록 소문이 그러하더라도 설마 저렇기야 하려 하였더니 실제로 보건대 소문보다 더하다. 머리는 함부로 크고 시뻘건 얼굴이 두 뼘이나 길고 커다란 눈은 마치 쇠눈깔과 같고 커다란 입은 헤 벌려서 걸쭉한 침이 턱에서 떨어진다. 문호의 숙모는 이 꼴을 보고 문호 집 안방에 뛰어들어와 이불을 쓰고 눕고 지금껏 웃고 떠들던 고모들과 누이들도 서로 마주 보기만 하고 아무 말도 없다. 다만 문호의 부친 형제와 문해가 웃을 때에는 웃기도 하면서 여전히 내빈을 접接하고 동내 부인네와 남자들이 분주할 뿐이요 양가 가족들은 모두 다 낙심하여 앉았다. 문호는 한참이나 신랑을

보다가 집에 뛰어들어와 난수를 보고 눈물을 흘렸다. 난수는 문호의 등에 얼굴을 대고 운다. 문호는 저고리 등이 눈물에 젖어 따뜻함을 깨달았다. 이때에 혜수가 와서 난수를 안아 일으키며,

"얘. 난수야 오라비 두루마기 젖는다. 울기는 왜 우느냐, 이 기쁜 날."

하고 난수를 달랜다. 난수는 속으로

'흥 제 서방은 얼굴도 똑똑하고 사람도 얌전하니깐.'

하였다. 과연 혜수의 남편은 얼굴이 어여쁘고 얌전도 하였다. 아까 그가 신랑을 맞아들여 갈 때에 중인衆人은 양인을 비교하고 혜수와 난수의 행불행을 생각지 아니한 자가 없었다. 난수가 처음에 기다리던 신랑은 혜수의 신랑과 같은 자 또는 문호나 문해와 같은 자였다.

밤이 왔다. 문호는 어디서 돈 오 원을 구하여가지고 가만히 난수에게,

"얘 이제 나하고 서울로 가자. 이 밤차로 도망하자. 가서 내가 공부하도록 하여주마."

하였다. 그러나 난수는 문호의 말에 다만 놀랄 뿐이요 응할 생각은 없었다.

'서울로 도망!'

이는 못 할 일이라 하였다. 그래서 고개를 흔들었다. 문호는,

"얘, 이 못생긴 것아. 일생을 그 천치의 아내로 지낼 터이냐?"

하며 팔을 끌었다. 그러나 난수는 도망할 생각이 없다. 문호는 울어 쓰러지는 난수를 발길로 차며

"죽어라, 죽어!"

하고 꾸짖었다. 그리고 외딴 방에 가서 혼자 누웠다.

혜수의 신랑이 들어와,

"자 나하고 자세."

하고 문호의 곁에 눕는다. 문호는 또 난수의 신랑과 혜수의 신랑을 비교하고 난수를 불쌍히 여기는 정이 격렬하여진다. 그리고 혜수의 신랑의 아름다운 얼굴과 자기의 얼굴의 아름다움을 자랑하는 듯한 웃음을 보고 문호도 빙긋이 웃는다. 혜수의 신랑은,

"여보게. 그 신랑이란 자가."

하고 웃음이 나와서 말을 이루지 못하면서 겨우

"내가 떡을 권하였더니 먹기 싫다고 밥상을 발길로 차데그려, 그래 방바닥에 국이 쏟아지고."

하면서 자기의 젖은 바지를 보이며 웃는다. 문호도 그 쇠눈깔 같은 눈을 희번덕거리며 발길로 차던 모양을 상상하고 웃음을 금치 못하였다. 혜수의 신랑도 혜수에 비기면 열등하였다. 그는 지금 십칠 세나 아직 사숙私塾에서 《맹자》를 읽을 뿐이라 도저히 혜수의 발달한 상상력과 취미에 기급企及[17]지 못할뿐더러 혜수의 정신력이 자기보다 우월한 줄도 이해하지 못하는 아직 유취소아乳臭小兒[18]였다. 그러므로 혜수도 부夫에게 대하여 일종 모멸하는 감정을 가진다. 그러나 문호나 혜수나 다 같이 그의 용모의 미려함과 성질의 온순 영리함을 사랑한다.

이튿날 아침에 문호는 계부의 집에 갔다. 아랫방 아랫목에 난수가 비단옷을 입고 머리를 쪽 찌고 앉은 모양을 문호는 말없이

---

17 엇비슷하거나 맞먹음.
18 젖내 나는 어린아이.

물끄러미 보았다. 난수는 얼른 문호의 얼굴을 보고 고개를 돌린다. 문호는 그 비단옷과 머리의 변한 것을 볼 때에 형언치 못할 비애와 혐오를 깨달았다. 난수가 작야(昨夜)에 천치와 한자리에 잤는가, 혹은 저 천치에게 처녀를 깨트렸는가 생각하매 비분한 눈물이 흐르려 한다. 난수의 주위에 둘러앉았던 고모들과 누이들은 문호의 불평하여 하는 안색을 보고 웃기와 말하기를 그친다. 지수는 문호의 팔을 떠밀치며,

"오빠는 나가시오."

한다. 난수도 문호의 심정을 대강은 짐작한다. 그러나 문호는 입술로 "쩝쩝" 하는 소리를 내며 난수의 돌아앉은 꼴을 본다. 그리고 속으로

'아아 만사휴의(萬事休矣)[19]로구나.'

왜 저렇게 어여쁘고 얌전하고 재주 있는 처녀를 천치의 발 앞에 던져 지르밟히게 하는가 생각하매 마당과 방 안에 왔다 갔다 하는 인물들이 모두 다 난수 하나를 못되게 만들고 장난감을 삼는 마귀의 무리들같이 보인다. 힘이 있으면 그 악한 무리들을 온통 때려 부수고 그 무리들의 손에서 죽는 난수를 구원하여내고 싶다. 문호의 눈에 난수는 죽은 사람이로다 이런 생각을 할 때에 지수는 또 한 번,

"어서, 오빠는 나가셔요!"

하고 떠밀친다. 그제야 비로소 난수를 보던 눈으로 지수를 보았다. 지수의 눈에는 사랑과 자랑의 빛이 보인다. 문호는 지수나 잘

---

19 모든 것이 헛수고로 돌아감을 이르는 말.

되도록 하리라 하고 나온다.

나와서 바로 집으로 오려다가 혜수의 신랑한테 끌려 신랑 방으로 들어간다. 혜수의 신랑은 신랑의 우스운 꼴을 구경하려고 문호를 끌고 들어가는 것이라. 신랑 방에는 소년들이 많이 모였다. 혜수의 신랑이 신랑의 곁에 앉으며,

"조반 자셨나?"

하고 인사를 한다. 신랑은 침을 질질 흘리며 헤 하고 웃는다. 그래도 어저께 자기를 맞던 사람을 기억하는구나 하고 문호는 코웃음을 하였다. 곁에서 누가 문호를 신랑에게 소개한다.

"이이가 신랑의 처종형일세."

그러나 신랑은 여전히 침을 흘리며 다만

"처종형?"

하고 문호의 얼굴을 본다. 그 눈이 마치 죽은 소 눈깔같이 보여 문호는 구역이 나서 고개를 돌렸다. 그리고 속으로

'아아 저것이 내 난수의 배필!'

하였다.

6

익년 봄에 문호는 동경으로 유학을 갔다가 이태 되는 여름에 집에 돌아왔다. 그러나 앞 고개에는 이미 난수의 나와 맞음이 없고 대문 밖에는 웃고 맞아주던 자매들이 보인다. 문호가 동경 갈 때에 십여 세 되던 자매들이 지금은 십 이삼 세의 커다란 처녀가

되어 역시 반갑게 문호를 맞는다. 그러나 그 처녀들은 결코 문호의 친구가 아니리라. 문호는 방에 들어가 이전 앉던 자리에 앉았다. 그리고 처녀들도 이전 모양으로 문호를 중심으로 하고 둘러앉는다. 그 어머니는 여전히 닭을 잡고 떡을 만들어 문호와 문해와 둘러앉은 처녀들을 먹인다. 그러나 삼 년 전에 있던 즐거움은 영원히 스러지고 말았다. 문호는 울고 싶었다. 그러나 삼 년 전과 같이 눈물이 흐르지 아니한다. 문호는 마주 앉은 문해의 까맣게 난 수염을 본다. 그리고 손으로 자기의 턱을 쓸며,

"문해야, 우리 턱에도 수염이 났구나."

하며 턱 아래 한 치나 자란 외대 수염을 툭툭 잡아채며 웃는다. 문해도 금석今昔의 감感을 금치 못하면서 코 아래 까맣게 난 수염을 만진다. 처녀들도 양인이 수염을 만지는 것을 보고 웃는다. 그러나 그네는 양인의 뜻을 모른다. 모친은 어린아이 둘을 안아다가 문호의 앞에 놓는다. 물끄러미 검은 양복 입은 문호를 보더니 토실토실한 팔을 내두르고 으아 하고 울면서 모친의 무릎으로 기어간다. 모친은 두 아이를 안으면서,

"이 애들이 벌써 세 살이 되었구나."

한다. 문호는 하나가 자기의 아들이요 하나가 문해의 아들인 줄을 아나 어느 것이 자기의 아들인 줄을 몰라 우두커니 우는 아이들을 보고 앉았다가 자탄하는 모양으로

"흥, 우리도 벌써 아버질세그려. 소년의 천국은 영원히 지나갔네그려."

하고 웃으면서도 눈에는 눈물이 고인다. 가만히 문호를 보고 앉은 모친의 얼굴에도 전보다 주름이 많게 되었다. 문호는 정신없

는 듯이 모친만 보고 앉았다. 집 앞 버드나무에서는 "꾀꼬리오"
하는 소리가 들린다.

— 〈청춘〉, 1917. 6.

어린 벗에게

제1신

　사랑하는 벗이여—

　전번에 평안하다는 편지를 부친 후 사흘 만에 병이 들었다가 오늘에야 겨우 출입하게 되었나이다. 사람의 일이란 참 믿지 못할 것이로소이다. 평안하다고 편지 쓸 때에야 누구라서 삼 일 후에 중병이 들 줄을 알았사오리까? 건강도 믿을 수 없고 부귀도 믿을 수 없고 인생 만사에 믿을 것이 하나도 없나이다. 생명인들 어찌 믿사오리까, 이 편지를 쓴 지 삼 일 후에 내가 죽을는지 어찌 아오리까. 고인이 인생을 조로朝露[1]에 비긴 것이 참 마땅한가 하나

1　아침 이슬. 인생의 덧없음을 비유적으로 이르는 말.

이다. 이러한 중에 오직 하나 믿을 것이 정신적으로 동포 민족에게 선善 영향을 끼침이니 그리하면 내 몸은 죽어도 내 정신은 여러 동포의 정신 속에 살아 그 생활을 관섭管攝[2]하고 또 그네의 자손에게 전하여 영원히 생명을 보전할 수가 있는 것이로소이다. 공자가 이리하여 영생하고 야소耶蘇[3]와 석가釋迦가 이리하여 영생하고 여러 위인과 국사와 학자가 이리하여 영생하고 시인과 도사가 이리하여 영생하는가 하나이다.

나도 지금 병석에서 일어나 사랑하는 그대에게 이 편지를 쓰려 할 제 더욱 이 감상이 깊어지나이다. 어린 그대는 아직 이 뜻을 잘 이해하지 못하려니와 총명한 그대는 근사하게 상상할 수는 있는가 하나이다.

내 병은 중한 한감寒感[4]이라 하더이다. 원래 상해上海란 수토水土가 건강에 부적不適하여 이곳 온 지 일주일이 못하여 소화불량증을 얻었사오며 이번 병도 소화불량에 원인한가 하나이다. 첨 이삼일은 신체가 권태하고 정신이 침울하더니 하루 저녁에는 오한하고 두통이 나며 자고 나니 이번은 전신에 모닥불을 퍼붓는 듯하고 가슴은 바짝바짝 들이 타고 조갈증이 나고 뇌는 부글부글 끓는 듯하여 가끔 정신을 잃고 군소리를 하게 되었나이다.

이때에 나는 더욱 간절히 그대를 생각하였나이다. 그때에 내가 병으로 있을 제 그대가 밤낮 내 머리맡에 앉아서 혹 손으로 머리도 짚어주고 다정한 말로 위로도 하여주고―그중에도 언제

2 겸관兼管. 겸직.
3 '예수'의 음역어.
4 추운 겨울에 걸리는 감기.

내 병이 몹시 중하던 날 나는 이삼 시간 동안이나 정신을 잃었다가 겨우 깨어날 제 그대가 무릎 위에 내 머리를 놓고 눈물을 흘리던 생각이 더 간절하게 나나이다. 그때에 내가 겨우 눈을 떠서 그대의 얼굴을 보며 내 여위고 찬 손으로 그대의 따뜻한 손을 잡을 제 내 감사하는 생각이야 얼마나 하였으리까. 지금 나는 이역 역려異域逆旅에 외로이 병들어 누운 몸이라 간절히 그대를 생각함이 또한 당연할 것이로소이다. 나는 하도 아쉬운 마음에 억지로 그대가 지금 내 곁에 앉았거니 내 머리를 짚고 내 손을 잡아주거니 하고 상상하려 하나이다. 몽매간夢寐間에 그대가 내 곁에 있는 듯하여 반겨 깨어본즉 차디찬 전등만 무심히 천장에 달려 있고 유리창 틈으로 찬바람이 획획 들이쏠 뿐이로소이다. 세상에 여러 가지 괴로움이 아무리 많다 한들 이역 역려에 외로이 병든 것보다 더한 괴로움이야 어디 있사오리까. 몸에 열은 여전하고 두통과 조갈燥渴⁵은 점점 심하여가되 주인은 잠들고 냉수 한잔 주는 이 없나이다. 그대가 냉수 먹는 것이 해롭다 하여 밤에 커다란 무를 얻어다가 깎아주던 생각이 나나이다. 조갈한 중에 시원한 무—사랑하는 그대의 손으로 깎은 무 먹는 맛은 선도仙桃—만일 있다 하면—먹는 맛이라 하였나이다.

이러한 때에는 여러 가지 공상과 잡념이 많이 생기는 것이라 지금 내 머리에는 과거 일 미래 일 있던 일 없던 일 기쁘던 일 섧던 일이 연락도 없고 질서도 없이 짤그막짤그막 조각조각 쓸어나오나이다. 한참이나 이 잡념과 공상을 겪고 나서 뻔히 눈을 뜨

---

5 입술이나 입안, 목 따위가 타는 듯이 몹시 마름.

면 마치 그동안에 수십 년이나 지나간 듯하나이다. 혹 '죽음'이라는 생각도 나나이다. 내 병이 점점 중하여져서 명일明日이나 재명일再明日이나 또는 이 밤이 새기 전에라도 이 목숨이 스러지지 아니할런가 이렇게 여러 가지 생각을 하고 있다가 비몽사몽 간에 이 세상을 버리지나 아니할런가 혹 지금 내가 죽어서 이런 생각을 하는 것이 아닌가 하여 제 손으로 제 몸을 만져보기도 하였나이다. '죽음!' 생명은 무엇이며 죽음은 무엇이뇨, 생명과 죽음은 한 데 매어놓은 빛 다른 노끈과 같으니 붉은 노끈과 검은 노끈은 원래 다른 것이 아니라 같은 노끈의 한끝을 붉게 들이고 한끝을 검게 들였을 뿐이니 이 빛과 저 빛의 거리는 영零이로소이다. 우리는 광대 모양으로 두 팔을 벌리고 붉은 끝에서 시작하여 시시각각으로 검은 끝을 향하여 가되 어디까지가 붉은 끝이며 어디서부터 검은 끝인지를 알지 못하나니 다만 가고 가고 가는 동안에 언제 온 지 모르게 검은 끝에 발을 들여놓는 것이로다. 나는 지금 어디쯤에나 왔는가, 나 선 곳과 검은 끝과의 길이가 얼마나 되는가? 나는 지금 병이란 것으로 전속력으로 검은 끝을 향하여 달아나지 않는가, 할 때에 알 수 없는 공포가 전신을 둘러싸는 듯하더이다. 오늘날까지 공부한 것은 무엇이며 근고勤苦[6]하고 일한 것은 무엇이뇨, 사랑과 미움과 국가와 재산과 명성은 무엇이뇨, 희망은 어디 있으며 선은 무엇 악은 무엇이뇨, 사람이란 일생에 얻은 모든 소득과 경험과 기억과 역사를 아끼고 아끼며 지녀오다가 무덤에 들어가는 날 무덤 해관海關[7]에서 말끔 빼앗기고 세상에 나올 때

---

6 마음과 몸을 다하며 애씀. 또는 그런 일.
7 항구에 설치한 관문.

에 발가벗고 온 모양으로 세상을 떠날 때에도 발가벗기어 쫓겨 나는 것이로소이다. 다만 변한 것은 고와서 온 것이 미워져서 가고 기운차게 온 것이 가엾게 가고 축복받아 온 것이 저주받아 감이로소이다. 그러므로 나는 생각하나이다. 이제 죽으면 어떻고 내일 죽으면 어떠며 어제 죽었으면 어떠려—아주 나지 않았던들 어떠려. 아무 때 한 번 죽어도 죽기는 죽을 인생이요, 죽은 뒤면 왕공이나 거지나 사람이나 도야지나 내지 귀뚜라미나 다 같이 스러지기는 마치 일반이니 두려울 것이 무엇이며 아까울 것이 무엇이려 함이 나의 사생관이로소이다.

그러나 인생이 생生을 아끼고 사死를 두려워함은 생이 있음으로 얻을 무엇을 잃어버리기를 아껴 함이니 혹 금전을 좋아하는 이가 금전의 쾌락을 아낀다든가, 사랑하는 부모나 처자를 둔 이가 이들과 작별하기를 아낀다든가 혹 힘써 얻은 명예와 지위를 아낀다든가 혹 사랑하는 사람과 떠나기를 아낀다든가 혹 우주 만물의 미美를 아낀다든가 함인가 하나이다. 이러한 생각이야말로 인생으로 하여금 생의 욕망과 집착을 생하게 하는 것이니 이 생각에서 인세人世의 만사가 발생하는 것인가 하나이다. 내가 지금 사를 생각하고 공포恐怖함은 무엇을 아낌이오리까. 나는 부귀도 없나이다. 명예도 없나이다. 내게 무슨 아까울 것이 있사오리까—오직 '사랑'을 아낌이로소이다. 내가 남을 사랑하는 데서 오는 쾌락과 남이 나를 사랑하여주는 데서 오는 쾌락을 아낌이로소이다. 나는 그대의 손을 잡기 위하여, 그대의 다정한 말을 듣기 위하여. 그대의 향기로운 입김을 맡기 위하여, 차디차고 쓰디쓴 인세의 광야에 내 몸은 오직 그대를 안고 그대에게 안겼거니 하는 의식의 짜르르하는 묘미를 맛보기 위하여 살고자 함이로소이다. 그대가 만일 평생 내 머리를 짚어주고 내 손을 잡아준다면 나는 즐겨 일생을 병으로 지내리다. 창공을 바라보매 모두 차디차디 한 별인 중에 오직 따뜻한 것은 태양인 것같이 인사人事의 만반 현상萬般現象을 돌아보매 모두 차디차디 한 중에 오직 따뜻한 것이 인류 상호의 애정의 현상뿐이로소이다.

그러나 나는 저 형식적 종교가 도덕가가 입버릇으로 말하는 그러한 애정을 일컬음이 아니라, 생명 있는 애정―펄펄 끓는 애정, 빳빳 마르고 습슬한 애정 말고 자릿자릿하고 달디달디 한 애정을 일컬음이니 가령 모자母子의 애정, 어린 형제자매의 애정, 순결한 청년 남녀의 상사相思하는 애정, 또는 그대와 나와 같은 상사적相思的 우정을 일컬음이로소이다. 건조 냉담乾燥冷淡한 세상에 천년을 살지 말고 이러한 애정 속에 일일一日을 살기를 원하나이다. 그러므로 내가 잡을 직업은 아비, 교사, 사랑하는 사람, 병인 간호하는 사람이 될 것이로소이다.

그러나 나는 지금 사랑할 이도 없고 사랑하여줄 이도 없는 외로운 병석에 누웠나이다.

이리하기를 삼사일 하였나이다. 상해 안에는 친구도 없지 아니하오매 내가 앓는 줄을 알면 찾아오기도 하고 위로도 하고 혹 의원도 데려오고 밤에 간호도 하여줄 것이로소이다. 그러나 나는 내가 앓는다는 말을 아무에게도 전하지 아니하였나이다. 그 뜻은 사랑하지 않는 이의 간호도 받기 싫거니와 내가 저편에 청하여 저편으로 하여금 체면상 나를 위문하게 하고 체면상 나를 위하여 밤을 새우게 하기가 싫은 까닭이로소이다. 나도 지내보니 제가 사랑하는 사람을 위하여서는 연일 밤을 새워도 곤한 줄도 모르고 설혹 병인이 토하거나 똥을 누어 내 손으로 그것을 치워야 할 경우를 당하더라도 싫기는커녕 오히려 내가 사랑하는 이를 위하여 복무하게 된 것을 큰 쾌락으로 알거니와 제가 사랑하지 않는 사람을 위하여서는 한 시간만 안 자도 졸리고 허리가 아프고 그 병인의 살이 내게 닿기만 하여도 싫은 병이 생겨 혹 억지로 체면으로 그를 안아주고 위로하여주더라도 이는 한 외식外飾[8]에 지나지 못하며 심지어 저것이 죽었으면 사람 죽는 구경이나 하련마는 하는 수도 있더이다. 그러므로 나는 나를 사랑하지 않는 이의 외식하는 간호를 받으려 하지 아니함이로소이다. 그때에도 여러 사람이 곁에 둘러앉아서 여러 가지로 나를 위로하고 구원하는 것보다 그대가 혼자 곤하여서 앉은 대로 벽에 기대어 조는 것이 오히려 내게 큰 효력이 되고 위안이 되었나이다. 그러므로 나를 사랑하지 않는 여러 사람의 간호를 받기보다 상상으로 실컷 사랑하는 그대의 간호를 받는 것이 천층만층 나으리라 하여 아무에게도 알리지 아니한 것이로소이다.

제오일 밤에 가장 심하게 고통苦痛하고 언제 잠이 들었는지 모르나 정신을 못 차리고 혼수하였나이다. 하다가 곁에서 사람의 말소리가 들리기로 겨우 눈을 떠 본즉 어떤 청복淸服 입은 젊은 부인과 남자 학도 하나가 풍로風爐에 조그마한 냄비를 걸어놓고 무엇을 끓이더이다. 희미한 정신으로나마 깜짝 놀랐나이다. 꿈이나 아닌가 하였나이다. 나는 청인 여자에 아는 이가 없거늘 이 어

8 겉치레.

떤 사람이 나를 위하여―외롭게 병든 나를 위하여 무엇을 끓이는고. 나는 다시 눈을 감고 가만히 동정을 보았나이다.

얼마 있다가 그 소년 학생이 내 침대 곁에 와서 가만히 내 어깨를 흔들더이다. 나는 깨었나이다. 그 소년은 핏기 있고 쾌활하고 상긋상긋 웃는 얼굴로 나의 힘없이 뜬 눈을 들여다보더니. 청어清語로

"어떠시오? 좀 나아요?"

나는 무인 광야에서 동무를 만난 듯하여 꽉 그 소년을 쓸어안고 싶었나이다. 나는 힘없는 목소리로

"네, 관계치 않습니다."

이때에 한 손에 부젓가락 든 부인의 시선이 내 시선과 마주치더이다. 나는 얼른 보고 그네가 오누인 줄을 알았나이다. 그 부인이 내가 잠 깬 것을 보고 침대 가까이 와서 영어로

"약을 달였으니 우선 잡수시고 조반을 좀 잡수시오."

이때에 내가 무슨 대답을 하오리까. 다만

"감사하올시다. 하나님이시여 당신네에게 복을 내리시옵소서."

할 따름이로소이다. 나는 억지로 몸을 일으켰나이다. 그 소년은 외투를 불에 쪼여 입혀주고 부인은 냄비에 덮인 약을 유리잔에 옮겨 담더이다. 나는 일어앉아 내 이불 위에 보지 못하던 상등上等 담요가 덮인 것을 발견하였나이다. 나는 참말 꿈인가 하고 고개를 흔들어보았나이다. 나는 차마 이 은인을 더 고생시키지 못하여 억지로 일어나 내 손으로 약도 먹으려 하였나이다. 그러나 이 두 은인은 억지로 나를 붙들어 앉히고 약 그릇을 손수 들어 먹이나이다. 나는 그 약을 먹음보다 그네의 애정과 정성을 먹는 줄 알

고 단모금에 쭉 들이켰나이다. 곁에 섰던 소년은 더운물을 들고 섰다가 곧 양치하기를 권하더이다. 부인은

"이제 조반을 만들겠으니 바람 쏘이시지 말고 누워 계십시오."

하고 물을 길으러 가는지 아래층으로 내려가더이다. 나는 그제야 소년을 향하여

"누구시오?"

하였다. 소년은 한참 주저주저하더니,

"나는 이 이웃에 사는 사람이올시다."

하고는 내 책상 위에 놓은 그림을 보더이다. 나는 다시 물을 용기가 없었나이다.

부인은 바켓트[9]에 물을 길어 들고 올라오더니 소년을 한번 구석에 불러 무슨 귓속말을 하여 내보내고 자기는 약 달이던 냄비를 부시어 우유와 쌀을 두고 죽을 쑤더이다. 나는 어떤 사람인지 물어보고 싶은 맘이 간절하기는 하나 미안하기도 하고 어떻게 물을지도 알지 못하여 가만히 베개에 기대어 하는 양만 보고 있었나이다. 그때의 나의 심중은 어떻게 형언할 수가 없었나이다. 부인은 그리 찬란하지 아니한 비단옷에 머리는 유행하는 양식 머리, 분도 바른 듯 만 듯, 자연한 장밋빛 같은 두 보조개가 아침 광선을 받아 더할 수 없이 아름답더이다. 그뿐 아니라 매우 정신이 순결하고 교육을 잘 받은 줄은 그 얼굴과 거지擧止[10]와 언어를 보아 얼른 알았나이다. 나는 그가 아마 어느 문명한 예수교인의 가정에서 가장 행복하게 자라난 처자인 줄을 얼른 알았나이다. 그리

9 bucket, 양동이.
10 행동거지.

고 그의 부모의 덕을 사모하는 동시에 인류 중에 이러한 정결한 처자가 있음을 자랑으로 알며 그를 보게 된 내 눈과 그의 간호를 받게 된 내 몸을 무상한 행복으로 알았나이다. 나는 병고도 좀 덜린 듯하고 설혹 덜리지는 아니하였더라도 청정淸淨한 희한한 기쁨이 병고를 잊게 함이라 하였나이다. 하도 괴롭고 하도 외로워 내 손으로 내 목숨을 끊어버리려고까지 하였나이다. 만일 이런 일이 없었더라면 오늘 아침에 깨어서도 또 그러한 흉하고 슬픈 생각만 하였을 것이로소이다. 그러나 나는 다시 맘에 기쁨을 얻고 생명의 쾌락과 집착력을 얻었나이다. 나는 죽지 말고 살려 하나이다. 울지 말고 웃으려 하나이다. 이러한 미가 있고 이러한 애정이 있는 세상은 버리기에는 너무 아깝다 하나이다. 하나님은 지옥에 들려는 어린 양에게 두 천사를 보내사 다시 당신의 슬하로 부른 것이로소이다. 나는 풍로에 불을 불고 숟가락으로 죽을 젓는 부인의 등을 향하여 은근히 고개를 숙이며 속으로 천사시여 하였나이다. 부인은 우연히 뒤를 돌아보더이다. 나는 부끄러워 고개를 푹 숙였나이다.

이윽고 층층대를 올라오는 소리가 나더니 그 소년이 밀감과 능금 담은 광주리와 우유통을 들고 들어와 그 부인께 주더이다. 부인은 또 무어라고 소곤소곤하더니 그 소년이 알아들은 듯이 고개를 끄덕끄덕하고 나더러

"칼 있습니까?"

"네 저 책상 왼편 서랍에 있습니다."

"열어도 관계치 않습니까?"

"네."

하는 내 대답을 듣고 소년은 발소리도 없이 책상 서랍을 열고 칼을 내어다가 능금을 깎아 백지 위에 쪼개어 내 침상 머리에 놓으며

"잡수세요, 목마르신데."

하고 초췌한 내 얼굴을 걱정스러운 듯이 보더이다. 나는 감사하고 기쁜 맘에

"참 감사하올시다."

하고 얼른 두어 쪽 집어 먹었나이다. 그 맛이여! 빼빼 마르던 가슴이 뚫리는 듯하더이다. 그때에 그대의 손에 무쪽을 받아먹던 맛이로소이다.

알지 못하는 처녀가 알지 못하는 이국 병인을 위하여 정성 들여 끓인 죽을 먹고 알지 못하는 소년이 손수 벗겨주는 밀감을 먹고 나니 몸이 좀 부드러워지는 듯하더이다. 그제야 나는 부인에게,

"참 감사드릴 말씀이 없습니다. 대체 아씨는 누구신데 외국 병인에게 이처럼 은혜를 끼치십니까?"

하고 나는 부지불각不知不覺에 눈물을 흘렸나이다. 부인은 소년의 어깨를 만지며,

"저는 이 이웃의 사람이올시다. 선생은 저를 모르시려니와 저는 여러 번 선생을 뵈었나이다. 여러 날 출입이 없으시기로 주인에게 물은즉 병으로 계시다기에 객지에 얼마나 외로우시려 하고 제 동생(소년의 어깨를 한번 더 만지며)을 데리고 약이나 한 첩 달여드릴까 하고 왔습니다."

나는 너무 감사하여 한참이나 말을 못 하고 눈물만 흘리다가,

"미안하올시다마는 좀 앉으시지요."

하여 부인이 의자에 앉은 뒤에 나는

"참 이런 큰 은혜가 없습니다. 평생 잊지 못할 큰 은혜올시다."

부인은 고개를 숙이고 얼굴을 잠깐 붉히며,

"천만의 말씀이올시다."

할 뿐.

이 말을 듣고 나는 갑자기 정신이 아득하여지며 방 안이 노랗게 되는 것만 보고는 어찌 된 지 몰랐나이다. 아마 쇠약한 몸이 과극한 정신적 동요를 견디지 못하여 기절한 것이로다. 이윽고 멀리서 나는 사람의 소리를 들으며 깨어본즉 곁에는 그 부인과 소년이 있고 그 외에 어떤 양복 입은 남자가 팔목을 잡고 섰더이다. 일동의 눈치와 얼굴에는 놀란 빛이 보이더이다. 나는 이 여러 은인을 걱정시킨 것이 더욱 미안하여 애써 웃으며,

"잠시 혼미하였었습니다. 이제는 평안하올시다."

그제야 부인과 소년이 웃고 내 손목을 잡은 사람도 부인을 향하여

"이삼일 내에 낫지요."

하고 아래로 내려가더이다. 부인은 "후―" 하고 한숨을 쉬며,

"아까 잡수신 조반이 체하였었는가요. 어떻게 놀랐는지 ― 두 시간이나 되었습니다."

그 후 아무리 사양하여도 삼 일을 연하여 주야로 약과 음식을 여투어주어[11] 부드러운 말로 위로도 하더이다. 그러나 앓는 몸이요 또 물을 용기도 없어 성명이 무엇인지 다만 이웃이라 하나 통호수가 얼만지도 몰랐나이다. 너무 오래 그네를 수고시키는 것이

---

11 돈이나 물건을 아껴 쓰고 나머지를 모아두다.

좋지 아니하리라 하여 부득이 부인의 대필로 몇몇 친구에게 편지를 띄우고 이제부터 내 친구가 올 터이니 너무 수고 마소서 크나큰 은혜는 각골난망하겠나이다 하여 겨우 돌려보내었나이다. 그동안 이 두 은인에게 받은 은혜는 참 헤아릴 수도 없고 형언할 수도 없나이다. 더욱이 그 추운 밤에 병상에 지켜 앉아 연해 젖은 수건으로 머리를 식혀주며 자리를 덮어주고 심지어 물을 데워 아침마다 수건으로 얼굴을 씻어주고 소년은 책상을 정돈하여주며 심부름을 하여주고―마침 십이월 이십 사오일경이라 학교는 휴업이나―하루 세 번 약을 달이고 먹을 것을 만들어주는 등 친동생과 조금도 다름이 없나이다. 나는 이 두 은인을 무엇이라 부르리까. 아우와 누이―우리 언어 중에 여기서 더 친절한 말이 없으니 이 말에 '가장 사랑하고 가장 공경하는'이라는 형용사를 달아 '가장 사랑하는 누이' '가장 사랑하는 아우'라 하려 하나이다. 사랑하는 그대여 나는 살려 하나이다. 살아서 일하려 하나이다―. 그대와 저와 저와 세 사람을 위하여 그 세 사람을 가진 복 있는 인생을 위하여 잘 살면서 잘 일하려 하나이다.

　오늘은 십이월 이십칠일. 부대 심신이 평안하여 게으르지 말고 정의의 용사 될 공부 하소서.

―사랑하시는 벗.

제2신

　전서前書는 지금 발해勃海를 건너갈 듯하여이다. 그러나 다시 사뢸 말씀 있어 또 끼적이나이다.

　오늘 아침에 처음 밖에 나와 우선 은인의 집을 찾아보았나이다. 그러나 성명도 모르고 통호도 모르매 아무리 하여도 찾을 수는 없이 공연히 사린四隣[12]을 휘휘 싸매다가 마침내 찾지 못하고 말았나이다. 찾다가 찾지 못하니 더욱 마음이 초조하여 뒤에 인적만 있어도 행여 그 사람인가 하여 반드시 돌아보고 돌아보면 반드시 모를 사람이더이다. 행여 길에서나 만날까 하고 아무리 주목하여 보아도 그런 사람은 없더이다. 나는 무엇을 잃은 듯이 망연히 돌아왔나이다. 돌아와서 그 보지 못하던 담요를 만지고 삼사일 전에 있던 광경을 그려 없는 곳에 그를 볼 양으로 철없는 애를 썼나이다. 나는 그가 섰던 자리에서도 보고 그가 만지던 바를 만져도 보고 그가 걸어 다니던 길을 회상하여 그 방향으로 걷기도 하였나이다. 그가 우두커니 섰던 자리에 서서 깊이 숨을 들이쉬었나이다. 만일 공기에 대류對流[13] 작용이 없었던들 그의 깨끗한 폐에서 나온 입김이 그냥 그 자리에 있어 온통으로 내가 들이마실 수 있었을 것이로소이다. 나는 그동안 문 열어놓은 것을 한恨하나이다. 문만 아니 열어놓았던들 그의 입김과 살 내가 아직 남았을 것이로소이다. 그러나 나는 조금 남은 김이나 들이마실 양으로 한 번 더 심호흡을 하였나이다. 나는 다시 생각하였나이다. 그러한 향기로운 입김과 깨끗한 살 내는 내 방에만 있을 것이 아니라 전 우주에 퍼져서 전 만물로 하여금 조물주의 대걸작의 순미醇美[14]를 맛보게 할 것이라 하였나이다. 나는 다시 한 번 담요

---

12 사방의 이웃.
13 기체나 액체에서 물질이 이동함으로써 열이 전달되는 현상.

를 만지고 만지다가 담요 위에 이마를 대고 엎어졌나이다. 내 가슴은 자주 뛰나이다. 머리가 훗훗 다나이다. 숨이 차지나이다. 나는 정녕 무슨 변화를 받는가 하였나이다. '아아 이것이 사랑이로구나!' 하였나이다. 그는 나의 맘에 감사를 주는 동시에 일종 불가사의한 불길을 던졌나이다. 그 불길이 지금 내 속에서 저항치 못할 세력으로 펄펄 타나이다.

나는 조선인이로소이다. 사랑이란 말은 듣고 맛은 못 본 조선인이로소이다. 조선에 어찌 남녀가 없사오리까마는 조선 남녀는 아직 사랑으로 만나본 일이 없나이다. 조선인의 흉중에 어찌 애정이 없사오리까마는 조선인의 애정은 두 잎도 피기 전에 사회의 습관과 도덕이라는 바위에 눌리어 그만 말라 죽고 말았나이다. 조선인은 과연 사랑이라는 것을 모르는 국민이로소이다. 그네가 부부가 될 때에 얼굴도 못 보고 이름도 못 듣던 남남끼리 다만 계약이라는 형식으로 혼인을 맺어 일생을 이 형식에만 속박되어 지내는 것이로소이다. 대체 이따위 계약 혼인은 짐승의 자웅을 사람의 맘대로 마주 붙임과 다름이 없을 것이로소이다. 옷을 지어 입을 때에는 제 맘에 드는 바탕과 빛깔에 제 맘에 드는 모양으로 지어 입거늘―담뱃대 하나를 사도 여럿 중에서 고르고 골라 제 맘에 드는 것을 사거늘 하물며 일생의 반려를 정하는 때를 당하여 어찌 다만 부모의 계약이라는 형식 하나로 하오리까. 이러한 혼인은 오직 두 가지 의의가 있다 하나이다. 하나는 부모가 그 아들과 며느리를 노리갯감으로 앞에 놓고 구경하는 것

14 순후하고 아름다움.

과 하나는 도야지 장사가 하는 모양으로 새끼를 받으려 함이로소이다. 이에 우리 조선 남녀는 그 부모의 완구玩具와 생식生殖하는 기계가 되고 마는 것이로소이다. 이러므로 지아비가 그 지어미를 생각할 때에는 곧 육욕의 만족과 자녀의 생산만 연상하고 남녀가 여자를 대할 때에도 곧 열등한 수욕獸慾의 만족만 생각하게 되는 것이로소이다. 남녀 관계의 구경究竟[15]은 물론 육적교접肉的交接과 생식이로소이다. 그러나 오직 이뿐이오리까. 다른 짐승과 조금도 다름없이 오직 이뿐이오리까. 육적교접과 생식 이외에—또는 이상에는 아무것도 없을 것이리까. 어찌 그러리오. 인생은 금수와 달라 정신이라는 것이 있나이다. 인생은 육체를 중히 여기는 동시에 정신을 중히 여기는 의무가 있으며 육체의 만족을 구하는 동시에 정신의 만족을 구하려는 본능이 있나이다. 그러므로 육체적 행위만 이 인생 행위의 전체가 아니요 정신적 행위가 또한 인생 행위의 일반을 성成하나이다. 그뿐더러 인류가 문명할수록 개인의 수양이 많을수록 정신 행위를 육체 행위보다 더 중히 여기고 따라서 정신적 만족을 육체적 만족보다 더 귀히 여기는 것이로소이다. 호의호식이나 만족하기는 범속의 하는 바로되 천지의 미와 선행의 쾌감은 오직 군자라야 능히 하는 바로소이다. 아름다운 여자를 사랑한다 하면 곧 야합을 상상하고 아름다운 소년을 사랑한다 하면 곧 추행을 상상하는 이는 정신생활이 무엇인지를 모르는 비천卑賤한 인격자라 할 것이로소이다. 외[16]나 호박꽃만 사랑할 줄 알고 국화나 장미를 사랑할 줄 모른다면 그

15 마지막에 이르는 것.
16 '오이'의 준말.

얼마나 천하오리까. 그러므로 남녀의 관계는 다만 육교肉交에만 있는 것이 아니요 정신적 애착과 융합에 있다 하나이다―더구나 문명한 민족에 대하여 그러한가 하나이다. 남녀가 서로 육체미와 정신미에 홀리어 서로 전심력全心力을 경주傾注하여 사랑함이 인류에 특유한 남녀 관계니 이는 무슨 방편으로 즉 혼인이라는 형식을 이른다든가 생식이라는 목적을 행한다든가 육욕의 만족을 구하려는 목적의 방편으로 함이 아니요 '사랑' 그 물건이 인생의 목적이니 마치 나고 자라고 죽음이 사람의 변치 못할 천명임과 같이 남녀의 사랑도 변치 못할 또는 독립한 천명인가 하나이다. 혼인의 형식 같은 것은 사회의 편리상 제정한 한 규모에 지나지 못한 것―즉 인위적이거니와 사랑은 조물造物이 품부稟賦[17]한 천성이라 인위는 거스를지언정 천의야 어찌 금위禁衛[18]하오리이까. 물론 사랑 없는 혼인은 불가하거니와 사랑이 혼인의 방편은 아닌 것이로소이다. 오인吾人의 충효의 염念과 형우제공兄友弟恭[19]의 염이 천성이라 거룩한 것이라 하면 남녀 간의 사랑도 물론 그와 같이 천성이라 거룩할 것이로소이다. 그러므로 오인은 결코 이 본능―사랑의 본능을 억제하지 아니할뿐더러 이를 자연한(즉 정당한) 방면으로 계발시켜 인성의 완전한 발견을 기期할 것이로소이다. 충효의 염 없는 이가 비인非人이라 하면 사랑의 염 없는 이도 또한 비인일지며 사실상 인류치고 만물이 다 가진 사랑의 염을 아니 가진 이가 있을 리 없을지나 혹 나는 없노라 장담하는 이가 있

17 선천적으로 타고남.
18 금지하여 지키다. 금하여 막다.
19 형은 아우를 사랑하고 동생은 형을 공경한다는 뜻으로, 형제간에 서로 우애 깊게 지냄을 이르는 말.

다 하면 그는 사회의 습관에 잡혀 자기의 본성을 억제하거나 또는 사회에 아첨하기 위하여 본성을 기망欺罔[20]하는 것이라 하나이다. 그러므로 인생이란 남녀를 물론하고 일생 일차는 사랑의 맛을 보게 된 것이니 남자 십 칠팔 세 여자 십 오륙 세의 육체의 미와 심중의 고민은 즉 사랑을 요구하는 절기를 표하는 것이로소이다. 이때를 당하여 그네가 정당한 사랑을 구득求得하면 그 이 년 삼 년의 사랑기에 심신의 발달이 완전히 되고 남녀 양성이 서로 이해하며 인정의 오묘한 이치를 깨닫나니 공자께서 '학시호學詩乎'라 하심같이 나는 '학애호學愛乎'라 하려 하나이다. 이렇게 실리를 초절超絶하고 육체를 초절한 순애醇愛에 취하였다가 만일 경우가 허許하거든 세상의 습관과 법률을 따라 혼인함도 가하고 아니하더라도 상관없을 것이로소이다. 진실로 사랑은 인생의 일생 행사에 매우 중요한 하나이니 남녀 간 일생에 사랑을 지내보지 못함은 그 부당함이 마치 사람으로 세상에 나서 의식의 쾌락을 못 보고 죽음과 같을 것이로소이다.

너무 말이 길어지나이다마는 하던 걸음이라 사랑의 실제적 이익에 관하여 한마디 더 하려 하나이다. 사랑의 실제적 이익에 세 가지 있으니 일一, 정조니 남녀가 각각 일개 이성을 전심으로 사랑하는 동안 결코 다른 이성에 눈을 거는 법이 없나니 남녀 간 정조 없음은 다 한 사람에 대한 사랑이 없는 까닭이로소이다. 대저 한 사람을 열애하는 동안에는 주야로 생각하는 것이 그 사람뿐이요 말을 하여도 그 사람을 위하여 일을 하여도 그 사람을 위

20 기만.

하여 하게 되며 내 몸이 그 사람의 일부분이요 그 사람이 내 몸의 일부분이라 내 몸과 그 사람과 합하여 일체가 되거니 하여 그 사람 없이는 내 생명이 없다고 생각할 때에 내 전심 전신을 그 사람에게 바쳤거니 어느 겨를에 남을 생각하오리까. 고래古來로 정부貞婦[21]를 보건대 다 그 지아비에게 전심 전신을 바친 자라. 그렇지 아니하고는 일생의 정조를 지키기 불능한 것이로소이다. 또 조선인에 왜 음풍淫風[22]이 많으뇨. 더구나 남녀치고 이삼 인 여자와 추醜 관계 없는 이가 없음이 전혀 이 사랑 없는 까닭인가 하나이다.

이二, 품성의 도야陶冶[23]와 사위심社爲心의 분발奮發이니 나의 사랑하는 사람의 내 언행을 감시하는 위권威權[24]은 왕보다도 부사父師보다도 더한 것이라. 왕이나 부사의 앞에서는 할 좋지 못한 일도 사랑하는 이 앞에서는 감히 못 하며 왕이나 부사의 앞에서는 능치 못할 어려운 일도 사랑하는 이의 앞에서는 능히 하나니 이는 첫째 사랑하는 이에게 나의 의기義氣와 미질美質을 보여 그의 사랑을 끌기 위하여, 둘째 사랑하는 자의 기망期望[25]을 만족시키기 위하여 이러함이니 이리하는 동안 자연히 품성이 고결하여지고 여러 가지 미질을 기르는 것이로소이다. 고래로 영웅 열사가 그 애인에게 장려되어 품성을 닦고 대사업을 성취한 이가 수다數多하나니 애인에게 만족을 주기 위하여 만난萬難을 배排하고 소지所志를 관철하

---

21 슬기롭고 절개가 굳은 아내 또는 여자.
22 음란하고 더러운 풍습.
23 훌륭한 사람이 되도록 몸과 마음을 닦아 기름을 비유적으로 이르는 말.
24 위세와 권력을 아울러 이르는 말.
25 어떠한 일이 이루어지기를 바람.

려는 용기는 실로 막대한 것이로소이다. 그대도 애인이 있었던들 시험에 우등 수석을 하려고 애도 썼겠고 운동회 원거리 경주에 일등상을 타려고 경주 연습도 많이 하였을 것이로소이다.

삼三, 여러 가지 미질을 배움이니 첫째 사람을 사랑하는 사랑 맛을 배우고 사랑하는 자를 위하여 헌신하는 헌신 맛을 배우고 역지사지易地思之한 동정同情 맛을 배우고 정신적 요구를 위한 생명과 명예와 재산까지라도 희생하는 희생 맛을 배우고 정신적 쾌락이라는 고상한 쾌락 맛을 배우고…… 이 밖에도 많이 있거니와 상술한 모든 미질은 수신 교과서로도 불능하고 교단의 설교로도 불능하고 오직 사랑으로만 체득할 고귀한 미질이로소이다. 인류 사회에 모든 미덕이 거의 상술한 제질諸質에서 아니 나온 것이 없나니 이 의미로 보아 사랑과 민족의 융체隆替[26]가 지대한 관계가 있는가 하나이다.

우리 반도에는 사랑이 갇혔었나이다. 사랑이 갇히매 거기 부수附隨한 모든 귀물貴物이 같이 갇혔었나이다. 우리는 대성질호大聲疾呼[27]하여 갇혔던 사랑을 해방하사이다. 눌리고 속박되었던 우리 정신을 봄풀과 같이 늘리고 봄꽃과 같이 피우게 하사이다.

어찌하여 우리는 아름다운 사람(남자나 여자나)을 보고 사랑하여 못쓰나이까, 우리는 아름다운 경치를 대할 때 그것을 사랑하지 아니하며 아름다운 꽃을 대할 때 그것을 감상하고 읊조리고 찬미하고 입 맞추지 아니하나이까. 초목은 사랑할지라도 사람을 사랑하지 말아라—그런 배리背理[28]가 어디 있사오리까. 물론

---

26 성쇠. 성하고 쇠퇴함.
27 큰 목소리로 급히 외침.

육적으로 사람을 사랑함은 사회의 질서를 문란하게 하는 것이매 마땅히 배척하려니와 정신적으로 사랑하기야 왜 못 하리까. 다만 그의 양자를 흉중에 그리고 그의 얼굴을 대하고 말소리를 듣고 손을 잡기를 어찌 금하오리까. 제 형제와 제 자매인들 이 모양으로 사랑함이 무엇이 악하오리까. 이러한 사랑에 육욕이 짝하는 경우도 없다고 못 할지나 인심人心에는 자기가 정신상으로 사랑하는 이에게 대하여 육적 만족을 얻으려 함이 죄송한 줄 아는 관념이 있으므로 결코 위험이 많으리라고 생각하지 아니하나이다.

대체 사회의 건조무미하기 우리나라 같은 데가 다시 어디 있사오리까. 그리고 품성이 비열하고 정情의 추악함이 우리보다 더한 이가 어디 있사오리까. 그리고 이 원인은 교육의 불량사회 제도의 불완전─여러 가지 있을지나 그중에 가장 중요한 원인은 남녀의 절연絶緣인가 하나이다. 생각하소서 일 가정 내에서도 남녀의 친밀한 교제를 불허하며 심지어 부부간에도 육교할 때 외에 접근치 못하는 수가 많으니 자연히 남녀란 육교하기 위하여서만 접근하는 줄로 더럽게 생각하는 것이로다. 이렇게 인생 화락和樂의 근원인 남녀의 교제가 없으매 사회는 삭풍朔風 불어 지나간 광야같이 되어 쾌락이라든가 망아忘我의 웃음을 볼 수 없고 그저 욱적욱적 소소한 실리만 다투게 되니 사회는 항상 서리 친 추경秋景이라. 이 중에 사는 인생의 정경이 참 가련도 하거니와 이 중에서 쌓은 성격이 그 얼마나 조악무미粗惡無味하리까.²⁸ 일가족은 물론이거니와 친히 성격을 알아 신용할 만한 남녀가 정당하게 교제함은

28 사리에 어긋남.

인생을 춘풍 화향의 쾌락 속에 둘뿐더러 오인의 정신에 생기와 강한 탄력을 줄 줄을 믿나이다.

이 의미로 보아 내가 그대를 사랑하는 것이나 또는 지금 내 새 은인을 사랑하는 것이 조금도 비난할 여지가 없을뿐더러 나는 인생이 되어 인생 노릇을 함인가 하나이다.

나는 한참이나 담요에 엎드렸다가 하염없이 다시 고개를 들고 책상을 대하여 보다 놓았던 소설을 읽으려 하였나이다. 그러나 눈이 책장에 붙지 아니하여 아무리 읽으려 하여도 문자만 하나씩 둘씩 보일 뿐이요 다만 한 줄도 연결한 뜻을 알지 못하겠나이다. 부질없이 두어 페이지를 벌떡벌떡 뒤다가 획 집어 내던지고 의자에서 일어나 뒤숭숭한 머리를 숙이고 왔다 갔다 하였나이다. 아무리 하여도 가슴에 무엇이 걸린 듯하여 견딜 수 없어 그대에게 이 편지를 쓸 양으로 다시 책상을 대하였나이다. 서간書柬 용전用箋[29]을 내려고 책상서랍을 열어본즉 어떤 서책 한 봉封이 눈에 띄었나이다. 서양 봉투에 다만 '임보형 씨林輔衡氏'라 썼을 뿐이요 주소도 없고 발신인도 없나이다. 나는 깜짝 놀랐나이다. 이 어떤 서간일까, 뉘 것일까? 그 은인—그 은인도 나와 같은 생각으로 (즉 나를 사랑하는 생각으로) 써둔 것—이라 하는 생각이 일종 형언할 수 없는 기쁨과 부끄러움 섞인 감정과 함께 일어나나이다. 나는 이 생각이 참일 것을 믿으려 하였나이다. 나는 그 글 속에 '사랑하는 내 보형이여 나는 그대의 병을 간호하다가 그대를 사랑하게 되었나이다—사랑하여주소서' 하는 뜻이 있기를 바라고 또 있다고 믿

29 편지 따위의 글을 쓰는 일정한 규격의 종이.

으려 하였나이다. 마치 그 말이 엑스 광선 모양으로 봉투를 꿰뚫고 내 뜨거운 머리에 직사直射하는 듯하더이다. 내 가슴은 자주 치고 내 숨은 차더이다. 나는 그 서간을 두 손으로 들고 망연히 앉았었나이다. 그러나 나는 얼른 뜯기를 주저하였나이다. 대개 지금 내가 상상하는 바와 다를까 보아 두려워함이로소이다. 만일 이것이 내 상상한 바와 같이 그의 서간이 아니면—혹 그의 서간이라도 나를 사랑한다는 뜻이 아니면 그때 실망이 얼마나 할까 그때 부끄러움이 얼마나 할까 차라리 이 서간을 뜯지 말고 그냥 두고 내 상상한 바를 참으로 믿고 지낼까 하였나이다. 그러나 마침내 아니 뜯지 못하였나이다. 뜯은 결과는 어떠하였사오리까. 내가 기뻐 뛰었사오리까, 낙망落望하여 울었사오리까. 아니로소이다, 이도 저도 아니요 나는 또 한 번 깜짝 놀랐나이다.

무엇이 나오려는가 하는 희망도 많거니와 불안도 많은 맘으로 피봉皮封을 떼니 아름다운 철필 글씨로 하였으되,

"나는 김일련이로소이다. 못 뵈온 지 육 년에 아마 나를 잊었으리이다. 나는 그대가 이곳 계신 줄을 알고 또 그대가 병든 줄을 알고 잠시 그대를 방문하였나이다. 내가 청인인 듯이 그대를 속인 것을 용서하소서. 그대가 열로 혼수하는 동안에 김일련은 배拜."
라 하였나이다. 나는 이 서간을 펴든 대로 한참이나 멍멍하니 앉았었나이다. 김일련! 김일련! 옳다 듣고 보니 그 얼굴이 과연 김일련이로다. 그 좁으레한 얼굴 눈초리가 잠깐 처진 맑고 다정스러운 눈, 좀 쑥 난 듯한 머리와 말할 때에 살짝 얼굴 붉히는 양하며 그 중에도 귀밑에 있는 조그마한 허물—과연 김일련이러이다. 만일 그가 상해에 있는 줄만 알았더라도 내가 보고 모르지는

아니하였으리다. 아아 그가 김일련이런가?

내가 그대에게 대하여서는 아무런 비밀도 없었나이다. 내 흉저胸底[30] 속속 깊이 있는 비밀까지도 그대에게는 말하면서도 김일련에 관한 일만은 그대에게 알리지 아니하였나이다. 그러나 이제 와서는 말 아니하고 참을 수 없사오며 또 대면하여 말하기는 수줍기도 하지마는 이렇게 멀리 떠나서는 말하기도 얼마큼 편하여이다.

내가 일찍 동경서 조도전早稻田대학[31]에 있을 제 같은 학교에 다니는 친구 하나가 있었나이다. 그는 나인 나보다 이 년 장長이로되 학급도 삼 년이나 떨어지고 맘과 행동과 용모가 오히려 나보다 이삼 년쯤 떨어진 듯. 그러나 그와 나와는 첨 만날 때부터 서로 애정이 깊었나이다. 나는 그에게 영어도 가르치고 시나 소설도 읽어주고 산보할 때에도 반드시 손을 꼭 잡고 이삼일을 작별하게 되더라도 서로 떠나기를 아껴 서양식으로 꽉 쓸어안고 입을 맞추고 하였나이다. 그와 나와 별로 주의主義의 공통이라든가 특별히 친하여질 각별한 기회도 없었건마는 다만 피차에 까닭도 모르게 서로 형제같이 애인같이 사귀게 된 것이로소이다.

하루는 그와 함께 어디 놀러 갔던 길에 어느 여학교 문 앞에 다다랐나이다. 나는 전부터 그 학교에 김일홍 군의 매씨妹氏가 유학하는 줄을 알았던 고로 그가 매씨를 방문하기 위하여 나는 먼저 돌아오기를 청하였나이다. 그러나 그는

"그대도 내 누이를 알아둠이 좋을지라."

---

30 흉중胸中. 마음속에 품고 있는 생각.
31 '와세다 대학'을 우리 한자음으로 읽은 이름.

하여 소개하려는 뜻으로 나를 데리고 그 기숙사 응접실에 들어가더이다. 거기서 잠깐 기다린즉 문이 방싯 열리며 단순한 흑색 양복에 칠漆 같은 머리를 한편 옆을 갈라 뒤로 치렁치렁 닿아 늘인 처녀가 방금 목욕을 하였는지 홍훈紅暈[32]이 도는 빛나는 얼굴로 들어오더이다. 일홍 군은 일어나 나를 가리키며

"이는 조도전 정치과 삼년급에 있는 임보형인데 나와는 형제와 같은 사이니 혹 이후에도 잊지 말고……."

하고 나를 소개하더이다. 나도 일어나 은근히 절하고 그도 답례하더이다. 그러고는 한 오 분간 말없이 마주 앉았다가 함께 숙소에 돌아왔나이다. 그 후 일홍 군이 감기로 수일 신고辛苦할 때에 그 매씨에게서 서적을 몇 가지 사 보내라는 기별이 왔더이다. 학기 초이라 시간이 급한 모양인 고로 일홍 군의 청대로 내가 대신 가기로 하였나이다. 나는 이때에 아직 일런 아씨에게 대하여 별로 상사의 정도 없었나이다. 다만 아름다운 깨끗한 처자요 친구의 누이라 하여 정답게 여겼을 뿐이로소이다. 그러나 나는 이러한 처자를 위하여 힘쓰기를 매우 기뻐하기는 하였나이다. 그래 곧 신보정神保町 책사에 가서 소청한 서적을 사가지고 곧 그를 기숙사에 찾아가 전과 같이 응접실에서 그 책을 전하고 일홍 군의 감기로 신고하는 말과 그래서 내가 대신 왔노라는 뜻을 고하였나이다. 그때에 나는 자연히 가슴이 설레고 말이 눌納함을 깨달았나이다. 저의 얼굴이 빨갛게 됨을 슬쩍 볼 때에 나의 얼굴도 저러하려니 하여 차마 얼굴을 들지 못하였나이다. 그는 겨우 가느나

---

32 붉게 달아오른 기운.

마 쾌활한 목소리로,

"분주하신데 수고하셨습니다."

할 뿐이러이다. 나는 어찌할 줄을 모르고 우두커니 서 있었나이다. 그도 할 말도 없고 수줍기만 하여 고개를 숙이고 책싸개만 응시하더이다. 그제야 나는 어서 가야 될 사람인 줄을 알고

"저는 가겠습니다. 안녕히 계십시오."

하고 문밖에 나섰나이다. 그도 문을 열고

"감사하올시다. 분주하신데."

하더이다. 나는 속보로 사오 보步를 대문을 향하여 나가다가 불의에 뒤를 획 돌아보았나이다. 환각인지는 모르나 유리창으로 그의 얼굴이 번듯 보이는 듯하더이다. 나는 다시 부끄러운 맘이 생겨 더한 속보로 대문을 나서서 냉정한 모양으로 또 사오 보를 나왔나이다. 그러나 자연히 몸이 뒤로 끌리는 듯하여 차마 발을 옮기지 못하고 사오 차次나 머뭇머뭇하였나이다. 광란노도狂亂怒濤가 서드는 듯한 가슴을 가지고 전차를 탔나이다. 숙사에 돌아와 일홍 군에게 전후 시 말을 이야기할 때도 아직 맘이 가라앉지 못하여 일홍 군이 유심히 나를 보는 듯하여 얼른 고개를 돌렸나이다. 그리고 그날 하루는 아무 생각도 없이 맘만 산란하여 지내고 그 이삼일이 지나도록 이 풍랑이 자지 아니하더이다. 그 후부터는 하루에 몇 번씩 그를 생각지 아니한 적이 없었나이다.

　하루는 일홍 군이 어디 가고 나 혼자 숙소에 있을 때 여전히 그 생각으로 심사가 정치 못하여하다가 행여나 그의 글씨나 볼 양으로 일홍 군의 책상 서랍을 열었나이다. 그 속에는 그에게서 온 서간이 있는 줄을 알았으므로 엽서와 봉서를 몇 장 뒤적뒤적

하다가 다른 서랍을 열었나이다. 거기서 나는 그와 다른 두 사람이 박힌 중판 사진 한 장을 얻었나이다. 나는 가슴이 뜨끔하면서 그 사진을 두 손으로 들었나이다. 그 사진에 박힌 모양은 꼭 일전 책 가지고 갔을 때 모양과 같더이다. 한편을 갈라 넘긴 머리 하며 방그레 웃는 태도 하며. 한 손을 그 동무의 어깨에 얹고 고개를 잠깐 기울여 그 동무의 걸터앉은 의자에 힘없는 듯 기대고 서 있는 양이 참 미묘한 예술품이러이다. 나는 그때 기숙사 응접실에서 그를 대하던 것과 같은 감정으로 한참이나 그 사진을 보았나이다. 그 방그레 웃는 눈이 마치 나물나물 더 웃으려는 듯하며 살짝 마주 붙인 입술이 금시에 살짝 열려 하얀 이빨이 드러나며 낭낭한 웃음소리가 나올 듯. 두 귀밑으로 늘어진 몇 줄기 머리카락이 그 부드럽고 향기로운 콧김에 하느작하느작 날리는 듯하더이다. 아아 이 가슴 속에는 지금 무슨 생각을 품었는고. 내가 그를 보니 그도 나를 물끄러미 보는 듯, 그의 그림은 지금 나를 향하여 방그레 웃도다. 그의 가슴 속에는 일광이 차고 춘풍이 차고 시詩가 차고 미와 사랑과 온정이 찼도다. 이에 외롭고 싸늘하게 식은 청년은 그 흘러넘치는 기쁨과 미와 사랑과 온정의 일적一滴[33]을 얻어 마시려고 무릎을 꿇고 두 손을 들고 눈물을 흘리며 그 앞에 엎어졌도다. 그가 한 방울 피를 흘린다사 무슨 자리가 아니 날 모양으로 그가 가슴에 가득 찬 사랑의 일적을 흘린다사 무슨 자리가 나려. 뜨거운 사막 길에 먼지 먹고 목마른 사람이 서늘한 샘을 보고 일국수一掬水[34]를 구할 때 그 우물을 지키는 이가 이를 거절한

33 한 방울이라는 뜻으로, 아주 적은 양의 액체를 비유적으로 이르는 말.
34 두 손으로 한 번에 움켜 뜰 만큼의 물.

다 하면 너무 참혹한 일이 아니오리까. 그러나 내가 아무리 이 사진을 향하여 간청하더라도 그는 들은 체 만 체 여전히 방그레 웃고 나를 내려다볼 뿐이로소이다. 그가 마치 "내게 사랑이 있기는 있으나 내가 주고 싶어 줄 것이 아니라 주지 아니치 못하여 주는 것이니 네가 나로 하여금 네게 주지 아니치 못하게 할 능력이 있고사 이 단 샘을 마시리라" 하는 듯하더이다. 나는 이윽고 사진에 내 얼굴을 대고 그 입에 열렬하게 입을 맞추고 그 동무의 어깨 위에 놓은 손에 내 손을 힘껏 대었나이다. 나는 광인같이 그 사진을 품에 품기도 하고 뺨에 대기도 하고 물끄러미 쳐다보기도 하고 뺨에 대고 키스도 하였나이다. 내 얼굴은 수증기가 피어나도록 열熱하고 숨소리는 마치 전속력으로 달음질한 사람 같더이다. 나는 한 시간이나 이러다가 대문 열리는 소리에 놀라 그 사진을 처음 있던 곳에 집어넣고 얼른 일어나 그날 신문을 보는 체하였나이다.

그 후 얼마 동안을 고민 중으로 지내다가 나는 마침내 내 심정을 서간으로 그에게 알리려 하였나이다. 어떤 날 밤 남들이 다 잠든 열두시에 일어나 불 일듯 하는 생각으로 이러한 서간을 썼나이다.

"사랑하는 누이여 내가 이 말씀 드림을 용서하소서. 나는 외로운 사람이로소이다. 부모도 없고 동생도 없고 넓은 천하에 오직 한 몸이로소이다. 나는 지금토록 일찍 누구를 사랑하여본 적도 없고 누구에게 사랑함을 받은 적도 없나이다. 사랑이라는 따뜻한 춘풍 속에 자라날 나의 영靈은 지금껏 삭풍 한설寒雪 속에 얼어 지내었나이다. 나는 나의 영이 그러한 오랜 겨울에 아주 말라 죽지 아니한 것을 이상히 여기나이다. 그러나 이후도 춘풍을 만나지 못하면 가련한 이 영은 아주 말라 죽고야 말 것이로소이다. 그동안 봄이 몇 번이나 지났으리까마는 꽃과 사랑을 실은 동군의 수레는 늘 나를 찾지 아니하고 말았나이다. 아아 이 어린 영이 한 방울 사랑의 샘물을 얻지 못하여 아주 말라 죽는다 하면 그도 불쌍한 일이 아니오리까. 나는 외람히 그대에게서 춘풍을 구함이 아니나 그대의 흉중에 사무친 사랑의 일적감천一適甘泉[35]이 능히 말라 죽어가는 나의 영을 살필 것이로소이다. 그대여, 그대는 내가 그대에게 요구하는 바를 호해하지 마소서, 내가 장난으로 또 흉악한 맘으로 이러한 말을 한다고 마소서. 내가 그대에게 요구하는 바는 오직 하나―아주 쉬운 하나이니 즉 '보형아 내 너를 사랑하노라, 누이가 오라비에게 하는 그대로' 한마디면 그만이로소이다. 만일 그대가 이 한마디만 주시면 나는 그를 나의 호신부護身符[36]로 삼아 일생을 그를 의지하고 살며 활동할 것이로소이다. 그 한마디가 나의 재산도 되고 정력도 되고 용기도 되고―아니, 나의 생명이 될 것이로소이다. 나는 결코 그대를 만나보기를 요구 아니하리이다. 오히려 만나보지 아니하기를 요구하리다. 대개 세월이 흘러가는 동안에 그대는 늙기도 하오리이다. 심신에 여러 가지 변화도 생기리다. 결코 그런 일이 있을 리도 없거니와 혹 그대는 악인이 되고 병신이 되고 죄인이 된다 하더라도 내 기억에 남아 있는 그대는 영원히 열일곱 살 되는 아름답고 청정한 처녀일 것이로소이다. 후일 내가 노쇠한 노인이 되고 그대가 증조모 소리를 듣게 되더라도 또는 그대가 이미 죽어 그 아름답던 얼

35 물맛이 좋은 샘.
36 몸을 보호하기 위하여 몸에 지니는 부적.

굴과 몸이 다 썩어진 뒤에라도 내 기억에 남아 있는 그대는 영원히 그 처녀일 것이로소이다. 그리하고 그대의 '내 너를 사랑한다' 한마디는 영원히 희망과 환락과 열정을 나에게 줄 것이로소이다. 이러므로 나는 결코 그대를 다시 대하기를 원하지 아니하고 다만 그대의 그 '한마디'만 바라나이다. 만일 그대가 그대의 흉중에 찬 사랑의 일적을 이 배마른 목에 떨어뜨려 죽어가는 이 영을 살려만 주시면 그 영이 자라서 장차 무엇이 될는지 어찌 아오리까. 지금은 야반夜半이로소이다. 동지 한풍이 만물을 흔들어 초목과 가옥이 괴로워하는 소리를 발하나이다. 이러한 중에 발가벗은 어린 영은 한 줄기 따뜻한 바람을 바라고 구름 위에 앉으신 천사에게 엎드려 간구하는 바로소이다."

이 편지를 써놓고 나는 재삼再三 생각하였나이다. 이것이 죄가 아닐까. 나는 벌써 혼인한 몸이라 다른 여자를 사랑함이 죄가 아닐까. 내 심중에서는 혹은 죄라 하고 혹은 죄가 아니라 자연이라 하나이다. 내가 혼인한 것은 내가 함이 아니요. 나는 남녀가 무엇이며 혼인이 무엇인지를 알기도 전에 부모가 임의로 계약을 맺고 사회가 그를 승인하였을 뿐이니 이 결혼 행위에는 내 자유의사는 일분도 들지 아니한 것이오. 다만 나의 유약함을 이용하여 제삼자가 강제로 행하게 한 것이니 법률상으로 보든지 논리상으로 보든지 내가 이 행위에 대하여 아무 책임이 없을 것이라. 그러므로 내가 그 계약적 행위가 내 의사에 적합한 줄로 여기는 시에는 그 행위를 시인함도 임의려니와 그것이 나에게 불이익한 줄을 깨달을진댄 그 계약을 부인함도 자유라 하였나이다. 나와 내 아내는 조금도 우리의 부부 계약의 구속을 받을 리가 없을 것이라, 다만 부모의 의사를 존중하고 사회의 질서를 근심하는 호의로 그 계약—내 인격을 유린하고 모욕한 그 계약을 눈물로써 묵인할 따름이거니와 내가 정신적으로 다른 이성을 사랑하여 유린된 권리의 일부를 주장하고 약탈된 향락의 일부를 회복함은 당당한 오인의 권리인가 하나이다. 이 이유로 나는 그를 사랑함이요—더구나 누이와 같이 사랑함이요—또 그에게서 그와 같은 사랑을 받으려 함이 결코 불의가 아니라고 단정하였나이다.

이튿날 학교에 가는 길에 그 서간을 투함投函[37]하려 하였으나 무엇인지 모를 생각에 제어되어 하지 못하고 그날에 십여 차, 그 후 삼 일간에 수십여 차를 넣으려다가 말고 넣으려다가 말고 하여 그 피봉이 내 포켓 속에서 닳아지게 되었다가, 한번 모든 명예와 염치를 단번에 도賭하는 생각으로 마침내 어느 우편통에 그것을 넣고 한참이나 그 우편통을 보고 서 있었나이다. 마치 무슨 절대한 소득을 바라고 큰 모험을 할 때와 같은 웃음이 내 얼굴에 떴더이다.

기다리고 기다리던 삼 일 만에 학교에서 돌아오니 안두案頭[38]에 일봉서一封書 놓였더이다. 내 가슴에는 곧 풍랑이 일었나이다. 나는 그 글씨를 보았나이다—과연 그의 글씨로소이다.

나는 그 편지를 집어 포켓에 넣고 선 자리로 발을 돌려 대구보大久保 벌판에 나섰나이다. 집에서 뜯어보기는 남이 볼 염려도 있고 또 이러한 글을 방 안에서 보기는 부적당한 듯하여—깨끗하고 넓은 자연 속, 맑은 하늘과 빛나는 태양 아래서 보는 것이 적당하리라 하여 그러함이로소이다. 나는 내 발이 땅에 닿는지 마

---

37 편지, 투서, 투표용지 따위를 우체통, 투서함, 투표함 따위에 넣음.
38 책상머리.

는지도 모르면서 대구보 벌판에 나섰나이다. 겨울날이 뉘엿뉘엿 넘어가고 연습 갔던 기병들이 피곤한 듯이 돌아오더이다. 그러나 나는 혼자 맘속에 수천 가지 수만 가지 상상을 그리면서 방향 없이 마른 풀판으로 향하였나이다. 이 편지 속에 무슨 말이 있을까. 나는 '사랑하나이다, 오라비여' 하였기를 바라고 또 그렇기를 믿으려 하였나이다. 나는 그 편지를 내어 피봉을 보았나이다. 그리하고 그가 내 편지를 받았을 때의 그의 모양을 상상하였나이다. 우선 보지 못하던 글씨에 놀라 한참을 읽어보다가 마침내 가슴이 설레고 얼굴이 훗훗했으려니, 그 글을 두 번 세 번 곱 읽었으려니, 이 세상에 여자로 태어난 후 첫 경험을 하였으려니, 그리고 심서心緒[39]가 산란하여 그 편지를 구겨 쥐고 한참이나 멍멍하니 앉아 섰으려니, 그러다가 일변 기쁘기도 부끄럽기도 하여 곧 내 모양을 상상하며 내가 자기를 그리워하는 모양으로 자기도 나를 그리워하였으려니, 그리고 곧 이 회답을 썼으렷다. 써가지고 넣을까 말까 주저하다가 오늘에야 부쳤으렷다. 그리고 지금도 나를 생각하며 내가 이 편지 읽는 광경을 상상하고 있으렷다. 어제까지 어린아이같이 평온하던 맘이 오늘부터는 이상하게 설레려든. 아무튼 나는 배마르던 목을 축이게 되었나이다. 나는 사랑의 단맛을 보고 생명의 쾌락을 보게 되었나이다. 말라가던 나의 영은 감천에 젖어 잎 피고 꽃 피게 되었다 하면서 풀판에 펄썩 주저앉아 그 피봉을 떼고도 얼른 그 속을 끄집어내지 못하고 한참이나 주저하며 상상하다가 마침내 속을 뽑았나이다. 아아 그 속에서 무엇이

39 심회心懷. 마음속에 품고 있는 생각이나 느낌.

나왔사오리까.

　나는 격노하였나이다. '흑' 하고 소리를 치고 벌떡 일어나며 그 편지를 조각조각 가루가 되도록 찢어버렸나이다. 그러고도 부족하여 그것에 침을 뱉고 그것을 발로 짓밟았나이다. 그러고 방향 없이 벌판으로 방황하며 그 모욕 받은 수치와 이에 대한 분노를 참지 못하여 혼자 주먹을 부르쥐고 이를 갈고 발을 구르며 '흑' '흑' 소리를 연발하였나이다. 당장 그를 칼로 푹 찔러 죽이고도 싶고 내 목숨을 끊어버리고도 싶고…… 이 모양으로 거의 한 시간이나 돌아다니다가 어스름에야 얼마큼 맘을 진정하고 돌아왔나이다. 돌아와 본즉 일홍 군은 벌써 저녁을 먹고 불을 쪼이며 담배를 피우다가 내가 들어오는 것을 보고 유심히 내 얼굴을 쳐다보더이다. 그에게 대한 분노와 수치는 일홍 군에게까지 옮더이다.

　이튿날 나는 감기라는 핑계로 학교를 쉬었나이다. 어제는 다만 일시적으로 격노만 하였거니와 오늘은 수치와 비애의 염만 가슴에 가득하여 그 안타까움이 비길 데 없더이다. 나는 베개 위에 머리를 갈며 이불을 차 던지고 입술을 물어뜯었나이다. 이제 무슨 면목으로 세상을 보며 무슨 희망으로 세상에 살려. 일홍 군이 만일 이 일을 알면 그 좁은 속에 그 어린 속에 얼마나 나를 조롱하려. 아아 나는 마침내 사랑의 맛을 못 볼 사람인가, 언제까지 고독하고 적막한 생활을 할 사람인가. 나는 어찌하여 따뜻한 손을 못 쥐어보고 사랑의 말을 못 들어보고 열렬하고 찌릿찌릿한 포옹을 못 하여보는고. 사람이 원망 되고 세상이 원망 되고 내 생명이 원망 되어 내 손으로 내 머리털을 몇 번이나 쥐어뜯었사오리까. 그러다가 오냐 내가 남자가 아니다. 일개 아녀자로 말미암아 이것이 무슨 꼴인고 하고 주먹으로 땅을 치며 결심하려 하나 그것은 제가 저를 속임이러이다. 그의 모양은 여전히 나의 가슴을 밟고 서서 방그레 하는 모양으로 나를 지배하더이다. 나는 하염없이 천장을 바라보고 누웠었나이다.

나는 일봉서를 받았나이다. 그 글에 하였으되,

"사랑하는 이여 어제 지은 죄는 용서하시옵소서. 그대가 그처럼 나를 사랑하시니 나도 이 몸과 맘을 그대에게 바치나이다. 잠깐 여쭐 말씀 있사오니 오후 네시쯤 하여 일비곡 공원 분수지噴水池 가에 오시기를 바라나이다."

이 글을 받은 나는 미친 듯하였나이다. 곧 일비곡으로 달려갔나이다. 이제야 살았구나, 십구 년 겨울 세계에 봄이 왔구나 하면서.

석양이 학분수鶴噴水를 비치어 오색이 영롱한 무지개를 세울 때 나는 등책藤柵[40] 아래 걸상에 걸터앉아 자연생紫煙生 하는 분수를 보면서 여러 가지 미래의 공상을 그렸나이다. 이제는 혼자가 아니로다. 슬픈 사람이 아니요 부당한 사람이 아니로다. 우주의 미와 향락은 내 일신에 집중하였도다. 지금 내 신체를 조직한 모든 세포는 기쁨과 만족에 뛰며 소리하고 열한 혈액은 율려律呂[41] 맞추어 순환하도다, 내 얼굴이 석양에 빛남이여 천국의 낙을 맛봄이요 내 영이 춤을 추고 노래함이여 사막 길에 오아시스를 얻음이로다, 만물이 이제야 생명을 얻었고 인세가 이제야 웃음을 보이도다, 하였나이다. 과연 아까까지도 만물이 모두 죽었더니 저 천사의 구령 한마디에 일제히 소생하여 뛰고 즐기도소이다. 이따금 전차

40 등나무로 된 목책.
41 음악이나 음성의 가락을 이르는 말.

96

와 자동차 지나가는 소리가 멀리서 들릴 뿐이요 공원 내는 지극히 고요하여이다. 수림樹木 속 와사등은 어느새 반짝반짝 희미한 빛을 발하나이다. 이때에 분수지 저편 가로 쑥 나서는 이가 누구리까. 그로소이다, 아아 그로소이다. 그는 지금 내 곁에 섰나이다. 내 눈과 그 눈은 같이 저 분수를 보나이다. 우리는 서로 얼굴을 붉히며 절하였나이다. 그의 빨간 얼굴에는 석양이 반사하여 마치 타는 듯하더이다. 내 가슴이 자주 뛰는 소리는 내 귀에도 들리는 듯, 나는 무슨 말을 할 것인지. 어떤 행동을 할 것인지 전혀 모르고 우두커니 분수만 보고 섰었나이다. 하다가 겨우 정신을 차려,

"제가 그따위 편지 드린 것을 얼마나 괘씸히 보셨습니까. 버릇없는 일인 줄 알면서도⋯⋯."

그도 한참이나 머뭇머뭇하더니 겨우 눈을 들어 잠깐 나를 보며,

"저는 그 편지를 받자 한껏 기쁘면서도 한껏 무서운 생각이 나서 어찌할 줄을 모르다가⋯⋯ 이것이 죄인가 보다 하는 생각으로 도로 보내었습니다. 그러나 도로 보내고 다시 생각한즉 어찌해 도로 보낸 것이 죄도 같고 또 알 수 없는 힘이 제 등을 밀어⋯⋯."
하고는 말이 아니 나오더이다. 얼마 침묵하였다가

"제가 선생의 착하심을 믿음으로 설마 악에 끌어넣지는 아니하시려니 하고요."

나는 다시 내 뜻을 말하였나이다, 나는 그에게 다만 '오라비여 사랑하노라' 한마디면 만족한다는 뜻과 결코 그를 다시 면대하고자 아니하는 뜻을 말하였나이다. 아직 어린 그는 물론 그 의미를 십분 해득할 수는 없을지나 그 맘속에 신기한 변동―아직 경험하여보지 못한 사랑의 의식이 생긴 것도 물론이로소이다. 그러나

이밖에 피차 하려는 말이 많은 듯하면서도 나오라는 말은 없는 듯하여 한참이나 묵묵히 섰다가 내가,

"아무튼 그대는 나를 살려주셨습니다. 그대는 나로 하여금 참 사람이 되게 하였고 내게 살 능력과 살아서 즐기며 일할 희망과 기쁨을 주셨습니다. 나는 그대를 위하여, 그대의 만족을 위하여 공부도 잘하고 큰 사업도 성취하오리다. 나는 시인이니 그대라는 생각이 내게 무한한 시적 자격을 줄 것이외다. 그대도 부디 공부 잘하시고 맘 잘 닦으셔서 조선의 대은인 되는 여자가 되십시오."

나는 이런 말을 하는 것이 내 의무 같기도 하고 또 그밖에 할 말도 없어, 또는 이런 말을 하여야 그의 내게 대한 신애信愛가 더 깊어질 듯하여 이 말을 하였나이다. 그리고 오래 같이 서 있고 싶은 맘이야 간절하나 그럴 수도 없어 둘이 함께 고불고불한 길로 공원을 나오려 하였나이다. 그는 나보다 일 보쯤 비스듬히 앞섰나이다. 그의 하얀 목이 이상하게 빛나더이다. 나는 가만히 그의 손을 잡았나이다. 그는 떨치려고도 아니하고 우뚝 서더이다. 그 손을 꼭 쥐었나이다. 그의 푹 숙인 머리는 내 가슴에 스적스적하고 그의 머리카락을 내 입김이 날리더이다. 나는 흥분에 그의 체온이 옮아옴을 깨달았나이다. 나의 꼭 잡은 손은 갑자기 확확 닮을 깨달았나이다. 내 몸은 경련한 듯이 떨리고 내 눈은 몽롱하여졌나이다. 이윽고 두 얼굴은 서로 입김을 맡으리만큼 가까워지고 눈과 눈은 고정한 듯이 마주 보나이다. 나는 그의 샛맑은 눈에 눈물이 그렁그렁한 것을 보았나이다. 두 입술은 꼭 마주 붙었나이다. 따뜻한 입김이 내 입술에 감각될 때 나는 나를 잊어버렸나이다. 불같이 뜨거운 그 입술이 바르르 떨리는 것이 내 입술에 감각

되더이다. 이윽고 "내 사랑하는 이여" 하고 우리는 속보로 공원 밖에 나왔나이다. 이때에 누가 뒤에서 내 어깨를 치더이다. 깨어 본즉 이는 한바탕 꿈이요 곁에는 일홍 군이 정복을 입은 대로 앉아서 나를 깨우더이다. 일홍 군은 유심히 웃더이다. 나는 또 수치한 생각이 나서 벌떡 일어나 수도에 가 세수를 하였나이다. 밖에서는 바람 소리와 함께 두부 장사의 뚜뚜 소리가 들리더이다. 일홍 군은 간단히

"그게 무슨 일이오? 내가 그대가 그런 줄 알았더라면 내 누이에게 소개 아니하였을 것이오. 만일 그대가 미혼자면 나는 기뻐 그대의 원을 이루게 하겠소, 그러나 기억하시오, 형은 기혼 남자인 줄을."

나는 고개를 숙이고 들었을 뿐이로소이다. 과연 옳은 말이로소이다. 누구나 이 말을 다 옳게 여길 것이오이다. 그러나 세상만사를 다 그렇게 단순하게만 판단할 수가 있사오리까. 우리가 간단히 '옳다' 하는 일에 그 속에 어떠한 '옳지 않다'가 숨은 줄을 모르며 우리가 간단히 '옳지 않다' 하는 속에 어떠한 '옳다'가 있는지 모르나이까. 세인은 제가 당한 일에는 이 진리를 적용하면서도 제삼자로 비평할 때에는 이 진리를 무시하고 다만 표면으로 얼른 보아 '옳다' '옳지 않다' 하나이다. 지금 내 경우도 표면으로 보면 일홍 군의 말이 과연 옳거니와 일보 깊이 들어서면 그렇지 아니한 이유도 깨달을 것이로소이다. 그러나 나는 일홍 군에게 대하여 아무 답변을 하려 하지 아니하고 다만 듣기만 하였을 뿐이로소이다. 그 후에 나는 이런 줄을 알았나이다—그가 내 서간을 받고 일홍 군을 청하여 물어보았고 일홍 군은 내가 기혼 남자

인 이유로 이를 거절하게 한 것인 줄을 알았나이다.

그 후 나는 매우 실망하였나이다. 술도 먹고 학교를 쉬기도 하고 밤에 잠을 못 이뤄 불면증도 얻고(이 불면증은 그 후 사 년이나 계속하다), 유울幽鬱[42]하여지고 세상에 맘이 붙지 아니하며 성공이라든가 사업의 희망도 없어지고─말하자면 나는 싸늘하게 식은 냉회冷灰가 되었나이다. 혹시 나는 철도 자살을 하려다가 공부工夫에게 붙들리기도 하고 졸업을 삼사월 후에 두고 퇴학을 하려고도 하여보며, 이리하여 여러 붕우朋友는 나의 급격한 변화를 걱정하여 여러 가지로 충고도 하며 위로도 하더이다. 그러나 원래 고독한 나의 영은 다시 나을 수 없는 큰 상처를 받아 모든 희망과 정력이 다 스러졌나이다. 나는 이러한 되는대로 생활, 낙망 비관적 생활을 일 년이나 보내었나이다. 만일 다른 무엇(아래 말하려는)이 나를 구원하지 아니하였던들 나는 영원히 죽어버리고 말았을 것이로소이다. 그 '다른 무엇'은 다름 아니라, '동족을 위함'이로소이다. 마치 인생에 실망한 다른 사람들이 혹 삭발위승削髮爲僧[43]하고 혹 자선사업에 헌신함같이 인생에 실망한 나는 '동족의 교화'에 내 몸을 바치기로 결심하여 이에 나는 새 희망과 새 정력을 얻은 것이로소이다. 그제부터 나는 음주와 나타懶惰[44]를 폐하고 권면과 수양을 힘썼나이다. 가다가다 맘의 상처가 아프지 아니함이 아니나 나는 소년의 교육에 이 고통을 잊으려 하였으며 혹시 신 애인에게서 새로운 쾌락을 얻기까지라도 하였나이다. 그렁성

---

42 아득하고 막막함.
43 머리털을 깎고 승려가 됨.
44 나태懶怠.

하여 나는 지금토록 지내어온 것이로소이다. 이 말씀을 듣고 보시면 내 행동이 혹 해석될 것도 있었으리다. 아무튼 나는 그 김일련을 위하여 최대한 희망도 붙여보고 최대한 타격과 동란도 받아보고 그 때문에 내가 지금 소유한 여러 가지 미점美点과 결점과 한숨과 유울과 비애가 생긴 것이로소이다.

이 김일련이 즉 그 김일련일 줄을 누가 알았사오리까. 지금껏 때때로 "분주하신데……" 하던 용모와 음성이 일종 억제할 수 없는 비애를 띠고 내 기억에 일어나던 것이 무슨 연분으로 육 년 만에 또 한 번 번뜻 보이고 숨을 것입니까. 내 심서心緒는 육 년 전과 같이 산란하였나이다. 그래서 종일 그를 찾아 돌아다녔나이다. 내가 이 담요에 얼굴을 대고 있을 때 일비곡 꿈이 역력히 보이나이다. 그것은 꿈이로소이다. 그러나 나는 그것은 꿈이 아니라 하나이다. 만일 그것이 꿈이면 세상만사 어느 것이 꿈 아닌 것이 있사오리까. 그 꿈은 참 해명解明45하였나이다. 그뿐더러 이 일 순간의 꿈이 내 일 생애에 가장 크고 중요한 내용이 되는 것이니 이것이 어찌 꿈이오리까.

편지가 너무 길어졌나이다. 벌써 신년 일월 일일 오전 세시로소이다. 세歲 잘 쇠시기 바라고 이만 그치나이다.

---

45 까닭이나 내용을 풀어서 밝힘.

제3신

나는 삼 일 전에야 해삼위[46]에 도착하였나이다—갖은 고생과 갖은 위험을 겪고 몇 번 죽을 뻔하다가. 내 일생이 원래 고생 많은 일생이건마는 이번같이 죽을 고생 하여본 적은 없었나이다. 나는 상륙한 후로부터 이곳 병원에 누워 이 글도 병상에서 쓰나이다. 이제 그동안 십여 일간에 지나온 이야기를 들으소서.

나는 미국에 가는 길로 지난 일월 오일에 상해를 떠났나이다. 혼자 몸으로 수만 리 이역에 향하는 감정은 참 형언할 수 없더이다. 상항으로 직항하는 배를 타려다가 기왕 가는 길이니 구라파를 통과하여 저 인류 세상의 주인 노릇 하는 민족들의 본국 구경이나 할 차로 노국露國 의용함대 포르타와 호를 타고 해삼위로 향하여 떠났나이다. 나 탄 선실에는 나 외에 노인露人 하나 있을 뿐. 나는 외로이 침상에 누워 이런 생각 저런 생각 하다가 원래 쇠약한 몸이라 그만 잠이 들었나이다. 깨어 본즉 전등은 반짝반짝하는데 기계 소리만 멀리서 오는 듯이 들리고 자다 깬 몸이 으스스하여 외투를 뒤쳐 쓰고 갑판에 나섰나이다. 음 십일월 하순 달이 바로 장두에 걸리고 늠실늠실하는 파도가 월광을 반사하며 파랗게 맑은 하늘 한편에 계명성이 찬란한 광채를 발하더이다. 나는 외투 깃으로 목을 싸고 갑판 상으로 왔다 갔다 거닐며 웅대한 밤바다 경치에 취하였나이다. 여기는 아마 황해일 듯, 여기서 바로 북으로 날아가면 그대 계신 고향일 것이로소이다. 사고四顧[47] 망

---

46 블라디보스토크.
47 사방을 둘러봄.

망茫茫하여 한제限際[48]가 아니 보이는데 방향 모르는 청년은 물결을 따라 흘러가는 것이로소이다. '강천일색무섬진 교교공중고월륜 江天一色無纖塵 咬咬空中孤月輪'이란 장약허張若虛[49]의 시구를 읊조릴 제 내 맘조차 이 시와 같이 된 듯하여 진세명리塵世名利와 뒤숭숭한 사려 思慮가 씻은 듯 스러지고 다만 월륜月輪[50] 같은 정신이 뚜렷하게 흉중에 좌정한 듯하더이다. 산도 아름답지 아님이 아니로되 곡절曲折과 요철凹凸이 있어 아직 사람의 맘을 산란케 함이 있으되 바다에 이르러서는 만경일면萬頃一面 즈즐펀한데 안계眼界를 막는 것도 없고 심정을 자격하는 것도 없어 참말 자유로운 심경을 맛보는 것이로소이다. 그러나 이러한 중에도 떨어지지 않는 것은 애인이라 그대와 일련의 생각은 심중에 잡념이 없어질수록 더욱 선명하고 더욱 간절하게 되나이다. 만일 이 경치와 이 심경을 저들과 같이 보았으면 어쩌려, 이 달 아래 이 바람과 이 물결에 그네의 손을 잡고 소요逍遙하였으면 어쩌려 하는 생각이 차차 더 격렬하게 일어나나이다. 그러나 여기는 만경해중萬頃海中이라, 나 혼자 이 천지 속에 깨어 있어 이러한 생각을 하건마는 그네들은 지금 어떠한 꿈을 꾸는가. 아아 그립고 그리운 모국과 애인을 뒤에 두고 수만 리 외外로 표박漂迫[51]하여 가는 정이 그 얼마나 하오리까.

나는 선실에 들어와 자리에 누웠나이다. 그러나 정신이 쇄락[52]하여 졸리지는 아니하고 하릴없이 상해를 떠날 적에 사가진 신

---

48 제한. 일정한 한도를 정하거나 그 한도를 넘지 못하게 막음. 또는 그렇게 정한 한계.
49 당나라의 시인.
50 둥근 모양의 달. 또는 그 둘레.
51 풍랑을 만난 배가 물 위에 정처 없이 떠돎.
52 기분이나 몸이 상쾌하고 깨끗함.

문을 꺼내어 뒤적뒤적 읽었나이다.

　그러다가 다시 잠이 들었더니 더할 수 없는 공포를 가지고 그 잠을 깨었나이다. 일찍 들어보지 못하던 굉연嬴然한[53] 폭향爆響[54]이 나며 선체가 공중에 떴다 내려지듯이 동요하더이다. 나는 '수뢰水雷, 침몰沈沒' 하는 생각이 번개같이 일어나며 문을 차고 갑판에 뛰어나가다 소낙비 같은 물보라에 정신을 잃을 뻔하였나이다. 갑판상에는 침의寢衣대로 뛰어나온 남녀 선객이 몸을 떨며 부르짖고 선원들은 미친 듯이 좌우로 치구馳驅[55]하더이다. 우리 배는 벌써 삼십여 도나 좌현으로 기울어지고 기관 소리는 죽어가는 사람의 호흡 모양으로 아직도 퉁퉁퉁퉁 하더이다. '수뢰, 수뢰' 하는 소리가 절망한 음조로 각 사람의 입으로 지나가더니 상갑판에서 누가

　"선체는 수뢰에 복부가 파괴되어 구원할 길이 없소. 지금 구조정을 내릴 터이니 각인은 문명한 남자의 최후 체면을 생각하여 여자와 유아를 먼저 살리도록 하시오."

하고 외치는 것은 선장이러이다. 이때에 민활한[56] 수부水夫들은 선상에 배치하였던 팔 개 구조정을 내리고 선객들은 비참한 통곡 속에 여자와 소아小兒를 그리로 올려 태우더이다. 어떤 부인은 그 지아비에게 매달려 말도 못 하고 통곡하며 그러면 그 지아비는 무정한 듯이 그 아내의 가슴을 떠밀며 구조정에 신고 소리 높여

　"하나님이시여 주께 돌아가나이다."

하고 어떤 이는 미친 듯이 부르짖으며 전후로 왔다 갔다 하며 어

53　소리가 몹시 크게 울려 요란스럽다.
54　폭발하는 울림.
55　몹시 바빠 돌아다님.
56　날쌔고 활발하다.

떤 이는 기력 없이 갑판에 기대어 조상彫像 모양으로 명명하니 섰기도 하더이다. 각 구조정에는 수부가 육혈포를 들고 서서 정원 이외 오르기를 불허하고 어떤 비겁한 남자는 억지로 구조정에 오르려다가 여러 사람의 질책 속에 도로 본선에 끌려 오르기도 하더이다. 구조정은 하나에 이십여 명씩이나 싣고 정처 없이 만경에 나뜨더이다.[57] 거기 탄 여자와 소아는 본선에서 시간이 못하여 죽으려 하는 지아비와 아비를 향하여 두 팔을 허우적거리며 우짖고 본선 상에 남아 있는 남자 선객과 선원들은 오히려 만사 태평인 듯이 침착하더이다. 사람이란 피할 수 없는 위험을 당할 때에는 오히려 태연한 것이러이다. 선체의 전반부는 반 이상이나 물에 들어가고 우리는 잠시나마 생명을 늘릴 양으로 후반부로 옮았나이다. 본선을 떠나는 구조정에서는 찬송가가 일어나며 이것을 듣고 우리도 각각 찬송가를 부르며 어떤 이는 두 팔을 들고 소리를 내어, 어떤 이는 고개를 숙이고 주에게 마지막 기도를 올리더이다. 나는 잠깐 고향과 가족과 동족과 그대와 그와 붕우들과 품었던 장래의 희망을 생각하고 아주 냉정하게 최후의 결심을 하였나이다. 나는 이 세상의 아름다움을 생각할 때에 공포하였나이다, 아껴하였나이다. 그러나 이 세상의 냉혹하고 괴로움을 생각할 때에 하루라도 바삐 이 세상을 벗어남을 기뻐하였나이다. 나는 더러운 병상에서 오줌똥을 싸 뭉개다가 죽지 아니하고 신선한 조일광朝日光, 망망한 해양 중에 비장한 경광 속에 죽게 됨을 행복으로 여겼나이다. 실상 집에서 죽으려거든 공성명수功成

---

57 물 위나 공중에 뜨다.

名遂[58]하고 한명限命까지 살다가 여자와 사회의 깊이 애도하는 속에 하거나 그렇지 아니하거든 혹은 대양 중에 혹은 폭탄 하에 혹은 상인霜刃[59] 하에 혹 인류의 문명을 위하여 전기나 화학의 시험 중에 죽을 것인가 하나이다. 나는 저 구차하게 무기력한 생명을 아껴 추한 생활을 이어가는 자를 비소誹笑하나이다. 지금 양양한 바다는 우리를 받아들일 양으로 늠실늠실 하고 광휘光輝한 태양은 타계他界로 가는 우리를 작별하는 듯이 우리에게 따뜻한 빛을 주더이다. 배가 가라앉음을 쫓아 차차 후부로 옮는 선객들은 이제야 몸과 몸이 서로 마주 닿게 되었나이다. 그러다가 우리는 한 걸음 한 걸음 상갑판과 장檣[60]으로 기어오르나이다. 기관은 벌써 죽었나이다. 이제는 우리 차례로소이다. 그러나 우리 중에는 이제는 우는 이도 없고 덤비는 이도 없고 다만 비창悲愴한 한숨 소리와 기도 소리가 여기저기서 들릴 뿐이로소이다. 선원은 우리 생명이 이제 사십분이라 하나이다. 우리 심장은 일 초 일 초 뛰나이다. 일분 가나이다. 이분 가나이다. 이때에 가끔 물보라가 우리 열한 얼굴을 적시더이다. 우리는 한 걸음 한 걸음 위로 위로 올라가나이다. 다만 일순간이라도 할 수 있는 대로는 생명을 늘리려 하는 인생의 정상情狀[61]은 참 가련도 하여이다. 구조정도 어디 갈 데가 있는 것이 아니요 후에 오는 배만 기다리는 고로 그 주위로 슬슬 떠다닐 뿐이러이다. 가끔 여자의 울음소리가 물결 소리와 함께 울려올 뿐이로소이다. 십분 지났나이다. 남은 것이 삼십분. 우리

---

58 공을 이루어 이름을 크게 떨침.
59 서슬이 시퍼런 칼날.
60 돛대.
61 딱하거나 가엾은 상태.

는 부지불각에 주먹을 부르쥐고 입을 꼭 다물었나이다. 마치 우리를 향하여 오는 무엇에 저항하려는 듯이. 그러나 우리가 그 운명에 저항할 수 있사오리까. 아까 구조정에 오르려던 남자는 실신한 듯이 갑판 상에 거꾸러지며 거품을 토하고 경련을 생生하더이다. 다른 사람들은 빙그레 웃으면서 그 사람의 파래진 얼굴을 보았나이다. 우리는 그를 구원하려 할 필요가 없고 다만 잠깐 먼저 가거라, 우리도 네가 아직 일 리哩를 앞서기 전에 따라갈 것이로다 할 뿐이로소이다. 이때 우리 심중에야 무슨 욕심이 있으며 무슨 염려가 있으리까. 만인이 꿈에도 놓지 못하던 명리名利의 욕慾이며 쾌락의 욕이며—온갖 것을 다 잊어버리고 다만 우리가 세상에 올 때에 가지던 바와 같은 순결한 마음으로 오라는 죽음을 맞을 따름이로소이다. 이때에 우리 이백여 명 사람은 모두 성인이요 모두 천사로소이다. 만일 누구나 의식을 볼 때에 잠깐 이러한 생각을 하였던들 사회의 모든 악하고 무용한 알력軋轢이 없어질 것이로다. 이 배에는 혹 금화도 실었으리다, 그러나 지금 누가 그것을 생각하며, 미인은 있으리다, 그러나 지금 누가 그를 생각하오리까. 그뿐더러 우리의 생명까지도 그리 아까운 줄을 모르게 되어 침몰하는 선체의 이상한 불쾌한 음향을 발할 때마다 본능적으로 몸이 흠칫흠칫 할 뿐이로소이다. 이십분 지내었나이다. 선체는 점점 물 아래로 잠기나이다. 우리는 더 올라갈 곳이 없어 그 자리에 가만히 섰나이다. 이때에 군중 중에서 누가,

　"저기 배 보인다!"

하고 외친다. 군중의 시선은 일제히 서편 까만 점으로 쏠리더이다. 선장은 마스트 제이형桁에 올라가 쌍안경으로 그 이점異點을

보더니, 손을 내두르며,

"코리아 호외다. 우리 배보다 두 시간 후에 떠난 코리아 호외다. 우리 배 침몰한다는 무선 전신을 받고 이리로 옴이외다. 그러나 저 배는 한 시간 후가 아니면 오지 못할 터이니 각각 무엇이나 하나씩 붙들고 저 배 오기를 기다리시오."

우리의 얼굴은 일시에 변하였나이다. 침착하던 맘이 도로 동란動亂하더이다. 일조一條의 생도生道가 보이매 지금껏 죽으려고 결심하였던 것이 다 허사가 되고 이제는 살려는 희망을 가지고 노력하게 됨이로소이다. 우리는 선원과 함께 널쪽 뜯기에 착수하였나이다. 나도 의접依接할 것을 하나 얻을 양으로 잠기다 남은 갑판 위로 뛰어 돌아가다가, 이상한 소리에 깜짝 놀라 우뚝 섰나이다.

"사람 살리오!"

하는 여자의 소리(영어로)가 들리며 무엇을 두드리는 소리가 나더이다. 나는 곧 그 소리가 서너 치나 이미 물에 잠긴 주장主牆 밑 일등실에서 나는 줄을 알아차리고 얼른 뛰어가

"문을 칠 터이니 물러서시오"

하며 손에 들었던 도끼로 돌쩌귀를 때려 부수고 힘껏 그것을 잡아 젖혔나이다. 그 속에는 어떤 늙은 서양 부인 하나와 젊은 동양 부인 하나가 있다가 흐트러진 머리 침의 바람으로 문을 차며 마주 뛰어나오더이다. 나는 그 문을 떼어 생명을 의접할 양으로 도끼로 잡을 손 있는 데를 깨뜨렸나이다. 이때에 뒤에서 누가 내게 매달리기로 돌아본즉 이것이 누구오리까, 내 은인 김일련이로소이다. 나는 다른 말 할 새 없이 다만

"이 문을 잃지 말고 여기 매어달리시오. 지금 구조할 배가 옵

니다."

하였나이다. 돌아서며 보니 선객과 선원들은 벌써 널쪽을 하나씩 집어타고 물에 나떴더이다. 갑판에 물이 벌써 무릎을 잠그고 선체는 점점 빠르게 가라앉더이다. 게다가 굽실굽실하는 물결이 몸을 쳐 한 걸음만 걸핏하면 그만 천길 해 중으로 쑥 들어갈 것이로소이다. 선상에는 우리 세 사람뿐이로소이다. 내가 도끼로 문을 부수는 동안에 남들은 다 내려간 것이로소이다. 아아 어찌하나 이 문 한 짝에 세 사람이 붙을 수 없고 그러나 이제 달리 어쩔 수도 없어 그 위험한 중에 얼마를 주저하였나이다. 그러나 나는

"이 문을 타고 나가시오. 걸핏하면 그만이오. 어서어서."

하고 다시 물속에 든 도끼를 찾아 다른 문을 부수려 하였나이다. 그러나 이때에 벌써 물이 허리 위에 올라오고 물속에 잠긴 돌쩌귀를 부수지 못하여 한참이나 애를 쓰다가 뒤를 돌아본즉 두 부인은 수상에 조금 남겨 놓은 난간을 붙들고 흑흑 느끼더이다. 나는 이를 보고 허리를 물에 잠그고 겨우 하여 그 문을 뜯어 내어 놓고 본즉 먼저 뜯어놓은 문이 갑자기 밀어오는 물결에 밀려 달아나더이다. 나는 도끼를 집어 내던지고 그 문을 잡고 헤어나갈 준비를 하였나이다. 그러나 어찌하리오. 문 하나에 셋은 탈 수 없고 누가 살 것이리까.

이제 우리는 촌각의 여유도 없나이다. 두 부인에게 그 문의 한편 옆에 붙으라 하고 나는 다른 옆에 붙어 아주 우리 몸이 뜨기만 바랐나이다. 침몰하는 본선 주위에는 운명에 생명을 맡긴 인생들이 혹은 널쪽에 혹은 구조대에 혹은 구조정에 붙어 물결을 따라 오르락내리락하며 말없이 떠다니나이다. 아까 보이던 코리

아 호는 과연 오는지 마는지.

　이윽고 우리 몸은 전혀 그 문에만 매달리게 되었나이다. 두 부인은 기운 없이 문설주를 잡고 내 얼굴만 쳐다보더이다. 그러나 세 사람의 중량에 문은 연해 가라앉으려 하고 그러할 때마다 약한 부인네는 더욱 팔에 힘을 주므로 우리는 몇 번이나 머리까지 물속에 잠겼나이다. 가지나 겨울 물에 사지는 얼어들어오고 팔맥은 풀리고 아무리 하여도 이 모양으로 십분을 지날 것도 같지 아니하더이다. 이제 우리가 한 가지 오래갈 묘책은 문을 흉복부에 지대고 팔과 다리로 방향을 잡음이러이다. 그러나 걸핏하면 널쪽이 뒤집히든가 가라앉든가 할 모양이니 어떠하오리까. 그러나 우리는 수 분간에 일 차씩 물에 잠기어 아무리 하여도 이대로 참을 수는 없더이다. 이때야말로 고식姑息[62]을 불허하고 용단이 필요하더이다. 이렁그렁하는 동안에 기력은 차차 쇠진하더이다. 원래 연약한 김 양은 벌써 훗득훗득 느끼며 졸기를 시작하더이다. 아무리 하여도 셋 중에 하나는 죽어야 하리라 하였나이다. 나는 얼른 '살아야 할 사람은 나와 내 동포인 김 양인가' 하였나이다. 인도人道상으로 보아 두 부인을 살리고 내가 죽음이 마땅하다 하려니와 나는 그때 내 생명을 먼저 버리기에는 너무 약하였나이다. 그러나 저 서양 부인을 떠밀어내기도 생명이 있는 동안은 못할 일이러이다. 또 한 번 우리는 물속에 들었다 나왔나이다. 숨이 막히고 정신이 아뜩아뜩하더이다. 나는 다시 생각하였나이다. 아직 국가가 있다. 국가가 있으니 내외국의 별別이 있다. 그러니까

62　잠시 숨을 쉰다는 뜻으로, 우선 당장에는 탈이 없고 편안하게 지냄을 비유적으로 이르는 말.

다 살지 못할 경우에 내 동포를 살림이 당연하다 하였나이다. 그러나 단행치 못하고 또 한 번 물에 잠겼다 나왔나이다. 나는 이에 결심하였나이다. 차라리 이 널쪽을 뒤쳐 엎었다가 둘 중에 하나 사는 자를 살리리라 하였나이다. 아아 나의 사랑하는 이의 생명이 어찌 될런가.

"하나님이시여 용서하소서."

하고 나는 널쪽을 턱 놓았나이다. 아아 그때의 심중의 고민이야 무엇으로나 형용하리까. 널쪽이 번쩍 들리며 두 부인은 물속에 들어갔나이다. 나는 얼른 널쪽을 잡으려 하였으나 널쪽은 물결에 밀려 수보 밖에 달아나더이다. 이윽고 두 부인도 물을 푸푸 뿜으며 나뜨더이다. 나는 최후의 노력이로구나 하면서 널쪽을 버리고 김 양 있는 데로 헤어가서 한 손으로 그의 겨드랑이를 붙들고 널쪽을 향하여 헤었나이다. 널쪽은 잡힐 듯 잡힐 듯하면서 우리보다 앞서 가더이다. 나는 사력을 다하여 헤었나이다. 우리의 두 몸은 이제야 겨우 코 이상이 물 위에 떴을 따름이로소이다. 나는 '이제는 죽었구나' 하며 남은 힘을 다하였나이다. 그러나 시체나 다름없는 여자를 한 손에 들었으니 어찌하오리까. 그렇다고 차마 그는 놓지 못했나이다. 나는 부지불각에 "아이쿠" 하였나이다. 그러나 내 생명은 아직 끊기지 아니하였으므로 그래도 허우적허우적 널쪽을 향하여 헤었나이다. 거의 기운이 다하려 할 제 널쪽이 손에 잡혔나이다. 나는 새 기운을 내어 김 양을 널쪽에 올려 싣고 나도 가슴을 널쪽에 대었나이다. 그리고는 다리를 흔들어 널쪽의 방향을 돌렸나이다. 서양 부인이 아직도 떴다 잠겼다 함을 보고 나는 그리로 향하여 저어가려 하였나이다. 그러나 내

사지는 이미 굳었나이다. 그러고는 정신을 잃었나이다.

깨어 본즉 나는 어느 선실에 누웠고 곁에는 김 양과 다른 사람들이 혼미하여 누웠더이다. 나는 몸을 움직일 수도 없고 말도 잘 나가지 아니하더이다. 이 모양으로 이십분이나 누웠다가 겨우 정신을 차려 나는 어느 배의 구원을 받아 다시 살아난 줄을 알았나이다. 그리고 겨우 몸을 일으켜 곁에 누운 김 양을 보니 아직도 혼미한 모양이러이다. 뒤에 들은즉 이 배는 우리가 기다리던 코리아 호요 그 선객들이 의복을 내어 갈아입히고 우리를 자기네 침실에 누인 게라 하더이다. 저녁때쯤 하여 김 양도 일어나고 다른 조난객도 일어나더이다. 삼백여 명에 생존한 자가 겨우 일백이십 기인幾人. 나도 그 틈에 끼인 것이 참 신기하더이다. 아아 인생의 운명이란 과연 알 수 없더이다. 선장도 죽고 나와 같은 방에 들었던 이도 죽고 물론 그 서양 부인도 죽고―그러나 그때 구조정에 뛰어오르려다가 도로 끌려 내린 자는 살아나서 바로 내 맞은편 침상에 누워 앓는 소리를 하더이다. 여러 선객은 여러 가지로 위문하여주며 어떤 서양 부인네는 눈물을 흘리며 위문하더이다. 나는 그네에게 대하여 나의 목도한 자초지종을 말하였나이다. 그네는 혹 놀라기도 하고 울기도 하며 그 말을 듣더이다. 그 수뢰는 부설敷設 수뢰인가 독일 수뢰정이 발사한 것인가 하고 의론이 백출[63]하였으나 물론 귀결되지 못하였나이다. 우리도 국과 우유를 마시고 다시 잠이 들어 익조翌朝 장기長崎[64]에 정박할 때까지 세상 모르고 잤나이다. 장기서 이틀을 유留하여 단번의 용함대

---

63 여러 가지로 많이 나옴.
64 나가사키.

배로 이곳에 도착한 것이 재재작일 오전 아홉시로소이다. 그러나 물에서 몸이 지쳐 우리는 그냥 병원에 들어와 지금까지 누웠으나 오늘부터는 심신이 자못 경쾌하여감을 느끼오니 과려過慮[65] 마소서.

제4신

나는 지금 소백산 중을 통과하나이다. 정히 오전 네시. 겹 유리창으로 가만히 내다보면 희미하게나마 백설을 지고 인 침침한 삼림이 보이나이다. 우리 열차는 영하 이십 오륙 도 되는 천지개벽 이래로 일찍 인적 못 들어본 대삼림의 밤 공기를 헤치고 헐럭헐럭 달아가나이다. 들리는 것이 오직 둥둥둥둥 한 차륜 소리와 기관차의 헐떡거리는 소리뿐이로소이다. 우리 차실車室은 침대 네 개 중에 이 층 두 개는 비고 나와 김 양이 하층 두 개를 점령하였나이다. 증기 철관으로 실내는 우리 온돌이나 다름없이 훗훗하여이다. 나는 김 양의 자는 얼굴을 보았나이다. 담요를 가슴까지만 덮고 입술을 반쯤 열고 부드러운 숨소리가 무슨 미묘한 음악같이 들리더이다. 그 가는 붓으로 싹 그은 듯한 눈썹 하며 방그레 웃는 듯한 두 눈 하며 여러 날 위험과 피곤으로 좀 해쓱하게 된 두 뺨 하며 입술이 약간 가뭇가뭇하게 탄 것이 오히려 풍정風情[66] 있더이다. 나는 이 사람을 사랑한 지 오래거니와 아직 이 사람의 그간의

---

65 정도에 지나치게 염려함.
66 정서와 회포를 자아내는 풍치나 경치.

변천과 경과를 자세히 들어볼 기회가 없었나이다. 상해서 정성된 간호를 받을 때 그의 맘이 여전히 천사 같거니 하기는 하였으나 그 진위를 판정할 기회는 없었나이다. 나는 이제야 그 좋은 기회라 하였나이다. 대개 아무리 외식에 익숙한 자라도 잘 때에 용모와 태도는 숨기지 못하는 것이로소이다. 그러므로 어떤 사람의 자는 얼굴을 보면 그 사람의 성정을 대개는 정확하게 판단하는 것이로소이다. 죽은 얼굴은 더욱 그의 성격을 잘 발표한다 하나이다. 그러나 가족 외에는 남의 자는 얼굴을 보기 어려운 것이니 이러한 연구의 최호最好한 기회는 차車 중이나 선船 중인가 하나이다. 나는 그대의 자는 얼굴을 여러 번 보았나이다. 그리고 그 얼굴로 그대의 성정을 많이 판단하였나이다. 이제 그 솜씨를 가지고 김 양의 자는 얼굴을 연구하려 하였나이다. 맨 처음 그의 얼굴과 숨소리가 소아의 그것과 같이 화평함은 그의 심정이 선하고 화평함을 보임이요 그의 방그레한 웃음을 띰은 어떤 처지 어떤 사건을 당하거나 절망하고 비통하지 아니하고 항상 주재主宰[67]와 섭리를 의지하여 맘을 화락하게 가짐을 보임이니 만일 그렇지 아니하면 그렇게 큰 곤란을 겪은 뒤에는 반드시 얼굴에 고민 불평한 빛이 보일 것이로소이다. 그의 숨소리가 순하고 장단 같음은 그의 육체와 심정의 완전히 조화함을 보임이니 숨소리의 부제不齊함은 무슨 부조화가 있음이로소이다. 그는 어젯밤에 누운 대로 단정한 자세를 유지하였으니 이는 그의 심정의 단아하고 침착함을 보임이로소이다. 혹 베개를 목에 걸고 고개를 번쩍 잦긴다든가 입으

67 어떤 일을 중심이 되어 맡아 처리함.

로 침을 질질 흘린다든가 팔과 다리를 모양 없이 내던지는 사람은 반드시 맘의 줏대 없고 난잡함을 보임이로소이다. 입을 꼭 다물지 아니함은 주의가 약하다든가 남에게 의뢰하려는 성정을 표함이어니와 조금 방싯하게 입을 연 것은 오히려 미를 더하는 점이로소이다. 지금 우리 김 양은 마치 아기가 그 자모慈母의 품에 안긴 듯이 맘을 푹 놓고 극히 안온安穩하게 자는 것이로소이다. 나는 한참이나 이 순결한 여성의 얼굴을 응시하다가 눈을 감고 벽에 기대어 생각하였나이다. 과연 아름답도소이다. 이 아름다움을 보고 탄미하고 애착하는 정이 아니 날 사람이 있사오리까. 조물은 탄미하기 위하여 이런 미를 짓고 이런 미를 감상하는 힘을 인생에게 준 것이로소이다. 그동안 여러 위험과 곤란에 여유 없는 흉중은 다시 구舊에 복復하여 산란하기 시작하였나이다. 나는 육 년 전 모 여학교 기숙사에서 "분주하신데" 하고 살짝 낯을 붉히던 그를 회상하고 일비곡의 일장몽—場夢을 회상하고 그때 나의 동경과 고민을 생각하고 또 내가 지난 사오 년간에 겪은 모든 정신적 변천과 고민이 태반이나 지금 내 앞에 누워 자는 일단구—短軀의 원인함을 생각하였나이다. 아마 그는 내가 자기를 위하여 겪은 모든 것을 모를 것이로소이다. 그래서 같이 사생死生 간에 출입하면서도 또는 같이 무인한 차실 내에 있으면서도 피차의 심중은 대단히 현수懸殊[68]한 것이로소이다. 흉벽胸壁 하나를 격隔한 사람과 사람 사이의 심중은 마치 차계此界와 타계와 같아서 그간에 교통이 생기기 전에는 결코 접촉하지 못하는 것이로소이다. 그 교통 기관

---

68 현격하게 다름.

은 언어와 감정이니 이 기관으로 피차의 내정內情을 사실한 후에야 화친이 생기고 배척도 생기는 것이로소이다. 그러므로 붕우라 함은 서로 이해하여 각기 타인에게 자기와의 공통점을 발견함으로 생기는 관계라 할 수 있는 것이로소이다. 그러나 사랑은 이와는 딴 문제니 그의 성정이며 사상 언행이 혹 사랑의 원인도 되며 혹 이미 성립된 사랑을 강하게 하는 효력은 있으되 그것을 이해한 후에야 비로소 사랑이 성립되는 것은 아니로소이다. 말이 너무 곁길로 들었나이다. 나는 내 심정을 토설함이 김 양에게 어떠한 생각을 줄까 하였나이다. 내가 자기를 위하여 전 인격의 변동과 고민을 받은 줄을 말하면 그의 감상이 어떠할런가. 자기를 위하여 오륙 년을 고민 중으로 지낸 남자인 줄을 알 때에 과연 어떠한 감상이 생길런가. 물론 그 사정을 듣는다고 없던 사랑이 생길리는 없으련마는 자기를 위한 희생을 가련하게는 여기리라 하였나이다. 설혹 그가 내 진정을 듣고 오히려 성내어 나를 배척하리라 하더라도 희미한 원망과 함께 오래 품어오던 정을 바로 그 당자를 향하여 토로하기만 하여도 훨씬 속이 시원하고 달콤한 맛이 있을 듯하여이다. 그리고 다시 눈을 떠 그의 얼굴을 보매 여전히 안온히 자더이다. 나는 다시 생각하였나이다. 설혹 저편이 나를 사랑한다 한들 내가 저를 사랑할 권리가 있을까. 나는 기혼 남자라. 기혼 남자가 다른 여성을 사랑함은 도덕과 법률이 금하는 바라. 그러나 내 아내에게는 어찌하여 사랑이 없고 오히려 법률과 도덕이 사랑하기를 금하는 김 양에게 사랑이 가나이까. 법률과 도덕이 인생의 의지와 정을 거슬리기 위하여 생겼는가. 인생의 의지와 정이 소위 악마의 유혹을 받아 도덕과 법률을 위반하려 하는가. 이에 나는 도덕 법률과 인생의 의지와 어느 것이 원시적이며 어느 것이 더욱 권위가 있는가를 생각하여야 하겠나이다. 인생의 의지는 천성이니 천지개벽 때부터 창조된 것이요 도덕이나 법률은 인류가 사회생활을 시작함으로부터 사회의 질서를 유지하기 위하여 생긴 것이라. 즉 인생의 의지는 자연이요 도덕 법률은 인위며 따라서 의지는 불가변이요 절대적이요 도덕 법률은 가변이요 상대적이라. 그러므로 오인의 의지가 항상 도덕과 법률에 대하여 우월권이 있을 것이니 그러므로 내 의지가 현재 김 양을 사랑하는 이상 도덕과 법률을 위반할 권리가 있다 하나이다. 내가 이를 위반하면 도덕과 법률은 반드시 나를 제재하리다. 혹 나를 간음자라 하고 혹 중혼자라 하여 사회는 나를 배척하고 법률은 나를 처벌하리다. 그러나 내가 만일 김 양을 사랑함이 사회와 법률의 제재보다 중타고 인정할 때에는 나는 그 제재를 감수하고도 김 양을 사랑할지니 대개 영의 요구가 유형한 온갖 것보다도—천하보다도 우주보다도 더 중함이로소이다. 현대인은 너무 도덕과 법률에 영성靈性이 마비하여 영의 권위를 인정 못 하나니 이는 생명 있는 인생으로서 생명 없는 기계가 되어버림과 다름이 없나이다. 예수가 십자가에 박힘도 불시의 도덕과 법률에 위반하였음이요 모든 국사와 혁명가가 중죄인으로 혹은 징역을 하며 혹은 생명을 잃음도 영의 요구를 귀중하게 여기어 현시의 제도를 위반함이로소이다. 대개 도덕과 법률을 위반함에도 이 종이 있으니 하나는 사욕, 물욕, 정욕을 만족하기 위하여 위반함이니 이때에는 반드시 양심의 가책을 겸수하는 것이요 둘은 양심이 허하고 허할뿐더러 장려하여 현 사회를 위반케 하는 것이니 이는 법률상으로 죄인이라 할지나 타일他日 그의 위하여 싸우던 이상이 실현되는 날에 그는 교조敎祖가 되고 국조國祖가 되고 선각자가 되어 사회의 추숭追崇을 받는 것이니 역사상에 모든 위인 걸사는 대개 이러한 인물이로소이다. 나는 불행히 범인이 되어 정치상 또는 종교상 이러한 혁명자가 되지 못하나 인도상 일 혁명자나 되어보려 하나이다. 내가 김 양을 사랑함이 과연 이만한 고상한 의의가 있는지 없는지는 모르나 이미 내 전령이 그를 사랑하는 이상 나는 결코 사회를 두려 내 영의 요구를 억제하지 아니하려 하나이다. 혹 사회가 나를 악인으로 여겨 다시 나서지 못하게 한다 하더라도 나는 내 영의 신성한 자유를 죽여서까지 육체와 명예의 완전을 도모하려 아니하나이다. 나는 일본인의 정사情死를 부러워 하나니 대개 제가 사랑하는 자를 위하여 목숨을 버리기조차 사양치 아니하는 그 정신은 과연 아름답소이다. 혹은 명예를 위하여 혹은 신체나 재산을 위하여 사랑하던 자 버리기를 식은 밥 먹듯 하는 종족을 나는 미워하나이다. 나도 그러한 유약하고 냉담한 피를 받았으니 과연 저 외국인 모양으로 사랑하는 자를 위하여 생명까지라도 아끼지 않게 될는지는 알 수 없으나 나는 이제 김 양을 대하여 이 실험을 하여보려 하나이다. 내가 일전 파선하였을 때에 한 행동도 이 방면의 소식을 전함인가 하나이다. 인생의 일생이 과연 우습지 아니합니까. 오래 살아야 칠십 년에 구태여 사회 앞에 꿇어 엎드려 온갖 복종과 온갖 아첨을 하여가면서까지 노예적 안전과 쾌락에 연연할 것이야 무엇입니까. 제가 정의로 생각하는 바를 따라 용왕매진勇往邁進[69] 하다가 성成하면 좋고 패하면 폭풍에 떨어지는 꽃 모양으로 훌쩍 날아가면 그만이로소이다.

나는 벌떡 일어섰나이다. 두 주먹을 불끈 부르쥐고 '옳다. 겁을 버려라. 내 사랑하는 김 양을 위하여 전 심신을 바치리라' 하였나이다. 내 발소리에 깨었는지 김 양이 눈을 뜨며

"추우십니까?"

"아니올시다. 너무 오래 잤기로 운동을 좀 하노라고 그럽니다."

"지금 몇 시예요?"

하면서 일어나 앉는다.

"다섯 시 오 분이올시다. 좀 더 주무시지요. 아직 이른데."

하고 나는 이상하게 수줍은 맘이 생겨 김 양을 정면으로 보지 못하고 창도 내다보며 전등도 보며 하였나이다.

"여기가 어딥니까?"

"소백산 삼림 속이올시다 아직까지 두 발 달린 짐승 들어보지 못한 성전인데 지금은 철도가 생겨 차차 삼림도 채벌하고 아담과 말하던 새와 사슴들도 가끔 두 발 달린 짐승의 총소리에 놀랍니다. 지구상에는 이 두 발 달린 짐승이 과히 번성하여서 모처럼 하나님의 수십만 년 품 들여서 만들고 새겨놓은 지구를 말 못되게 보기 숭하게 만듭니다. 자연을 이렇게 버려놓는 모양으로 사람의 영성에도 붉은 물도 들이고 푸른 물도 들이고 깎기도 하고 새기기도 하여 모양 없이 만들어놓습니다. 봅시오. 우리 신체도 그러합지요. 모두 무슨 흉물스러운 헝겊으로 뒤싸고 예의니 습관이니 하는 오랏줄로 꽁꽁 동여매고……."

나는 나오는 대로 한참이나 지껄이다가 과히 흥분한 듯하여 말

---

69 거리낌 없이 용감하고 씩씩하게 나아감.

을 뚝 끊고 김 양의 얼굴을 보았나이다. 김 양은 빙그레 웃으면서

"그래도 의복도 없고 문명도 없으면 이 추운 땅에서야 어떻게 삽니까."

"못 살지요. 원래로 말하면 지구가 이렇게 식어서 눈이 오고 얼음이 얼게 되면 차차차차 적도 지방으로 몰려가 살 터이지요. 말하자면 적도 지방에 사는 사람들이 짜장[70] 살 권리 있는 사람이요 온대나 한대에 사는 사람들은 천명을 거역하여 사는 것이외다그려. 그러니까 적도 지방에 사는 사람들은 천명대로 자연스럽게 살아가지마는 온대나 한대에 사는 사람들은 소위 '자연을 정복'한다 하여 꼭 천명에 거스르는 생활을 합니다그려. 그네의 소위 문명이라는 것이 즉 천명을 거역하는 것이외다. 우선 우리로 보아도 한 시간에 십 리씩 걸어야 옳게 만든 것을 꾀를 부려 백여 리씩이나 걷지요. 눈이 오면 치워야 옳을 텐데 우리는 지금 따뜻하게 앉았지요…… 그러니까 문명 속에 있어서는 하나님을 섬길 수 없어요."

"아 그러면 선생께서는 문명을 저주하십니다그려. 그러나 우리 인생치고 문명 없이 살아갈까요? 톨스토이가 제아무리 문명을 저주한다 하더라도 그 역시 '가옥' 속에서 '요리'한 음식 먹고 '기계'로 된 의복 입고 지내다가, 마침내는 철도를 타다가 정거장에서 '의사'의 치료를 받다가 죽지 아니하였습니까."

나는 이 말에 대답하려 아니하고 단도직입으로 김 양의 사정을 탐지하려 하였나이다. 김 양의 술회는 여좌如左[71]하여이다.

---

70 과연 정말로.
71 왼쪽에 적힌 내용과 같음.

내가 동경을 떠난 후 일 년에 김 양도 모 고등여학교를 졸업하고 잉仍하여[72] 여자 대학교 영문학과에 입학하였나이다. 원래 재질이 초월한 자라 입학 이후로 학업이 일진하여 교내에 조선 재원의 명성이 자자하였나이다. 그러나 꽃과 같이 날로 피어가는 그의 아름다운 얼굴에는 취하여 모여드는 호접蝴蝶[73]이 한둘이 아니런 듯하여이다. 그중에 일인一人은 성명은 말할 필요가 없으나 당시 조선 유학생계에 수재이던 모 씨러이다. 씨는 제대 문학과 재하여 재명이 융융하던 중 그중에도 독일 문학에 정상精詳하고 또 천품의 시재詩才가 있어 입을 열면 노래가 흐르고 붓을 들면 시가 솟아나는 자러이다. 조선 학생으로 더구나 아직 청년 학생으로 일본 문단의 일방에 명성의 예譽를 득得한 자는 여태껏 아마 씨밖에 없었으리라. 씨의 시문이 어떻게 미려하여 인人을 뇌살惱殺하였음은 일찍 씨의 《소녀에게》라 하는 시집이 출판되매 그 후 일 개월이 못하여 무명한 청년 여자의 열정이 횡일橫溢[74]하는 서한書翰을 무수히 수受함을 보아도 알 것이로소이다. 말하자면 김 양의 만인을 뇌살하는 미모를 모 씨 그 필단筆端 가진 것이라 할 것으로 소이다. 김 양과 모 씨와는 시문의 소개로 부지불식간 상사하는 애인이 되었나이다. 그리하여 우선 쌍방의 흉중에 화염이 일어나고 다음에 시와 문이 되고 다음에 열렬한 서한이 되고 또 다음에 우연한 대면이 되고 마침내 평계 있는 방문이 되어 드디어 떼려도 뗄 수 없는 애愛의 융합이 된 것이로소이다. 혹 신춘新春의 가절

72 거듭하여.
73 호랑나비.
74 물이 가로 흘러넘침.

佳節에 손을 잡고 교외의 춘경을 찾아 찬란한 백화의 열렬한 정염을 돋우며 낭낭한 종달의 소리에 청춘의 생명의 희열을 노래하고 혹 농천고미瀧川高尾에 만추의 색을 상賞하여 떨어지는 낙엽에 인생의 무상을 한탄하고 냉랭한 추수秋水에 뜨거운 청춘의 홍루紅淚를 뿌리기도 하여 춘거추래 삼 개三個의 성상을 꿈같이 달고 꿈같이 몽롱하게 지내었나이다. 그러나 모 씨는 천재의 흔히 있는 폐병이 있어 몸은 날로 쇠약하고 시정은 날로 청순하여가다가 거년 춘삼월 피는 꽃 우는 새의 아까운 인생을 버리고 구름 위 백옥루의 영원한 졸음에 들었나이다. 그 후 김 양은 파경의 홍루에 속절없이 나금羅衾을 적시다가 단연히 지志를 결決하고 일생을 독신으로 문학과 음악에 보내리라 하여 어떤 독일 선교사의 소개로 백림으로 향하던 길에 금차今次의 난難을 조遭한 것이로소이다. 황해 중에서 불귀의 객이 된 그 서양 부인은 즉 김 양이 의탁하려던 독일 부인인 줄을 이제야 알았나이다. 양은 언필言畢에 잠연히 누淚를 하下하고 오열 금치 못하며 나는 고개를 돌려 주먹으로 눈물을 씻었나이다.

슬프다. 모 씨여. 조선 사람은 모 씨의 요서夭逝[75]를 위하여 통곡할지어다. 근화반도의 고려高麗한 강산을 누가 있어 영탄咏嘆하며 사천 년 묵은 민족의 흉중을 누가 있어 읊으리까. 산곡의 백합을 보는 이 없으니 속절없이 바람에 날림이 될지요 유간柳間의 황액黃鶯을 듣는 이 없으니 무심한 공곡空谷이 반향反響할 따름이로소이다. 우리는 이러한 천재 시인을 잃었으니 이 또한 하늘의 뜻이라 한탄

75 요절.

한들 미치지 못하거니와 행여나 마음 있는 누가 그의 무덤 위에 한 줌의 꽃을 공供하고 한 방울 눈물이나 뿌렸기를 바라나이다.

서색曙色[76]이 창에 비치었나이다. 하늘과 땅이 온통 설백雪白한 중에 영원의 침묵을 깨뜨리고 우리 열차는 수백 명 각종 인을 싣고 헐떡헐떡 달아나나이다. 이 열차는 무슨 뜻으로 달아나고 차중의 인은 무슨 뜻으로 어디를 향하고 달아나나이까. 봄이 가고 겨울이 오니 꽃이 피고 꽃이 지며 밤이 가고 낮이 오니 해가 뜨고 달이 지도다. 꽃은 왜 피고 지며 해와 달은 왜 뜨고 지나이까. 쉼 없이 천축天軸이 돌아가니 만천滿天의 성진星辰이 영원히 맴돌이를 하도다. 저 별은 왜 반작반작 창궁에 빛나고 우리 지구는 왜 해바퀴를 싸고 빙글빙글 돌아가나이까. 나라와 나라가 왜 적었다 컸다가 있다가 없어지며 인생이 어이하여 났다가 자라다가 앓다가 죽나이까. 나는 어이하여 났으며 김 양은 어이하여 났으며 그대는 어이하여 났으며 나는 무엇하러 소백산 중으로 달아나고 그대는 무엇하러 한강 가에 머무나이까. 나는 모르나이다. 모르나이다.

그러나 하고많은 나라에 나와 그대가 어찌하여 한 나라에 나고 하고많은 시기에 나와 그대가 어찌하여 동시에 나고 하고많은 사람에 나와 그대가 어찌하여 사랑하게 되었나이까. 나와 김 양이 어찌하여 육 년 전에 만났다가 헤어지고 황해에서 같이 죽다가 살아나고 이제 동일한 차실에서 마주 보고 담화하게 되었나이까. 나는 모르나이다. 모르나이다. 그대를 복중에 둔 그대의 모친

76 새벽빛.

과 나를 복중에 둔 나의 모친과는 서로 그대와 나와의 관계를 생각하였으리까. 복중에 있는 그대와 나와는 서로 나와 그대를 생각하였으리까. 그대와 나와 초대면하기 전일에 그대와 나와는 익일의 상면을 기하였으리까. 그대와 나와 초대면하는 일에 그대와 나와의 익일의 애정을 상상하였으리까. 서로 생각도 못 하던 사람과 사람을 만나게 하는 자—그 무엇이리까. 나는 모르나이다. 모르나이다.

알지 못케라. 우리가 가장 멀게 생각하는 아프리카의 내지나 남미의 남단에 휘파람 하는 청년이 나의 친구가 아닐는지. 뽕 따고 나물 캐는 아리따운 처녀가 나의 애인이 아닐는지. 나는 모르나이다. 모르나이다.

이제 김 양과 나와 서로 대좌하였으니 양 개의 영혼이 제 맘대로 고동_{鼓動}하나이다. 그러나 눈에 보이지 아니하는 미묘한 줄이 만인의 맘과 맘에 왕래하니 이 줄이 명일에 갑과 을을 어떠한 관계로 맺어놓고 병정과 무기를 어떠한 관계로 맺어놓으리까. 나는 모르나이다. 모르나이다. 김 양과 내가 장차 어떠한 관계로 웃을는지 울는지도 나는 모르나이다. 모르나이다.

나는 이제는 명일 일을 예상할 수 없고 순간 일을 예상할 수 없나이다. 다만 만사를 조물의 의_意에 부_付하고 이 열차가 우리를 실어가는 데까지 우리는 끌려가려 하나이다.

— 〈청춘〉, 1917. 7~9.

방황

나는 감기로 삼 일 전부터 누웠다. 그러나 지금은 열도 식고 두통도 나지 아니한다. 오늘 아침에도 학교에 가려면 갈 수도 있었다. 그러나 여전히 자리에 누웠다. 유학생 기숙사의 이십사 첩 방은 휑하게 비었다. 남향한 유리창으로는 재색 구름이 덮인 하늘이 보인다. 그 하늘이 근심 있는 사람의 눈 모양으로 자리에 누운 나를 들여다본다. 큰 눈이 부실부실 떨어지더니 그것도 얼마 아니하여 그치고 그 차디찬 하늘만 물끄러미 나를 들여다본다. 나는 '기모노'로 머리와 이마를 가리고 눈만 반짝반짝하면서 그 차디찬 하늘을 바라본다. 이렇게 한참 바라보노라면 그 차디찬 하늘이 마치 커다란 새의 날개 모양으로 점점 가까이 내려와서 유리창을 뚫고 이 휑한 방에 들어와서 나를 통으로 집어삼킬 듯하다. 나는 불현듯 무서운 생각이 나서 눈을 한 번 깜빡한다. 그러나 하늘은 도로 아까 있던 자리에 올라가서 그 차디찬 눈으로 물끄러미 나를 본다.

내 몸의 따뜻한 것이 내게 감각된다. 그리고 나는 지금 저 하늘을 처다보고 또 지금 하늘이 나를 삼키려 할 때에 무섭다는 감정을 가졌다. 나는 살았다. 확실히 내게는 생명이 있다. 지금 이 이불 속에 가만히 누워 있는 이 몸뚱이에는 확실히 생명이 있다. 이렇게 생각하고 나는 이불 속에 가만히 다리도 흔들어보고 손가락도 움직여보았다. 움직이리라 하는 의지를 따라다니며 손가락이 움직이는 것과 또 그것들이 움직일 때에 '움직이네' 하는 근육 감각이 생길 때에 '아아 이것이 생명이로구나' 하고 나는 빙그레 웃었다. 그리고 여전히 저 차디찬 재색 구름 낀 하늘이 유리창을 통하여 물끄러미 나를 보고 있는 것을 본다.

사생舍生들은 다 학교에 가고 사내舍內는 극히 정적하다. 이 커다란 기숙사 내에 생명 있는 자라고는 나 하나밖에 없다. 그리고 하층 자습실 네모난 시멘트 화로에 꺼지다 남은 숯불이 아직 내 몸 모양으로 따뜻한 기운을 가지고 다 살라진 재 속에서 반짝반짝할 것을 생각하였다. 나는 그 불덩어리가 보고 싶어서 곧 뛰어 내려가려다가 중지하였다. 그리고 내 친구 C 군이 일전에,

"나는 밤에 화로에 숯불을 피워놓고 전등을 끄고 캄캄한 속에 혼자 앉아서 그 숯불을 들여다보고 앉아 있는 것이 제일 즐거워." 하던 것을 생각하고 그 숯불을 우두커니 보고 앉아 있는 C 군의 마음이 어째 내 마음과 같은 듯하였다.

평생에 불김을 보지 못하는 침실은 춥다. 게다가 누가 저편 유리창을 반쯤 열어놓아서 콧마루로 찬바람이 획획 지나간다. 그

유리창을 닫고 싶으면서도 일어나기가 싫어서 콧마루로 찬바람이 지나갈 때마다 물끄러미 그 유리창을 보기만 한다. 어떤 친구가 아침에,

"이불이 엷지요. 추우실 듯하구려."

하고 벽장에 넣으려던 자기의 이불을 덮어주려 하는 것을 나는

"아니오."

하고 거절하였다. 내 이불이 엷기는 엷어도 결코 춥지는 아니하였다. 내 몸은 지극히 따뜻하였다. 그러나 내 생명은 물론 추웠다. 마치 지금이 대한^{大寒} 철인 것과 같이 내 생명은 추웠다. 그러나 이불을 암만 많이 덮고 방을 아무리 덥게 하여 내 전신에서 땀이 흐른다 하더라도 추워하는 내 생명은 결코 따뜻한 맛을 보지 못할 것이다.

가만히 자리에 누워 유리창으로 물끄러미 들여다보는 재색 구름 덮인 겨울 하늘을 보면 그 하늘의 차디찬 손이 내 조그마한 발발 떠는 생명을 주물럭주물럭하는 듯하여 몸에 소름이 쪽쪽 끼친다. 나는 차마 더 하늘을 바라보지 못하여 '기모노'로 낯을 가리었다가 그래도 안전치 못한 듯하여 일어나 휘장으로 유리창을 가리었다.

실내의 공기는 참 차다. 마치 죽은 사람의 살 모양으로 심하게도 싸늘하다. 네 벽에 걸린 '기모노'의 소매에서 차디찬 안개를 통하는 듯하고 지금껏 나를 돌아다보던 차디찬 재색 구름 덮인 하늘이 눈가루 모양으로 가루가 되어 유리창 틈과 다다미 틈과 벽 틈으로 훌훌 날아들어 와 내 이불 속으로 모여들어 오는 듯하다. 마치 내 살과 피의 모든 세포에 그 차디찬 하늘 가루가 들러

붙어서 그 세포들을 얼게 하려는 듯하다. 나는 이불을 푹 막쓰고[1] 눈을 감았다. 그리고 잠이 들기를 바라는 사람 모양으로 가만히 있었다. 내 심장의 똑똑 뛰는 소리가 이불에 반향反響하여 역력히 들린다. 나는 한참이나 그 소리를 듣다가 차마 더 듣지 못하여 얼굴을 내어놓고 눈을 번쩍 떴다. '그것이 내 생명의 소리로구나' 하고 가만히 천정을 바라보았다. '그것이 왜 무엇하러 똑똑 뛰는가. 또는 언제까지나 뛰려는가' 하였다. 그러나 이런 생각은 벌써부터 하던 생각이요, 생각할 때마다 그 대답은 '나는 몰라' 하던 것이. 그러나 이 심장이 언제까지나 이렇게 똑똑 뛰려는가. 지금 내가 이렇게 똑똑 뛰는 소리를 듣는 이 귀로 조만간 이 똑똑 뛰는 소리가 끊어지는 것을 들으렸다. 그때에 나는 '아뿔싸 똑똑 하는 소리가 없어졌구나' 하고 이제는 몸이 식어가는 양을 볼 양으로 이 따뜻하던 몸을 만져볼 여유가 있을까? 그리고 '무엇하러 이 심장이 똑똑똑똑 뛰다가 왜 똑똑똑똑 뛰기를 그쳤는고' 하고 생각할 여유가 있을까?

그리고 나는 이러한 생각을 하였다. 만일 내가 지금 앓는 병이 차차 중하여져서 마침내 죽게 되면 어찌할꼬. 그러나 내게는 슬픈 생각도 없고 무서운 생각도 없다. 아무리 하여도 이 세상이 아까운 것 같지도 아니하고 이 생명이 아까운 것 같지도 아니하다. 이것이 보고 싶으니, 또는 이것을 하고 싶으니, 살아야 하겠다 하는 아무것도 내게는 없다. 오히려 세상은 마치 보기 역정 나는 서적이나 연극과 같다. 조금 더 보았으면 하는 생각은커녕 어서 이

---

1 뒤집어쓰다.

역정 나는 경우에서 벗어났으면 하는 생각이 날 뿐이다. 생명은 내게는 무서운 의무로다. 나는 생명이라는 의무를 다함으로 아무 소득이 없다. 나는 그동안 울기도 하고 혹 웃기도 하였다. 그러나 그것은 내게 아무 가치도 없는 것이다. 그따위 웃음과 울음을 보수로 받는 내 생명의 의무는 내게는 무서운 괴로운 집에 지나지 못한다. 나는 조금도 세상이 그립지도 아니하고 생명이 아깝지도 아니하다. 내 금시今時에 '사死'를 만나더라도 무서워하기는커녕 '왜 이제야 오시오' 하고 반갑게 손을 잡고 싶다. 이러한 생각을 한 것은 오늘이 처음이 아니로다. '에그 적막해라' '에그 춥기도 추워라' '에그 피로해라' 할 때마다 나는 늘 이러한 생각을 하였다. 그리고 현해탄과 모르히네 철도 선로를 생각하였다. 그러나 오직 타성으로 생명의 타성으로 하루 이틀 독서도 하고 상학上學도 하고 글도 짓고 담화도 하였다. 그러나 혼자 외딴 데 있어 반성력反省力이 자유를 활동하여 분명히 자기를 관조할 때에는 늘 이 생각이 일어난다. 세상이 제아무리 여러 가지 빛과 소리로 내 눈과 귀를 현혹하려 하더라도 그것은 저 재색 구름 낀 차디찬 겨울 하늘에 지나지 못한다. 나는 이 병이 와싹[2] 중하여져서 체온이 사십 오륙 도에나 올라가 몸이 불덩어리와 같이 달아서 살과 피의 세포가 섬유가 불길이 일도록 타노라면 내 생명도 비록 일순간이나마 따끔 하는 맛을 볼 것 같다. 그 따끔 하는 일순간이 이따위 싸늘한 생활의 천 년보다 나을 듯하다. 이렇게 생각하면서 나는 이불을 푹 쓰고 잠이 들었다. 내 몸에 열이 높아서 병원 침

2 단번에 거침없이 늘어나거나 줄어드는 모양.

상 위에 누웠던 꿈을 꾸다가 번하게 잠을 깨니 뉘 따뜻한 손이
내 이마 위에 있다. 학교에 갔던 K 군인 줄은 눈을 떠보지 아니하
여도 알았다. 나는 추운 이 세상에 그러한 따뜻한 손이 있어서 내
머리를 짚어주는 것을 이상하게 여겼다. 감사하게도 여겼다. 그
손을 내 두 손으로 꼭 잡았다가 입을 맞추고 가슴에 품고 싶었다.
그리고 어제 아침부터 누가 하루 세 때씩 우유를 보내주던 것을
생각하였다. 어제 아침에 자리에 누운 대로 빳빳 마른 면포麵飽를
먹을 제 어떤 일인日―이,

　“이 양 ト云ウノハ貴方デスか”3

하고 실내에 내가 혼자 있는 것을 보고 의심 없는 듯이 우유 두
병을 내 앞에 놓으며

　“식기 전에 잡수시오.”

하고 나가려 한다. 나는 아마 그가 사람을 잘못 알았는가 하였다.
기숙사에는 나 밖에도 ‘이 양’이 많다. 내게 우유를 전할 사람이
누굴까 하였다. 그래서 나가려는 그 일인을 도로 불러,

　“어떤 사람이 보냅디까?”

하였다. 그 일인은 수상한 듯이 우두커니 나를 보고 섰더니,

　“모르겠어요. 그저 다른 말은 없이 하루 세 때씩 이 양께 우유
를 가져다 드리라 해서요.”

하고 문을 닫고 나선다. 나는 한참이나 ‘그게 누굴까’ 하고 생각
하다가 마침내 ‘내가 그 누구인지를 알 필요가 없다. 다만 나와
같은 인류 중에 한 사람이 내가 병으로 음식을 폐한 것을 불쌍히

3　이 양 당신입니까?

여겨 보낸 것으로 알자' 하고 반갑게 기쁘게 그 우유 두 병을 마셨다. 그리고 이것이 어머니의 품에 안겨 그 젖을 빠는 것과 같이 생각되어 팔정八定[4]에 따뜻함이 있는 것을 감격하였다. 이러한 생각을 하면서 나는 눈을 뜨고 한 팔로 K 군의 허리를 안았다. K 군은 내 이마를 짚었던 손을 떼면서 걱정스러운 눈으로,

"좀 나으셔요?"

"관계치 않습니다."

하고 나는 빙긋이 웃었다. 병이 도져서 죽기를 바라는 놈더러 "좀 나으셔요?" 하고 묻는 것이 우스워서 내가 웃는 것이건마는 K 군은 그런 줄은 모르면서 역시 빙긋이 웃는다. K 군은 나를 미워하지 아니하는 줄을 내가 안다. 그가 진정으로 나의 '좀 낫'기를 바라는 줄도 내가 안다. 또 K 군밖에도 내가 오래 세상에 살아 있기와, 세상을 위하여 일하기와, 또 내가 세상에서 성공하기를 바라는 자가 있는 줄을 안다. 내가 만일 죽었다는 말을 들으면 '아깝다' 하며 '불쌍하다' 하여 혹 추도회를 하며 혹 탄식도 하고 혹 극소수의 눈물을 흘릴 자가 있을 줄도 내가 안다. 적어도 내 아내는 슬피 눈물을 흘릴 줄을 내가 안다. 나 같은 것을 유망한 청년이라고 학비를 주는 은인도 있고 세상에 좋도록 소개하여주는 은인도 있고 면대하여 나를 칭찬하며 격려하는 은인도 있다. 그렇다 그 친구들은 다 나의 은인이로다. 혹 글 같지도 아니한 내 글을 보내라고도 두세 번 연連하여 전보를 놓는 신문사도 있다. 이만하면 나는 세상에서 매우 융숭한 대우와 사랑을 받는 것이

---

4 색계色界의 사선정四禪定과 무색계無色界의 사공정四空定.

다. 세상에는 나만큼도 사랑을 받지 못하는 사람이 얼마나 많으려. 나는 과연 복이 많은 사람이로다.

그러나 나는 늘 적막하다. 늘 춥고 늘 괴롭다. 사방에서 고마운 친구들이 내 몸을 덥게 하려고 입김을 불어주건마는 대한에 발가벗고 선 나의 몸은 점점 더 추워갈 뿐이다. 여러 고마운 친구들의 훗훗한 입김이 오히려 내 몸에 와서 이슬이 되고 서리가 되고 얼음이 되어 더욱 내 몸을 얼게 할 뿐이다. 차라리 이렇게 고마운 친구들까지 없어서 나로 하여금 '세상이 춥구나' 하고 원망의 장태식長太息을 하면서 곧 얼어 죽게 하였으면 좋겠다. 이러한 애정이 있으므로 나로 하여금 세상에 대하여 의무의 감을 생生하게 하고 열착熱着의 염念을 가지게 하는 것이 오히려 원망스럽다. 세상이 나에게 이러한 애정을 주는 것은 마치 임종의 병인에게 캄홀 주사注射[5]를 시施하는 것과 같다. 간호인들은 그 병인의 생명을 일순간이라도 더 늘리려 하는 호의로 함이건마는 병인 당자에게는 다만 고통의 시간을 길게 할 뿐이다. 나는 실로 캄홀 주사의 힘으로 지금까지 살아왔다. 그러나 캄홀 주사의 효력効力이 그 도수度數를 따라 감減하는 모양으로 세상의 애정이 내게 주던 효력도 점차 감하였다. 마침내 병인이 주사에 반응치 못하도록 쇠약하는 모양으로 나도 그렇게 쇠약하였다. 고마운 친구가 익명으로 전하여주는 따뜻한 우유와 K 군의 손을 볼 때에 나는 빙긋이 웃었다. 그러나 그는 주사의 반응이 아니요 근육의 미미한 경련에 지나지 못한다. 이제는 아무런 주사도 내게 효력이 없을 것이다.

5 캄프르camphre 주사. 중증 환자의 피를 빨리 돌리고 심장마비를 막기 위하여 씀.

만일 무슨 효력 있을 방법이 있다 하면 그것이 인혈 주사나 될는 지. 어떤 사람이 자기의 동맥을 절단하여 그것을 내 정맥에 접하 고 생기 있고 펄펄 끓는 해혈解血을 싸늘하게 쇠약한 나의 몸에 주 입하면 혹 내 몸에 붉은빛이 나고 따뜻한 기운이 돌는지도 모르 거니와 그러하기 전에는 내 앞에 있는 것은 사死밖에 없다. 그러 나 이 인혈 주사! 이것이 가능한 일인가. 아니! 아니! 가능할 리 가 없다. 나는 죽을 뿐이다.

그러나 나는 아무것도 아까운 것이 없고 따라서 슬픈 것이나 무서운 것도 없다. 고마운 친구들의 따뜻한 애정에 대한 의무의 압박이 미상불 없지 아니하건마는 또는 나를 위하여 눈물을 흘릴 자에 대하여 저어齟齬하고[6] 미안한 생각이 없지 아니하건마는…… 그러나 그런 것들은 나로 하여금 생의 집착을 감하게 하기에 너 무 박약하다.

K 군은 말없이 우두커니 내 얼굴을 보고 앉았다가 슬그머니 일어서서 밖으로 나아간다. 나는 그의 그림자가 문에서 없어지고 초리草履[7]를 끌고 층층대로 내려가는 소리를 들으면서 불식부지不 識不知하고 눈물을 흘렸다. 그리고 아까 K가,

"노형의 몸은 이미 노형 혼자의 몸이 아닌 줄을 기억하시오. 조선인 전체가 노형에게 기대하는 바가 있음을 기억하시오." 하던 것을 생각하였다. 이는 내가

"나는 어째 세상의 아무 재미가 없어지고 자살이라도 하고 싶 으오."

---

6 염려하거나 두려워하다.
7 짚신.

하는 내 말을 반박하는 말이었다. 과연 나는 조선 사람이다. 조선 사람은 가르치는 자와 인도하는 자를 요구한다. 과연 조선 사람은 불쌍하다. 나도 조선 사람을 위하여 여러 번 눈물을 흘렸고 조선 사람을 위하여 이 조그마한 몸을 바치리라고 결심하고 기도하기도 여러 번 하였다. 과연 지금토록 내가 노력하여온 것이 조금이라도 있다 하면 나는 조선 사람의 행복을 위하여서 하였다. 나는 지나간 육 년간에 보리밥 된장찌개로 매일 육칠 시간씩이나 조선 사람의 청년을 가르치노라 하였고 틈틈이 되지도 않는 글도 지어 신문이나 잡지에 내기도 하였다. 그리고 그러할 때에 나는 일찍 거기서 무슨 보수를 받으려 한 생각이 없었고 오직 행여나 이러한 것이 불쌍한 조선인에게 무슨 이익을 줄까 하는 애정으로서 하였다. 물론 나는 몇 친구에게 "너는 글을 잘 짓는다"는 칭찬도 들었고 혹 "너는 매우 조선인을 사랑한다"는 치하도 들었다. 그리고 어린 생각에 기뻐하기도 하였고 그 때문에 장려獎勵함도 많이 받았다. 그러나 나는 결코 이것을 바라고 매일 육칠 시간 분필 가루를 먹으며 붓을 잡은 것은 아니었다. 설혹 내 능력과 정성이 부족하여 나의 노력이 아무런 큰 효력도 만들지 못하였다 하더라도 나는 실로 내 진정으로 조선 사람을 위하여 한 것이었다. 그러나 나는 저 큰 애국자들이 하는 모양으로 '조선과 혼인'하지는 못하였다. 나는 조선을 유일한 애인으로 삼아 일생을 바치기로 작정하기에 이르지 못하였다. '적막도 해라' '춥기도 해라' 할 적마다 '조선이 내 애인'이라고 생각하려고 애도 썼다. 그러나 나의 조선에 대한 사랑은 그렇게 작열灼熱하지도 아니하고 조선도 나의 사랑에 대답하지 아니하였다. 그래서 아까도 김 군께 다만

"아니 나는 오직 혼자요."

하고 대답할 뿐이었다.

과연 나는 혼자로다. 이 이십사 첩이나 되는 휑하게 비인 침실, 싸늘한 공기 중에 재색 구름 덮인 차디찬 겨울 하늘을 바라보며 혼자 발발 떨고 누워 있는 모양으로 나는 혼자로다.

나는 벌떡 일어나서 아까 유리창을 가리었던 휘장을 젖혔다. 그리고 하늘을 바라보았다. 여전히 재색 구름이 덮이고 여전히 물끄러미 나를 내려다본다. 나는 그 차디찬 하늘이 반갑고 다정함을 깨달았다. 나는 조금이라도 하늘을 가까이 볼 양으로 유리창을 열었다. 굵은 빗방울이 부스럭 눈에 섞여 내 여윈 얼굴을 때린다. 저 하늘의 입김인 듯한 차디찬 바람이 내 품속으로 기어들어 오고 흐트러진 내 머리카락을 날린다. 나는 오싹 소름이 끼치면서도 정신이 쇄락하여짐을 깨달았다. 마당에 홀로 섰던 잎 떨린 벽오동나무가 무슨 생각을 하는 듯이 우두커니 섰다. 나는 정신 잃은 사람 모양으로 하늘을 바라보다가 유리창을 도로 닫고 이불을 푹 막썼다. 학교에 갔던 사생들이 돌아왔는지 아래층에서 신 끄는 소리도 나고 말소리도 들린다. 어떤 사람이 일본 속요를 부르면서 식당께로 퉁퉁 뛰어가는 소리도 들린다. 기숙사 속은 다시 살았다. 또 사람들이 우적우적하는 세상이 되었다. 나는 여러 사생들의 모양을 생각하고 불쾌한 마음이 생겼다.

"중이 되고 싶다" 하였다. 연전年前에 어떤 관상자觀相者가 나를 보고 "그대는 승려의 상이 있다" 하던 것을 생각하였다. 그때에는 우습게 듣고 지내었거니와 지금은 그 말에 무슨 깊은 뜻이 있는 듯하다. 내 운명의 예시가 있는 듯하다. 아아 깊은 산곡간山谷間

폭포 있고 청천淸泉 있는 조그마한 암자에서 아침저녁 목어木魚를 두드리고 송경誦經하는 장삼 입은 중의 모양! 연전 어느 가을에 도봉道峰서 밤을 지낼 새 새벽에 꿍꿍 울어오는 종소리와 그 종을 치던 노승을 생각한다. 세상의 쓰고 달고 덥고 추운 것을 잊어버리고 일생을 심산深山에 조그마한 암자에서 보내는 것이 나에게 가장 적합한 생활인 듯하다. 그리고 나는 저 중 된 사람들이 무슨 동기로 출가하였는가를 생각하였다. 그리고 그네도 대개 나와 같은 동기로 그리하였으리라 하였다. 나는 나의 어떤 고모를 생각한다. 그는 십칠 세에 출가하여 십팔 세에 과부가 되었다. 그의 남편은 십삼 세에 죽었다 하니까 그는 물론 처녀일 것이다. 그 후에 고모는 십 년 동안 수절하였다. 그러다가 금강산의 어떤 여승을 만나 승니僧尼 생활에 관한 이야기를 듣고 그 여승을 따라 금강산 구경을 갔다. 두 달 만에 고모는 돌아왔다. 그러나 "그 하얀 옷을 입고 하얀 고깔을 쓰고 새벽에 염불하는 양을 보고는 차마 이 세상에 더 있을 수가 없어요" 하고 곧 금강산 유점사의 T 암이란 데서 중이 되었다. 나는 그 고모를 보지는 못하였다. 그러나 이러한 말을 그 고모의 당질 되는 내 족제族弟 K에게 들었다. 나는 그 고모가 정다운 듯도 하고 나의 선각자인 듯도 하다. 나는 내가 머리를 박박 밀고 하얀 고깔에 칡베 장삼을 입고 그 고모께 뵈는 모양을 상상하였다.

싸늘한 생활! 옳지 그것은 싸늘한 생활이로다. 그러나 세상의 의무의 압박과 애정의 기반羈絆[8] 없는 싸늘하고 외로운 생활! 옳다.

8 굴레.

나는 그를 취한다.

이렇게 생각하고 나는 눈을 떠서 실내를 둘러보았다. 휑하게 비인 방에는 찬바람이 획 돌아간다. 나는 금강산 어느 암자 속에 누운 듯하다. 유리창으로는 여전히 재색 구름 덮인 차디찬 하늘이 물끄러미 나를 들여다본다.

식당에서 석반종夕飯鍾이 울고 사생들이 신을 끌며 식당으로 뛰어가는 소리가 들린다. 오 촉 전등이 혼자서 반짝반짝한다.

— 〈청춘〉, 1918. 3.

가실嘉實

1

때는 김유신이 한창 들날리던 신라 말이다.

가을볕이 쌩쌩히 비추인 마당에는 벼 낟가리 콩 낟가리 메밀 낟가리들이 우뚝우뚝 섰다. 마당 한쪽에는 겨우내 때일 통나무 더미가 있다. 그 나뭇더미 밑에 어떤 열 예닐곱 살 된 어여쁘고도 튼튼한 처녀가 통나무에 걸터앉아서 남쪽 한길을 바라보고 울고 있다. 이때에 어떤 젊은 농군 하나가 큰 도끼를 메고 마당으로 들어오다가 처녀가 앉아 우는 것을 보고 우뚝 서며

"아기 왜 울어요?"

하고 은근한 목소리로 묻는다. 처녀는 깜짝 놀라는 듯이 한길을 바라보던 눈물 고인 눈으로 그 젊은 농군을 쳐다보고 가만히 일

어나며

"나라에서 아버지를 부르신대요."

하고 치마 고름으로 눈물을 씻으며 우는 양을 감추려는 듯이 외면을 하고 돌아서니 길게 땋아 늘인 검은 머리가 보인다.

"나라에서 불러서요?"

"네, 내일 아침에 골로 모이라고 아까 관인이 와서 이르고 갔어요."

젊은 농군은 무엇을 생각하는 것 같더니

"고구려 군사가 북한산성을 쳐들어온다더니 그래서 부르나?"

하고 도끼를 거기 놓고 다른 집에 갔다 오더니

"여러 사람을 불렀다는데요. 제길 하루나 편안한 날이 있어야지. 젊은 사람은 다 죽고 이제는 늙은이까지 내다 죽이려나. 언제나 싸움 아니하고 사는 세상이 온담."

하고 처녀의 흐느껴 우는 어깨를 바라본다. 처녀는 고개도 아니돌리고

"가실 씨는 안 뽑혔어요?"

하고 묻는다. 가실은 그 젊은 농군의 이름이라.

"명년 봄에야 나도 부르겠지요. 아직은 나이 한 살 부족하니까남겨놓는 게지요."

하고 팔짱을 끼고 한참 생각하더니

"아버지는 어디 가셨소?"

한다.

"골에 들어가셨어요. 원님한테 말이나 해본다고 늙기도 하고몸에 병도 있고 또 어린 딸자식밖에 없으니 안 가게 해달라고

발괄[1]이나 한다고. 그리고 아까 가셨어요. 이제는 오실 때가 되었는데……."

하고는 또 한길을 바라본다.

"말하면 되나요! 나라에서 사정을 볼 줄 아나요!"

하고 도끼를 들고 나뭇더미에서 통나무를 내려 장작 패기를 시작한다. 처녀는 놀란 듯이 눈물에 젖은 눈을 둥그렇게 뜨면서

"장작은 왜 패셔요?"

하고 가실의 곁으로 한 걸음 가까이 간다.

"우리 장작을 막 다 패고 왔어요. 영감님이 힘이 드시겠기에 좀 패드릴 양으로."

하고 뚝 부르걷은 시뻘건 두 팔을 머리 위에 잔뜩 높이 들었다가 "췌" 소리를 치며 내려치니 쩍 소리가 나며 통나무가 쪼개져서 장작개비가 가로세로 된다. 처녀는 우두커니 서서 가실의 볕에 건 허리가 굽혔다 폈다 하는 양과 시뻘건 두 팔뚝이 오르락내리락하는 것과 순식간에 자기 앞에 허연 장작더미가 쌓이는 것을 보고 섰더니 무슨 생각이 난 듯이 사립문으로 뛰어들어간다. 이윽고 처녀는 큰 사발에 뿌연 막걸리를 걸러가지고 나와서 가실이가 패던 토막을 다 패기를 기다려

"술 한잔 잡수세요."

하고 사발을 두 손으로 받들어 가실에게 준다. 가실은 도끼를 나무통에 턱 박아놓고 한편 팔굽으로 이마에 맺힌 구슬땀을 씻으면서 한편 팔로 사발을 받아든다.

---

1 자기편을 들어달라고 남에게 부탁하거나 하소연함. 또는 그런 말.

"웬 술이 있어요?"

하고 그 힘 있고 유순한 눈으로 술을 물끄러미 들여다본다.

"콩 걷는 날 있던 술이 항아리 밑에 좀 남았기에 새로 물을 길 어다가 걸렀어요. 아버지 잡수실 것 좀 남겨놓고……."

하고 치맛자락에 젖은 두 손을 씻으며 처녀는 만족한 듯이 빙그 레 웃는다.

가실은 사발을 입에 대고 꿀꺽꿀꺽 단숨에 들이켜더니 주먹 으로 입을 씻으며 사발을 처녀에게 준다. 처녀는 사발을 받아들 고 가실을 물끄러미 보더니 사립문으로 뛰어들어가 부엌으로 들 어간다. 가실은 처녀의 뛰어가는 양을 보고 들어간 부엌문을 이 윽히 보더니 다시 도끼를 들어 장작을 팬다. 얼마 만에 처녀가 치 맛자락에 무엇을 싸가지고 뛰어나와서 가실의 곁에 선다. 가실이 자기를 돌아보는 기회를 타서 처녀는

"밤 잡수세요. 내가 아람 주어다가 묻어두었던 것이에요."

하고 작은 손으로 한 줌 집어 가실을 준다.

"왕밤이에요."

한다. 가실은 도끼를 자기 다리에 기대어 세워놓고 이빨로 밤 껍 데기를 벗긴다. 처녀도 입으로 껍데기를 벗겨 먹는다.

2

"아버지 오시네!"

하고 처녀가 치마에 쌌던 밤을 땅에 내버리고 한길로 마중 나간

다. 가실은 고개를 돌려 한길을 내다보았다. 늙은 수양버들 그늘로 수염이 허옇게 세인 설 영감이 기운 없이 걸어온다.

영감은 마당에 들어와 가실을 보고

"장작 패주었나?"

하고 감사한 낯빛을 보인다.

"네. 우리 것 다 패고……."

하고 수줍은 듯하면서도 만족한 듯한 웃음을 띤다.

영감은 장작개비 하나를 깔고 앉아서 긴 한숨을 쉰다. 처녀는 어느새 부엌에 들어가서 술 사발을 들고 나와서

"아버지 술 잡수."

하고 아버지를 준다.

"응, 술이 남았든?"

하고 딸에게서 술 사발을 받으며,

"이 사람 한잔 주지."

"한 사발 드렸어요. 아버지 잡술 것 남겨놓고."

하면서 처녀는 가실을 본다. 가실은

"저는 잘 먹었습니다. 어서 잡수시우. 아직도 무엇을 하려면 더운데요."

하고 영감의 피곤한 듯한 얼굴을 본다. 영감은 쉬엄쉬엄 한 사발을 들이켜고 아랫입술로 윗수염 끝에 묻은 술을 빨아들이면서 마당에 떨어진 밤을 집어 벗긴다. 처녀는 아버지가 오늘 골 갔던 결과를 묻지를 못하고 가실이가 물어주었으면 하고 기다린다. 가실도 그 눈치를 알고 자기도 영감 곁에 쭈그리고 앉으며

"그래 골 가셨던 일은 잘 되셨어요?"

하고 묻는다.

　"안 된대. 내일 아침에는 떠나야 하겠네."

한참 말이 없다.

　처녀는 그만 울음을 참지 못하여 치맛자락으로 얼굴을 싸고 돌아선다. 가실도 고개를 폭 수그린다. 영감도 고개를 수그렸다가 번쩍 들어 울고 돌아선 딸을 보며 가실더러

　"그렇지 않아도 내가 자네를 찾아보려고 했네."

하고 물끄러미 가실을 보더니

　"자네도 알거니와 내가 떠나면 저 어린것 혼자 남네그려. 저것이 불쌍해! 제 어멈은 어려서 죽고…… 오라범들 다 전장에 나가 죽고…… 내가 이제 나가면 어떻게 살아 돌아오기를 바라나. 싸워 죽지 않으면 병들어 죽겠고 병들어 죽지 아니하면 늙어서 죽지 않겠나. 나도 스무 살에 군사에 뽑혀서 서른 살에야 집에 돌아오니 부모 다 돌아가시고…… 그런 말은 해서 무엇 하나. 아무래도 내가 이번 가면 살아 돌아올 리는 만무하고…… 저것이 내 혈육이라고는 저것 하나밖에 안 남았네그려. 저것을 두고 가니 내 맘이 어떻겠나?"

하고 노인은 억지로 울음을 참는다. 처녀는 그만 장작더미에 쓰러져 운다. 가실도 운다. 노인은 코를 풀고 소리를 가다듬어

　"그러나 다 팔자니 어쩌나…… 내가 보니 자네가 사람이 좋아! 그러니 내 딸을 자네 아내를 삼게. 그리고 이 집 가지고 벌어먹고살게. 논하고 밭하고 있으니 자네 두 식구가 잘 벌면 먹고살 걱정은 없을 것이니 그리하게."

하고 일어나 장작더미에 쓰러져 우는 딸의 팔을 잡아 일으키며

"아가 들어가 저녁 지어라. 닭 한 마리 잡고 반찬도 좀 많이 하고 술도 걸러라. 가실이도 함께 저녁 먹고 마지막으로 이야기나 하게."

한다.

처녀는 일어나 두 손으로 눈물을 씻어가며 안으로 들어간다. 노인은 딸의 들어가는 양을 보고 돌아서서 다시 가실의 곁에 앉으며

"가실이! 내 말대로 하려나?"

하고 손으로 가실의 땀에 젖은 등을 두드린다. 가실은 고개를 들어 노인을 쳐다보며 말하기 어려운 듯이 머뭇머뭇하더니 간단하고도 힘 있게

"너무 황송합니다!"

할 뿐이다.

노인은 일어나 가실의 곁에 놓인 도끼를 들어 통나무 한 토막을 패기 시작한다. 가실이가

"제가 패겠습니다."

하는 것을

"가만있게. 이게 다 마지막 해보는 것일세."

하고 "쒸" "쒸" 하면서 팬다. 비록 늙었으나 이전 하던 솜씨가 남았다. 가실이만큼 힘 있게는 못 하여도 그보다 더 익숙하게 한다. 그 토막을 다 패어놓고 도끼를 가실에게 주면서

"에 한참 장작을 팼더니 기운이 나네."

하고 땀을 씻으면서

"저 고개 너머에 논 두 마지기 안 있나? 그게 다 내 손으로 만

든 걸세. 내가 이 가을에는 거기 새 흙을 좀 들여 펴고 또 곁에 한 마지기 더 풀려고 했더니 못 하게 되었으니 자네가 내일부터라도 하게. 그러고 저 소 외양간은 저쪽으로 옮기게."

하고 아무 근심 없는 듯이 벙글벙글 웃더니 문득 무슨 근심이 생기는 모양으로

"내가 혼인하는 것을 못 보고 가서 안되었네만 이 벼나 다 타작을 하거든 동리 사람들이나 청해서 좋은 날을 받아서 잔치나 잘하게."

하고는 퍽 언짢아하는 빛을 보인다. 가실은 다만 들을 따름이요, 아무 대답이 없다.

이튿날 새벽 첫닭 울음에 일어나서 처녀는 절구에 쌀을 쓸고 물을 길어오고 닭을 잡아 밥을 지었다. 지난밤에는 아버지의 솜 옷 한 벌을 짓느라고 늦도록 바느질을 하다가 아버지 곁에 누워서 잠깐 잠이 들었다가 첫닭의 소리에 깬 것이다. 아버지는 여러 번 곁에 누워 자는 딸을 만지면서 거의 한잠도 이루지 못하였다.

늙은 아버지와 어린 딸이 마주 앉아서 닭국에 밥을 말아 먹을 때에는 벌써 훤하게 동이 텄다. 해 뜨기 전에 말 탄 관인이 활을 메고 칼을 번쩍거리며 "군사들 나리"고 외치며 돌아갔다. 처녀는 밥상도 안 치우고 아버지의 옷 보퉁이를 싸고 해진 버선 구멍을 막았다. 길 치장하기에 울 새도 없었다. 아버지는 딸이 짐 싸는 동안에 쇠물을 먹인다. 마당을 치운다. 아침마다 하는 일을 하고 농사하던 연장과 소와 닭장과 곡식 가리를 다 돌아보고 딸이 늘 물 길으러 다니는 우물길에 풀까지 베어버렸다.

해가 떴다. 지붕에는 은가루 같은 서리가 왔다. 동리에서 우는

소리가 난다. 닭들은 아침 햇빛을 맞노라고 사방에서 울고 개들이 쿵쿵 짖는다. 마침내 떠날 때가 되어서 아버지는 봇짐을 지고 마당에 내려서면서 우는 딸의 머리를 쓰다듬고 뺨을 만져주었다. 그리고

"아무 걱정 말아라. 가실이가 좋은 사람이니 그 사람한테 시집가서 아들딸 많이 낳고 잘 살아라. 남편 말 잘 듣고 일 잘하고 그래야 내 딸이다."

하고 대문을 나선다. 딸은 아버지의 소매에 매달려 운다.

이때에 앞 고개로 금빛 같은 햇빛을 등에 지고 어떤 커다란 사람이 뛰어넘어 온다. 가실이다. 가실은 짚세기 감발에 바지를 홀쭉하게 치켜 입고 조그마한 봇짐을 졌다. 대문 앞에 와서 노인께 절을 하면서

"제가 대신 가겠습니다. 일 년이면 돌아온답니다."

한다. 그 얼굴에서는 김이 오른다.

"자네가 어떻게 가나?"

하고 노인은 놀라 묻는다.

"이제 늙으신 이가 어떻게 전장에를 가십니까? 그래 어저께부터 내가 대신 가리라고 작정을 했습니다."

하고는 또 절을 하고 뛰어가려 한다. 처녀는 가실의 손을 잡으며

"아버지 대신 전장에 가셔요?"

한다.

"네."

하고 가실은 처녀의 쳐든 얼굴을 내려다본다. 처녀는 눈물 묻은 얼굴을 가실의 가슴에 묻으며

"그러면 가줍시오. 그 은혜는 내 몸이 죽기까지 갚겠습니다. 그러면 가줍시오!"

하고 한 번 더 가실의 얼굴을 본다.

노인은 가실의 결심을 휘지 못할 줄을 알고 자기가 졌던 옷짐을 가실에게 주며

"자네 은혜는 내가 죽어도 못 잊겠네. 그러면 갔다가 속히 돌아오게. 나를 자네의 장인으로 믿게. 부디부디 잘 다녀오게."

이리하여 가실은 전장으로 가게 되었다.

골에 들어가서 여러 백 명 군사로 뽑힌 사람들과 함께 마병 수십 명에게 끌리어 서울로 갔다. 가는 길에 여러 골에서 군사로 뽑혀오는 사람들을 만나 치술령을 넘어올 때에는 천 명이나 넘었다. 산비탈에는 늙은이 부인네 아이들이 하얗게 늘어섰다가 자기네 아버지나 아들이 지나가는 것을 보고는 손으로 가리키고 부르며 발을 구르고 우짖는다.

가실이가 서울 동문을 들어설 때에는 벌써 해가 서편 산마루에 올라앉았고 팔백여덟이나 된다는 여러 절에서는 저녁 쇠북 소리가 둥둥 울려 나온다. 군사로 뽑혀가는 사람들이 들어오는 것을 보려고 장안 사람들은 모두 길가에 나섰다. 먼 데 사람이 안 보일 만한 때에야 겨우 분황사 앞 영문에 다다랐다.

가실은 장관의 점고點考[2]를 받고 방에 들어갔다. 열 칸통이나 되는 방 안에 백 명이 넘는 사람들이 콩나물 모양으로 앉아서 혹은 같은 고향에서 온 아는 사람들끼리 혹은 모르는 사람들끼리

2 명부에 일일이 점을 찍어가며 사람의 수를 조사함.

이야기들을 한다. 가실은 방 한편 구석에 우두커니 앉아서 전장에 나아가는 것이 무서운 듯한 생각과 그러나 명년 이때에 돌아오면 오래 그리워하던 사람을 아내로 삼아 재미있게 살 것을 생각하고는 혼자 기뻐한다.

이윽고 어디서 풍류 소리가 울려온다. 사람들은 일어서서 창으로 내다본다. 서남편으로 환한 불빛이 보인다. 창에 붙어서 바라보던 사람 하나가

"저게 대궐이야. 상감님 계신 데야."

하는 소리를 듣고 대궐 대궐 하는 말만 듣고 보지는 못한 사람들이 일제히 그리로 밀려

"응 어느 게 대궐이야?"

하고 사람들 틈으로 고개를 내밀고 발을 벋디딘다.

"저기 저 등불 많이 켠 데가 대궐이야. 임해궁이야."

하고 누가 잘 아는 듯이 설명한다. 가실도 사람들 틈에 끼어서 내다보았다. 몇천인지 모든 등불이 반딧불 모양으로 공중에 걸리고 그 한가운데쯤 해서 커다란 횃불 빛 같은 것도 보인다.

"등불도 많이도 켜놓았다."

하는 이도 있고

"저렇게 환하게 불을 켜놓고 타작을 했으면 좋겠네."

하는 이도 있고

"거기다가 씨름을 한판 차려놓았으면 좋겠네."

하는 이도 있다.

그중에 서울서 오래 병정 노릇 하던 사람 하나가 이 사람들의 무식한 소리를 비웃는 듯이

"이 사람들 그게 무슨 소린가. 지금 상감님이 만조백관滿朝百官을 모으시고 연락을 배설한 것이야. 내일 용춘 장군 유신 장군이 우리들을 거느리고 낭비성으로 간다고. 가서 승전해가지고 오라고 잔치하는 것이라네."

한다.

북 소리 피리 소리 저 소리 쇠 소리가 간간히 들려온다. 밝디밝은 구월 보름달이 둥글한 얼음장 모양으로 남산 위에 걸리고 반월성과 황룡사가 달빛 속에 큰 그림자 모양으로 보인다.

사람들은 하나씩 둘씩 창에서 떨어져서 구석구석이 목침을 베고 쓰러진다. 어떤 이는 벌써 종일 걸어온 노독에 코를 드릉드릉 곤다. 어제 떠난 집을 꿈꿀 때까지 굵었다 끊겼다 이었다 하는 임해궁 대궐 풍악 소리는 달빛에 떠와서 창틈으로 숨어들어왔다. 가실도 처음에는 한참 잠이 안 들었으나 어제 종일 장작을 패고 오늘 종일 길을 걷던 노독에 동여가도 모르게 잠이 들었다.

달이 거의 서산에 걸릴 때 사방 절에서 일제히 종소리가 울어오고 그중에 바로 영문 곁에서 치는 분황사 종소리는 곤히 자던 군사의 꿈을 모두 깨뜨려놓고 말았다.

나발 소리 주라 소리가 영문 안에 일어난다. 자던 군사들은 둥지를 흔들린 벌 모양으로 여러 방에서 쏟아져 나와 마당에 모여 선다. 마당 한가운데는 활과 화살통이 산더미같이 쌓이고 울긋불긋한 깃발이 횃불 빛에 나부낀다.

해 뜨자 천여 명의 군사가 제일 대도 남대문을 나서서 서를 향하고 떠났다. 말 탄 군사도 있고 짐 실은 수레도 있다. 군사들은 모두 활과 살통을 메고 어떤 군사는 큰 창을 메었다. 가실도 큰 활과 살통을 메고 물들인 군복을 입었다. 어제까지 호미와 낫과 장작 패는 도끼를 들고 화평하게 살던 농부들은 하루아침에 활을 메고 칼을 차고 사람을 죽이러 가는 군사로 변하였다.

"어디로 가는 모양이야?"

하고 가실의 뒤에 오는 한 사람이 누구더런지 모르게 묻는다.

"누가 아나. 끌고 가는 데로 따라가지."

하고 누군지 모르는 사람이 대답한다.

"백제 놈들이 또 쳐들어왔나?"

"이번에는 고구려 놈들이라든가?"

"그 망할 놈들은 농사나 해먹고 자빠졌지. 왜 가만히 있는 사람들을 들수성거려서 못 견디게 굴어."

"글쎄나 말이지. 또 그놈들은 우리네 신라 사람들이 들수성거린다고 그러겠지."

이러한 말도 나오고 또 어떤 때에는

"글쎄 우리는 무얼 먹겠다고 터덜거리고 가?"

"먹긴 뭘 먹어. 싸우러 가지."

"글쎄 무엇 먹겠다고 싸워!"

한참 대답이 없더니 누가

"우리더러 싸우러 가라는 사람은 누구야? 아버지 말도 잘 안 들으려고 드는 우리더러!"

하고 더 크게 웃는다.

"참 누가 가라기에 가는 길이야?"

하고 누가 또 웃는다.

"안 가면 잡아다가 죽인다니까 가지!"

이 말에 모두 '참 그렇다' 하는 듯이 아무 말들이 없다. 가실은 '나는 늙은 장인 대신 나가는 길이야' 하고 생각하고 혼자 기뻤다.

이 모양으로 밤이면 한둔하고 낮이면 걸어 낯선 강을 건너 낯선 벌을 지나 어마어마한 큰 영을 넘어 이렁저렁 서울을 떠난 지 십여 일에 바다같이 넓은 노돌나루턱을 건너 한양에 다다랐다. 그동안에 도망한 사람 도망하다가 붙들려 목을 잘려 죽은 사람 병들어 죽은 사람 강을 건너다가 물에 빠져 죽은 사람 이럭저럭 다 죽어버리고 서울서 함께 떠난 천 명 군사 중에 노돌나루를 건넌 이는 육백 명이 다 차지 못하였다.

가실과 같이 온 군사가 노돌을 건너는 날은 삼각산에서 하늬바람이 냅다 불고 좁쌀 같은 싸락눈이 펄펄 날렸다. 본래 한양에 있던 군사들은 모두 노닥노닥한 옷에 얼굴에 핏기 하나도 없다. 그네들은 집에서 올 때에 가지고 온 옷도 다 입어 해어지고 까맣게 때 묻은 군복을 입고 덜덜 떨고 섰다. 새로 가실과 같이 온 군사들은 이 광경을 보고 모두 소름이 끼쳤다.

"왜 다들 저 꼴이야? 해골만 남았으니?"

"우리도 저 꼴이 될 모양인가?"

"죽지 않아야 저 꼴이라도 되지."

이런 말들을 하며 모두 풀이 죽어서 섬거적 편 영문에 들어갔다.

이날은 서울 군사들이 이십여 일이나 먼 길에 새로 왔다 하여 소를 여러 마리 잡고 술을 많이 내어 큰 잔치를 베풀었다. 가끔 고구려 마병이 기웃기웃 모악재로 엿보고 서울서 구원병은 오지 아니하고 그래서 이곳서 수자리[3] 서는 군사들은 하루도 맘을 놓지 못하고 밤잠도 잘 자지 못하다가 이번에 새 군사 오는 것을 보고 다들 기뻐하였다. 그 판에 오래 굶주렸던 창자에 소고기를 실컷 먹고 술을 마시니 추운 것과 고향 그리운 것도 잊어버리고 모두 신이 나서 떠들고 논다. 가실도 술이 취하였다. 자기와 한방에 있게 된 늙은 군사가 자기를 픽 귀여워해서 술도 많이 얻어주고 고기도 많이 얻어주었다. 그 늙은 군사는 이십 년이나 병정으로 있었고 서울도 오래 있었으므로 병문 일도 잘 알고 퉁소도 불고 소리도 하고 춤도 출 줄 알며 또 여러 번 전장에 나갔으므로 싸움도 우습게 여긴다. 한참 떠들다가 이 늙은 군사가 무릎장단을 치며 소리 한마디를 부른다. 그 사설은 이러하다.

"에헤야—산도 설고 물도 선데 누구를 따라서 예 왔는가."

이 첫소리가 끝나니 그중에 한 오륙 인 늙은 군사가 역시 무릎장단을 치며

"에헤야—요— 님 따라온 것도 아니로세 구경 온 것도 아니로세 용천검 드는 칼로 고구려 놈 사냥을 온 길일세 에헤야—요—."
하고 화답을 한다.

늙은 군사는 더 신이 나서 얼씬얼씬 어깨춤을 추어가며

"에헤야—요— 새로운 군사야 말 물어보자. 고향 산천은 어찌 되고 부모 양친은 어찌 되고 두고 온 처자도 잘 있드냐 에헤야요."
하며 늙은 군사들도 또 어깨춤을 얼씬얼씬 추며

"님 따라온 것도 아니로세."
하고 아까 하던 후렴을 부른다.

다른 방에서 얼굴 붉은 군사들이 소리를 듣고 모여든다. 방이

---

3 국경을 지키던 일. 또는 그런 병사.

터지게 모이고도 남아 싸락눈을 맞으면서 문밖에 섰다. 소리하던 군사들은 더욱 흥이 나서 일어나 춤을 추는 이도 있고 손으로 부르걷은 다리를 쳐서 장단을 맞추는 이도 있다. 늙은 군사가 한 마디를 메길 때마다 받는 사람이 늘어간다. 가실도 가만가만히 흉내를 내다가 나중에 곡조를 배워 후렴하는 패에 참여하게 되었다.

늙은 군사는 일단 소리를 높여

"에헤야요 사냥을 가자 사냥을 가 날이 새거든 사냥을 가자 모악재 넘어 임진강 건너 고구려 군사 사냥을 가자."

"에헤야요— 님 따라온 것도 아니로세 구경 온 것도 아니로세 용천검 드는 칼로 고구려 왕의 머리를 베어 대왕께 바치러 온 길일세."

"에헤야요 인생 백 년이 꿈이로다 어디서 와서 어디로 가 오늘은 살아서 놀더라도 내일 일은 누가 아나 아마도 북한산 석비레 관에 살 맞아 죽은 혼이로구나."

"에헤야요."

하고 모두 슬픈 듯한 목소리로 후렴을 부른다. 후렴이 끝나면 일동은 깜짝 아니하고 늙은 군사의 입만 바라본다. 늙은 군사의 주름 잡힌 얼굴에 흐트러진 백발이 천 줄기 만 줄기 함부로 늘어졌다. 여전히 얼씬얼씬 춤을 추며

"에헤야요 북한산 석비레 파지를 마라 흩어진 백골이 되리로고나."

할 때에 별에 건 늙은 군사의 눈에서는 눈물이 번쩍번쩍한다. 후렴 받던 군사들은 후렴을 부르려다가 모두 목이 메어 울었다. 가실은 북받쳐 오르는 울음을 참다못하여 목을 놓아 울었다.

이때에 갑자기 영문 마당에서 취군 나팔 소리가 울어온다. 군사들은 모두 깜짝 놀랐다. 그러나 누구나 다 알았다. 고구려 군사가 밤을 타서 한양성을 쳐들어오는 것이다.

가실도 남들이 하는 모양으로 활과 살통을 메고 칼 하나를 들고 나섰다. 영문 마당에는 수천 명 군사가 길게 길게 열을 지어 늘어섰는데 앞에는 어떤 말 타고 기 든 장수가 기를 들고 가며 군사들에게 호령을 한다.

"지금 고구려 군사가 모악재로 쳐 넘어오니 너희는 마중 나가 싸우되 만일 고구려 군사가 쫓기거든 북한산 끝까지 따라가라."고 한다. 이때에 난데없는 화살 하나가 그 장수의 탄 말 귀를 스치고 날아온다. 수천 명 군사는 일제히 고함을 치고 인왕산 모퉁이를 돌아 모악재를 향하고 달려갔다.

새벽이 되어 촌 가에 닭이 울 때에 군사들은 북한산 끝에 다다랐다. 고구려 군사는 죽은 사람과 말과 살마저 없어진 군사를 내버리고 낭비성으로 달아나고 말았다. 신라 군사 중에도 이백여 명이 죽었고 소리 메기던 늙은 군사도 어디 간지 보이지를 아니하였다. 가실은 그 이튿날 여기저기 찾아도 보고 물어도 보았으나 아는 사람이 없었다.

3

이곳에 진 치고 있는 지 십여 일 후에 용춘 장군과 유신 장군이 거느린 팔천 대군이 들어오기 시작하였다. 신라 군사들은 모두 기운이 나서 이번 길에는 평양까지 들이치고야 만다고 팔을 뽑아내었다.

그러나 그렇게 맘대로 되지 아니하였다. 한 삼십 리 나가다는 한 오십 리 쫓겨 들어오기도 하고 다시 한 칠십 리 나가기도 하여 한강과 임진강 사이로 오르락내리락하기에 봄이 오고 여름이 오고 가을이 오고 겨울이 오고 또 봄이 왔다 가고 여름이 왔다 가기를 여러 번 하였다. 그러는 동안에 늙어 죽고 병나서 죽고 활 맞아 칼 맞아 죽고 도망하고 도망하다가 붙들려 죽어 군사는 점점 줄고 군사가 줄면 몇십 리 물러가서 새 군사가 오기를 기다리고 새 군사가 오면 또 평양까지 쳐들어가고야 만다고 물러오고 밤낮 이 모양으로 오르락내리락 되풀이를 하여 언제 싸움이 끝날 것 같지도 아니하다. 일 년 만에 돌아간다고 떠나온 가실은 벌써 삼 년을 지내어도 돌아갈 길이 망연하다.

새로 오는 군사들 편에 혹 고향 소식을 듣기는 하건마는 고향으로 소식을 전할 길은 없었다. 오는 사람은 있으되 가는 사람이 없으니 어찌 소식을 전하려.

설 씨 집 소식을 듣기는 삼 년째 되던 해 봄이었다. 노인은 여전히 건강하다는 말과 그 딸은 아직도 시집을 아니 가고 자기를 기다린다는 말을 들었다. 그러나 얼마 후에 새로 온 군사의 전하는 말을 듣건대 그곳 어느 양반과 혼인을 하게 되어 가을에 성례를 한다는 말이 있다고 한다. 가실은 이 말을 들을 때에 몹시 서러웠다. 그러나 돌아갈 길이 망연하니 어찌하려. 삼 년 전에 서울서 같이 떠난 군사 중에 하나씩 둘씩 다 없어지고 이제는 옛 얼굴을 볼 수가 없으니 자기 생명도 풀잎에 이슬이 언제 스러질는지 믿을 수가 없다. 더욱이 가을에는 신라에서도 있는 힘을 다하고 고구려에서도 있는 힘을 다하여 싸운다는데 그때 통에는 암만해도 살아남을 것 같지도 아니하다. 군사들의 말이 고구려에는 나는 장수가 있어 눈에 보이지 아니하게 다닌다 하며 이번에는 그 장수가 나온다 하니 더욱 명년 봄을 살아서 구경할 것 같지도 아니하다.

삼 년째 되는 구월 보름께 낭비성을 쳐들어가자는, 군령이 내렸다. 군사들은 모두 지루하고 집 생각이 나서 싸울 생각이 없었으나 이번만 싸우고는 집으로 돌려보낸다는 바람에 죽으나 사나 마지막으로 싸워보자 하고 술과 고기를 잔뜩 먹고 나발을 불고 북을 치고 먼지를 날리며 낭비성을 향하고 달려 들어갔다. 가실은 정신없이 일변 활을 쏘며 일변 칼을 두르며 앞으로 앞으로 나갔다. 낭비성에서는 화살이 빗발같이 쏟아지자 달려가던 군사들이 하나씩 둘씩 벌떡벌떡 나가자빠진다. 가실은 여러 번 넘어진 군사 아직 채 죽지는 아니하고 피를 푹푹 뿜는 군사를 타고 넘어 밟고 넘어 그저 앞으로 앞으로 달려갔다. 천지가 모두 티끌이니 지척을 분변할 수도 없고 천지가 모두 고각함성이니 무슨 소리를 들을 수도 없다. 그냥 가던 길이니 앞으로 앞으로 나갈 뿐이다.

"씩" 하는 소리가 나며 화살 하나가 가실의 왼팔에 박힌다. 가실은 우뚝 서며 얼른 뽑아버렸다. 낭비성이 차차 가까워질수록 곁으로 날아 지나가는 화살이 점점 많아진다. 얼마 아니하여 언제 박히는 줄 모르게 살 하나가 가실의 오른편 다리에 박히어 가실은 "아이고" 소리를 치고 자빠졌다. 가실은 죽을힘을 다하여 다리에 박힌 살을 뽑았으나 팔다리에서 피가 콸콸 솟고 아프기는 하고 기운은 빠져서 몸을 꼼짝할 수도 없었다. 가실은 옷으로 가까스로 상처를 막고 죽은 듯이 쓰러졌다. 신라 군사가 으악으악 하며 자기 곁으로 뛰어 지나가는 것이 어렴풋이 보인다. 한참 있다가 무엇이 자기 다리를 잡아 쳐들기에 눈을 떠 본즉 어떤 고구려 군사들이 칼을 들고 서서 자기를 본다.

그중에 한 군사가

"이놈아 안 죽었니?"

하고 발로 옆구리를 찬다.

"안 죽었다."

하고 가실은 그 군사들을 쳐다보며 대답한다. 다른 군사가 손에 들었던 칼로 가실의 가슴을 겨누면서

"이놈 이 신라 놈! 벌써 네 군사는 다 우리 손에 죽고 몇 놈만 살아서 달아났다. 요놈 너도 이렇게 푹 찔러 죽일 테야."

하고 가실의 가슴을 찌르려 한다. 가실은 잠깐 기다리라는 듯이 손질을 하며

"얘 너와 나와 무슨 원수 있니? 내가 네 애비를 때렸던 말이냐 네 소를 훔쳤단 말이냐 피차에 초면에 무슨 원수로 나를 죽이려 드니? 나도 늙은 부모와 젊은 아내가 있다. 내가 죽으면 그것들은 어쩌잔 말이냐?"

하였다. 군사 하나가 칼 든 군사의 팔을 붙들어 잠깐 참으라는 뜻을 보이며

"이놈아! 그럼 왜 활을 메고 우리나라에 들어왔어? 맨몸으로 왔으면 닭 잡고 밥이라도 해 먹이지? 이놈아 왜 활을 메고 와서 우리 사람들을 죽여! 너희 신라 놈들은 죄다 죽일 놈이야. 괜히

가만히 있는 고구려를 들수성거려서 우리도 이렇게 전장에 나오게 만들고……."

가실은 의심스러운 듯이

"고구려 놈들이 괜히 가만히 있는 신라를 들수성거린다는데!"
하였다.

"누가 그러든?"
하고 칼 든 군사가 성을 내며

"우리 상감님 말씀이 신라 놈들이 먼저 흔단釁端[4]을 일으킨다던데."

가실은

"우리 상감님 말씀에는 고구려 놈들이 가만히 안 있고 괜히 남을 들수성거린다던데."
한다.

세 사람은 말없이 서로 물끄러미 보고 섰다. 가실은 힘을 써서 일어나 앉았다. 목이 마르다. 그래 칼 든 군사더러

"내가 목이 말라 죽겠으니 물을 한잔 다오."
한즉 그 군은 어쩔 줄 모르고 한참 어릿어릿하더니 칼을 칼집에 꽂고 가서 개천물을 떠다 준다. 가실은 꿀꺽꿀꺽 다 들이켰다. 그러고는 두 군사더러

"너희들 나를 죽이지 말아라. 나도 오늘 종일 활을 쏘았으니 너희 사람도 몇 명 맞아 죽었겠다마는 내가 죽일 맘이 있어서 죽였니? 활을 주면서 쏘라니 쏘았지. 너희도 그렇지 너흰들 무슨

---

4 서로 사이가 벌어져서 틈이 생기게 되는 실마리.

까닭으로 괜히 사람을 푹푹 찔러 죽여?"

하고 곁에 놓인 활을 당기어 꺾어버리며

"자 이러면 활 없이 맨몸으로 너희 나라에 들어온 사람 아니냐?"

하였다.

두 군사는 말없이 서로 마주 보더니

"어떻게 이놈을 살려?"

"글쎄 죄다 죽이라고 그러는데."

"살려주자. 이놈 말이 옳구나."

"글쎄 사로잡아왔다고 그럴까?"

"응, 우리 이놈을 잡아다가 영문에 바치자 죽이지 말고."

이리하여 두 군사는 가실을 부축하여 영문으로 잡아들여 장수에게 바쳤다.

장수는 가실의 손과 얼굴이 무식한 농군인 것과 미미한 졸병에 지나지 못하는 것을 보고 구태 죽일 필요도 없다 하여 장에 내다가 종으로 팔았다.

마침 어떤 늙은 농부가 가실을 사서 소등에 올려 앉혀 어떤 시골 촌으로 데려갔다.

얼마 만에 살 맞은 자리가 나아 가실은 도끼를 메고 나무도 찍으러 다니고 장작도 패고 밤에는 새끼를 꼬고 신을 삼았다. 처음에는 신라 놈 잡아왔다고 모두 구경을 오고 아이들도 따라다니며 "신라 놈! 당나라 개!" 하고 놀려먹더니 차차 가실도 자기네와 꼭 같은 사람인 것을 알게 되어 일꾼들끼리도 서로 친구가 되고 말았다.

봄이 오면 거름을 져내고 밭을 갈았다. 가실은 신라 사람이라

논농사를 잘하므로 주인집 밭으로 논을 만들어 둘째 해에는 벼를 많이 거두어 맛난 쌀밥을 먹게 하였다 하여 주인 노인이 가실을 종으로 대접하지 아니하고 가족같이 대우하게 되고 동네 사람들도 모두 가실을 청하여서 논농사하는 법을 배웠다. 고구려에서는 거의 전쟁이 끊일 날이 없어 농사를 힘쓰지 아니하므로 논밭이 다 황무하고 또 그때까지는 논농사하는 이는 평양 근방밖에는 없었다.

이리하여 가실은 이 동네에만 이름이 날 뿐 아니라 이웃 동네에까지 이름이 났다. 사람 좋고 힘써 일 잘하고 그중에도 논을 만드는 데는 선생이라 하여 칭찬이 들레웠다.[5] 이러구러 또 삼 년이 지났다. 가실은 해마다 가을이 되면 주인 노인에게 놓아 보내주기를 청하였으나 주인은 본국에 돌아가면 오히려 생명이 위태하리라는 것을 핑계로 놓아주지를 아니하고 또 지금 열여섯 살 되는 딸의 사위를 삼으려는 뜻을 가졌다. 원래 이 노인은 아들 형제를 다 전쟁에 보내고 농사할 사람이 없어 가실을 종으로 사온 것인데 가실이 있기 때문에 농사를 잘하여 집이 부유해졌고 또 가실의 사람됨이 극히 진실하고 부지런하여 족히 자기의 말년의 일생을 부탁할 만하다고 믿으므로 아무리 하여서라도 사위를 삼아 본국에 돌아갈 생각을 끊게 하려 한 것이었다. 또 이 노인의 딸도 가실을 사모하였다. 그가 큰 도끼를 둘러메어 젖은 통나무를 패는 것과 소에게 한 바리나 될 만한 나뭇짐이나 곡식 짐을 지는 것을 볼 때에 그 처녀는 가실을 사모하지 않을 수가 없었다.

5 야단스럽게 떠들다.

가실은 다만 힘만 쓰는 사람이 아니요 여러 가지 지혜와 재주도 있었다. 톱과 먹줄과 대패를 만들어다 두고 여러 가지 기구도 만들고 자기가 유숙할 사랑채도 짓고 노인과 처녀의 나막신도 파 주었다. 그 나막신이 아주 모양이 좋고 발이 편하여 노인은 처녀를 시켜서 들기름을 발라 터지지 않게 하였다. 또 농사하는 여가에는 쑥대로 밭을 만들고 밈통[6]을 만들어 붕어와 잔고기와 게를 잡아오면 처녀가 앞 개천에 나가 말끔히 씻어다가 풋고추를 넣고 조려 먹었다. 노인은 이것을 썩 좋아하였다.

가실은 잠시도 가만히 있지를 아니하고 무엇이나 일을 하였다. 그래서 그 집은 늘 깨끗하고 없는 것이 없었다. 눈이 오기 전에 벌써 산더미같이 나무가 쌓이고 짚세기와 메투리[7]도 항상 쌓아두고 신었다. 지난겨울에는 처녀가 처음 길쌈을 한다 하여 가실이 가 종일 산으로 돌아다니면서 좋은 재목을 구하여다가 물레 같은 것과 베틀을 만들었다. 이것은 길쌈 많이 하는 신라 본이라 고구려 것보다 훨씬 보기도 좋고 편리하였다. 이 밖에도 가실이가 한 일이 많거니와 그의 지혜와 재주는 동네 사람들도 다 탄복하였다. 그래서 가실은 온 동네에 없을 수 없는 사람이 되어 무슨 어려운 일이 있으면 부인네나 아이들까지도 "가실이더러 좀 해달내야" 하게 되었다.

가실이가 하는 것을 보고 동네 사람들도 새 잡는 기계와 고기 잡는 기계도 만드는 것이 한 재미가 되었다. 또 가실이가 부지런

---

6 발을 둥글고 길게 엮어 만든 통발을 냇물에 넣어 놓고 물고기가 그 안에 들어가게 하여 잡는 어구.
7 '미투리'의 방언.

한 것이 동네 사람에게 모범이 되었고 말이 적으나 한번 말하면 그것은 꼭 참말이요 꼭 그 말대로 하는 것을 볼 때에 동네 사람들은 가실을 믿고 두려워하였다.

그러나 가실에게는 슬픔이 있다. 백 년을 약속한 사람의 소식을 알 수 없고 또 만날 기약이 망연하다. 그래서 주인더러 보내달라고만 졸랐다. 하나 일 년 일이 다 끝난 가을이 아니면 결코 보내달란 말을 하지 아니하였다. 그러나 봄이 되어 농사를 시작할 때가 되면 다시는 결코 간단 말을 아니 하였다. 그러나 금년 고향을 떠난 지 육 년이 되는 금년 열아홉 살에 떠나서 스물다섯 살이 된 금년에는 무리하여서라도 돌아가리라 하였다. 그래서 하루는 저녁을 먹고 나서 노인을 대하여

"저를 금년에는 보내줍시오."

하였다.

노인은 깜짝 놀라는 듯이 돌아앉으며

"왜 또 간다고 그러나! 내가 지금 자네를 믿고 사네. 내 나이 벌써 칠십이야. 자네가 가면 내가 어떻게 사나."

하는 노인의 말소리는 간절하고 떨린다. 곁에서 노파가 역시 떨리는 소리로

"그러고말고 영감이나 내나 장성한 아들 다 전장에 나가 죽고 자네를 우연히 만나서 아들같이 믿고 사는데 자네가 가면 이 늙은 것들이 어떻게 산단 말인가? 에이 그런 소리 말아요. 우리 양주가 죽거든 다 묻어놓고."

하고 곁에 앉은 딸의 머리를 쓸면서

"이 애 데리고 아무 데나 자네 맘대로 가게그려. 이 딸자식도

자네에게만 맡기면 자네가 어디를 데리고 가더라도 맘이 놓여!"
한다.

처녀는 부끄러운 듯이 슬며시 빠져 부엌으로 나가더니 큰 바
가지에 삶은 밤을 퍼가지고 들어와서 방 한가운데 놓고 어머니
등 뒤에 가 앉는다. 노파는

"자 가실이 밤이나 먹게. 이게 안 좋은가? 자네도 부모도 없다
니 우리를 부모로 알고 가족도 없다니 이 애를 아내로 삼고 그리
고 그리고 벌어먹고 지나면 안 좋은가?"
하고 밤을 집어 가실을 주며

"자 어서어서 먹어요. 이 애가 자네 준다고 삶은 것일세."
하고 딸은 고개를 숙인다.

가실은 밤을 벗겨 우선 노인 양주를 드리고 자기도 먹었다. 밤
껍질을 벗기는 가실의 손은 떨렸다. 진실로 가실은 어쩔 줄을 몰
랐다. 만일 주인이 강제로 자기를 못 가게 한다 하면 벌써 빠져나
가고 말았을 것이다. 그러나 이 불쌍한 세 식구가 자기를 믿고 사
랑으로 매달릴 때에 그것은 차마 뿌리치기가 어려웠다. 가실은
힘이 센 것과 같이 정도 세다. 그러나 정이 센 것과 같이 의리도
세다. 정이 센지라 주인을 차마 뿌리치지도 못하거니와 의리도
센지라 설 씨의 딸에게 한번 맺은 약속을 깨뜨리지 못한다.

가실이 연해 밤만 벗기고 대답이 없는 것을 보고 노인은

"가실이 우리 두 늙은이의 소원을 이루어주게! 다시는 늙은것
의 가슴을 졸이게 하지 말게."
하고 노인은 손으로 가실의 등을 어루만진다. 노파와 딸은 근심
스러운 눈으로 가실만 바라보고 있다.

가실은 굳은 결심을 얻은 듯이 고개를 번쩍 들어 노인을 보며

"저도 두 어른을 부모로 알고 있습니다. 부모처럼 저를 사랑해 주시니 부모가 아닙니까?"

하는 가실의 말소리는 깊은 감동으로 떨린다. 가실은 눈물 머금 은 어조로

"그러나 저는 육 년 전에 고향을 떠날 때에."

하고 말을 뚝 끊더니 다시 말을 이어

"제 자랑 같아서 아직 말씀을 아니 했습니다마는."

하고 자기가 설 영감이라는 노인 대신으로 전장에 나왔다는 말 과 일 년 후에 전장에서 돌아오면 그의 딸과 혼인하기를 약속하 였다는 말을 다 하고 나중에

"제가 무엇이 그리워 고향에를 가고 싶겠습니까? 백 년을 맹세 한 사람이 밤낮으로 나를 기다리고 있으니 그러는 것이올시다."

하고 말을 끊을 때에 가실의 눈에서는 굵은 눈물이 뚝뚝 떨어진 다. 노인 양주는 가실이 하는 말을 들을 때에 더욱 가실의 심정이 착하고 아름다운 것을 차탄嗟歎하고[8] 가실의 눈물을 볼 때에는 노 인 양주도 같이 울었다. 딸도 어머니의 등에 이마를 대고 울었다.

노인은 한 번 더 가실의 등을 어루만지며

"자네는 하늘이 낸 사람일세. 과연 큰사람일세. 어쩌면 남을 대신하여 죽을 자리를 나간단 말인가. 옛말로는 우리 조상 적 에 그런 그런 사람이 있었단 말도 들었지만은 자네 같은 큰사람 은 칠십 평생에 처음 보네."

---

8 탄식하고 한탄하다.

하고 칭찬하기를 말지 아니하다가

"내 어찌 자네가 웃는 낯이 없고 늘 수심기가 있어 보이기에 그저 고향이 그리워 그러나 했더니 자네 말을 듣고야 알겠네."
하고 혀를 찬다.

노파는 눈물을 씻고 목이 멘 소리로

"내 어찌 자네가 차차 수척해가기에 웬일인가 했더니 그래서 그랬네그려."
하고 역시 혀를 찬다. 딸은 슬며시 일어나 나가더니 건넌방에서 흑흑 느껴 우는 소리가 들린다.

4

이튿날 아침을 일찍 지어 먹고 가실은 고국을 향하여 떠나기로 하였다.

노인 양주에게 세 번 절하여 하직하고 삼 년 동안 정들인 동네의 동구로 나올 때에 노인은 손수 노자 할 돈을 가실의 짐에 넣어주고 노파는 의복과 삶은 닭을 싸서 들어다 주며 동네 사람들도 여러 가지 물건과 먹을 것을 싸다가 가실의 짐에 넣어주며 "부디 잘 가라"고 "죽기 전 한번 만나자"고 언짢은 얼굴로 작별하는 인사를 하며 동구 밖 강까지 나온다. 가실은 "동네 어른들께 신세 많이 졌노라"고 "그러나 천여 리 먼 나라에 다시 올 길이 망연하다"고 손을 잡고는 석별의 인사를 하고 손을 잡고는 또 석별의 인사를 하다가 나룻배에 오를 때에 노인은 뱃머리에 서서

가실의 손을 잡고

"부디 잘 가게. 잘 살게. 이 늙은것이 다시 보기야 바라겠나마는 가보아서 설 씨의 딸이 다른 집에 시집을 갔거든 내게로 돌아오게. 이제로부터 이태 동안은 딸을 시집보내지 아니하고 날마다 자네 돌아오기만 기다리겠네."

하며 눈물을 떨어뜨린다. 가실도 눈물을 흘리며 다만

"네…… 아버지!"

할 따름이었다.

차마 손을 놓지 못하여 한참 서로 잡고 울다가 마침내 배가 떠났다. 사공이 "어야, 어야" 하고 젓는 서슬에 파랗게 맑은 가을 강물의 잔물결이 일며 배가 저쪽 언덕을 향하고 비스듬히 건너간다. 가실은 뒤를 돌아보며 떠나온 언덕에 모여 선 수십 명 남녀를 향하고 손질을 하였다. 그 사람들도 잘 가라고 하면서 손을 두른다. 노인은 아직도 배 떠나던 자리에 서서 멀거니 가실을 바라보고 이따금 한마디씩 무슨 소리를 친다.

가실은 배를 내려 한 번 더 저편에 선 사람들을 향하여 손질을 하고 짐을 걸머지고 지팡이를 끌면서 서리 맞은 마른풀 사이로 길을 찾아 동으로 동으로 향하고 간다. 가끔 뒤를 돌아보며 손을 둘렀다. 저쪽에서도 손을 두른다. 가실은 조그마한 산굽이를 돌아설 때에 마지막으로 두 팔을 높이 들며 소리를 높여

"잘 있으오!"를 서너 번이나 외쳤다. 저편에서도 팔들을 들고 "잘 가오!" 하는 소리가 모깃소리처럼 들린다. 가실은 맘으로 그 노인을 생각하면서 눈물이 흘렀다.

가실은 힘껏 소리를 뽑아

"간다 간다 나는 간다. 우리나라로 나는 돌아간다."

하고 소리를 하고 지팡이를 드던지면서 동으로 동으로 부리나케 간다.

— 〈동아일보〉, 1923. 2. 12~23.

거룩한 죽음

1

깍깍하는 장독대 모퉁이 배나무에 앉아 우는 까치 소리에 깜짝 놀란 듯이 한 손으로 북을 들고 한 손으로 바디집[1]을 잡은 대로 창 중간에나 내려간 볕을 보고 김 씨는

"벌써 저녁때가 되었군!"

하며 멀거니 가늘게 된 도투마리[2]를 보더니 말코[3]를 그르고[4] 베틀에서 내려온다.

---

1 바디를 끼우는 테. 홈이 있는 두 짝의 나무에 바디를 끼우고 양편 마구리에 바디집 비녀를 꽂는다.
2 베를 짜기 위해 날실을 감아 놓은 틀.
3 베틀에 딸린 기구의 하나. 길쌈을 할 때에 베가 짜여 나오면 피륙을 감는 대이다.
4 '끄르다'의 옛말.

"아직도 열 자나 남았겠는데."

하고 혼잣말로 '저녁이나 지어 먹고 또 짜지' 하며 마루로 나온다. 마당에는 대한 찬바람이 뒷산에 쌓인 마른 눈가루를 날려다가 곱다랗게 뿌려놓았다. 김 씨는 마루 끝에 서서 눈을 감고 공손히 치마 앞에 손을 읍하면서,

"하느님, 우리 선생님을 도와주시옵소서. 모든 도인을 도와주시옵소서. 세월이어서 우리 무극대도無極大道[5]가 천하에 퍼져서 포덕천하布德天下[6] 광제창생廣濟蒼生[7] 보국안민輔國安民[8]하게 하여주옵소서."

하고는 연하여 가는 목소리로

"지기금지 원위대강, 시천주 조화정, 영세불망 만사지."

세 번을 외우더니 번쩍 눈을 뜬다. 또 까치가 장독대 배나무 가지에 앉아 깍깍하고 짖다가 바람결에 불려 떨어지는 듯이 날아간다.

김 씨는 무슨 크고 무서운 일을 앞에 당하는 듯한 기다려지고도 조심성스러운 생각으로 가만히 안방 문을 열었다. 아랫목에는 젖먹이 딸이 숨소리도 없이 잔다. 김 씨는 가만가만히 그 옆으로 가서 허리를 굽혀 어린아기의 자는 얼굴을 보며 또 눈을 감고 짧은 기도를 올린다. 어린아기를 충실하게 보호해주시고 자라서 도를 잘 닦는 사람이 되게 하여달란 뜻이다. 그러고는 윗목 조그마한 항아리에서 됫박으로 쌀을 퍼내어 큰 바가지에 옮기고 거기서 쌀 항아리 위에 놓였던 숟가락으로 세 술을 떠서 벽에 걸어놓

---

5 천도교에서 우주 본체인 무극의 영적인 능력을 이르는 말.
6 천도교에서 덕을 천하에 편다는 뜻으로, 세상에 천도교를 널리 보급함을 이르는 말.
7 널리 백성을 구제함.
8 나랏일을 돕고 백성을 편안하게 함.

은 두멍[9]에 넣더니 빙그레 웃으면서 또 한 술을 떠 넣는다. 김 씨는 이제부터 간난이 몫으로 한 숟가락 더 뜨게 된 것이 기뻤다.

김 씨가 솥에 쌀을 일어 안치고 불을 살라 널 적에 남편 박대여가 수염에 허연 얼음을 달고 들어오더니 부엌문으로 아내를 들여다보며 입이 얼어서 분명치 아니한 목소리로,

"여보, 선생님께서 오늘 밤에 오신다는구려. 거기서 어떤 사람이 영문에 꼬처서 새벽에 떠나셨는데 오늘 새벽에 하등접에 오셨다고, 그래서 오늘 해만 지면 거기서 떠나셔서 이리로 오신다고 기별이 왔소."

하며 토수吐手[10] 속에 넣었던 손으로 수염에 얼음을 땄다. 김 씨는 부지깽이를 놓고 일어나면서,

"에그, 이 추운데, 선생님께서 얼마나 고생이 되실까? 여기 오셔서나 아무 일도 없었으면 좋으련마는……."

하고 눈물이 고인다.

"베틀은 났소?"

하는 남편의 말에, 김 씨는

"어떻게 나요. 아직도 열 자나 남았는데. 그래도 끊어버리지요. 그까짓 무엇이게. 이번에 척수尺數를 좀 길게 잡아서 짠 것도 바지저고리 한 벌은 되어요. 그걸로 선생님 옷이나 한 벌 지어드리면 그만이지요. ……그런데 사랑은 다 발랐어요?"

"발라놓으려고 했지마는 불을 때보아야."

"선생님은 안방에 계시게 하지요?"

---

9 물을 많이 담아두고 쓰는 큰 가마나 독.
10 '토시'를 한자를 빌려서 쓴 말이다.

하고 아내가 묻는다.

"글쎄, 함께 오실 이가 다섯 분이나 될 터인데…… 선생님과 해월 선생님은 건넌방을 내어드려서 계시게 하고 다른 이들은 안방에 계시게 하고 우리들이 아이들 데리고 사랑에 있게 하지." 하고 동의를 구하는 모양으로 눈물 고인 아내의 얼굴을 쳐다본다. 아내는 치마 고름으로 눈물을 씻더니,

"나도 그렇게 생각했어요…… 어떻게 하면 선생님을 좀 편히 계시도록 하나?" 하고 다시 불을 땐다.

남편은 안방으로 들어가 의관을 벗고 나오더니 비를 들고 마당 쓸기를 시작한다. 섬돌 밑과 담 굽과 마루 밑까지 얼어붙은 팃검불을 빡빡 긁어가며 쓴다. 쓰는 대로 바람이 한번 지나가면 또 눈가루를 갖다가 뿌린다. 마치 귀한 손님을 맞기 위하여 하늘이 이 가난한 집 마당에 옥가루를 뿌려주는 것 같았다.

대문 밖에서 쿵쿵하는 발자취 소리가 나더니 여남은 살 된 총각 아이가 뻘겋게 언 주먹으로 두 눈에 눈물을 씻으며 무어라고 중얼거리면서 뛰어들어와서 동정을 구하는 듯이 부엌문 밖에 가 선다. 불을 때던 어머니는,

"정식아 너 왜 우느냐? 또 아이들이 무어라든?" 하며 일어나 아들의 머리에 묻은 눈가루를 털어준다. 아들은 우는 소리로,

"또 그놈의 자식들이, 응응응응응, 동학장이라고 그래, 응응."

"그놈의 자식들이라고 하면 못쓴다. 그 아이들이라고 그래야지."

"그까짓 놈의 자식들, 때려죽일 테야. 남을 가지고 동학장이라

고, 이제, 이제, 원님이 목 베어 죽인다고…… 깍쟁이 놈의 자식들!"
하고 아들은 조그마한 주먹을 발끈 쥐어 내흔든다. 어머니는 측
은한 듯이 아들을 끌어들여 아궁이에 불을 쪼이게 하면서,

　"정식아, 그러면 어떠냐? 다른 아이들이 무어라고 하든지 너
는 가만히 있으려무나. 너만 가만히 있으면 저희들도 그러다가
말지. 동학장이라면 어떠냐? 동학장이니까 동학장이라지. 동학장
이가 좋은 말이다. 응, 이제 오늘 선생님이 오시면 너를 귀여워해
주시고, 복 빌어주시고 할 텐데 무슨 걱정이야. 자 들어가서 간난
이 깼나 보아라. 그리고 안방 깨끗이 치워라. 응."
하고 정식의 등을 두드린다. 정식은 어머니 말에 위로가 되었는
지 아무 말도 없이 안방으로 들어간다. 정식은 아직도 자는 간난
이 곁에 쭈그리고 앉아서 어린애 어르는 모양으로 손바닥으로
두어 번 딱딱 하더니 자는 아기가 대답이 없으므로 가만히 일어
나서 비를 찾아 방을 쓴다.

　2

　밤은 차차 깊어간다. 바람은 자고 천지는 고요하다. 구름 한
점 볼 수 없는 하늘에는 초생달도 벌써 넘어가고 별만 수없이 반
짝거린다. 이 산골 몇 집 안 되는, 그것도 띄엄띄엄 떨어져 있는
눈에 싸인 농가에서는 그래도 설빔을 만드노라고 다듬이 소리들
이 들리나 깜박깜박하는 등잔 밑에는 짚세기 삼는 젊은 농부들
의 담배를 피우고 웃고 떠들던 소리도 차차 줄어간다. 총도 아니

낸 짚세기들을 차고 각각 자기 집으로 흩어지느라고 담뱃불들이 반짝거리고 발자춰 소리와 두런거리는 소리에 개들의 졸린 듯한 짖는 소리가 난다. 이윽고 조그마한 방문들이 혹은 남편을 혹은 아들을 맞아들이는 소리가 그윽이 들리고는, 천지가 다시 고요해 지고 만다. 개들도 다시 부검지[11] 속에 코를 박고 잠이 들었고 반짝반짝하는 등잔불들도 하나씩 하나씩 눈을 감기 시작한다. 고요함이 어두움이 이 가엾은 생명들이 들어 조는 조그마한 보금자리들을 꼭 품에 껴안았다. 오직 죄 없고 욕심 없는 꿈들이 이 집에서 저 집으로 발자춰도 없이 살금살금 다닐 뿐이다.

이때에 촌중 맨 끝 산 밑에 앉은 박대여의 집에서만 불이 반짝거리고 부엌에서 아름이 넘는 김이 무럭무럭 나온다. 저녁을 먹고 나서 아이들은 사랑에 재우고 내외는 안방 건넌방을 깨끗이 치우고, 거미줄과 먼지까지 떨어내고 때 묻은 장판이 닳도록 걸레를 치고, 후끈후끈하게 불을 때고 꽁꽁 싸두었던 이부자리를 있는 대로 내어 아랫목에 깔아 녹이고, 지금은 닭을 잡고 무를 삶고 쌀을 일어 안치고 선생님 일행이 오시기만 하면 곧, 국밥을 지어드릴 준비까지 다 하여놓았다. 대여는 눈 묻은 나뭇단을 옆구리에 껴다가 부엌에 넣고 내외가 무슨 이야기를 두어 마디 하더니 부엌문을 닫고 나와 안방으로 들어간다.

안방 한가운데는 소반을 놓고, 백지를 깔고 그 위에 새로 닦은 주발에 청수 한 그릇을 떠놓았다. 내외는 분주히 새 옷을 내어 갈아입고 의관을 정제하고 청수 상 앞에 북향으로 가지런히 앉아

---

11 짚의 잔부스러기.

공손히 고개를 숙이고 이윽히 앉았더니 남편이 고개를 들어 하늘을 우러러보며, 떨리는 목소리로,

"하느님! 우리 선생님을 도와주시옵소서! 우리 무극대도대덕이 천하에 퍼져서 포덕천하 광제창생 보국안민의 대원을 이루게 하시옵소서. 첨으로 우리 동방 조선을 밝히사 이 후천 오만 년 무극대도가 천하에 빛나게 하시옵소서. 지금 무지한 사람들이 이 무극대도를 훼방하고 선생님을 지목하야 해하려 하오니 하느님께서 우리 선생님을 도와주시옵소서."

할 때에 김 씨도 정성스럽게 여러 번 고개를 숙인다. 대여는 더욱 소리를 높이고 떨려,

"하느님 지금 선생님이 세상을 떠나시면 어리고 어린 동서불변東西不辨[12] 우리 무리들이 어찌하오리까. 될 수 있사옵거든 저와 같이 값없는 목숨을 선생님 대신으로 바치게 하여주시옵소서. 저 같은 것은 죽더라도 그만이거니와 우리 선생님을 보호하여주시옵소서."

하고 말을 맺기 전에 목이 메고 눈물이 흐른다. 김 씨도 마음속으로 '우리 선생님을 보호하여주소서, 제 목숨으로 선생님 목숨을 대신하게 하소서' 하며 남편을 따라 운다. 한참 동안 말이 없고 오직 두 내외의 가슴이 들먹거릴 때마다 새로 풀해 다린 옷이 바삭바삭 소리를 낼 뿐이다. 등잔불이 창틈 바람에 꺼질 듯 꺼질 듯하다가 바로 선다. 두 사람은 눈을 떴다. 눈물에 젖은 눈이 네 별 모양으로 맑은 빛을 발한다. 네 눈은 거울같이 차고 맑은 청수를 들여다본

---

12 동쪽과 서쪽을 가리지 못한다는 뜻으로, 사물이나 사물의 현상을 분별할 수 없을 정도로 어리석음을 이르는 말.

다. 청수는 몇천 길인지 모르게 깊은 것 같다. 헤아릴 수 없는 천지의 신비를 간직한 것이다.

두 입이 열리더니 느리고 가는 목소리로

"지기금지 원위대강, 시천주 조화정, 영세불망 만사지, 지기금지……."

하고 우러나온다. 남성과 여성이 합한 두 목소리가 높으락낮으락, 합하다가 갈렸다가, 끊일락 이을락 영원히 끊길 때가 없을 것같이 우러나온다. 등잔불도 곡조를 맞추어 흔들리는 것 같고 청수에도 곡조를 맞추어 사람의 눈으로는 알아볼 수 없는 가는 물결이 이는 듯하다.

"……시천주, 조화정 영세불망 만사지 지기금지 원위대강, 시천주 조화정……."

끝없는 주문의 고리가 끝없는 사슬을 이룬다. 이따금 주문 중에서 한 구절이 반향 모양으로 공중에서 울린다. 마치 멀리서 멀리서 울어오는 종소리의 여운 모양으로 어디선지 모르게 '시천주 조화정' 하고 울려올 때마다 내외는 외우던 소리를 잠깐 쉬고 귀를 기울인다. 그러다가는 다시 아까보다도 더 소리를 가다듬고 더 맘을 엄숙히 하여,

"지기금지 원위대강 시천주 조화정 영세불망 만사지 지기금지……."

하고 소리를 합하여 외운다. 그러노라면 또 공중에서 '지기금지 원위대강' 하고 쟁쟁하게 울려온다. 내외는 다시 소리를 끊고 귀를 기울인다. 그러면 여전히 먼 곳에서 울어오는 종소리 여운 모양으로,

"지기금지 원위대강……."

하고 끊일락 이을락 울어온다. 내외는 다시 소리를 가다듬어 외우기를 시작한다. 외우면 외울수록 공중으로서 울려오는 소리는 더욱 맑고 더욱 커진다.

졸던 천지는 두 내외의 깊고 깊은 정성으로 외우는 주문 소리에 깨어 그 주문에 화답하는 것이다. 하늘에 모든 별들과 땅에 모든 산천과 초목이 다 지금 고개를 숙이고 무릎을 굽혀 이 내외의 주문에 화답하는 것이다. 두 내외의 주문 외우는 소리가 높아지면 높아지는 대로 낮아지면 낮아지는 대로 천지의 울리는 소리도 높으락낮으락 한다.

온 천지는 소리에 찼다.

"지기금지 원위대강 시천주 조화정 영세불망 만사지!"

온 천지는 이 소리로 찼다. 그리고 두 내외는 천지의 한복판에 우뚝 선 쌍기둥이다. 천지는 이 쌍기둥으로 버티어져 있다. 만 생령이 이 쌍기둥의 버팀 밑에서 편안한 잠을 이룬 것이다. 그러나 그네는 그런 줄 모른다. 마치 어머니 품에 안겨 자는 아기가 어머니의 품이길래 이렇게 편한 줄을 모르는 것과 같다. 오늘 밤에 두 내외는 한우님이다. 한우님이 되어 천지를 다스리는 것이다.

두 내외의 입에서는 주문 외우는 소리가 끊겼다. 눈은 반쯤 떠 어디를 바라보는지 모르게 바라보고 있다. 그 눈앞에는 천지가 환하게 보인다. 일월성신이 보이고 산천초목이 보이고 모든 짐승들이 보이고, 그러고는 만국 만민이 도탄 중에 괴로워하는 양이 보이고 조선 사람들이 가난과 어두움과 허욕으로 서로 시기하고 질투하는 양이 보이고 그 가운데 하얀 옷을 입은 어른이 우뚝 선

것이 보인다. 내외는 '선생님이다!' 하며 고개를 숙였다.

　두 내외는 다시 소리를 내어

　"포덕천하 광제창생 보국안민지대도, 무극대도대덕 지기금지
원위대강……."

하고 외우기를 시작한다.

　'꾀꼬요!' 하고 첫닭의 소리가 난다.

　두 내외는 깜짝 놀란 듯이 일어났다. 대여는

　"오실 때가 되었으니 나가보아야."

하고 문고리를 잡으며

　"나가서 불 때오…… 아마 지금 동구에 들어오시겠소."

하며 밖으로 나간다. 김 씨도 부엌으로 나가 아궁이에 불을 사르
고 인적 나기만 기다려 이따금 귀를 기울인다.

　마당에서 나는 인적 소리에 김 씨는 부지깽이를 던지고 뛰어
나왔다. 마루에 걸터앉아 눈 묻은 신발을 끄르는 이가 어두운데
보아도 분명히 선생님이다. 그 중키나 되는 키, 널음한 얼굴 한
번밖에 뵈온 일이 없건마는 분명히 선생님이다. 이렇게 생각하고
김 씨는 한시름 놓은 듯한 가벼워진 맘으로 상을 보기 시작한다.
밥도 넘었고 국도 끓였다.

　"여보, 들어와 선생님께 인사드리고나 오오."

하는 부엌문을 여는 남편의 말에 김 씨는 행주치마를 벗어 그것
으로 손을 씻으면서,

　"해월 선생님은 다른 집으로 돌아오신다고. 정 접주하고 김 접
주, 또 박 접주 그렇게만 오셨어요. 다들 인사하시오. 선생님은 뵈

면 알지?"

하고 대여는 부엌문에 비켜서 아내의 나올 길을 내면서 묻는다.

"그럼, 알고말고요."

한다.

대여가 앞서고 김 씨는 뒤를 따라 안방으로 들어왔다. 선생님은 아랫목에 다른 이들은 발치로 돌아앉았다. 모두 피곤한 모양이 보이나 선생은 무엇을 생각하는 듯이 눈으로 정면을 바라보고 있다. 내외가 들어온 것을 보고 선생이 일어나고 다른 사람들도 따라 일어난다. 김 씨는 선생 앞에 엎드려 절을 드렸다. 선생도 마주 엎드려 절을 받았다. 다른 이와는 다만 상읍만 하고 각각자리에 앉았다. 선생은 김 씨에게 앉으라 하며,

"그렇게 신심이 독실하시고 또 나를 위해서 그처럼 애를 쓰시니 고맙소이다."

한다.

김 씨는 다만 고개를 숙이고 맘속으로 '선생님' 할 뿐이었다.

3

선생이 와서부터는 밤을 새워 주문을 외우고 기도를 하고, 틈틈이 선생의 가르침이 있고 그러고는 해가 뜬 뒤에야 모두 잠을 잤다. 낮에도 자지 못하는 이는 오직 선생과 대여뿐이다. 선생은 제자들이 잠이 든 뒤에는 혼자 청수 상 앞에 앉아서 무엇을 가만히 생각하였다. 대여는 양식과 나무를 구하여 들이느라고 거의

날마다 밖에 나갔다.

　이렇게 기도를 밤을 새운 지 닷새 되던 날, 눈 많이 오는 밤이었다. 선생은 제자들을 데리고 주문을 외우다가 밤이 깊어 첫닭이 울 때가 멀지 아니할 듯한 때에 선생이 주문을 뚝 끊고,

　"저것을 보오!"

한다.

　제자들도 주문 읽기를 그치고 선생이 보라는 데를 보았다. 네 제자는 일제히 몸을 흠칫하고 뒤로 물러앉으며 놀람과 무서움으로 말이 막혔다. 선생은 빙그레 웃으며,

　"그만 것을 보고 놀래오? 천지가 무너지더라도 움직이지 않도록 수심정기守心正氣[13]를 하는 공부를 해야 되오! 장차 그대네는 저보다도 더욱 참혹하고 무서운 양을 볼 것이오. 또 몸소 당할 것이오. 나라를 고치고 창생을 건지는 일이 쉬운 줄 알지 마오! 선천 오만 년의 나라가 무너질 때에 천지가 희명하고 죄인과 의인의 피가 강물같이 흐를 것이오. 그대네는 저 광경이 무엇인지를 보오?"

하며 극히 엄숙한 낯빛으로 제자들을 본다. 김덕원이가 떨리는 소리로,

　"네, 못 볼 리가 있습니까. 운무가 자욱한 속에 사람들이 칼과 창으로 서로 찌르고 찢고 물어뜯어 바로 그 피비린내가 코에 들어오는 것 같습니다. 저것 보시오. 저 키 크고 뚱뚱한 한 사람이 어린아이를 거꾸로 들고 배를 가릅니다! 선생님! 살려주십시오!"

하고 기절할 듯하다가 겨우 정신을 진정하는 모양이다.

---

13 천도교에서, 항상 한울님의 마음을 잃지 않으며 도道의 기운을 길러 천인합일에 이르고자
　　하는 수련 방법.

선생은 황망하여하는 김덕원의 어깨를 손으로 만지며, '아아 맘이 서지 못한 자여!' 하고 한탄하다가 덕원이 정신을 진정하는 것을 보고 힘 있는 목소리로,

"저것이 이 세상이오! 서로 죽이는 것. 사람들은 각각 몸에 창과 칼을 지니고 다니다가 기회만 있으면 서로 죽이려는 것이 이 세상이오. 그대는 우리가 사는 조선 나라와 동서양 모든 나라가 다 저 모양으로 서로 찌르고 찢는 양을 못 보았었소. 그러나 그대네의 눈이 열리는 날은 천하 이르는 곳마다 저 광경을 알아볼 것이오. 아아 가엾은 창생이어!"

하고 선생의 눈에는 눈물이 흐른다. 제자들도 무서움이 차차 변하여 세상을 위한 슬픔이 되어 선생을 따라 울었다.

"우리네가 울 일이 천하에 없거니와."

하고 선생은 눈물을 거두며,

"창생이 도탄 속에 든 것을 볼 때에는 통곡하지 아니할 수 없소. 이 창생을 보고 통곡할 줄을 모르는 이는, 천성을 잃어버린 이요. 그대네는 무슨 일에나 놀라지도 말고, 겁내지도 말고, 두려워하지도 말되 오직 창생을 위하야 우시오. 이것은 성인의 맘이오!"

"선생님!"

하고 박대여가 느끼는 목소리로,

"선생님! 저 창생이 왜 저렇게 서로 죽입니까? 어찌하면 저 창생을 구제합니까?"

한다.

"사람이 한울을 잊어버린 까닭이오. 모든 사람이 다 높으신 한우님을 잊어버린 까닭이오. 악한 사람들이 정사를 잡아 백성을

악하게 인도하는 까닭이오. 그러므로 창생을 구제하는 길이 오직 하나이니 곧 사람들에게 한울을 깨닫게 하는 것이오. 내가 이 세상에 온 것이 이 소리를 전하고 가르침을 주려 함이오. 그대네는 천하만국 만민에게 이 소리를 전하야 그네를 구제할 첫 사람들이오."

하고 이윽히 앞에 나타난 피 흘리는 광경을 노려보더니 문득 노하는 빛을 발하고 문득, 슬픈 빛을 발하다가 다시 화평한 낯빛이 되며,

"내가 세상을 떠날 날이 가까웠소. 포덕천하 광제창생의 오만년 무극대도를 그대들에게 맡기고 가는 것이니 그대네들은 한울의 뜻을 어기지 마시오!"

하고 창연한 빛을 보인다.

"선생님!"

하고 덕원이 선생의 팔을 잡으며,

"선생님께서 세상을 떠나시면 저희는 누구를 믿습니까? 저 불쌍한 창생을 건지시지 아니하고 선생님이 어떻게 가십니까? 내 일이라도 선생님이 나서십시오. 우리 도인이 지금 만 명이 넘으니 이만 명을 거느리고 일어나면 모든 탐관오리배를 다 없애고 새 나라를 세울 것은 여반장입니다. 이제라도 곧 명령을 내리십시오. 그리하면……."

하고 김덕원은 자못 흥분하여 그 뚱뚱한 얼굴에 피가 오른다. 선생은 가만히 듣고 있더니 덕원의 말을 막으며,

"때가 있소! 때가 있소! 아직은 그러할 때가 아니오!"

한다.

"그때가 언제 옵니까?"

하고 제자 중에 하나가 묻는다.

"그때는 아는 이가 없소. 다만 조선 방방곡곡이 한우님을 부르고 새 나라를 세우자는 우리가 굳게 뭉쳐 한 덩어리가 되거든 그때가 가까운 줄 아시오. 그러나 사람들의 맘이 급급하야 그때가 이르기 전에 많이 경거망동을 하리다. 그것은 오직 인명만 많이 살해하고 한울이 주시는 때를 더디게만 할 뿐이니 그대네는 크게 삼가야 할 것이오. 장차 '때가 왔다. 때가 왔다' 하고 인민을 선동하는 자가 많이 나려니와 그래도 흔들리지 마시오. 장차 온 천하가 물 끓듯 하고 나라와 나라가 서로 싸우며 백성들이 일어나 서로 다투고 피를 흘리려니와 그런 일을 보거든 때가 가까운 줄 아시오. 그러나 천하를 구제하는 것이 우리 동방 조선에서 시작될 것이니 우리 동방 조선에 한울을 부르는 소리가 방방곡곡이 들리고, 큰 슬픔과 재앙이 임하야 백성이 물 끓듯 하며, 한울을 부르는 우리가 뭉치어 한 덩어리가 되거든 때가 이른 줄 아시오. 그때에 천시天時가 우리에게 있고, 지리地利가 우리에게 있고, 인화人和가 우리에게 있으니 우리의 큰 운수를 막을 자가 없을 것이오."

"그대네는 그때를 바라고 기뻐하시오! 그때를 준비하노라고 도를 닦고 덕을 펴시오. 정성스럽게 주문 외우는 한 소리가 천하 만민의 맘을 한번 흔들 것이오. 진실한 도인 하나 얻는 것이 천하를 구제하는 일에 가장 큰 공덕이 될 것이오!"

하며 선생은 더욱 소리를 가다듬어 제자들을 돌아보며,

"그대네의 맘눈이 열리지 아니하였으니 내가 말을 한들 무엇하겠소. 천하를 구제할 오만 년 무극대도를 불로이득할 줄로 알지 마오. 그대네가 성심수도 하량이면 알지 못할 것이 무엇이며, 하지 못할 일이 무엇이겠소? 그대네는 한우님이오! 천지를 지은 이도 한우님이요 천지를 다스리는 이도 한우님이니 한우님은 곧 나요 그대네요. 아아 성심수도하야 도성덕립하는 날에 모를 일이 무엇이며 못 할 일이 무엇이겠소? 이 일을 알았다면 요만한 나 한 몸이 간다고 무슨 근심이오?"

제자들은 아무 말이 없다. 김덕원도 말이 없이 무엇을 생각하는 듯이 눈을 감았다. 아주 고요하다. 다만 등잔불이 춤을 추어 사람들의 그림자를 흔들 뿐이다. 새벽이 가까운 방 안에 찬김이 돈다. 선생과 제자 다섯 사람은 마치 부처 모양으로 움직임이 없다. 오직 그네의 눈들이 불같이 빛날 따름이다.

이윽고 언제 시작되는지 모르게 주문 외우기가 시작되었다. 그 소리는 아까보다 더욱 엄숙하고 신비하였다. 박대여의 소리는 우는 듯이 떨리고 김덕원의 소리는 호령하는 듯하였다. 이때에 다섯 그릇 청수에는 얼음이 얼었고 청수를 받쳐놓은 백지에는 광제창생, 보국안민의 여덟 자가 또렷또렷이 나타났다.

닭이 두 홰를 운 때에 해월이 왔다. 해월은 선생님께 인사를 드리기가 바쁘게,

"선생님, 곧 피하셔야 하십니다. 대구 영장 정귀룡이가 삼십 명 나졸을 데리고 아침나절로 이곳에 올 것입니다. 대구 도인이 밤 도와 와서 전하는 말씀인데 잠시를 지체할 수가 없습니다."
한다.

모두 눈이 둥그레졌다. 선생은 해월에게 자기 곁에 앉으라 하며,

"해월이 오기를 기다리고 있었소."

할 때에 모든 제자들은 선생의 입에서 무슨 말이 나오는가 하고 숨도 못 쉬고 무릎걸음으로 한 걸음씩 선생 곁으로 다가앉았다. 선생은 결심한 듯한 어조로, 입을 열어

"김덕원은 지금 떠나 전라도로 가시오. 가노라면 자연 알 도리가 있으니 아까 한 말만 명심하고 전라도로 가시오. 가서 할 일은 장황하게 내가 말할 필요가 없으니 오직 성, 경, 신으로 한우님의 시키시는 대로만 하시오."

하고 김덕원의 손을 잡으며,

"자 이것이 이 세상의 이별이오. 그러나 한울에서는 한가지로 있을 것이니 싫어 말고 곧 떠나시오!"

하며 김덕원을 일으킨다.

덕원은 일어서기는 하였으나 어쩔 줄을 모르는 듯이,

"선생님! 선생님!"

하고 말이 막힌다.

선생은 덕원의 등을 어루만지며,

"장황하게 말할 때가 아니오, 가라면 가시오. 창생을 구제하려는 무리의 행색이 마땅히 이러할 것이오. 자 가시오!"

하고 문을 가리킨다. 김덕원은 눈물을 머금고 선생께 절한 뒤에 여러 제자들의 손을 잡고 문밖으로 나간다. 모든 제자들의 얼굴에는 비창한 빛이 보인다. 다른 제자들도 다 이 모양으로 혹은 충청도로 혹은 경기도로 떠나보내고 나중에 해월의 손을 잡고,

"해월. 오만 년 무극대도를 해월에 맡기고 가오. 이것은 내 뜻이 아니라 곧 한우님의 뜻이니 전에 전한 말을 명심하시오. 그대의 할 일과 그대의 장래는 그대가 스스로 다 알 날이 있을 것이

니 아직 몸을 피하야 태백산으로 가시오. 무슨 부탁할 말이 있겠
소마는 북방에 우리 일 할 인물이 많이 날 것을 명심하시오.”

할 때에 닭이 자주 울기 시작한다. 선생은 해월의 등을 어루만지며,

　“자, 때가 급하니 어서 가시오. 내가 세상을 떠나기 전에 다시
만날 기회가 있을 것이오!”

하고 떠나기를 재촉한다.

　해월은 눈물을 머금고,

　“선생님! 한 번만 더 피하실 수 없습니까?”

하고 애걸하는 모양으로 선생의 얼굴을 쳐다본다. 선생은 적이
노하는 빛을 발하며,

　“천명! 천명! 천명을 모르오? 어서 가시오!”

한다.

　해월은 다시 말이 없이 선생께 절하고 대문을 나섰다.

　선생은 박대여를 불러 오늘 하루만 피하면 일이 없을 것이니
아무 데로나 피하라 하고 당신은 다시 짐에서 초를 내어 쌍불을
켜놓고 냉수로 목욕을 한 후에 청수 상 앞에 앉아 잠자코 무엇을
생각한다.

　대여는 사랑에 나와 아내더러 선생의 하는 일과 말을 전하고
서로 붙들고 울다가 가만가만히 안으로 들어와 창밖에서 선생의
동정을 엿보았다. 선생은 그린 듯이 앉았다. 춤추는 쌍촛불에 선
생의 여윈 얼굴이 핼쑥하게 보이고 가끔 깊게 한숨 쉬는 소리가
들릴 뿐이다. 대여 내외는 참다못하여 소리를 내어 울었다. 그러
다가,

　“천명, 천명, 때가 왔으니 어서 피하오!”

하는 소리에 대여는 창밖에서 선생께 절하고 대문을 나섰다. 아직도 어둡다. 그러나 차마 멀리 가지 못하고 뒷산으로 올라갔다. 산 중턱을 다 오르지 못하여 동네에 개 짖는 소리가 나므로 바위 뒤에 숨어 가만히 귀를 기울인즉 사람들의 떠드는 소리가 나더니 이윽고 자기 집에서 무어라고 지껄이고 욕설하는 소리가 들린다. 대여는 정신없이 눈 위에 펄썩 주저앉았다.

"아아 선생님, 선생님!"

하고 혼자 목이 메어 울었다.

훤하게 될 때에 선생은 삼십 명 대구 영문 하졸들이 선생을 뒷짐을 지워 끌고 전후좌우로 옹위하고 동구로 나가는 모양이 보였다.

"천명, 천명!"

하고 선생의 하던 말을 외우면서 대여는 선생의 잡혀간 뒤를 따랐다.

4

동학 선생이 어느 날 죽는다는 둥, 벌써 몰래 죽였다는 둥, 그런 것이 아니라 동학 선생이 조화를 부려 벌써 옥에서 나와서 멀리로 달아났다는 둥, 또 이제 동학군들이 군사를 일으켜서 대구 감영으로 쳐들어온다는 둥, 대구 백성들 간에는 정초부터 모여만 앉으면 이야기를 하게 되었다.

선생이 서울로 잡혀가던 길에 철종 대왕이 국상이 나서 대구 영문으로 압송된 지가 벌써 두 달이나 넘었다. 이 두 달 동안에 대구 감영에는 이 일밖에 없는 듯하였다. 감사 서헌순徐憲淳은 이 일로 하여 잠을 못 잔 것도 여러 번이다. 조정에서는 나날이 독촉이 왔다. 그러나 스물두 번이나 혹독히 심문을 하여도 선생은 감사에게 만족한 대답을 하지 아니하므로 감사는 어찌할 줄을 몰랐다.

첨에는 감사는 선생을 우습게 알았다. 동학이란 말을 못 들은 것은 아니었으나 그 선생이란 아마 무슨 요술로 혹세무민이나 하는 자로만 알았으므로 몇 번 호령이나 하고 형문 개나 때리면 굴복할 줄 알았던 것이 여러 번 신문을 하면 할수록 동학 선생이라는 이가 결코 범인이 아닌 줄을 알았다. 그 범할 수 없는 위엄, 그 동하지 않는 신색과 태연한 태도, 이따금 추상같이 꾸짖는 소리, 그런 것을 보면 볼수록 감사는 점점 선생에게 대하여 무서운 생각이 나고 눌리는 생각이 났다. 이렇게 무엇이라고 형언할 수 없는 무서움이 있는 외에 이 사람을 죽여서 천벌이 없을까, 또 동학의 도당이 많다는데 몸에 해나 없을까 하는 제 몸에 대한 무서움이 있어서 이제는 심문하는 것조차 싫어지고 무서워졌다. 자다가도 여러 번 가위를 눌렸다.

더구나 오늘 신문에 그 요란하고 무서운 소리, 큰 산이 무너지는 듯도 하고, 벼락을 치는 듯도 한 그 소리를 들을 때에는 정신이 아득하여져서 아직까지도 가슴이 울렁울렁한다. 그게 무슨 소릴까. 형졸들은 그것이 죄인의 다리 부러지는 소리라 하였고, 또 그 다리 부러진 것과 거기서 피가 콸콸 솟던 것까지 보기까지도 하였건마는 눈도 깜빡하지 아니하고 태연히, 감사를 쳐다보며

"나는 무극대도를 천하에 펴서 창생을 구제하고자 함이니 이 도가 세상에 난 것은 한울이 명하신 바요, 또 내가 이 몸을 도를 위하야 죽여 덕을 후천 오만 년에 펴게 하는 것도 한울이 명하신 바니 공은 맘대로 하오!"

할 때에는 감사는 모골이 송연하여 등골에 얼음냉수를 끼얹는 듯하였다. 그래서 다시 신문할 생각이 없어서 옥에 내려 가두라 하고 자기는 안으로 뛰어들어가 자리에 누워 저녁도 굶고 지금까지 누웠다.

밤은 깊었다. 초어스름에 시작한 비가 점점 큰비로 변하여 낙수 떨어지는 소리가 요란하고 바람까지 일어 풍경 소리가 미친 듯하고 문이 흔들리며 가끔가다가 무서운 우렛소리와 함께 줄번 개가 재우친다. 감사는 가만히 고개를 들어 무엇을 생각하는 듯 듣는 듯하더니 방자를 불러, 옥에 가서 동학 선생의 동정을 보고 오라 한다.

방자가 나간 후에 감사는 일어나 서안을 대하여 앉았다. 그는 생각하였다.

그렇게 다리가 부러지고도 오늘도 태연히 앉았을까. 그렇게 피가 많이 나고 뼈가 부서졌으니 아마 벌써 옥중에서 죽었을는지도 모를 것이다. 만일 아직도 살아 있다 하면 그는 사람이 아니요 신이다. 그렇다 하면 내가 다시 그의 몸에 손을 대지 아니할 것이니 나는 내일로 곧 장계를 올려 벼슬을 버리고 서울로 가리라.

이러한 생각을 할 때에 눈앞에 선생의 모양이 선히 나타난다. 부러진 다리에서 피가 철철 흐르면서도 태연한 태도로,

"나는 무극대도를 천하에 펴, 창생을 건지려 함이니……."

하던 모양이 보일 때에 감사는 무서움을 못 이기어 소리를 질렀다.

이윽고 마루에서

"형리 아뢰오!"

한다.

"이리 들어오너라!"

하여 형리를 불러들여

"그래 동학 선생이 살았느냐."

형리는 정신을 진정치 못하는 듯한 목소리로

"네. 동학 선생이 살았습니다. 상사도의 분부를 듣자옵고 옥에 갔사옵더니 동학 선생이 촛불을 밝히고 단정히 앉아서 가만히 벽을 향하고 눈도 깜짝 아니하고 앉았습니다."

감사는 눈이 둥그레지며

"그래 아까 다리 부러진 동학 선생이 아직 죽지 않고 앉았단 말이야?"

형리는 더욱 고개를 숙이며

"네 촛불을 켜놓고 가만히 앉았습니다. 그래 소인이 문을 열고 들어가 다리 상한 것이 과히 아프지나 않으냐고 문사온즉 동학 선생이 고개를 돌려 소인을 물끄러미 보며 손으로 다리를 가르치옵기로 그 다리를 보온즉 분명히 뼈가 꺾어지고 피가 엉기었사옵고 앉은 자리에는 피가 흘러 땅에 얼어붙어서 방석과 같이 되었습니다."

5

삼월 초열흘, 갑자년 삼월 초열흘!

대구 장대에는 사람이 백차일白遮日[14] 친 듯이 모였다. 대구 감영 사람들 사방으로서 모여들어 온 동학하는 사람들. 동학 선생이 죽는 것을 볼 양으로 아침 일찍부터 모여들었다.

날은 맑았다. 봄 안개가 먼 산을 둘렀으나 해가 퍼지매 그것도 싫어지고 저녁나절에는 바람이 일 것을 예언하는 바람꽃이 파랗게 산을 덮었을 뿐이다. 밤새도록 퍼부은 봄비에 땅은 흠씬 젖고 하루아침에 수없는 풀 움이 뾰족뾰족 나왔고 먼저 나왔던 풀들은 못 알아보게 자랐다. 천지에는 봄기운이 찼다. 종다리조차 벌써 떼를 지어 공중으로 오르락내리락 지저귄다.

장대에 모인 사람들의 짚세기와 메투리에는 검은 흙들이 묻었다. 어떤 사람은 두루마기를 걷어찼다. 먼 곳에서 온 듯한 늙은 도인들은 사람 없는 곳을 택하여 둘씩 셋씩 쭈그리고 앉아서 사람의 눈을 꺼리는 듯이 무슨 이야기들을 한다. 멋모르는 감영 아이들은 공연히 좋아서들 뛰어 돌아다닌다. 그러나 차차 모여드는 사람들의 수효가 늘어갈수록 무엇이라고 말할 수 없는 불안한 기운이 사람들의 얼굴에 나타난다. 어떤 노인은 무엇을 다 아는 듯한 어조로

"흥 자네네들은 동학 선생이 죽을 줄 아나? 동학 선생이 어떻게 조화가 많은지 매를 맞아서 피가 흐르고 뼈가 부러졌다가도

14 햇볕을 가리려고 치는 하얀 빛깔의 포장.

조금만 있으면 피난 자국도 없이 아문다데, 그런 조화를 가진 사람이 죽을 줄 아나?"

곁에 섰던 벙글벙글 웃는 청년이 그 노인의 말을 비웃는 듯이

"제아무리 조화가 있어도 그 커단 칼로 모가지를 치는 데야 안 죽을 장사가 있어요? 영감님은 빈대칼로 쳐도 돌아가실걸."
하고 웃는다.

영감님이란 이는 노한 듯이,

"우리 같은 것이야 그렇지마는 옛말 책에는 보면 안 그런가, 임진왜란에 김덕령이도 만고 충신에 김덕령이라고 써놓아 준 뒤에야 목이 베어졌다네. 그러기 전에는 아무리 칼로 찍어도 까딱도 없었다고 아니 했나…… 내 사위가 영문에 다니는데, 내 사위 말이 동학 선생은 사람은 아니라고 그러데. 그렇게 몹시 때려도 눈도 깜빡 아니하고 감사를 똑바로 쳐다보고 앉아 맞는데 감사가 오히려 고개를 돌리더래. 그러나 그뿐인가. 때린 당장에는 피도 나지마는 그 자리에서 나오기만 하면 글쎄 감쪽같이 된다네그려."

"그럼 영감님도 동학장이가 되셨구려."
하는 다른 젊은 사람이 웃으며 묻는다.

"아니, 내야 늙은것이 동학은 무엇하며 천주학은 무엇하겠나마는 동학 선생이 사람인 적 그러란 말이야, 그러니까 오늘도 아무리 목을 찍어도 안 죽으리란 말이야."

"그런데."
하고 촌에서 들어온 듯한 어떤 중늙은이가 곁에서 이 이야기를 듣다가 노인을 보고,

"그러면 그 동학 선생이라는 사람이 무슨 못된 짓을 했나요?

왜 그렇게 조화 있는 사람을 내다 죽이려나요?"

한다.

노인은 더욱 신이 나서,

"하, 당신이 모르는구려, 동학 선생이 제자가 여러 십만 명이래요. 지금 대구 감영에도 그 제자가 여러 만 명 와 있지요. 그러니까 역적질이나 할까 보아서 그러지오. 그래 감사가 동학 선생더러 너 나가서 제자들을 다 혀치고 이훌랑 다시 제자도 모으지 말고 조화도 부리지 말라고, 그러면 나라에서도 너를 살려주시려고 하신다고 그리고 달랬지요."

하며 노인은 자기의 모든 것을 잘 아는 것을 자랑하는 듯이 빙그레 웃는다. 이러한 이야기를 하는 동안에 사람들은 점점 이 노인 곁으로 모여든다. 노인은 더욱 신이 나서,

"그런데 여간한 사람 같으면 매 맞기가 무서워서라도 네 그리하오리다 하고 항복할 것 아니야. 그런데 이 사람은 없지, 없어, 조금도 굴하는 빛이 없단 말이야. 그리고는 꼿꼿이, 나는 오만 년 대도를 펴노라고 나라를 바로잡고 백성을 건지는 사람이노라고 조금도 굴하는 빛이 없단 말이에요. 그래 내 사위도, 내 사위가 영문에 다니는데, 내 사위도 영문에서 나오면 동학 선생은 참 첨 보는 사람이라고, 암만해도 범상한 사람은 아니라고 그러지오. 그리구……."

하고 노인이 무슨 말을 더 하려 할 때에 어디서

"동학 선생 온다."

하는 소리가 들리며 수없는 사람들이 고개가 일제 저쪽으로 향한다. 그 노인도 말을 끊고 그리로 향하였다.

벙거지에 전복 입은 군졸들이 벽제[15] 소리를 치며 사람을 헤치고 장대로 들어오더니 뒤를 이어 어떤 중키나 되는 사람 하나가 목에 큰칼을 쓰고 잔뜩 뒷짐결박을 지고 나졸 네 명에게 끌리어 들어와 넓은 마당 한복판에 놓인 등상 위에 걸터앉고, 얼마 있다가 다시 벽제 소리가 나며 감사가 영장과 모든 아전들을 거느리고 마당에 들어와 동학 선생 앉은 데서 북으로 이십 보쯤 하여 쳐놓은 차일 속으로 들어간다.

사람들은 아무 소리도 없이 등상 위에 걸터앉은 큰칼 쓴 사람과 차일 밑에 드나드는 사람들의 모양만 보고 있다.

해는 낮이 되었다. 나졸들의 벙거지에 붙인 주석 장식이 번쩍번쩍한다. 이윽고 난데없는 바람이 획 지나가며 감사의 앉은 차일이 펄렁펄렁할 때에 몇천 명인지 모를 사람들의 몸에는 오싹 소름이 끼쳤다.

차일 밑에서 어떤 아전이 쑥 나오더니 등상에 걸터앉은 선생 뒤 서너 보가량에 큰 목패 하나가 서고 거기는 큰 글자로 '동학 선생 최제우'라고 썼다.

아전 둘이 감사의 차일 밑에서 뛰어나오더니 나졸을 시켜 선생의 목에 씌운 칼을 벗긴다. 칼이 벗겨지자 선생이 가만히 고개를 들어 이윽히 하늘을 바라보더니 다시 고개를 숙인다. 그러하는 동안에 뒷짐 지웠던 것도 끌러서 두 팔을 무릎 위에 늘이고 몸의 자세가 발라진다. 이렇게 선생의 칼을 벗기고 뒷짐을 끄르는 나졸들이나 그것을 시키는 아전들이나 모두 무슨 무서운 일을 하

15 지위가 높은 사람이 행차할 때 구종驅從 별배別陪가 잡인의 통행을 금하던 일.

는 듯이 조심 조심히 하며 이따금 선생의 얼굴을 힐끗힐끗 볼 뿐이요 피차에 아무 말도 없다. 선생은 무엇으로 만들어놓은 사람 모양으로 사람들이 자기 몸을 어떻게 하는 대로 그대로 가만히 있다. 오직 그의 눈만이 어딘지 모르는 먼 곳을 바라는 듯하다. 입은 바싹 다물었다. 얼굴은 오랫동안 옥중의 고초와 다량의 출혈로 하얗게 되었다. 오직 그의 가늘지 아니한 검은 상투 끝만이 그가 아직 늙지 아니한 건장한 사람인 것을 보인다. 흐트러진 머리카락이 하얀 이마에 늘어진 것이 극히 처량하게 보인다. 부러진 왼 다리 바짓가랑이에 무슨 피가 먼 곳에서도 분명히 보인다.

감사의 차일 밑에서 또 어떠한 아전이 뛰어나오더니 무어라고 길게 외친다. 수없는 사람의 무리는 그 외치는 소리 편으로 고개를 돌렸다. 감사의 차일 곁에서 어떤 웃통 벌거벗은 시커먼 사람이 상투 바람으로 작두날을 반달 모양으로 휘어놓은 듯한 커다란 칼을 어깨에 둘러메고 껑충껑충 뛰어서 선생의 앞을 지나 선생 뒤 나무패 밑에 가서 칼을 짚고 선다. 사람들은 그 시커먼 사람이 메고 뛰는 칼날이 번쩍번쩍하는 양을 볼 때에 모두 한 걸음씩 뒤로 물러섰다. 아까 이야기하던 노인은 눈을 가리고 돌아섰다. 사람들 속에서 어디선지 모르게 소리를 내어 우는 소리가 난다. 사람들의 눈은 그 우는 소리로 향하였으나 어디서 우는지 몰랐다.

또 한 번 바람결이 획 지나가며 선생의 이마에 늘어진 머리카락이 나부낀다. 웃통 벗고 큰 칼 든 사람은 추운 듯이 몸을 흔들며 칼을 한 번 들었다 놓는다. 선생은 한 번 더 고개를 들어 하늘을 우러러보고 먼 산을 둘러보고 에워싼 수없는 사람들을 둘러보고 마침내 곁에 선 나졸들과 아전들을 둘러보더니 몸을 조금 움직여

자세를 바르게 하고 처음과 같이 고개를 정면으로 향하고는 그린 듯이 앉았다. 모여선 사람들 중에서 또 울음소리와 "선생님, 선생님!" 하는 소리가 난다. 선생은 그 소리 나는 데로 고개를 돌릴 듯하더니 도로 가만히 앉았다.

감사의 차일 밑에서 감사와 영장과 기타 이십 명이나 되는 사람들이 나오더니 감사를 가운데 세우고 그 좌우로 읍하고 둘러선다. 감사가 그중에 한 사람을 불러 무어라고 몇 마디 말을 하더니 그 사람이 빠른 걸음으로 선생의 앞에 와서 글을 낭독하는 듯하는 어조로,

"죄인 동학 괴수 최○○ 듣거라. 네 요망한 소리로 사문을 어지럽히고 도당을 모아 인심을 요란하게 하니 네 죄 만 번 죽어 마땅하거니와 이제 금상 전하의 백성을 사랑하시는 깊은 은덕으로 한 번 더 개과천선할 길을 주노니 이제라도 네 도당을 다 흩어 양민이 되게 하고 다시 혹세무민하는 언행을 아니 하기를 맹세하면 네 목숨을 살려주신다고 상사도께서 분부하압신다!"

하고 소리를 높여 다 자를 길게 외친다. 선생은 말이 없다. 아전은 대답을 기다리는 것이 이윽히 선생의 얼굴을 바라보고 섰더니 그 입이 열릴 듯하지 아니함을 보고,

"만일 이러한 은덕을 받지 아니하면 저 칼로 네 목을 베어 만민에게 보인답신다."

하고 또 잠깐 대답을 기다리는 듯이 선생의 얼굴을 바라보더니 입이 열릴 것 같지 아니함을 보고 아까 올 때와 같이 빠른 걸음으로 감사의 앞에 돌아가서 고개를 숙이고 읍하고 무어라고 아뢴다. 감사는 잠깐 눈살을 찌푸리더니 오른팔을 들어 무슨 군호

를 한다. 그 아전이 감사의 군호를 받아 무어라고 길게 외치니 선생 곁에 있던 십여 명 나졸이 일제히 고개를 숙이며

"예 이—."

하고 소리를 합하여 외친다. 그중에 나졸 하나가 백지 한 조각과 냉수 한 사발을 들고 와 백지를 선생의 얼굴에 대고 입에 냉수를 물어 뿜으려 할 적에 선생은 손을 들었다.

　선생의 마지막 청을 들어 나졸이 냉수 한 그릇을 새로 퍼 왔다. 선생은 등상에서 일어나 흙 위에 백지 한 장을 깔고 그 위에 냉수 그릇을 놓고 가만히 흙 위에 꿇어앉더니 눈을 감고 손을 읍하고 한참이나 무엇을 생각하는 듯이 있다. 돌아선 사람들 중에도 선생 모양으로 꿇어앉는 이가 여기저기 보이며 어디선지 모르게 떨리는 목소리로

"시천주 조화정, 영세불망 만사지."

하는 소리가 울려온다.

　선생은 일어나 한 번 더 사람들을 휘둘러보고 등상에 앉는다.

　칼 든 자 칼을 둘러메고 뚜벅 세 걸음을 걸어 나와 선생의 왼편에 서더니

"웨—이—."

하는 소리에 칼을 번쩍 머리 위에 높이 든다. 햇빛이 칼날에 비치어 흰 무지개가 선다.

"선생님! 선생님!"

하는 통곡성이 사면에서 일어난다.

— 〈개벽〉, 1923. 3.

어린 영혼

나는 마침내 어린 누이동생이 있는 것을 탐지하여 알았다. 어른들이 두고 속여왔지마는 나는 마침내 알아낸 것이다. 알아냈으니 잠시를 지체할 수도 없다. 나는 곧 가보아야겠다. 거의 일 년 동안이나 피차에 있는 곳도 모르고 서로 떠나 있던 그리운 누이동생 인제 겨우 세 살 잡히는 어린 누이동생, 악마와 같은 원수에게 포로가 되어간 어린 누이동생—을 나는 즉시로 찾아보아야만 하겠다.

누이가 있는 곳은 여기서 삼십 리다. 늦은 가을볕이 이미 서쪽으로 기울어지었지마는 인제 떠나면 해지기 전에 넉넉히 들어갈 것이다.

"흥 왜 나를 붙드오? 날이 저물었으니 내일 가라고? 험한 고개가 있으니 어린것이 혼자는 못 간다고? 그래도 당신네들에게도

어린것을 불쌍히 여기는 인정이 남아 있소? 무슨 상관이오? 내가
외딴 고개에서 호랑이에게 잡혀 먹히든지 늑대에게 물려 죽든지
당신네들에게 무슨 상관이오? 엑기 무정한 어른의 무리들?"

　나는 이렇게 속으로 외치면서 어른들이 붙드는 것도 듣지 아
니하고 어린 누이를 찾아 떠났다, 당숙의 집을 떠나는 나는 너무
도 분하여 이를 갈고 주먹을 불끈 쥐었다.

　"엑이 그럴 법이 어디 있나? 나는 가는 길로 불쌍한 어린 누이
를 다리고 올 테다. 다려다가 밥을 빌어먹더라도 내가 업고 다니
면서 빌어먹을 테다. 그렇고말고 꼭 그럴 테다!"

　나의 걸음은 나는 듯이 빨랐다.

　나는 속으로 끝없이 무정한 어른들을 원망하는 소리를 중얼거
리면서 어느 새에 첫 고개를 넘었다. 첫 고개 너머는 작년에 한꺼
번에 돌아가신 불쌍한 아버지와 어머니의 무덤이 있다. 쥐통[1]에
돌아가신 까닭으로 동내 사람들도 들여다보지를 아니하여서 바
로 마당 가에 묻었던 것을 내가 사방으로 다니면서 돈 일백스무
냥을 구걸을 하여다가 이 고개 넘어다가 옮겨 묻었다. 옮겨 묻은
지가 아직 한 달도 못 넘은 무덤은 마치 새 무덤과 같았다. 어른
들이 아무렇게나 드믄드믄 옮긴 뙤도 그동안 가뭄에 다 말라버
리고 말았다. 나는 우둑하니 무덤 앞에 서서 아버지와 어머니의
해골을 옮겨오던 광경을 생각하였다. 나는 그때에 구걸해온 돈으
로 뵈아 백지와 칠성판도 사왔으나 밀집 거적으로 싼 것이 아직
썩지 아니하였으니 구태 송장 내 나는 것을 글늘 필요는 없다 하

---

1 '콜레라'를 일컫는 순우리말.

야 그대로 두 사람이 지게에 지어다가 그대로 묻어버리고 말았다. 그 가슴께는 굵고 머리와 다리는 가는, 아직도 누른빛이 그대로 있는 밀집 거적에 싸인 아버지와 어머니의 시체가 눈에 보인다. 다른 사람들이 볼까 봐서 동둑 틈으로 숨어서 시체를 지고 올 때에 나는 말없이 그 뒤를 따라왔다.

"어쩌면 내 아버지와 내 어머니 시체를 저렇게도 초라하게 섬거적에 싸서 묻는담."

하고 혼자 눈물을 흘렸다. 더구나 횡대[2]조차 아니 덮고 시체 위에다가 함부로 누런 흙을 퍼부을 때에 나는 금할 수 없이 눈물이 났으나 곁에 섰던 어른들에게 우는 얼굴을 보이는 것이 분해서 가만히 돌아서서 눈물을 씻어버리고 혼자 생각으로

"아버지 어머니! 내 아무리 해서라도 큰사람이 되어서 면례緬禮[3]를 잘 지내고 좋은 돌로 커다랗게 비석을 해 세울게요. 그때에야 오늘 이 부끄러운 면례를 비웃던 사람들이 모두 놀라겠지요 아버지 어머니 그날이 멀지 아니합니다."

하였다. 참으로 이때처럼 굳은 결심을 한 일은 없었다. 아무리 해서라도 귀한 사람이 되어서 저 무정한 어른들을 놀래지 아니하면 내가 차라리 죽어버리고 말리라 하였다.

"아버지 꼭 그럴께요! 어머니 꼭 그럴께요."

하고 나는 한 번 더 맹세를 하였다.

"내 간난이(어린 누이)도 내가 다려다가 잘 길러서 좋은 데로 시집보낼게요."

2 관을 묻은 뒤에 구덩이 위에 덮는 널조각.
3 무덤을 옮겨서 다시 장사를 지냄. 또는 그런 일.

하고 나는 무덤 앞에 넓적 엎데여서 서너 번이나 절을 하였다. 그리고는 또 한참 더 무덤을 물끄러미 바라보고 섰다가 해가 서쪽으로 기울어지는 것을 보고 달음질로 무덤 앞을 떠났다.

"아무 놈이 무에라고 하더라도 내가 다려오고야 말 테다. 어떤 놈이 못 하리라고 하면 내가 그놈을 물어뜯을 테다. 내 불쌍한 누이동생을 어느 놈이 가져가."

이렇게 나는 달음질로 고개를 내려가면서 이를 악물고 "흑" 소리를 쳤다.

"무슨 소리야? 아무리 내가 못살게 되었기로 내 동생을 그따위 놈의 민며느리로 주어? 다시 그런 소리를 하는 놈이 있으면 내가 칼로 그놈을 찔러 죽일 테다. 못하지 못해!"

이렇게 나는 혼자 중얼거렸다.

나는 우리가 살던 집터 앞에 다다랐다. 집은 벌써 헐려버리고 그 자리에는 무 배추를 심었다. 그래도 저 오동나무 앞 살구나무 곁에는 아버지와 어머니가 마지막 사 년의 생활을 하시다가 돌아가신 집이 허깨비모양으로 보이는 듯하여 나는 무서워서 고개를 돌리고 그 앞을 뛰어 지나갔다.

둘째 고개에 다다랐다. 이 고개는 여우가 나와서 사람을 홀려 들여간다는 무서운 고개다. 우리들 아이들은 해만 넘어가면 이 고개 밑에서 놀다가도 소리를 지르고 달아나는 데다. 그러나 이 고개는 또 정다운 기억도 많은 고개다. 우리 동네 붙은 먼저 왔다. 아이들은 이 고개에 와서 '쇠저지(먹는 풀 이름)'도 캐어 먹고 풀투전도 하고 양지에 앉아서 끝없는 이야기도 하던 데다. 그러나 그 동무들은 지금 따뜻한 자기 집에서 아마 옥수수도 먹고 밥솥에 찐 감자도 먹고 앉았을 때에 나 혼자는 청승스럽게 머리에 때 묻은 흰 댕기를 느리고 팔려(?)간 불쌍한 어린 누이동생을 찾아가는 길이다.

나는 혹 아는 아이들을 만나지나 아니할까 하야 아무쪼록 아무쪼록 소리도 안 내도록 고개를 폭 수그리고 상큼상큼 동네 앞을 지나서 고개턱에 다다랐다. 인제는 아는 사람을 만날 근심도 없다 하고 활개를 홰홰 치며 올라가노라니 어디서 "보경아!" 하고 부르는 낯익은 소리가 들린다. 나는 멈춰 섰다.

몽급이라는 동무의 소리다. 나는 걸음을 멈추고 휘휘 둘러보았다. 아무도 없다. 웬일인가 하고 나는 머리가 쭈뼛하였다. 그리고 두어 걸음 걸어 올라가노라니까 또 아까 소리로 "보경아!" 하고는 깨둑깨둑 웃는 소리가 들리며 조그마한 돌멩이 하나가 발 앞에 와서 떨어진다.

"오, 이놈들이 어디 숨어 있고나!"

하고 나는 빙그레 혼자 웃고는 그 돌멩이를 집어서 길가 바위 뒤에 던지었다. 이 바위는 우리들이 남의 집 밤이랑 배랑 사탕수수랑을 훔치어다가 숨어 먹는 자리다.

"이 녀석들이 정령 여기 숨었고나 망할 것들."

할 때에 나는 기뻤다. 아니나 다를까 내가 던진 돌이 그 바위 뒤에 떨어지자 세 녀석이 하하하고 웃고 뛰어나와서 내게 매어달렸다.

몽급이가

"너 어디 가는 우리 집이 들어가 자고 가려무나. 오늘 우리 집에서 옥수수 삶아요. 그, 저, 흰강낭이 말이야."

한다. '흰강낭이'는 우리들 중에 소문난 것이다. 다른 아이들도 혹은 밤을 주마 혹은 맛난 칡뿌리를 주마 하고 나를 끌었다. 그러나 나는 슬픈 얼굴을 가지고

"난 가야 해! 저물기 전에 가야 해. 내 오다 들릴게."

하고 고개를 수그렸다. 자연히 나는 비감해졌다. 내가 비감해하는 모양을 보고 아이들도 시무룩해져서 다시는 만류도 아니 한다. 나는 고개를 들어서 그 애들을 보았다. 그리고는 미안한 맘이 나서 손으로 세 아이의 등을 만졌다. 그리고는

"나는 가야 해! 간다."

하고 손을 흔들며 거기를 떠났다. 열 아문 걸음이나 가서 돌아본즉 아이들도 아직도 고대로 몰려 서 있다가

"워."

하고 외쳐준다.

내가 고개를 다 올라가기까지 아이들은

"워."

하고 외쳐준다. 나도

"워."

하고 대답하였으나 내 눈에서는 끊임없이 눈물이 흘러서

"워."

하고 외치는 소리도 목이 메어서 잘 나오지를 아니하였다.

나는 고개 마루터기에 올라서서 서너 번이나 소리를 질렀으나 건너편 '평풍 바위'가 울릴 뿐이오 아이들의 대답은 없었다. 벌써 집으로들 들어간 모양이다.

해는 서해 바다 섬 많은 바다에 서너 길이나 남기고 물을 나려

다 보고 있다. 멀리 뵈는 바닷물이 고기 비늘 모양으로 반짝반짝하는데 배 하나도 없다. 내 어린 동생이 원수의 포로가 되어 있는 동내는 뽀얀 골 안개 밑에 잠겼다.

저기 내 동생이 있다. 우리 삼 남매 중에 제일 어여쁘게 생겼다는 동생이 있다. 머리와 눈이 까맣고 얼굴 둥그스름한 내 동생, 자다가 일어나도 눈만 껌벅껌벅하고 당초에 울지 않기로 유명한 내 어린 누이, 어쩌면 조로케도 살갗이 희고 맑으냐고 보는 이마다 칭찬하던 우리 동생이 저기 있다. 내가 그렇게 늘 업어주고 안아주던 어린 동생이다. 다아 그것이 지금은 어떻게나 되었나 첫번 갔던 데서는 너무 울어서 못 견디겠다고 당숙 집으로 돌려보낸 것을 두 번째 이곳으로 보내었다 한다. 그렇게 울지 않기로 유명한 누이가 어찌해 그렇게 못 견디도록 울었을까? 그것이 집에 있을 때에는 울 줄을 몰라서 아니 울었던 것이 아니라 사랑의 보금자리에 있었기 때문에 아니 운 것이다. 그러나 다 사랑이 없는 옥으로 들어가매 그는 울기를 시작한 것이다. 말도 할 줄 모르는 두 살 먹은 어린 영혼이 아버지와 어머니와 오라비의 사랑의 품을 영원히 떠나서 차디찬 모르는 사람들에게 포로로 붙들려온 하소연과 설움과 애탐을 울음으로밖에야 무엇으로 표하려. 그래서 그는 끝없는 울음을 운 것이다.

"견딜 수 없다. 내 동생을 이러한 처지에 두고는 참으로 견딜 수가 없다. 어서 가서 다리고 와야 한다. 다려다가 내가 업고 다니고 안고 다녀야 한다!"

나는 다시 달음질을 시작하였다. 눈물에 몽동하여진 눈에는 발밑으로 휙 휙 지나가는 길바닥이 보였다 안 보였다 한다.

"가자 어서 가자!"

나는 아직도 비다 남은 논을 지나고 오랜 가물에 겨우 다 마르지 아니하고 졸졸 흘러가는 개천을 건너서 큰 개 적은 개들이 콩콩 짓는 촌 중을 꺼뚫러 내 누이가 잡혀 와 있다는 이웃집으로 들어갔다. 그 집은 내 먼 촌 일가 집이다. 나는 들어가는 길로

"아즈머니 우리 아이 살았어요?"

하고 물었다.

아즈머니는 두어 번 내 머리를 쓸고 울더니 사람을 보내어 내 동생을 데려오라고 하였다.

나는 방에 들어앉아서 아주머니가 벗겨주는 밤도 손에 받아만 들고 먹을 생각도 없이 대문을 바라보았다.

심부름을 갔던 여편네가 웬 아이를 다려다가 내 앞에 세운다. 이것이 내 동생이야? 저 뼈와 껍질만 남은 누더기에 쌓인 어린애가 내 동생이야? 그 볼그레하던 뺨은 어디 갔어? 그 별 같은 눈의 광채는 어디로 갔어? 어쩌면 이것이 내 동생이야?

그 아이는 정신없이 나를 물끄러미 들여다보고 섰다.

아주머니가

"아가 네 옵바다. 네 옵바야. 몰라보니? 네 옵바다."

하고 그 아이의 머리를 쓸어주었다. 마치 소 외양간에서 나온 아이 모양으로 머리에는 먼지와 검은 때가 가득 찼다. 나는 눈만 둥글해질 뿐이오. 눈물도 다 말라버리고 말할 목도 막혀버리고 손을 내밀어 오래 그리워하던 동생의 조그마한 손을 잡아줄 힘도 없었다.

마침내 그 아이는 기운 없는 다리(손가락같이 마른 다리)를

들어 한걸음 나오더니 가까스로 몸을 돌리며 쓰러지는 듯이 내무릎 위에 펄쩍 앉아서 자려는 듯이 머리를 내 가슴에 기댄다.

"그래도 제 옵바를 알아보는구나."

하는 아주머니의 목 메인 소리를 듣고는 나는 정신을 잃어버렸다. 나는 분명히 두 팔로 해골이 다된 어린 동생을 꺼안았다. 그리고는 울었다. 그러나 내가 얼마나 울었는지 소리를 내고 울었는지 안 내고 울었는지 또는 내가 해골 같은 어린 동생을 안고 울고 있는 동안에 주위에서 무슨 일이 일어났는지 나는 도무지 몰랐다. 다만 얼마 있다가 눈을 떠보니 동생은 아까 모양으로 내무릎 위에 앉았고 나는 그만 기운이 빠지어서 갱신할 수도 없음을 깨달을 뿐이다. 참으로 울기도 울었고 슬프게도 울었다. 내가 울음을 그치고 눈을 뜰 때에 어린 누이는 무슨 생각이 났는지 고개를 돌려 나를 힐끗 치어다본다. 그 얼굴은 분명히 내 누이의 얼굴이다. 비록 여의기는 하고 때는 꼈을망정 분명 그때에 얼굴 모습이었다. 어쩌면 그렇게도 심하게 그렇게도 참혹하게 변상을 하였단 말이냐? 인제는 눈물조차 말라버려서 종일 시렁에 얽매어서 비인 방에 있으면서도 울 줄도 모른다고 한다. 처음에는 배고플 때에는 보채기도 했으나 지금은 아무러한 때에도 보채지도 아니하고 언제까지든지 우둑하니 앉아 있다고 한다. 다른 집에 밥 얻어먹으러 다닌다고 허리에다 기단 끄납을 매어서 시렁에 비끄러매어 둔 일도 있었으나 지금은 그럴 필요도 없이 식구들이 종일 농사터에 나갔다가 들어올 때까지 방 안에 우둑하니 앉았다가 사람이 가면 가만히 고개를 돌려 힐끗 보고는 여전히 가만히 앉았는 것이 불쌍해 못 견디겠다고 아주머니가 말을 한다.

"갓난아 나허고 가련? 나허고 가자 응."

해보았으나 그는 대답이 없고 거미 발 같은 손을 들어서 얼굴에 덤비는 파리를 날린다. 그러나 언제까지든지 내 무릎에서 일어날 생각은 아니 한다.

나는 또 한 번

"이애 너 나 아니? 날 알아보니?"

하고 물었으나 역시 대답이 없었다.

그는 나를 알아보지 못한다. 또 알아볼 리도 만무하다. 두 살적에 떠난 것이 어떻게 나를 알아보려 그러면 그것이 왜 내 무릎에 와 앉았을까 그것도 알 수 없다. 저 어린 생각에는 무슨 뜻도 있으려니와 그에게 말이 없으니 어떻게 알려.

나는 그 집에서 나왔다. 어스름에 내가 그 집 대문을 나서서 앞길로 나갈 때에 누이가 물끄러미 나를 바라보던 것과 내가 그날 밤 혼자 그 여우 나는 고개를 넘어오면서 이십 리 동안이나 울고 온 것은 기억되나 내가 왜 그 누이를 안 데리고 왔는지는 생각이 안 난다.

나는 그 후에 일 년 동안이나 이리저리로 동냥 글을 얻어 읽고 돌아다니다가 어떤 사람에게 내 누이가 나 다녀간 후에 한 달이 못 되어서 이질로 죽어버렸다는 말을 들었다. 그러나 그때에는 그렇게 몹시 울지는 아니하였다.

그러나 그로부터 이 이름도 없는 어린 동생이 세월이 갈수록 그리워졌다. 더욱이 가을이 되어 하늘에 별이 총총하게 보일 때가 되면 견딜 수 없게 그리워졌다. 그 많은 별 중에 어느 하나가 내 누인가 싶다. 자기는 유심히 나를 내려다보건마는 내가 알아보지 못하는 듯하여 눈에 눈물이 고여 별들이 안 보이도록 나는 하늘을 치어다보았다. 진실로 아무 죄도 없이 괴로움을 받던 그 깨끗하고 불쌍한 영혼이 만일 무엇이 된다 하면 하늘에 별밖에 될 것이 없을 것이다. 그 애가 이 세상을 떠나서 하늘로 훨훨 날아올라 간 지가 벌써 이십 년이 훨씬 넘었다. 그러나 그가 세상에 남긴 오직 하나인 오라비 되는 내 가슴속에 향기롭고 눈물겨운 기억이 되어 가을밤 별이 총총할 때면 향로에 향내 모양으로 피어오른다. 아아 이름도 없는 조그마한 내 누이야.

— 〈영대〉, 1924. 10.

사랑에 주렸던 이들

1

형과 서로 떠난 지가 벌써 팔 년이로구려. 그 금요일 밤에 Y 목사 집에서 내가 그처럼 수치스러운 심문을 받을 때에 나를 가장 사랑하고 가장 믿어주던 형은 동정이 그득한 눈으로 내게서 '아니오!' 하는 힘 있는 대답을 기다리신 줄을 내가 잘 알았소. 아마 그 자리에 모여 앉았던 사람들 중에는 형 한 사람을 제하고는 모두 내가 죄가 있기를 원하였겠지요. 그 김 씨야 말할 것도 없거니와 그렇게 순후한 Y 목사까지도 꼭 내게 있기를 바랐고 '죽일 놈!' 하고 속으로 나를 미워하였을 것이외다.

그러나 내가 마침내,

"여러분, 나는 죄인이외다. 모든 허물이 다 내게 있소이다!"

하고 내 죄를 자백할 때에 지금까지 내가 애매한 줄만 믿고 있던 형이,

"에끼! 네가 그런 추한 놈인 줄을 몰랐다."

하고 발길로 나를 걷어찬 형의 심사를 나는 잘 알고 또 눈물이 흐르도록 고맙게 생각하오. 만일 나를 그처럼 깊이 사랑해주지 아니하였던들 형이 그처럼 괴로워하고 성을 내었을 리가 없을 것이오.

그때가 목사는 가장 동정이 많은 낯으로 내 손목을 잡으며,

"박 군! 회개하시오, 회개하시오."

하고 나를 위하여 기도까지 하여주었지마는 그보다도 형의 발길에 걷어채인 것이 더욱 고마웠소이다.

나는 그 길로 그 누명을 뒤쳐 쓰고 동경을 떠났소이다. 떠나는 길에 한 번만 형을 보고 갈 양으로 몇 번이나 형의 집 앞에서 오락가락하였을까. 그러다가도 문소리가 나면 혹 형이 나오지나 아니하는가 하여 몇 번이나 몸을 숨겼을까.

늦은 가을 동경의 유명한 궂은비가 부슬거리는 그 침침한 골목에서 살아서 영원히 이 세상을 하직하는 나의 행색이 얼마나 가련하였을까.

더욱이 사랑하는 형제 남매와 2주년이나 친동기와 다름없이 지내다가 마침내 내가 형과 및 형의 매씨에게 대하여 감히 못 할 더러운 죄를 지었다는 누명을 쓰고 제가 있던 집에 다시 발도 들여놓지 못하고 어슬렁어슬렁 떠나가는 내 심사가 얼마나 하였을까!

형아, 아마 형은 상상하리라고 믿는다.

또 만일 그때에 내가 정말 죄인이 아니요 진실로 애매한 사람

이었다 하면 더욱 나의 심사가 얼마나 하였을까. 형아, 이 말에
놀라지 마라.

2

내가 떠날 때에도 형의 얼굴도 보지 아니하고, 또 떠난 뒤에
도 팔 년 동안 형에게 아무 소식도 아니 보내다가 지금에 새삼스
럽게 이 편지를 쓰는 것은 결코 팔 년 전 묵은 일을 끄집어내어
구태 내가 애매했던 것을 변명하고 또 내가 한 조그마한 선(?)을
자랑하고자 함은 아니오. 내게는 그러한 생각은 털끝만치도 없었
고, 나 혼자도 아무쪼록 그런 생각은 말아 버리리라 하여 거의 다
잊어버리고 있었소이다.

그런데 이상한 사건이 하나 내게 생겨서 그 사건이 나로 하여
금 나의 지난 일을 새롭게 생각하게 하고, 또 나로 하여금 형에게
이 편지를 쓰게 하는 것이외다.

그러나 이 이야기를 하자면 자연 내게 관한 이야기도 아니 나
올 수가 없으니까, 그때 그 사람과 나와의 관계가 어떠하였으며
또 사건이 있은 이래로 내가 지금까지에 어떠한 경로를 밟고 살
아왔는지, 이런 것도 지금 이 사건을 이야기하는 데 필요한 한도
에서 될 수 있는 대로 그 사건에 관계하였던 여러 사람들의 명예
에 관계하지 아니하리만큼 말하지 아니할 수 없소이다. 만일 이
말이 형에게 새로운 괴로움이 된다 하면 심히 미안한 일이니 용
서하시기를 바라오.

3

내가 형의 매씨를 사랑하였던 것은 사실이지요. 그것은 형과 한집에 있게 된 때부터라 하기보담, 기실 서울서 중학교에 다닐 때부터지요.

형과 형의 매씨가 동경으로 떠난 뒤에 나는 마치 얼음 세계에 혼자만 내버림이 된 사람과 같아서 며칠 동안은 먹지도 못하고 자지도 못하고 어찌할 줄을 몰랐소이다.

형도 아시는 바에 내가 좀처럼 눈물을 흘린다든가, 남에게 약한 모양을 보이는 일이 없는 사람이지마는 그때에는 참으로 마치 젖 떨어진 어린아이와 같은 약하고 의지할 데 없고 가엾음을 깨달았소이다.

진정으로 말하면, 이때에야 내가 비로소 매씨를 사랑한다 함을 깨달았고, 매씨가 없이는 내가 살아갈 것 같지 아니함을 깨달았소이다.

내가 갑자기 법률을 배운다는 목적을 변하여 신학을 배우기로 한 것도 그 때문이외다.

"신학? 어찌해서?"

하고 형은 의심하시겠지요. 그것도 다 까닭이 있다오. 형과 매씨가 동경으로 떠나시느라고 나를 불러서 저녁을 먹을 때에 매씨가 나를 향하여,

"어째 목사가 되실 것 같아요—아 참, 목사가 되시지요."

하고 웃은 일이 있는 것을 아마 형께서는 잊으셨겠지마는 나는 그 말을 잊을 수가 없었소이다.

아마 그 말을 한 당자인 매씨도 별로 깊은 생각이 없이 농담 삼아 한 말이겠지요. 아마 내가 나이에 비겨서는 좀 묵직해 보이고 말이 적고 뚝하고 그래서 청년의 쾌활함이 없는 나의 기질을 비웃은 뜻인지도 모르지요. 아마 그렇겠지요마는 그때의 나로는 매씨의 그 말 한마디로 일생의 목적을 정하지 아니치 못하였소이다. 그래서 그 자리에서 나는,

'네, 나의 사랑하는 이여! 나는 신학을 배워 일생에 당신이 사랑하시는 하느님의 복음을 전하는 목사가 되리라.'

하고 속으로 결심하면서 가만히 매씨를 바라보았더니, 매씨도 나를 마주 보아주시기로 나는,

'응, 내 결심이 감응이 되어 아마 그것에 찬성하는 뜻을 표하는 것이다.'

이렇게만 작정하였었소이다.

내가 퍽 어리석은 녀석이지요. 무척 못난 녀석이지요. 그렇지마는 지금 와서 그런 소리를 하면 무엇하오?

아무려나 이 모양으로 신학을 공부하기로 하고 동경으로 갈 결심을 한 것이오.

그러고 나서 내가 학비 주시는 은인을 움직이는 일이며 교회 여러 직분들의 추천을 얻노라고 얼마나 고심을 하였는지, 그것도 형께서는 짐작하시겠지요.

어쨌으나 이 모양으로 고심참담苦心慘憺[1]하게 경영한 결과로 동경에도 가게 되고, C 학원 신학부에도 입학을 하게 되고, 그보다

---

1 몹시 마음을 태우며 애를 쓰면서 걱정을 함.

도 더욱 행복되게 형네와 함께 있게도 되었소이다.

아아, 그렇게 된 때—내가 학교에 입학까지 하여놓고 형의 집으로 막 이삿짐을 다 나르고 처음 형의 집에서 형과 매씨와 같이 식탁을 대할 때에—아아, 그때에 내가 얼마나 기뻤겠소? 얼마나 행복되었겠소?

이때로부터 나는 더운 날이나 추운 날이나 눈이 오거나 비가 오거나 거의 십 리나 되는 학교에 터덜터덜 걸어 다니는 것도 힘드는 줄을 몰랐고, 또 밤을 새워 공부하는 것도 고생되는 줄을 몰랐소이다.

그러고 어찌하면 내가 눈과 같이 희고 깨끗한 사람이 되고 복음을 위하여 불덩어리와 같이 뜨거운 사람이 될까, 어찌하면 내가 복음을 위하여 구주 예수와 같이 십자가에 달려 죄 많은 세상을 위하여 사죄와 축복을 구하는 기도를 드리고 피를 흘리는 사람이 될까. 그때에 매씨가 먼빛에서라도—극히 먼빛에서라도 내가 십자가에 달린 것을 보아만 주면, 나의 일생의 소원을 달한 것이라고 생각하였지요.

나는 일찍 매씨를 내 것을 만들자—내 아내를 삼자—이러한 생각을 한 일은 없소. 이런 말을 한대야 믿어줄 사람이 없겠지요.

"에끼, 너같이 더러운 놈이!"

하고 내 낯바닥에 침을 탁 뱉을 터이지요. 형은 안 그러시겠지요. 아마 형께서는 내 말을 믿으시겠지요. 그러나 안 믿겠거든 안 믿으셔도 좋소.

나는 오직 매씨가 이 세상에 있다 하는 그의 존재의 의식만으로 기뻤고, 또 그가 나와 가까운 곳에 있다 하면 더욱 기뻤고, 만일 그의 가슴 속에 나라는 기억이 한 자리를 차지하리라 하면, 더할 수 없이 기뻤지요. 그러나 나는 하느님 앞에서 장담하거니와, 일찍 털끝만한 육욕을 가지고 매씨를 대하여 본 일이 없었소이다.

나는 그때에는 벌써 스물넷이나 된 사람이 아니었소? 나는 부모 없이 자라난 불쌍한 아이라 일찍이 혼인도 할 새가 없었고 서울서 중학교에 다닐 때에도 남들은 계집애들을 따라도 다니고, 딸려도 다녔지마는, 나같이 돈도 없고 여자들의 맘을 끌 만한 풍채도 없고, 또 끈적끈적하게 여학생들의 발뒤꿈치를 따라다닐 만한 뱃심도 없었고, 또 매씨를 만나기까지는 여자라는 것이 그렇게 내 호기심을 끌지도 아니하였었지마는 동경에 가서 한두 해를 지낸 뒤에는 점점 가슴 속에 무엇이 비인 듯한 생각을 깨달았고 길가에서나 전차 속에서 젊은 여자를 대할 때에는 말하기도 부끄러운 어떤 충동이 일어나는 일도 있었지마는 매씨에 대하여서는 털끝만치도 그러한 생각을 가져본 일이 없었소이다.

나는 성경 구절을 그대로 실행하노라고 여자를 볼 때에 음욕이 나면, 나는 당장에 내 손으로 내 몸을 꼬집기도 하고 내 입술과 내 혀끝을 피가 나도록 물기도 하였소이다. 자기 전 냉수욕이 정욕을 막는다는 말을 듣고 나는 곧 앞마당 우물에서 형이 다 잠든 때에 냉수욕을 시작한 것을 형도 모르시지는 아니하리라.

어떤 날에는 그것으로도 부족하여, 나는 그 추운 방에서 불을 끄고 혼자 꿇어앉아서 밤을 새워 기도한 일도 몇 번인지 모르며, 그러다가 내가 독한 감기를 들어 형에게 폐를 끼친 것도 여러 번이었지요.

4

그때에 내 생활에 뛰어든 것이 김 씨 아니오? 기숙사에서 위병이 생기고 신경쇠약이 생기고 입맛이 떨어졌다 하여 형의 집에 두어주기를 간절히 구하는 듯한 말을 주일날 예배당에서 돌아오는 길에는 반드시 하였고 그러다가는 우리와 함께 저녁을 먹으면서, '김치만 먹어도 살 것 같아요' '국 맛조차 다른걸요' '이렇게 한 달만 먹으면 살 것 같은데요' 이러한 말을 수없이 하고는 흔히 늦은 뒤에야, '아이구 가야겠는걸' '또 가야지' 이러한 소리를 하며 시계를 이분에 한 번씩 삼분에 한 번씩이나 보고는 넣고, 넣고는 보다가, 열시가 땅 친 뒤에야 가기 싫은 길을 억지로 가는 사람 모양으로 기숙사로 들어가지를 아니하였소?

그때에 형도 그에게 심히 동정을 하는 듯이, 그러나 내게 미안한 듯이,

"글쎄, 그거 안되었구려. 허지만 우리 집에야 방이 있어야지."
하지 아니하였소?

나는 애초부터 김 씨가 마음에 안 들었소. 어째 고 젠체하고 착한체하고 교회를 위하여 세상을 위하여 밤낮 근심이나 하는체하고 게다가 남한테 학비 얻어서 공부하는 처지에 양복이나 일복이나 쏙 빠지게 차리고 다니고 예배당에서는 목사보다도 자기가 교회의 주인인 듯이 깝죽거리고, 게다가 얼굴에는 항상 기름이 짜르르 흐르고 손가락 끝이 톡톡 불어터지도록 혈색이 좋으면서도 신경쇠약이니 소화불량이니 불매증[2]이니 하고 금시에 죽을 사람 같이 떠드는 것이 내 마음에 들지 아니하였고, 더구나 그가 나이

로 말하면 나와 어상반한[3] 처지면서 나보다 학급이 두엇 위라 하여 가장 선배인 체하는 것이 내 비위를 몹시 거슬렸소.

형께서도 그 사람을 그렇게 좋아하지 아니하신 줄은 내가 잘 알지요.

그럴 뿐 아니라—이것은 지금도 말하기가 부끄러운 일이지마는—김 씨가 온다는 것이 내게는 심히 불쾌하였소. 어째 김 씨가 자주 놀러 오는 것이나, 또 동정을 구하는 듯하는 말을 자주 하는 것이나 또 같이 와 있고 싶어 하는 것이나 모두 김 씨가 매씨에게 무슨 뜻을 둔 것만 같이 보여서 그것이 내게는 더할 수 없이 불쾌하였소. 우스운 일이지요 내가 매씨에게 무슨 상관이야요? 하지마는 김 씨가 매씨를 가까이하는 것이 마치 거룩한 무엇을 더럽히는 듯하여 억제할 수 없는 불쾌감을 가졌소.

그러나 나는 혼자 뉘우쳤지요—밤새도록 회개하는 기도를 드렸지요. 아아, 왜 내가 김 씨를 미워할까. 왜 나 혼자라도 그의 험담을 하였을까.

나는 성경 구절을 폈지요.

"옛사람에게 하신 말씀을 너희가 들었나니, 살인하지 마라, 누구든지 살인하면 심판을 받게 되리라 하였으나, 오직 나는 너희에게 이르노니 형제에게 노여워하는 자마다 재판을 받고, 또 형제를 미련한 놈이라 하는 자는 마땅히 공회에 잡히고, 또 미친놈이라 하는 자는 지옥 불에 들어가게 되리라(마태복음 4장 21-23)."

이것을 생각하고 나는 가슴을 두드리고 뉘우쳤지요.

2 밤에 잠을 자지 못하는 상태가 지속되는 증세.
3 양쪽의 수준, 역량, 수량, 의견 따위가 서로 걸맞아 비슷하다.

'아아, 내가 죄를 짓는 것이다―내가 김 씨를 미워하고 미련한 놈이라 하고 미친놈이라 하는 것이 다 나의 이 죄를 하느님도 용서하시지 아니할 것이요, 내가 사랑하는 이도 용서하시지 아니할 것이다.'

이 모양으로 나는 정성으로 기도를 드려 마침내 김 씨를 미워하고 질투하는 마음이 없어지도록 기도를 하였소. 그러다가 식전에 형이 일어나기를 기다려,

"내가 김 씨하고 같이 있기를 원하오."

하고 그와 같이 있기를 허락하였지요.

그러고는 그날 종일 나는 기쁜 마음으로 지냈고 또 채플 시간에 김 씨를 만나서 전에 없이 반갑게 손을 잡았소. 그랬더니 김 씨도 진정으로 반가운 듯이 잡아주었고, 그가 서양 사람 식으로 내 어깨에 손을 올려놓는 것도 이날에는 아니꼽지를 아니하고 도리어 반가웠소이다.

그래서 나는 마치 그날 하루 동안에 갑자기 내 인격이 높아지는 듯하고, 내 영혼이 아주 깨끗하여지는 듯하여 그날 밤(그것이 내가 그 방에 혼자 있기로는 마지막이었소. 바로 그 이튿날 김 씨가 그 많은 트렁크를 가지고 오지 않았소)에 나는 일생에 처음 경험하고 만족을 가지고 감사의 기도를 드렸소이다. 그리고 극히 화평하게 잠이 들었소이다.

김 씨와 한방에 있게 된 때에 나는 선배에게 대한 예로 남창을 향한 자리를 그에게 주고 나는 낮에도 침침한 동벽을 향하여 책상을 놓았소이다.

나는 마음 한편 구석에서 일어나는 그에게 대한 반항심을 누

르며 내 힘껏 그에게 공손하게 했지요. 그렇지마는 형도 아는 대로 내가 워낙 말이 있소? 게다가 얼굴조차 천생으로 이 모양으로 뚱하게 생겨먹었으니 어디 남의 마음을 흡족하도록 해줄 줄이야 알아요?

김 씨가 나와 같이 있게 된 후로 얼마 동안은 별 재미도 없이 그렇다고 별 고통도 없이 지내왔지마는, 한 달 지나 두 달 지나 하는 동안에 나는 김 씨의 행동이 심히 수상함을 깨달았소이다. 그것이 다름이 아니요 자다가 깨어본즉, 곁에 있어야 할 김 씨가 어디로 나가버리고 만 것이외다. 나는 얼른 무엇을 직각하였지마는,

'아뿔싸, 내가 왜 남에게 좋지 못한 생각을 하나?'

하고 꾹 눌러버렸지요. 그러나 잠은 들지 아니하여 이윽히 기다리노라면 그가 가만히 문을 열고 들어와서는 자리 위에 한참 앉아서 무슨 심란한 일이나 있는 듯이 한참 동안 한숨을 쉬다가는 가만히 이불을 들고 사르르 들어가서는 곧 잠이 들기나 한 듯이 코를 골지요.

이런 일이 두 번 세 번 될수록 나는 도저히 내 마음속에 일어나는 의심을 누를 길이 없어서 하루 저녁은 가만히 잠이 아니 들고 기다리고 있노라니 김 씨가,

"여보시우, 여보시우."

두어 번 불러보더니, 그래도 대답 없는 것을 보고는 고개를 들먹하고 내 얼굴을 들여다보며,

"미스터 박, 미스터 박."

하고 또 두어 번 깬 사람이면 듣고, 자는 사람이면 안 깨리만한 목소리로 부르지요.

나는 그 소리를 다 들으면서도 자는 체하는 것이 죄스러웠으나, 이 사람이 밤마다 내게다 이런 수단을 썼겠구나 할 때에는 김 씨가 밉기도 하고 더럽기도 하고 가증스럽기도 하여 못 들은 체하고 있었소. 그랬더니 아니나 다를까, 김 씨가 슬며시 일어나더니 책상 위를 더듬어서 빗을 내어 머리를 빗는 모양이지요. 그러고는 가만히 일어나서 다시 한 번 내 편을 바라보고는 살그머니 문을 열고 사뿐사뿐 부엌 쪽으로 걸어가는 소리가 들리오.

나의 귀는 그 사뿐사뿐 걸어가는 발자취를 따라가다가, 그 소리가 뚝 끊기고는 미닫이가 열리는 소리가 나는 것을 들었소. 그것은 분명히 매씨의 방이오.

아아, 나의 의심은 마침내 참이 되고 말았구려. 그가 밤마다 살그머니 자리에서 빠져나간 것이 매씨의 방으로 간 것이라고 생각할 때에 나의 코에서는 불길이 확확 내뿜었소.

나는 기둥에다 내 머리를 부딪치어 부숴버리고도 싶고, 이빨로 혓바닥을 물어 끊고도 싶고, 방바닥에서 발버둥을 치며 데굴데굴 굴고도 싶었소이다.

나는 전후를 잊어버리고 벌떡 일어나 김 씨가 하는 모양으로 가만히 문을 열고 사뿐사뿐 걸어서 부엌 곁에 붙은 매씨의 방으로 갔소. 가서 창에다 귀를 대고 가만히 엿들을 때에 나는 나의 불길 같은 숨에 창이 펄렁거리지나 아니할까 하고, 고개를 뒤로 돌렸소이다.

그러나 나는 점점 정신을 잃어버리고 나의 다리가 벌벌 떨림을 깨달으면서 열병 들린 사람 모양으로 미닫이를 열고 매씨의 방으로 뛰어들어가서 어두운 중에 이것이 김 씨로구나 하는 데를 어림하고 꽉 타 눌렀더니 그것은 김 씨가 아니요 매씨외다.

나는 기겁을 하고 벌떡 일어나서 방 한편 구석으로 비켜서는 판에 전등이 번쩍 켜지며 김 씨가 뛰어들어와,

"이 사람! 이게 무슨 일이오?"

하고 내 팔을 꽉 붙들고 매씨는 크게 놀란 듯이 방 한편 구석에 쪼그리고 앉아서 나를 바라보며 웁니다. 그때에 나는 매씨에게 대한 모든 존경과 사랑이 다 부서지어 버리고 마치 나의 심히 소중한 물건을 훔치어다가 없애버린 행실 나쁜 고양이처럼 보였어요. 그렇기 때문에 내가 미친 듯이 달겨들면서 매씨를 발길로 차서 굴린 것이외다.

이리하여 형이 잠을 깨어 나오고 김 씨가 형을 향하여 극히 침착하고도 심히 근심되는 태도로 내가 먼저 매씨의 방에 들어간 것과 매씨의 소리를 듣고 자기가 뛰어나와 나를 붙든 것과 그렇지 아니하였더라면 매씨가 봉변을 당하였을 것과, 며칠 전부터도 나의 매씨에 대한 행동이 수상하더란 말을 아주 참스럽게 고하였소.

나는 김 씨의 거짓말을 들을 때에, 하도 어이가 없어서 다만 그 자리에서 뛰어나와 내 방에 엎드리어 울었을 뿐이요 김 씨의 말을 반박하려고도 아니하고 나의 행동을 변명하려고도 아니하였소이다.

그 이튿날 김 씨가 교회 직분의 한 사람으로 검사격이 되고 형과 기타 몇 사람이 증인과 배석이 되고 목사가 판사격이 되어서 나를 심판할 때에도 나는 '변명 아니하는' 태도를 취하였소.

목사가,

"당신이 ○○씨 방에 들어갔었소?"

하길래 나는 사실대로,

"네, 들어갔었소."

하였고, 또 목사가,

"좋지 못한 마음을 품고 들어갔었소?"

하길래 나는 내가 음욕을 품지 아니하였던 것만 생각하고 처음
에는,

"아니오!"

하고 부인하였으나 다시 생각해본즉, 내가 그 방에 들어갈 때에
김 씨를 미워하는 마음과 매씨에게 대하여 일종의 질투를 가진
것이 사실이요, 또 그것이 '좋지 못한 마음'인 것이 분명하길래
나는 다시,

"네, 나는 좋지 못한 마음을 품고 들어갔소."

하였고, 또 목사가,

"그러면 당신은 당신의 죄를 자복하시오?"

하길래 나는 김을 미워한 것이나, 매씨를 놀라게 한 것이나, 또
발길로 찬 것이나 모두 나의 죄인 것을 알므로,

"네, 나는 나의 죄를 자복하오."

하였고, 또 목사가,

"죄를 지은 것이 오직 당신뿐이오? 또는 다른 사람도 같이 지
었소?"

하길래 처음에 그 뜻을 잘 알아듣지 못하였으나 마침내 이것이
매씨와 김 씨에게 관한 말인 줄을 깨닫고 나는,

"여러분, 나는 죄인이외다. 모든 허물은 다 내게 있소이다!"

하고 소리를 지른 것이외다.

물론 모든 죄는 다 내게 있었다. 내가 왜 이 더러운 이름을 매 씨와 김 씨에게 씌우려. 나는 내가 책임 있는 죄나 자복하고 거기 상당한 벌만 받으면 그만이다. 내가 매 씨와 김 씨의 공이나 죄를 간섭할 권리를 어디서 얻었을까. 만일 그네게는 무슨 죄가 있다 하면 그것을 자복하는 것이나 그것에 상당한 벌을 당하는 것이나 모두 그들의 자유일 것이요, 비록 자기네의 죄가 있고 그 죄를 아는 다른 사람이 발설 아니하는 것을 고맙게 여겨 가장 깨끗한 사람인 체하고 고개를 들고 교회에서 명예로운 직분의 명의를 가지는 것도 다 그들의 자유이지요.

이렇게 생각한 까닭에, 나는 모든 허물을 걸머지고 일생의 희망도 목적도 다 집어던지고, 산송장이 되어 동경을 떠났소이다.

그로부터 팔 년간 내가 어떻게 지내었는가, 그 이야기를 어떻게 이루 다 하며 또 한들 무슨 소용이 있소. 다만 나는 나의 받은 교육도 다 내어버리고 오직 빨가벗은 몸뚱이 하나로 온갖 노동을 다 하여가며 내 땀을 흘려 벌어먹고 살아왔다는 것과 그러하는 동안에 일생에 오직 하나인 친구인 형의 소식을 알아보고 형의 이름과 사업이 점점 높아가는 것을 보고 기뻐하였다는 것과, 매 씨가 마침내 김 씨 일래 일생을 그르친 것과 김 씨가 교묘하게도 아직까지 '선인' 노릇을 하고 있는 것을 슬퍼하고 놀랄 뿐이지요.

그러나 사랑하는 형아, 나를 위하여 결코 슬퍼하지 말기를 바라오. 나는 인제는 결코 불행한 사람이 아니오. 지금 내가 이 편지를 쓰고 있는 곁에 나를 사랑해주는 아내가 내가 쓰는 이 편지를 보고 눈물로써 동정하여 주오. 비록 조그마하지마는 나는 지금 내 집에서 내 아내로 더불어 사오. 내가 온종일 나의 조그마한 가정을 위하여 노역을 하고 돌아오면 나의 아내는 밥을 지어놓고 찌개 그릇을 화롯가에 놓은 채 나를 기다리고 있어주오. 나는 가난하외다.

그러나 나의 정직한 노동이 나에게 밥을 주고 나의 사랑하고 불쌍한 아내에게 즐거움을 주기에는 넉넉하외다. 그러니까 형이여, 결코 나를 불쌍하다고 말으시오. 나는 인제는 행복된 사람이외다.

내가 왜 팔 년 만에 사랑하는 형에게 이 편지를 쓰나—그것은 내가 행복되게 되었다 하는 기쁨을 형에게 알리려 함이오. 그러니까 형은 이 편지를 보고 기뻐해 주시오.

그러나 형이여! 처음에 약속한 바와 같이 이 편지를 쓰는 것은 결코 내 말을 쓰려는 것이 아니오. 내 말을 쓴 것은 내가 인제 하려는 다른 말의 예비가 되는 까닭이오.

아아, 내 말을 쓰기에도 나의 가슴이 아팠소. 읽는 형의 가슴도 마땅히 아프려든 하물며 내 가슴이야 얼마나 아프겠소? 그러나 장차 말하려는 아픈 이야기에 비하면 내 이야기 같은 것은 한 웃음거리에 지나지 못하오. 아아, 세상에는 이렇게 슬픈 일도 있을까요 나는 죄나 있어서 받은 벌이오—나는 김 씨를 미워하였고 또 매씨에게 대하여 비록 잠시 동안이라도 질투와 증오의 감정을 품었었소. 예수의 눈으로 보면 이것이 얼마나 큰 죄요? 그러한 큰 죄를 짓고 팔 년 동안 지옥의 고생을 다 하였다 하더라도 나는 조금도 원망할 것도 없고 부족해할 것도 없소이다. 그러할 뿐더러 이러한 큰 죄를 짓고도 팔 년의 벌로 용서함을 받고 오늘

날과 같은 행복을 얻으니 도리어 감사와 기쁨이 있을 뿐이외다.

그러하건마는 아무 죄도 없는—정말 털끝만한 죄도 없는 연약하고 불쌍한 영혼이 내가 받은 것보다도 몇십 배 더 되는 고난을 받았다 하면, 그것이 얼마나 슬픈 일이겠소? 지금 내가 하려는 말이 바로 그러한 일이요, 또 여태껏 지리하게 내 이야기를 쓴 것도 기실은 이 말을 쓰고자 함이외다.

5

나는 어디를 가든지 무슨 일을 하든지 주의 가르침을 저버리지 아니하려고 전력을 다하였건마는 칠 년째 잡히던 때부터 점점 마음속에 일종의 적막과 슬픔을 느끼게 되었소. 그 적막과 슬픔은 하느님께 기도를 드리는 것만으로는 위로할 수 없음을 깨달을 때에 나는 일변 놀라기도 하고 슬프기도 하였소. 나는 나의 믿음이 흔들리는 것이나 아닌가, 내가 옳지 못한 유혹을 받는 것이나 아닌가 하여 한번은 사흘 동안을 정하고 마니산 꼭대기에 올라가 금식기도를 드렸소.

나는 예수께서 사십 일 사십 야를 광야에서 금식기도 하시다가 마침내 모든 유혹을 이기어버리신 것을 본받아 언제까지든지 내가 모든 유혹을 이기어버릴 때까지 결코 산에서 내려오지 아니하기를 결심하였소.

그때는 마침 음력 구월 보름께라 산에 나뭇잎과 풀조차 다 말라버리고, 벌레 소리까지 끊어지고 마니산 제천단에 갈바람이 획

획 소리를 내고 지나갈 때요. 낮에는 끝없는 바다를 바라고 밤에는 별이 반짝이는 하늘을 바라고 기도를 하였소이다. 피곤하여져서 잠깐 동안 잠이 들었다가 깨어나면, 동천에는 붉은 새벽빛이요, 내 몸에는 하얀 서리였소.

그러나 형아! 하느님께서는 잠깐 동안 나를 버리시었소.

나의 몸의 추움과 마음의 추움은 하느님의 손으로는 더워지지 아니할 듯하였소. 하느님은 너무도 높이 계신 것 같고 너무도 멀리 계신 것 같고, 너무도 가까이하기에는 엄하고 완전하신 것 같아서 나와 같이 죄 많고 불완전한 '사람의 살'이 그리워지었소.

'사람의 살', 사람의 살이, 따뜻함이 내 몸에 닿으면, 이 찬바람과 찬 서리에 꽁꽁 언 내 몸은 금시에 풀려질 것 같았소. 만일 그때에 마니산 머리에 어떤 사람이 있었던들—그 사람이 아무리 변변치 못한 사람이라도—비록 그 사람이 반쯤 썩어진 문둥병자이라도, 만일 사람만 있었던들, 나는 '아, 사람이여!' 하고 달려들어 껴안고 흑흑 느껴 울었을 것이오.

생각해보시오—내가 칠 년의 긴 세월을 누구를 사랑했으며 누구의 사랑을 받았겠소. 혈혈한 단신으로 오직 하느님의 손에 달려 걸어온 것이오. 그러다가 나는 마침내 아주 사람을 떠나 산 꼭대기에 올라 사흘을 지내니 내가 사람을 그리워하는 것도 마땅한 일이 아니오.

그래서 나는 사흘 동안 굶은 배를 안고 기운 없는 팔다리로 간신히 기어 산을 내려왔소.

산을 내려오니 골목골목이 사람의 집이로구려. 저녁 연기가 나는 사람의 집이로구려. 사람의 소리가 나고 아이들이 지껄이는 소리가 나는 사람의 집이로구려. 비록 오막살이 단칸집이라도 저 속에는 따뜻한 아랫목도 있고 김이 오르는 솥도 있고 따뜻한 사람도 있겠지요.

"저기다, 저기다! 내가 찾은 곳이 저 아랫목이요, 저 사랑이다!"

나는 이렇게 외치고 촌 가로 뛰어들어갔소이다.

그러나 그 집들에는 모두 주인이 있다. 그 아랫목은 주인이 앉고 저녁 연기 나는 집에 내 몸이 들어갈 곳은 하나도 없구려.

이래서 내가 따뜻한 사람의 품을 찾노라는 것이 창기의 집이었소. '창기의 집', 내가 어떻게나 미워하던 곳이오? 어떻게나 저주하던 곳이오? 그러나 형아! 나 같은 사람이 따뜻한 사람의 품을 찾을 때가 거기밖에 갈 곳이 어디요?

일 원짜리 지전 두 장이 젊은 여자 하나를 나에게 주었소. 그 여자도 사람이오. 다른 모든 여자와 같이 피도 있고 눈물도 있고 영혼도 있고 따뜻한 사랑도 있는 꼭 같은 사람이오. 나는 그들도 나와 꼭 같은 사람인 것을 발견하였소. 내가 그날 밤에 만난 그 여자가 내게 이러한 진리를 가르쳐준 것이오. 사람은 다 꼭 같은 사람이라는.

그 여자는 나를 위하여 자리를 깔아주었고 때 묻은 내 의복을 차곡차곡 개켜주었고 내 몸에 신열이 있다 하여 수건에 냉수를 묻혀 머리도 식혀주었소. 이것이 내가 세상에 나온 뒤로 처음 당하는 남의 사랑이오.

이리하여 나는 마치 첫사랑에 취한 사람 모양으로 그 여자를 사랑하였소. 이 모양으로 두 달은 꿀 같은 꿈같이 지나버렸소.

그러나 사랑에는 돈이 드오. 좋은 집 처녀를 사랑하기에나 창기를 사랑하기에나 돈이 들기는 마찬가지요. 나 같은 노동자는 이 사랑하는 창기를 자주 만날 힘도 없었소.

하루는 나는 저금통장을 마지막으로 털어 나의 애인을 찾아갔소. 나는 이날을 마지막으로 나의 회포를 다 말해볼 양으로 소주 한 병을 사서 으슥한 곳에서 병째로 들이켜고 먹을 줄 모르는 술이 반이나 취하여서 비틀걸음으로 그 집에를 찾아간 것이오.

"아이, 왜 약주를 잡수시었어?"

하고 그는 나를 나와 맞았소.

"이 신산한 세상을 취하지도 않고야 어떻게야 지나오─아아, 하느님이시여, 나를 영원히 취하여 깨지 말게 하소서."

하고 방바닥에 쓰러지었소.

얼마를 정신없이 졸다가 눈을 떠 본즉 그는 자기의 무릎 위에 나의 머리를 올려놓고 연방 찬 수건으로 내 이마를 식혀주오. 나는 그의 손을 잡으며,

"고맙소이다─나는 금시 죽어도 한이 없소이다. 나도 인제는 세상에 와서 사람의 사랑까지도 맛보았으니, 더 바랄 것이 무엇이 겠소? 나는 인제는 이 세상에 남아 있어서 더 볼일도 없고, 또 세상이 나 같은 사람을 만류할 까닭도 없으니 나는 훨훨 달아나고 말겠소."

하고 금할 수 없어 눈물을 흘렸소. 진정 나는 죽을 길밖에 없었소이다. 나는 이미 하느님의 신용을 잃어버렸고 인생으로 사업을 이룬다는 이상조차 잃어버렸고, 나의 마지막의 복인 이 창기라는 여자까지도 다시 만날 길이 어렵게 되었소. 나는 그동안에 저금 하였던 것도 모두 없애버렸고, 사흘 벌어 이 원을 저축하는 일도

인제는 어렵게 되었소. 겨울이 될수록 일자리는 줄고 용은 늘고 또 칠 년 남은 고생스러운 노동생활에 나의 청춘의 정력도 다 소모되고 말았소.

나는 마지막으로 그를 만나 그와 작별의 인사를 하고는 그 길로 나가 축항의 얼음 구덩이에나, 어디나 닥치는 대로 죽어버릴 작정이었소 그랬던 것이 먹은 술이 너무 힘을 내어서 그만 여태까지 잠이 들었던 것이오.

잠을 깨어보니, 마치 자기가 맡았던 중대한 임무를 잊어버린 듯하여 벌떡 일어났소.

"여보세요, 웬 약주를 그리 잡수세요? 주무시면서도 우시던데."

하고 그는 차 한 잔을 따라 나에게 주오. 창은 찬바람에 소리를 내고 떠는데 화로에는 숯불이 이글이글하오. 그는 말을 이어,

"왜 그런 숭한 말씀을 하셔요? 세상을 버리고 가기는 어디를 가요? 어디 갈 데가 있나요? 이 세상 말고 다른 데 갈 데가 있었으면 나 같은 사람은 벌써 가버리고 말았게요. 나 같은 사람도 할 수가 없어서 이 세상에 살고 있는데 당신 같으신 사내 양반이야 왜 그런 생각을 하셔요? 세상이 괴롭기도 하지마는 또 그럭저럭 살아가노라면 그래도 산 보람이 있는 것 같아요."

그는 이렇게 말하고 모든 것을 다 깨달았다 하는 눈으로 나를 물끄러미 바라보오. 내가 여태껏 이 여자와 만난 것이 수십 차가 되지마는 오늘 모양으로 이렇게 길게 이야기를 한 것은 서너 번밖에 못 되오. 그것은 사 원을 내어야 하룻밤을 그와 나와 단둘이만 같이 지낼 수가 있으되, 이 원만으로는 한 시간밖에 같이 있을 수 없었던 까닭이오. 그는 하룻밤에도 나와 같은 이 원짜리 남자

를 둘이나 셋, 많으면 사오 인까지도 맡지 아니하면 안 되기 때문이오.

나는 점점 그 여자가 결코 범상한 창기가 아닌 것을 깨달았소. 그래서 두어 번이나 그의 내력을 물었으나 그는 웃을 뿐이요, 대답이 없었소. 그도 나를 보통 노동자와는 다르게 보았던지 한두 번 나의 과거를 물었으나 나 역시 나의 쓰라린 과거를 그에게 말하기를 원치 아니하였소. 그랬더니, 지금 그의 눈을 보니 그 눈 속에는 말할 수 없는 무엇이 숨어 있는 듯하오. 원래 유순하게 생긴 여자지마는 그 눈이 더욱 유순하오. 나는 불현듯 이 여자의 과거에 누를 수 없는 흥미를 가지게 되었소. 이 여자의 내력을 듣고 또 이 여자의 지금 품고 있는 생각을 들어 그가 나의 저승길의 동무가 될 만하거든 같이 정사精死[4]를 하리라 하는 생각이 났소. '정사', 이 생각이 내 가슴속에 따뜻한 빛을 던지는 듯하였소.

그래서 나는 담배를 피워 물고 그더러 그 내력을 말하기를 청하였소. 그런즉 그는 여전히 웃으며,

"당신부터 먼저 말씀하셔요!"

하오. 그래서 나는,

"내 과거? 말하지요. 나는 여태껏 아무에게도 내 과거를 말한 데가 없소. 그러나 나는 세상을 버리기 전에 세상에 남아 있는 당신에게는 말을 하고 싶었소. 그러면 말하지요. 내가 말을 하면 꼭 당신 말도 하지요?"

하고 다짐을 받은즉 그는,

---

4 서로 사랑하는 남녀가 그 뜻을 이루지 못하여 함께 자살하는 일.

"그러지요."

하고 지금까지의 냉랭한 태도가 변하여 깊은 흥미를 가진 듯한 태도를 취하오.

나는 나의 과거를 말하였소. 부모 없이 자라나던 이야기, 서울서 공부하던 이야기, 동경으로 가던 이야기, 어떤 여자의 말을 따라 목사가 될 목적으로 신학교에 입학하던 이야기까지는 극히 평범하였거니와 매씨와 나와의 관계, 김 씨와 매씨와 나와의 관계, 형과 나와의 관계와 그날 밤 일이며 목사 앞에서 재판을 당하던 이야기와 내가 늦은 가을 궂은비 오는 밤에 형의 집을 바라만 보고 동경을 떠나던 이야기를 할 때에는, 아직도 술이 채 깨지 아니하고 자기 전 흥분이 채 식지 아니한 나는 심히 흥분하였소.

내가 칠 년 동안 대판으로 구주 탄광으로 부산으로 목포로 군산으로 마침내 이곳 인천으로 돌아다니며 부랑하는 노동자의 생활을 하던 것과, 나중의 두 달 전에 마니산 꼭대기에서 금식기도를 하다가 따뜻한 사람의 살이 그리워 도로 세상으로 내려오던 이야기를 할 때에는 그의 눈에 차차 이슬이 맺히고 마침내 그것이 눈물방울이 되어 흐르다가, 내가 인제는 죽어버릴 길밖에 없다 하고 말이 끝날 때에는, 그는 방바닥에 엎더져 흑흑 느껴가며 울기를 시작하오. 그가 어떻게나 슬피 우는지 나는 도리어, '공연한 이야기를 하였다' 하는 미안한 마음이 생겨서 그의 들먹거리는 등을 어루만지며,

"울지 마오, 내가 쓸데없는 말을 했구려."

하였소. 그러나 그런 말을 하는 나도 아니 울지는 못하였소.

둘이 한바탕 울다가 눈물에 붉게 된 얼굴을 마주볼 때에는 그

는 나와 수십 년 동안 같이 살아온 지극히 사랑하고 친한 사람같이 보였소. 그에게도 내가 그렇게 보이는지, 그는 눈도 깜빡 아니하고 마음을 네게 허한다 하는 눈으로 나를 바라보고 앉았더니,

"나도 당신께서 무슨 까닭이 있는 어른으로 알았어요. 암만해도 예사 사람은 아니다, 무슨 깊은 비밀이 있는 어른이다, 그렇게 생각했어요. 그렇지만 어쩌면 그렇게도 나와 정지情地[5]가 꼭 같으십니까―어쩌면 그렇게도 같을까요."
하고 감개무량한 듯이 그의 이야기를 시작하오.

― 〈조선문단〉, 1925. 1.

---

5 딱한 사정에 있는 처지.

떡덩이 영감

나는 파리의 첫 번 보고에 깊은 흥미를 가질뿐더러 또 파리의 관찰력과 묘사력描寫力을 탄복하지 않을 수 없었다. 그는 다만 사실을 사실대로 잘 묘사하는 힘이 있을뿐더러 매우 휴모어[諧謔味]의 맛이 있다. 대단히 좋은 동무를 얻었다. 이 친구와 인생구경을 같이 하면 퍽 재미있겠다고 속으로 기뻐하면서 기쁜 김에 송편 한 그릇을 다 따려 누였다. 파리도 상 모퉁이에 떼어놓아 준 송편 조각 위에 올타앉아서 말없이 한바탕 잘 먹고 나더니, 문득 생각이 나는 듯이,

"여보게, 오늘 송편 한 개 못 먹는 사람도 많지 않겠나."

하고 탄식을 한다.

나도 속으로는 '과연 그러려든' 하고 찬성을 하면서도,

"자네 사회주의자일세그려."

하고 빈정대었다.

"아니어."

하고 파리는 근심스러운 태도로,

"나는 속에 생각하는 사람이 있어서 그러네…… 저 떡덩이 영감 그저 살았나."

하고, 묻는다. 떡덩이 영감이란 이 동리 불쌍한 노인이다.

"그저 살아 있지."

"그저 살아 있어? 그것 다행일세."

"다행이라께?"

"그 영감을 한 번 더 만나볼 수 있으니 다행이란 말일세. 자네도 잘 알겠지마는 이 동리에서 극락세계나 천당 갈 사람은 떡덩이 영감밖에는 없으니! 세상에 나와서 털끝만한 것도 악한 일이라고는 해보지 못한 사람일세."

하고, 파리는 굉장히 떡덩이 영감을 숭배하는 모양이 보인다.

파리 말을 듣고 나니 과연 떡덩이 영감이 착하기는 착한 사람이다―그러나 "떡덩이 못난 영감아" 하고, 아잇적부터 떡덩이 영감을 우습게만 보아오던 내 생각에는 숭배하는 생각까지는 나서 아니하여서,

"글쎄 악한 일을 아니 하기로 극락이나 천당을 가기로 하면 저 건넛산에 가만히 앉았는 바윗돌들은 다 가고 말았겠네그려."

하고, 한번 빈정거렸다.

이 말에 파리는 고개를 흔들며,

"아니 아니 자네가 모르는 말일세. 떡덩이 영감이 아무 일도 아니 하는 것 같지마는 도리어 우리 황 주사보다도 나랏일을 많

이 한 사람일세."

하고, 더욱 떡덩이 영감 찬송을 한다.

"나랏일!"

하고, 나는 너무도 의외 말인 데 놀랐다.

파리는 점잖게 고개를 끄덕끄덕하며,

"암 나랏일이지 떡덩이 영감이 아니면 이 동리는 벌써 망해버렸을는지도 모르지."

하고, 파리의 말은 더욱 이상하다.

"이 동리가 망할 뻔했어?"

"암, 적어도 이 동리 사람들이 지금보다 더 흉악해졌을 것일세."

"어째 그렇단 말인가."

파리는 한참이나 생각하더니,

"그러면 떡덩이 영감의 덕을 좀 들어보려나? 원래 적은 일은 말하기가 쉬워도, 큰 일은 말하기가 어려운 법일세. 사람들이 적은 덕이나 적은 공로나 적은 은혜는 얼른 알아보지마는 큰 것은 도리어 몰라보는 것일세. 그러길래 구차한 데에 돈냥이나 쌀말을 주는 은혜는 얼른 알아보아도 하늘이나 땅의 큰 은혜는 잘 알아보지 못하는 셈으로 이 동리 사람들도 가끔 쌀말이나 보태어주는 황 대감의 신세는 알아도 눈에 보이지 않게 큰 은혜를 주고 큰 교훈을 주는 떡덩이 영감의 신세는 알아보지 못하는 것일세."

"그럴까— 그렇게 떡덩이 영감의 공이 클까. 대관절 그게 무슨 공인가. 나는 자네보다 오래 살아 있건마는 떡덩이 영감이 무슨 공 세웠다는 말은 못 들었는데."

하고, 나는 아직도 파리의 떡덩이 영감 숭배론에 찬성할 수가 없어서 고개를 좌우로 흔들었다.

내가 어디까지든지 떡덩이 영감의 공덕을 알아보지 못하는 것이 안타까운 듯이 파리는 애를 부둥부둥 쓰더니,

"그럴 게 없네. 내가 여기서 천언만어千言萬語[1]로 자네에게 설명하는 것보다 우리 몸소 가서 떡덩이 영감을 찾아보세. 자네도 한번 유심히 그 영감을 보는 날이면 자연 그 영감의 덕을 알리라고 믿네. 만일 보고도 모른다 하면 자네에게 말을 한들 알겠나."

이것도 분명 모욕이다. 그러나 이것은 나에게 귀한 교훈을 주려 하는 우정의 모욕이니 나는 호의로 해석하리라 하고,

"그러면 가보세. 그러나 자네 칩지 않겠나."

하고, 친구 걱정을 하였다.

"상관없네. 떡덩이 영감을 보러 가는 일이면 여간 치위를 못 참겠나."

"아주 대 숭밸세그려."

"세상일을 어찌 아나. 만일 떡덩이 영감이 오늘 저녁으로 죽어버린다면 영원히 인류의 보물을 볼 기회를 잃어버리는 것일세. 세상 사람이 만일 떡덩이 영감이 어떻게 큰 보물이오, 은인인 줄을 만분지일이라도 알 것 같으면 번갈라가며 파수를 보아서라도 그 영감의 혼이 못 빠져나가도록 할 것일세마는 어디 세상이 그런가 자 가세."

우리는 떡덩이 영감의 집을 향하고 나섰다. 길은 녹아서 질다.

나도 떡덩이 영감을 이상한 영감으로 알지 아니한 것은 아니

1 천 마디 만 마디 말이라는 뜻으로, 수없이 많이 하는 말을 이르는 말.

었으나 이렇게 파리가 말하는 것처럼은 알지 아니하였기 때문에 별로 찾아가 볼 일이 없었다. 물론 그 영감은 우리 할아버지까지도 안아 길렀다 하고, 또 이 동네에 지금 살아 있는 사람치고 그 영감의 바지에 오줌 똥 한두 번 안 싸본 사람이 없다 하니까. 나도 아마 발가숭이로 다닐 때에는 그 영감의 바지에 노랑 똥도 싸고, 그 영감의 상투도 잡아당겼을 것이다. 이렇게 생각하니 갑자기 그 영감이 정답기도 하고 파리 말 모양으로 거룩해 보이기도 하였다.

우리는 우물을 지나 황 대감네 밤나무밭을 지나 여러 백 년 전에 이 동네에서 살다가 망해나갔다는 양가네 무덤을 지나 외자국 길을 한참이나 산으로 올라가서 떡덩이 영감네 집에 다다랐다. 이 집은 하늘로 내려오다가 첫 집이라고 동네 사람들이 부르는 모양으로 동네 집에서는 뚝 떨어져서 산 중턱에 있어서 왼 동네를 내려다보게 되었다. 마치 온 동네를 굽어살피고 있는 무슨 당집 같다. 방이 한 칸, 부엌이 한 칸, 광이랄까, 헛간이랄까 한 것이 뒷간과 아울러 한 칸 모두 합하여 삼 칸이라고 할 수도 있으나, 광은 벽도 없고, 섶거죽으로 두른 것이니 그것을 칸으로 안 치면 이 칸이라 하겠고, 또 부엌은 한편 벽은 벼래요, 한편 벽은 바윗돌이니 그것은 칸으로 안 치면 단칸집이라고 할 수 있다. 물론 초가집이오, 기둥은 안 보이고 다만 하나밖에 없는 문은 문살이 모두 합해서 넷밖에 없다. 어찌 보면 다섯이라고 할 수 있으나, 그중에 하나는 나무가 아니요, 흙이다. 이 집은 떡덩이 영감이 스무 살인가, 서른 살 적에 동네 사람들이 혹은 기둥 한 개, 혹은 석가래 한 개, 혹은 새끼 한 사리, 혹은 수수깡 한 단 이 모양으로 추념[2]을 내어주어서 이 영감이 혼자 지어놓은 집이란 말은 이 동네에서 재미있는 이야기로 전해 내려오는 것이기 때문에 나도 잘 안다. 그리고 이 집에서 떡덩이 영감이 오십 년이나 육십 년(연대가 분명치 않기 때문에)을 살아왔고 그동안에 여러 십 명, 아마 여러 백 명 젖먹이의 오줌똥을 받은 줄은 나도 안다.

나는 신에 묻은 흙을 툭툭 차서 떨면서,

"영감님 계시오."

하였다. 이것은 이 집에 올 때에 하는 인사법이다.

"응, 거 너 누군고?"

하고, 부드럽고, 반가운 대답이 나온다. 이 영감은 황 대감을 내놓고는 누구를 보든지 반말이다. 누구나 다 이 영감의 바지에 오줌똥을 싼 사람이기 때문에.

"나외다."

하고, 나는 문을 열고 단단히 허리를 굽히고, 고개를 숙이고 문지방을 조심하고 들어섰다. 방이 어두워서 한참이나 둘러보고야 떡덩이 영감이 아랫목에 앉아서 물레질하고 있는 것을 찾아내었다.

"오 돌내집 깐놈인가. 추운데 어떻게 왔나. 자 이 아랫목으로 와 앉게. 다들 평안한가."

하고, 누더기를 깔아놓은 아랫목으로 자리를 권한다. 나는 영감의 호의에 경의를 표하여 지린내 나는 (이것은 온 동네 아이들의 공동한 누더기다. 아마 이 지린내 속에는 이십여 년 전 내 오줌 내도 있을 것이다. 설마 그럴까 하지마는 우리 아버지 할아버지 삼대의

2 추렴. 모임이나 놀이 또는 잔치 따위의 비용으로 여럿이 각각 얼마씩의 돈을 내어 거둠.

오줌똥 냄새가 섞였을는지도 모른다) 누더기를 깔고 앉았다. 파리
는 얼른 내 소매 속에서 나와서 그 누더기 위에 앉아 다짜고짜 빨
아먹기를 시작한다.

우리는 이 영감을 보면 첫인사부터 농담을 하는 법이기 때문에,

"명절날도 무슨 일을 하시오?"

하고, 첫말을 붙였다.

"응 참 오늘이 명절이지— 한식이지."

"아니야요. 오늘은 청명이구요. 내일이 한식이야요."

하고, 나는 힘껏 소리를 높여서 말한다. 이 영감도 근년에는 귀를
좀 자셨기 때문이다.

"응, 그래 오늘이 청명이지. 내일이 한식이구…… 참 그렇구먼."

하고, 고개를 끄덕끄덕한다.

"그런데 이렇게 일을 하시오. 명절날은 좀 노시지요."

"흥 흥, 마누라는 나무하러 갔는데 나도 일해야지 또 일을 안
하면 심심해서."

하고, 영감은 여전히 물레질을 한다.

"떡 잡숫고 싶지 않소."

하고, 나는 뚱딴지로 물었다.

"히히, 떡이 있어야 먹지…… 참 우리 떡 좋아했지만…… 히히."

하고, 떡이란 말에 흐뭇하여서 물레질도 끝이고 돌아앉는다. 아
뿔싸! 공연한 말을 하여서 영감의 가라앉은 비위를 동하여놓았
다. 황 대감네 집에서 받은 떡을 반만 싸다가 드렸으면 퍽 생색이
되었을 것을 하고 후회하나 쓸데없어서,

"내 있다가 우리 떡 되거든 한 그릇 갖다 드릴께요."

하고, 약속을 하였다.

"히히 어떻게 갖다 주기까지 바라겠노. 있다가 우리 봉이 어머니나 가거든 한 그릇 주지. 내야 안 먹으면 대순가."

하고, 한번 싱긋 웃고 또 물레질을 시작한다. 그렇게 물레질을 하는 양을 보면 영감인지 노파인지 구별할 수가 없다. 머리까지도 이제는 거의 다 빠져서 상투는 형지形址[3]뿐이요, 게다가 머리가 시여서 마누라의 수건을 동이고 꼬부장하고 앉았고, 게다가 수염이 한 개도 없으니 꼭 노파다. 오직 하나 사내다운 것은 그 목소리뿐이다.

영감은 두어 번이나 물레를 두르더니 멀리 옛날을 바라보는 듯이 그 거슴츠레한 눈에 번쩍번쩍 빛을 내더니 픽근 돌아앉아 손으로 내 등을 어루만지며,

"우리 봉이도 살았드면 깐놈이 모양으로 이렇게 다닐 것을 그만 죽었어."

하고, 죽은 봉이 이야기를 또 꺼낸다. 나는 몇 번이나 이 말을 들었는지 모른다.

"봉이가 살았으면 지금 나이 몇이요."

하고, 다 아는 소리연만, 나도 할 말이 없어서 이렇게 물었다.

"봉이가 갑술생이야, 갑술생이면 얼만고. 사주가 갑술 갑인 병신 병오야. 갑이 둘이고 병이 둘이 되어서 잘 살리라고 황 대감네 영감이 그러더니 어디 맞던가― 사주도 안 맞아."

하고, 실심해한다.[4]

---

3 어떤 형체가 있던 자리의 윤곽.
4 근심 걱정으로 맥이 빠지고 마음이 산란하여지다.

"갑술생이요?"

하고, 나는 "갑을병" 하고 손을 꼽으면서,

"봉이가 살았으면 쉰셋이야요. 우리 아버지보다도 오 년 장이야요."

하고, 영감의 귀에 대고 물었더니, 영감은 고개를 끄덕끄덕하며,

"응, 그래? 그 녀석이 살았으면 벌써 쉰셋이야? 참 그렇구면, 세월이 잠깐이다. 우리 봉이가 죽은 지가 엊그제 같은데 벌써 그래…… 오라 참 그렇구면."

하고 영감은 세월이 덧없는 것을 한없이 한탄한다. 나는 봉이의 말을 하는 것이 이 노인에게 제일 큰 기쁨인 것을 알므로 아무쪼록 봉이 이야기를 오래 끌기 위하여 또 이렇게 물었다.

"봉이가 몇 살에 죽었어요."

"우리 봉이가? 우리 봉이가?"

"네."

"우리 봉이가 죽기를…… 그놈 돌 지나고 여드레 만에 죽지 않았나. 웨, 그만 돌떡을 많이 먹어서 그것이 체해서 몸이 따끈따끈하고 앓다가 안 죽었나, 웨."

하고, 마치 내가 봉이 죽을 때에 가서 앉아서 보기나 한 사람인 듯이 말을 하며 바로 아랫목에 봉이가 누워 있는 것이 보이는 듯이 연해 그리로 늙은 눈을 돌리고 따끈따끈한 봉이의 머리를 만지는 듯이 연해 손을 내밀어 더듬더듬하면서,

"봉이야, 봉이야 하고 내가 이렇게 부르면 저도 알아듣는지 눈을 뻔히 떠서 나를 물끄러미 보고는…… 그러지 않았나, 웨― 그러다가 죽었구면. 닭 울 때만 넘기면 살리라고 재 넘어 장님이 그

리더니 그만 닭 울 때를 못 넘기고 죽었구먼. 그럼 그러지 않았나, 웨."

하고 눈에서 눈물이 섬먹섬먹한다.

나도 슬퍼졌다. 이런 줄 알았다면 봉이 이야기를 여기까지 끌어오지 말 것을 하고 후회하였다.

그러나, 여기까지 온 뒤에는 떡덩이 영감의 생각을 막을 길이 없다. 그래서,

"돌 넘어 죽은 아이를 무얼 그리 생각하세요. 잊어버리시지."

하고, 비감한 생각을 헤치라고 힘을 썼다.

"돌 넘어 죽었어도 내 자식이니, 저는 죽어 모르기도 내야 잊노? 내가 못 잊지. 또 우리 봉이 잘났었어. 똘똘하고 손발이 큰 게……."

"손발이 큰 게 그렇게 좋아요?"

"그럼 손발이 커야 일을 잘해. 손발이 적으면 꾀를 부리는 법이야― 손발이 큼직해야 일을 잘하는 법이야. 우리 봉이는 참 손발이 컸지. 안 그런가, 웨."

그 말을 듣고, 나는 영감의 손을 보고 내 손을 보았다. 과연 영감의 손은 크고 내 손은 적다― 과연 영감은 이 세상에 온 후로 하루도 잠시도 쉴 줄을 모르고 구십 당년이 되도록 일을 하고, 나는 스물 갓 넘은 녀석이 뻔뻔이 놀고만 있으니 과연 영감 말이 옳다고 탄복하면서,

"참 영감 손은 크신데."

한즉, 영감이 솔뿌리 같은 핏대가 툭툭 불거진 두 손을 내어 들면서,

"그럼, 이 손이 잠시도 논 일은 없어. 재주가 없어서 잘할 줄은 몰라도 그래도 늘 무엇을 하기는 했지만…… 우리 봉이 손은 내

손보다 더 크지 더 커. 그러던 것이 죽었구먼."

하고, 또 고개를 돌려 아랫목을 보며,

"저는 죽어서 나를 몰라도 내야 저를 잊나ㅡ 못 잊지!"

하고, 후렴 모양으로 같은 소리를 한 번 더 한다. 그 말이 픽 영감
의 뜻에 맞는 모양이다. ㅡ"저는 죽어서 나를 몰라도 내야 저를
잊나, 못 잊어……" 하는 이 말은 언제부터 하기를 시작하였는지
모르거니와, 나도 픽 여러 번 들었고, 이 동네에서는 그것이 한 격
언 모양으로 재담 모양으로 아이들까지 걸핏하면 쓰는 말이 되었
다. 이것은 이 영감의 유일한 시요, 노래다.

이때에 밖에서 "끙끙" 하는 소리가 나더니 아마 내 신을 보았
는지,

"누가 우리 집에를 왔나."

하고는, 문을 탁 열어젖히며,

"이애 아버지 있소."

하고, 소리를 고래고래 지르고 들어온다.

영감은 한참이나 신이 나서 봉이 이야기ㅡ라는 것보다 봉이
찬미를 하다가 마누라가 들어오는 것을 보고 깜짝 놀라 물레손을
잡는다. 아니나 다를까 마누라가 들어오는 길로 물레를 보더니,

"여태껏 이것뿐이야."

하고, 호령을 한다.

"왜 또 한 톳 잣았지. 둘째야."

하고, 바구미[5]를 들어 보인다.

---

5 '바구니'의 방언.

"겨우 둘이야."

하고, 봉이 어머니는 아직도 호령을 한다.

"그 새에 얼마 오랬나? 잠시나 놀았다고……."

"그래두 한참 마당에서 들어두 물레질 소리가 안 나는데— 그렇게 일하고도 밥 먹을까."

하고, 아주 엄한 어머니가 자식을 책망하는 태도다.

영감은 송구하여 물레질을 시작하며,

"그래 한 짐 해왔나."

"그럼 안 해? 사흘은 땔걸."

"잘했구먼. 나도 안 놀았어. 돌네집 깐놈이가 왔길래 잠깐 이야기하노라고."

하고, 연해 변명을 한다.

그제야 마누라가 나를 돌아보며,

"아 돌내집 바위 아버지가 왔구먼. 우리 영감은 아직도 주사를 깐놈이라고 부르는구먼— 아기 잘 자라나."

"네 죽지는 않았나 봐요."

"왜 그런 소리를 하나. 인생에는 자식이 제일일세…… 인제는 순이도 웃지."

"웃는 때보다 우는 때가 더 많아요."

"그야 어린것이 안 그렇겠나. 우는 것도 좋지— 우는 것도 좋아. 자식이 제일이지. 나도 저런 못된 영감을 얻어 만나서 이렇게 자식새끼 하나도 없으니 우리 따위야 한번 죽어버리면 뒤에 남는 것이 있나. 괘니 세상에 나왔다가 죽는 게지."

하고, 또 봉이 생각을 하는 모양이다.

영감은 분주히 물레를 두르면서,

"자식 없는 게 내 탓인가, 내 탓은 웨 하오."

"그럼 영감 탓이지 뉘 탓이야."

"내가 났나 제가 났지— 제가 못 낳고는 웨 내 탓이야."

"낳기는 내가 낫지마는 팔자는 영감 팔자가 아니요. 영감이 팔자를 되지 못하게 타가지고 나와서 이렇게 되었지."

"팔자야 낸들 어찌하노."

"웨 그따위 팔자를 타가지고 나왔어. 애시[6] 나오지를 말지."

"내가 났길래 망정이지 나만 없어보아. 봉이 어머니는 어찌 되었겠노."

"왜 내가 영감 따위가 아니면 못 사나."

"히히, 저 곰보를 누가 다려간담. 새 장거리 장바닥에 내다놓아보아. 누가 주어가나, 내니까 주어왔지, 히히."

"그저 저런 소리, 지금이야 늙었으니 그렇지 젊어서도 그래."

"젊었을 쩍에는 에여뻤다지."

"누가 에여뻤다나. 에여뿌지는 않았지마는 쓸 만이야 했지. 임자 따위 안 얻어만 났다면 지금 아들 손자 증손자에 거드러거리고 살겠구면."

"그저 내 탓이지. 봉이 생일 떡을 누가 먹였소? 제가 먹였지."

"내가 병나라고 먹였나, 귀해서 먹인 것이 영감장이 팔자가 나빠서 병이 났지…… 그렇게 말하면 비둘기 알은 웨 가져왔소."

"눈에 띠우니 집어왔지. 누가 구어먹으라고 집어왔나."

"향불은 아직도 빨갛게 살았는데 비둘기 알을 가져왔으니 안 구을까. 나는 먹더래도 임자는 왜 먹었어."

"마누라가 먹으라고 안 했나. 먹으라니 먹지."

"내가 먹으라고 해도 먹지 말지를 왜 못 해."

하고, 내외는 주거니 받거니 비둘기 알 문제로 한참 어우러져서 말다툼을 한다.

떡덩이 영감네 비둘기 알 이야기는 유명한 이야기이다. 아직 두 내외가 젊었을 적에 어느 한식엔가 추석엔가 산소에를 갔다가 영감이 비둘기 둥지 하나를 찾아서 알 둘을 가져온 것을 마누라가 향로 불에 구워서 둘이 하나씩 나눠 먹었다는 이야기인데, 이 때문에 두 내외는 아들 하나 딸 하나 낳아서 죽여버리고는 다시 성태成胎[7]를 못 하는 것이라 하여 두고두고 서로 비둘기 알 구워먹은 원망을 하여 내려오는 것이다. 영감은 마누라가 구웠기 때문에 먹었다고 하고, 마누라는 영감이 가져왔기 때문에 구웠다 하여 사오십 년을 두고 다투어 내려와도 아직도 정당한 판단이 나리지 못한 것이다. 아마 죽기까지 판단이 못 내리고 말 것이다.

나도 두 내외의 싸움을 말릴 작정으로,

"나 보기에는 영감이나 마님이나 똑같이 잘못하신 것도 같고, 똑같이 잘하신 것도 같으니 인제는 그런 말씀은 구만두시지요."
하였다.

영감은 옳다구나 하고 자기의 편이나 얻은 듯이 기뻐서,

"그럼 깐놈의 말이 옳지. 이제 와서 그 말을 하면 무엇하노."

---

7 임신.

하고, 만족한 듯이 웃는다.

마누라는 누었다가 벌떡 일어나며,

"그래도 할걸 두고두고 내가 원망할걸— 내가 웨 잘못해. 나는 잘못한 것 없는데."

하고, 힘 있게 주장을 한다.

"그러면 어쩌고 어쩔 테야."

하고, 영감도 좀 강경하게 나온다.

"어쩌긴 무얼 어찌해. 그렇단 말이지. 후제[8] 죽어서 조상님을 만나드라도 자식 없어 대를 끊은 것은 내 허물이 아니외다, 저 영감의 허물이외다 그런단 말이지. 그럼은 내가 애매하게 절손했다는 허물은 저거 웬 큰일 날 소리를 다 하지 않을까— 안 그런가, 돌네집 주사?"

하고 마누라는 나의 찬세[9]를 구한다.

그러나 나는 그렇게 호락호락히 마누라의 비위를 맞출 수도 없었다. 그러나 이판에 아무런 말이라도 하여서 두 내외의 싸움을 말릴 필요가 있다고 생각하였다. 그래서 무척 애써 생각한 끝에 나도 좋은 말을 터득하여 내었다.

"내가 낳은 자식만 자식인가요. 길러낸 것도 자식인데 이 동리 사람들을 수없이 길러내셨으니 그것을 다 아들딸로 여기시지요!"

하고, 매우 유리한 소리를 하였다. 그러나 이것은 반드시 듣기 좋으라고 한 말은 아니요, 대부분은 사실이다. 동리 사람들은 일이 바쁘거나, 바쁘지 않더라도 어린것들이 귀찮은 때에는,

---

8 뒷날의 어느 때.
9 '찬성'의 오기.

"영감님 우리 아이 좀 보아주시우."

하고, 갖다 디민다. 그러면 천생에 남이 청하는 것을 막아본 일 없는 영감은,

"두고 가지."

하고, 받는다. 이래서 떡덩이 영감의 일생의 절반은 동리 아이들 보기로 지내고, 나머지 절반의 절반은 동리 사람 심부름하기에 지내고, 그리고 나머지 절반이 자기네 내외의 밥벌이에 지내었다. 나이 많아서 먼 곳에 심부름을 못 다니게 된 뒤에도 아이 보는 일은 지금까지도 하여 온다. 나는 이것을 생각하고 그렇게 위로한 말이다. 말을 하여놓고 생각하니 과연 옳기도 한 것 같고, 또 영감 마누라 두 분에게 대하여서는 가장 힘 있는 위로가 될 듯싶기도 하길래 같은 말을 한 번 더 외이고,

"정말 그래요."

하고, 다짐까지 두었다. 과연 이 말은 두 노인에게는 기쁨을 준 모양이다. 영감도 싱글싱글하고, 마누라도 싱글벙글하더니 마누라가,

"하기는 우리 영감이 동리에서 갖다 맡기던 아이들마다, 사내면 우리 봉이, 계집애면 우리 순이 그랬다우."

하고, 좋아라고 웃는다. 나는 내외 싸움을 말린 것이 심히 만족하여 다른 풍파가 일기 전에 얼른 떡덩이 영감의 집에서 나왔다. 어서 떡 한 그릇을 갖다 주어서 두 늙은이를 기쁘게 할 것을 생각할 때 마음이 기쁘다.

"가나? 젊은 사람이 우리 따위 늙은것들과 같이 앉았으니 무슨 재미가 있나."

이렇게 떡덩이 영감은 내가 오는 것을 퍽 섭섭히 여기고 마누라도,

"가나? 우리 집에 와서 발버둥 치고 울던 것이 어끄제 같은데 벌써 저렇게 어른이 되었구면. 세월이 잠깐이야, 잠깐이지."

하고, 문밖에까지 나와서 작별을 한다.

"내 있다가 또 오께요."

하고, 나는 떡 한 그릇을 가지고 올 것을 생각하고 약속하였다.

"어떻게 그렇게 또 오기를 바라겠노. 잘 가, 응."

하고, 마치 먼 길 떠나는 사람을 작별이나 하는 듯이 우두커니 마당에 서서 내가 황 대감네 밤나무밭에 들어서기까지 보고 있다.

"그래 어떤가. 무엇 새것을 배운 것이 있나?"

하고 파리가 묻는다.

"응, 무엇을 배운 것이 있는 것도 같으이."

"그게 무엔지 아나."

"꼭 무에라고는 바루 집어 말할 수는 없어도 그 늙은 두 내외가 이 세상 사람과는 다른 무슨 거룩한 것이 있는가 싶은데."

파리는 고개를 끄덕끄덕하며,

"어지간히 보았네. 그래 내가 떡덩이 영감 때문에 이 동리가 망하지 않고 남아 있다는 뜻을 알았다. 이 영감이 아무것도 안 하는듯하면서도 나랏일을 하고 있다는 뜻을 알았나."

"글쎄 아직 그렇게까지는 모르겠는데 그렇지 원, 어쨌든 좋은 사람은 좋은 사람이야."

파리는 불만한 듯이 고개를 짤래짤래 흔들며,

"그러면 아직 다 몰랐네. 멀었네."

하고, 매우 가엾이 여기는 듯이 나를 물끄러미 바라본다. 나는 그것이 퍽 불쾌하였다. 그러나 파리는 내가 알 수 없는 무엇을 아는 것만 같아서 내 스스로 부끄러워할 생각이 없었다. 그러것마는 내가 더 알아야 할 것이 무엇이냐고 파리에게 물어볼 만한 겸손한 용기도 부족하여, 그날은 파리를 황 대감 집 사랑에 데려다 두고 나는 혼자 집으로 돌아와서 내 아내더러 부탁하여 떡 한 그릇을 두둑이 담아다가 떡덩이 영감 집에 갖다 주고 돌아왔다. 내가 갖다 주는 떡을 받고 마누라가 기뻐하는 양은 진실로 형언할 수가 없어서 나는 눈물이 흐르도록 감격하였다. 그리고는 집에 돌아와서 이 일 저 일로 떡덩이 영감 일은 잊어버리고 있었다. 그러나 나는 그 이튿날 한식날 산소에 다녀오는 길로 떡덩이 영감이 병이 나서 누었다는 말을 들었다. 나는 무슨 큰 불행이나 당한 듯이 자연이 가슴이 설렘을 깨달았다. 그리고 곧 떡덩이 영감 집을 찾아가 보아야겠다 하면서도 원래 게으른 성품이라 산소에 갔다 와서 몸도 좀 곤하기로 한잠 자고 나서 가리라 하고 고만 아랫목에 등을 붙이고 드러누워 잠이 들어버렸다. 한참 제 코 고는 소리를 들으면서 자는 판에 이마가 간질간질하길래 깨보니 파리가 와서 나를 깨운다.

"웬일인가."

하고, 나는 벌떡 일어나며 물었다.

"어서 떡덩이 영감 집으로 가세."

하고, 파리도 매우 황황한 모양이다.

"왜? 왜?"

"어서 가세. 시각이 바뻐— 떡덩이 영감이 지금 운명을 하네."

하고, 파리는 발을 동동 구른다.

나는 파리를 소매에 넣고 나서면서,

"무슨 병이야!"

하고 물었다.

"자네가 갖다 준 떡을 먹고 체했다네. 늙은이가 굵은 창자에 너무 많이 자셔서."

하는 말에 나는 아니 놀랄 수가 없었다. 가보니 떡덩이 영감은 꼬부라져서 정신을 차리지 못한다. 인제는 아픈 줄도 모르고 숨소리조차 편안치 않다. 그러지 않아도 와볼 사람이 없는 처지에 오늘이 한식 명절이라고 누구 하나 와보는 사람도 없다. 마누라는 영감의 손을 주무르면서,

"주사가 갖다 준 떡을 맛나다고 서너 개나 먹고는 이 맛난 것을 어찌 혼자 먹으려— 봉이 산소에나 다녀와야지 하고 아무리 말리니 듣나. 내버려두었더니 얼마 있다가 에 추워 에 추워 왜 이리 추은가 하고 돌아오는 길로 드러눕겠지. 누어서도 떡이 맛나다고 하나만 하나만 하는 걸 글쎄 여섯 겐가 일곱 개를 더 먹지 않았겠나. 그리고는 배가 좀 아프다, 쌀쌀 아픈데—죽을라나. 이러고 드러누웠더니 얼마 있더니 배가 아프다고 허리가 끊어진다고 야단을 하더니 이렇게 되었어. 인제는 못 살아, 살 수 있나."

하고, 영감의 귀에 입을 대고,

"여보, 이애 아버지! 돌내집 주사 왔소! 돌내집 주사, 정신 못 차리우? 죽을 것 같소? 여보 여보."

하고, 불러보다가 나를 돌아보며,

"주사, 좀 보아. 못 살겠지?"

하고, 묻는다.

"글쎄요."

물론 나도 알 길이 없었다. 이런 경우에,

(괜찮습니다. 염려 없습니다.)

하는 것이 좋다고들 하지마는 나는 그렇게 능청스럽게 구는 재주가 없는 데다 나 보기에는 꼭 죽을 것만 같다. 그렇지마는 내 떡 때문에 이 병이 난 것을 생각하니 이대로 보고만 앉았을 수도 없어서,

"의원을 좀 데려올까요?"

하고, 내 깐에 기껏 인사를 차렸더니 마누라는 고개를 쩔래 쩔래 흔들면서,

"기 원 딴 소래. 의원이 무슨 의원. 그만치 살았으면 죽을 때도 되었지. 무슨 낙을 더 보겠다구 또 살아나노."

하고, 도리어 펄쩍 뛴다.

하기는 그렇기도 하다. 이제 더 산들 무슨 낙을 보려. 내가 손수 죽여 드리지는 못하더라도 모처럼 죽는 이를 애써 붙들어드릴 필요도 없을 듯하여서 더 의원을 권치도 아니하였다. 파리는 떡덩이 영감의 몸을 한번 돌아다녀 보더니 고개를 흔들며,

"다 되었네."

하고, 탄식한다.

"다— 되다께."

"손발 팔다리 다 싸늘하게 식고 인제는 명치끝에만 따뜻한 기운이 남았으니 다 되지 않았나. 자네는 지켜 앉았다가 눈이나 감겨주게. 이 동리를 대표해서 전 인류를 대표해서 눈이나 감겨주게."

하고, 파리는 영감의 숨이 들어가고 나오는 양을 지키는 듯이 영

감의 뼈만 남은 코끝에 우두커니 앉아서 컴컴한 콧구멍을 들여다보고 있었다. 나도 파리의 말대로 순종하기로 결심하고 가만히 영감의 가슴에 덮인 누더기를 바라보며 그것이 들먹들먹하는 것이 이제나 끝이나 저제나 끝이나 하고 기다리고 있었다. 마누라는 그래도 영감의 손을 잡고 앉아서 생각이 나면 두어 번씩 주무르고 그리고는 온통 주름 천지가 된 밤송이 빛 같은 얼굴을 물끄러미 바라본다. 육십여 년 바라보던 얼굴이다. 벌써 황혼이 되었다. 방 안은 아주 캄캄해지고 말았다. 이때에 파리가 코끝에서 내려와 내 엄지손가락에 앉으며,

"다 되었네. 숨이 들어가고는 영 안 나오네."

한다. 과연,

"크르륵 크르륵" 하는, 소리가 들린다. 나는 파리가 시킨 대로 왼손을 들어서 영감의 코에 대어보았다. 김이 안 나온다. 나는 얼른 그 손으로 영감의 두 눈을 세 번 나려 감겼다. 영감의 얼굴의 살은 마치 솔 껍질같이 딱딱하고 우둘우둘하다.

이튿날 떡덩이 영감 집에서는 조그마한 장례를 지내게 되었다. 영감이 아마 사십 년 전에 장만하여서 일 년에 한 번도 입고 두 번도 입던 굵단 무명 홑두루마기에 염습을 하여 영감 손수 엮어서 여름이면 마당에 깔고 앉아 물레질하던 밀짚 거적에 꼭꼭 묶어서 좋은 볏짚으로 얼른 맥기를 묶어서 상여도 없이 석가래 두 개에 가는 막대기 두 개로 우물정 자 모양으로 만들어서 그 위에다 덩그렇게 올려놓아서 사람 넷이 반짝 들어다가 집 뒤에 갖다 묻었다.

"꽁꽁 다지기나 하게. 개판도 아니 덮은 것을 꽁꽁 다지면 모두 우스러져 버리게."

"아무 때에 으스러지면 안 으스러지나. 꽁꽁 다져서 여우들이 나 파지 못하게 해야지."

"왜 여우가 자네처럼 어리석은 줄 안다든가. 무얼 먹겠다고 떡덩이 영감을 파."

이런 소리를 하면서 사람들은 웃고 떠들며 떡덩이 영감을 묻어버렸다. 나는 그 밀짚 거적에 쌔운[10] 노란 시체가 조금씩 조금씩 흙에 파묻혀서 마지막으로 깜박 안 보이게 된 때에 억제할 수 없이 눈물이 흘렀다. 그러나 나는 사람들이 내 눈물을 보고 웃을까봐 얼른 고개를 돌리고 씻어버렸다. 파리가 그것을 보고,

"자네 왜 우나."

"영감의 신세가 불쌍해서 우네."

"불쌍해? 왜?"

"이게 무엔가. 구십 평생에 이게 무엔가. 강아지 죽은 것 갖다 묻는 것 같으니. 동리 사람들도 누구누구 하는 사람은 하나도 안 와보고…… 이런 비참한 일이 또 있나."

나는 진정으로 불평을 가지고 이렇게 말했다. 어쩌면 당대뿐 아니라 이삼 대를 나려 두고 어려운 일이면 모두 해달라던 이 동리 사람들이 그 은인이 죽어 나가는데도 마치 내가 상관있나 하는 모양으로 이렇게 모르는 체를 할까. 파리는 내 말을 반대하는 뜻으로 고개를 흔들며,

"자네가 모르네. 아마 이 동리가 생긴 이후로는 오늘같이 거룩한 날이 없었을 것일세. 이름 없는 은인이 일생에 말없이 이웃을

---

10 '싸이다'의 방언.

섬기다가 섬기는 직책이 다 끝난 뒤에는 자기가 손수 엮은 밀짚 거적에 싸이어 자기가 오줌똥 받아준 몇 사람의 손에 즐겁게 묻혀버리니 이런 영광스러운 일이 또 있나. 영감은 일생에 남을 섬겼고, 남을 부리지 아니하였으니 죽어서 세상을 떠나래도 아무쪼록 불필요하게 남을 부리는 일은 차마 못 할 것일세. 모든 일은 다 바로 된 것일세. 만일 눈물을 흘리려거든 이러한 은인을 하루라도 더 오래 세상에 머물지 못하게 하는 것을 위하여 흘리게. 그러나 오래 일한 사람에는 편안히 쉬는 것이 필요하지 아니한가. 구십년 피곤한 몸이 영원한 안식에 들어간 것을 기뻐할 것이 아닌가. 이 사람, 찬송과 감사의 노래를 읊으려든 눈물이 부질없네."

듣고 보니 파리의 말도 옳다.

"자네 말이 옳의. 그러면 나는 슬퍼하는 눈물을 거두고 떡덩이 영감의 만사輓詞[11]를 지으려네. 어떤가."

"좋의. 어디 그래보게. 만사를 지어서 이 무덤 앞에 나무나 돌에 새겨 붙이게. 혹 뜻있는 사람이 보면 큰 교훈도 될 것일세. 글랑 그리하게."

하고, 파리는 매우 찬성하는 뜻을 보인다. 봉분이 다 되고, 사람들은 먼지를 툭툭 털고 집으로 돌아가고 빨간 황토 무덤 하나만 말없이 구십 년 동안 사랑하던 동리를 나려다 보고 앉았다. 마누라는 울지도 않고 우두커니 앉아서 무덤이 다 끝나는 것을 보더니 산 사람께 대하여 말하듯이,

"봉이하고 잘 있수. 나도 수이 가리다. 살아생전에 말다툼하던

---

11 죽은 이를 슬퍼하여 지은 글.

것도 다 잊어버리소. 수이 가리다, 응."

하고는, 태연히 혼자 있을 집으로 내려온다.

　나는 떡덩이 영감 만사를 짓노라고 며칠을 끙끙하고 집에 틀어박혀서 홀로된 마누라의 집에는 두어 번 잠깐만 가보았을 뿐이었다. 마누라도 여전하고, 또 초상집이라고 동네 젊은 사람들이 밤이면 나무를 한 단씩 가지고 가서 방에 불을 잘 때이고 모여앉아서 집세기도 삼고 이야기도 하고 투전도 하고 술들도 사다 먹고, 영감 생전보다 도리어 적적하지는 아니한 모양이길래 턱 맘을 놓고 만사 짓는 데만 골몰하였었다. 했더니 어느 날 밤에, 곁에서 자던 내 아내가,

　"여보! 여보."

하고 겁난 소리로 부르길래,

　"웨 그래? 무슨 무서운 꿈을 꾸었어?"

하니까, 아내는 내 품속으로 바싹 기어들어 오면서,

　"저 소리 들어요, 저 소리!"

하고, 얼굴을 내 가슴에 파묻는다.

　"무슨 소리여?"

하고, 나도 아내의 서두는 서슬에 몸에 소름이 끼치며 귀를 기울였다. 과연 무서운 소리가 들린다!

　"응 나도 가! 봉이야 엄마도 가! 나도 가! 나도 가우 응!"

　이런 소리다.

　"떡덩이네 마누라지?"

하고, 나는 혼잣말로 물었다.

　"몰라요. 아까부터 '봉이야 나도 가! 엄마도 가!' 이러는구먼.

웨 그러우? 에그 무서워."

하고 아내는 몸을 움츠린다.

　나는 더 자세히 들을 양으로 머리를 베개에서 쳐들었다.

　"미쳤나 봐요."

　"글쎄."

　"저를 어쩌우?"

　"밤이 어떻게 되었어?"

　"아직 닭이 안 울었어요."

　이때에 또,

　"영감 나도 가우. 봉이야 엄마 간다, 응."

하고, 응 자를 무시무시하게 곱게 길게 뽑는다. 강아지들이 콩콩
콩 짖기를 시작한다.

　"아아 불쌍해. 마누라도 가는군."

하고, 나는 어찌하나 하고 눈을 멀뚱하였다. 그믐밤이 캄캄하다.

　"가기는 어디로 가오?"

하고, 아내는 손으로 내 얼굴을 쓸어본다. 마치 분명히 자기 남편
인지 알아보려는 듯이.

　"영감한테로 간다고 안 그러나?"

　"그럼 죽는단 말이오?"

　"아마 그렇겠지."

　"에그머니 저를 어째!"

　"웨! 내가 죽으면 당신은 안 따라오려오?"

　"에그 숭해라!"

　"숭하다니 숭해서 안 따라온단 말이야?"

"그야. 따라가지마는 당신이 죽길 웨 죽소?"

하고, 아내는 못 죽으리라는 듯이 내게 꼭 매달린다.

"아가!"

하고, 또 길게 뽑는 소리가 들린다. 그러나 그 소리는 아까보다 더 멀어진 것 같고 간드러진 것 같다.

나는 곧 뛰어나가고 싶었다. 그러나 아내가

"아서요! 무언 줄 알고."

하고, 놓지도 아니 하려니와 나도 어째 무시무시한 것이 나갈 생각이 없어서 그냥 누워 있었다. 아내는 내 품에 전신을 파묻고 안심한 듯이 잠이 들어버린다.

나도 닭이 두 홰 우는 것까지 듣고는 다시,

"나도 가."

하는 소리가 아니 나길래 고만 잠이 들어버리고 말았다.

아침에 마당에서 두런두런하는 소리에 떡덩이 영감 무덤 앞에서 마누라가 죽어 넘어진 줄을 알았다. 아내는 벌써 밥 지으러 나가고 순이만 깨어서 내 가슴으로 올라왔다 내려갔다 하고 '때 때 때' 하는 아침 찬미를 부르며 좋아라고 논다.

사람들은 일변 떡덩이 집에 하나 더 남았던 밀짚 거적으로 마누라를 묶고 일변 떡덩이 영감의 무덤 한쪽을 따고 구덩이를 파면서 이러한 이야기들을 하고 떠든다.

"그렇게 죽겠거든 함께 죽을 것이지. 그랬드면 이렇게 군일을 안 시키지."

"그래도 여기까지 올라와 죽은 것이 고마워. 끌어낼 걱정은 없거던."

"그런데 무얼 먹고 죽은 셈인가."

"먹기는 무얼 먹어. 영감이 와서 다려갔지."

"잘 갔지. 있으면 무얼 먹고 사나."

"이런 제기. 시체가 나무깨비처럼 굳어서 꼬부라진 허리를 필수가 있나."

"막 잡아 눌러요."

"이 사람. 허리는 펴면 무엇하나. 그대로 묶지."

"그러면 구덩이를 꼬부장하게 파얄 걸."

"앗게. 그런 법이 있나. 어서 잘 살려요. 자네도 그 마누라 등에 백 번은 업혔겠네그려."

"자네는 안 업혔나. 허기는 마누라는 좀 쨍쨍거리더니라. 그저 영감이 탯덩이대로 늙어 죽었지."

"얘, 영감 마누라 자주 만나기나 하게. 광중[12] 새에 구멍이나 뚫어놔라."

"벌써 뚫어놨다. 이게 달아질걸."

"잔디나 떠다 입히세. 만년불패萬年不敗[13]로 맨들어놔요. 누구 벌초할 사람이나 있다던가."

"자네 양자 들어가게그려, 이제라도 머리 풀고."

"엑기 망할 자식, 너나 양자 가렴."

이런 소리를 하면서 섬적섬적 다 묻어버리고 띠까지 입혀놓았다. 영감 마누라는 사흘 동안 서로 떠났다가 다시 한 지붕 밑에 살게 되었다. 인제는 봉이도 싫건 만나보고 구십 평생에 남을 섬

---

12 시체가 놓이는 무덤의 구덩이 부분을 이르는 말.
13 매우 튼튼하여 오래도록 깨지지 아니함.

기기에 피곤한 몸과 영혼을 평안히 쉬게 되었다.

　나는 마누라의 죽음에서 새 감동을 더 얻어서 떡덩이 영감의 만사를 지어놓았다. 그리고는 황 주사에게 내 뜻(기실은 파리 뜻)을 말하였더니 크게 찬성하여 황 주사가 절반을 감당하고 내가 나머지 절반의 절반을 담당하고, 또 나머지의 절반을 온 동네에서 추념을 내어 돌비 하나를 하여 세우고, 거기다가 내가 지은 비문을 새기기로 하였다. 황 주사와 나와 둘이서 열심히 떡덩이 영감의 공적을 말하였기 때문에 동네 사람들도,

　"참 그래!"

하고, 지금까지는 의례의 건으로 생각하였던 떡덩이 영감의 수고가 과연 은혜인 것을 깨닫게 되었다. 그러나 그보다도 더욱 동네 사람들로 하여금 떡덩이 영감을 생각게 한 것은 아이들이 보채어도 갖다가 맡길 데가 없고 귀찮은 심부름이 있어도 시킬 만한 사람이 없어진 것이다.

　영감은 뉘 집 아이든지 갖다 맡기면 그것이 사내면,

　"오 우리 봉인가."

　그것이 계집애면,

　"오 우리 순인가."

하고, 안고 업고 거닐고 하였다. 아무리 보채던 아이들도, 제 어멈도 어찌할 수 없이 보채던 아이들도 이 영감의 손에만 가면 고만 울음을 그치고 해적 해적 웃었다. 그러다가 젖먹이가 배고플 때가 되면 동내로 돌아다니며 젖을 얻어다 먹였다. 그러나 지금은 보채는 아이들을 갖다가 맡길 데가 없었다. 또 무슨 일을 부탁하든지 영감은 일직 못 한다고 거절한 일이 없었다. 연자간에 소

몰기, 나락 멍석에 닭 보기, 창 뚫어진 것 바르기, 개나 고양이나 아이 잃어버린 것 찾으러 다니기. 친정에 와서 아이 낳아가지고 가는 딸들 데리고 어린애 업어다 주기, 병난 집에 의원이나, 무당, 판수 데려오기, 예방하는 물건 내다 버리기, 사람 죽으면 초혼 부르기, 통부通訃[14] 들리고 염습하기, 어린애 죽으면 묶어서 져다 묻기, 궂은일이란 궂은일은 다 와서 청하고 청하면 들었다. 이러하던 떡덩이 영감이 아주 이 동네를 떠나버렸다.

"자네 지은 비문도 적게그려."

하고, 이 글을 쓸 때에 파리가 재촉한다.

"그릴까. 지리하지 아니할까."

"어서 적게 적어. 독자 여러분도 영감을 위하여 우시는 게 안 좋은가."

　　떡덩이 영감 가시니

　　우는 아기 누가 보리

　　싫도록 업어주던

　　등이 어디 또 있으리

　　다 자도록 안아주던

　　품은 어디 또 있으리

　　그 등과 그 품 가시니

　　동네 애기 어이하리

　　일 나가고 비인 집을

14　부고.

영감 있어 보던 것을
광문 장문 안 닫아도
쥐 걱정도 없던 것을
사흘 나흘 나들이도
마음 놓고 가던 것을
그 영감이 가시오니
누가 보나 비인 집을

뚫어진 창 뉘 바르나
얌전히도 발랐것다
독개 그릇 깨어진 것
흰떡 땜은 누가 하나
터진 함지 열 바가지
솔 뿌리는 누가 깁나
그 손이 가시오니
깨진 그릇 어이하나

슬픈 때에 '설어 마소'
성난 때에 '자네 참소'
힘 드는 일 내가 함세
이런 위로 누가 하노
우물 길과 서당 길에
구는 돌은 누가 줍노
우는 아이 설은 과부

동무는 누가 하노

섬길 줄만 알았더니
부릴 줄은 모르더니
있는 대로 다 주어도
달랄 줄은 모르더니
욕먹고도 매 맞고도
'웨 그러나?' 뿐이러니
이제 영감 가시오니
뉘 있어서 이 일 하리
'있을 때엔 모르더니
없어지니 아쉬워라'
동네 사람 하는 탄식
더위 없는 찬 일러라
쉬임 없는 구십 평생
거룩하신 본 되시다
천직 다한 몸과 맘이
부대 편히 쉬이소사

　내가 지은 이 만사 겸 비문을 보고 파리가 만족한 듯이 고개를 느리게 여러 번 끄덕끄덕하며,
　"잘 되었네. 인제는 자네도 떡덩이 영감의 가치를 알았네."
하고, 칭찬을 마지아니한다.
　우리는 곧 석수장이를 불러다가 뒷산에 돌을 따려 내어 동네

사람들이 모여들어 끌어다가 저녁마다 돌을 갈아서 무덤보담 매우 큰 비를 세우고 내 만사를 새겼다.

나 많은 유식한 이들은 진서가 아니라고 흠담을 하나 언문만 아는 젊은네들은 이 언문 비를 좋아라고 지나갈 때마다 한 번씩 읽어본다. 그래서 얼마 아니하여 정신 좋은 사람들과 아이들 중에는 그중의 몇 구절을 따로 외이기도 하고, 소리하는 재주 있는 젊은 패들은 곡조를 맞혀 부르기도 한다.

"돌내집 주사는 덕담도 좋아."

하고, 칭찬하는 이도 있다. 덕담 좋다는 것은 번역하면 글을 잘한다든가, 시인이라는 뜻이라고 내가 스스로 해석하고 나 스스로 영광으로 여긴다. 기실 내가 지은 비문과 같이 영광스러운 비문을 지은이는 고금에 드물 것이니 우리 아버지 애써 글 가르쳐주신 보람이 있다고 할 것이다. 그러나 그 아버지도 벌써 돌아가셨으니 아버지가 하여주실 칭찬은 누가 하여주나, 나도 설어진다.

떡덩이 영감 비문에 관하여 하나 더 할 말이 있다. 그것은 영감의 이름 문제다. 민적을 찾아보면 성은 김가 본은 김해 이름은 클인 자 빛말찬 김인찬이라는 훌륭한 성명이 있건마는 이 이름을 아는 이는 오직 당자와 면소의 민적부 책장뿐이다.

그래서 나는 여러 사람의 반대도 물리치고 '떡덩이 영감 지묘지'라고 썼다. 김인찬 지묘라면 누가 알아보려. 이렇게 쓰는 데 찬성하신 황 주사의 공로를 독자가 기억하기를 바란다.

— 〈동아일보〉, 1926. 1. 12~25.
— 개작《천안기》중 〈떡덩이 영감〉, 〈조선문단〉, 1935.

무명씨전

―A의 약력

1

무명씨. 그에게도 명씨가 없을 리는 없다. 여러 가지 사정으로 그의 이름을 내놓기가 어려운 것뿐이다.

이미 이름을 말하지 아니하니, 그의 고향을 말할 필요도 없을 것이다. 다만 그가 조선 사람이었던 것만 알면 그만이다.

그―무명씨인 그를 편의상 A라고 부르자.

A가 열일곱 살 되던 해에 그의 고향을 뛰어난 것은 까닭이 있다―. 아버지가 애매한 죄에 몰려서 감사 모에게 갖은 악형을 당하고, 수천 석 타작하던 재산의 대부분을 빼앗긴 것을 알게 되매, 분을 참지 못한 것이었다.

그때에는 나라 정사가 어지러워서 당시 정권을 잡았던 M 씨

일족이 감사요 목사요 하고 전국에 좋은 벼슬을 다 차지해가지고 양민을 잡아들여서는 재물을 빼앗기를 업을 삼을 때다. 서울에 큼직큼직한 집의 기왓장이 이렇게 빼앗아 올린 양민의 피 아닌 것이 얼마나 되나.

A는 일본으로 뛰어가서 얼마 동안 준비를 해가지고 동경의 육군사관학교에 입학하였다.

그때 육군사관학교에는 A 밖에 B, C, D, E, F의 무명씨들이 십여 인이나 유학을 하고 있었다. 그들은 대개 나이가 비등하고 또 일본에 온 동기도 대동소이하였다. 지금은 비록 천하를 말하고 국가를 논하지마는, 애초에 집을 떠난 동기는 대개는 권문세가에 원통한 일을 당한 집 자제로서, 한번 톡톡히 원수를 갚고 설치를 하자는 것이었다.

B는 양반에게 선산을 빼앗겼고, C는 그 아버지가 양반에게 수모를 당하였고, D는 그 아버지가 양반에게 재산을 빼앗겼고 등등.

그러나 그들이 육군사관학교에 다니는 동안에 일본 군인의 의기와 애국심을 보고는 처음 오던 조그마한 동기를 버리고 천하, 국가를 경륜經綸[1]하고 큰 뜻을 품게 되었다.

2

노일전쟁이 터지었다. 때는 마침 A 씨 등이 사관학교를 마치

---

1 일정한 포부를 가지고 일을 조직적으로 계획함. 또는 그 계획이나 포부.

고 견습사관으로 일본군대에 있을 때다. 하루는 A가 있는 연대의 연대장이 A를 불러,

"A 군. 오늘 아침 우리 연대는 출정 명령을 받아서 이십사 시간 내로 만주를 향하여 떠나게 되었소. 그대는 외국사람이니 출정할 의무도 있지 아니한즉, 행동을 자유로 할 것이오."

하였다. A는 서슴지 아니하고,

"연대장. 될 수만 있거든, 나를 전지로 데리고 가주시오. 일본군이 어떻게 충용忠勇[2]하게 나라를 위해서 목숨을 버리는 양을 보고 배우려 합니다. 소관도 종군한 이상에는 귀국 군인과 꼭 같은 충성으로 귀국을 도우려 합니다. 이번 기회에 귀국에서 우리를 교육해주신 은혜를 갚으려 합니다."

하였다. 연대장은 곧 그 용기를 칭찬하고 A의 출정을 허락하였다.

3

노일전쟁에 일본군을 따라서 만주에 출정한 이는 A 밖에 사오 인 있다.

그들은 A와 꼭 같은 정신으로 군대에 복무하였다. A와 B와 C 같은 이는 제일선에서 한 부대를 지휘한 일조차 있었다. 그래서 전쟁이 끝이 나고 일본군이 개선할 때에 A 씨 등도 같이 개선하여서 훈장까지도 탔다. 그리고 A, B, C 등 몇 사람은 서울에 머물러

2 충성과 용맹을 아울러 이르는 말.

서 한국주차 일본군 사령부韓國駐箚日本軍司令部에 근무하였다. 그들이 공부를 한 목적이 일본군대에서 사관 노릇 하려 함이 아니었던 것은 말할 것도 없다. 그러나 그때에 한국에는 그네를 써줄 만한 군대가 없었다.

군대는 없는 것이 아니었으나, 그때 군대에 장관이니 영관이니 위관이니 하는 것은 대개 양반집 도련님들이어서, '차렷', '우로 나란히'도 모르는 화초 장교들이었다.

군대란 치안을 유지하거나 외모外侮[3]를 막으려고 있는 것이 아니라, 상감님의 구경거리나 되고 양반집 일없는 자식들의 밥벌이 판이 될 뿐이었다. 그중에 한두 개 군인다운 군인이 없지 아니하였으나 그런 이들은 도리어 천대를 받아서 마음을 펼 수가 없었다.

더구나 일본 다녀온 '생도'들은 다 김옥균, 박영효 일파의 혁명 사상을 가진 자로 여겨서 요로 대관이며 양반네들이 밉게 보고 의심할 때다. 이런 때니깐 좋은 무관 공부를 해가지고 왔건만도 원체 시골 상놈인 A, B, C 등은 써주는 데가 없어서 일본군대에서 견습사관 노릇을 하고 있었던 것이다.

4

A가 본국이라고 돌아와 보니, 나랏일이라고 엉망이었다. 바깥 세력은 조수와 같이 밀어 들어오는데 정부에 권력을 잡은 양반

---

3 외국으로부터 받는 모욕.

들은 서로 물고 뜯고 세력 다툼에 다른 생각을 할 겨를이 없었다.

A는 B, C, D, E, F 등 동지로 더불어 가끔 청루주사靑樓酒肆[4]에 모여 밤이 새도록 술을 먹고 통곡하여 가슴에 찬 불평을 잊으려 하였다.

이때다. A는 몸에 육혈포六穴砲를 지니고 X 보국 집을 찾았다.

X 보국은 세도집이요 또 조선 일부로서 그야말로 부귀가 쌍전雙全하였다.[5]

뜻밖에 찾아온 청년 사관, X 보국은 이 일본 사관을 거절할 수가 없었다. 왜 그런고 하면 노일전쟁이 끝난 뒤에는 일본 군인이라면 당시 한국의 대신들도 쩔쩔매었기 때문이다.

A는 X 보국을 보고 공손히 절하여 어른에게 대한 예를 표하였다. X 보국은 이 까닭 모를 청년 사관을 붙들어 일으키었다. X 보국의 늙은 낯에는 불안이 가득하였다.

"대감, 나를 아시겠소?"

하고 청년 사관 A는 입을 열었다.

"내가 영감을 알 수가 있소?"

하고 X 보국은 A를 유심히 보았다.

이윽고 X 보국의 낯빛은 흙빛이 되었다. 왜 그런고 하면 X 보국은 A의 얼굴에서 자기가 갖은 악형을 다해서 반생반사를 만들어놓은 A의 아버지의 모습을 보았기 때문이다.

X 보국의 낯빛이 흙빛이 되는 것을 보고 A는,

"인제 대감은 내가 누군지를 알겠소? 대감이 갖은 악형을 다

---

4 술집, 기생집, 매음굴 따위를 통틀어 이르는 말.
5 두 쪽 또는 두 가지 일이 모두 온전하거나 완전하다.

해서 폐인이 되었던 내 아버지는 그 후 일 년이 못해서 세상을 버렸소. 그가 마지막으로 유언한 말이 원수를 갚아달란 것이오. 내가 이래 십육여 년간 공부를 한 것도 내 아버지 원수를 갚으란 것이오. 오늘 내가 대감을 만났으니 대감의 운수도 오늘이 끝인 줄 아시오."

하고 군복 바지 포켓에서 번쩍번쩍하는 육혈포를 꺼내어 X 보국의 가슴에 겨누었다.

불의에 이 일을 당하고 X 보국은 염불하는 중 모양으로 두 손뼉을 마주 붙이고 A의 날카로운 눈을 우러러보며,

"영감! 영감! 잠깐만 참으시오. 내가 선대감께서 가져온 재산을 이식利食[6]을 길러서 조수照數[7]히 영감께 드릴 테니, 이 늙은것의 목숨만 살려주시오."

하고 오동지달 설한풍에 벌거벗고 한데에 선 사람 모양으로 덜덜덜 떨었다.

"과연 전에 잘못한 것을 뉘우치시오?"

하고 A는 X 보국을 노려보았다.

"뉘우친 지는 오래외다."

"그러면 대감이 뉘우친 표를 내가 하라는 대로 할 테요?"

"하다 뿐이오. 목숨만 살려주시면 무엇이나 하오리이다."

A는 육혈포를 다시 집어넣고,

"내가 인제 대감에게서 돈을 받아간다면 그것은 내 사욕을 위하는 것이니까, 대장부 할 일이 아니오. 대감의 재산은 모두 백성

6 전매 또는 환매에 의하여 이익을 얻는 일.
7 수효를 맞추어보다.

의 재산이니, 이것을 풀어서 첫째로 학교를 세워 교육을 일으키고, 둘째로 가난한 지사들을 도와 맘 놓고 나랏일을 하게 하고, 셋째로 종준 자제를 뽑아 외국에 유학을 시켜서 나랏일 할 인재를 양성하도록 하실 테요?"

"그저 영감이 하라시는 대로 하오리다. 학교는 내일부터라도 곧 세울 것이오. 가난한 지사로 말하면 내가 아는 이가 없으니, 영감이 소개하시면 얼마든지 신수를 돌보아드릴 것이요 또 유학생도 영감이 천하는 사람이면 보내오리다."

"우리 단둘이 말한 것을 후일에 증거할 사람이 없으니, 대감이 친필로 지금 그 말씀을 종이에 쓰시고 대감이 서명 날인하시고, 또 대감 자제의 서명 날인을 하여주시오."

X 보국은 지필묵을 잡아당기어,

光武 〇〇 年 〇月 〇日 A 씨 處爲考音事
一, 設立學校事
一, 補助志士薪水事
一, 派遣總後出洋留學事

X〇〇 印

子名 印

A는 이 다짐을 집어넣고,

"대감이 이 다짐대로만 하시면, 반드시 전국 백성의 숭앙을 받을 것이오. 그렇지 않고 이 다짐을 어기시면 A의 칼과 육혈포가 언제든지 대감의 머리 위에 있는 줄 아시오."

하고 X 보국의 집에서 나왔다.

그 후에 A는 한 번도 X 보국의 집에 간 일이 없었으나, X 보국은 A에게 약속한 대로 우선 학교 하나를 세웠다.

그리고 이것은 몇 해 후에 일이지마는, A가 벼슬을 버리고 나와서 정당 운동을 할 때에 많은 궁한 지사들이 A의 손에 먹고 살았거니와, 그 돈 중에 얼마는 X 보국의 손에서 나온 것이란 말이 있고 또 누구누구 하는 유학생도 X 보국의 이름으로 일본과 미국과 구라파로 파견되었다.

그 후 십 년간 파란 많은 A의 생활의 제일 삽화가 이 X 보국 사건이다.

5

나는 A 씨의 이야기를 있는 대로 다 쓸 수는 없다. 첫째는 지면 관계와 시간 관계어니와, 둘째는 도저히 쓸 수 없는 사정을 가진 것도 있는 것이다. 그러므로 나는 띄엄띄엄 큼직큼직한 사실만을 지면과 검열이 허하는 대로 쓰는 줄 알아주기를 바란다.

6

A 씨는 그 후에 일본군 사령부를 나와서 한국의 육군 부위로 임명되어서 무관학교 교관, 시위대 중대장 등을 지나서 불과 이

년간에 육군 참령, 일명 대대장에 올랐다.

그때는 한국의 모든 것이 초창 시대이니까, 벼슬자리 올라가는 것도 대중이 없었다.

'우로 나란히', '앞으로 가'도 부를 줄 모르는 민 보국이니 조판서니 하는 사람의 자질들이 십 칠팔 세에 벌써 육군 참위시오, 부위시오 하다가 일 년 이태 사이에 참령입시오, 부령입시오, 원수부 부관입시오 하는 판이니까, A 씨 같은 이가 이태 안에 부위에서 참령으로 올라갔다고 놀랄 것은 없을 것이었다.

7

전에도 잠깐 말한 바와 같이 동경 육군사관학교 동기생, 또는 한두 해 전후 출신으로서 동지라고 할 만한 사람이 A 씨 외에도 B 씨, C 씨, D 씨, E 씨, F 씨 이 모양으로 6, 7인은 되었다. 이 6, 7인은 당시 한국 육군의 신지식으로서 벼슬자리는 낮을망정, 위로 황제 이하로 정부 대관에게까지 일종의 존경과 두려워함을 받았다. 그들은 효충회效忠會라는 일종 동창회적 성질을 띤 구락부를 조직하여가지고 때때로 처소를 정하고 모여서 크게는 동양 대세와 군국대사를 의논하고, 적게는 각 개인의 출처 진퇴를 상의하였다.

그들 중에 가장 선배인 B 씨는 육군 정령으로 무관학교의 교장이었다. 이 사람은 키가 작고 몸이 뚱뚱하고 눈이 작아 겁이 없기로는 A 씨와 같고, 살이 희고 얼굴이 동탕動蕩하고[8] 호협豪俠하기로는[9] A 씨보다 승하였다. 그는 술을 무량으로 먹고, 술값이 없으면 군복을 벗어 전당으로 잡혔다. 한번은 기생집에서 자고 화채가 없어서 군복을 벗어주고 내복에 군도를 차고 외투를 입고 사진仕進[10]을 하였다는 말까지 있는 사람이다. 군대 해산을 의논하는 모 회석에서 꽁무니를 까고 똥을 갈긴 것도 그요, 말을 타고 영문으로 들어오다가 군대 해산의 조서가 내렸다는 말을 듣고 칼을 뽑아 말의 목을 베어 안고 앙천통곡仰天痛哭[11]한 이도 그다.

그 담에는 C 씨. C 씨는 사관학교 출신은 아니다. 그는 일개 병정으로 올라온 무관이다. C 씨는 한문책 한 권도 잘 보지 못하는 지식이지마는, 기골이 장대하고 눈초리가 관우 모양으로 위로 치 찢어지고 목소리가 크고, 수염을 나는 대로 내어버려서 얼굴의 삼분지일이나 가리우고, 찢어진 옷을 입고, 병정이 신는 구두를 신고, 병정과 함께 자고 먹고, 참으로 병정의 부스럼을 입으로 빨아주고, 나라를 사랑하기를 제 목숨보다 더하고,

"내가 무식하게 무얼 아오? 그저 동지네가 옳다고 하라면 무슨 일이라도 하지요."

하는 인물이다. 이는 어느 진위대장.

D 씨는 시위 2대 대장으로 맵시가 호초알과 같은 이. 몸이 강강하고 근엄하여 술을 아니 먹고 색을 가까이 아니 하고 밤낮에 생각하고 일하는 것이 군대 교련이었다.

다음이 E 씨. 키가 크고 말이 적고, 한번 약속한 것이면 말없이 지키는 이.

---

8 얼굴이 두툼하고 잘생기다.
9 호방하고 의협심이 있다.
10 벼슬아치가 규정된 시간에 근무지로 출근함.
11 하늘을 쳐다보며 몹시 욂.

다음이 F 씨. 이는 어느 시골 부자의 아들. 키가 크고 뚱뚱하고 점잖기가 양반과 같고, 그러면서 백령백리百伶百俐[12]해서 '전라도 아전'이라는 별명을 듣는 이. 그는 배일파(그때에는 이러한 지사 파가 있었다. A 씨 등은 다 이 파에 속하였다)에 가서는 배일파 의 동지가 되고, 친일파(그때에는 이런 파도 있었다. 요로 대관이 며 양반 계급의 대부분이 이 파에 속하였다)에 가서는 친일파와 지기상적하였다. 그리고 군사령부에 가면 또 군사령관 이하로 일 본 사관들에게도 환심을 샀다. 무겁기 천근과 같고 둔하기 물소 와 같을 듯하면서도 그의 맑은 눈정기 값을 하노라고 이렇게 백 령백리한 까닭에 동지간에도 추호의 불신임을 받음도 없었다.

이 중에서 A 씨로 말하면, 키가 작고, 몸이 강강하고 눈이 가 늘고, 빛나고 목소리는 평소에 부드러우나 한번 노하면 쇳소리 와 같고, 비록 연설은 못 하나 좌담에 능하고, 무슨 일을 계획하 매 물 부어 샐 틈이 없고, 한번 한다고 작정하매, 하늘이 무너져 도 변함이 없고, 비록 몸이 작으나 만 근의 무게가 있어서 요로의 대관들과 합석하더라도 조금도 눌리는 바가 없고, 나라를 사랑하 매 몸과 집이 없고, 동지를 사귀이매 재물을 아끼지 아니하고, 친 구를 한번 믿으매 다시 의심함이 없고, 만일 한 가지 흠이 있다 하면, 그는 당시 세계 사조이던 마키아벨리식 사상에 물들어서 목적을 위하여서는 수단을 가리지 아니하는 것이라고나 할까. 이 러한 연소기예年少氣銳[13]한 신진 무관들은 전부가 시골 사람이었다. 그중에 오직 하나 시위 2대 대장 D 씨가 서울 태생이나 서울에도

12 매우 영리하고 민첩함.
13 젊고 기운이 팔팔함.

중인이었다.

대원군의 서원 철폐와, 갑오경장 후로 조선의 계급이 타파되었다고 하지마는 그것은 말뿐이요, 나라의 모든 기관은 여전히 노론이니 소론이니, 남인이니 북인이니 하는 양반들의 손에 잡혀 있었다. 오직 한국의 마지막 내각(削除).[14]

그때 군대에도 참장이니 부장이니 하는 것이 민 무슨 호, 민영무엇이던 것은 말할 것도 없거니와, 정령, 부령 중에도 실권 있는 자리는 아무 판서의 손자요, 아무 대신의 사위였다.

영국이 어디 붙었는지도 모르는 조약 국장, 우로 나란히도 모르는 육군 부장, 교육이라는 교자도 모르는 학부의 무슨 국장, 무슨 과장, 재정학, 경제학이란 이름도 모르는 학지부의 무슨 국장, 무슨 과장, 이러한 벼슬들은 나랏일을 하기 위해서 있다는 것보다는 노론이니 소론이니 하는 양반님네의 밥벌이, 호강 자리로 있는가 싶었다.

명치 삼십 년대의 한창 불 일듯 일어나는 새 일본을 보고 온 이 젊은 사관들의 눈에 이러한 한국의 정계가 어떻게나 비치었을까 하는 것은 물어볼 필요도 없을 것이다. (削除) 하고 K 진위대장 C 씨는 울룩불룩한 상놈스러운 주먹으로 술상을 탕탕 쳐서 안주 그릇이 부서질 지경이었다.

"그, 저, 썩어진 대구리 놈들(대신들이란 말)부텀 모조리 집둥우리에 담아다가 똥물에다 튀겨야 해!"

하고 제일 선배인 B 씨도 급진적 혁명을 역설하였다.

14 삭제.

8

A, B, C, D, E, F 등 젊은 사관들의 목표가 어디 있었던 것은 이상에 그들의 성격을 말한 데서 대강 짐작하였을 것이다.

그들은 한국의 군대를 자기네의 세력 안에 넣고, 즉 자기네의 손에 쥐이고, 이것은 오늘날의 유명무실한 군대에서 참으로 힘 있는 군대로 만들어가지고 썩어진 양반 계급에 대해서 한 혁명을 일으켜서 한국의 국권을 신진 평민 계급의 손에 넣자는 생각을 가졌다. 아직 구체적 계획은 서지 아니하였으나 이 계획은 결코 전혀 실현성이 없는 공상이라고 할 수는 없었다. 왜 그런고 하면 A, B, C—이들은 원수부, 시위대, 진위대, 무관학교 같은 군부의 각 기관에 들어갔고 또 그들의 실력은 나날이 조금씩이라도 실권을 장중에 넣게 되었기 때문이다.

이러한 젊은 무관들의 단체인 효충회는 일종의 비밀결사였다. 가장 선배가 되는 B 씨가 회장격이요, 가장 모략과 신망이 있는 A가 참모격이요, 근엄한 시위대장 D 씨와 열렬한 진위대장 C 씨는 평시에는 동지 권유의 임무를 맡고, 거사할 때에는 각기 군대를 거느리고 혁명군의 앞장을 서게 될 것이요, 돈 많고 교제 잘하는 F 씨는 한국 정부와 일본 군사령부의 주요 인물과 사귀어 알아볼 것은 알아보고, 인연을 맺어둘 사람은 맺어두기로 하고 또 F 자신은 그러한 생각을 하고 있는지 모르지마는 A 이하로 일반 동지가 생각하기에는 필요한 때가 오면 군자금도 내리라고 믿고, 또한 진위대장인 E 씨는 C, D 양씨와 아울러 장차 거사할 때에 한몫을 보기로 작정한 것이었다.

이렇게 짜놓고 시기가 돌아오기를 기다리며 A는 또 한편으로 군인 외의 동지를 구하여 한 정당을 조직할 야심을 가졌다.

9

A 씨가 정치적 포부를 가지고 ○○회라는 정치적 결사(그것은 독립협회를 제하고는 아마 조선에서 처음인 애국적 정치결사였다)를 지은 사실을 자세히 말할 이유는 없다. 다음 어느 기회에 ○○회의 주요 인물과 그 회에 관한 대강 사실을 말할 때도 있을 것이다. 이 정치적 결사에 대하여서는 독자는 그때까지 기다리실 수밖에 없다.

10

껑충 뛰어서 이야기는 광무 ○○년 여름에 옮아간다.

효중회 동지들이 모이어 비밀히 시사 문제에 관한 토론을 하는 자리에 어떤 편지 한 장이 왔다. 그것은 물론 우편으로 온 것은 아니다. 어떤 병정 하나가 갖다가 A 씨에게 주고 달아났다.

그 편지를 떼어본 A 씨의 낯빛은 해쓱해지고 눈초리는 오르락내리락하고 숨소리는 높아지었다. 좌중이 다 A 씨의 태도를 보고는 마치 일시에 숨이 끊어지고 몸이 굳어진 듯이 말이 없다.

"군대를 해산하기로 오늘 내각 회의에 내정이 되었다오!"

하고 A 씨는 그 편지를 좌중에 내어던지었다.

그 편지는 궁중에서 나온 것이었다. 내각 회의를 엿들은 사람의 편지인 모양이어서 궁녀체로 순 한글로, 내각 회의 시에 총리대신 R, 내부대신 S, 탁지대신 K, 농상공부대신 C, 군부대신 R 등등 제 대신이 토의하던 말 중에서 중요한 구절을 매우 요령 있게 적은 것이었다.

그것에 의하건대 R 총리대신이 모처의 의사라 하여 도저히 군대를 해산하지 아니하면 아니 될 것을 역설하고 만일 자진하여 한국이 군대를 해산하지 아니하면 일본과 전쟁을 하게 될 터이라는 말까지도 하였다.

이에 대해서 찬성 반대파가 나뉘어 S 내부대신, C 농상공부대신, K 탁지대신 같은 이는 사직을 안보하고 인민을 도탄어육에서 건지기 위하여 저편의 요구대로 군대를 해산하자고 하고, 기타 R 군부대신, R 학부대신, P 궁내부대신, K 원로 등은 군대 없는 나라가 어디 있으며 또 남이 해산하란다고 제 군대를 해산하는 못난이가 어디 있느냐고 반대하였으나 필경 하나씩 둘씩 총리대신의 말과 위협(반대하는 자도 개인의 지위는 물론이어니와 생명에까지 위험이 있으리라는!)에 자라 모가지 모양으로 움츠러지고 끝끝내 뻗댄이는 두어 사람밖에 없었다고 한다.

그래서 내일 아침에는 정식으로 어전회의를 열어서 군대 해산의 조서에 각 대신이 서명하기로 하고, H 내각 서기관장이 해산 조서를 기초할 것을 맡고, S 내부대신이 전국 관민에게 공문할 것을 맡고, R 총리대신과 C 농상공부대신이 상감의 뜻을 움직일 것을 맡고, R 군부대신이 일본군 사령관에 말하여 일변 일본군대로 시내의 각 요지를 수비케 하고 일변 한국의 군대의 무장을 해제

하여 병영을 일본군대에 내어주는 실행 임무를 맡기로 하였다고 하였다. 이 말은 즉 R 군부대신이 각 대의 간부를 불러 해산 명령을 전달하고 아울러 해산 사무를 맡아보게 되었다는 것이다.

이 편지를 본 효충회 출석자―B, C, D, E, F 등 모든 장령들은 청천벽력에 얼빠진 것 같았다.

어떤 이는(C 씨 같은 이),

"한테 해보자!"

하고 팔을 뽐내고 어떤 이는,

"이놈들을― 이 나라 잡아먹는 도적놈들을."

하고 이를 갈고 또 어떤 이는 실성통곡하였다.

마침내 의논은,

"있는 힘을 다해서 군대 해산에 반항하자."

하는 것으로 결정이 되었다.

그러나 효충회 6, 7인 중에 실지로 군대를 지휘하는 지위에 있는 이는 시위 2대 대장인 D 씨와 서울서 얼마 멀지 아니한 지방 진위대대장인 C 씨뿐이었다. 군부대신 부관인 A 씨나, 무관학교 교장인 B 씨나 있지도 아니한 치중대장인 E 씨 같은 이는 손에 한 소대 병정도 없는 사람들이다.

"옳다, 어디 겨루어보자!"

하고 C 씨는 즉시로 자리에서 일어나며,

"나는 가오. 다들 웬걸 생전에야 만나겠소? 이판에 살아나는 놈도 개 아들놈이오."

하고 인사도 다 아니하고 뛰어나가버렸다. 그는 군대 해산령이 내리기 전에 자기가 맡은 수비대로 가려던 것이다.

B 씨는 각 대 통솔자를 찾아, F 씨는 S 내부대신(이는 부총리격이었다)과 C 농상공부대신을 찾아 군대 해산이 불가한 것을 말하기로 하고, A 씨는 R 총리대신과 R 군부대신을 찾아서 군대 해산을 못 하게 하도록 힘쓸 것을 약속하고 헤어졌다.

'군대를 이상적 군대로 만들어보자' 하여 주소로 애를 쓰던 이 사람들의 실망과 분개는 형용해 말할 도리가 없었다.

11

A 씨는 곧 R 총리대신 집을 찾았으나 예궐하였다 하여 만나지 못하고 그 길로 R 군부대신 집을 찾았더니 그 역시 예궐하였다 하나, A 씨는 군부대신 부관인 관계로 R 군부대신 집 사랑에 들어가서 군부대신이 돌아오기를 기다리기로 하였다.

얼마 아니하여 뚱뚱한 군부대신은 술이 반취나 하여서 인력거를 타고 집으로 돌아왔다. A 씨는 예사롭게 부관답게 R 씨를 맞았다.

"어, 자네 왔나?"

하고 군부대신은 육군 대례복의 금줄이 찬란한 군모를 벗어서 곁에 선 상노에게 주는 것을 A 씨가 그 군모를 받아서 마당에다가 탁 집어 동댕이를 쳤다.

"이 사람, 이게 웬일인가?"

하고 R 씨는 술이 번쩍 깨는 듯하였다.

"군대가 다 없어지는데 군모는 해서 무엇해요?"

하고 A 씨는 주먹으로 눈물을 쥐어뿌리며,

"이 모자가 군대를 해산하려는 군부대신의 머리 위에 올라앉은 것이 죄지요!"

하고 구둣발로 그 찬란한 군모를 지르밟고 비벼버렸다. 모자는 찌그러지고 흙탕구리가 되어서 해산당하는 군대와 같이 참혹하게 화계 밑에 굴러가 자빠졌다. 군부대신은 아무 말이 없이 고개를 숙였다.

"자네, 어디서 무슨 말 들었나?"

하고 양실 응접실 교의에 걸터앉아서 주먹으로 이마의 땀을 씻으면서 R 씨는 A 씨에게 물었다. 그 음성은 마치 죄를 지은 사람이 용서함을 청할 때의 음성과 같이 힘이 없었다.

"대감!"

하고 A 씨는 상관에게 대한 예절도 버리고 군부대신의 팔을 꽉 붙들었다.

"대감! 대감은 군인이외다. 내각 대신들이 다 썩고 물렀기로 대감마저 그러실 수는 없습니다. 대감 못 한다고 반대하시오!"

"낸들 왜 반대를 아니 해보았겠나."

하고 R 군부대신은 숙였던 고개를 기운 없이 들었다―.

"그렇지만 다들 아니할 수는 없다고 하니, 내가 혼자 어떻게 한단 말인가."

"다들이라니? 대감은 반대신데 다른 대신들이 해산을 주장한단 말씀이지요?"

하는 A 참령의 다짐에 R 씨는 다만 고개를 두어 번 끄떡거릴 뿐.

"대감은 분명 반대십니까?"

"암 반대지. 내야 설마 찬성하겠나. 하지마는 수상의 뜻이 기울어진 걸 어찌한단 말인가. 애초에 발론을 수상이 했거든. 그야 수상도 자기 뜻이야 아니겠지. 뒤에 내려누르는 데가 있어서 그러겠지마는 수상의 뜻이 정했으니까, 내가 어떻게 하나. 안 그런가."

하고 R 씨는 연해 이마에서 땀을 씻는다. 그는 회의가 끝난 뒤에 궁중에서 축하(?)의 뜻으로 한잔 먹은 것과, A 씨가 대드는 바람에 어색해진 것과 이것이 합하여 이마와 등골에서는 몸에 있는 물이 다 나오려는 듯이 땀이 흘렀다.

"인제는 또 수상의 뜻이 해산으로 기울어졌으니까, 대감의 뜻은 아니지마는 내일은 대감이 장을 서서, 대감의 손으로 군대를 해산해버릴 직분을 맡으시었단 말씀야요? 그래, 대감의 모가지는 이런 때에는 좀 내어 대어보지 못하고 그렇게 아끼면 천년이나 만년 갈 듯싶습니까."

R 군부대신은 대답이 없다.

"설사 대감이 모가지를 내어 대고, 못 한다고 크게 다투지는 못할망정, 내일이면 없어질 군부대신 자리를 발길로 차고 물러나올 기운도 없습니까. 그러고는 무엇을 먹겠다고 제 손으로 제 군대를 해산하고, 제 손으로 제가 있는 군부대신의 자리를 팔아먹을 염치가 어디 난단 말씀입니까."

"……."

"대감…… 아직도 늦지 아니합니다. 단연히 군대 해산에 반대하노라는 성명서를 이 자리에서 쓰시오!"

"글쎄 나 혼자만 뻗대면 일이 되나. 총리대신이 한다는 것을 어찌한단 말인가."

"그러면 총리대신만 대감 모양으로 맘을 돌린다면, 대감은 끝끝내 반대하시렵니까?"

"암, 그렇지."

하는 대답을 R 군부대신은 아니 할 수 없게 되었다.

"그러면 대감께서 군대 해산 불가라는 편지 한 장을 써줍시오. 소인이 가지고 가서 총리대신의 맘을 돌려보겠습니다."

"그거 안 될걸."

"되고 안 되는 것은 소인께 맡기시고, 대감은 편지 한 장만 써줍시오."

A 씨의 비분한 태도와 정정당당한 이론에 눌리어 R 군부대신은 더 모피할 평계를 얻지 못하여,

　　R 수상 각하!

　　제국의 군대를 해산함은 도저히 차마 못 할 일이옵기, 소인은 죽기로써 반대하려 하오니 각하께옵서도 돌려 생각하시기를 복원하나이다.

　　자세한 말씀은 부관 A에게 하문하시옵소서.

　　　　　　　　　　　　　　　　　　○월 ○일 석 R 재배

R이 이 편지를 쓴 것은 반은 A의 열성에 감동됨이요, 반은 A의 위엄에 눌림이었다. R은 A가 자기를 죽이기라도 할 듯하게 살기가 등등하게 생각하였다.

"소인 곧 다녀오겠습니다."

하고 A는 R 군부대신의 집을 나서서 바로 R 수상의 집으로 가려

다가 총리대신을 방문하는 데 합당할 만한 예복을 갈아입을 필
요가 있다고 생각하고 잠깐 집에 들렀다.

12

집에서 옷을 갈아입고 인력거를 타고 나서려다가 한번 전화로
물어보고 가는 것이 편하리라 하여 R 수상 집에 전화를 걸었다.

전화는 이야기하는 중이었다.

세 번째 전화를 걸려 할 때에 A 씨의 귀에 댄 수화기에서는 R 군
부대신의 음성이 들렸다. A 씨는 깜짝 놀라서 가만히 들어보니, 그
것은 전화가 혼선이 된 것이었다.

"지금 A가 소인의 편지를 가지고 댁으로 찾아갈 테니, 안 계시
다고 만나시지 마시지요."

이러한 소리가 들렸다. 그것은 분명히 R 군부대신이 R 수상에
게 거는 전화였다.

"그러면 헌병대에 전화해서 A란 자를 잡아 가두라지요."
하는 것은 분명 R 수상이었다.

"그럴 것까지는 없고요. 제가 눠두기로니, 무엇을 하겠습니까.
대감께서 안 만나시면 그만이지요."
하는 것은 군부대신이었다.

A는 당장,

"이 개 같은 놈들아!"
하고 소리를 지르고 싶은 것을 꽉 참고 들을 것을 다 들은 뒤에

수화기를 걸었다.

"아, 다 틀렸구나!"

하고 A는 방바닥을 굴렀다.

A는 '우후후후' 하고 한참이나 소리를 내어 울더니, 벌떡 일어나서 벽장에서 육혈포를 꺼내어 십이 연발에 탄환을 재어 기계를 점검해보고 나서, 군복 바지 뒷주머니에 넣고 육군 참령의 정복을 정연하게 입고 인력거를 타고 나섰다.

A 씨가 인력거를 타고 바로 대문을 나서려 할 때에 마주 들어오는 우비 씌운 인력거 하나가 있었다. A는 그 인력거가 누구의 인력거인 줄도 알았으나, 짐짓 모른 체하고 그 인력거를 비켜서 인력거를 몰았다.

"영감!"

하는 여자의 목소리가 우비 씌운 인력거 속에서 나오며 머리 쪽진 젊은 여자 하나가 내려서서 지나가는 A의 인력거를 따랐다.

그러나 A의 인력거는 뒤도 돌아보지 아니하고 어두운 X동 병문으로 들어가고 말았다.

이 여자는 추금秋琴이라는 기생이다. 그때에는 오늘날과 달라서 명기라고 하면 돈 있는 놈보다도 지사를 따르는 기풍이 있었다. 추금이도 그러한 기생 중의 하나로서, A 씨의 사랑을 받고 A 씨를 사랑하는 기생이었다. 그래서 가끔 추금은 밤이면 A 씨 집을 찾아와서 이튿날 아침에 돌아가는 일이 있었다. 오늘도 추금은 A 씨를 위로할 양으로 찾아왔던 것이다.

추금이는 A 씨가 자기를 본체만체, 자기가 부르는 소리도 들은 체 만 체하고, 가버린 것이 불쾌하고 분해서 눈물을 참고 입술을 물었다. 그러나 추금이는 얼른 다시 생각하였다. 근래에 A 씨가 도무지 자기를 돌아보지 아니하고 혹시 만난대야 전과 같이 유쾌한 빛이 없을뿐더러, 용모가 초췌하는 것이며 오늘 저녁에 이처럼 A 씨가 자기의 부르는 소리에도 대답할 새가 없는 것이 필시 무슨 곡절이 있으리라고 생각하였다. 있다 하면 무슨 곡절? 그것은 크나큰 국사일 것이다.

이렇게 생각하면 A에게 대한 섭섭하고 분한 맘은 풀리고 도리어 크나큰 국사로 해서 노심초사하는 A가 한없이 동정이 되었다.

"가!"

하고 추금은 인력거에 올라앉아서 인력거꾼을 재촉하였다. 비록 그렇더라도 인력거꾼이 부끄러운 생각이 없지 아니하였다.

"어디로 모시랍쇼?"

하고 인력거꾼은 인력거 채를 들어 무릎 위에 놓으면서 고개를 뒤로 돌려서 물었다.

"집으로 가."

하고 추금은 기운이 다 빠지는 듯함을 깨달았다.

13

그날 밤에 추금은 R 수상이 부르는 것도 물리치고 A 씨를 찾아왔던 것이다. A 씨를 향하여 R 수상의 부름을 물리쳤다고 한대야 큰 자랑 될 것도 없었다. 왜 그런고 하면 이것이 한두 번 일이 아닌 까닭이었다.

각료 중에 추금을 사랑하는 사람이 R 수상 외에도 있었다. S 내대(내부대신), C 농대(농상공부대신) 같은 이는 그중에도 심한 편이요 정력이 절륜絶倫하다는[15] R 군대(군부대신)도 이 미인을 지나쳐 보았을 리는 없지마는 그가 자기의 부관인 A 참령의 애기인 줄을 안 때에는 손을 대이려고 하지 아니하였다. 이렇게 여러 대신들이 추금의 재색에 침을 흘리는 중에도 R 수상은 자기의 지위가 한국에서 가장 높은 모양으로 추금을 손에 넣는 데도 자기에게 우선권이 있을 것을 확신하고 있었다.

"X동 대감께서 아씨 부르시오."

하고 인력거가 오면 추금은 그 부르는 곳이 어딘가를 물어서 만일 백수白水라든지, 화월花月이라든지 하는 일본 요릿집이면 가고 X동 ○○정 댁이라고 하면 무슨 핑계든지 내어서 거절하였다. 그러할 때마다 그 어미가 발을 구르고,

"이년아, 나 죽는 것을 보아라."

하고 발악을 하는 것은 말할 것도 없다.

이날에는 R 수상은 추금을 ○동 ○○정 댁으로 불렀다. 그러는 것을 어디 가고 없다고 해서 돌려보내었다.

한성 정계에 풍운이 자못 급한 것은 추금이도 모를 리가 없었다. 해아海牙[16] 평화회의에 밀사가 나타났다는 둥, 그 밀사가 만국회의 석상에서 연설을 하다가 비분한 나머지 배를 갈라 죽었다는 둥, 이 때문에 황제가 양위讓位[17]를 한다는 둥, 벌써 했다는 둥,

---

15 아주 두드러지게 뛰어나다.
16 '헤이그'의 음역어.
17 임금의 자리를 물려줌.

일본군대가 남산 꼭대기와 남대문 누상에와 대한문까지 대포를 설치했다는 둥, 인천에는 일본 군함이 수만 명 군대를 싣고 들어온다는 둥, 인제 큰 난리가 난다는 둥, 이러한 밑 있는 소리, 밑도 없는 소리가 병문 지게꾼이며 행랑어멈, 아범들 사이에까지도 이야깃거리가 되었던 때다. 이러한 때에 지사와만 추축追逐하는[18] 명기 추금이가 정계 풍운이 급박한 낌새를 몰랐을 리가 없다.

이러한 때에 추금이가 A에게 대하여 가지는 생각은 두 갈래였다. 하나는 A 씨와 그의 동지 되는 여러 지사들이 아마 시국을 바로잡아서 난리를 평정하리라 하는 희미한 희망과 또 하나는 이렇게 풍운이 급박하면 손에 넉넉한 실력이 없는 A 씨 기타와 지사들의 운수가 불길하리라는 근심과였다.

A 씨가 여러 날을 두고 자기를 돌아보지 아니할 때에 추금은 여자가 으레 가지는 맘으로 혹시 A 씨가 다른 여자를 사랑하여 자기를 잊어버림이 아닌가 하는 질투를 느끼지 아니함도 아니지마는, 한번 돌려 생각할 때에 A 씨는 오늘날 시국에 집이나 아녀자에게 견권繾綣하는[19] 정을 가질 사람이 아니라고 단정하였다. 그러고는 전장에 내보낸 남편을 생각하는 아내의 가슴을 안고 있었다.

<hr />

18 남의 뒤를 쫓아 따르다.
19 생각하는 정이 두터워 서로 잊지 못하거나 떨어질 수 없다.

14

　옷도 끄르지 아니하고 머리가 아프다고 일컫고 자리에 누워 있을 때에 추금의 주정뱅이 오라비 M이 집을 헐며 들어왔다.

　"추금아, 추금이 있니?"

하고 M은 누이의 방에 늘인 발을 들고 머리를 쑥 데밀었다. 갈라붙였던 머리카락은 앞으로 뒤로 옆으로 갈기갈기 늘어지고 입에서는 튀튀하고 거품이 일었다.

　본래는 그리 적지도 아니한 눈은 졸려서 못 견디어 하는 어린애 눈으로 가느스름하게 반작거리고 모시 두루마기 고름은 한쪽이 뜯어져서 고 맺은 것이 겨드랑이에서 디룽거렸다.

　추금은 못 들은 체 자는 체하고 돌아누웠다.

　"얘, 추금아."

하고 M은 추금의 곁에 들어가 앉으며 웃는 얼굴, 귀여워하는 어조로,

　"얘 추금아, 이를테면 내가 이렇게 술이나 먹고 망나니라 하더라도 그래도 네 오라비거든…… 그렇지마는 취한 것은 아니야. 내가 그것 먹고 취해? 안 될 말이지, 하하하하. 얘 누이야, 동생아. 이 오라비 놈 술 좀 먹여주려마."

하고 잘 말 듣지 아니하는 손가락으로 추금의 목을 간질인다.

　"글쎄 왜 이래요?"

하고 추금은 귀찮은 듯이 팔을 들어서 M의 손을 뿌리쳤다.

　"오빠도 사내로 태어났거든, 좀 사내답게 사내다운 일을 해보시구려. 나이 삼십이 내일모렌데도 밤낮 술만 잡숫고― 내가 버

는 돈이 어떤 돈이라고 그것으로 술을 잡숫고 다니신단 말요? 동생이 부끄럽지 않아요?"

하고 날카로운 눈으로 주정뱅이 M을 흘겨보았다.

"네 말이 옳다. 백 번 옳고, 천 번 옳다. 내가 죽일 놈이다. 죽일 놈이고 말고."

하고 M은 척추골이 부러진 듯이 앞으로 푹 허리를 구부려버리고 만다.

"병정 노릇이라도 좀 댕겨보시구려. 그것도 못 하겠거든 순검 노릇이라도 좀 댕겨보시구려!"

하고 추금은 엄숙한 낯으로,

"남과 같이 영웅 열사는 못 될망정 순검, 병정도 못 된단 말이오?"

하고 추금은 속으로 A 같은 사람과 M과를 비교하면서 이렇게 M을 책망하다가, 그 주정뱅이가 죽여줍소사 하는 듯이 가만히 앉았는 것을 보고는 불쌍한 생각이 나서 말을 끊고 말았다.

"추금아, 내 영웅이야 바라겠느냐마는 열사는 되마."

하고 M은 이윽고 고개를 들고 몸을 똑바로 얼굴을 엄숙히 하였다. 그의 낯에는 조금 전에 있던 취한 빛이 다 없어지고 해쓱한 그 얼굴, 여무진 눈에서는 찬바람이 나는 듯하였다.

이때에 대문에 찾는 소리가 났다. 그것은 R 수상에게서 두 번째 온 인력거였다.

무슨 생각이 났는지 추금은 이번에는 아니 간다고 거절을 아니 하고 성큼 일어나서 그 인력거를 탔다.

— 〈동광〉, 1931. 3~6.

모르는 여인

나는 팔십이 가까우신 조부님과 일곱 살밖에 안 되는 누이동생 하나를 떠난 지 반년 만에 찾아서 서울에서 나려갔다. 내가 지난해, 즉 일로전쟁이 터져서 내 고향인 ○○에서 일로 양군의 첫 접전이 있은 것은 봄이거니와 그 여름에 조부님 앞에서 배우던 맹자를 "과거도 없는 세상에 이것은 배워서 무엇하오?" 하고 집어던지고 서울 길을 떠날 때에는 집에는 늙은 서조모[1] 한 분이 계셨으나 내가 서울 올라가 있는 동안에 그 허리 꼬부라진 서조모마저 돌아가시고, 조부님은 어린 소녀인 내 누이동생 하나를 데리고 전 집을 지닐 수 없어서 팔아가지고 조부님의 외가 되는 동리에서 고개 하나 새에 둔 외따른 조그마한 집, 이 이상 더 적을

1 할아버지의 첩.

수는 없다 하리만큼 조그마한 집을 사서 옮아와 계셨다. 내가 조부님과 어린 동생을 찾아간 것은 이 ○○골 집이었다.

　수수깡 사립문 단 조그마한 초가집. 부엌 한 칸, 아랫간 한 칸, 웃간 한 칸, 헛간 한 칸, 그래도 조부님의 취미와 솜씨로 아래 칸만은 도배를 하여서 벽이 찌그러졌을망정 울퉁불퉁할 법은 해도 하얗게 종이로 발려 있고, 그래도 아랫목에는 보료를 깔고 문갑과 벼루집을 놓고 산수를 수놓은 안줏수 자리 병풍을 둘러서 방 외양만은 작년에 내가 집을 떠날 때와 다름이 없었다. 후에 누이 동생에게 들으니 이 병풍과 문갑도 벌써 팔려서 겨울만 나면 산 집에서 가져가기로 되었다고 하였다.

　그러나 아들 형제를 다 앞세우고 같이 늙어오던 작은 마나님까지도 앞세우고 재산도 다 없어지고, 열네 살 먹은 단 하나인 손자는 서울로 공부한답시고 달아나고, 칠팔 세밖에 안 되는 어린 소녀 하나만을 데리고 살아가는 조부님의 정경은 어린 내가 보기에도 더 할 수 없는 인생의 비참사였다.

　재산은 없어, 벌이도 없어, 옛날 잘 살던 찌꺼기로 남은 병풍이니 책이니 의농이니 이런 것을 팔아서 근근이 살아가신다는 말과, 나무는 조부님의 외사촌 되는 노인이 가끔 대어드린다는 말은 집에 오기 전에 미리 알았다.

　나는 이른 봄, 이라는 것보다도 늦은 겨울 아직도 산에 눈 덮인 어느 날 어스름에야 집에 들어가 불도 켜지 아니한 어둠침침한 방에 혼자 가만히 앉아계신 조부님 앞에 넙적 절을 하였다.

　"오 인득이냐. 온단 말은 듣고 아까까지 저 앞 고개에 나가 앉았다가 선선해서 들어왔다. 몸 성이 다녀왔느냐."

하는 조부님의 음성은 작년 마찬가지여서 그리 쇠하신 것 같지는 아니하였다.

"이앤 어디 갔어요?"

하고, 나는 누이동생이 안 보이는 것을 보고 물었다.

"기애가 저녁을 지어놓고서는 너 온단 말을 듣고 기다리고 들락날락하더니 어디를 갔나, 원. 물 길러를 갔나?"

하시고는,

"아가, 아가!"

하고, 두어 마디 불러보신다.

이윽고 물동이에 띄운 바가지 소리가 달각달각 들린다. 나는 문을 열고 뛰어나갔다.

"아이, 오빠!"

하고, 경애는 무엇에 놀란 것처럼 우뚝 섰다. 머리에 인 물동이가 뒤로 떨어질 듯하도록 그렇게 우뚝.

인제 여덟 살 먹은 어린 누이. 제가 여섯 살이오, 내가 열한 살 적에, 팔월 추석을 앞두고 뒤두고 부모를 한꺼번에 여읜 지 이태. 젖먹이 끝에 누이는 남의 집에 가서 살다가 이질에 죽고 동기라고는 하나밖에 아니 남은 어린 누이. 그것이 이 치운데 방구리에다가 물을 길어 이고 또아리 끈을 입에다 물고, 어른들이 하는 모양으로 한 손으로 물동이를 잡고, 한 손으로는 젖가슴을 누르고, 그리고 황혼에 선 꼴. 내 눈에서는 뜨거운 눈물이 쏟아졌다. 그래도 때는 묻었을망정 통통하게 솜 둔 옷을 입은 모양만이 대견하였다.

"우물이 머니?"

"멀어. 가까운 우물두 있지마는 다 얼어붙었어. 오빠 이번 와
서는 안 가지?"

하고, 경애는 젖가슴을 눌렀던 손으로 눈물을 씻는다. 나는 차마
이번 왔다가는 멀리 외국으로 공부를 간다는 말이 나오지를 아
니하였다.

나는 말없이 경애의 머리에서 물동이를 내려주려고 두 손을
내밀었다.

"아니 나 혼자 내려놀 줄 알어."

하고는, 고 조그마한 키에도 허리를 낮후고 조심 조심히 부엌으
로 들어가서 물동이를 내려놓는다. 그리고는 앞치마 자락에 손을
씻고 부엌문으로 내다보면서,

"오빠, 들어가. 저녁상 올리께."

하고는 어두운 속에서 바쁘게 무엇을 하는지 덜그럭거린다.

"저것이 물을 길어다가 밥을 짓는구나."

하고, 나는 주먹으로 눈물을 씻고 한숨을 지이고, 그리고는 제 말
대로 방으로 들어왔다.

밥상이 들어왔다. 그래도 조부님 상 따로, 내 상 따로, 그리고
저 먹을 밥과 국은 손에 들고 들어왔다.

콩알만한 등잔불이 켜졌다. 그 앞에서 조손 셋이 밥상을 받고
앉았다. 밥상이라야 밥 한 그릇, 우거짓국 한 그릇, 김치 한 그릇,
그리고는 아마 내가 온다고 달걀 찌개 한 그릇.

"달걀이 어디서 났니?"

하고, 조부님은 물으셨다.

"삼순이 어머니더러 오빠 온단 말을 했더니 달걀 두 개를 주

어. 갖다가 쪄 주라구."

하고, 누이가 만족한 듯이 대답한다.

"보부어미 오늘도 안 왔든?"

하고, 조부님은 이빨 다 빠진 입으로 우물우물 밥을 씹으면서 물으신다. 그 풍신 좋으시다고 일군에 소문난 얼굴에도 검은 버섯이 돋았다.

"오늘두 안 왔어."

"앓나 보군."

"보부엄마가 누구냐."

하고 나는 못 듣던 여인의 이름이 수상해서 경애에게 물었다.

경애는, 내게 보부엄마 설명을 한다―.

"보부엄마라구, 저어 여기서 한참 가서 거기 있는 사람이야. 할머니 돌아가신 뒤에는 여름내, 가으내, 겨으내, 우리 집에 와서 반찬두 해주구, 빨래두 해주구, 바누질두 해주구, 그러는 아주머니야. 보부라는 계집애, 딸이 나보다 큰 게 있어. 열다섯 살 난 딸이 있어. 아주 이쁜 계집애야. 그래서 보부엄마라구 그래. 참 할아버지, 아마두 보부엄마가 앓나 보아. 그러기에 사흘째나 안 오지. 그렇지 않으면 거북이가 앓거나."

"너 내일 좀 가보려무나."

하고, 조부님이 나를 보신다.

"가보지요."

하고, 나는 속으로 어쩌면 그런 고마운 부인네가 있나? 일가친척도 다들 모르는 체하는 이 처지에 겨우내 내 가슴에는 이 누군지 모르는 여인에게 대한 고마운 생각이 복받쳐 올랐다. 그래서,

"그게 웬 사람인데 그렇게 우리 집에 와서 일 년 내 일을 해주었니?"

하고, 나는 경애에게 그 여인의 말을 더 물었다.

"아무 것두 안 되는 이야. 술집 여편네야. 남편은 노름꾼이래. 그래두 잘하고 사던데. 요새에는 술도 안 헌데. 나도 그 집에 몇 번 가보았는데 보부아버지는 한 번밖에 못 보았어. 아주 무섭게 생긴 사람이야. 그런데두 딸은 에뻐요. 거북이두 잘나구."

나는 이튿날 아침에 조부님 명령대로 그 여인의 집을 찾아갔다. 보부집이라면 다 알았다. 몹시 눈보라가 치는 날이었다.

나는 그 집 문밖에 가서 무엇이라고 찾을지 몰라서 머뭇머뭇하다가, 누이에게 들은 이 집 딸의 이름을 생각하고,

"보부야."

하고, 불렀다.

어떤 참 이쁜, 분홍 치마에 자주 회장단 노랑 저고리 입은 계집애가 문을 열고 고개를 내밀었다가 나를 보고는 도루 고개를 움츠리고, 그 뒤를 이어서 어떤 얼굴 희고 뚱뚱한 한 삼십 넘어 보이는 참 잘 생긴, 이 시굴에는 드문 부인네가 나를 내다보고는 내가 머리를 깎고 검은 옷을 입은 것을 보고 알았는지, 또는 내 모습이 조부님과, 누이동생과 비슷함을 보고 알았는지,

"아, 서울 갔다 나려오신 도련님이로구만."

하고, 내달아서 내 손을 잡아서 끌어들였다.

"이 추운데 오셨구만. 거북이가 앓아서 내가 그동안 댁에를 못 갔더니. 자 어서 여기."

하고, 나를 앓는다는, 그러나 앓는 것 같지도 아니한 거북이라는

갓난아이가 누워 있는 아랫목으로 끌어다가 앉히고 내 손을 수 없이 만져주고, 반가운 듯이 내 얼굴을 들여다보면서,

"이 애가 우리 딸이야, 보부야. 이 애가 도련님을 퍽 보고 싶다고 기다렸어요. 자 보부야 좀 이리 오려무나. 부끄럽기는, 참 도련님이 잘도 나셨구만. 이건 우리 아들이구. 잘났지? 감기로 앓다가─인제 나었어."

하고는, 지극히 반가워하는 빛을 보인다.

나는 가까스로 그동안 집을 돌아보아 주어서 고맙단 말과 나는 어젯밤에 집에 왔는데, 조부님이 보부어머니가 사흘째나 아니 온다고 걱정하시면서 곧 가보라고 하여서 왔노라는 말을 전하였다.

"무얼, 내가 해드린 게 있나? 노인이 돌아보아 드리는 이가 없는 것이 무엇해서 이따끔 가보아 드렸지. 아 참 아침은 어떻게? 아직 식전이겠구만."

하고, 일어서려는 것을 나는,

"아니오. 먹고 왔어요."

하고, 고개를 흔들었다.

"그래도 귀한 손님이 내 집에 오신 것을 그냥 보낼 수가 있나? 아가 보부야, 너 이 도련님허구 이야기나 하려무나. 밤낮 좀 보았으면 했지, 웨. 내 얼른 장국이라도 끓여가지고 들어오께."

하고, 그 여인은 일어나서 나간다.

보부는 거북이 곁에 와 앉는 듯 내 곁에 와서 앉아서 내 깎은 머리와 이상한 옷을 바라본다. 서울서 지어 입고 온 무색옷은 이때에는 이 시골서는 이상하였다.

"아버지 어디 가셨니?"

하고, 나는 보부더러 물어보았다.

"아버지가 웨 집에 있나? 밤낮 놀음판으로만 돌아다니지, 어쩌다가 집에 들어오면 어머니하고 쌈만 하고, 어머니를 머리채를 끌어서는 때리고, 나도 때리고."

하고, 보부는 부엌에 있는 어머니에게 아니 들리리만큼 말에 강한 억양을 주어서 아버지 험구를 한다.

"웨? 웨 어머니허구 아버지허구 싸우시던?"

하고, 나는 보부를 비록 처음 만났으나 보부가 내게 대해서 정답게 하는 양에 스스러운 생각도 다 없어져서 말하기도 힘이 안 들었다.

"괘니 그러지. 술이 취해가지고는."

하고는, 보부는 이윽히 거북이를 물끄러미 들여다보다가 그 담에는 내 얼굴을 친동생의 얼굴이나 같이 물끄러미 들여다보다가 한 팔을 들어서 내 어깨에 얹어서 내 목을 끌어안고는 입술의 따듯한 것이 내 살에 닿도록 제 입을 내 귀에 바싹 대고 귓속말로,

"이 애가아, 우리 거북이가아 누구 닮았어?"

하고, 묻고는 내 목을 안은 채로 또 내 눈을 들여다본다.

"몰라."

하고, 나는 눈을 크게 떴다.

"내가 보니깐."

하고, 보부는 나를 무엇이라고 부를지 몰라서 잠깐 주저하다가 제 손가락으로 내 뺨을 한번 스치면서 그것으로 내 이름을 부르는 대신하고는,

"닮았어."

하고, 입을 내 뺨에 댄다. 그리고는 또 입을 내 귀에 바싹 갖다 대고 들릴락 말락 한 소리로,

"그래서 아버지가 어머니를 때렸어. 모두 멍이 들두룩. 사람들이 모두 닮았다고 그러거던. 이 애가 김 생원님을…… 그래서 어머니가 사흘째나 밖에 나가지를 않았어."

하고, 번개같이 내 입을 한번 맞추고 두 손으로 제 얼굴을 싸고는 고개를 돌린다.

나는 어리둥절하여 눈을 커다랗게 뜨고 거북이를 들여다보았다. 그리고는,

(닮았나? 닮았나?)

하였다.

그것도 인제는 근 사십 년 전, 조부님이 돌아가신 것도 삼십 년이 넘었다. 그 여인이나, 보부나, 거북이나, 성명도, 모르고, 간 곳도 모르고, 그 후에는 한 번도 만날 기회가 없었다. 그 여인이 아직도 살아 있다면 벌써 칠십이 넘었겠고 보부는 오십, 거북이도 사십은 되었을 이때다. 모두 백발이 보일 만한 이때다.

(거북이가 닮았나?)

그것은 아마 사실이 아닐 것이다. 물론 사실이 아닐 것이다. 이것은 내 조부님과 그 은혜 많은 여인의 명예를 위하여 사실이 아닐 것을 나는 말한다. 그러나 그것이 사실이거나 아니거나 내게 있어서 그새 얼굴이 잊히지 아니하는 정다운 얼굴인 데는 틀림이 없다.

— 〈사해공론〉, 1936. 5.

나

—소년편

〈나〉를 쓰는 말

나는 무슨 소설을 한 편 쓸 생각을 한 지가 오래다. '무엇을 쓸까' 하는 생각이 한 삼 년째 무시로 내 마음에 떠올랐다. 그러면서도 '이것을 쓰자' 하는 것이 결정되지 못한 채 내려왔다.

나는 대관절 무엇 때문에 소설을 써야 하나, 하는 것을 근년에 생각하게 되었다. '그런 것은 써서 무엇하는 게야? 내게는 무슨 소용이 있고 독자에게는 무슨 이익을 주는 게야? 내가 글을 아니 쓰기로 세상이 못 살아갈 것이 아니어든' 이 모양으로 내가 글을 쓰는 까닭을 찾으려 하였다.

내 나이가 이제 쉰여섯이다. 잔글자가 잘 아니 보이고 하루에 단 열 장의 원고를 써도 가쁨을 느낀다. 아무것도 아니 하고 가만히 산수 간에 방랑하는 것이 지금의 내 몸으로는 가장 편안하고, 또 건강을 유지하기 위하여서는 대단히 필요한 일이다. 이 건강으로 장편 창작을 한다는 것은 제 생명을 깎고 저미는 억지다. 그런데 왜 나는 이 붓을 들었나.

생명은 무엇하자는 것인가. 이 몸의 생명은 가만히 두어도 미구에 살아져버릴 것이다. 만일 내가 글을 쓰는 것이 무엇에든지 보람이 된다고 하면 생명을 아낄 생각은 도무지 없다. 그러므로 문제는 내가 쓰는 글에 무슨 값이 있느냐 하는 데에 돌아갈 것이다.

세상의 많은 활동은 재물을 얻기 위하여서 되고 있다. 글도 의식을 얻는 방편으로 들 수가 있다. 사백 자 원고지 한 장에 창작은 얼마, 평론은 얼마, 번역은 얼마, 하고 출판업자들은 이 모양으로 글에 정가를 매어놓고, 또 글 쓰는 사람들 편에서도 자기네를 문필노동자라고 부르게 되었다. 글을 돈으로 판다는 것은 옛날 어른들의 생각으로는 다만 해괴한 일일뿐더러 글의 신성을 더럽히는 패씸한 일이다. 그렇지마는 쌀 한 말에 얼마, 고기 한 근에 얼마 하는 것을 사다가 끓여 먹고야 생명을 부지하는 화식 먹는 사람인 문사로는, 부조父祖가 남겨준 재산이 넉넉히 있기 전에는 역시 사백 자 한 장에 얼마라는 재물을 받아서 쌀과 나무와 반찬거리와 그리고 담배와 술과 붓과 잉크와 원고지와, 그리고 나중에는 입고 갈 수의와 관곽을 장만할 수밖에 없는 것이다. 이렇게 생각하는 것을 자본주의나 공산주의 경제에서는 당연한 일로 알겠지마는, 무엇이라고 할까, 우리 조상적 관념으로는 아무리 하여도 용납이 되지 아니한다. 스승은 돈을 받고 글을 팔고, 중은 돈을 받고 도를 팔고, 관리는 돈을 받고 노역을 팔고 이 모양으로 사람들이 모두 다 저 먹고살기를 위하여서 중이 되고 스승이 되고 관리가 되고 시인이 되고―이런다고 해서야 세상이 정떨어져서 살 수가 없을 것이다.

나도 내가 지금 쓰는 원고가 책이 되어서 많이 팔려서 큰돈이 들어오기를 바란다. 그러나 나는 이 돈을 위하여서 이 소설을 쓴다고 하기는 싫다. 나는 무엇을 다 팔아먹어도 글을 팔아서 먹고 살고 싶지는 아니하다.

돈 땜에가 아니라면 나는 무엇 땜에 이 글을 쓰나. 아픈 머리를 한 손으로 떠받치고 졸리는 눈을 억지로 떠가면서 잘 써지지도 아니하는 철필을 가지고 종이를 긋고 있나.

나는 일 쪽 문학을 짓는 나를 길가에 주막을 짓고 앉았는 이야기꾼에 비긴 일이 있었다. 험하고 지루한 인생길을 걷기에 지친 사람들이 잠깐 내 집에 들어 다리를 쉬이는 동안에 내가 하는 이야기에서 위로를 받고 내가 부르는 노래로 예쁨을 잊으라 하는 뜻이었다. 듣고 싶으면 끝까지 들어도 좋고 싫거든 중간에 마음대로 가도 좋다. 끝까지 들었다고 들은 값을 내라고 할 나도 아니거니와 이야기 중간에 나간다고 섭섭은 할지언정 원망할 나는 아니라고 생각한 것이었다.

사람이 생기고 말이 생김으로부터 이야기가 생기고 이야기꾼이 생겼다. 머나먼 길을 갈 때에 길동무의 이야기는 다리 아픔을 잊게 할 뿐 아니라, 먼 길을 가깝게 하기도 한다. 겨울철 기나긴 밤에, 밖에서는 살을 에이는 찬바람에 눈보라 칠 때에, 깜박깜박하는 아주까리기름 등잔 앞에 마을꾼들이 모여앉아서 혹은 그중에서 한 이야기꾼이 하는 이야기를, 혹은 읽는 이야기책을 듣는 것이 인생의 큰 낙이 아닐 수가 없는 것이다. 어렵고 까다로운 소리를 하는 문학평론가, 문학사가들이 문학의 정의를 무엇이라고 하든지 간에 위에 말한 것이 시인의 큰 목적이오 사명이 아니 될 수가 없다. 호머가 동네 동네로 돌아다니면서 정자나무 그늘에 사람들을 모아놓고 손수 거문고를 타며 부른 노래가 그의 《일리아드 오디세이》라고 한다. 내가 지금 쓰고 있는 이 이야기 〈나〉도 독자 여러분에게 위로를 드리고 기쁨을 드리는 것이 목적임을 말할 것도 없다. 나는 이 이야기 〈나〉가 썩 재미나는 이야기가 되어서 내 아들딸을 비롯하여 세계 인류 전체가 이것을 읽고, 읽는 소리를 듣고 단 한때라도 위로와 기쁨을 드리게 하기를 빈다.

그러나 같은 쑥에도 그냥 쑥과 국화가 있고, 생김생김은 비슷해도 잡풀과 난초는 다르다. 쑥과 국화, 잡풀과 난초! 사람도 그러하고 사람이 지어놓은 예술품도 그러하다. 어디가 같으냐 하면 다 같아도 어디가 다르냐 하면 다 다르다. 박달나무와 인삼은 처음 보는 사람도 알아낸다고 한다. 다 같이 나무로되, 그 몸피가, 빛깔이, 그 잎사귀가, 열매가 모두 예사가 아닌 까닭이다. 어디를 뜯어보아도 남과 달리 아름답고 한데 모아보면 더구나 남과 달리 때를 벗고, 의젓하다. 무엇은 안 그런가. 산도 그러하고 강도 그러하다. 백두산의 위대한 평범, 금강산의 교묘한 위대, 모두 다른 산으로는 흉내 내지 못하는 것이다. 다 같은 바위라도 이 산 저 산으로 놓인 자리를 따라서 그 격이 다르다.

시도 다른 문학도 그러하다. 다 같이, 부자의 정을, 남녀의 정을, 사랑을, 미움을, 욕심을 읊고 그린 것이건마는 그 붓대를 잡은 손의 주인의 무엇이랄까, 혼이랄까, 정신이랄까, 인격이랄까,

마음이랄까를 따라서 금도 되고 납도 되고 돌도 되고 옥도 되는 것이다. 꾀꼬리라야 꾀꼬리 소리를 하고 호랑이라야 호랑의 걸음을 하는 것이다. 북소리와 소고 소리는 다만 적고 큰 것이 다를 뿐일까. 폭포 소리와 낙숫물 소리도 결코 양의 차만은 아이다. 일만의 낙숫물 소리를 모아도 폭포 소리 하나를 당할 수 없고 장미꽃 만 송이로 연꽃 한 송이를 만들 수는 없는 것이다. 다시 말하거니와 이것은 결코 양의 차가 아니라, 질의 차다. 그러므로 내가 좋은 이야기—국화와 같고 난초와 같은 이야기, 큰 인경소리와 같은 이야기, 백두산 금강산과 같은 이야기를 쓰려고 원고지를 앞에 놓고 지금 당장에 곤두박질을 친다 하여도 그것은 될 노릇이 아니다. 붓을 간다고 될 것도 아니오 종이를 간다고 될 것도 아니다. 내 마음을 갈아내고야, 거듭나고야 될 일이다.

좋은 문학이란 글을 재미있게 쓰는 것으로, 또 높은 이상을 빌어다가 채를 쳐서 버무리는 것으로 되는 것이 아니다. 그런 것은 소위 이데올로기 문학이오 선전문학에 지나지 못하는 것이나 그것이 혹 허울은 좋을는지 몰라도 먹어보면 설껑설껑하고 배에 들어가도 삭아서 피로 가지를 아니하여 맹장염을 일으키거나 관격, 중독을 일으키는 것이 마치 요새에 시장에서 팔리고 있는 양주와 같은 것이다. 제대로 고여서 익어서 된 술이 아니오 이 약 저 약을 타서 억지로 만든 가짜 술이기 때문이다. 비록 걸쭉한 막걸리일지라도 제대로 고여 익은 것이면 술 본래의 맛이 있다. 참말 브랜디가 되려면 좋은 포도주를 법대로 고아야 하는 것이다. 기교와 이데올로기로 좋은 문학이 되는 것은 아니다. 그렇다고 믿기 때문에 내가 쓰는 이야기에서는 모든 기교와 이데올로기를 빼런다. 그리고 '나'라는 한 사람이 나서 자라서 울며 웃으며 이리저리로 왔다 갔다 하며, 이 일 저 일을 하였다 말았다 하면서 나이를 먹어가는 모양을 신문기자가 기사를 적듯이, 사진사가 사진을 박듯이 아무 사정없이 그려보려 한다. 그렇게 있는 대로 그린 그림이 어떻게 흉악한 그림이 되는지 나는 모른다. 다 그려보아서 차마 세상에 내어놓을 수 없는 것이 되면 내 손으로 그 원고 전체를 불살라 버리는 한이 있더라도 그렇게 해보려 한다.

나는 내가 쓰는 글이 남에게 해를 줌이 없이 오직 이를 주기를 바랐다. 그러나 이 〈나〉에 있어서는 나는 그러한 분별을 버리련다. 내가 어찌 감히 선과 악을 판단하며, 내가 어찌 감히 남에게 이롭고 해로움을 판단하려, 어느 남도 나만 못한 이는 없으려든.

나는 내 몸뚱이를 날마다 남의 앞에 내어놓는다. 가족의 앞에, 친지의 앞에, 또는 전혀 모르는 사람들의 앞에 내 몸뚱이를 내어놓고 말과 표정을 통하여서 내 속을 그들의 앞에 끊임없이 내어놓고 있다, 그 보기 흉한 얼굴을, 그 부끄러운 속을.

못생긴 저를 잘나게 보고 더러운 제 마음씨를 바르게 믿고 혼자 좋아하던 젊은 어리석음은 해가 높이 올라와서 골 안개가 슬어지듯 슬어질 나이가 되었다. 안개에 가려서 으늑하게[1] 보이던 산의 안개가 걷혀서 검으뭉투룩한 바위와 사태에 씻긴 보기 흉한 살이 분명히 드러나듯이 내 못생김과 더러움이 사정없이 내 눈에 뜨일 때가 되었다. 내 속을 누가 들여다보려 하고 마음 놓고 하늘과 땅까지도 속이고 살려던 어린 날도 다 지나가고 귀신

---

1 푸근하게 감싸인 듯 편안하고 조용한 느낌이 있다.

의 눈이 끊임없이 내 꿈속까지도 보살피는 줄을 알아차릴 나이가 되었다. 내 입에서 나오는 냄새 나는 입김이 옆에 있는 사람의 코에 닿을까 겁을 내고 내 몸에서 떨어지는 비듬과 내 털구멍에서 뿜는 부정한 기운이 바람을 더럽힐까 겁을 낼 철도 났다. 그래서 이 몸을 둘 곳을, 숨길 곳을 찾지 못하여 헤매는 괴로움을 맛볼 때도 되었다. 약왕보살이 향내 나는 기름만을 먹고 몸에 불을 놓아서 향기로운 빛이 되려던 심정을 알아볼 만하게도 되었건마는 이 붓을 잡은 손의 추악한 모양을 변화할 힘은 아직 얻지 못하였다.

내가 이 이야기를 쓰는 것은 세상에 빛을 주고 향기를 보내자는 것이 아니다(어찌 감히 그것을 바라려). 마치 이 추악한 몸을 세상에서 없이하기 위하여 화장터 아궁에 들어가서 고약한 냄새를 더 지독히 피우는 것과 같다. 한때 냄새가 한꺼번에 나고는 다시 아니 나는 것과 같이 이 이야기로 내 더러움을, 아니 더러운 나를 살라버리자는 뜻이다. 그러므로 혹시나 이 글을 읽으시는 이는 코를 싸고 읽을 것이다. 눈살을 찌푸리며 읽을 것이다.

그러나 나는 나라고 하는 한 생명이 이때에 이 세상에 나온 것이 결코 우연이 아닌 줄을 안다. 여름에 사람을 못 견디게 구는 파리나 모기도 다 인연이 있어서 나온 것들이다. 그러므로 나라고 하는 한 물건이 어떤 모양으로 살아왔는가 하는 기록은, 똑바로만 쓴다 하면, 사람에게 무용한 것은 아니라고 믿는다. 한 나라, 한 민족의 흥망성쇠의 기록과 다름없이 무슨 뜻을 가진 것이라고 믿는다. 그렇다고 해서 나는 권선징악의 공리적 동기로 이 이야기를 쓰는 것이 아님은 위에 이미 말한 바와 같다. 루소가 그의 참회록에 그는 후일 심판 날에 하나님의 앞에 내어놓을 답변으로 그것을 쓴다는 뜻을 말하였거니와 내 이 이야기는 그런 것과도 다르다. 나는 어디 답변하려고 이 글을 쓰는 것은 아니다. 무엇에 소용이 될는지는 모르나 어디 한번 있는 대로 적어보자는 것이다. 다만 그뿐이다.

어디 그러면 내 이야기를 시작해볼까. 짚북데기 재 속에서 불씨를 주워 모으듯이 오십 여년 내 묵은 기억을 주워 모아보자. 나를 사랑하여주던 사람들, 미워하던 사람들, 무릇 나와 어떠한 관계가 있던 사람들은 다 내 앞에 나오라. 나와서 지나간 일을 한번 내게 되풀이하라. 혹은 천당에 혹은 지옥에 가 있던 이들도 나와 관계를 가졌던 이어든 한번 내 앞에 돌아와서 할 말을 다 하라. 원망이 있거든 원망을, 또는 미진한 정이 있거든 정담을 있는 대로 한번 쏟아놓으라. 그러고 내 붓에 힘을 빌려서 우리들의 이야기를 한번 잘 적어보지 아니하려는가.

정해년 입춘 뒤 어느 추운 날
새벽에 서울 백악산 밑에서.

첫 이야기

내가 나기는 이조 개국 오백일 년, 예로부터 일러오는 이 씨 오백 년의 운이 다한 무렵이오 끝으로 둘째려니와 사실로는 끝임금인 고종의 이십구 년 봄이었다. 내가 나서 세 살 먹을 때에 갑오년 난리가 나서 평양 싸움에 패하여 쫓겨오는 청병이 내 고향으로 노략질을 하고 지난 것은 어른들에게 들어서 알 뿐이거니와 내가 살던 동네가 읍에서 사십 리나 떨어졌을뿐더러 큰길에 멀기 때문에 직접 난리를 겪지는 아니하였다.

나는 나라의 쇠운에 태어났을뿐더러 우리 집의 쇠운에도 태어났다. 내 아버지가 큰 집에서 적은 집으로, 거기서 또 적은 집으로 십 사오 년 내에 다섯 번이나 이사를 하다가 여섯째 번에 저생으로 가버렸거니와 내가 난 것은 첫 번 옮아간 집에서였다. 그러니까 큰 집을 팔아서 적은 집을 사고 거기서 남는 것으로 유일한 생계를 삼는 정통적 쇠운의 첫머리에 내가 마흔두 살 먹은 아버지의 만득자로, 사대봉사의 장손으로 이 집에 온 것이었다.

내가 난 집은 돌골이 산 밑 늙은 홰나무 박힌 우중충한 집이었다. 내가 외가에 가면 돌골이 도련님이라고 불린 것은 이 때문이었다. 외가에서는 우리 집을 돌골이 집, 또는 돌골이 댁이라고 부르지마는 우리 동네에서는 일가들은 큰집이라고 부르고 타성 사람들은 혹은 서울집 혹은 이 장령 댁이라고 불렀다. 이 장령이라 함은 내 고조가 장령이라는 벼슬을 한 때문이거니와 서울집이라는 것은 가장이 서울살이를 많이 한다는 데서 온 것이라고 한다. 또 혹은 우리 집을 정문집이라고도 불렀는데 이것은 내 팔대조와 증조가 다 효자로 표정表旌[2]을 받아서 우리 집 대문에 단청을 하고 붉은 널에 흰 글자로 효자 아무의 문이라고 새긴 정문현판

---

2 충신, 효자, 열녀를 표창하여 정문旌門을 세움.

이 달렸던 까닭이거니와, 아버지가 정문 있던 집을 팔고 대문 낮은 초가집으로 떠나온 뒤로는 그 붉은 정문 현판은 종이로 싸고 섬거적에 묶어서 으슥한 구석에 매달아만 두었기 때문에 정문집이라는 명예로운 칭호는 내가 난 뒤에는 들어보지를 못하였다. 또 이 장령 댁이라는 택호도 내 조부 때까지는 어울렸겠지마는 근년에 와서 나 많은 이거나 그렇지 아니하면 특히 우리 집에 경의를 표하여 부를 경우에 한하여지는 모양이었다. 오직 하나 변할 수 없는 것은 당내 일가들이 부르는 큰집이라는 택호였다.

만일 내 조부가 우리 집에 그냥 살았다면 우리 집은 좀 더 세상에서 대접을 받았을는지 모르지마는 풍류객인 조부는 기생 작첩을 하여가지고 읍내에서 일찍부터 딴살림을 하여서 제사 때에나 잠깐 집에 댕겨갈 뿐이었고, 그나마 환갑이 지난 뒤로는 '효손 아무 로불 장사'라고 축문에 쓰게 되어 영영 우리 집에는 오지 아니함으로 나는 난 지 십여 년에 우리 집이 아주 없어질 때가 되도록 우리 집에 온 조부를 본 일이 없었다.

조모는 내가 나기 전에 세상을 떠났기 때문에 나는 그를 모른다. 사진도 없던 때요 또 영을 그릴 만한 지위도 없었기 때문에 조모의 모습을 알 길은 없었다. 다만 어른들이 하는 말에서 그가 키가 후리후리하고 몸피가 부대하고 얼굴이 둥글었다는 것과, 조부가 명옥이라는 기생과 딴살림을 한 후로는 제삿날밖에는 남편의 얼굴을 대한 일이 없었다는 것을 알 뿐이오, 그가 첩에게 대하여 강짜를 하였다는 말은 듣지 못하였는데 내가 여러 번 본 일이 있는 그의 조카 되는 아저씨에 비추어보면 마음이 너그러워 질투의 불을 태울 사람은 아니었으리라고 생각된다. 아무려나 남편을 제삿날에만 만나다가 돌아간 조모는 결코 팔자 좋은 여인이라고 할 수는 없다. 그렇지마는 나이가 스무 살이나 틀리는 쇠운머리 선비한테 시집을 와서 밥을 굶고 헐을 벗는 고생까지 하다가 돌아간 어머니에 비기면 그래도 조모의 팔자는 상팔자라고 할 것이오, 또 남편으로서의 인물로 보더라도 내 조부는 향당에 이름 높은 잘난 사람이오 내 아버지는 어떤고 하면 무능하고 못난 편이었으니 이 점으로 보더라도 조모의 팔자는 어머니의 것보다는 상이라고 할 것이다.

할머니 정은 손자가 안다는데, 할머니 없는 집, 스무 살 갓 넘은 젊은 어머니의 첫 아들로 태어난 내 팔자도 팔자였다. 할머니 없는 손자도 손자려니와 시어머니 없는 철없는 며느리가, 밤낮 출입만 하는 남편의 치다꺼리를 하면서 걸을 줄 모르는 아이를 기르는 것도 어려운 일이었을 것이다. 어머니는 열다섯 살에 서른다섯 살 된 남편에게로 시집을 와서는 그날부터 주부 노릇을 하였다고 한다. 열다섯 살 먹은 어린 주부가 우중충한 커다란 집을 혼자 지키고 있었을 것을 생각하면 지금 생각하여도 동정이 된다. 우리 집에는 내가 나기까지에는 다른 식구는 없고 게다가 아버지는 집에 붙어 있는 날은 없었다. 혹시 다 저물어서 집에 돌아오면 술이 대취하여서 돌아왔고 날이 궂은 때면 의관은 젖고 허방은 빠져가지고 돌아왔다. 열다섯 살 된 아내가 술 취한 남편을 섬길 힘이 있었을 리가 없고 그리하면 남편은 남편대로 아내를 업수이 여겼을 것이다. 이러고 좋은 가정이 될 리가 없었다.

그나 그뿐인가, 우리 집에는 일 년에 열 번이나 제사가 있었고 어떤 달에는 한 달에 두 번 있는 때도 있었다. 게다가 사오 명절을 가하면 해마다 열다섯 번이나 제사가 있었다. 내게 고조되는 이 네 위 제사에는 내 칠촌, 팔촌들까지 모여와서 제사를 차렸지마는 그래도 종손부는 종손부다. 철없어 잘할 줄 모를 사록에 어린 마음에 더욱 걱정이 많았을 것이다. 증조 세 위 제사에는 내 오촌 두 집이, 조모의 제사에는 내 삼촌 양주가 왔지마는, 어린 어머니 혼자 손으로 차리는 두 제사가 있었으니 그것은 아버지의 전실 두 위다. 아버지는 열다섯에 첫 장가를 들어서 삼 년 만에 상처를 하고 둘째 번 맞은 이는 딸 하나를 낳고 돌아가고 나를 낳은 어머니는 셋째 번 장가든 이었다. 이 전실 두 위의 제사에는 아버지도 참례하는 일이 없었으나(내가 아는 한에서는), 어머니는 이 제사도 다른 제사와 다름없이 목욕하고 새 옷을 갈아입고 제수를 차리는 것을 나는 보았다.

  어머니가 이렇게 어리고 외로운 것도 한 이유려니와 외조모는 가끔 집에 왔다. 아마 내가 나기 전에도 그랬을 것이지마는 내 기억에도 외조모가 집에 오던 것이 남아 있다. 그는 우리 집에 올 때에는 꼭 무엇을 들고 아버지가 집에 있나 없나 눈치를 보면서 들어왔다. 그것은 아버지를 다만 점잖은 사위라 하여서 어려워하는 마음에서만이 아니었다. 어려워도 할 만한 일인 것이, 외조모와 아버지와는 나이가 십 년밖에 틀리지 아니하였다. 그러나 외조모가 아버지를 꺼리는 것은 아버지가 그의 장모인 내 외조모를 좋아하지 아니하기 때문이었다. 나는 아버지가 외조모를 싫어한 까닭을 다 알지는 못하나 한 가지는 안다. 그것은 외조모가 우리 집에 오면 고사를 지내거나 무르츠개질[3]을 하는 때문이었다. 우리 집도 구가라 위하는 귀신이 많았다. 내 기억에 남은 대로 꼽더라도 안방 윗목 실정

위에 문 밑께로부터 차례로 좌정한 귀신이 첫째로 마을, 둘째로 서천인데 해마다 한 번 세간을 들어내고 방에 새로 흙물을 바를 때에 마을 서천의 설작을 열어보면, 마을에는 무명과 명주로 만든 여자의 옷과 피륙이 있고 그밖에 커다란 장지에다가 채색으로 말을 그린 마지라는 것이 들어 있고 서천이라는 검은 칠한 설작에는 백목과 굵은 베가 피륙대로 들어 있었다. 마을 서천이라는 큰 그릇 외에는 이름은 잊었으나 적은 것이 둘인가 셋인가 차례로 놓여 있었다. 보 위에 베와 백지를 접어서 매단 성주는 말할 것도 없거니와 곳간에는 제석님이라는 신이 모셔 있었고 뒤 울안에는 '털륭'이라 큰 오장이가 놓여 있어서 이 속에는 집을 지키는 구렁이가 들어서 산다고 하며 대문간에는 광대삼성이라는 찬란한 오색 비단 헝겊을 느린 귀신이 있으니 이것은 대과에 급제한 집에만 있다는 명예로운 귀신이었다. 누구에게서 들었는지 기억은 없으나 우리 집에서는 대대로 해마다 불공을 드리고 삼 년 일 차 무당을 들여 굿을 하였다는데, 조모가 돌아간 후로 불공도 굿도 다 아니 하게 되어서 그 때문에 신벌이 내려서 우리 집 세사가 갈수록 어려워진다는 것이었다. 조모도 안 계시니 실상 고사를 지내거나 굿을 할 사람도 없었던 것이라 귀신들도 그만한 짐작을 할 것이언마는 사실상 굿 아니 한 이래로 집은 점점 더 어려워져서 내가 무엇을 알 때쯤 하여서는 굿을 할 마음이 있어도 할 힘이 없게 되었다. 나는 어머니가 (아마 외조모의 말을 들은 때문이겠지마는) 아버지를 보고

"굿하던 집에서 굿을 안 하면 굿을 하고 싶어도 굿을 할 힘도

---

3 귀신을 한턱 먹여서 물리는 일.

없어진다던데."

하고 우리 집에서도 다시 굿을 시작할 것을 여러 번 조르는 것을 보았다.

"그 쓸데없는 소리 말아. 또 양 씨가 그런 소리를 하는 게지."

하고 아버지는 버럭 화를 내었다. 양 씨란 외조모다.

그러나 만득자 외아들인 내가 몸이 따끈따끈할 때에는 굿은 못 하여도 외조모가 하는 정도의 일을 잠자코 있었다. 아버지는 술 먹는 것밖에는 아무 데도 욕심이 없는 사람이면서 나 하나만은 무척 소중하게 여겼다. 그런데 나라는 것이 어려서 잔병이 많아서 퍽이나 아버지의 속을 썩였다. 내가 앓을 때면 아버지는 출입도 아니 하고 사랑에도 안 나가고 내 곁에서 잤다. 등잔에는 참기름 불을 켜고 아버지는 데님도 끄르지 아니하고 둥근 목침을 누여서 베고 내 곁에서 잤다. 참기름 불을 켜는 것은 정성을 들이는 표요 둥근 목침을 누여서 베는 것은 잠이 깊이 들지 말자는 뜻이었다. 이러한 때에는 아버지가 외가에 사람을 보내어 외조모를 청하는 일도 있어서 외조모는 당당하게 우리 집에 들어와서 무당에게 무꾸리[4]한 대로 무슨 무르츠개나 할 수가 있었다.

아마 아버지가 나를 데리고 다시 불공을 다니기 시작한 것도 나 때문이었다고 생각한다. 약하고 잔병 많은 내 목숨을 아무리 하여서라도 늘려보려고 그의 유교적인 고집도 휘어버린 것일 것이다.

아버지는 내 몸에 좋다는 것이면 무엇이나 다 하여본 모양이

---

4 무당이나 판수에게 가서 길흉을 알아보거나 무당이나 판수가 길흉을 점침.

었다. 물론 우두牛痘[5]도 넣었다. 지금은 우두라면 누구나 다 맞는 것이지마는 오십 년 전에는 그렇지 못하였다. 나는 우리 이웃에 마마 하는 아이들을 많이 보았고 길가 뽕나무에 오색 헝겊 단 집 오장이를 본 기억이 많다. 이것이 마마가 끝난 뒤에 손님(별성마마)을 냄내는 것이었다(배웅한다는 뜻이다). 작은 손님(홍역)과 큰 손님(천연두)은 사람으로 태어나서는 면할 수 없는 것으로 알고 있었다. 이 두 손님을 치르고 나야만 아들, 딸이 아들, 딸이라고 생각하였다.

마마 하는 사람이 있는 집에서는 대문에 금줄을 느려 외인의 출입을 막고 온 가족은 말도 크게 못 하고 조심하였다. 별성마마는 목숨을 맡은 신의 사신이어서 세상 경계로 말하면 정승이나 판서와 같은 높은 어른이었고 이 손님께 조금도 불공한 일이 있으면 그 벌역罰役[6]이 앓는 사람에게로 내려서 적으면 곰보가 되고 크면 소경이 되고 더 크면 죽는다는 것이었다. 그래서 손님을 모신 집에서는 내외가 한자리에 들지도 못하고 살생은 물론이거니와 모든 비린 것 부정한 것 꾀어서 오직 정한 소찬만을 먹고 등도 반드시 참기름 불 장등을 하였다. 그러다가 마마가 다 내어 뿜고 더데가 떨어질 때가 되면 깨끗한 짚으로 오장이를 틀고 거기 색 헝겊을 달고 기타 예물을 담아서 동네 동구 밖 뽕나무에 달고 흰떡, 무나물 같은 정한 제물을 차려서 무당이 배웅을 하는 것이었다. 이렇게 아들이나 딸이 죽지도 않고 소경도 안 되고 귀도 안 먹고 벼슬 자욱(곰보)도 없이 곱게 구실을 치르고 나면 집안에는

5 천연두를 예방하기 위하여 소에서 뽑은 면역 물질.
6 잘못에 대한 벌을 받는 일.

이에서 더한 경사가 없었다. 마마라는 구실을 치르는 것이 이 세상 한 세상 인간생활을 할 자격을 얻는 것이었다.

아직 우두도 안 넣고 구실도 아니 한 나를 둔 아버지의 마음 졸임은 용이히 상상할 수가 있다. 더구나 이 동네 저 동네에서 누가 앓는다 뉘들이 죽었다 하여 아들딸 가진 사람들이 모두 전전 긍긍하는 그런 편안치 못한 시절에는 아버지는 나 때문에 잠시도 마음을 놓지 못하는 모양이었다. 이런 때에는 외조모가 와서 여러 가지 귀신에게 비는 것도 못 본 체하고 또 몸소 나를 데리고 절에 불공도 갔다. 흰 종잇조각에 주묵으로 그린 이상야릇한 부적도 얻어다가 대문이며 방문 지두리 위에 붙였다. 한번은 먹으로 그린, 머리 셋 있는 매의 그림을 갖다가 벽장문에 바른 일도 있다.

"아버지, 그건 뭐요?"

하고 내가 물으면, 아버지는

"이것은 삼두응이라고 하는 것인데 삼재팔난三災八難[7]을 쪼아 먹어버리는 매다"

하고 가르쳐주었다. 삼재팔난이 무엇인지는 설명을 듣지 못하였다.

아버지는 또 풍수설을 아는 사람을 데리고 조상의 산수들도 돌아본 모양이어서 내 조모의 산수가 좋지 아니한 혈에 있다는 것을 걱정하였으나 아마 면례를 지낼 힘이 없음인지 돌아갈 때까지도 산수를 고치지 못하였다.

아버지는 잔병치레하는 내가 미덥지가 못하여서 이 모양으로

---

7 사람에게 닥치는 세 가지 재해와 여덟 가지의 괴로움이나 어려움이라는 뜻으로, 모든 재앙과 곤란을 이르는 말.

백방으로 내 목숨을 늘리려고 애를 썼다. 그뿐 아니라 아버지는 무슨 큰 불행이 우리 집에 닥쳐오는 것을 예감한 모양이었다. 그가 세상을 떠나기 전 삼사 년간은 항상 무슨 신비한 위협을 받는 것 같아서, 가끔 꿈자리가 사납다고 낯을 찡그리고 집터가 나쁘다고 집 옮길 말을 하고 언제나 마음이 불편한 모양이었고 남자 오십이 그렇게 쇠할 나이도 아니었마는 눈에 띄게 몸이 수척하고 얼굴이 치사하였다. 내 철없는 어린 마음에도 불길한 예감이 가끔 생겨서 시무룩하고 담배만 피우고 앉았는 아버지의 얼굴을 물끄러미 들여다보았다.

그러는 동안에도 나는 차차 나이를 먹고 키가 자랐다. 언제부터 어떻게 공부를 시작하였는지 모르거니와 언문도 깨치고 한문도 대학 논어 맹자 중용, 고문진보 전집, 사략 초권 하편 같은 것도 읽었다. 나는 맹자와 중용을 글방에서 배운 것은 기억하나 천자문과 그밖에 것은 어디서 배웠는지 모르니 아마 아버지께 배웠을 것이다. 갑자, 을축 하는 육갑도 배우고 갑괴지년에 병인두, 을경지년에 무인두 하는 것이며, 갑기야반에 생갑자, 을경야반에 생병자 하는 것 등도 배우고 사례도 배워서 축문도 내 손으로 썼다. 이것은 아버지가 재미와 자랑거리로 내게 씌운 것이다. 이런 것이 원인이 되어서 나는 재주 있는 아이라는 소문을 내게 되었다. 나는 순임금 모양으로 눈동자가 둘이라는 둥, 무엇이나 한번 들으면 잊지 아니한다는 둥 무척 과장된 칭찬을 받게 되었다. 아버지 친구들이 찾아오면 내게 글자를 물어보고 내가 그것을 알면 과연 용하다고 굉장하게 칭찬을 하였다. 그럴 때면 아버지는 만족한 듯이 웃었다.

물론 이런 칭찬은 다 엄청나게 과장된 것이오 사실은 아니었다. 그렇지마는 나 자신도 우쭐하지 아니할 수는 없었다. 공부에 들어서는 아무도 나를 못 따르리라는 생각을 가지게 되었다.

나를 과장하여 칭찬하는 사람들은 내 눈정기가 좋은 것을 말하고 내 얼굴이 잘난 것을 말하였다. 그들의 말에 의하면 나는 천에 하나 만에 하나도 드문 큰 사람이 될 것이었다.

"야, 재주가 아깝구나. 세상이 말세니 재주를 쓸 데가 있나." 하고 나를 위하여서 한탄하는 사람도 있었다. 내가 세 살 나던 해부터 소위 갑오경장이라고 해서 과거의 제도가 없어지고 말았으니 과거 없는 글을 무엇에 쓰느냐 하는 것이었다.

과거란 좋은 것이었다. 아무리 궁하던 선비라도 한번 과거에 급제만 하면 복록福祿[8]이 거기 있었다. 고문진보에 진종황제의 권학문이라는 글이 있다―.

'잘 살라고 좋은 밭을 사려 말라

글 속에 저절로 천석타조가 있다.

편안히 살라고 큰 집을 짓지 말라

글 속에 저절로 황금 집이 있다.

장가들기에 좋은 중매 없어 걱정 말라,

글만 하면 얼굴이 옥 같은 계집이 있다.'

하는 것이니 글만 잘하면 재물도 집도 미인도 저절로 생긴다는 것이다. 서당에서 이 글을 읽는 아이들은 누구나 어깨가 으쓱하였다.

---

8 타고난 복과 벼슬아치의 녹봉이라는 뜻으로, 복되고 영화로운 삶을 이르는 말.

"진종황제가 날 속였네."

하는 한탄을 하는 사람이 더 많을는지 모르지마는 진종황제의 말대로 된 사람도 많았다. 개국 오백 년에 잘된 사람은 대개 글을 읽고 과거를 한 사람들이었다. 그런데 이제 말세가 되어서 그 좋은 과거가 없어졌으니 내가 아무리 글을 잘하기로 무엇에 쓰느냐 말이다.

어린 마음에도 과거가 없다는 것은 퍽이나 섭섭하였다. 정 도령이 들어앉고 새 나라가 되어서 다시 과거가 생길 것이라고 하는 사람도 있었다. 홍패 한 장이면 벼 백 섬 기와집 한 채는 걱정 없는 세상이 오기를 바라는 것이 이때에 글방도련님네의 소원이오 동시에 내 소원이었다.

무슨 참의, 무슨 지평 하는 아버지의 친구들도 있었다. 그들은 다 점잖았다. 망건 위에 보이는 탕건이며, 갓끈에 보이는 은고리며, 더구나 뒤통수에 허연 옥관자며, 다 나의 부러움을 자아내었다. 그들은 걸음을 걸어도 뚜벅뚜벅, 말을 하여도 느릿느릿, 웃음을 웃어도 허허하고 길게 힘 있게, 앉음을 앉아도 떡 뒤로 젖히고 연해 좌우 손의 식지와 장지로 수염을 쓸었다. 이런 것들이 다 내가 보기에 좋고 부러웠다. 나는 그런 소위 조관들의 흉내를 내어 보기도 하였다.

"흐어, 흐어, 흐어."

하고 웃는 너털웃음이 그중에도 멋이 있었다.

나는 '과거만 있다면야' 하고 적은 주먹을 불끈 쥐었다. 아버지한테 과거 보는 방법도 들었다. 아버지는 승부에 초시를 하였을 뿐이오 대파에는 낙방거사였다. 시, 부, 표, 책이니 강경이니,

일불이살 육룡이니, 장원이니, 어사화니, 홍패니, 어추 삼배니, 한림이니 옥당이니 이러한 말도 배웠다. 산헌부, 사간원, 예문관, 춘추관, 승정원, 이런 것도 배우고 이, 호, 례, 병, 형, 공 육조며, 좌랑 정랑 하는 랑관과 참의 찬판 하는 당상관이며, 이러한 것도 배우고 감사, 병사, 목사, 군수, 부사, 현감, 현령, 이러한 외직도 무엇인지를 배웠다. 나는 이런 것을 아는 것만 해도 거기 가까워지는 것 생각하였다.

"그렇지만 과거가 없으니 무얼 해?"

이 생각은 내게 절망에 가까운 그늘이 되었다. 그래도 글은 읽었다. 《사요취선史要聚選》, 《사물류취事物類取》가 과거 준비에 필요하다는 말을 듣고 잘 알지도 못하면서 그것을 떠들어보기도 하고, 열여덟 귀 시, 부를 짓는 연습도 하여보았다.

지금 내 안목으로 생각하면 그때에 우리 집을 건질 길은 글공부보다도 농사를 시작하는 것이었다. 그러나 낙방거사인 책상물림으로 아버지는 농사를 지을 생각은 아니 하였다. 어머니는 농가 생장이어서 퍽 농사를 하고 싶어 하였으나 아버지는 대대로 농사를 모르던 버릇이 고질이 되어 있었다. 과거가 없어진 그날 이언마는 어떡하자고 아버지는 밥벌이할 주변을 할 줄 모르고 마치 나라에서 부르시기를 기다리는 사람 모양으로 고식적인 생활을 하고 있었다.

이때에 눈 밝은 사람들은 많이 글을 집어 내던지고 농사를 시작하였다. 그렇게 일찍부터 서두른 사람들은 얼마 아니하여서 생활이 안정되었건마는 아버지는 그럴 생각을 아니 하였다. 고로고 날로 날로 가난에서 가난으로 굴러떨어져서 그가 만 오십이 되던 해에 집을 팔아서 약간한 빚을 갚고 선산 나무를 찍어서 새로 집 한 채를 일으켜 세웠으니 이것의 삼 년 후에 그가 세상을 떠나고 우리 살림이 파하여진 마지막 집이었다.

둘째 이야기

나는 아버지의 귀하고 귀한 만득자로, 또 오대 장손으로, 재주 있는 아이로 육칠 세까지는 남의 대접을 받고 자랐다. 그러나 집이 더욱 가난하여져서 아버지가 페포파립弊抱破笠[9]으로 구걸을 하다시피 하게 되매 우리 집에는 오는 손님도 끊어지고 제삿날이 되어도 일가친척도 모이지 아니하였다. 나는 가난의 설움을 뼛속 깊이 느꼈다.

우리 집의 가난은 아버지가 넷째 집을 팔고 다섯째요 또 아버지에게는 마지막 집인 새집을 지을 때에 벌써 그 극도에 달하였다. 왜 그런고 하면 이 집은 방 두 칸, 사당간 한 칸, 부엌 한 칸, 그리고는 헛간 한 칸으로 된 집이어서 이보다 더 간략할 수는 없는 움막살이었고 그것도 힘이 부족하여서 담도 반밖에는 못 두르고 대문도 없이 칠 홉쯤 짓다가 내버리다시피 한 집인 것으로 보아서 알 것이다. 터도 물론 남의 밭 한 귀퉁이를 얻은 것이어서 김 산장이라는 사람이 싫다는 것을 아버지가 떼를 쓰다시피 하여 빌려 얻은 모양이었다. 집 한 채 둘러앉고 채마라고 손바닥만

---

9 해어진 옷과 부서진 갓이란 뜻으로, 초라한 차림새를 비유적으로 이르는 말.

한 땅이 붙어 있어서 어머니가 거기다가 오이, 가지, 강냉이, 온갖 채소를 조금씩 조금씩 다 심거고 옷감을 얻는다고 삼까지도 심것다. 농가에서 생장한 어머니는 요만한 농사라도 짓는 것을 기뻐하였고 또 그 농사 덕에 여름내 가으내 푸성귀를 얻어먹고 내가 오이와 강냉이를 따 먹을 수도 있었다. 어머니는 요 조고만 땅이 터지도록 여러 가지를 심것다. 호박과 바가지는 잡가로 돌려 심고 외가에서 얻어온 봉숭아, 금전화, 뚝두화, 분꽃 같은 화초도 심것다. 호박꽃에는 벌들이 오고 박꽃에는 박나비가 머물렀다.

"밭이라도 두어 뙤기 있었으면."

어머니는 철모르는 나를 보고 이런 소리를 가끔 하였다. 실상 밭만 하로갈이 있었더라도 어머니는 온갖 농사를 다 지었을 것이다.

외가에는 논도 있고 밭도 많았다. 그러한 집에서 자라난 어머니는 논밭이 퍽 그리웠던 모양이었다. 나도 밭과 농사에 대하여서 약간 취미를 가졌다면 그것은 이때에 얻은 것이었다. 나는 어찌하면 밭을 좋은 것을 하로갈이 사서 어머니의 소원을 풀어드리나 하고 궁리하였다. 그러나 칠팔 세 된 아이가 아무리 궁리를 하기로 별도리가 나올 까닭이 없었다.

우리 집 바로 앞이 김 산장네 큰 밭이었다. 좀 기울어져서 반뜻한 밭은 못 되나 보리도 잘 되고 콩도 잘 되었다. 개울에 가까운 편은 질어서 수수를 심었다. 그 밭은 내 눈에는 한량없이 큰 것 같았다. 사실은 하로갈이나 되었을 것이다. 이 밭은 살 수가 없다, 나는 이런 생각을 하였다.

"돈이 어디서 나서."

나는 벌써 돈의 힘을 느꼈다. 이 세상의 모든 밭에는 주인이 있다는 것과 그것을 내 것을 만들려면 돈을 주고 사야 된다는 것도 알았다. 그런데 그 돈이 어디서 나는 것인지 그것을 나는 몰랐다. 우리 집에는 돈이 있는 것을 보지 못하였다.

그때에 돈이라면 말끔전 쇠천 당오, 이런 것이 있었고 예전 우리 집 고안문 쇠때에 달린 당백이라는 큰돈도 있었으나 (인제는 그 열쇠도 쓸 데가 없지마는 그래도 어머니는 그것을 가죽끈에 단 채로 방구석에 걸어두었다. 언제나 광 있는 집을 쓰고 살게 되면 써보자는 것이었다) 당백전은 쓰지는 아니하였고 당오전은 한 잎으로 썼다. 그래도 나는 돈 셈을 알았다. 엽전 열 잎이면 한 돈이 오백 잎이면 한 량이오 천 잎이면 열 량이오, 쉰 량이면 한 짝이라 하고 백 량이면 한 바리라고 하였다. 이것은 소 한 바리에 쉰 량 짝 두 짝을 실을 수 있다는 뜻이어서 나 같은 아이는 열 량을 지고 가기가 힘들었다. 열 량 꾸러미면 큰 구렁이 하나만큼 길었다. 그것을 방바닥에 꿈틀꿈틀하게 펴놓으면 보기가 좋았다. 그런 열 량 꾸러미 열 만 있으면 어머니의 평생소원인 밭 하로갈이는 살 수 있었을 것이었다. 그런데 그것이 우리 집에 들어오기는 대단히 어려웠다. 쌀 한 말에 한 량, 국수 한 그릇에 다섯 잎, 엿 한 가락에 한 잎이니 백 량이란 돈이 어떻게 엄청나게 큰돈인 것을 알 수 있을 것이다.

나는 하로갈이 밭이라는 어머니의 소원이 빌미가 되어서 돈벌이하는 길을 연구하여 보았다. 쌀이나 기타 곡식이 먹고 남아서 장에 내다가 팔면 돈이 생기는 줄을 알았으나 쌀을 사다가 먹는 우리로서는 팔 것이 있을 리가 없었다. 우리 집에 조상 적부터 내려오던 물건—병풍, 책, 놋기명 같은 것들이 없어진 뜻도 인제는 알게 되었다. 아버지가 팔아버린 것이었다. 내가 울고 아니 내어 놓는 것을 잠깐 빌려 간다고 나를 속여서 내 이모부에게 내어준 칠서도 다시 돌아올 것이 아닌 것인 줄을 깨닫게 되었다.

이 칠서에 대하여서는 한 마디 아니할 수 없다. 그것은 여러 가지로 연상되는 일이 있기 때문이다. 이 칠서는 적어도 나로부터서 팔대 이상을 전해오던 것일 것이다. 내 팔대조가 형제 진사로 유경하기 전부터 있던 것이라면 오랠 것이오. 내 팔대조가 서울서 사온 것이라면 팔대나 된 것이다. 이 책으로 내 칠대, 육대, 오대조가 다 공부를 하였고 내 고조 장령공이며 내 증조 사간, 종증조 승지공이 다 이 책으로 공부를 하였고 내 조부, 종조부, 아버지, 삼촌이 다 이 책으로 공부를 하였던 것이다. 그런데 외조모가 돌아가서 그 초종[10]에 왔던 이모부가 우리 집에 와서 하루를 묵고 갈 때에 이것을 자기가 타고 왔던 말께 실리고 간다는 것이다. 이 책을 꺼낼 때에 나는 알았거니와 사랑간 책을 담았던 큰 뒤주 속에는 책이라고는 《고문진보古文眞寶》 전후집 두 질, 《한헌차록寒喧前錄》 한 벌, 《주자봉사朱子封事》 한 벌, 고조부의 일기 한 벌, 《마경馬經》 한 벌, 《무원록無寃錄》, 《척사륜음斥邪倫音》, 《리서필지吏胥必知》, 이런 허접쓰레기 책이 남아 있을 뿐이오, 내가 과거 볼 때에 쓴다던 《사요취선》, 《사물류취》 같은 것조차 없어지고 말았다. 이것은 아버지가 나 모르게 꺼내어 팔아버린 모양이었다. 내게 알리지 아니한 아버지의 심정을 모름이 아니지마는 나는 무척 슬펐다. 그래서 울면서

10 초상이 난 뒤부터 졸곡까지 치르는 온갖 일이나 예식.

이숙에게 팔아넘기려는 칠서만은 아니 된다고 나는 발버둥을 치고 울었다. 나는 어머니가 원하는 밭 하로갈이가 생긴다 하더라도 이것만은 내어놓기가 싫었다.

그러나 내 받여울 형(이모의 아들)이 잠깐 빌어다가 읽은 뒤에 가져온다는 말에 눈물을 씻고 양보하였던 것이다.

그 후 얼마 지나서 나는 받여울 이모의 집에를 갔다. 이모는 나를 무척 귀애하였고 내 이종형은 말할 것도 없거니와 형수도 나를 귀애하였다. 이모 집은 잘사는 집이기 때문에 닭도 잡아주고 떡도 하여주고 여러 가지로 대접을 받았다. 이 집에는 밭도 많고 돈도 많다고 생각하고 부러웠고, 또 형수도 있고 누이들도 둘씩이나 있는 것이 놀기가 좋았다. 우리 집은 왜 이렇지를 못한가 하고 어머니가 불쌍한 생각이 나서 이모에게 밭 하로갈이 달랄까 하다가 부끄러워서 말을 내지 못하였다.

형을 따라서 서당에를 갔다. 거기는 아이들이 많았다. 그중에 형은 접장으로 맨 아랫목에 정자관을 쓰고 앉아 있었으나 선생만 나가면 형은 머리카락으로 활을 매워서 바늘 화살로 벽에 붙은 파리를 쏘았다. 형은 장난꾼이었다. 장가를 들고 정자관은 썼지마는 나이는 열대여섯 살밖에 되지 아니하였었다. 그는 얼굴 잘생기고 재주가 있고 나를 대단히 귀애해주었다. 형수는 형보다 네 살이나 나이 위여서 다 어른이었다. 살이 희고 눈이 가늘고 아무도 없는 데서는 내 머리도 만져주고 손도 만져주었다. "도련님"이라고는 하면서도 제 동생같이 나를 가지고 놀았다. 나는 그것이 싫지 아니하여서 "아주머니, 아주머니" 하고 따랐다.

그 집에는 나와 동갑 되는 누이와 나보다 두 살 아래 되는 누이가 있었다. 집에서 외톨이로 자라난 나는 이 누이들과 노는 것이 제일 좋았다. 윷도 놀고, 공기도 놀고 풀 뜯으러도 댕겼다.

이 모양으로 나는 며칠 동안 가난과 외로움을 잊어버리고 잘놀고 집으로 왔다. 내 책을 읽고 있는 형을 원망도 아니 하였다.

그러나 집에 돌아와 보니 마치 밝은 데 있다가 갑자기 어두운데로 들어온 것 같았다. 첫째로 동네가 그렇다. 이모네 집이 있는받여울은 같은 김가만 수삼십 호 자성일촌하여 사는 부촌이었다. 개와 집만이 십여 호나 있고 초가집도 모두 크고 깨끗하였다. 그런데 우리가 새로 집을 지은 곳은 우중충한 산 밑인 데다가 집이라고는 단 세 채였다. 아버지는 마치 우리 집의 초라한 꼴을 아무쪼록 세상에 숨기려고 이런 외딴곳에다가 집을 지은 것 같았다. 단 세 집이라 하여도 모조리 불이 붙게 가난한 집이었다. 뒷집은안채에는 놀음판 부치기로 소문난 대장장이, 바깥채에는 쪼그라진 절레 마누라와 그의 남편인지 머슴인지 알 수 없는 대감이라고 칭하는 오므라진 영감장이가 들어 살고, 앞집은 아들 형제 데리고 사는 과부의 집으로서 나이 이십이 넘은 떠꺼머리 둥툭이라는 총각이 낯에 여드름이 툭툭 불거진 것이 장가도 들지 못하고 있다. 이 두 집 틈에 우리 집이 있다. 게다가 중도에 공사를 중지한 채로 비바람에 썩고 찌그러진 집이라면 누구나 상상할 수가 있을 것이다. 천지간에 가장 빈궁한 이웃, 그중에도 가장 빈궁한 집이 우리 집이었다.

우리 집에는 삐걱하는 대문도 없고 번화한 닭, 개의 소리도 없었다. 사람도 조석을 굶는 처지에 닭 개는 무엇을 먹나. 쥐도우리 집에는 붙을 리 없으니 동네 고양이도 올 리가 만무하다. 하물며 말, 당나귀의 기운찬 소리며 소, 송아지의 소박한 소리가 우리 이웃에서 날 까닭이 없었다.

내가 이렇게 구슬픈 생각을 안고 집에 다다랐을 때에는 어머니는 마당에서 혼자 삼을 벗기고 있었다. 텃밭에 심었던 삼을 열 남은 단 비어서 다른 사람들 하는 삼군에 넣어서 찐 것을 앞 개울에 담가두었다가 집으로 옮겨서 벗기는 것이었다. 얼른 안 벗기면 말라서 아니 벗는다. 나는 이모 댁 이야기와 이런 대접 저런 대접 받던 이야기를 하면서 이모가 싸준 떡과 찐 옥수수와 닭의 다리와 이런 것을 어머니와 함께 점심 삼아서 먹고 어머니를 도와서 삼을 벗겼다. 잘은 못 해도 어머니가 석 대를 벗기는 동안에 한 대는 벗겼다. 겨릅대는 말려두었다가 마가울에 거이[11] 잡이 할 때에 홰로 쓰면 좋다는 말이 내게는 더욱 즐거웠다. 나는 금년에는 다른 어른들과 큰 애들 모양으로 떡 내 횃불을 들고 앞 개울에서 거이를 잡는다 하면 그만해도 조금은 내가 큰 아이가 된 것 같아서 대견하였다.

이렇게 벗긴 삼을 어머니가 혼자 바래워서 삼아서 삼실을 만들었다. 이것은 한 필 베가 되어서 이듬해 여름 옷감이 되었다.

아마 어머니는 이 삼베에 재미를 붙임인지 이듬해에는 누에를 한 방 놓았다. 한 방이라는 것은 기다란 발로 둘이었다. 물론 우리 집에는 뽕나무가 없었다. 재작년까지 살던 집에는 밭도 있고 뽕나무도 있었건마는 지금은 없었다.

나는 어머니가 뽕 따러 가는 데도 한두 번 따라가 보았다. 어

11 '게'의 방언.

머니는 바구니와 보자기를 가지고 아침 일찍 나섰다. 외가집 밭 둑으로 가는 것이다. 거기는 커다란 뽕나무가 열 나무도 넘는데 그중에는 갈삐라 하야 잎사귀 큰 뽕도 있고 또 잎이 조그만 늙은 나무도 있었다. 오디는 아직 까맣게 익지는 아니하였으나 불그스 레하였고 더러 잘 익은 놈도 있었다. 나는 뽕보다도 오디 따 먹기 에 정신이 없었다.

어머니는 계집애 적에 해마다 뽕을 따던 곳이건마는 출가외 인이라 이제는 남의 것이오 게다가 외조모까지 돌아가고 이제는 올케와 조카며느리들의 것이 되었으니 마음에 꺼리는 모양이어 서 처음에는 사람이 있나 없나 하고 사방을 돌아보다가 이파리 잔 뽕을 훑기 시작하였다. 그러나 점점 이 뽕나무는 우리 뽕나문 데 하는 생각이 나는 모양이어서 차차 담대하게 갈삐도 따기 시 작하였다. 한 바구니가 차면 보에 쏟고 이 모양으로 커다란 모양 으로 커다란 이불보 위에 거의 뽕잎이 그득 찼을 때에

"뽕 따지 마우, 거 누구야, 남이 뽕을 따게."
하는 날카로운 소리가 들렸다. 어머니는 휘어잡았던 뽕나무 가지 를 놓고 뒤를 돌아보았다. 나도 돌아보았다. 소리 임자는 분명 내 외사촌 형수였다. 어머니에게는 조카며느리지마는 나이로는 얼 마 틀리지 아니하였다. 형수는 종종걸음으로 이쪽을 향하고 오고 그 뒤에는 그 딸 나만한 계집애와 개가 따랐다.

나는 고개를 쳐들어 어머니를 쳐다보았다. 아직 이십 칠팔 세 밖에 안 되는 어머니건마는 가난 고생에 나이보다는 늙었고 머 리까지 적어진 것 같았다. 어머니는 잠깐 어쩔 줄 모르는 듯이 멀 거니 형수가 달려오는 데를 바라보고 섰더니 무슨 결심을 했는

지 천연스럽게 뽕나무 가지를 휘어잡아서 득득 잎사귀를 훑었다.

"아, 그래도 뽕을 따네. 따지 말라는데 남의 뽕을 따. 거, 원 누구란 말야."

형수의 목소리에는 노기가 있었다. 개가 사람 앞질러 멍멍 하고 주인의 노염을 알아듣고 일변 짖으며 일변 달리며 우리 모자 있는 데로 왔다. 그러나 낯익은 나를 보고는 어이없는 듯이 우뚝 서서 꼬리를 흔들고는 제 주인 쪽을 돌아보았다. "잘 아는 사람이오" 하고 주인에게 알리는 것 같았다.

형수도 우리가 누군지 알아본 모양이었다. 우뚝 섰다. 그 딸만 나한테로 뛰어왔다. 나는 이를테면 그의 아저씨다. 그럴뿐더러 나와는 장난 동무였다. 그래도 어머니는 모른 체하고 뽕만 따고 있었다. "내 뽕 나 따는데 네년이 무슨 상관야" 하고 뻗대는 태도였다.

뽕 도적놈이 우리 모자인 줄을 안 형수는 머쓱하고 섰다.

다른 때 같으면 내가, "아주머니, 내요" 하고 나설 것이지마는, 나는 내 어머니와 형수와의 사이에 지금 이상한 적의가 있는 것을 알고 나도 어머니 모양으로 모른 체하고 오디를 따고 있었다. 나는 어머니 편이 될 수밖에 없었던 것이다.

한참 동안 피차간에 아무 말이 없었다. 퍽이나 야릇한 장면이었다.

마침내 형수가 먼저 항복을 하였다.

"아이, 돌고지 도령님이오? 난 누구라고."

형수는 이렇게 말하고 내 곁으로 왔다. 나는 형수를 보고 싱겁게 웃었다. 부끄러운 것 같았다. 형수는 내가 싫어하는 사람은 아니었다. 그러나 외조모가 내게 밤이나 떡이나 이런 것을 싸 줄 때

에는 이 형수의 눈을 꺼리는 눈치를 보였기 때문에 내 마음에도
이 형수는 만만치 아니한 사람이라고 생각하고 있었다. 그는 키
가 작달막하고 눈이 옴팍눈이오 입을 꼭 다물어 그 동그스름한
얼굴에 매서운 빛이 있었다. 뒤에 두고 보아도 그 형수는 무척 똑
똑하고 능한 사람이었다. 형수는 어머니 등 뒤로 가까이 가서,

"아주머니."

하고 반갑게 불렀으나 어머니는 고개도 돌리지 아니하고 여전히
뽕을 따면서

"도경아, 인제 고만 집으로 가자."

하고는 뽕나무 가지를 놓고 형수와 마주치지 아니할 방향으로
몸을 돌려서 뽕 보자기께로 간다.

나는 어머니 음성이 심상치 아니함을 느껴서 곧 어머니를 따
라가서 그 얼굴을 들여다보았다. 어머니 눈에는 눈물이 그득 차
있었다. 부끄럽기도 하고 분하기도 하고 집이 가난한 것이 원망
스럽기도 한 것이었다.

집에 돌아오니 누에들은 배가 고파서 모가지를 높이 쳐들어
내어 두르고 있었다. 어머니는 손에 뽕잎을 듬뿍 집어서 누에 위
에 확 주었다. 누에들은 좋아라고 이 눈물 젖은 뽕잎을 소나기 소
리를 내면서 먹었다. 누에도 나와 같이 가난한 집에 태어나서 내
가 밥을 굶는 모양으로 가끔 뽕을 굶었다. 그러나 어머니는 비가
오거나 무슨 일이 있거나 뽕을 얻어다가 누에를 아주 굶겨 죽이
지는 아니하였다.

나도 가끔 동무네 집 뽕을 얻어도 오고 훔쳐도 왔다. 이렇게
도적질한 뽕, 비럭질한 뽕을 얻어먹고도 누에는 제대로 자라서

오를 때에 올라서 고치를 지었다. 나중에 알고 보니 어머니가 이렇게 구구스럽게 누에를 친 것은 내가 장가들 때에 쓸 것을 준비함이었다. 또 이삭 면화를 주어서 백목 두 필을 짠 것도 같은 목적으로 한 것이었다. 그러나 어머니는 마침내 내가 장가드는 것을 보지 못하고 돌아가고 그 명주와 무명은 어머니의 은패물과 함께 내가 서울로 공부를 떠나는 노자가 되고 말았다.

어머니는 내가 열 살 되던 해부터 벌써 나를 장가들일 생각을 한 모양이어서 아버지보고 조르는 것을 여러 번 들었다.

"남들은 열한 살에 다 장기를 들이는데."

하고 삼십이 갓 넘은 어머니는 아버지더러 며느리를 얻어내라고 보챈 것이었다. 그때에는 조혼하는 풍습이 있어서 밥술이나 먹는 집에서는 아들을 열세 살을 넘겨서 장가들이는 일이 거의 없었다. 신랑보다 사오 년, 심하면 육칠 년 더 먹은 며느리를 맞다가 일변 부모가 낙을 보고 일변 하루바삐 씨를 받으려는 것이었다. 세월이 흉흉하여서 세상이 뒤집힌다는 생각을 누구나 가지고 있던 그때에는 아들이 있으면 얼른얼른 장가를 들이고 딸이 있으면 어서어서 시집을 보내는 것이 부모로서 시름을 놓는 일이라고들 생각하였던 것이다.

"노랑두 대가리
물렛줄 상투야
언제나 길러서
내 낭군 삼나."

하는 민요는 이것을 말하는 것이다. 어머니도 내게 대하여 이런 생각을 가진 것이었다.

어머니 생각에 나를 장가들이기에 가장 필요한 것이 명주 몇 필, 무명 몇 필, 은패물 몇 개 이런 것이었다. 어머니는 자기가 시집올 때에 가지고 온 옷을 모두 입지 않고 장에 넣어두었고 이불 두 채도야 청 이불보에 싼 대로 시렁에 얹어두어서 내어 덮는 일이 없었다. 아무리 밥을 굶어도 은패물을 내어 팔 생각은 아니 하였다. 어머니는 궁한 늙은 남편을 둔 아내로서 아무 다른 낙도 희망도 없고 오직 며느리를 보는 것으로만 살아가는 목표를 삼은 것이었다.

어머니는 세상에서 이른바 날렵하다거나 칠칠한 부인은 아니었다. 이모의 말과 같이 "못난이"는 아니라 하더라도 꾀가 있는 것도 아니오 말재주가 있는 것도 아니었다. 아버지에게는 미련퉁이 소리를 들었으나 아버지도 진정으로 어머니를 미련하다고 생각하지는 아니하였다. 외조모의 대상에 댕겨 온 후로 일절 외가에를 가지 아니하는 어머니의 행동은 마음에 잡은 바가 굳은 표였다.

"없는 사람이 있는 일가 집에 찾아가면 무엇을 얻으러 온 것 같이 생각한다."

어머니는 이렇게 말하였다. 이모 집에서 청하는 일이 있더라도 어머니는 일절 안 갔고 어느 일가 집에도 가지 아니하였다. 어머니는 "내가 못 살게 되었다" 하는 것을 아프게 느끼는 동시에 그 못 사는 부끄러운 꼴을 남에게 보이고 싶지 아니하였다. 아버지가 폐포파립으로 돌아댕기는 것도 어머니는 늘 못마땅하게 생각하였다.

그러는 동안에 내가 여섯 살 적에 누이동생이 나고 누이동생이 세 살 먹던 해에 또 누이동생이 하나 났다. 새집에 와서 세간은 더욱 줄었으나 식구는 둘이나 더 늘었다. 식구가 느니 살림은 더욱 어려워졌다. 이에 아버지도 최후의 결심을 한 모양이었다. 아무리 하여서라도 돈을 벌어야겠다고 생각하는 모양이었다.

셋째 이야기

아버지의 갓은 더욱 낡아지고 의복은 더욱 남루하여졌다. 더구나 여름에 노닥노닥한 베옷이 땀에 후줄근한 모양은 비참할 지경이었다.

아버지는 나가서 열흘 스무날 집에 아니 들어오는 일이 많게 되었다. 무엇을 하고 돌아다니는지는 어머니도 모르고 나도 모른다. 우리 사 모자는 밥을 굶어가면서 아버지가 돌아오기를 기다린다. 나는 이 동안에 집세기도 삼아보고 땔나무도 하러 댕겼다.

우리 집에는 지게나 낫이나 갈퀴나 이런 연장은 아무것도 없었다. 나는 새끼 한 바람을 들고 뒷산에 올라가서 삭정이나 마른 풀을 손으로 꺾어서 묶어 들고 돌아왔다. 가을이면 어머니도 밭에 나가서 콩가리를 손으로 긁어서 치맛자락에 싸가지고 돌아왔다. 쌀이 떨어지면 우리는 밥을 굶었고, 시래기에 수수를 한 옴큼 두어서 끓여 먹는 일도 있었다. 어머니가 심어서 기름을 내인 아주까리기름으로 밤에 등잔불만은 켰다. 이렇게 굶어 죽게 된 때에는 아버지가 양식을 지우고 들어오거나 또는 사람을 시켜서 지워 왔다. 이것을 보면 아버지가 우리를 잊지 아니하고 무엇을 구하러 돌아다니는 것을 알 수가 있었다. 이러한 쌀 짐은 판에 박은 듯이 밤에 왔다. 길이 멀어서 날이 저문 것인지, 남의 이목을 꺼려서 부러 해 지기를 기다린 것인지 나는 모른다. 아무도 찾아올 사람 없는 우리 집 마당에 밤에 기침 소리와 발자국 소리가 나면 그것은 먹을 것을 가지고 오는 아버지거나 아버지의 심부름을 받은 사람이었다. 그러므로 우리 모자는 밤이면 가끔 귀를 기울였다.

"쌀 받으슈."

하고 짐꾼이 턱하고 퇴에 짐을 내려놓는 소리에 우리들의 입은 벌어지고 가슴은 울렁거렸다. 아버지가 아니 온 것이 섭섭하나 먹을 것만 온 것도 기뻤다. 어머니는 새 기운을 얻어서 부엌으로 내려갔다. 밥이 이르거나 늦었거나 쌀이 생긴 때가 끼니 때였다. 우리 세 어린것들은 벌에서 어머니가 밥 짓는 소리를 들으면서 맛있는 것을 먹을 것을 생각하고 기운이 나서 재깔댔다.[12] 실로 밥을 굶은 날은 우리들은 말없이 가만히 앉아 있었다.

어느 섣달 대목이었었다. 밖에는 함박눈이 퍽퍽 내리고 있었고 우리들은 과세는커녕 저녁밥도 굶어서 찬 방에 사 모자가 올올 떨고 있었다.

"초시님 계시우?"

하고 두루마기에 북두를 질끈 졸라맨 주막집 채인들이 하루 종일 외상값을 받으러 왔다. 대문도 없는 우리 집이라 그들은 안방 앞에까지 터벅터벅 들어와서 돈을 내라고 하였다.

---

12 나직한 소리로 조금 떠들썩하게 자꾸 이야기하다.

"아버지 안 계셔요."

나는 일일이 이들을 응대하였다.

"초시님 언제 돌아오슈. 섣달그믐이 되어두 외상을 안 내시면 어떻건단 말씀요. 작년 것도 밀린 것이 있는데."

빚받이는 이런 소리를 하였다.

애초 우리 집에 돈을 받으러 오는 것이 망계妄計[13]다. 우리 집에 무슨 돈이 있나. 그보다도 우리 아버지에게 외상을 주는 것이 잘못이다. 술이나 국수나 주면 그저 줄 것이지, 우리 아버지가 무슨 재주로 그 값을 갚나, 나는 이런 생각을 하면서 돌아서 나가는 빚쟁이의 뒷모양을 바라보았다.

밤도 깊고 눈도 깊은 때에 마당에서 발자국 소리가 났다. 이크, 또 빚받이! 하고 귀를 기울일 때에

"아버지다."

하고 어머니가 벌떡 일어났다. 십 칠팔 년 내외로 살아온 어머니는 눈을 밟는 발자국 소리에서도 아버지를 알아내었다. 우리들은 벼락같이 문을 열어젖히고 퇴로 나섰다. 과연 아버지였다. 그리고 웬 짐꾼 하나였다.

"었네, 눈 오는데 수구했네."

하고 아버지는 우리들과 말하기 전에 한 뼘이나 되는 돈 꾸러미 하나를 짐꾼에게 주어 보내었다. 아마 한 량은 되는 모양이니 꽤 먼 데서 짐을 지워가지고 온 모양이었다.

아버지는 옷과 갈모[14]에 눈을 털고는 끙끙하면서 짐을 방으로

---

13 분수없는 그릇된 꾀와 방법.
14 예전에, 비가 올 때 갓 위에 덮어쓰던 고깔과 비슷하게 생긴 물건.

들고 들어왔다. 우리들은 짐 가로 올라붙었다. 맨 밑에 흰 자루에 든 것이 쌀인 것은 말할 것도 없으나 쌀자루 위에 보자기로 싼 것, 수지로 싼 것, 유지로 싼 것들은 아이들 옷감, 당기, 미역, 고기, 소금에 절인 숭어, 김, 곶감 이런 것들이오, 아버지가 손수 들고 온 것은 술병이었다. 찹쌀도 두어 되 있었다. 얼만지 모를 적은 뭉텅이가 수두룩이 쏟아졌다. 얼른 보아도 제물인 것이 분명하였다. 섣달 그믐날은 고조모님 제사도 있고 설날 새벽에는 다례도 있을 것이다. 떡이 없는 것이 섭섭하였으나 그런 불만을 말할 처지가 아니었다.

"이거 백 량어치도 더 되겠어요"

어머니는 한 가지 한 가지 집어 옮겨놓으면서 이런 말을 하였다. 지나간 가난 고생도 앞날의 걱정도 일시 다 잊어버린 것 같아서 어머니의 얼굴에는 희색이 만면하였다.

나와 동생들도 다 마음을 턱 놓고 잠이 들었다. 아버지도 있고 먹을 것도 있으니 도무지 걱정이 없었다.

나는 언젠지 모르나 잠을 깨었다. 아버지는 어느 새에 새 옷을 갈아입고 행전을 치고 갓을 쓰고 초를 잡고 있고 어머니는 부엌에서 무엇을 하는 소리가 들렸다. 나는 벌떡 일어났다.

옆에는 벼루집이 뚜껑이 열린 채로 있었다. 축문 두 장이 서판 위에 놓여 있었다.

나는 내 머리맡에도 새 옷이 놓여 있는 것을 보았다. 누이의 머리맡에도 다홍치마가 하나 놓여 있었다. 어머니가 밤 동안에 이것을 만든 모양이었다.

나는 벌에 내려가서 더운물을 얻어서 세수를 하였다.

"가만있어, 내 머리 빗겨주께."

어머니는 일변 아궁이에 불을 넣으며 일변 솥뚜껑을 열어보았다. 어머니와 아버지는 제물을 차리기에, 밤을 새인 모양이었다.

나는 머리를 빗고 새 댕기를 드리고, 내 누이동생도 다홍치마를 입었다. 아버지는 초를 다잡고는 병풍을 치고 제상을 내어놓았다. 병풍은 다 팔다가 하나만은 남겨놓았던 것이다. 촛대도, 향상도 향로도 다 내어놓았다.

부엌으로부터 제물이 들어왔다. 제물이라야 산 사람의 간략한 밥상밖에 못되었다. 매, 갱, 과, 포, 채, 모두 몇 가지가 아니 되어서 커다란 제상에 버려놓은 것이 실로 적막하였다. 나도 바로 몇 해 전까지 이 상이 그뜩 차는 것을 보았었다. 비록 두부적, 무나물이라도 이처럼 적지 아니하였고 배, 밤, 감, 대추도 구색은 하였었다. 나는 이 제상에서처럼 우리의 집이 쇠하여가는 것을 절실히 느낀 일은 없었다.

"아버지, 제상은 크게 만들게 아니오."

내가 이런 소리를 하여서 아버지의 쓴웃음을 자아내었다. 내가 이렇게 우리 집의 쇠운을 느낄 때에는 여비남복 두고 드날리는 집에서 자라난 아버지의 감개는 열 층이나 더하였을 것이다. 칠월 내 고조의 기일에는 갓 쓴 제관이 사십 명이나 되었더니라고 내 종조모가 하는 말을 나는 들었다. 그중에는 내 종증조 사간, 재종증조 승지, 내 조고모부 조 교리, 증조고모의 아들 김 장령도 끼었더라고 한다. 나는 그렇게 우리 집이 빛나던 날을 몸소 보지는 못하였으나 어린 마음에 그 날이 무척 그립고, 현재의 영락한 가세가 한없이 슬펐다.

아버지는 열한 살 먹은 나를 데리고 말없이 고조모의 제사와, 내게는 오대조 이하의 십오 위의 다례를 지내고 나니 훤하게 밝았다. 이것이 불행히도 아버지와 어머니로서는 이 세상에서 지낸 마지막 다례요, 이생에서 맞은 마지막 설이었다.

아버지가 그동안에 어떤 모양으로 생활비를 벌었는지는 내가 물어본 일도 없고 들은 일도 없었으나 그가 만인계를 따라댕긴 것만은 안다.

만인계라는 것은 그때에 평안감사로 왔던, 돈 많이 먹기로 유명한 민 모가 허가한 것으로서 천자문 순서대로 하늘천 자 일 호에서부터 십 호, 이끼야 자 일 호에서부터 십 호까지 만장의 표를 만들어 한 장에 석 냥씩에 팔고는 은행나무로 알을 만 개를 만들어서 거기 각 번호를 쓴 것을 통에다가 넣고 벌거벗은 사람이 뒤흔들어서 그중에 하나씩을 통 꼭대기에 있는, 알 한 개 나올 만한 구멍으로 나오게 하여서 일등, 이등, 삼등을 뽑는 일종의 도박이다. 이렇게 알을 뽑는 것을 출통이라고 한다. 만 명이 하나이 석 냥씩이면 삼만 냥(엽전풀이로 그러하니 당오로는 십오만 냥이오 오늘 돈 셈으로 삼천 원이다)이니 이 중에서 일등에 만 냥, 이등에 삼천 냥, 삼등에 천 냥 도합 일만 사천 냥을 상금으로 주고 나머지 일만 육천 냥 중에서 오천 냥을 감사와 원에게 뇌물로 바치고 그리고 남는 만여 냥으로 비용을 쓰고 마지막에 남는 것을 허가 얻은 사람이 먹는 것이었다. 만 냥이라면 지금 안목으로 보면 대단치 아니한 돈이지마는 "천 냥 부자는 하늘이 안다"던 그때에는 만 냥이라면 수백 석거리 전답을 장만할 만한 큰 재산이었다. 민 모가 평안감사로 있는 동안에 평안도에는 아마 수백이라고 세일 만한 만인계와 천인계가 허가되고 실행되어서 그 때문에 갑작부자도 생기고 탕진가산 한 사람도 생겼다.

이 만인계는 아버지와 같은 사람에게는 안성맞춤이었다. 아버지로서 한번 일어날 길은 만인계에 일등을 타는 일이었다. 고놈의 은행알이 뱅뱅 돌다가 아버지가 가지고 있는 번호를 가지고 나오기만 하는 날이면 우리 집은 걱정 없이 되는 것이다. 그런데 그것은 누구에게나 꼭 나올 수 있을 것만 같았다. 적더라도 아니 나올 까닭은 없는 것 같았다. 내가 알기에도 우리 동네는 아니나 한 십 리 밖에 사는 절뚝발이 백 과부의 아들이 만인계 일등을 타서 제가 머슴 살고 있던 기와집과 전장을 사고, 단박에 장가를 들지 아니하였다. 아버지는 이 절뚝발이 과부만 못할 리가 없다고 만인계를 보인다면 타관까지도 따라다닌 모양이었다.

한번은 여전히 우리네 식구가 배를 곯고 있노라니까 아버지가 또 짐꾼 하나를 앞세우고 개선장군모양으로 의기양양하게 돌아왔다. 역시 짐은 쌀, 암치,[15] 옷감 이런 것들이었다. 그때에는 아버지의 말이, 내 이름으로 표 한 장을 산 것이 이등이 빠졌는데 계란에 유골로 쌍알이 빠져서 일천오백 량밖에 못 탔다는 것이었다. 만일 쌍 알만 아니 빠지고 내 번호만 빠졌다면 삼천 량을 탈 것인데 분하다고 하였다. 저편의 알만 빠지고 내 알이 안 빠졌다면 아버지는 한 푼도 못 탔으리라고는 생각지 아니하는 모양이었다.

"그런데 이상한 일이야."

---

15 배를 갈라 소금에 절여 말린 민어의 암컷.

하고 아버지는 대단히 의기양양하여서 어머니와 우리들을 보고 말하였다―.

"도경이허구 쌍알 빠진 사람이 김 소저[16]라는 계집애란 말야. 거 이상하지 않아."

"거, 참."

어머니도 그것을 신통하게 생각하는 모양이었다. 나도 이상하게 생각하고 김 소저라는 어여쁜 계집애의 모습을 눈앞에 그려보았다.

"그래, 그 김 소저라는 계집애는 어디 앤가요?"

어머니는 매우 흥미에 끌리는 모양이었다.

"앤지 어른인지 알 수가 있어?"

아버지는 싱겁게 웃었다.

"아니, 그것을 왜 안 알아보우. 우리 도경이와 나이가 상적하다면 통혼이라도 해볼 것 아니오?"

어머니는 힐문하였다.

"그러니 그걸 무에라고 묻누."

아버지도 아까운 듯이 고개를 숙였다.

"어쩌면 그렇게 무심하시우? 언간하면 궁금해서라도 알아볼 것 아니오? 만사가 다 그러시니 당신을 어떻게 믿고 살아요?"

어머니는 큰 보물이나 큰 기회를 놓친 것처럼 뿌루퉁하였다. 모처럼 들어오는 며느리를 내어 쫓은 것같이 생각하는 모양이었다.

아버지는 입맛이 쓴 듯이 입을 쩍 하고 돌아앉는다. 나도 아버

---

16 '아가씨'를 한문 투로 이르는 말.

지가 김 소저의 일을 물어보지 아니한 것을 아깝게 생각하였다.

"인제는 도경이도 열한 살이 아냐요? 남 같으면 장가들일 때가 아냐요? 당신도 벌써 나이가 육십을 바라보시면서 어쩌면 글쎄 며느리 구할 생각을 아니 하시오?"

어머니는 모처럼 아버지가 가지고 온 쌀이며 옷감이며 반찬거리도 다 귀찮다는 듯이 두 손으로 그 짐을 발치로 와락 밀어버린다. 어머니 신이라고 사온 신발이 떼구루 시렁 밑으로 구른다.

"다 때가 있겠지, 인연이 있고."

아버지는 이렇게 혼잣말 모양으로 중얼거리고는 한숨을 쉬었다.

"그 김 소저라는 애도—앤지 어른인지도 모르지마는—천정배필이면 서로 알아지고 만나지겠지. 따는 이상은 해, 그 왜 쌍알이 나온담."

김 소저가 나와 천정배필이 아닌 것은 이야기를 쓰는 오늘날까지도 그가 누구인지도 모르는 것을 보아서 분명한 일이다. 그때에 아이였었는지 어른이었었는지 모르거니와 설사 나와 같은 연배라 하더라도 벌써 육십을 바라보는 노파일 것이다. 그렇지마는 김 소저라는 이름이 내게 평생에 잊혀지지 아니하는 것만 해도 옅지 아니한 인연이라고 할 것이다.

아버지는 이 모양으로 부지런히 만인계를 따라다닌 모양이나 다시는 이등 쌍알은커녕 삼등 쌍알도 나왔다는 말은 못 들었다.

아버지가 돌아가기 한 반년쯤 전일까, 아버지는 또 의기양양하게 짐꾼을 앞세우고 집에 돌아왔다. 무슨 좋은 일이 있는가 하고 나는 아버지의 눈치를 엿보았다. 어머니는 인제는 아버지에 대하여서는 아무 소망도 없는 모양이었다. 밭 하로갈이도 며느리도 아버지 힘으로는 안 될 것을 아는 모양이었다. 그러나 나는 아버지 편이 되어서 아버지가 무슨 큰 수가 나서 어머니를 한번 깜짝 놀라게 했으면 좋겠다고 기다리고 있었다.

아버지는 봇짐을 풀어서 그 속에서 종이 한 뭉텅이를 내어서 내 앞에 놓았다. 그것은 만인계 표 한 책이었다. 지계호 봉할봉에서 차례로 오십 장이었다. 이것을 열 장을 팔면 한 장이나 또는 한 장 값 석 량이 파는 사람의 구문이 되고 또 그중에서 알이 나오면 상금의 십분지일을 파는 사람이 먹게 되는 것이었다. 그러나 아버지가 이것을 내어놓은 것은 그 표를 보란 것이 아님을 깨달았다. 왜 그런고 하면 나는 그 표를 보다가 사장에 박아보라는 아버지의 이름을 발견한 것이었다.

"아버지가 만인계 사장이요?"

나는 한 긋 놀라고 한 긋 기뻐하면서 물었다.

아버지는 빙그레 웃으며 끄덕끄덕하였다.

"어머니."

하고 나는 부엌으로 가서 아버지가 만인계 사장이 되었다는 위대한 사실을 알렸다. 그러나 어머니는 아궁이로 내는 연기에 눈물을 흘리면서

"으응."

하고 대단치 아니하게 대답하는 것이 불만하였다. 어머니로서는 만인계 사장이 무엇인지 알지도 못하려니와 아버지가 된 것이라면 대수롭지 못할 것이 의심 없는 일이라고 생각하는 모양이었다.

이날 밤에는 우리 식구들은 여러 가지로 독장사구구[17]를 하였다. 계표 만 장이 다 팔리기만 하면(그것이 부리나케 다 팔릴 것이

라고 우리들은 생각도 하고 말도 하였다), 모두 삼만 량이라, 일만 삼천 량이 상금으로 나가니 일만 칠천 량이 남아라, 거기서 세금 이라 칭하는 뇌물 제하고 비용 제하고 일만 량이 남아라, 그것을 사장인 아버지와 재무 이모와 둘이 나눠 먹어라, 아버지는 사장 이니까 적어도 육천 량은 돌아올 것이오, 게다가 내나 내 동생들 이름으로 한 장씩 사서 일등 이등 삼등 다는 못 나와도 일등 하나 만 나와도 만 량이니 아버지 몫 합하면 일만 육천 량이라, 내 동생 이 이등 아니 나오라는 법 있으며, 내 작은 동생이 삼등 쌍알이라 도 아니 나오라는 법 있으려, 이것저것 다 합하면 일만 칠팔천 량 돈이 들어와라, 그러면 어머니의 평생소원인 밭을 하로갈이 뿐이 랴 열흘가리도 더 사고 논도 사고 산도 사고 집도 정말 좋은 집을 새로 짓고, 그리되면 딸 가진 사람들이 다투어서 나를 사위를 삼 을 것이오— 우리는 밤이 이슥하도록 이러한 토론을 하고 계획을 하고 그 계획을 또 수정을 하고 아주 이만 량 부자가 다 된 셈하고 자리에 들었다.

"도경이, 너 무슨 꿈 꾼 것 없니?"

아버지는 이런 말을 물었다. 만인계에는 꿈이 필요하다. 꿈을 보아서 그것을 풀어서 어느 자 어느 호를 사는 것이었다.

"나는 지붕에 올라갔다가 훌훌 나는 꿈을 꾸었어."

나는 이렇게 대답하였다. 어려서는 날아댕기는 꿈을 흔히 꾸 었는데 그 전날 저녁을 잘 먹고 배가 불러 잔 탓인지 아주 썩 잘 날아댕기는 꿈을 꾼 것이었다.

17 독장수셈. 실현 가능성이 없는 허황된 계산을 하거나 헛수고로 애만 씀을 이르는 말.

"됐다. 그러면 새조 자나 새봉 자를 사자."

아버지는 매우 만족한 모양이었다.

"새봉 자 일 호 박도경이."

하고 사장인 아버지가 꼬챙이에 뽑힌 알을 꿰어 들고 겹겹이 돌아선 사람들에게 돌려 보이는 모양이 내 눈에 선하였다.

아버지가 하는 일이라면 무엇이나 시들하게 아는 어머니도 이러한 말은 싫지 아니한 모양이어서

"정말 돈이 그렇게 생기면야 자키나 좋을까. 뽕나무 있는 밭도 사고 밤나무 있는 산도 사고."

이러한 말을 하면서 빙그레 웃으며 작은동생에게 젖을 빨리고 있었다.

이로부터 며칠 동안은 우리 집에 꽃이 핀 것 같았다. 어머니도 웃는 때가 많았다. 아버지는 물론 만인계 사장 일로 바빠서 읍내에 가 있었다. 우리는 어서어서 오월 초하룻날이 돌아오기를 기다렸다. 이날은 아버지가 사장이 된 만인계가 출통하는 날이었다.

그러나 박복한 사람의 일은 언제나 박복하였다. 출통일을 며칠 앞두고 만인계 금지령이 내려서 아버지의 경영은 수포에 돌아갔을 뿐 아니라, 그것을 허가를 내노라고 원에게 감사에게, 또 그 밑에 있는 자들에게 뇌물로 준 오류천 량의 돈과 표를 박은 조의 값, 사무비는 물론이오 사장인 아버지를 비롯하여 여러 천량 공돈이 들어올 것을 믿고 허비한 돈도 적지 아니하였다. 게다가 망신이 여간 망신이 아니었다.

후주군하게 풀이 죽어서 집에 돌아온 아버지는 얼굴이 사상이었다. 본대 배심 없는 아버지에게는 그 타격은 거의 치명적이었다.

집에 돌아오는 길로 아버지는 한 십여 일간 몸살을 앓았다. 변두통이 난다고 해서 동의에다가 솔잎을 쪄서 그 솔잎을 엎질러버리고 뜨끈뜨끈한 채로 그 동의를 머리에 썼다. 이렇게 동의를 쓰고 우둑하니 앉은 양을 남이 보았다면 우스웠을 것이다. 그러나 가족들은 숨이 막히지나 않나 하여서 겁이 났다. 이것을 몇 동의계속 반복하여서 쫙 땀을 흘리고는 거뜬하다고 하고 누워서 처음으로 잠이 들었다. 이것이 어디서 나온 방문인지 나는 모른다.

십여 일을 되우 앓고 일어난 아버지는 더욱 말이 아니었다. 눈은 쑥 들어가고 볼은 더욱 쪼그라지고 어성도 옆에서도 들릴락 말락 하게 약하였다. 한마디를 하고는 한번 힘을 주었다. 속으로 끌어들이는 어성이었다.

그러나 아버지는 차차 밥도 자시고 일어나서 댕기게도 되었다. 몸은 이럭저럭 회복되었으나 마음은 회복이 안 되는 모양이었다. 아버지는 이번 만인계 실패로 하여서 영영 자기의 운명을 단념하는 모양이었다. 그 운명이란 아버지가 하는 일은 한 가지도 뜻대로 안 된다는 것이었다. 오십이 넘어서 육십을 바라보록 인생의 길을 걸어오는 동안에 모든 것이 실패였다.

"원 그리기로 그럴 수도 있나?" 하리만큼 한 가지도 아버지의 뜻대로 되는 일은 없었다. 밥숟가락이 입에 닿을 만하면 무엇이 옆에 지키고 섰다가 톡 쳐서 흙바닥에 엎질러버리는 것 같았다. 아버지의 복은 마치 배 안에서 타고 나온 것을 한 껍데기 한 껍데기 벗기워서 차츰차츰 더욱 박복하게 되어서 나중에는 복이라고는 한 땀도 없는 빨가숭이가 된 것 같았다.

아버지의 이번 병은 나았다. 무시무시하게 수척하고 말소리도 허공에서 나오는 것같이 기운이 없었으나 신열도 내리고 변두통도 그치고 바깥출입도 할 수 있으리만큼은 되었다. 그러나 아버지가 이번 병에 살아난 것은 마치 고생의 미진한 분량을 철저하게 채우기 위한 벌인 것 같았다. 땔나무는 내 손으로 날마다 닭의 똥만큼씩 해온다 하여도 양식은 구할 도리가 없었고 인제는 팔아먹으려야 팔아먹을 것도 없었다. 있다면 지금 들어 있는 집―집이라 하기보다는 짓다가 중도에 내버린 것밖에 없었으나 그것도 김 산장네 터에 지은 것이라 아무도 탐낼 것이 못 되었다. 어머니가 나 장가들일 때에 준다고 감추어 둔 백목, 명주, 은패물은 아마 아버지는 그런 것이 있는 줄도 몰랐을 것이오, 설사 안다 하더라도 어머니 생전에는 내어놓지 아니할 것이었다.

"쌀이 떨어졌는데."

하고 어머니는 빈 바가지를 들고 들어왔다.

아버지는 말이 없었다.

꼭 이 날인지는 몰라도 내가 밖에서 들어오니까 아버지는 꿇어앉아서 칼로 목을 겨누고 있었다. 그 칼은 어린 누이동생이 나물 캐러 가지고 갔다 온 식칼이었다. 나는 으아 하고 울음이 터지면서 아버지 팔에 매달려서 그 칼을 빼앗았다.

아버지는 순순히 내게 칼을 빼앗겼으나 그 얼굴은 마치 정신 없는 사람의 것과 같았다. 나는 아버지의 목에 닿았던 식칼을 마당으로 홱 내던졌다가 그것도 안심이 안 되어서 뛰어나가 그것을 집어가지고 방향 없이 달아나서 산에다가 묻어버리고 말았다. 그 칼을 그냥 집에 두었다가는 반듯이 아버지의 생명이 끊어지고야 말 것 같았다. 그리고 집에 돌아와 보니 어머니는 젖먹이를 안고 울고 앉아 있고 아버지는 갓을 쓰고 나갈 준비를 하고 있었다. 어머니와 아버지와의 사이에 무슨 말이 오고 갔는지 나는 모르거니와 아버지는 다시는 집에 아니 돌아올 결심으로 나가려는 것과 같이 내게는 생각했다. 그래서 나는 매어달리고 울고 하여 아버지의 갓을 벗기고 두루마기를 벗겼다. 그러니 내가 생각해보아도 우리 다섯 식구의 살길은 망연하였다. 꼭 굶어 죽을 수밖에는 없는 것 같았다.

이때에 마침 쌀 짐이 들어왔다. 애꾸눈이 노 서방이 지고 온 것이었다. 쌀이 두 말 턱은 되고 닭이 암탉 하나 수탉 하나 두 마리, 그리고 찹쌀과 팥과 참깨가 한 주머니씩이었다.

애꾸눈이 노 서방은 내 사촌 누이의 시집 먼 일가요 작인이었다.

누이는 명절 때면 애꾸눈이 노 서방을 시켜서 이런 것을 우리 집에 보내는 일이 전에도 있었다. 그 누이는 나보다 이십 년이나 나이가 위였고 욕심꾸러기 부잣집의 며느리였다. 그는 친동기는 없고 오라비라고 나 하나밖에 없기 때문에 나를 끔찍스럽게 소중하게 여겼다. 그 어머니는 벌써 돌아가고 그 아버지 곧 내 숙부는 홀아비로 떠돌아다니고 있었기 때문에 친정이라면 우리 집밖에 없었으나 우리 집이 또 근년에는 거지가 다 되도록 궁하게 되어서 그는 시집 일가에 대하여서도 면목이 없었다. 그가 보내는 쌀이나 무엇이나 이것은 다 시부모의 눈을 속여서 훔쳐내는 것이오, 애꾸눈이 노 서방은 우리 집에 이런 심부름을 보내는 누이의 유일한 심복이었다.

아버지는 노 서방에게 인사말을 하고 나서

"이번 보낸 거는 받지마는 다시 보내지 말라고 그러게."

하고 노한 듯이 일렀다. 내 생각에도 이런 것을 받아먹는 것은 면목없는 일이었다. 그렇지마는 오늘 만일 이것이 아니 왔더라면 어떻게 할 뻔했나 하면 누나가 불현듯 보고 싶었다. 애꾸눈이 노서방을 따라서 금시에 나서고 싶었다.

넷째 이야기

나는 아버지와 어머니의 비극적인 임종을 말하기 전에 내 어린 시절의 애욕 생활을 돌아보려 한다.

내가 맨 처음 음양의 이치를 알게 된 것이 언제부터인지를 확적確的히 기억하지는 못하나 내가 자란 곳이 농촌이기 때문에 닭개 짐승의 배우하는 것을 볼 기회는 많았고 소, 말, 당나귀가 홀레하는 것을 젊은 사람들이랑 아이들이랑 돌라서서 구경하던 것도 분명히 기억된다. 그런 경우에는 멋들어지고 말솜씨 있는 패들이 마치 우리 애송이들에게 강의하듯이 음탕한 소리를 음탕한 음성으로 음탕한 몸짓으로 지껄이는 것이었다. 또 여름 장마 때나 겨울 추운 날에 젊은 것들이 한 방에 모여서 신을 삼거나 새끼를 꼴 때에는 그들의 화제는 모두 음양에 관한 것이었다. 나 같은 애송이들도 그 틈에 끼어서 그들의 음탕한 이야기를 재미있게 들었고 남녀생활에 호기심을 가지게 되었다.

내 동무에 몽급이라는 아이가 있었다. 그는 나와 동갑이지마는 나보다 영리하여서 아는 것이 많았다. 나는 투전하는 것도 그에게 배우고 더러운 소리도 그러하였다. 그는 얼굴이 예쁘장하고 눈이 실눈인데다가 웃을 때에는 눈이 온통 웃음에 묻혀버리고 말았다. 나불나불 말을 잘하고 무엇을 훔쳐내는 데도 재주가 있었다. 나는 그를 일변 꺼리면서도 웬일인지 그와 같이 노는 때가 많았다. 몽급이도 제 이웃에 운걸이니 덕경이니 하는 동무가 있으면서도

"도경아, 도경아."

하고 까치걸음으로 나를 부르러 왔다. 그러면 나도 저항할 수 없이 뛰어나갔다. 그가 내게 올 때에는 반드시 무슨 재미있는 계획을 가지고 왔다. 이를테면

"야, 우리 오늘은 운걸네 밤 도적질 가자."

하는 이러한 계획이었다. 그러면 나는 그것이 나쁜 일인 줄 알면서도 아니 끌려가지 못하였다. 나는 마음이 약하야 남의 말을 거절 못 하는 성미가 어려서부터 있었다, 이것이 많은 불행의 원인이 되었다. 업보다.

몽급이는 나무에도 잘 오르고 담도 잘 넘었다. 나는 둔해서 그런 재주가 없었다.

아마 열살 적인가. 하루는 나는 몽급의 집에 끌려가서 막걸리에 밥을 말아서 몽급이와 둘이서 나누어 먹었다. 이 술은 아마 몽급이네 제사 술인 모양이었다. 나는 처음으로 술을 먹어서 얼마 아니하여 어릿어릿 취하여 옴을 느꼈으나 몽급이는 말짱하였다.

"우리 한 잔씩 더 퍼 먹을가."

하고 몽급이는 생글생글 웃으며 아주 구미가 당기는 듯이 입을 냠냠 해 보였다.

우리는 한 잔씩을 더 훔쳐 먹고 몽급의 집에서 나왔다. 나는

얼굴이 우럭우럭하였다.

　우리는 쏜살같이 운걸네 밤나무 판으로 가서 아직 아귀도 안 튼 밤을 막 따서 바짓가랑이가 땅에 끌리도록 넣어가지고 막 거기를 떠나려 할 적에

　"이놈들. 밤 따지 말어라!"

하는 소리가 벼락같이 들렸다. 우리는 쥐 모양으로 풀 속으로, 언덕 밑으로 헐레벌떡거리고 달아났다.

　"망할 놈의 새끼들. 이담에 또 왔단 보아라, 다리 마댕이를 분질러줄 테니."

하고 엄포하는 것은 운걸이 아버지였다. 그는 뚱뚱보요 다리가 짧르고[18] 자부치가 언제나 목덜미를 덮도록 흘러내려 오는 거무스름한 늙은이였다.

　"히히."

하고 몽급이는 나를 돌아보고 웃었다. 조금만 걸음을 걸어도 씨근거리는 운걸 아버지로는 우리를 쫓아올 수 없는 것이었다.

　우리는 이제는 뛸 것도 없었다. 쉬파람[19]을 불어가면서 천주산 기슭 으슥한 골짜기 사태밭을 찾아서 천천히 걸어갔다. 여기는 우리가 가끔 놀러 오는 곳이었다. 여기는 아무 데서도 보이지 아니하고 바람도 없고 길에서는 멀고 훔쳐온 것을 처리하면서 막 뒹굴고 놀기에는 십상이었다.

　우리는 마른 나뭇가지를 주어다가 불을 피웠다. 동급이는 부시 쌈지를 가지고 다녔다. 밤을 구워서 먹어가면서 우리는 다리

18 '짧다'의 방언.
19 '휘파람'의 방언.

를 뻗고 이야기를 시작하였다. 술 먹은 것이 점점 취해 올라와서 낯은 후끈거리고 정신이 이상하였다. 우리는 서로 마주 보고는 마치 술 취한 어른 모양으로 "하하하하" 하고 몇 차례나 웃었다. 대단히 유쾌하였다.

이때였다. 내가 몽급에게서 음양에 관한 자세한 강의를 들은 것이. 나는 그때까지는 사람은 닭 개 짐승과는 달라서 그런 절차로 아이를 낳는 것이 아니라고 믿고 있었다.

"사람도 그러나."

하고 내가 의아하여하는 말에, 몽급이는 참 기가 막힌다는 듯이 허리가 끊어지도록 한바탕 웃고 나서

"이 바보야."

하고 나를 놀려먹었다.

"내 말이 거짓말인 줄 알어?"

하고 몽급이는 분개한 듯이

"내 말을 안 믿거든 오늘 저녁 우리 집에 가서 나허구 자. 그러면 우리 아버지허구 어머니허구 자는 것을 보여주께."

하고 단언하였다.

나는 몽급의 말대로 그날 밤 몽급이네 집에 가 잤다. 그리고 몽급이가 약속한 것을 보았다.

나는 안 볼 것을 보았다고 생각하였다. 거기 대하여서 일종의 흥미를 느끼면서도 진저리치도록 불쾌하였다. 사람이 닭 개 짐승과 같다는 것이 아무리 하여도 더럽고 끔쩍끔쩍하였다. 나는 이때에 예수교를 안 것도 아니오 불교를 안 것도 아니건마는 어디서 이런 생각이 났을까. 전생부터의 무슨 인과라고밖에는 생각할

수가 없었다.

뒷집에는 창린이라는, 타관서 떠들어온 한 가족이 살고 그 바깥채에는 아버지더러 오라버니라고 부르는 전례 모신 여편네가 살았다. 우리는 이 여편네를 서인 마누라라고 불렀다. 그는 아버지보다도 나이 십 년이 더 위요 얼굴이 쪼글쪼글한 노파였으나 키가 후리후리하고 턱에는 사자볼이 축 늘어지고 매우 풍신이 좋았다. 같은 밀양 박 씨라 하여서 그럼인지 그는 세상이 다 버리는 아버지를 오라버니라고 불렀다. 그러나 이 일이 이상한 것이 아니라, 내가 말하려 하는 것은 대감님이라는 별명을 가진 영감장이었다. 이는 아마 칠십은 되었을 것이다. 이는 위에 두엇 아래 두엇 내놓고는 오므람 이오 머리도 다 빠져서 상투라야 서너 오라기 센 터럭을 어찌어찌 비끄러맨 명색만이 상투연마는 낯빛은 불콰하고 손은 억세어서 겨울에는 땔나무를 젊은 사람 불 쥐어지르게 하고 게다가 본래 바닷가에 살던 사람이라 고기잡이에 익숙해서 얼음이 얼어붙은 삼동설한에라도 조개, 숭어, 낙지 등속을 잡아오기가 일수여서 서인 마누라네 밥상에만은 맛있는 생선이 떨어지는 때가 없었다. 서인 마누라는 보살님을 모셔서 겉으로는 비린 것을 아니 먹노라고 하면서 남이 아니 보는 데서는 곧잘 먹는 모양이었다.

서인 마누라는 이 영감 덕에 때일 나무와 반찬 걱정이 없었건마는 내가 보기에는 언제나 그는 이 영감을 구박하여서 어서 집으로 가라고 호령하였다. 그래도 이 늙은이는 오므람이 입으로 싱글벙글하면서 그 집을 떠나지 아니하였다. 나는 몽급에게서 남녀의 관계를 설명 들은 때부터는 이 두 늙은이도 그러한 까닭으로 붙어 있는 것이라고 생각하고 혼자 웃었다.

그 안채 창린이네 집도 이상하였다. 창린이는 직업은 대장장이면서도 대장간은 비워놓고 놀음판으로 돌아다녔다. 창린이 처는 그 친정어머니와 같이 한 달이면 스무날은 남편 없는 집에 있었다. 초저녁이면 그 집에 내순이니 둥툭이니 하는 동네 젊은 사람, 늙은 총각들이 모여서 투전을 하였다. 이렇게 투전을 붙이면 꼰이라고 하야 하룻밤에 몇 량씩 방세가 떨어졌다. 그러나 창린이 처가 늘 분을 바르고 분홍 치마 노랑 저고리를 때 아니 묻게 입고 은 가락지를 언제나 치마 고리에 달고 다니는 것은 그 꼰으로만이 아닌 줄을 나도 눈치채게 되었다. 그것은 언젠가 밤중에 내순이와 둥툭이가 창린네 집에서 대판 싸움을 하고 그때에 창린이 처가 꺼이꺼이 울면서 우리 집으로 피난 온 것을 보아도 알 수 있었다. 나는 어린 생각에 이 집은 발 들여놓지 못할 집이라고 생각하고 그 집 앞으로 지날 때에는 퉤 하고 침을 뱉는 버릇이 생겼다. 이에 대하여서는 어머니가 내게 무슨 말을 일러준 까닭인지는 기억이 없으나 어머니는 내나 내 동생이 창린네 집 옆에를 가는 것을 보면 무서운 눈으로 불러들이던 것을 보아서, 내가 그 집을 더럽게 본 것은 어머니의 영향인상 싶게 생각된다.

나는 이렇게 열 살 미만에 음양에 관한 지식을 얻어서 혼자 속으로 이상하게도 생각하고 우습게도 생각하면서도 나 자신 여자에게 마음이 끌린 경험을 얻기는 열다섯 살 적이 처음이었다.

그것은 아버지 어머니도 다 돌아가고 우리 집은 다 없어지고 내 한 몸이 이리저리 구르다가 일본 동경으로 공부를 가게 되었으나 학비가 없어서 이태만에 고향으로 떠들어온 이듬해 정월 대보름 명절에 생긴 일이었다.

알다시피 집이 없는 나는 이 집 저 집 일가 집을 찾아 돌아다녔다. 처음은 오래간만이라고 나를 반갑게 맞아주지마는 거지와 다름없는 나를 여러 날 묵이기를 좋아하는 집이 있을 리가 없었다. 더구나 머리를 깎고 양복을 입는 나는 그때에는 큰 이단자여서 안방에 들이기도 사위스럽게 또는 징그럽게 생각하는 모양이었다. 조상부모하고 집 없이 떠돌아다닌다는 것은 청승꾸러기가 아닐 수가 없었다. 내 딴에는 잘난가 싶고, 장차 대신의 지위에도 오를 것이라고 뽐내지마는 사람들은 그렇게 보아주지를 아니하였을 것이다. 기껏 호의를 가진 사람이라야 나를 박복한 고아로 불쌍히 여겼을 것이오, 그만한 호의도 없는 사람이면 나를 집에 들이기에는 상서롭지 못한 물건으로 알았을 것이다.

내가 어느 집 문전에 들어설 때보다도 그 문을 나올 때에 그 집 사람들이 기뻐하였을 것이다.

이렇게 남의 사랑을 받을 자격이 없는 청승꾸러기면 고독 속에 가만히 있었으면 좋으련마는, 사실은 그와는 반대여서, 세상에 나를 반가워하는 사람이 없을 사록에 나는 더욱 사랑을 갈망하였다. 마치 아귀의 앞에는 언제나 먹을 것이 보이되 입을 대어서 먹으려면 그것이 못 먹을 것으로 변한다는 것과 같이. 게다가 나는 돈보다도 지위나 명성보다도 누구의 사랑을 구하는 성품이다. 나를 만져주는 따뜻하고 부드러운 손이 없이는 살 수 없을 것 같이, 어려서만이 아니라, 낫살 먹은 뒤에도 생각하는 가여운 업보를 타고 난 중생이다. 사랑을 구하면서 사랑을 못 받는 것은 배고픈 일이었다, 헐벗은 일이었다.

일본서 초겨울에 고향으로 돌아온 나는 따뜻한 집을 찾고 따뜻한 손을 찾아서 겨우내 헤매었으나 그러한 것은 아무 데도 없었다. 그러는 동안에 해가 바뀌고 정월 대보름이 된 것이었다.

나는 무슨 계획이 있어서 그런 것은 아니나 이번 대보름을 외가에서 지내게 되었다. 외가라야 외조모도 없고 내 형들도 다 죽어버리고 홀 형수가 아이들을 데리고 살아가는 쓸쓸한 외가였다. 그 형수라는 것은 어머니와 나와 뽕 따러 갔을 때에 소리치고 따라 나오던 이다. 그도 과부가 된 것이었다.

"보름이나 쇄서 가시우."

오래 있기가 미안해서 떠나려는 나를 형수는 이렇게 붙들어 주었다. 그것이 퍽이나 고마웠다.

이 집에는 내 외사촌의 딸이 셋이 있었다. 둘은 내 나이요 하나는 나보다 어렸다. 그러고는 하늘천 따지를 배우는 아들 하나가 있었는데 이 네 아이들이 나를 환영하였다. 아마 내 이야기에 반한 모양이어서, 아저씨, 아저씨 하고 나를 따랐다.

열사흗날인가 열나흗날인가 어느 밤에 이 집에는 동네 처녀들이 오륙 인이나 모여와서 놀았다. 사내청, 계집애청이 다르니 나는 거기 섞여서 놀 자격이 없지마는 내 조카딸들이 나를 기어코 끌어내어서 저의 청에 넣어주었다. 계집애들이라야 지금은 열대여섯 살이 되어서 어섬버섬하게 되었지마는 내가 어려서 외가에 다닐 때에는 코를 흘리고 같이 놀던 애들이다. 그러나 인제 시집 갈 나이들이 된 그들은 그때에 장난 동무라고 나와 갸닥질을 할 계제는 못 되는 것이었다.

처음으로 우리가 놀기를 시작한 것은 술래잡기였다. 우리들은 서로 손을 잡고 둥그렇게 둘러서서 원을 만들고, 한 아이는 도적놈이 되고 한 아이는 눈을 싸매고 술래가 된다. 도적놈은 아니 잡히려고 우리들의 등 뒤로 돌기도 하고, 우리들의 팔 밑으로 들어오기도 하고 우리들의 몸 그늘에 숨기도 하면 눈 싸맨 술래는 두 팔을 벌리고 이것을 잡으려고 따라댕긴다. 그러는 동안에 우리들은

  "어되 장차?"

하고 한 사람이 부르면, 다음 사람이

  "전라도 장차."

하고, 그다음 사람이

  "어느 문으로?"

하면 또 다음 사람이

  "동대문으로."

하면서 다음 사람의 손을 잡은 채로 팔을 번쩍 들어주면 이것이 동대문을 여는 것이어서 쫓기던 도적놈은 이 문으로 들어갈 수가 있고, 한번 이 둘레 속에 들어오면 다시 나오기까지는 술래가 그를 잡지를 못한다.

  문을 열어준 사람이 다시

  "어되 장차?"

를 시작하여서 다시 아까 모양으로 계속이 되는데 이번에

  "동대문으로."

할 때에는 피난하였던 도적놈이 그 문으로 순라군에게 잡힐 위험을 무릅쓰고 둘레 밖으로 나가서 다음번 문이 열릴 때까지는 둘레 밖에서 재주껏 아니 잡히도록 피해야 된다. 이러다가 도적놈이, 둘러선 어떤 사람의 허리를 안고 피해 있는 동안에 공교히 순라에게 잡히면 순라는 제 눈을 가리웠던 수건으로 도적의 눈

을 싸매어 순라를 만들고 도적에게 허리를 안겼던 사람이 제자리를 고만둔 순라에게 사양하고 도적놈이 되어야 한다. 이 모양으로 이 놀음은 끝이 없이 계속이 된다. 달이 높이 올라와서 우리들의 그림자가 짧아질수록 우리들의 흥이 높아간다.

"어되 장차?"

"전라도 장차."

"어느 문으로?"

"동대문으로."

하는 리듬도 더욱 세련이 된다. 다들 제 목소리껏 연습이 되는 까닭이었다.

나는 처음에는 계집애들 틈에 혼자 끼운 것이 열적었으나 차차 유쾌하였다. 둘러선 계집애들 중에는 특별히 얼굴이 어여쁜 애도 있고 몸매가 나는 애도 있고 목소리가 고운 애도 있고 까득까득 웃기를 하는 애도 있었으나 달빛에 보는 명절차림을 차린 계집애들은 다 어여뻤다. 어느 한 아이에게나 한 가지 어여쁜 데는 다 있었다.

술래는 눈을 싸매었기 때문에 앞을 못 보아서 내 어깨를 도적놈의 어깨로 알고 치는 일도 있고 팔도 더듬어서 도적으로 알고 내 허리를 안으려다가 난 줄 알고 깜짝 놀라 달아나는 일도 있었으나 눈 밝은 도적놈이 된 처녀들은 커다란 까까중이 총각 녀석인 내 몸에 손가락이 스치는 일도 없었다. 그러므로 나는 언제까지나 도적놈도 술래도 될 수가 없었다. 나는 그것이 섭섭하였다.

그러나 내 조카들이 도적놈이나 술래가 되었을 때에는 예사롭게 내게 매어달렸다. 이 때문에 나는 처음으로 도적놈이 될 기회

356

를 얻었고 도적놈이 되면 자연 술래가 될 기회도 얻었다. 도적놈
이 되었을 때에는 자연히 다른 처녀들을 건드리기가 미안한 관
계로 조카들 옆에만 숨었으나 눈을 싸맨 순라로는 설사 목소리
로 이것은 누구하고 구별한다 하더라도 꼭 조카들만 고를 수는
없었다. 그래서 남의 집 처녀와 몸이 부딪치기도 하고 내 손으로
그의 등이나 어깨를 치기도 하고 그 허리에 내 팔을 감기도 하였
다. 그런 경우에는 부끄러우면서도 유쾌하였다.

내가 도적이 될 때마다 조카들 곁에만 숨으면 조카들은 안 된
다고 항의하였다. 저를 나 대신 잡아넣는 까닭이었다.

이 모양으로 해서 나는 차차 파겁破怯[20]을 하였다. 그래서 미안
하던 마음도 내버렸다. 나는 이러한 자유를 싫건 향락하려는 마
음이 났다. 부러 한다고 눈치 안 채울 만큼 나는 자유롭게 아무나
붙들었다. 내게 붙들린 것이 내 조카인 때에는 붙들린 본인만이
꺄득꺄득 웃었으나 그것이 낯선 다른 처녀일 때에는 일동이 모
다 와 하고 웃었다. 그러나 나는 그 웃음이 특별히 나를 책망하는
웃음이라고는 생각지 아니하였다. 재미있고 유쾌한 웃음이라고
생각하였다.

나만 그렇게 자유롭게 된 것이 아니라 계집애들도 내게 대하
여서 차차 허물없이 자유로운 태도를 취하였다. 눈을 든 도적놈
도 내 등에 와서 내 허리를 살짝 안고 서기도 하고 내 겨드랑 밑
으로 와 붙기도 하였다.

그중에서 실단이라는 계집애는 처음에는 그 갸름한 맑은 눈

---

20 익숙하여 두려움이나 부끄러움이 없어짐.

으로 나를 슬쩍 보고는 나를 피하더니 얼마 아니하여서 내 조카들과 다름없이 내게 대하야 자유로운 태도를 취하였다. 그는 얼굴빛이 볕에 거른 것처럼 거무스름하였으나 그 거무스름한 것이 더욱 아름답게 보일 만큼 얼굴의 윤곽이며 몸매가 고왔다. 동그스름한 판에다가 코하며 입하며 눈하며 그 모양이나 위치나 비례나 다 어여뻤고 더구나 그의 까만 머리채는 거진 발뒤꿈치에 닿을만하여서 그가 뛸 때면 국화판에 석웅황[21] 단 당기를 드린 머리채가 달그닥달그닥 소리를 내이며 꿈틀거렸다. 열다섯 살로는 결코 숙성한 편도 아니지마는 처녀의 아름다움은 내 눈에는 남김없이 다 핀 것 같았다. 그는 까득거리는 패는 아니오 도리어 조용한 편이었다. 나는 그가,

"어되 장차?"

하는 소리를 물론 알아들었으나 그것은 힘껏 마음껏 뽑는 소리가 아니오. 부득이하야 조심 조심히 꾹꾹 눌러가며 내는 소리였다. 그것이 내 귀에는 더욱 은근스럽고 단아하게 들렸다. 음성은 좀 약하였으나 소리청은 고왔다.

나는 여기 있는 모든 여자들 중에 실단에게 강하게 마음이 끌리는 것을 억제할 수가 없었다. 나는 그가 내 몸 가까이 뛰어올 때면 내 몸이 그에게로 쏠림을 느꼈다. 그가 내 허리를 반쯤 안고 뒤에 와서 붙을 때에는 일부러 무관한 체 힘을 써야만 내 마음의 평정을 보전할 지경이었다.

그러나 얼마 아니하여서 나는 이런 일을 발견하였다. 실단이

---

21 천연으로 나는 비소 화합물.

가 달빛을 반사하는 그 갸름한 눈으로 나를 보는 것이나 그 노랑
저고리 끝동 단 소매로 내 허리에 감길 때에나 그는 젖먹이 어린
애와 같은 무관심한 마음으로 한다는 것이었다. 나는 적지 아니
한 실망을 가지고, 동시에 더할 수 없는 귀여움을 가지고, 그가
나와 같이 남녀 관계에 눈뜬 아이가 아님을 발견한 것이다. 그는
내가 사내라는 데 대하여서는 전혀 무관심인 것 같았다. 그것은
무슨 사실이나 증거가 있어서 그런 것이 아니라, 하도 천연스럽
게, 하도 허물없이 내게 매어달리는 것이 나로 하여금 이렇게 판
단케 한 것이었다.

그러나 내가 이렇게 깨달았다고 해서 그에게 대하여 일어나
는 어떤 불길이 꺼지는 것은 아니었다. 그도 나와 같이―내가 제
게 대하여서 느끼는 것과 같은 간절한 사모의 정을 느껴주었으
면 하면서도 그의 어린애 마음속에 더욱 높고 깊고 더욱 나를 끌
어 결박하는 힘이 있음을 느꼈다.

진실로 자백하거니와 나는 지금까지 몽급에게서 배운 남녀의
정밖에 몰랐다. 창린이 처, 서인 마누라―남녀의 정이란 그저 그
런 동물적인 것으로만 알고 있었다. 내가 이러한 몽상도 못 하던
사랑을 느낀 것은 이날 밤, 실단에게 대하여서가 맨 처음이었다.

술래잡기도 끝이 났다. 나만 그런 것이 아니라 다른 아이들도
좀 더 이 놀이를 하고 싶은 모양이었으나 형수가,

"다들 들어와서 엿도 먹고 윷도 놀지."

하고 부른 소리에 우리는 방으로들 들어갔다.

방은 우럭우럭하였다. 더운 방에 들어와서야 비로소 우리들의
몸이 어떻게 꽁꽁 얼었는지를 알 수 있었다. 다들 빙 둘러앉았다.

형수는 나를 아랫목에 앉히고 어른 손님 대접을 하였다. 계집애들은 마치 처음 만나는 스스러운 남자 앞에 있는 모양으로 고개들을 고브슴 하고 치마폭으로 무릎과 발을 감추고 점잖게 앉아 있었다. 오직 조카들만이 제집이라고 펄렁거리고 왔다 갔다 하며 윷, 윷판, 윷 말, 감, 엿, 밤, 대추, 곶감 이런 것을 단번에 가져올 것도 두 번 세 번에 날랐다.

먹을 만큼 먹고 나서 우리는 윷판을 차렸다. 먼저 편을 가를 때에 나를 어느 편에 넣을까가 문제가 되었다. 내 실력을 모르는 그들은 나를 제 편으로 끌 것인가 아닌가를 의심하는 모양이어서 모도 웃는 얼굴로 나를 바라보고 있었다. 실단이도 그 갸름한 눈으로 나를 보고 방글방글 웃고 있었다. 나는 그와 한편이 되고 싶었으나 혐의쩍어서 그런 의사표시는 못 하였다. 이렇게 유여미결할 때에 나보다 한 살 우인 조카딸이

"아저씨는 우리 편에 와."

하여서 내 거취를 결정해버렸다. 실단이와는 적이 된 것이 섭섭하였으나 어찌할 수 없었다. 큰조카는 내가 윷을 잘 못 누는 줄 알고 주인의 겸양으로 나를 제 편으로 끄는 것이라고 나는 보았다. 그러나 그들의 의외에도 나는 그중에서 가장 윷을 잘 노는 편이어서 얼마 아니하여서 내 인기가 높이 올랐다. 편윷으로 놀 때에는 그다지도 아니하였으나 나중에 하나씩 하나씩 놀 때에는 내 솜씨는 더욱 놀라웠다. 옆에서 실단이가 칭찬하는 눈으로, 또는 마음 졸이는 눈으로 보고 있다는 생각이 내 실력을 갑절이나 높여주는 것 같았다. 윷가락이 손에서 마음대로 놀고 힘껏 들어 던져도 소복소복 한데 모여 떨어졌다.

실단이하고 나하고 마주 겨룰 때가 내게 가장 행복된 순간인 것은 말할 것도 없었다. 그는 잘 노는 윷은 아니나 그의 생김생김과 같이 어여쁘게 얌전하게 놀았다. 그의 소복이 부은 듯한 조그마한 손은 대단히 민첩하게 움직였다. 침착한 그는 한 번도 낙판을 하는 일이 없었고 또 말을 쓰는 데 지혜로워서 허욕이 없었다. 가령 도나 개에서도 여간해서는 굽는 일이 없고 한 구멍이라도 더 갔고 내 큰조카 모양으로 여러 말을 너븐히 붙이는 일이 없이 한 동씩 착착 내는 주의였다. 그것이 모두 다 내 마음을 끌었다.

나는 실단이를 지우고 싶지 아니하고 내가 그에게 지고만 싶었다. 그러기 위하여서 나는 여러 가지로 꾀를 부렸다. 가령 그의 말이 모도긴이나 도캐긴에 있을 때에 나는 겉으로는 기어이 잡는다고 벼르는 양으로 꾸미면서 윷을 낙판을 시킨다든지, 또는 그의 추격을 피하려면 피할 수 있는 경우에도, 겉으로는 욕심을 부리노라 빙자하여서 그에게 잡히기 쉬운 악말을 쓴다든지, 이러한 부정한 수단을 썼다. 그럴 때에는 실단이는 눈을 치떠서 나를 힐끗 보았다. 명민하게도 내 얕은꾀를 알아보았다는 것이다. 어떤 때에는 다른 계집애들도 입을 삐쭉하였다. 내 속에 먹은 마음이 그들에게 통한 것이다. 나는 낯을 붉혔다. 그리고는 얕은꾀를 감추고 얼마쯤 내 힘대로 논다. 그렇지마는 한번 기울어진 운수는 쉽사리 회복되는 것이 아니어서 나는 마침내 예정한 대로 실단에게 진다.

"흥."

하고 말괄량이 기운이 많은 내 큰조카가 빈정대는 코웃음을 한다.

"다 일아. 아저씨가 부러 졌어."

하고 나와 실단을 흘겨본다. 실단은 고개를 숙여버린다. 그들은 가갸거겨밖에 배운 것이 없건마는 모든 눈치는 다 발달되었다고 나는 놀랐다.

나와 큰조카와의 차례가 되었다.

"이번에도 부러 질테유?"

큰조카는 쟁두(爭頭)[22]를 할 때에 벌써 빈정거렸다.

"이번에는 부러 이길걸."

나는 이렇게 농쳤다. 그러고는 실단에게 진 것이 부러 진 것이 아니라는 것을 이 기회에 변명하리라 하야,

"그렇게 마음대로 이기려면 이기고 지려면 지나."

하고 나는 기운을 내려는 듯이 되사리고 앉았다.

"이번에는."

하고 큰조카가 앉음앉이를 고치고 윷가락을 이리 고르고 저리 골라서 단단히 벼르는 모양을 하면서,

"이번에는 내 아저씨 단동불출[23]을 시키고야 말걸. 누구는 아저씨만큼 윷을 못 노는 줄 아슈?"

하고 잔뜩 골이 오른 표정을 한다. 나는 그때에 죽은 내종형을 생각하였다. 그 딸의 그때 모습에 죽은 그 아버지가 번뜩 보인 까닭이다. 그 형은 나를 귀애하였다. 나를 놀려먹기도 잘하고 또 내게 글과 글씨도 가르쳤다.

큰조카는 과연 손씨가 났다. 두모도로 대뜸에 두 동을 붙였다. 나는 이번에 지고 싶었다. 그리하는 것이 실단에게 대한 의혹을

---

22 내기에서 끗수가 서로 같을 때 다른 방법으로 이기고 짐을 결정함.
23 윷놀이에서 한 동도 내지 못하고 놀이를 싱겁게 짐.

풀 것도 같았고 또 승벽이 있는 큰조카의 비위를 맞추는 것도 같았다.

나는 부러 한 것은 아니나 속도에 놓인 큰조카의 두 동문이를 잡지 못하고 도에 붙었다.

큰조카는 내 도를 잡아가지고 또 모도를 하였다. 큰조카는 도밭에 것을 도로 구워서 꽂을 도로 끌지 아니하고 새로 모도를 붙여서 속도에 석 동문이를 만들어놓았다. 이것이 분명히 안 할 짓이다.

"그렇게 쓸 테야?"

하고 나는 그의 반성을 구하노라고 윷가락을 모아 쥐고 기다렸다.

"걱정 말아요."

하고 큰조카는 툭 쏘았다.

"글쎄 그런 말이 어디 있어. 내가 도로 도밭에 것을 잡아서 모도를 하면 넉 동문이가 다 죽지 않아?"

하는 내 권고를 큰조카는 듣지 아니하고 제 악말에 대한 고집을 그냥 세웠다. 옆에 보는 애들도 다 숨을 죽이고 보고 있었다. 윷가락이 내게 오면 모도 하나쯤은 나기가 쉬운 줄을 아는 까닭이었다. 그러나 큰조카는 요행을 바라서 나를 단동불출을 시킬 욕심인 것이 분명히 보였다.

나는 할 수 없이, 윷을 던졌다. 모다. 큰조카의 낯빛은 분명히 파랗게 질렸다.

나는 윷가락을 걷어잡으면서

"인제라도 말을 고쳐 써."

하고 큰조카를 보았다.

"걱정 말아요. 도가 나나, 개가 날 거 머."

하고 억지로 태연한 모양을 보였다.

나는 진정으로 도가 아니 나고 개가 나기를 바랐고 그렇지 아니하면 낙판이 되기를 빌면서, 그렇게 되기가 쉽게 하노라고 윷가락 하나를 굉장히 높이 치쳤다. 이상한 일이다. 높이 올라갔던 가락이 떨어지는 서슬에 엎어졌던 한 가락을 쳐 일으켜서 정말 개가 되고 말았다.

"개다, 거바, 개야."

하고 큰조카는 무릎을 치며 앉은 춤을 추었다. 다른 아이들도 모다 안심한 듯이 소리를 내어서 웃었다. 그러나 나는 오직 실단이가 처음에는 두 주먹을 꼭 쥐고 오마조마해서 마음을 졸이다가 개가 나자 아랫입술을 꼭 무는 것을 놓치지 않고 보았다.

형세는 늘 큰조카에게 유리하여서 석 동문이를 참을 놓고 막둥이 먼저 나버리고 내 달은 쬣을 도에 석 동문이 하나가 서 있을 뿐이었다. 이제 내게 남은 희망은 모윷이나 세모도로 참 놓은 저편의 석 동문이를 잡는 것뿐이니 이것은 거의 이적을 바라는 것과 다름이 없었다.

나는 윷가락을 모아 쥐고 말판을 바라보았다. 원래 큰조카에게 질 작정으로 시작한 윷이지마는 형세가 이렇게 되면 승벽이 아니 날 수 없었다.

"세모도, 세모도."

하고 나는 입속으로 외면서 좌중을 한번 둘러보았다. 나를 단동불출을 시키는 바로 한 걸음 전에 있는 큰조카는 눈도 깜박 아니하고 밭은 숨을 쉬고 있었다. 그러나 내 눈이 찾는 목표는 실단이의 표정이었다. 그는 입을 방싯 열어서 박씨 같은 앞니를 보이면서 금시에 몸이 와들와들 떨린 듯이 긴장하고 있었다. 나는 그가 나보다 간절하게 "세모도"를 빌어주는 것이라고 믿었다. 방 안은 고요하였다. 천지간에 가장 중대한 일이 이 순간에 생길 것을 기다리고 있는 것 같았다.

나는 손에 쥐었던 윷가락을 한번 윷판에 놓고 두 손을 씻는 것 모양으로 한번 마주 비볐다.

나는 다시 윷가락을 잡았다.

"세모도!"

이것이 내 운명, 즉 나와 실단과의 운명을 결정하는 것 같았다. 적어도 점치는 것 같았다.

"아이, 어서 놀아요, 아저씨. 웬 거드름이 그리 많아요?"

큰조카는 짜증을 냈다.

나는 그 말에 대꾸할 여유도 없었다. 나는 한 번 더 실단이를 힐끗 보고 전심력을 다해서 윷가락을 던졌다. 따, 따, 따, 따.

"모야!"

하고 누가 소리를 쳤다. 그것은 실단이는 아니었다.

나도 식기 전에 또 윷가락을 던졌다.

"두모야!"

이것은 의외에도, 또 고맙게도 실단이의 소리였다. 본래 수줍고 말 없는 실단이의 이 한 소리는 다른 사람의 천 소리 이상의 값이 있었다.

숨이 찬 것은 큰조카만이 아니었다. 다들 두 주먹을 불끈 쥐고 내 손에 잡힌 윷가락을 바라보고 있었다.

"한모 더. 이다음에는 평생에 모가 안 나도 좋으니 한모만 더."
하고 비는 내 속도 떨렸다. 갑자기 손끝이 싸늘하게 식는 것 같았다.

나는 손을 한 번 더 마주 비비고 나서 네 가락 윷을 단단히 내 오른손 바닥 위에 거머쥐었다. 큰조카는 실신한 사람 같고 실단이는 윗니로 아랫입술을 꼭 물고 있었다. 그이 바른편 젖가슴 위에 맺혀진 자주 고름 고가 산짐승 모양으로 움직이고 있었다.

'내가 이제 한모만 더 하면 실단이는 분명히 나를 사랑한다!'
나는 이렇게 꼭 믿었다.

나는 한번 앉음을 바꾸어서 왼편 무릎을 세워 왼손으로 힘껏 그 무릎을 으스러져라 하고 꽉 눌러 전신의 무게를 왼편 발끝에 모으고 바른편 발바당에 얹혔던 꽁무니를 번쩍 들면서 지붕이라도 뚫고 올라가거라 하고 윷가락을 던졌다. 그리고는 나는 두 활개를 번쩍 벌리고 벌떡 일어났으나 내 눈에는 아무것도 보이지 아니하였다. 윷판도 안 보이고 윷가락은 물론 안 보였다. 다만 훤한 불빛 속에 까만 머리들이 떠 있는 것이 보일 뿐이었다.

"모다! 세모, 세모!"
하는 소리가 내 귀에 들렸다. 그 소리는 여럿이, 아마 큰조카만을 빼어놓고, 한꺼번에 지르는 소리였다. 그 소리에 나는 비로소 정신을 차려서 윷판을 들여다보았다. 과연 모다. 클인 자를 흘려 쓴 것과 같은 모양으로 엎어진 네 가락이 모를 이루고 있었다. 나는 남부끄러운 줄도 모르고 서너 번 길게 숨을 내쉬었다. 오래 숨이 막혔던 것 같았다.

나는 영웅이 된 것 같았다. 이 방 안에 있는 모든 사람은 다 나를 우러러보았다. 실단이도 체면을 불구하고 눈을 크게 떠서 실컷 나를 바라보고 있었다. 가느스름하던 눈이 마음 놓고 크게 뜨면 상당이 큰 눈이었다. 약간 젖은 빛을 띠었고 살 눈썹이 분명하고 길었다. 무심코 턱을 쳐들고 쳐다보는 그의 모양에는 새로운 어여쁨이 있었다.

"그래도 도가 나나. 세모 아냐 네모 다섯모라도 도가 나야지 머."
하고 큰조카가 처음으로 입을 열었다. 그는 처음에 두 동산이가 속도에 있을 때에 내가 모개를 한 것을 기억하고 그런 일이 또 한 번 생기기를 바라는 것이었다.

나는 이제 도까지 하여서 큰조카의 석 동문이를 참에서 잡아버리는 것은 차마 못 할 일이라고 생각하고 부러 하는 것이 나타나지 아니할 정도로, 낙판을 시켰다. 그러나 도는 도였다.

"싫어, 싫어. 부러 낙판하는 것 싫어."
하고 큰조카는 어리광 모양으로 몸을 흔들었으나 그 눈에는 눈물이 있었다. 분한 것이었다.

"너희들은 암만해도 아저씨를 못 당하겠다, 모가 마음대로 나는 걸 어떻게 당하니?"
언제 들어왔는지 형수가 등 뒤에서 이렇게 말하며,
"자 다들 식혜나 먹지."
하였다. 우리들의 등 뒤에는 식혜 상이 들어와 있었다.

식혜를 먹으면서 계집애들은 나를 윷판에서 몰아내기로 결의를 하였다. 어떤 아이는 그럴 것이 아니라 밤윷을 놀자고 말하였다. 내 재주를 못 부리게 하자는 것이었다.

결국 나는 윷판에서 몰려나와서 등 뒤에서 형수와 이야기를 하고 있었다. 그러나 내 눈과 마음은 항상 실단에게로만 끌렸다.

나를 몰아내인 윷판은 평화는 하였을는지 활기는 없었다. 큰 조카가 아무리 선동을 하여도 다들 흥미가 없는 모양이었다. 하나둘 애들도 가고 그중 집이 멀어서 혼자서는 갈 수 없는 실단이만 남았다. 갑자기 좌중이 쓸쓸해진 것이 마치 큰 잔치를 치르고 난 뒤와 같았다. 여태껏 자고 있던 사내조카가 일어나서 나와 윷을 놀자고 하였다. 그가 노는 윷이 웃음거리가 되어서 약간 좌중의 흥미를 이었으나 누구의 마음에도 인제는 끝낼 때가 되었다고 생각하였다.

그러나 내게 있어서는 큰일이 하나 남아 있었으니 그것은 실단이를 제집으로 안동하여다 주는 것이었다. 놈아 할머니가 어디 가고 없으니 형수가 나더러 데려다 주라는 것이었다.

나는 형언할 수 없는 기쁨을 가지고 실단이를 데리고 나섰다. 보름달이 낮이 되었으니 야반이다. 언 눈을 밟는 우리 둘의 발자국 소리가 삐드득 하고 바람 한 점 없는 밤의 고요함을 깨트렸다.

우리는 비스듬한 밭을 지나서 밤나무와 소나무로 덮인 등성이 길에 들어섰다. 이 수풀은 ○○산이라는 큰 산에 연한 기슭이어서 그동안이 얼마 멀지는 아니해도 깊은 산중과 같은 인상을 주었다. 늑대나 표범도 나오고 귀신도 난다는 호젓한 곳이었다. 늙은 밤나무와 소나무 그림자가 눈 위에 어룽어룽한 것이 무시무시하였다. 실단이는 내게서 두어 걸음쯤 앞을 팔짱을 끼고 종종걸음으로 뛰었다. 내가 뒤에 바싹 따르는 것을 꺼리는 듯한 빠른 걸음이었다. 나는 들먹들먹한 그의 머리와 어깨를 복잡한 선을 그려서 꿈틀거리는 그의 머리채를 펄럭펄럭하는 치맛자락 밑으로 들었다 놓았다 하는 그의 하얀 버선 신은 발을 어린 듯한 눈으로 보면서 뒤를 따랐다. 어떤 맹수가 내닫거나 요망스러운 여우가 길을 막거나 흉악한 떠꺼머리총각 놈이 시퍼런 칼을 들고 덤비거나 또는 머리를 풀어서 산발을 하고 입으로 피를 흘리고 눈으로는 불을 뿜는 귀신이 저희沮戲[24]를 하더라도 나는 내 몸으로 그들과 싸워서 실단의 몸에 그들의 손가락 하나 발톱 하나도 범접하지 못하게 하리라고 단단히 결심하고 별렀다.

실단이는 뒤도 아니 돌아보고 종종종종 더욱 빨리 걸었다. 그의 걸음이 빠르면 내 걸음도 빠르고 그가 걸음을 늦추면 나도 늦추어서 그와 나와의 거리가 언제나 한 모양이기를 나는 잊지 아니하였다. 나는 너무 그에게 접근하여 예를 잃는 일이 없는 동시에 너무 뒤떨어져서 그에게서 멀어지는 일이 없도록 조심하였다. 그러면서도 무슨 무서운 일이 하나 생겨서 내가 용기를 내어서 실단이를 보호하는 큰 공을 세울 기회가 있기를 바랐으나 등성이를 다 올라서 인제부터는 내려가는 길이 될 때까지 아무런 일도 일어나지 아니하였다. 다만 달라진 것은 이쪽은 산 북쪽이어서 내려갈수록 달빛이 없고 또 길이 가파라웠다. 환하던 데서 침침한 그늘 속으로 들어설 때에는 좀 무시무시하였다. 게다가 눈이 미끄러워서 빨리 걸을 수가 없는 대목이 많았다. 구두를 신은 나는 더욱 그러하였다.

이때였다. 실단이는 무엇에 놀랐는지 우뚝 서더니 서너 걸음 나를 향하여서 종종걸음으로 뛰어와서 내 어깨에 두 손을 걸고 매어달릴 뜻하다가 그까지는 차마 못 하는 듯이 두 손을 내 가슴

24 귀찮게 굴어서 방해함.

에 대고 전신을 내 품에 꼭 붙여버렸다. 분명히 그는 무슨 소리를 들은 모양이나 나는 아마 그의 뒷모양에 정신이 팔렸던 까닭인지 아무것도 듣지 못하였다.

실단이는 쌔근쌔근 숨이 찼다. 실단의 가슴이 닿은 내 가슴과 그 등에 얹은 내 손은 그의 자주 뛰는 심장의 고동을 하나하나 분명히 느낄 수가 있었다.

"왜, 어디서 무슨 소리가 들리우?"

나는 이렇게 물으며 귀를 기울였다. 내 코에는 실단의 머리 냄새가 향기롭게 들어왔다.

"저 소리, 저 소리!"

하고 실단이는 마치 내 가슴을 파고들려는 듯이 착 달라붙는다. 그의 여성의 본능인 겁과 의심이 염치를 잊어버리고 오직 하나인 남성에게 그의 위험을 피하려는 것이었다.

남성이라야 열다섯 살밖에 안 되는 나는 도리어 동갑인 그보다도 어렸다. 게다가 평생에 처음으로 느끼는 이성에 대한 불붙는 듯하는 애정에 정신이 황홀하여져서 허둥지둥 아무것도 분간할 수가 없었다.

"삐익, 빼액, 애개개개."

이 비슷한 날카로운 소리가 정신없는 내 귀에도 들어왔다. 나도 몸에 소름이 쪽 끼쳤다. 실로 이 세상에는 있을 수 없는 것 같은 이상하게도 사람의 무서움을 자아내는 소리였다. 사람의 목을 무엇으로 꼭 졸라맬 때에 이런 소리가 날까, 그러나 사람의 음성 같지는 아니하였다. 필경 짐승에게 잡혀먹히는 무슨 짐승의 소리려니 하면서 목매어 죽은 귀신이 원통한 푸념을 하는 소리라고 해야만 설명이 될 것 같았다.

우리는 숨소리를 죽이고 다음 소리를 기다렸으나 다시는 아무 것도 들리지 아니하였다. 들리던 무서운 소리가 안 들리게 되는 것이 더욱 무서웠다. 소리가 안 들리매 나는 눈을 들어서 사방을 둘러보았다. 산마루터기와 수풀에 가려진 달그림자 속에는 어디를 보아도 무슨 괴물이 움직이는 것만 같았다. 실단이도 그런 모양이어서 잠깐 얼굴을 내 가슴에서 떼어서 힐끗 좌우를 살펴보고 내 얼굴을 한번 쳐다보고는 도로 내 가슴에 파묻어버렸다. 그의 따뜻한 입김이 새 외투와 양복을 뚫고 내 가슴에 들어왔다.

이 동안이 얼마나 길었을까. 한 이삼 분밖에는 안 되는 것도 같고 어찌 생각하면 여러 시간이 지난 것도 같았다.

콩콩하고 개 짖는 소리가 들렸다. 이것이 실단네 집 개 소리였던 모양이다. 실단이는 내 가슴에 파묻었던 고개를 번쩍 들어서 나를 쳐다보고 한번 상긋 웃고는 몸을 내 몸에서 떼어서 종종걸음을 치기 시작하였다. 나는 한긋 다행도 하고 한긋 서운도 한 마음으로 그의 뒤를 따랐다.

수풀 그늘을 다 지나서 달빛이 환한 곳에 나설 때에 실단은 뒤를 돌아보면서,

"인제 괜찮아요. 저기 우리 집 불이 보이잖아요. 자 인제 돌아가세요. 너무 늦으면 사람들이 이상하게 알지 않아요?"

하고는 더 빠른 걸음으로 살랑살랑 달음박질을 쳐서 달빛 속에 녹아버리고 만다.

나는 섰던 자리에 멀거니 서서 실단의 뒷모양을 보았다. 실단은 두어 번 머물러서는 내 쪽을 돌아보았으나 그만 그 모양이 스

러지고 말았다.

나는 꿈을 꾸던 사람 같았다. 지금까지 있던 일은 모두 꿈이던가. 내 가슴에 안겼던 실단이도 꿈속 사람이던가. 술래잡기하던 것, 윷 놀던 것이 모두 여러 천 년 전 일과도 같고 정말은 없던 일과도 같았다.

실단이가 자기 집 불이라고 가르치던 조그마한 불빛이 한번 커졌다가 도로 작아졌다. 아마 실단이가 제집 문을 열고 방에 들어간 모양이었다. 그러면 지금까지 있던 일은 노상 꿈은 아니었던가. 그렇지 아니하면 지금 내가 여기 서 있는 것도 꿈이었던가.

나는 외가에 돌아왔다. 아이들은 벌써 잠이 들고 형수만이 나를 맞았다. 내가 그렇게 본 탓인지 형수는 내 속을 들여 보려는 듯한 눈으로 나를 보았고 그 눈에는 이상한 웃음조차 떠 있는 것 같았다.

나는 그날 밤을 거의 뜬눈으로 새우다가 다 밝게야 잠이 들어서,

"아저씨, 밥, 밥 먹어."

하는 소리에 눈을 부비고 일어났다.

형수에게 다른 눈치는 없었으나 조카딸들 그중에도 큰조카는 나를 볼 때마다 입을 삐죽거렸다.

나는 이날은 외가를 떠난다고 선언하였다. 물론 여기 있기가 싫은 것도 아니오 또 어디 갈 일이나 곳이 있는 것도 아니었으나 체면상 떠나야 할 것만 같았다. 형수는,

"왜요, 오늘도 명절인데"

하고 만류하고 말을 하여주었으나 그렇게 탐탁하게 나를 붙드는 것 같지도 아니하였다. 또 나를 그렇게 애써 붙들 것은 무어 있나.

"아자씨, 윷 또 한 번 놀아볼라우?"

큰조카가 윷을 내어놓았다.

"난 떠나야 할걸."

입으로는 그러면서도 또 윷을 시작하였다. 조카들은 오늘만 지나면 고운 옷도 다 벗어서 장에 개 넣고 구와판 댕기도 끌러놓고 내일부터는 때 묻은 옷을 입고 물레질도 하고 바느질도 하여야 하는 것이니 이날 하루가 무척 아까운 것이다.

이렁그렁 점심때도 되어서 찰밥을 먹고 내가 막 길을 떠나려고 할 때에 실단이 어머니가 왔다. 그는 물론 내가 모르는 이는 아니다. 어려서도 내가 외가에를 오면 가끔 보던 이지마는 내가 세상을 떠돌아다니노라고 외가에도 발이 멀어진 뒤로는 아마 사오 년간은 만난 일이 없었다.

실단 어머니는 형수와는 물론 친한 사람이어서 서로 웃고 인사말을 바꾼 뒤에는 반가운 듯이 내 곁에 와 앉으며,

"아주 몰라보게 어른이 되셨구려."

하고 존칭하는 말을 썼다. 내 형수들에게밖에는 어른들한테 이런 대접을 받아본 일이 없는 나는 '되셨구려' 하는 말이 간지럽기도 하고 부끄럽기도 하였다. 실단이를 보고 나서 이제 다시 보니 실단 어머니는 얼굴일지 목소릴지 실단이와 꼭 같았다. 가느스름한 눈하며 동그스름한 판하며 까무스름한 살빛은 말할 것도 없고 웃을 때 반쯤 벌어지는 입술까지 그 딸과 한판이었다.

그는 귀여워하는 중에도 어려워하는 빛을 띠면서 무릎 위에 놓인 내 손을 한번 만져보면서,

"어제저녁에는 우리 실단이를 바라다주셨다는데 이왕이면 우

리 집에 들어오셔서 몸이나 녹혀가시지 않고, 그런 데가 어디 있어요? 그년이 아직 철이 없어서 그렇구려. 그렇더라도 들어오시지 않고. 개 아버지가 뛰어나가 보았답니다, 그런데 벌써 안 보이더라고요."

실단 어머니의 말은 부드럽고 인정이 그득 차고도 음악적이었다. 그의 몸에는 명주도 비단도 없이 모두 상목이었으나 몸매와 바느질이 모두 좋음인지 퍽 모양이 있었다. 연한 옥색 치마저고리에 자주 고름 남 끝동이 삼십이 넘어 사십을 바라보는 여인이라는 것보다는 이십 사오 세나 된 젊은 며느리같이 보이게 하였다. 그에게 비기면 내 형수는 나이면 그와 상적하건마는 늙은 태가 있었다. 형수도 젊어서는 예쁘다는 말을 듣던 이지마는 과부가 된 탓인지 몸에는 젊음의 빛과 향기가 하나도 없고 설늙은이와 같은 인상을 주었다. 게다가 그는 옷을 아무렇게 입어서 추울 때면 죽은 남편의 저고리를 덧입기도 하고 치마도 늙은이 모양으로 정강치기를 곧잘 입고 댕겼다. 겉치레는 할 필요가 없다, 아이 위하여서 힘들게 일하는 것이 내 책임이라고 생각하는 모양이었다. 그런데 실단 어머니는 과부도 아니오, 층층시하에 있는 며느리인 까닭도 있겠지마는 얼굴도 아마 분세수를 한 모양이오, 손도 일하는 사람 같지 아니하였다. 일언이폐지하면 어여쁘고 얌전하고 상냥스러운 젊은 부인이었다.

"댁허구 우리 집허구는 남이 아니랍니다."

하고 실단 어머니는 하얀 이를 보이면서 나를 보고 동시에 형수도 보면서 말하였다.

"도련님 전 어머님께서 내게 당고모님이 되신답니다. 그러니깐 촌수를 따지면 도련님이 내게는 육촌 올아바니시지."

"응, 그러시구면."

하고 내 형수는 고개를 끄덕끄덕하였다. 나는 물론 내 전 어머니를 본 일이 있을 리가 없지마는 그 제사를 지내던 일을 생각하고 그 어머니이 유일한 혈육인 내 구름바시 누이를 생각하고 그 누이 집에를 한번 찾아가리라고도 생각하였다.

"그럼, 그렇답니다."

하고 실단 어머니는 형수만을 향하여서 하는 말로,

"그러니, 이 도련님 어머니 그 아주머니 생존 시에야 내가 그런 말씀을 할 수가 있어요? 그래서 나 혼자만 속으로만 저 어른이 우리 당고모님 대신이시거니 이렇게 생각하고 있었지요. 그래도 이 도련님 아버니께서는 지나실 길이면 우리 집에 가끔 들르셨답니다, 그야 우리 시아버니와 친구신 관계도 있겠지마는 그래도 그 어른이야 본래 인자하신 어른이시니 옛일을 잊으실 리가 있어요?"

하면 형수는 참 그렇다는 듯 연해 고개를 끄덕거리면서,

"그럼은요. 우리 돌고지 아저씨야 참 인자하셨지."

하고 아버지 칭찬을 하였다. 내 생각에도 아버지가 무능은 하였으나 남에게 싫은 소리는 할 줄 모르는 이였고 조부도 그러하였다. 하물며 제 것을 남에게 빼앗길지언정 남의 것을 탐낼 인물들도 아니었거나 못 되었다.

이렇게 실단 어머니는 내가 자기와 남남이 아니라는 말을 한 끝에 나를 오늘 저녁에 자기 집에 부른다는 말과, 형수와 조카들도 다 같이 오라 하고 비록 차린 것은 없으나 윷도 놀고 행년 접

도 치고 잘 놀자는 말을 하고 돌아갔다.

그러니까 나는 이날 외가를 떠나지 못하게 되었다.

다 저녁때에 실단이가 우리를 청하러 왔다. 어젯밤에 콩콩 짖던 갠가 싶어, 까만 개 한 마리가 실단이를 따라왔다. 간다, 안 간다 하고 한참 법석을 한 끝에 형수는 집이 비니 갈 수 없고 어린 조카는 밤이니 갈 수 없고 나와 두 조카딸들만 실단이를 따라서 나섰다. 실단이는 간밤 무서운 소리가 나서 내게 안겼던 자리에 와서는 두 조카에게 그때에 무섭던 이야기를 하였으나 무서워서 어떻게 하였다는 말은 하지 아니하였다, 나는 그것이 실단이와 나와 단 두 사람만의 비밀이라고 생각하고 이상하기도 기쁘기도 하였다.

실단의 집에는 실단이 할아버지 내외가 있고 증조할아버지가 있고 총각 삼촌이 있고 또 실단의 어린 남동생이 있었다. 나는 노인들에게 차례차례 절을 하였고 그들이 묻는 말에 몇 마디씩 대답을 하였다. 이 집에 와서 느낀 것은 번성하는 집이 아니오 쇠하여가는 적막한 집이라는 것이었다. 무엇이 내게 그런 감상을 주었는가.

집도 초가집이지마는 컸고 나뭇가리도 크고 구석구석 곡식 섬도 많고 외양간에는 소가 있고 닭도 울고 개도 짖고 얼른 보면 흥성흥성한 큰 농가지마는 그 속에 사는 사람들은 모두 말이 적고 움직임이 적었다. 늙은이가 많고 젊은이가 적은 것이 그 집을 적막하게 보이는 가장 큰 원인이겠으나 젊은이라고 할 실단이 아버지도 마치 제상 앞에 선 제관과 같이 말이 없고 웃음도 없고 실단의 삼촌인 나보다 서너 살 더 먹은 총각도 스스러운 집에 온 손님과 같이 말이 없었다. 실단의 남동생까지도 자다가 일어난 아이 모양으로 아무 소리 없이 가만히 앉아 있었다. 실단이 모녀의 얼굴에만 방글방글하는 웃음이 있었으나 그것도 극히 조용한 것이어서 마치 벙어리들끼리 모여 사는 집 같았다.

"왜 이럴가?"

하고 나는 두리번두리번 둘러보았다. 모두 깨끗하다. 그야말로 구석구석이 다 말끔하여서 티끌 하나 없이 깨끗한 폼이 절간과 같았다. 기둥에나 벽장문에나 붙인 주련柱聯[25]도 다 칼로 깎아낸 듯한 해자만이오 흘려 쓴 것은 하나도 없었고 실단의 조부가 등신 모양으로 가만히 앉아 있는 사랑도 그러하여서 찬바람이 도는 듯하였다. 게다가 이 집이 동네에서는 뚝 떨어져서 외따로 있기 때문에 더욱이 절간이나 무슨 당집과 같은 맛이 있었다. 참 이상한 집이었다.

저녁상은 참 잘 차렸다. 안채는 늙은이들이 있는 산 사당과 같아서 우리들은 실단네 식구들이 사는 소위 마깐채라는 뜰 아랫방에서 상을 받았다. 나는 마치 큰손님이나 되는 듯이 어른어른하게 닦인 칠첩반상 괴를 늘어놓은 독상을 받고 실단이 아버지는 그 어린 아들과 겸상을 하고 실단이와 내 두 조카는 다음 방에서 상을 받은 모양이오 실단이 어머니는 안방으로 부엌으로 우리들 방으로 들락날락하고 있었다.

어떻게 조용한 집인지 닭들도 조용히 홰에 오르고 고양이도 소리 없이 살랑살랑 댕겼다.

---

25 기둥이나 벽 따위에 장식으로 써서 붙이는 글귀.

윷판이 벌어졌으나 말괄량이 큰조카도 새잴래비를 내지 아니하였다. 다만 실단 어머니의 잠시도 쉬지 아니한 은근한 접대만이 우리에게 정다움과 고마움을 주었다.

"더 먹어. 이것두 먹어보구."

하고 그는 내 조카들을 잊지 아니하였다. 내게 대해서는 더욱 끔찍하여서 그가 권하는 것이면 거절할 길이 없었다. 실단 아버지도 이십 년이나 나이가 틀리는 나를 점잖은 손님과 같이 공손하게 대우하였고 비록 말은 많지 아니하나 심히 은근한 정을 보였다. 우리가 놀 때에는 슬쩍 비켰으나 가끔 들어와서 내게 한두 마디 말을 함으로써 나를 잊지 아니하는 정과 성을 표하였다. 그는 손을 보면 농군이지마는 얼굴과 몸가짐은 선비였다. 더구나 그가 말하는 것은 다 유식하고 점잖고 예절다워서 학자님 풍이 있었다. 이것은 나중에 안 일이거니와 그도 이십이 넘도록 소매 넓은 옷(행의라고 하였다)을 입고 박운암, 유의암 문하에서 성리학 공부를 하였다고 한다.

"내 증조가 홍경래 란에 연루가 되서서 당시 장령으로 계시다가 삭탈관직을 당하시고 금부에 하옥이 되서서 하마터면 돌아가실 뻔한 것을 약현대신의 힘으로 가까스로 벗어나셨어. 정말 죄가 있었으면 벗어나실 리가 있겠나마는 내 증조께서 홍경래 란에는 관계가 없으셔. 그런데 홍경래가 오봉사에서 공부할 때에 내 증조도 그와 동창이셨거든. 게다가 내 증조가 고집이 있으시고 마음이 강직하셔서 당시 권문에 미움을 받으셨대. 그래서 몰리신 것이지. 그리구 돌아오셔서 붙어서 일절 출입을 안 하시고 몸소 소를 먹이시고 감농監農[26]을 하시고 자손더러도 일절 과

거는 보지 말라고 유언을 하셨어. 그래서 내 조부나 가친도 글공부는 하셨지마는 일절 장중場中[27]에는 출입 안 하셨지. 지금은 치국평천하를 도모할 때가 아니니 수신제가나 하라고, 자식들 글은 가르쳐도 애어 세상에 출입은 말고 농사만 지어 먹고 가만히 있으라고—이렇게 유언을 하셨단 말야."

이것은 실단 아버지가 내게 자기 집 내력을 설명한 말이었다. 이 말을 듣고 나는 무척 이 집에 대하여 존경하는 마음이 생겼다. 집안에 흘려 쓴 글자 하나도 없이 모도 단정한 해자만 있는 뜻도 알았다. 나는 내 집에 대하여 상당히 자존심이 있었으나 실단 아버지의 말을 듣고는 이 집이 내 집보다 격이 높다고 생각하였다. 대소과가 많이 나기로 우리 집은 이 고을에서는 명가지마는 진실로 지와 행이 일향에 모범이 되는 이로는 내가 알기에는 내 팔대조 형제분밖에 없었다. 그밖에는 승간, 사간, 장령 같은 미관말직에 연연하고 또 그것을 장한 것으로 여겨서 술이나 마시고 음풍영월이나 하는 이들이었다. 풍류객일지 모르나 도학군자는 아니었다. 더구나 내 조부에 이르러서는 기생 작첩까지 하여 향락으로 생애를 삼고 집을 돌아보지 아니하였다. 이에 나는 우리 집이 이렇게 쇠잔한 원인을 찾은 것 같아서 송구한 마음을 금할 수가 없었고 실단네 집을 존경하지 아니할 수 없었다.

그런데 왜 이 집이 맑은 물같이 맑으면서도 적막한 기운뿐이오 번화한 기상이 없을까 하는 것이 의문이었다.

"언제 또 일본을 가나?"

26　농사짓는 일을 보살피어 감독함.
27　과거를 보던 과장科場의 안.

하고 실단 아버지가 물을 때에, 나는

"한 달 안으로 떠나겠어요."

하고 대답은 하였으나 아직 학비가 어찌 될는지 몰랐다.

"공부를 중도이폐해서야 쓰겠나. 아무리 하여서라도 공부를 마초아서 자네네 집을 다시 일으켜야지. 자네네 집이야말로 우리 네와 달라서 구가요 대가가 아닌가. 자네가 뉘 집 자손인고. 공부란 우리 모양으로 중도이폐를 하면 아무것도 아니란 말야. 용이 되다가 못 되면 강길이가 된다는 겐데 용이 되면 천하에 은택을 베풀지마는 강길이란 세상의 화근이 되어서 벼락을 맞아 죽는다는 것 아닌가. 자네야 용이 되어야지 강길이가 되어서 쓰겠나. 그러니까 어서 하던 공부를 맞호게."

실단 아버지의 말은 마디마디 내 폐부를 찔렀다. 나는 강길이가 되는 것이 아닌가 하고 겁이 났다. 계집애들하고 윷이나 놀고 즐겨하는 내 모양이 부끄러웠다. 윷에 흥이 아니 날 뿐 아니라, 실단이에게 대한 못 견디게 그리운 정도 강길이가 되려는 징조인가 싶어서 무시무시하였다.

그러나 실단 어머니와 실단이들과만 앉아서 이야기할 때에 무한히 즐거웠다. 평생의 고독한 한을 이날에 싫건 푸는 것만 같아서 언제까지나 이런 시간이 계속하였으면 하였다.

"수명이 아자씨 생일이 요새 아니요?"

하고 실단 어머니가 묻는 데는 놀랐다.

"내 생일이 요샌 줄을 어떻게 아세요?"

하고 나는 눈을 크게 뜨고 아니 물을 수가 없었다. 수명이라는 것은 내 형수의 아들이다. 나를 부르기에 적당한 칭호가 없고 도련님이라기도 안 되었고 그렇다고 내 전 어머니 편으로 외 육촌이라는 것을 내세워서 오라비라고 부르기도 거북한 실단 어머니는 생각 생각 끝에 나를 수명이 아저씨라고 부른 것이었다.

"수명이 아저씨 나신 것이 요새이던 것 같아서 말야요."

하고 실단 어머니는 옛날 일을 생각하는 듯이 멀리 허공을 바라보았다.

나는 놀란 김에 내 생일을 바로 말하였다. 그것은 정월 그믐날이었다.

"그럼, 생일날은 금년에는 우리 집에서 채립시다. 아무것도 없지마는, 국이나 끓이고 나물이나 하고."

실단 어머니는 이런 말을 하였다.

나는 이 말에 고개를 숙였다. 고마움도 고마움이거니와 부모가 돌아간 뒤로 사오 년간 나는 생일을 차려 먹은 일이 없었다. 혹은 평양에, 혹은 서울에 혹은 일본에 객지로만 댕기는 내가 어디서 누가 내 생일을 기억하여서 차려주려. 내 눈에서는 눈물이 쏟아졌다. 주먹으로 씻기도 무엇하여서 방바닥에 떨어지는 대로 내버려두었다.

어머니 생전에는 불이 붙게 가난해서 밥을 굶을 지경이면서도 생일이면 그냥 지내 보내지는 아니하였다. 그러나 어머니 없으시니 내 생일도 없었다. 그렇거늘 이제 아무 인연도 없는 실단 어머니가 내 생일을 차려준다는 것은 실로 이상하고도 이상한 일이었다.

나는 한참이나 눈물을 떨구다가 코를 푸는 듯 눈물을 씻고,

"네, 그럼 그날 오겠어요."

하고 떨리는 소리로 그 후의를 받았다. 고마운 양해서는,

"어머니."

하고 실단 어머니에게 매달리고도 싶었으나 인제는 열다섯 살이 아니냐 하야 그러지도 못 하였지마는 마음으로 그에게 매달리고 그의 품에 안기기를 수없이 하였다.

나는 염치없이도 약속한 대로 생일날에 실단네 집에 와서 밥을 먹었다. 닭을 잡고 떡까지 하고 생선을 굽고 어머니 생전에도 그런 일이 없을 만큼 풍비하게 차린 것이었다. 실단이도 인제는 낯이 익어서 덜 스스러웠다. 그간 소학을 배우고 있는 줄을 그때서야 알았다. 소학도 마지막 권인 제오 권이었다.

"언제 일본 가우?"

실단이는 나와 단둘이만 있는 틈에 내게 이런 말을 물었다.

"한 댓새 있다가 떠나우."

나는 이렇게 대답하였다. 서울서 학비가 될듯싶으니 곧 올라오라는 편지가 왔기 때문에 나는 떠날 날짜를 작정하였던 것이었다.

"요담엔 언제 오우?"

실단이는 더욱 가는 소리로 물었다.

"글쎄. 내년 여름에나 올까."

나는 문득 실단이를 떠나서 멀리로 가는 것이 슬펐다. 실단이와 함께 갈 수는 없나 하는 어리석은 생각도 났다.

"멫 해나 되면 공부를 다 하고 아주 집에 오우? 한 삼 년?"

하고 실단이는 담대하게 말끄러미 나를 쳐다보았다.

"글쎄. 암만해도 십 년."

나는 지금 중학교 이 년이니 고등학교, 대학 다 치면 십 년이 될 것을 속으로 계산하면서 대답하였다.

"십 년?"

실단이는 그 가느스름한 눈을 동그랗게 떴다. 내 생각에도 십 년은 먼 것 같았다.

"십 년."

하고 나는 두어 번 고개를 끄덕였다.

우리들의 말은 이뿐이었다.

나는 그로부터 사 년 후 열아홉 살 되던 봄에 중학을 졸업하고 제일 고등학교에 입학시험을 치러서 훌륭히 합격을 하고 고등학교 생도라는 명예와 자부심을 가지고 고향으로 돌아왔다. 고향에는 늙은 조부도 있고 어린 누이도 있으니 한 해에 한 번씩은 돌아오는 것이 마땅하건마는 고학하다시피 하는 외국 유학에 그렇게 왔다 갔다 할 여비자 없었다. 또 고향에 돌아오기로서니 간 데마다 푸대접이 기다릴 뿐이오 나를 환영할 집이 없는 것도 한 이유일지도 모른다.

부끄러운 일이거니와 내 초라한 꼴은 실단과 실단의 집에 보이고 싶지 아니하였다. 그래도 무슨 자랑거리를 하나 거머쥐고 고향에 돌아오지 아니하면 면목이 없었다. 중학을 졸업하고 고등학교에 입학이나 하여 놓으면 약간 금의환향이 될 것도 같았다. 또 될 수만 있으면 이번 길에는 장가도 들고 싶었다. 실단이가 내 아내가 될 것을 꼭 믿었다.

나이 이십이 가까우니 장가들고 싶은 생각이 상당히 강하였다. 게다가 실단이를 그리워하는 마음이 억제하기 어렵도록 강하였다. 나는 몇 번이나 실단이 아버지에게 내 뜻을 고하는, 이를테면 청혼편지를 썼으나 하나도 붙이지는 아니하고 다 찢어버렸다. 집도 한 칸 없는 중학생 녀석이 남의 딸을 노리는 것이 몰염치한 것 같았고, 그렇다고 해서 내가 성공하여 처자를 칠 만한 힘이 생길 시기까지 실단이를 시집보내지 말고 기다리게 하여달라는 것은 더욱 뻔뻔스러운 일이었다.

지나간 사 년 즉 만 삼 년 이 개월간에 하나 사진도 없이 필적도 없이 그를 그리워하였다. 다만 내 마음속에 그의 동그스름한 얼굴, 갸름한 눈, 방싯 열린 재주 있을 듯한 입술 사이로 엿보이는 하얀 이빨, 까무스름한 살빛, 그리 크지 아니하나 구석 빈 데 없는 몸매, 이런 재료로 그를 만들어놓고는 그리워하였고 심히 부드럽고도 맑은 그의 음성을 귀에 듣고는 그리워하였다. 내가 상상하는 얼굴이 실물에 얼마나 가까운지 나는 모른다. 그러나 내가 마음속에 그려놓은 그는 내게 있어서는 실재였다.

나는 그를 위하여 공부에 힘을 내고 그를 위하여 살았다. 더구나 내가 학년이 높아져서 문학작품을 읽게 되면서부터 그 속에 나오는 모든 아름다운 여성을 언제나 내 실단이와 비교해보았다. 그러나 문학작품 중의 어느 여성도 내 실단을 당할 수는 없었다. 단테의 베아트리체나 내 실단에게 비길까. 내 실단은 어디까지나 동양적이었다. 그는 정숙스러웠다. 그의 가느스름한 눈은 언제나 나려 떴고 한 번 치뜰 때에는 별과 같이 빛났다. 그는 분홍 치마 노랑 저고리에 남 끝동, 자주 깃, 자주 고름을 달아야 한다. 그의 얼굴에는 분이 발려서는 못쓰고 그의 몸에 향수가 뿌려져서는 못쓴다. 그런 것들은 그의 천진한 빛과 향기를 가리울 뿐이다.

얼굴에 탐욕의 검푸른 기운이 도는 사람만이 분으로 그것을 감추고 몸에서 악독의 비린내를 발하는 사람만이 향수로 그 악취를 죽이는 것이다. 나의 실단에게는 그러한 인위적인 것을 가할 필요는 없는 것이다. 그러므로 내가 그에게 더 바랄 바는 없었다. 그는 완전 그 물건이었다. 다만 걱정은 나의 부족이었다. 내 입에서는 구린내가 나고 내 몸에서는 땀내와 비린내가 났다. 나는 도저히 그와 짝이 될 사람이 못 되었다.

내가 성경을 읽고 예배당에를 다닌 것도 내 몸과 마음을 깨끗하게 하량이었다. 나는 마음에 있는 구린 것을 버리면 자연히 몸에서 향기가 날 것을 믿었다. 나는 내 얼굴과 손발과 몸매를 아름답게 할 수 없는 것이 슬펐다.

나는 길에서나 차 속에 많은 여성들을 만났으나 하나도 내 눈에 들어오는 것은 없었다. 내 가슴은 실단으로 가득 찼다.

나는 이 생각으로 서투른 시도 지어보고 일기도 써보았다. 나는 거의 매일 실단에게 편지를 썼으나 한 장도 붙이지는 아니하였다. 나는 오천 리 밖에서 내가 이렇게 간절히 생각하는 심정이 말이나 글이 없더라도 반드시 실단에게 통하리라고 믿고 또 하나님께 기도하였다.

나는 내가 어릴 때 불행이 다 지나가고 앞날에는 운수가 탄탄하게 펼 것으로 믿었다.

"초년고생을 그만치 하였으니 앞으로야 좋을 일이 있을 테지."

라든가,

"뉘 집 자손이라고."

하든가,

"금계포란형 정기를 몰아타고 난 네로고나."
라든가,

　"네 얼굴이 잘나고 눈과 코가 좋다."
라든가 어른들이 나를 보고 하던 칭찬(?)들이 다 정말로만 생각하였다. 장내에는 대신이나 대장이나 다 내 마음대로 될 것으로 생각하였다. 비록 우리나라가 일본의 보호국이 되고 군대가 해산되고 모두 불리하고 빕고 강개한 재료뿐이었으나 그것도 내 힘으로 내 손으로 다 바로잡힐 것만 같았다.

　"사랑과 희망과 신앙."

　성경에서 가르치는 이 세 가지는 바로 내게 꼭 맞는 것이라고 생각하였다. 중학교를 좋은 성적으로 졸업하고 남들이 다 어렵다는 고등학교에를 대번에 합격한 것은 나 자신을 더욱 높게 하였다. 동경유학생 계에서도 내 이름은 날로 높았다. 나는 이것이 모두 다 실단의 힘이라고 믿고 감사하였다.

　여름 새벽 바다는 거울과 같이 맑았다. 대마도도 지나고 아침볕을 받은 고국의 산이 바라보일 때에 나는,

　"아, 내 나라!"
하고 눈물이 흐름을 금할 수가 없었다. 사 년 만에 보는 고국, 어려서 떠나서 수염발이 잡혀서 보는 고국이라는 것만 하여도 눈물이 흐를만하거든, 하물며 안중근이 전 통감 이등박문을 하얼빈에서 죽인 사건의 여파로 일본의 한국에 대한 여론은 물 끓듯 하였고 그것을 기화로 하여 계태랑[桂太郞], 사내정의를 머리로 하는 일본의 군벌은 단호히 한국을 합병하여 저희가 이른바 '동양평화의 화근을 빼어버린다'고 음으로 양으로 민론을 선동하고 있

었고 국내에서는 안중근을 추겼다는 혐의로 안창호, 이갑, 이동휘 등 민족운동의 수령들이 깡그리 일본 관헌의 손에 체포되어 헌병대에 갇혀 있던 때라 나 같은 소년의 마음에도 조국의 흥망이 경각에 달렸음을 아니 느낄 수가 없었다. '누란累卵'이니 '급업岌業'이는 하는 말로 나라의 운명이 위태함을 형용하던 〈대한매일신보〉와 〈황성신문〉의 용어는 우리 가슴에 깊이깊이 파고들었다.

이러한 조국의 땅 부산에 발을 디딘 십구 세의 소년인 나를 맨먼저 환영하여 준 것은 일본의 무서운 관헌이었다. 나는 벌써 경찰의 주목을 받을 연령에 달한 것이었다. 그뿐 아니라 동경에서 내 또래 몇 동인이 발행하던 등사판 잡지가 동경 경시청에 압수된 사건으로 하여서 그 책임자로 필자인 나는 일본 관헌의 요시찰 인물 명부에 오른 것이었다. 이런 것은 다음 다른 이야기에 말할 기회도 있을 듯하니 여기서는 이만하여 두자.

부산서 또 하나 내 마음의 행복을 깨트린 것은 기차에서 한국사람 타는 간과 일본사람 타는 간을 구별한 것이었다. 이런 것은 내가 사 년 전에 일본 갈 때에는 없는 일이었다. 그때에는 아직 한국의 주인은 한국이었다. 그러나 이번에 와보니 관헌의 대부분은 일본인이오, 또 기차에도 승객의 반수 이상이 일본인이었고, 그뿐더러 주객이 전도하여 일본인이 도리어 주인이 되고 우리 한국인이 거꾸로 객이 된 것이었다. 나는 이를 보고 이를 갈지 아니할 수 없었다.

"오냐. 이제 두고 보아라! 내 피로 조국의 영광을 회복할 것이다!" 고 하 속으로 맹세하였다.

서울도 평양도 인심이 물 끓듯 하였다. 사람들은 다 입을 다물고 곁눈으로 서로 힐끗힐끗 보고 있었다. 중요한 지점에는 어디나 총과 칼을 든 일본 군인과 헌병의 눈이 번뜻거렸다.

이러한 분위기 속에 나는 고향에 돌아왔다.

고향에서는 무엇이 나를 기다렸나?

조부는 모든 재산을 다 없이하고 외딴 글방에 병들어 누워 있었다. 그는 어린 손자의 공부에 방해될 것을 두려워하여서 그동안 일어난 이러한 불행을 내게 숨긴 것이었다. 그는 유일한 그의 짝인 내 서조모를 묻고 있는 것을 다 팔아서 먹다 먹다 못 하여서 나중에는 집을 헤치고 내 어린 누이는 당숙의 집에, 자기는 어느 서당에 붙이고 있다가 병이 든 것이었다. 그의 병은 황달이었다. 팔십 노인인 그가 소복할[28] 길이 있을 리가 없었다.

내가 조부를 찾아간 날 그는 나더러 일으켜 앉혀달라 하야 내 절을 받고는, 몽롱한 눈으로 대견한 듯이 나를 물끄러미 바라보면서,

"인제 졸업 다 했느냐."

하고 물었다.

"아직도 육 년이 남았어요."

하는 내 대답에 그는,

"육 년."

하고 힘없이 말하고는 나더러 도로 자리에 누달라 하고 눈을 감았다.

나는 "육 년" 하던 조부의 한 마디에 창자가 미어지듯 함을 느

---

28 원기가 회복되다.

껐다. 조부가 육 년을 더 살 리가 만무하였다. 나는 밥을 빌어서라
도 조부를 봉양하여서 그의 여년을 마치게 하리라고 결심하였다.

"한아버지."

나는 두 손으로 방바닥을 짚고 눈 감은 조부에게 이렇게 불렀다.

"응."

하고 조부는 눈을 떴다.

"저는 일본 안 가요."

하고는 울음이 북받쳤다.

"그럼 어딜 가고?"

조부는 놀라는 듯이 눈을 크게 떴다. 눈 흰자위가 치자 물 들
인 것 같았다.

"아무 데도 안 가고 한아버지 모시고 있겠어요."

조부는 이윽히 내 얼굴을 물끄러미 바라보고 있더니 말없이
스르르 눈을 감아버린다.

조부의 누운 방은 찼다. 글방이라 하지마는 조부가 병이 중하
게 된 뒤에는 아이들도 아니 오는 모양이어서 산 옆에 외따로 지
어 있는 이 서당에는 오직 앓는 조부 혼자서 누워 있었다.

"병구완은 누가 하나. 조석은 어떻게 자시나?"

이런 말을 조부에게 물을 용기도 없었다. 나는 부엌에 내려가
서 불을 때려 하였으나 나무도 없었다. 나는 뒷산에 올라가서 삭
정이를 한 아름 주어다가 불을 지피고 있었다.

"어떠커나."

하면서 아궁이를 들여다보았다. 불이 올올 붙어서 가느다란, 굵
다란, 무수한 불길들이 날름날름 까불고 있다.

"조부님을 모시려면 살림을 차려야 하고 살림을 차리자면 장가를 들어야 하고, 또 집을 장만해야 하고 직업을 구해야 할 텐데."

나는 부지깽이로 공연히 아궁이 앞을 쑤시면서 생각하였다.

실단이한테 장가들 수가 있을까. 그것은 어려운 일일 것 같았다.

"내 딸을 다려다가 무엇을 먹일 텐가."

하던 김 의관의 말을 생각하면 지금도 주먹이 불끈 쥐어지고 식은땀이 흘렀다. 그것은 아버지가 돌아가기 바로 두어 달 전 일이다. 아버지는 어머니의 며느리 보고 싶어 하는 마음을 채워주려고, 아마 또는 (부끄러운 말이지마는) 그와 동시에 먹을 것까지 얻어볼 허욕으로 하루는 나를 다리고 선바위 김 의관 집에를 갔다. 그는 아버지와 동년배 되는 친구요 부자였다. 그는 이천 량을 쓰고 중추원 의관을 얻어 하여서 옥관자를 붙인 사관이었다. 그는 명주옷을 입고 탕건을 쓰고 사랑 아랫목에 도사리고 있었다. 그의 조그마한 얼굴에는 주름은 있었으나 기름기가 있었고 어딘지 모르게 귀골인 듯 어엿한 데가 있었다. 거기 비겨서 아버지는 폐포파립인 데다가 간골은 툭 불거지고 두 뺨은 쪼그라지고 눈은 저공에 걸리고 궁상에 험상을 겸한 것 같았다. 아버지는 돌아갈 임박는 뼈와 가죽뿐이어서 목이 엉성하고 살먹만 툭 두드러져 있었다. 뽐내는 태까지도 인제는 기운이 줄어서 앉은 자세를 꼳꼳하게 하기가 힘드는 모양이었다. 이러한 아버지와 김 의관이 떡 버티고 앉아서 두 손으로 버선발을 만지는 양을 대조하면 내 어린 마음이 슬펐다.

이러한 판에 아버지는 염치없이도 김 의관의 막내딸을 내 아내로 달라는 말을 꺼낼 때에 나는 쥐구멍으로 들어가고 싶었다.

그러면서도 나는 김 의관의 얼굴을 꼭 지켜보고 있었다.

김 의관은 소리 안 나는 코웃음을 하면서,

"자네 내 딸을 다려다가 무엇을 먹일려고 그러나."

할 때에 몸부림을 하고 울고 싶었다.

"자네 딸이 먹을 것을 얻어주게그려."

아버지는 이런 말을 하였으나 물론 그 말이 통할 리가 없었다. 이날의 망신은 내가 평생에 잊을 수가 없는 것이었다. 그러나 나는,

"인제 두고만 보아라. 네가 나를 사위로 아니 삼은 것을 후회할 날이 있으리라."

하고 풀죽은 아버지를 따라서 뒤로 돌아오는 길에 나는 이렇게 속으로 중얼거렸다.

나는 아궁이 앞에서 이런 것을 생각하면서, 실단이와의 혼인이 희망 없음을 슬퍼하였다. 내가 공부를 마쳐서 학사 박사가 되어서 돌아오기만 하면야 문제가 없지마는 이제 공부를 고만두면 실단 아버지의 말과 같이 중도이폐한 강길이가 될 것이다.

그러면서도 나는 실단이를 내어놓을 수는 없었다. 실단이 없이 내가 살 수가 있을까.

나는 며칠 후에 외가에를 갔다. 형수는 그동안에 더 늙은이가 되고 천자를 배우던 조카는 벌써 상투를 틀고 관을 쓰고 있었다. 나는 거진 나만한 조카며느리의 절을 받았다. 조카딸들은 다들 시집을 가고 없었다. 사 년 동안에 변하기도 변하였다. 형수의 내게 대한 칭호는 아주버니로 승격하고 조카도 제법 내게 아재비 대우를 하였다. 열두 살 먹은 새신랑이었다.

"인제 졸업 다 하셨어요?"

형수는 이런 소리를 하였다.

"인제는 그만큼 공부를 하셨으니 벼슬이나 하시지. 솔모루 문성의는 박천 군수가 되어가지고 긴무 이 참서 딸헌테 장가를 들었답니다. 아주 잔치가 대단했대요. 다섯 고을 원이 모였더라나, 여섯 고을 원이 모였더라나. 벙치 쓴 관도 사령이 수십이나 옹위를 하고 통인 급창 다 다리고, 참 굉장했더래. 이제 아즈버니도 그렇게 장가가시겠지. 그때는 나도 구경이나 갑시다."

형수는 나이 먹으면서 더욱 말솜씨가 늘었다. 과부 생활로 닦은 재주였다.

나는 내 입으로 먼저 실단이의 말을 묻기가 거북하였으나 형수는 내 사정은 모르고 제소리만 늘어놓고 있었다. 딸들 시집보내던 이야기, 사위 이야기, 사위네 가문이 좋다는 자랑, 며느리 맞던 이야기, 아들이 장가를 들게 되니 사랑을 잘 수리하였다는 이야기, 형수의 이야기는 끝날 바를 모르는 것 같았다. 형수는 젊은 과부로서 이만큼 가산을 늘리고 자녀들을 성취를 시킨 데 대하여 깊은 만족과 자부를 느끼는 모양이었다. 또 그럴 만도 하였다. 젊은 과부의 재산을 노리는 일가 떨거지들은 다 휘어 누르고 이만큼 하여놓기는 진실로 칭찬할 일이었다.

"아즈버니, 난 형님이 돌아가신 지 십 년이 넘도록 친정에 가본 일이 없어요. 새 옷 한 벌 지어 입은 일이 없고요. 젊은 과부가 몸 모양을 내고 나들이를 하면 남의 입에 오르내리지 않아요. 내가 이 꼴을 하고 망난이 노릇을 했길래 이만큼이라도 애들 밥은 안 굶기고 남 우이지 아니하고 살지오. 안 그래요 아즈버니."

인제는 형수는 나를 자기와 상대가 되는 어른으로 대우하는 것이었다.

"어머니, 나 단자 들이러 가우."

하고 조카가 관을 비뚜로 쓰고 들어온다.

"단자라니. 응 실단이 새서방? 그러기로 관 쓰고 단자가 무에
야? 아이들이나 하는 게지. 어른도 단자 들이나."

형수의 말도 듣지 않고 조카 까치걸음으로 대문을 나간다. 대
문 밖에는 아이들이 등대하고 있다가 와 하고 소리를 지르면서
가버리고 말았다.

"실단이 새서방?"

이 말에 나는 천지가 노랗게 됨을 느꼈다.

"실단이 새서방요?"

나는 내 귀를 의심하면서 저도 모르는 결에 이렇게 물었다.

"오, 참. 아즈버니가 실단이를 귀애하셨지. 네. 오늘이 실단이
새서방 장가오는 날이랍니다. 실단이도 불쌍한 애라우. 고것 얌
전하지 않아요? 아조 재주 덩어리고. 그런데 속아서 혼인을 했답
니다. 줄아우 최 주서 손자라나 원. 가문이 좋다고 해서 혼인을
정했는데 정해놓고 보니 신랑이 바보래. 나이는 열다섯 살인데
아직도 침을 질질 흘리고 게다가 반벙어리라나. 글쎄 고 얌전이
가 어떻게 그런 남편을 만나우? 돈이야 있지. 최 주서 집이 부자
랍디다. 한 삼백 석 한대. 그렇지만 삼백 석 아니라 삼천 석이면
무얼 하오, 신랑이 저따위니. 참 실단이가 가엾어요. 그래 실단이
어머니는 파혼을 한다고 울고불고했답니다. 그러면 되우? 실단
이 할아버지는 양반의 집에서 한 번 허락했으면 고만이지 웬 딴
소리가 있느냐고 고집을 하고, 실단 아버지는, 아즈버니도 아시

다시피 부모의 말씀이면 그저 네, 네지 터럭 끝만한 것 하나도 거역은 못 하거든요. 그래 눈물 판이지오, 그 집이야. 실단이가 울지오, 실단이 어머니가 울지오. 그러니 쓸 데 있어요?"

"그러기도 이럴 법도 있나?"

하고 나는 정신이 아뜩아뜩하여서 갈피를 잡을 수가 없었다. 내가 그처럼 간절하게 사 년 동안이나 하나님께 빈 것도 허사였던가, 하면 하나님도 원망스럽고, 내가 자주 실단의 집에 편지도 하고 또 청혼도 하였더라면 이런 일이 없었을 터인데 하면 나의 못생김이 밉기도 하고 지주 같은 실단이를 도야지에게 주는 실단의 부모가 괘씸하기도 하고, 끝으로 자식의 운명을 부모의 마음대로 결정하는 우리나라의 인습에 대하여 강하게 반항하는 마음이 불 일듯 일어나기도 하였다.

내가 고민하는 양이 아무리 억제하여도 형수의 눈에 뜨인 모양이었다. 형수는 말없이 물끄러미 나를 보고 있더니 분명히 내 속을 다 뽑아보고 나를 위로하는 어조로 이렇게 말하였다.

"아즈버니. 난 모든 것이 다 인연이라고 믿어요. 사람의 일은 하나도 인력으로 되는 것은 없는 것 같아요. 다 제 팔자요 인연이야요. 난 내 일을 보니깐 그렇거든요. 내가 형님헌테 이 집에 시집온 것도 다 인연야요. 나도 싫다는 것을 부모님이 억지로 이 집으로 보내셨답니다. 그래도 인제는 부모님 원망은 나는 아니 해요. 다 내 팔잔걸요. 물 한 방울 샐 틈 없는 걸 무어. 지내보니깐 그럽데다. 실단이도 그렇지오. 이런 말씀 하면 아즈버니 마음만 불편하시겠기에 아니 하려고 했지마는 실단이 어머니는 실단이를 꼭 아즈버니헌테 시집을 보내려고 무척 애를 썼답니다. 그때에 아즈버니 댕겨가신 뒤로, 벌써 사 년이 되나 오 년이 되나, 아마 한 달에 열 번은 우리 집에 왔을 거야요, 실단이 어머니가. 아즈버니헌테서 무슨 기별이 없는가고. 그러고 실단이도 자조 놀러 왔지오. 고것이 말이 없어서 속을 알 수는 없지마는 왜 몰라요? 사람의 속이란 말이 없어도 다 드러나는 게 아냐요? 고것이 우리 집에를 왔다가는 갈 때에는 언제나 시무룩해서 가겠지오. 그게야 아즈버니 소식을 못 들어서 그런 것이 분명하지오. 그러니 계집애가 열여들, 열아홉이 되니 어떻게 그냥 둘 수가 있어요, 병신 궤지기 아닌 연에야. 그러니 언지까지나 나는 시집 안 가요 하고 버틸 수가 없거든요. 그 언젠가 한번은 실단 어머니가 와서 툭 떨어놓고 말을 합데다, 아즈버니가 실단이헌테 마음이 있을 듯싶으냐고. 실단이 할아버지나 아버지는 집 한 칸도 없는, 떠돌아 댕기는 아이헌테 어떻게 실단이를 맡기느냐고, 안 될 말이라고 그러지마는, 아즈버니만 마음이 있으시다면 자기가 아무렇게 해서라도 다른 자리는 다 물리치고 아즈버니 돌아오시기를 기다리겠노라고요. 실단이도 말은 아니 해도 아즈버니를 생각하고 있는 모양이라고요. 그런데 아즈버니헌테서는 영 소식이 없어, 실단이 나이는 자꾸 가. 헌데 한번은 그러더래, 실단 아버지가 실단 어머니랑 실단이랑 들으라는 듯이 아즈버니가 설상 돌아온다 하더라도 원걸 학교공부도 아니 한 시골 계집애헌테 장가를 들겠느냐고, 필시 서울 어떤 대갓집 딸허고 혼인을 할 것이라고, 넌즛이 그러더라는구려. 실단 어머니가 나헌테 와서 그런 의논을 한단 말야오. 그렇게 생각하면 그럴 뜻도 하거든요. 게다가 실단이 동생을 또 장가를 들여야 안 하겠어요? 기애가 벌써 열네 살이어든, 벌써 혼인이 늦었지, 안 그래요? 지금 밥술이나 먹는 집치고 어디 아들을 열네 살이 넘도록 그냥 두는 집이 있나요. 세상이 말세가 되어서 언제 뒤집힐지 모른다고, 어서어서 시집장가를 들여야 부모가 마음을 놓거든요. 그래서 실단이 이번 혼인이 된 모양인데, 그러니 실단 어머니나 실단이야 울며 계자국을 먹고 있지오. 아즈버니가 한 달만 일즉 돌아오셨더라도 어찌 되었을지 모르지마는. 아, 참 아즈버니는 어디 정혼한 데는 없으세요?"

형수의 말로 실단의 사정은 대강 짐작이 되었다.

"그러기로 이럴 법도 있나?"

나는 한 번 더 속으로 중얼거렸다. 이때에 내가 느낀 슬픔, 분함, 뉘우침, 괴로움은 도저히 내 붓으로는 그릴 수가 없다. 그저 내 모든 희망, 신앙, 평생의 계획이 한꺼번에 다 깨어지고 절망과 암흑의 밑 없는 구렁텅이로 빠진 것과 같았다고나 할까.

나는 더운밥으로 지어다 주는 점심도 입에 들어가지를 아니하였다. 한식 술이 남은 것이라고 형수가 주는 술만 서너 잔 마시고 상을 물렸다. 동급이네 집에서 술을 훔쳐 먹은 이래로 내 입에 술을 대는 것은 처음이었다. 형수도 내 속을 알아보고 권하는 술이오 나도 홧김에 마신 술이었다. 술 잘하기로 유명한 형수의 솜씨라 이른바 매 눈 같은 청주였다. 나는 얼근함을 느꼈다. 답답하던 속이 좀 누그러지는 듯하였다.

형수는 내 눈치를 슬쩍슬쩍 보고 앉았더니 웃지도 않고 근심스러운 정성을 보이는 얼굴로,

"심심한데 가보시지."

하였다.

"어딜요?"

"잔칫집에, 실단네 집에. 닭알이나 두어 꾸러미 싸드릴게 들고 가보셔요. 못 가실 데야요, 머?"

"흠."

하고 나는 어이없이 웃었다.

"실단네 집 뒤에 곰여울 할머니가 사십니다. 재작년에 집을 짓고 그리로 떠나가셨어요. 실단 어머니가 적적하다고 또 실단이 시집갈 바느질도 하여달라고 해서 거기다가 집을 한 칸 짓고 계십니다. 그 할머니도 찾아뵈일 겸 가보시지. 그 할머닌들 아즈버니를 얼마나 반가워하시겠어요, 오즉이나 돌고지 도련님을 귀애하셨나. 그러셔요, 가보셔요. 아마 거기 가시면 실단이도 만나실 거야요. 실단이가 아마 그 할머니 댁에서 차릴 게입니다. 실단이가 시집가면 만나실 수 없지 않아요?"

하고 형수는 싱긋 웃는다. 그리고는 정말 나가서 닭알 두 꾸러미를 손잡이를 하나로 하여 들고 보이면서,

"자 이걸 들고 가셔요, 구경 겸."

한다. 잔인하게 나를 놀려먹는 것같이도 생각되고 하회下回[29]가 어찌 되나 하고 사건의 진전을 흥미 있게 기다리는 것도 같았다.

아마 한 잔 먹은 김이었을 것이다. 나는 형수의 말을 좇기로 하야,

닭알 꾸러미를 들고 나섰다.

"싱거운 길이다."

---

29 어떤 일이 있은 다음에 벌어지는 일의 형태나 결과.

하고 나는 스스로 저를 조롱하면서 사 년 전 내가 실단이를 집으로 바라다주던 길로 나섰다.

만일 오늘이 실단의 혼인날이 아니오 그를 내 아내로 할 희망을 가진 길이라면 한 발자국 한 발자국에 얼마나 가슴이 울렁거렸을까. 또 만일 실단이가 죽었다고 해서 가는 길이라도 얼마나 감정이 격동할 것인가. 그러나 실단은 이제 다른 남자의 아내가 되기 위하여, 오늘 밤이면 아주 그가 내 생각 안에서 영원히 나가기 위하여 단장을 하고 있을, 그러한 자리로 찾아가는 나의 걸음은 무거웠다. 그럴진댄 안 가면 고만이 아니냐, 하련마는 그래도 가보고는 싶었다. 다만 한 번만이라도 그리운 실단의 얼굴을 보고 싶었다.

나는 실단의 집으로 바로 가기를 꺼려서 형수의 훈수대로 곰여울 할머니의 집으로 갔다. 집이란 이름뿐이오 더 적을 수 없고 더 초라할 수 없는 막사리였다. 집이라고 부엌 한 칸, 방 한 칸, 그리고는 앞채로 헛간 한 칸, 울타리도 없었다. 아무것도 탐날 것을 가진 것이 없는 육십 노파 혼자의 집에 청장을 하기로니 뉘라 들어오려. 바람과 비만 안 들어오면 고만이었다.

"곰여울 할머니!"

나는 마당에 서서 불렀다.

"거 누구야?"

하고 귀에 익은 소리가 방에서 나왔다.

"제야요. 돌고지 도경입니다."

하는 내 소리에,

"무어? 도경이? 이게 꿈인가, 생신가."

하고 곰여울 할머니는 문을 열었다. 사 년 전에 비겨서 별로 더 늙은 줄도 몰랐다.

"아이구, 이게 웬일인고. 어서 들어오라고. 크기도 했네. 아버지 키보다도 더 크겠구나, 원 세상에. 그래 원제 왔노? 서울서 장가들었다지. 색시도 다리고 왔나. 실단이는 도경이를 기다리다 기다리다 못하야 고만 다른 데로 시집을 가게 됐구면. 원 세상에. 실단 어멈을 불러와야겠군. 픽도 기다리더니. 날마다 기다렸지. 신랑 옷 한 가지를 지어도 도경이 품에 맞게, 도경이 품이 이만할가, 저만할가 하고 모녀가 그렇게도 생각을 했구면. 아이 세상에. 그럴 데가 어디 있누. 가만있어, 내 실단 어멈 오랄게. 얼마나 반갑겠누, 원 세상에."

곰여울 할머니는 귀먹은 늙은이가 흔히 하는 모양으로 혼자만 지껄이면서 신을 끌고 나간다. 내게는 한 마디도 대답할 기회를 주지 아니하였다. 그러나 그의 간단간단한 말에서 그동안의 실단이 모녀의 심경을 추측할 수가 있었다. 그들이 나를 그리고 기다리던 것을 아니 더욱 그들이 그리웠다. 그러나 그것은 다 지나가 버린 꿈이다. 앞으로 회고의 쓰라림이 기다릴 뿐이 아니냐.

잰걸음 소리가 들렸다. 그것은 실단이의 어머니였다. 싱글싱글 웃는 눈은 예와 같으나 눈초리에 주름이 잡히고 얼굴에 빛이 준 것이 중년 여성임을 보였다. 그 뒤를 따라오는 실단은 그 어머니와는 반대로 활짝 핀 꽃과 같아서 사 년 전에 보던 배틀하고[30] 메마른 계집애로부터 몸이 퍼질 데는 퍼지고 빛날 데는 빛나는 여편네

---

30 힘이 없거나 어지러워서 몸을 잘 가누지 못하고 요리조리 쓰러질 듯이 걷다.

가 되었다.

나는 실단 어머니에게 절을 하였다.

"아니, 절은 무슨 절."

하고 실단 어머니는 내게 맞절을 하였다. 서서 받을 절이 못 된 것을 나는 아깝게 생각하였다.

"아이참, 몰라보게 되었구면."

하고 실단 어머니는 그 고운 다정한 눈으로 뚫어지게 나를 바라보았다. 나는 그의 눈찌에서 그가 나를 그리워해 준 것을 알아볼 수가 있었다. 나도 그에게 대하여서 크게 그리운 사람을 대한 듯한 정다움을 느꼈다. 나는 마음 놓고 그의 얼굴을 눈을 반갑게 바라보았다. 그것만으로도 내 고적孤寂의 추위에 꽁꽁 얼었던 몸이 훈훈하게 풀리는 것 같았다.

그런 뒤에 나는 눈을 실단에게로 돌렸다. 실단은 머리를 고브슴하고 두 손으로 치마 고리를 만지고 있었다. 아마 한식에 갈아입은 옷이겠지, 연분홍 서양목 치마가 약간 풀이 죽고 고운 때가 묻은 것이 더욱 정다웠다. 그의 얼굴은 까무스름한 편이어서 옥같이 희다든가, 복숭아꽃같이 볼그스레한 맛은 없으나 단정하고 포근한 맛을 주었다.

"글쎄 괜닌 소문이 났구면."

하고 곰여울 할머니는 한 손으로 내 등을 만지면서,

"도경이가 장가를 든 일이 없다는데, 웬, 서울 색시헌테 장가를 들었다고, 헛소리를 누가 해서, 아이 세상에. 이렇게 도경이허고 실단허고 가지런히 놓고 보니깐 비들기 한 쌍, 원앙새 한 쌍 같은걸. 아이구. 아까워라. 실단이도 그렇게도 애를 태고 도경이를 기다리더니. 실단 어머니는 더 말할 것도 없지. 나헌테 오기만 하면 도경이 말이로구면. 옷 한 가지를 말라도 이만하면 도경이 품에 맞겠지, 도경이가 이보다 더야 자랐을라고 하고 그렇게도 도경이 말만 하더니, 원 세상에. 그럴 데가 웨 있누."

하고 눈물이 글성글성하였다.

실단의 고개는 더욱 수그러진다. 그의 통통한 목덜미가 몹시 나의 마음을 끌었다.

"모도 다 연분이지, 이제 그런 말씀해서 무엇하겠어요."

하고 실단 어머니는 억지로 웃음을 지어 웃으면서,

"우리 실단이가 도경이 마음에 차지 않길래 아무 말도 없었겠지. 도경이야 일본까지 가서 큰 공부를 하고 앞에 크게 귀히 될 사람인데 시골구석에서 아무것도 배우지 못한 우리 실단이야 배필이 될 수가 있겠어요. 그런 걸 제가 어리석어서 제 속만 여기고 기다렸지요. 안 그래요, 할머니?"

하는 말에는 좀 원망하는 빛이 있었다.

"그런 게 아닙니다."

하고 나는 구구한 변명인 줄 알면서 입을 열었다. 이 기회에 내가 지난 사 년간 속에 먹었던 생각을 얼마라도 실단이 모녀에게 알리고 싶었다.

"그런 게 아냐요. 다 지금 와서는 쓸데없는 말씀입니다마는, 저는 사 년 전에 그때에 여기서 댕겨가서부터는."

하고 실단이를 무엇이라고 부르기가 어려워서 머뭇머뭇하다가,

"에라"하고 용기를 내어서, 내 일기에 몇백 번인지 모르게 써 본 실단이란 이름을 한번 실단의 앞에서 불러보기로 결심하였다.

"저는 줄곧, 날마다 실단 생각을 했어요. 그러고 하느님께 빌었어요. 실단이가 잘 있게 해줍소사고, 또, 하기 어려운 말씀입니다마는 실단이와 혼인하게 해줍소사고요. 실단 아버지께 편지도 여러 번 썼어요, 청혼하는 편지를 열 번은 더 썼어요. 썼다가는 모두 찢어버렸지오. 내가 부모도 없고 집 한 칸도 없는 놈이 어떻게 남의 딸을 달라고 하려, 염치없는 일이거든요. 또 실단 아버지께서 괘씸한 놈이라고 생각하시고 들어주실 것 같지도 아니하고─그래서 편지를 썼다가는 찢고 썼다가는 찢고 그랬어요. 제가 졸업이나 하고 직업이나 얻으면, 그때에나 말씀을 해볼가 하고요. 그런 게입니다. 그러다가 오늘 외가에 와서 형수헌테 듣고야 오늘이 실단이 혼인날인 줄을 알았지오. 그래서 별르고 별렀던 소망이 다 끊어졌지만, 한번 실단 어머니나 뵈옵고 가려고 왔던 길야요."

여기까지 말하고 나니 이마와 등골에 땀이 흐른다. 제가 어떻게나 박복하고 못난 이인 것이 너무도 분명히 보이기 때문이었다. 나는 괜히 소리를 했다 하고 낯이 후끈거렸다.

실단 어머니는 실신한 사람 모양으로 나를 바라보고 있고, 실단은 윗니로 아랫입술을 꼭꼭 물고 있는 것이 보였다.

곰여울 할머니는 내 말은 다는 알아듣지 못하고 세 사람의 얼굴을 번갈아 보고 있었다. 밖에 우수수하고 봄바람이 지나가는 소리가 들렸다.

한참이나 말이 없다가 실단 어머니는 휘유 한숨을 쉬고 실단의 치맛자락에는 물방울이 뚝뚝 떨어졌다.

나는 그들의 내게 대한 생각을 이제야 분명히 알았다. 그들은 정말 나를 사랑하였던 것이다. 그 어머니의 침묵의 한숨, 실단이의 침묵의 눈물, 그것들은 어떠한 웅변도 못 미치게 그들의 간절한 정을 표시하는 것이라고 나는 해석하였다.

그렇게 생각하면 실단이 모녀가 더욱 내 살에 파고 스며드는 것과 같이 반갑고 그리웠다. 실단의 딴딴하게 땋은 귀밑머리를 내 손이 아니고 뉘라서 풀려. 그의 바른 편 가슴에 매어진 저고리 고름에 내가 아니고 뉘라서 감히 손을 대려. 그의 마음이 내 것이니 그의 몸도 내 것이다! 나는 당장에 달려들어서,

"내 실단이!"

하고 실단이를 껴안고 소리치고 싶었다.

그러나 그것은 못 할 일이다! 실단의 귀밑머리와 옷고름을 마음대로 풀 사내가 지금 꺼떡대고 한 걸음 한 걸음 이리로 가까이 오고 있다. 그의 말머리가 보이기 전에 나는 여기서 물러나야 한다. 그리고 나는 다시는 실단이 곁에 앉아서 실단의 이름을 부를 수는 영원히 없는 것이다!

"실단이!"

하고 나는 인사체면도 다 잊고 불렀다. 그 소리는 내 소리 같지 아니하게 떨리고 우는 소리였다.

"네."

하고 실단은, 고맙게도 의외에도 대답하고 고개를 들어서 눈물에 젖은 눈으로 나를 바라보았다.

"오, 그 맑고 다정한 눈!"

나는 마치 이번에 한번 보아두면, 천만 번 나고 죽더라도 그 눈을 아니 잊을 것이나 되는 것같이 뚫어지게 그 눈을 바라보았

다. 실단이는 내 시선을 피하여 고개를 숙였다.

　나는 또 한 번,

　"실단이!"

하고 불렀다.

　실단은 또,

　"네."

하고 아까 모양으로 나를 바라보았다. 그 눈에는 아까보다도 눈물이 그뜩 찼다.

　나는 그의 목소리를 두 번 듣고 눈을 두 번 보았다. 이제는 더 할 일이 없었다.

　나는 여기 오래 있는 것이 더욱 못난 짓임을 깨달았다. 무어냐, 제 것도 아닌 실단을 옆에 놓고 그리워하는 것이 거지의 기상인 것 같았다. 설사 실단이 모녀가 한 팔에 하나씩 매어달리는 한이 있다 하더라도 홱 뿌리치고 나서는 것밖에 내게 남은 사내다움은 없었다. 나는 아주 선선한 사람 같이,

　"저는 가요."

하고 곰여울 할머니 집에서 나섰다. 그리고는 뒤도 안 돌아보고 산으로 산으로 올라갔다. 나는 실단이 모녀가 내 뒤를 바라본다고 느꼈으나 굳이 돌아보고 싶은 마음을 눌러버렸다.

　나는 무엇을 빼앗기고 망신하고 쫓겨난 사람과 같은 생각을 쫓아낼 수가 없었다.

　"에익, 고약한 내 운명!"

하고 나는 춤[31]을 퉤 뱉었다.

　뜻대로 안 되는 세상이라고 원망도 해보았다. 세상과 운명에

대하여 반항하리라 하는 생각도 해보았다. 그러나 그때의 나에게
는 그만한 용기가 없었다. 나는 한을 품고 참을 수밖에 없었다.

다섯째 이야기

  내 아버지와 어머니가 돌아가신 이야기는 넷째 이야기로 써야
옳은 것인데 이것을 다섯째로 민 것은 까닭이 있다. 첫째는 내가
어렸을 적 이야기가 너무 암담한 데다 뒤이어서 아버지와 어머
니가 일주일을 새에 두고 작고한 비참한 이야기를 하는 것은 나
로서도 차마 하기 어려울뿐더러 이 글을 읽을 이의 정신에도 과
도한 비감을 드릴까 저퍼함이었다. 그래서 어린 사랑이야기를 새
에 넣어서 나와 몇 읽는 이들의 마음을 쉬게 한 것이다.
  그렇지 않아도 불행이 많은 이 세상에서 불행한 이야기를 일
부러 하여서 사람을 괴롭게 하는 것이 모두 부질없는 일이다. 이
렇게 생각하면 이런 비참한 이야기는 영영 아니하고 마는 것이
좋을는지도 모른다. 그러나 우리는 하늘이 하는 일을 다 알아서
어떤 것은 기록할 만한 값이 있는 일, 어떤 것은 그렇지 못한 일
이라고 낱낱이 판단하기는 어렵기도 하려니와 건방진 일일 것도
같다. 내라고 하는 한 사람이 세상에 태어난 것부터도 나 스스로
그 뜻을 알아낼 수 없는 일이거든, 내 일생에 드러나는 여러 가지
일에 어느 것이 꼭 뜻이 있고 어느 것은 아무러한 뜻도 값도 없

31 '침'의 옛말.

다고 작정해버릴 수는 없고, 차라리 내 일생에 일어나는 모든 일은, 크든지 작든지, 내가 보기에 뜻이 있든지 없든지, 이 일을 있게 하는 하늘로서 보면 다 뜻이 있고 까닭이 있고 따라서 우주의 섭리에 필요한 것이어서 그중에서 하나도 빼어놓기 어려운 것이라고 보는 것이 옳을 줄로 생각된다.

내 아버지와 어머니의 돌아감도 이러한 의미에서 사실대로 적을 필요가 있을 것이다. 다른 사람에게는 몰라도 나 한 사람에게는 이 두 죽음이 무의미할 리가 만무하다. 내 성격을 이루는 데나 내 일생의 행로를 결정하는 데 영향이 없을 수가 있는가. 열한 살의 어린 나는 필시 이 두 죽음에서 인생의 괴로움이라든가, 덧없음이라든가, 세상이 어떻게 무정하다는 것이라든가, 사람이 왜 죽어야 하는가, 죽으면 어찌 되는가, 어찌하여서 어떤 사람은 재물도 많고 형제도 자손도 번성하게 잘 사는데, 어떤 사람은 가난하고 외롭게 살아야 하는가라든가 이런 문제들도 어렴풋하게나마 어린 내 마음에 일어났을 것이다. 한번 마음에 박힌 인상은 영원히 슬어지지 아니함을 생각하면 이러한 생각을 마음에 일으킬 기회를 가졌다는 것이 내 생애에 큰 문제가 아닐 수가 없지 아니한가.

내 아버지로 말하면 위에도 말한 바와 같이 세상에서는 이미 쓸데없는 인물이 되어버렸던 것 같다. 재산도 건강도 다 없어지고 무엇을 하여도 하나도 되는 일이 없는 것이 벌써 이 세상에서 받은 복은 다 써버렸다는 표였다. 내가 아는 대로 보면 아버지를 기다리는 사람은 우리 네 식구밖에는, 이 넓은 세상에 하나도 없는가 싶었다. 일가도 친척도 아버지를 환영할 사람은 없었다. 약간 재물이 있는 사람은 아버지가 무엇을 달랄까 겁을 내었고, 아무것도 없는 빈궁한 사람들은 아버지와 같이 아무것도 아무 힘도 없는 궁한 사람이 소용이 없었다. 아마 아버지는 청을 할 만한데는 다 청을 하였고, 꿀 만한 데는 다 꾸었던 모양이었다. 그러므로 누구나 아버지가 제집 앞에 번뜻 보이기만 하면 '내 집에는안 들어왔으면' 하고 빌었을 것이다. 안 오면 다행으로 알고 오면 어서 가기를 바라는 그러한 신세가 된 아버지였다. 그러니 이세상에서는 쓸데만 없을뿐더러 어서 이 세상에서 물러나 가기를남들이 바라는 그러한 아버지의 신세였다.

아버지가 내 사종숙의 집에서 갓에 제비똥을 받았을 때에,

"허, 새짐승까지도 나를 괄시를 하는군."

하던 것을 보면 아버지 자신도 자기가 쓸데없는 사람인 줄을 안모양이었다.

"새가 머리에 똥을 싸면 그 사람이 죽는다는데."

하고 그 집 아주머니가 나중에 내가 듣는 데서 말할 때에는 나는울고 싶었다.

아무리 세상에서는 쓸데없는 사람이라도 내게는 없어서는 안되는 아버지오, 내 어머니에게도 천금보다 소중한 남편이었다. 그렇다고 어머니나 내나 아버지를 잘난 사람이라고 보는 것은아니었다. 어머니도 날이 갈수록 아버지를 못나고 무능한 사람으로 보는 모양이었고 내외 말다툼이나 할 때에는 대어놓고 아버지를 빈정거리고 대수롭지 아니하게 여기는 모양을 보이기도 하였다. 나이로 말하여도 스무 살이나 틀리고 낫 놓고 기역 자도 모르는 젊은 아내에게 그런 불공한 괄시를 받는 아버지를 나는 가

엽게 생각하여서 어머니를 눈 흘겨 본 기억이 있다. 그러나 풀이 다 죽은 아버지는 이런 때에 다만 한 마디, "으응" 할 뿐이오 버릇없는 젊은 아내를 되오 책망도 못 하였다. 먹을 것, 입을 것도 못 대어주는 남편이 어떻게 위신이 설 수가 있을까.

어린 내 소견에도 아버지는 아무 능력도 없는 사람이었다. 무엇을 하여도 안 되는 운수를 탄 사람이었다. 그가 양식을 벌어오려니, 옷감을 구해오려니 하는 생각은 나도 아니하게 되었다. 그저 아버지니까 소중하고 보고 싶었다. 그리고는 그에게 의지한다는 마음보다도 그를 불쌍히 여기는 생각이 더욱 많았다.

"왜 우리 아버지는 저럴가—남의 아버지 같지 못할까."

나는 속으로 이렇게 아버지를 생각하였다.

그래도 나는 아버지가 없으면 살 수 없을 것 같았다. 의식도 못 얻어다 주는 아버지건마는 그가 없는 세상을 나는 생각할 수가 없었다. 그것이 무엇 때문이냐고 물어야 설명할 수는 없지마는 그러하였다. 필요한 까닭을 설명할 수 있는 필요는 대단치 아니한 필요다. 왜 그런지 모르는 필요야말로 무서운 필요다. 아버지는 내게는 이러한 존재였다.

아버지가 돌아가던 여름에 나는 이질을 알았다. 배는 에여내는 듯이 줄창 아프고 하루에도 삼사십 차 피곱을 누었다. 나중에는 이로 뒤를 볼 수가 없어서 젖먹이 모양으로 기조기를 차고 누워 있었다. 팔다리는 북어처럼 마르고 살은 희다 못하여 파르름하게까지 되었다. 지금 생각해보면 이것은 죽을병이었다. 그러나 나는 죽는다고는 생각지 아니하였다.

아버지는 밤낮 나를 간호하였다. 불들을 구워서 연방 배에 갈아 대어주고, 기조기를 갈아주었다. 약을 구하러 갈 때에만 아버지는 내 곁을 떠났다. 약을 구해가지고 돌아오면 의관을 벗기도 잊어버리고 또 내 간호를 하였다.

아버지가 구하여오는 약은 가지각색이었다. 첩약 이외에 가루약도 있었다. 면화 꽃을 닭의 알에 부쳐서 먹으면 낫는다고 하여서 면화 꽃을 한 움큼 따가지고 집 그림자가 마당 한복판에 검은 금을 그은 때에 돌아오던 아버지 모양을 기억한다. 또 도끼를 불에 달구어서 막걸리에 담가서 지글지글 끓는 것을 먹이던 것도 기억된다. 이 모양으로 날마다 무슨 약을 먹어서 이질에 좋다는 약으로 아니 먹어본 것이 없지마는 그중에도 잊히지 아니하는 것은 거무스름한 구렁이 헐을 백지에 싸가지고 온 것이다. 아버지는 나 보는 데서 이것을 숯이 되도록 구웠다. 그 기다랗고 어룽어룽한 것이 뿌지직뿌지직 소리를 내고 가드러드는 양도 숭업거니와 거기서 나는 누린내는 더욱 비위를 거슬렀다. 한 달이나 넘어 중병으로 신경만 날카로워진 내 눈에는 독이 그득 찬 두 눈과 갈라진 혓끝이 날름거리는 것이 보이는 것 같아서 소름이 끼쳤다. 그러나 나는 아버지가 오십 리 길이나 걸어서 구렁이 많은 산촌에 가서 구하여 온 이 약을 아니 먹을 수가 없어서 눈을 꽉 감고 술에 탄 구렁이 헐 가루를 들이마셨다. 내가 다 마시고 그릇을 내어놓는 것을 받으면서 아버지는 만족한 듯이 빙그레 웃었다. 그는 이 약을 먹고 내가 나을 것을 믿고 하늘에, 신명에 빌었을 것이다.

나는 아무것도 아버지께 효도한 것이 없으나 하나 있다면 그것은 아버지가 주는 약이면 무엇이나 순순히 먹는 것이었다. 나는 두 살 적에 우두를 맞을 때부터도 아버지가 하라는 것이면 무엇이나 거역하지 아니하였다고 한다. 우두 맞을 때에 내가 아프다고 양미간 찡기고 울먹울먹하면서도 웃었느니라고 아버지는 즐거운 기억 삼아 가끔 말하였다. 사실상 나는 내 병이 나으려고 약을 먹느니보다는 약을 구해다가 주는 아버지가 미안하여서 하는 편이었다. 잔병을 많이 앓은 나는 어린 마음에도 아버지의 애씀을 느낀 것이었다.

구렁이 헐 때문인지는 몰라도 내 이질은 점점 차도가 있어서 배 아픈 것과 뒤 무거운 증세도 없어지고 입맛도 나게 되었다. 그러나 좀체로 일어나 뛰어댕길 수는 없었다. 이 모양으로 내가 몸이 추서는[32] 동안에 아버지는 여전히 내 곁을 아니 떠나고 내 동무가 되어주었다. 장기도 가르쳐주고 골패도 가르쳐주고, 《사례편람》, 《상례》, 《천기대요》 같은 책을 꺼내어 보여주기도 하였다. 나는 이동안에 관, 혼, 상, 제의 모든 예를 배우고 모든 축문을 암송하였다. 왼손 엄지손가락과 새끼손가락 말고 세 손가락의 아홉 마디에 아버지가 손수 붓을 들어서 일천록, 이안손, 참식신, 사장과, 오귀, 육합식, 칠진귀, 팔관인, 구퇴식을 써주어서 외고 그것이 어디로 보아도 열다섯 곳이라고 내가 말하여서 대단히 아버지로부터 칭찬을 받았다. 그것을 그림으로 그리면 이러하다.

식지
장손가락
가락지 손가락

---

32 병을 앓거나 몹시 지쳐서 허약하여진 몸이 차차 회복되다.

이것은 무엇에 어떻게 쓰는 것인지는 아버지가 가르쳐주었는지 모르나 지금은 생각이 아니 난다.

"七月流火, 九月授衣"[33]라는 시전 구절을 그때에 특별히 배운 것을 보면 내가 앓은 것이 유월에서 칠월에 걸쳤던 것 같다. 저녁에 마당에 밀집 거적을 깔고 모깃불을 놓고 식구들이 모여 앉았노라면 박나비가 박꽃에 날아오고 하늘에 별똥이 날았다. 참외 수박은 사다 먹을 형세도 못 되지마는 어머니가 가꾼 강냉이를 밥 위에 찌거나 아궁이에 구워서 먹을 수는 있었고, 아버지는 불 잘 안 붙는 담배를 모깃불 화로에 붙일 수가 있었다. 젖먹이 누이는 재롱을 피우고 여섯 살 먹은 누이는 반딧불을 따라댕겼다. 개구리와 두꺼비가 담뱃재를 얻어먹으려고 엉금엉금 괴어 들고 극성스러운 모기들은 바람결에 모기 내밀리는 틈을 타서 덤비었다. 아버지는 담뱃대를 털고는 또 담으면서 여러 가지 세상 이야기를 하고 어머니는 얼마 안 되는 삼을 삶으면서 나를 장가를 들여서 어서 며느리를 얻어야 한다고 불평을 하였다. 박복한 우리 집에도 이러한 시름없는 순간이 있었다.

나는 하늘에 북두칠성과 다른 별들을 바라보면서 어느 것이 내 직성이며, 내 아내가 될 사람의 직성은 어느 것인가 하고 찾아보았다. 은하수가 거진 내 입 위에 왔다. 이것이 아주 내 입 위에 오면 햇곡식을 먹게 된다는 것이다. 견우성, 직녀성은 가장 내게 흥미를 주는 별이었다. 견우는 신틀아비라 하고 직녀는 베틀어미라 하였다. 이것은 어머니가 견우직녀 이야기를 할 때에 부르는

---

33 '칠월류화, 구월수의'.

이름이었다.

우리 집을 뉘라 찾으리, 찾아올 사람은 없었다. 한 해에 오직 한 번 장령공 한아버지 제삿날이 우리 집에 기한 손님이 오는 날이었다. 칠월 스무날이면 오십 리쯤 떨어져 있는 내 재당숙네 집에서 몇 사람이 풍성한 제물을 가지고 우리 집을 찾았다.

이해에도 내 재종조모와 재당숙이 비부 상금이와 종 칠월이에게 제물을 들리고 왔다. 우리가 저 밤나무, 대추나무 있는 기와집에 살 때에는 재당숙 집에서도 사오 인이나 왔었으나 인제는 여럿이 와도 묵을 데가 없었다. 종조부와 당숙도 왔다. 우리 집 굴뚝에서는 전에 없이 오래오래 연기가 났다. 아버지도 옷은 비록 헌 탈방이나 도포는 말짱하여서 이날만은 궁한 빛이 없었다. 더구나 아버지는 종손이라, 아무리 잘사는 일가들이 제관으로 모이더라도 이날의 주인은 아버지였다.

어찌, 알았으리, 이것이 아버지로서는 마지막 제사일뿐더러, 이 세상에 마지막 소임을 다한 것이었다. 제사가 끝나고 당숙들, 재당숙들이 다 떠나가니 우리 집은 전보다도 더욱 쓸쓸하였다.

추석이 오지마는 무엇으로 다례는 지내며 간산[34]을 하리. 팔월 초생이면 제주도 담가야 하고 팔월 열이틀 사흘이면 두부도 앗고 녹두도 갈고 떡도 쳐야 하지 않는가. 추석 대목이라고 소들도 잡건마는 쇠고기 한 깃을 무슨 돈으로 구하여 오며, 숭어나 민어 나를 어떻게 사들이나.

팔월 열사흗날 아버지는 사당간 문을 열고 손수 소제를 하고,

---

34 성묘.

어머니는 담을 것도 없는 제기를 닦고 있었다. 나는 아버지 뒤에 따라다니며 아버지가 하는 양을 보았다.

아버지는 손을 읍하고 말없이 사당간에 우둑하니 서 있었다. 절사[35]도 못 지내는 슬픔을 느끼고 있는 모양이었다. 나는 아버지의 눈에 눈물이 주루루 흘러내림을 보았다.

아버지는 무슨 생각이 났는지 감실을 가리운 휘장을 걷었다. 거기 나타난 것은 감실 넷을 가진, 나무로 짠 장이었다. 그 속에는 향하여 오른편 감실로부터 내 오대조, 고조, 증조의 차례로 삼대의 독이 있고 넷째 감실에는 조모의 혼백이 설작에 넣어 있었으니 이것은 조부가 생존하여 있는 때문이었다. 나는 내 오대조부터의 장손이었다.

아버지는 내 오대조의 감실 앞에 서서 그 신주에 무엇이라고 썼느냐고 내게 강을 받았다. 나는,

"현 증 조고 증 가선대부 호조참판 겸 동지의금부사 오위도총부 부총관 부군 현조비 정인 백 씨 신위."

이렇게 불렀다.

다음에는 아버지는 고조부 감실 앞에 서서 나를 보았다. 나는

"현조고 통훈대부 행 사헌부장령 부군 현조비 숙인 신 씨 신위."

이렇게 불렀다.

여기 증조, 조라는 것은 내 조부로부터 본 것이었다. 조부의 고조가 되는 승지공은 내 조부의 재종형 되는 이가 봉사하였다.

아버지는 내가 거침없이 다 아는 것을 보고 만족한 듯이 휘장

---

35 절기나 명절을 따라 지내는 제사.

을 늘리고는 별말 없이 사당 문을 닫고 나왔다.

아버지는 그러고는 내게 제삿날들을 묻고 제상 버리는 법을 묻고 제물의 이름을 물었다. 육부치로는 소고기와 사슴의 포는 쓰되 도야지고기는 쓰기도 하나 아니 쓰는 것이 좋고, 수물 즉 물고기로는 비늘 있는 것을 쓰되 숭어, 민어, 농어가 좋고 조기, 준치는 비늘은 있더라도 쓰지 아니하며, 단물고기는 잉어, 붕어가 깨끗하고 비늘이 있으나 역시 쓰지 아니하고 실과로는 배, 밤, 대추가 대종이어서 삼색실과하고 감과 잣은 쓰며, 낟알로는 쌀, 기장이를 쓰고 콩은 두부로 녹두는 적과 송편 소로 쓰나 팥은 아니 쓰며 새로는 닭을 쓰나 꿩은 아니 쓰며, 기러기 오리는 제상에는 못 오른다는 것들이었다.

이런 일을 나도 이미 대강 아는 것이건마는 아버지는 웬일인지 오늘따라 자세히 묻기도 하고 설명도 하였다.

"복송아, 살구는 왜 안 써요?"

하고 나는 복숭아의 좋은 빛과 내와 맛을 생각하면서 물었다.

"복송아 살구는 안 써."

아버지는 이렇게 대답하고 웃었다.

"금년에는 복숭아를 못 먹고 말았어."

나는 불현듯 복숭아가 먹고 싶었다.

"복송아가 먹고 싶으냐."

하는 아버지의 말에 나는 고개를 까딱까딱하였다.

"복송아 나두."

하고 여섯 살 먹은 누이가 달려왔다. 마치 내가 혼자 복숭아를 저 몰래 먹다가 감추기나 한 듯이 내 등 뒤까지도 돌아본다.

"오빠 복송아 먹었어?"

누이는 내 눈치를 본다.

"아니. 복송아가 어디서 나서 먹어."

나는 퉁명스럽게 대답하였다.

"복송아 하나 먹어시문."

하고 누이는 두 손가락을 입에 물었다.

"복송아가 아직도 있을까."

하고 아버지는 의관을 하고 나갔다.

앞집에서 떡 치는 소리가 났다. 뒷집 대장장이 집에서는 떡 치는 소리가 날 리가 없었다. 서인네 대감은 아들네 집에 추석 쇠러 간다고 갔으니 올 때에는 서인 마누라 줄려고 떡을 싸가지고 올 것이다.

우리 사 모자는 기나긴 날에 우둑하니 앉아 있었다. 이제 텃밭에 오이도 없고 강냉이도 없었다. 늙은 씨가지가 있을 뿐이었다.

앞길로 건넌 말로 울긋불긋하게 새 옷을 입은 아이들이 댕기는 것이 보였으나 우리들은 갈아입을 새 옷도 없었다.

집 앞 김 산장네 밭에는 키 큰 수수가 바람에 부스럭부스럭 소리를 내며 흔들리고 앞 고래 논에는 누렇게 익은 벼가 물결치고 있었다. 풋밤도 먹을 만하고, 콩 청대도 해 먹을 만한 때다. 나는 전에 살던 신영마을 집에 풋대추도 생각하였으나 인제는 모두 다 남의 것이었다.

어머니도 우리들더러 밖에 나가지 말라고 명령을 내렸다. 명절날이 되어도 새 옷 한 가지 못 갈아입은 꼴을 남에게 보이는 것이 부끄럽단 말이다.

그래도 우리는 아버지가 큰골서 복숭아나 밤을 얻어 가지고 올 것을 바라고 지붕 그림자가 뜰에 지나가는 것을 들락날락 보고 있었다. 누이는 문밖 살구나무 밑에 나가서 아버지가 돌아오기를 기다리고 있었다. 그래도 아직까지는 기다리는 사람이 있는 아버지였다.

다 저녁때, 해가 다 넘어가고 땅거미 돌 때에야 아버지가 돌아왔다. 우리들은 아버지 손부터 보았으나 아무것도 든 것이 없었다.

"복송아 다 없어졌어."

아버지는 기운 없는 소리로 말하였다.

나는 복숭아를 못 먹는 것이 섭섭하였으나 아버지가 돌아온 것만이 좋아서 다시는 복숭아 말은 거들지 아니하였다. 누이도 복숭아 말은 아니 하였다.

우리들은 마당에다가 밀집 거적을 깔고 모여앉아서 저녁밥을 먹었다. 아직 중추명월까지는 이틀이 남았지마는 거진 다 둥근 달이 돌꼬리 고개 위에 솟아서 가난한 우리 다섯 식구의 얼굴을 비추었다. 이것이 어찌 알았으리, 우리들이 아버지와 어머니와 함께 먹는 마지막 저녁이었다. 아버지는 내일이 기울면 이 세상을 떠날 이오, 어머니는 모레부터 병이 나서 이레 뒤면 돌아갈 이었다.

이상하게도 아버지의 일이 마음에 켕기어서 나는 달빛에 비친 아버지의 얼굴을 바라보았다. 아까 어디서 술을 자신 듯하여 낯이 좀 붉은 것은 아까 아버지가 돌아올 때부터 본 것이지마는 초췌한 그 얼굴에는 무엇인지 모를 그림자가 있었다.

"아버지 어디가 아파?"

나는 이렇게 물었다.

"응, 배가 쌀쌀 아프다. 술을 한 잔 먹은 것이 오르내리는가보다, 그 집 술이 시어서."

나는 아버지의 이 말에 가슴이 뭉클하였다. 나는 며칠 전에 어금니가 빠지는 꿈을 꾼 것과, 모추리 보금자리에 돌을 던진 것이 이상하게도 바로 맞아서 어미와 새끼 다섯이 한꺼번에 으스러져 죽은 것과 또 그저겐가 꿈에 우리 집 부엌 솥 건 뒤 벽에 뻘건 쇠고기가 달려 있는 꿈을 꾼 것들을 생각하고 아버지가 돌아가려는 징조가 아닌가 하여서 몸에 소름이 끼쳤다.

달은 밝고 바람은 서늘하고 모기도 있대야 한두 마리가 이따금 앵앵거릴 뿐, 다섯 식구가 파찬국 된장찌개뿐일망정 배불리 먹고 앉았으니 즐거울 만도 하건마는 나는 도무지 마음이 놔지지 아니하였다. 내 눈은 아버지 동정만 살피고 조바심을 하고 있었다.

그날 밤, 잠이 들었다가 깨니 아버지는 앓는 소리를 하고 있고 어머니는 아버지의 부정한 것을 치우노라고 들락날락하고 있었다. 아버지는 쥐통(호열자)[36]에 걸린 것이었다. 이해에 유월부터 쥐병이 돌아서 인근 동네에서도 사람이 많이 상하였다. 어떤 데서는 어른 아이 다섯 식구 중에 젖먹이 하나 남기고는 다 죽은 집도 있었다. 그러나 팔월 달을 잡아들어 추풍이 나면서부터 뜸하여서 이제는 다 지나갔다고 하던 판인데 아버지가 우리들을 위하여 복숭아를 얻으러 큰골에 갔다가 병을 묻혀온 것이었다.

---

36 콜레라.

나중에 알고 보면 우리 아버지, 어머니가 금년 쥐통에 죽은 마지막 사람들이었다.

어머니는 참 끈기 있게 아버지 간호를 하였다. 나는 어머니가 입에다가 아주까리기름을 한입 물어서 아주까리대 한 마디를 아버지 항문에 대고 그리로 입에 문 기름을 불어넣는 것을 보았다. 어머니는 아버지의 병을 자기의 병으로 여겨서 더러운 것도 무서운 것도 없는 모양이었다.

이튿날 아침에 어머니는 젖먹이를 업고 백 의원네 집에를 간다고 가더니 점심때나 되어서야 곽향정기산 몇 첩과, 가루약 한 봉지를 가지고 돌아왔다. 가루약은 곧 먹이고 첩약도 부려부려 달여서 먹였다. 그러나 약숟가락 뚝 떼며 이상한 증세를 발견하였다. 손발이 꺼멓게 죽고 코집이 찌그러지고 눈이 곧아지는 것이었다.

어머니는 이거 큰일 났다고 나더러 달참봉네 집에 가보라고 명하였다. 달참봉이란 아버지의 죽마고우로 무엇이나 조금씩은 다 안다는 사람이었다. 쇠를 가지고 집자리와 뫼자리도 잡노라 하고 날받이도 하고 약국은 아니 놓았으나 처방도 하였다.

나는 우물께 고개라는 조그마한 고개를 넘어서 장달음으로 달참봉이라는 별명을 가진 김 참봉 집에를 갔다. 김 참봉은 망건 위에 탕건을 바쳐 쓰고 얼근하게 술이 취하여서 사랑에서 백지를 가지고 무엇을 하고 있었다.

"오, 너 어째 왔누?"

하고 달참봉은 반가운 듯이 웃었다.

나는 아버지의 병 증세를 설명하고 약을 달라고 하였다.

달참봉은 놀라는 듯이 입에 물었던 장죽을 한 손에 빼어 들고 물끄러미 나를 바라보더니,

"내가 가도 쓸데없어."

하고 잠깐 생각하다가,

"송진을 콩알만큼 서너 개 먹이고, 머루 덩굴을 물에다 끓여서 그 물로 손발을 씻겨라."

하고는 다시 담뱃대를 물었다.

"그렇게 하면 아버지가 살아나겠어요?"

하고 나는 울면서 물었다.

"인명은 제천이야. 죽고 살기는 천명이지. 아무러나 어서 가서 그렇게 해보아라."

하는 김 참봉의 말이 끝나기도 전에 나는 그 집에서 뛰어나와서 집을 향하고 달렸다. 길에서 장난동무, 글동무들도 여럿을 만났으나 나는 말없이 그들을 피하여서 뛰어 달아났다. 명절날 때 묻은 옷을 입은 것도 부끄럽거니와 아버지가 돌아가게 되었다는 것도 면목이 없었다.

송진과 머루 덩굴을 해가지고 집에 돌아와 보니 아버지의 모양은 아까보다도 더 나빴다. 정신도 없는 모양이거니와 그보다도 숨소리가 톱질하는 듯하는 것이 수상하였다. 나는 이러한 숨소리를 들어본 일이 없었다.

"도경아, 너 청룡모루 김 의원네 집에 가서 좀 오시라고 그래 보아라."

하는 어머니 말에 나는 집에서 뛰어나왔다.

청룡모루라는 동네는 내 사촌 누님이 있는 데로서 우리 집에

서 오 리는 잔뜩 된다. 나는 빗방울이 뚝뚝 떨어지는 길을 달음박질하여서 넓은 논트리에 들어섰다. 여기는 드렁다리라는 옛날 큰 돌다리가 있고 그 밑에는 물이 깊어서 큰 붕어와 메기가 잡히는 데다.

김 의원이란 사람은 약국도 놓고 훈장질도 하는 사람이다. 이 사람은 약보다도 침을 잘 놓는다는 소문이 났기 때문에 우리 아이들이 울 때면 어른들은 청룡모루 김 의원 불러온다고 하면 울음을 뚝 그치는 것이었다. 키는 작고 얼굴은 통통하고 검고 자박수염이 난 매서운 사람이었다.

내가 말하는 병 증세를 듣고 김 의원은 송편을 한 그릇 내다가 나더러 먹으라고 하였다.

그것은 금방 쪄낸 것으로 솔잎 냄새가 나고 기름이 찌르르 흘러서 먹음직스러웠다. 나는 아침도 점심도 안 먹은 속이라 앉은 참 서너 개를 맛있게 먹었다. 먹다가 생각하니 이렇게 내가 떡을 먹고 있을 처지가 아닌 것 같아서, 떡 그릇을 물려놓고,

"선생님. 저허구 가셔요. 우리 집에 가셔서 우리 아버지 살려주셔요."

하고 졸랐으나, 김 의원은

"내일 추석이니까, 다례를 지내야 하니까 못 가. 어서 네나 집으로 가거라. 다른 의원헌테도 갈 것 없어. 어서 빨리 집으로 가란 말야. 알아들었니?"

하고 야멸치게 거절하였다.

하릴없이 나는 김 의원 집에서 나와서 고개를 넘어서니 우레와 번개가 점점 가까워 오면서 굵은 빗방울이 떨어지기 시작하

였다.

나는 빗물 섞어 눈물 섞어 전신에 물을 흘리면서 드렁다리 길로 뛰었다. 발을 어떻게 옮겨놓는 것인지 나도 몰랐다. 숨이 찬지 아니 찬지도 몰랐다. 거진 드렁다리에 다다랐을 때에 큰비가 쏟아지기 시작하였다. 논과 개울에는 수없이 죽방울이 섰다. 천주산 벼락바위가 비에 가려서 보일락 말락 하였다. 귀와 목덜미와 뺨을 때리는 빗방울은 콩알과 같아서 눈을 뜰 수가 없었다. 벼락바위 쪽으로 냅다 부는 바람과 그 바람에 몰리는 살대 같은 빗발이 내 가슴을 떠밀어서 걸음을 걸을 수가 없었다. 하늘은 찌부러질 듯이 바싹 내 머리 위에 내려와 닿은듯하고 빗발과 빗소리밖에는 아무것도 보이지도 들리지도 아니하였다. 마치 갑자기 어스름이 온 것처럼 천지가 혼명하였다. 나는 그 속으로 허리를 굽히고 고개를 숙이고 눈을 감다시피 하고 여전히 바람비를 거슬러서 뛰었다. 먼 우렛소리가 들려오고 번쩍하고 번개에 잠시 훤해지기도 하였다.

"아버지가 돌아가신단 말이지."

나는 뛰면서도 청룡모루 김 의원의 말을 새겨보았다.

아버지가 돌아가면 나는 살 수 없는 것만 같았다. 아버지가 돌아가서는 안 된다. 안 되고말고. 아버지는 꼭 붙들어야 한다. 내가 어서 가서 아버지를 꼭 붙들어야 한다. 이렇게 생각하니 내 마음은 더욱 조급하였다.

된 소나기는 지나가고 천지가 훤하게 되었다. 요란하게 물을 때리던 빗소리도 조용하게 되었다. 벼락바위가 반쯤 구름에 가리운 채 분명히 보이고 벼락바위에서 얼마 내려와서 산 중턱에 있

는 높은 데 (산제 터를 이렇게 부른다) 지붕이 보였다. 나는 그것을 보고 길바닥에 넙적 엎드려서

"하느님, 높은 데 계신 서낭님. 제발괴발 우리 아버지 살려줍소사. 천우신조합소사, 천우신조합소사."

하고 소리를 높여서 빌었다.

집에 돌아오니 누이가 대문 밖에서 비에 떨어진 붕어를 조그마한 웅덩이에 넣고 놀고 있었다.

"이거 바 붕어가 떨어졌어, 하늘에서 떨어졌어."

하고 누이는 적은 손바닥으로 붕어를 건져서 내게 보였다. 적은 붕어는 누이의 손바닥에 누워서 입을 넉적거리고 꼬리를 치고 있었다.

"아버지 어때?"

하고 내가 묻는 말에, 누이는 붕어를 도로 웅덩이에 놓으면서,

"엄마가 그러는데 아버지가 좀 났대. 잠이 들었다고 떠들지 말라고."

하고 나는 쫓겨나왔어 하는 뜻을 얼굴표정으로 보였다.

나는 가만히 문을 열고 아버지가 누운 방에 들어섰다. 한편 무릎을 홑이불 밑에 세우고 한 팔을 꾸부려 손을 명치끝 바로 얹고 고개를 약간 어머니가 앉은 쪽으로 기울이고 누워 있었다. 톱질소리와 같은 숨소리는 과연 아니 들렸다. 나는 천우신조합소사 하고 드렁다리에서 벼락바위를 향하여 빈 공덕이 나타났기를 바랐다.

어머니는 젖먹이를 안고 시름없이 앉아 있다가 내가 들어오는 것을 보고 빙그레 웃으며,

"아버지가 좀 나으신 것 같다. 숨소리가 없고 잠이 드셨고나."
하고 아버지의 얼굴을 바라보았다. 과연 아버지의 얼굴에는 고민의 빛이 스러지고 화평하였다. 눈은 반쯤 감고 있었다. 그러나 나는 아버지의 낯빛이 이상하게 푸르스름한 것을 느꼈다. 나는 아버지의 머리맡에 앉아서 손으로 이마를 짚어보았다. 싸늘하고 축축이 땀이 있었다. 나는 이마를 짚었던 손을 옮겨서 아버지의 코밑에 대어보았다. 숨이 없었다.

아버지는 운명한 것이었다.

"어머니, 아버지 숨이 없어! 돌아가셨어!"

이렇게 나는 어머니를 돌아보고 말하였다. 내 이 말은 아버지의 죽음을 우주에 선포하는 소리였다. 아버지는 어머니와 두 어린 딸을 곁에 놓고 아무 말도 없이 그 괴로운 일생을 끝막은 것이었다. 나는 아버지의 임종을 못 한 대신에 조그마한 손으로 아버지의 반쯤 뜬 눈을 감겼다. 내 손 길이가 아버지의 눈의 길이를 다 덮지는 못하였으나 내 손이 내려쓰는 대로 아버지는 만족한 듯이 눈을 감았다.

어머니는, 숨이 없다는 내 말에 황망히 젖먹이를 방바닥에 내려놓고 몸을 굽혀서 홑이불을 젖히고 아버지의 가슴에 손을 얹어서 쓸어보고는,

"가슴도 식었고나."
하고 고개를 폭 수그렸다.

사람이 죽는 것을 본 경험이 없는 어머니는 손발을 모을 생각은 아니 하였다. 부엌으로 내려가 대접에 물 한 그릇을 떠서 소반에 받쳐 들고 숟가락을 놓아가지고 들어왔다.

"어따, 아버지 입에 물이나 한 모금 흘려 넣어라."

하고 어머니는 내 손에 숟가락을 쥐여주었다. 나는 숟가락에 물을 하나 떠서 아버지의 방싯 벌린 입에 흘려 넣었으나 입술은 움직이지 아니하고 물은 수루루 뺨으로 흘러내려서 베개를 적셨다.

어머니는 홑이불을 끌어올려서 아버지의 얼굴을 가리웠다. 그러고는 한숨을 쉬면서 머리를 풀고 다음에는 나와 누이의 머리를 풀었다. 그러고는 몇 마디 곡을 하였으나 곧 그치고 나를 물끄러미 바라보고 있었다. 아직도 서른세 살밖에 안 된 젊은 어머니다. 가난 고생은 하였더라도 옷이 허룩할망정 얼굴에 궁기는 없었다. 지금 생각하면 어머니의 얼굴이 선하게 보이는 듯도 하면서도 그려보려면 그려지지를 아니한다.

어머니의 얼굴은 흰 편이오 눈은 이모처럼 재치 있게 예쁘지는 아니하였으나 그 대신에 유순하고 단정하였다. 얼굴 판은 길지도 둥글지도 아니하였고 체격은 건장하였다. 이모는 어머니더러 미련퉁이라고 놀려먹었지마는 나 보기에는 그건 것 같지는 아니하였다. 어머니는 추위도 잘 참고 배고픈 것도 견디었으나 그것을 미련이라고 할 것은 아니었다. 어머니는 조그마한 밭에 여러가지 채소를 가꿀 줄을 알았고 삼을 심거서는 삼베를 낳고 누에를 쳐서는 명주를 짜고, 면화로는 무명을 쌌다. 어머니는 글은 몰랐고 알려고도 아니하는 것 같았으니 이것이 미련인지도 모르거니와 우리 삼 남매가 자라난 것은 아버지 재주보다도 어머니 재주라고 나는 믿는다.

그러나 나는 어머니가 어떠한 사람인 것을 아버지가 돌아간 때에 비로소 알았다. 지금 생각하여보면 더욱이 어머니의 놀라운 성격에 탄복하지 아니할 수 없다.

어머니는 머리를 풀고 앉아서 나를 물끄러미 바라보더니,

"도경아."

하고 대단히 감정적인 음성으로 나를 불렀다. 평소에 무뚝뚝하다고 할만치 냉정하던 어머니의 이 센티멘털한 음성은 나의 뜻을 움직임이 크고 깊었다.

"왜요?"

하고 나는 이상한 무엇을 기대하는 사람과 같이 눈을 크게 떴다.

"나까지 죽으면 너는 어떻게 할련?"

이것이 어머니의 첫 말이었다.

"어머니가 왜 죽소? 어머니마저 죽으면 우리들은 어떻게 살게."

나는 어머니 말이 부러 하는 말인 줄은 알면서도 아버지도 어머니도 없이 나와 누이들과 세 아이만이 세상에 남아 있을 광경을 차마 생각만이라도 할 수가 없었다.

"아니 그렇게 되면 말이다. 사람의 일을 사람이 아니? 엄마가 내일이라도 죽는다면 말야."

어머니가 죽는다는 말에 누이는 내게 매달리고 세 살 먹은 어린 누이도 말귀를 알아듣는지 눈이 똥글해서 어머니의 무릎에 기어올랐다.

"어머니허구 우리들허구."

하고 나는 어머니가 죽는다는 말을 일부러 못 들은 체를 하고 이렇게 말하였다.

"우리 농사해 먹고 살아. 내가 낭구도 하고 소도 먹이고 다 할게. 조고마한 지게를 하나 걸어 달래서 나도 지게를 지거든. 어머

니야 농사 잘하지 않소?"

이렇게 말하면서 나는 머릿속에 내가 지게에 볏단을 지고 소를 끌고 어머니 있는 집으로 저녁때에 돌아오는 광경을 생각하였다. 그러면 마음이 든든하였다.

"안 돼!"

하고 어머니는 고개를 설레설레 흔들었다.

"왜?"

하고 나는 눈을 크게 떠서 어머니의 눈을 보았다. 어머니의 눈에도 전에 못 보던 빛이 있었다. 그것은 이모의 재치 있는 빛보다도 더 깊고 큰 빛이었다.

"내가 안 죽으면 네가 지게를 지고 소를 몰아야 되는고나. 나마자 죽어야 네가 공부를 하여서 후제 귀히 되지."

하고는 가슴으로 파고드는 젖먹이의 까만 머리를 쓰다듬으면서,

"언년아, 너허구 엄마허구는 아버지 따라가자. 그래야 오빠허구 언니허구 두 애나 잘살지 아버지는 혼자만 가시면 외롭지 않아? 그렇지 언년아."

하고 또닥또닥 젖먹이의 등을 두드린다. 젖먹이는 두 팔로 어머니의 가슴을 꼭 껴안고 낯을 어머니의 가슴에 꼭 붙인다. 숨을 쉬는 대로 그 등이 들먹들먹한다.

어머니는 눈도 깜짝 아니하고 물끄러미 허공을 바라보고 있다. 어머니의 낯빛은 분을 바른 듯이 희어지고 그 가느스름하게 반쯤 뜬 눈은 차차차차 날카로워진다. 이모의 눈보다도 더욱 재치 있게 보인다. 어린 내 생각에도 어머니의 눈은 어디 지극히 먼 곳을 바라보고 그 마음에는 엄청나게 큰 생각을 하는 것을 알 수

가 있었다. 나만 몸에 오싹 소름이 끼친 것이 아니라 내 팔목에
꼭 매달려서 나만 쳐다보고 있는 누이의 눈도 쫑긋하였다.

어머니는 가슴에 붙은 언년이를 두 손을 밀어서 떼면서,

"언년아, 어부바."

하였다.

언년이는 허둥지둥 어머니의 어깨를 짚고 등 뒤로 돌아서 어
머니의 두 어깨에 장난감 같은 손을 걸고 이마를 어머니의 등에
꼭 붙인다.

어머니는 젖먹이 누이를 업고 일어나서, 띠를 매더니, 아버지
의 시체 가까이 다가서며, 산 사람에게 말하듯,

"나허구 언년이허구 다려가시우. 그리구 도경이허구 간난이허
구 오래오래 잘살게 해주시우."

하고 한 발을 번쩍 들어서 아버지의 시체의 허리를 타고 넘었다.
그리고는 크고 어려운 일을 치른 듯이 한숨을 쉬고 벙그레 웃으
면서 나더러,

"이렇게 하면 다려간대."

하였다. 이때에는 어머니의 눈은 예사롭게 되어서 무섭지도 이상
하지도 아니하였다. 그러나 그때에 받은 내 정신의 감동은 형언할
수가 없었다. 더구나 어머니는 그 말대로 소원대로 된 것을 생각
하면 세상에 이에서 더한 비창하고 비장한 일이 없을 것 같았다.

그날 밤은 우리 사 모자만이 지났다. 뒷집 창린이더러 돌고지
일가 집에 아버지가 돌아갔다는 기별을 하여달라고 부탁하였으
나 밤에는 아무도 오지 아니하였다. 나중에 알고 보니 그는 중로
에서 노름판에 들러서 이튿날 아침에야 기별을 전하였다고 한다.

다른 데도 알리지도 아니하였거니와 설사 알렸더라도 아버지의 병이 병이라 아무도 올 사람은 없었을 것이다. 그도 우리 집에 재산이 있거나 권세가 있으면 모험을 하고라도 올 사람도 있으련마는 우리 집에 무엇을 바라고 오려. 세상에 저 없어지고 버려진 아버지답게 아버지는 돌아가고 그러한 가장의 가족답게 적막한 경야經夜[37]를 하였다. 곡성도 없고 수선거림도 없는 지극히 고요한 초상집이었다.

이튿날은 팔월 추석이다. 돌고지서는 종조와 당숙을 머리로 열아문 사람이 모여왔다. 나는 얼른 한 집에서 하나씩 난 것이라고 판단하였다.

내 불쌍한 아버지는 수의도 없이 밀집 거적에 싸여서 바로 우리 집 대문 밖 밭귀에 묻혔다. 그리고는 당숙 한 사람을 제하고는 다들 돌아가 버리고 말았다. 당숙도 여기서 사십 리나 넘는 바다의 나루를 건너야 하는 곳에 있는 조부에게 기별을 한다고 떠나고 우리 사 모자만이 집에 남았다.

어머니는 아무렇지도 아니한 듯이 언년이를 업고 아버지가 더럽혀놓고 간 이부자리와 의복을 개울에 가지고 나가서 빨아가지고, 머리까지도 말짱하게 감고 저녁때나 되어서 들어왔다.

어머니는 빨래를 줄에 널어놓고는 두어 걸음 비틀비틀하더니,

"어쯜어쯜하다."

하고 억지로 진정하여서 퇴에 걸터앉았다. 어제까지 그렇게 궂던 날이 오늘은 씻은 듯이 맑고 멀리 청천강 있는 쪽으로는 구름

---

37 죽은 사람을 장사 지내기 전에 가까운 친척이나 친구들이 관 옆에서 밤을 새워 지키는 일.

봉오리가 피어올랐다. 마치 인제 세상에는 궂은일이 다 끝났다는 것 같았다. 기상에도 바람비가 재오치는 때와 고요하게 일월이 명랑한 동안이 있듯이 사람의 일에도 한바탕 풍파가 지나가면 잠시 평온무사한 날이 있는 것이다. 마치 요 동안에 약간 기운을 회복하여서 앞에 오는 새 곡경을 당해보라는 것과 같다. 그러나 이때 우리 집에 온 쉬는 동안은 참으로 짧았다.

어머니는 예사롭게, 웃을 때에 웃기까지 하면서 저녁밥을 지어주고 잠자리도 보아주고 젖먹이를 안고 우리들과 같이 누웠다. 나는 어머니에게 대하여서 경계하는 눈을 쉬지 아니하였으나 그 예사로운 태도에 안심도 되고 또 며칠 몸과 마음의 타격에 곤하기도 하여서 잠이 들어버렸다.

밤중에 웅성거리는 소리에 깨어보니 옆에는 어머니가 있지 아니하고 숙부와 당숙이 상투 바람으로 앉아 있었다. 그리고 어머니는 아버지가 운명하던 방에 아버지가 돌아갈 때에 깔았던 요를 깔고 그 베개를 베고 그 홑이불(어머니가 어제 빨아 말린 것이다)을 덮고 누워 있었다.

"어머니, 어머니."

하고 나는 어머니가 누운 곁으로 가서 황황하게 불렀다.

"웨 일어났니? 더 자지. 아직 밝을란 멀었는데."

어머니는 손을 내밀어서 내 등을 만졌다.

"어머니 왜 이 방에 왔소?"

금방 사람이 죽은 방, 금방 사람이 죽은 자리에 드러누운 것과 언년이를 업고 아버지 시체를 타고 넘은 것과 연결하여서 나는 어머니가 죽을 차비를 한 것으로 생각하였다.

어머니는 다만 한 마디,

"나는 아버지 돌아가시던 병이 들었다. 나는 인제는 못 살아."

할 뿐, 더 말이 없었다.

나는 작은아버지와 당숙에게 귓속말로 어머니가 언년이를 데리고 아버지를 따라 죽을 결심인 것을 말하였다. 두 아저씨는 말없이 고개를 끄덕끄덕하였다. 어찌할 수 없다는 것 같았다. 어른들도 어찌할 수 없으니 나도 어찌할 수 없는 것 같았다.

이튿날 아침에도 어머니는 아니 일어났다. 아버지가 앓던 병이라면서도 구토, 설사도 없고 전근[38]도 없었다. 아프다는 소리도 없이 어머니는 가만히 누워 있었다. 내가 들어가면 눈을 떠서 반가워하는 기색도 없이 물끄러미 나를 볼 뿐이었다. 나중에 어머니의 당숙모에게 그 말을 했더니 그것은 정을 떼기 위한 것이라고 하였다. 그렇다면 어머니는 내가 보고 싶은 것도 억지로 누른 것이었다. 죽는 사람이 산 사람에 정을 떼고 죽어야 살아남은 사람이 무사하다는 것이었다.

아침밥을 뉘가 지었는지 기억이 없다. 아마 당숙이 끓여서 먹었을 것이다. 어머니는 냉수 한 모금도 아니 찾은 것만은 기억한다.

어머니가 누운 지 며칠 만엔지 잊었으나 하루는 내가 어머니더러,

"어머니 아무렇지도 않지 않수? 아무 데도 아픈 데 없지 않우?"

하고 물었다. 그렇게 물을 만도 하였다. 날은 좋아서 방 안이 환하게 밝은데 어머니는 얼굴이나 눈이나 잘 자고 난 사람 모양으

38 쥐가 나서 근육이 뒤틀리고 오그라짐.

로 말짱하였다.

어머니는 한 손으로 홑이불을 걷어 올려서 다리를 보이면서,

"이거 보렴. 죽을려고 벌써 점을 치지 않았니? 이거 보아, 이거 말이다."

하고 무릎 밑에 무엇에 닿진 것처럼, 돈닢만한 퍼렇게 된 점을 가르쳐 보였다. 어머니가 죽는 점이라니 나도 그런가 하고 믿고 무서웠다. 그러나 어머니는 아무렇지도 않은 듯이 도로 이불을 덮고 몸이 성했을 적보다도 더욱 편안한 얼굴과 맑은 눈으로 나를 보았다.

하로 이틀 지날수록 달라지는 것은 어머니의 음성이 약해지는 것이었다. 가까이 귀를 대어야 말이 들리게 된 어느 날 어머니는 손을 들어서 나를 불렀다.

"언년이 다려온."

하는 것이었다.

나는 언년이를 안고 들어왔다. 이상하게도 언년이는 싫다고 발버둥을 치고 울었다. 어머니는 반듯이 누었던 고개를 언년이 쪽으로 돌리고 가슴을 열고 젖을 손으로 쳐들며, 언년이를 보고,

"젖 머."

하고 젖을 흔들어 보였으며 언년이는 무서운 것이나 본 것처럼 돌아앉아서 두 팔로 나를 껴안고 낯을 내 품에 묻고서 다른 데로 가자고 몸을 흔들었다.

어머니는 고개를 바로고 홑이불로 가슴을 가리우면서,

"그것 바라. 죽을 사람을 어린애가 안다는 게야."

하고는 눈을 감아버렸다.

이 일이 있은 뒤로는 젖먹이는 어머니가 누워 있는 방 쪽으로는 고개도 돌리지 아니하고 그와 반대 방향을 향하고 앉았다. 내게 안겨 있을 때에도 내가 어머니 쪽을 향하여 앉았으면 돌아앉으라고 떼를 썼다. 혹시 나와 누이가 다 밖에 나오고 언년이만 혼자 있을 때에 들어와 보면 그는 어머니 있는 쪽에서 제일 먼 구석에 가서 담벼락을 향하여 우두하니 앉아 있었다. 어머니를 잠시도 아니 떨어지고 밥보다도 젖으로 살던 것이 어쩌면 이렇게도 영절스럽게[39] 달라질까. 영 보채는 일이 없고 내가 하라는 대로 하고 언제나 내게 매달리고 내 곁에 있고 싶어 하였다. 잘 때에도 내 곁에서 내 손을 꼭 쥐고야 잤다. 잠결에 나를 엄마로 생각하고 입으로 내 가슴을 뒤지다가도 젖이 없으면 곧 돌아누워서 잤다. 어쩌면 그럴까. 나는 지금도 그것을 설명할 수가 없다.

언년이는 우리 형제들 중에는 제일 잘생긴 아이였다. 갸름하고 하얀 판에 눈이 어여쁘고 까만 머리가 귀를 덮었다. 성질은 어머니를 닮아서 무겁고 순하여서 재능은 없었으나 음전하다고 사람들이 칭찬하였고, 우리 집안 모든 식구의 귀염을 받았다. 나는 그가 말한 기억은 없다. 그의 기억은 조각적이오 음악적은 아니었으나 내게는 평생에 그가 애끊는 기억이 되었다. 그는 어머니보다 한 해 뒤 떨어져서 어머니의 뒤를 따랐다.

어머니는 소리도 없고 움직임도 없이 오직 숨만 남은 사람이던 어느 날 내가 뒷산에 가서 땔나무를 한 묶음 해가지고 돌아오니 어머니는 벌에 나와서 한 발을 아궁이에 넣고 쓰러져 있었다.

---

39 아주 그럴듯하다.

"어머니, 어머니."

하고 나는 울면서 불렀으나 물론 대답이 없었다.

'물을 한 모금 데워 먹을 량으로 불을 지필 생각이던가.'

나는 그때에 이렇게 생각하고 가슴이 아팠다.

무른 땅성냥도 없던 그 날에 어머니의 기운으로는 불을 불어서 일으킬 수가 있을 리가 없었다.

어머니는 대관절 무슨 생각으로 이레 동안이나 꼼짝도 아니하던 자리에서 일어나서 두 자 높이는 되는 낙수 층계를 내려서, 그만 못지아니한 부엌문지방을 넘어서 들어왔을까.

부러 죽자는 죽음이지마는 죽기 바로 전에 살고 싶은 마음이 났던 것일까. 그렇지 아니하면 반 무의식중에 저녁을 지을 때가 되었다고 생각하고 한 일인가. 영원히 알 수 없는 일이다.

이날 밤에 어머니는 우리들이 지켜 앉은 속에 자는 듯이 돌아가고 말았다.

이튿날 우리 집 대문 밖에는 가지런히 새 무덤 둘이 놓였다. 일 년 후에 나는 돈 일백일흔 량을 구걸하다시피 얻어서 간략한 면례를 지낼 때까지 두 무덤은 여기 돌아보는 이도 없이 있었고 우리가 살던 집은 헐려버렸으니 아마 흉가라 하여 드는 사람이 없었던 모양이다.

여섯째 이야기

나는 무엇 때문에 동경에서 돌아왔는지 모르게 되었다. 잠시라도 모시고 효도를 해보려던 조부는 얼마 아니하야 돌아가고 아름다운 꿈을 그리는 짝이던 실단이는 그야말로 꿈결같이 한 번 만나고는, 싫다 싫다 하면서도 시집을 가고 말았다. 닭 쫓던 개는 참으로 나를 두고 이른 말이었다.

그러면 이제 동경 학교에를 갈 수 있느냐 하면 그도 못 하게 되었다. 나는 이 시골에 있는 학교에 교사로 취직을 하고 백남필이라는 입심 좋은 선생의 선동에 넘어가서 아니해도 좋을 퇴학원을 제출하고 학비를 주마던 곳에도 거절하는 편지를 해버렸다. 백이 나를 충동하는 말은 이러하였다.

"지금 국가흥망이 경각에 달린 이때에 우리가 언제 제 일신의 영욕을 생각할 여지가 있나, 한 자라도 모르는 동포를 가르쳐야지, 안 그렇소? 천산은 그만하면 큰 선생이란 말야. 더 공부할 야심은 버리고 이 학교를 맡아요. 저 학도들을 보시구려, 그래 천산이 저것들을 버리고 떠날 수가 있어? 안 될 말이지. 그러니까 어서 퇴학 청원을 하오. 그것을 아니 하면 미련이 남아서 못써. 남아의 행동이란 분명해야 쓰는 게야."

이 모양으로 어린 중 젓국 먹이듯이 나를 달래었다. 남의 말을 거절할 배심이 없는 나는 그만 백의 수단에 넘어가고 말았다. 그러고 잘한다, 잘한다 하는 장단에 나는 꽨 듯싶어서 이 학교로 더불어 운명을 같이한다는 맹세까지 하게 되었다. 게다가 나는, 늙고 병든 조부를 모시기 위하여라는 이유까지 붙여서 아주 충과 효를 위하여 나 개인의 일생을 희생하는 것이라고 자부하게까지 되었다.

그러나 학교에 취직한 지 한 달이 못하여서 조부는 작고하였다. 또 정작 학교에서 교편을 잡고 보니 별로 재미가 없었다. 학도들이란 것은 나보다 십 년 장이나 되는 자가 있고 그중 나이 적은 자도 나보다는 나이가 많았다. 게다가 반수 이상은 세상 경험은 물론이거니와 한학으로 말하면 내게는 선생이 될 사람들이니 사랑이 거슬러 오르지 못하는 바에는 이들에게 정이 붙을 리가 없었다. 그나 그뿐인가, 이름은 중학교라면서 학과라는 것이 어떠한고 하면 헌법, 형법, 국제법에다가, 천문학, 심리학, 철학개론이 없나, 마치 대학과정 마찬가지니 중학을 졸업한 나 따위가 땅 띔인가 하려. 아직 학제가 정하지 못하였던 때라 되는대로 좋은 학과라면 막 집어넣은 것이었다. 내가 맡을 만한 것은 일어뿐이지마는, 영어, 기하, 대수, 삼각 같은 것도 나밖에는 배워본 선생이 없었으니 내가 유일한 대가였다.

이 꼴이니 내가 학교에 정을 붙일 곳이 있을 리가 없었다. 이래서 나는 술 먹는 버릇을 배웠다.

나는 스스로 탄식할 재료가 많았다. 조부는 돌아갔고 학교는 중도이폐하였고, 실란은 시집을 갔고, 대장부가 시골구석에 묻혔고, 이러한 재료들은 술이 취하기에 좋은 핑계가 되었다.

"아아, 번민이다. 환멸이다. 절망이다! 아아."

이러한 소리를 하고는 술을 마셨다.

어렸을 적 동무들 중에는 옛날 친구를 찾는 법으로 술을 한 병 차고 안주를 싸가지고 오는 이도 있고 나보다 나이가 많은 이들도 내게 술대접을 하는 이도 있었다. 좁은 시골이라 얼마 아니하여서 내가 술 먹는다는 소문이 났다.

나는 술 먹는다는 소문이 명예가 아닌 줄을 알면서도 취하는 때가 많았다. 학교에서 얼마 멀지 아니한 곳에 나더러 형님이라는 친구가 있었다. 그는 술병을 차고 나를 찾아준 사람 중에 하나인데, 그의 말에 의하건댄 그의 아버지와 내 아버지와는 좋은 술벗이어서 내 아버지가 그의 아버지의 집에서 이틀 사흘씩이나 연취하야 묵은 일이 있다고 한다. 그는 문 서방으로 열네 살부터 벌써 호주가 되어서 살림을 맡아 한다고 한다. 나와는 나이가 한 살 차이밖에 안 되건마는 무슨 까닭인지 그는 나를 형님이라고 부르고 깍듯이 예를 하였다. 나는 그 까닭을 묻지는 아니하고 가장 형인체하고 그를 자네라고 불렀다. 피차에 노부형자제라는 데 일맥상통하는 데가 있었다. 나는 그의 집에 불려 가서 그의 아내와 상후례까지 하였는데, 문이 땅딸보인 것과는 반대로 그의 처는 나이도 오 년이나 위거니와 키도 남편의 갑절이나 되는 것 같았다. 그러면서도 문은 그의 아내에게 대하여서 꽤 전제적이었다. 열여덟 살 먹은 가장과 스물세 살 된 노성한 부인과인 그들의 부부는 참으로 어울리지 아니하였다.

문은 단 내외요 어린것도 없었다. 그의 누님이라는 스물댓은 되어 보이는 과부가 있었다. 문의 말을 들으면 그는 열다섯 살 적에 열두 살 먹은 신랑과 혼인을 하였다가 장가든 지 사흘 만에 홍역으로 앓기 시작하여서 칠팔일 만에 죽었다고 한다.

"우리 누님은 참 불쌍해, 형님."

문은 술을 먹으면 내게 이런 말을 하였다. 나도 문의 말을 듣고 그를 불쌍히 여겼다.

문의 누님은 문과는 판이 달라서 몸이 부얼부얼하고 키도 후리후리한 편이었다. 미인이라고까지 할 것은 없어도 시골서는 백에 하나라고 할만은 하였다. 이 형제가 이렇게 모습이 다른 까닭을 나는 얼마 아니하여서 알았다. 문의 누님은 적실 소생이오 문은 첩의 몸에서 난 것이었다. 그러나 문의 생모는 일찍 죽고 문은 적모의 손에서 길렀다. 문이 지금 입은 거상은 적모의 거상이었다. 문이 나더러 형님이라고 존칭을 하는 까닭도 짐작이 되었다.

하루는 상망이라고 문이 일직이 몸소 학교에 나를 찾아왔다. 아침을 먹으라는 것이었다.

이날 문은 나를 안방으로 인도하였다. 문의 누님이 부엌과 방으로 들락날락하면서 내게 먹을 것을 권하였다. 그는 매우 친숙하게 나를 대하였으나 동생의 친구에게 하는 일이어니 하고 나는 수상쩍게 생각하지 아니할뿐더러 도리어 그것이 정답고 유쾌하였다. 외로운 내 신세가 인정에 민감한 것이었다. 그는 몸피와 몸매에 사람의 마음을 끄는 데가 있었다. 푸근하고 따뜻한 맛을 주는 풍기는 여인이었다. 실단이를 잃은 나에게는 눈에 차는 여자가 없는 것은 말할 것도 없다. 실단이와 같은 계집애는 이 세상에서 다시는 못 만날 것 같았다. 그렇다고 실단이를 생각하여서 다른 여성에게 마음이 끌려서는 안 될 까닭도 의리도 없을뿐더러 도리어 실단이를 빼앗긴 적막을 다른 이성의 애정으로 위로 받아야 할 이유도 있다면 있었다.

밥 먹는 동안에 문과 그 누님은 내 혼인문제를 묻기 시작하였다. 정한 데가 있느냐, 어떤 사람을 고르느냐 하는 말을 하는 중에서 내 의향을 떠보고, 한 곳 중매를 하여도 좋다는 기미를 은연중에 보였다. 특히 문의 누님이 눈치가 그러하였다.

젊은 사람이 제게 관한 혼인 말을 듣는 것은 간지러운 일이었

다. 더구나 문의 누님의 입에서 그 말을 듣는 것이 기뻤다. 내게
는 총각의 수줍음이 있었으나 장가가 들고 싶은 마음도 있었다.

"제 외사촌 동생이 있어요, 나이가 열다섯 살이어서 좀 어리지
마는."

내가 학교로 돌아올 시간이 바쁜 것을 아는 누님은 마침내 본
문제를 제출하였다.

열다섯 살은 미상불 어렸다. 그러나 소녀의 귀여움이라는 매
력도 없지 아니하였다. 웬일인지 나는 첫말에 귀가 솔깃하였다.
그리고 속으로 내 나이가 열아홉이니 색시가 열다섯이면 사 년
터울이라 꼭 알맞다고도 생각해보았다. 또 문의 누님의 외사촌이
라면, 얼굴이나 몸피나 몸매나 다 괜찮을 것 같았다. 문의 누님만
하면 넉넉하다고도 생각하였다. 또 내 배필로 올 사람이면 그럴
만한 사람일 것이라고 제 분복[40]을 믿기도 하여서 부쩍 비위가 동
하였다. 그러나 나는 정책상 누님의 말에 응한다는 뜻은 표시하
지 아니하고 다만 그 여자에 관한 것을 더 알고 싶어서 농담 삼
아(기실은 농담이 아니다),

"누님 닮았어요, 그 색시가?"

하고 웃었다.

문의 누님은 내 말에 수삽하여 잠깐 낯을 붉히고 고개를 숙였
다가,

"왜 저 닮았으면 안 돼요?"

하고 호호하고 약간 소리를 내어서 웃었다. 나는 실언을 하였다

---

40 각자 타고난 복.

하고 부끄러웠다.

문의 누님은 내 곤경을 벗기려는 듯이,

"이뻐요. 바느질도 곧잘 하고. 저보다야 똑똑합니다."

하고는 내 눈치에서 호감을 가진 양을 알아본 듯하여, 매우 감동 많은 어성으로,

"근데, 불쌍한 아이야요. 어머니가 돌아가시고 계모 슬하에서 마음을 못 펴고 자라났어요. 제 외숙이란 이는 안 일을 전혀 모르는 대범한 어른이고요. 그래서 친동생은 아니지마는 퍽으나 가여워요. 그래서 어디 좋은 자리에 시집이나 보내주었으면 하고 생각하고 있었어요. 선생님 같으신 분을 남편으로 섬기면 얼마나 좋겠어요. 저도 참 마음이 턱 놓일 것 같아요."

하고 한숨을 지는 그의 눈에는 눈물이 고였다. 동정의 눈물을 가진 눈은 악마라도 아름답게 보이게 하는 것이다. 누님의 그때의 눈은 입으로 빨고 싶게 매력이 있었다. 열다섯 살 먹었다는 그 색시의 눈도 반듯이 저럴 것이라고 생각하고 나는 그 어미 없는 불쌍한 계집애를 내 아내로 삼으리라고 속으로 작정하였다.

여태껏 잠자코 앉았던 문은,

"형님, 됐소. 이 혼인 합시다. 나하고는 내외종 남매간이 되니 좋지 않소? 아시다시피 나도 외롭거든. 사촌이 있소, 오촌이 있소? 참 외롭단 말야, 우리 누님도 마찬가지지. 안 그렇소, 누님?"

하고 나와 제 누님의 동의를 구하는 눈을 굴린다.

"그럼, 그렇고말고. 김 선생이 우리 일가가 되시면 어떻게나 든든한 의지가 되겠어요, 우리 남매에게도."

하고 문의 누님의 음성은 더욱 감동적이다.

"외롭기로 말하면야."

하고 나도 마음이 자연 비감하여서,

"나같이 외로운 사람이 또 있겠어요, 조상부모하고 집도 없이 떠돌아다니는 몸이 아니야요? 마음 같아서는 내종매씨와 곧 혼인이라도 하고 싶어요, 인사 말씀이 아니라 진정입니다. 그렇지만 내가 지금 혼인할 처지가 못 돼요. 집 한 칸 없는 녀석이 남의 딸을 다려다가 무엇을 먹이게요?"

이렇게 말하고 보니 과연 내 신세가 그러하였다. 홀몸으로 댕기는 데는 집이나 재산의 유무가 별로 문제가 아니 되지마는 처가속을 데리고 구차한 살림을 하는 것은 내 눈으로 본 아버지의 말년생활로 보아서 지긋지긋한 일이었다. 정승, 판서가 된다고 나도 뽐내고 남들도 기대하던 내가 시골구석에서 한낱 교사 노릇을 하는 것만 해도 창피한 일이거든 하물며 오막살이집에서 빈궁한 가족생활을 하고서는 낯을 들고 댕길 수가 없을 것 같았다. 일찍 궁한 아버지가 생각하던 것 모양으로 집과 먹을 것을 가지고 오는 부잣집 딸이나 다덕 들이면 몰라도 지금 형편으로 아무리 잘 굴러야 매삭 삼십 원 월급 이상을 바랄 도리는 없었다. 그때의 삼십 원 요새 삼천 원은 접겠지마는 요새 삼천 원의 가정생활이란 것이 겨우 굶어 죽지나 않는 연명밖에 더 되는가.

"아냐요. 그걸랑 염려 마셔요."

하고 문의 누님은 그런 일이면 지극히 수월하다는 듯이,

"그 애가 가지올 것이 논 섬지기가 됩니다. 그건 제 외숙모가, 그 애 어머니 말씀이죠, 친정에서 가지고 오신 깃득이 있어요. 그런데 그 아주머니 소생이 그 애밖에 없거든요. 그러니깐 그 땅은

당연히 그 애게로 올 게야요. 또 제 외가는 그것이 아니라도 벼 백이나 하거든요. 아마 선생님도 아실 게야. 제 외가가 말아위 김정언 집 아냐요? 세사가 전만은 못해도 아직도 부명 듣고 산답니다."

논 섬지기라는 말은 의외에 들리는 반가운 말이었다. "논 섬지기!" 나는 우리 집 쇠운머리에 태어나서 논 섬지기란 것을 본 일이 없을뿐더러 그런 큰 재산을 가지리라는 것을 생념도 못 하였다. 열다섯 살 된 처녀와 논 섬지기가 함께 굴러들어온다는 것은 꿈같았다. 내가 교사 노릇을 평생을 하더라도 그런 재산이 생길 수는 없었다. 그러나 나는 이러한 생각에 대하여서 스스로 부끄러워하지 아니할 수도 없었다. 나 자신의 적고 낮음에 대하여서 반감까지 생겨서,

"그러기로 사내가 처 덕 바라겠어요."

하고 가장 강경하게 부인하였다.

문의 누님은 내 말이 의원 듯이, 또는 내 말 속에 숨은 뜻을 캐려는 듯이 이윽히 나를 정면으로 바라보았다. 그 눈이 어떻게나 영리한 눈인지 나는 내 말과는 다른 속을 잡힐 것 같아서 슬쩍 외면하였으나 내 낯은 활활 하였다.

문의 누님은,

"선생님이야 그렇게 생각하시겠지오. 그렇지마는 그 애로 보면 왜 처 덕인가요, 제 것이지. 제 것 제가 가지는 게 무엇이 잘못이야요? 안 그래요."

하고 방긋 웃었다. 나는 이 여인이 내 속을 들여다보았구나, 무서운 여인이로구나 하고 더 앉아 견딜 수가 없어서 학교 시간이 되었다는 것을 평계로 가부간 결정하는 말이 없이 일어나 나왔다.

학교에 오는 길에도 나는 이 혼인문제만 생각하였다. 내가 꼭 이 혼인을 한다는 허락을 아니 하였지마는 문 남매는 내가 허락한 것으로 해석해주기를 바랐다. 그러고 나는 으쓱하여서 어느 길을 어떻게 걷는지도 모르게 학교에 돌아왔다.

시간에 들어가서 학도들을 바라보니 어제와 감상이 달랐다. 저놈들은 모두 장가를 들고 논 섬지기가 있는 놈들인데, 나도 인제는 열다섯 살 먹은 색시도 있고 놈 섬지기도 있다 하니 저절로 마음이 든든하고 강의하는 소리에도 호기가 있었다.

나는 이 말을 누구나 보고 하고가 싶었다. 그래서 하학 후에 백의 방을 찾아서 마치 그의 의견을 들어가지고야 이 중대문제를 결정이나 할 것같이 문의 누님이 제출한 혼인문제를 말하였다. 기실은 백이 무엇이라고 말하든지 그 말에 움직일 까닭도 없었고 다만 이 좋은 행운을 자랑하고 싶기 때문에 의논한다는 가면을 쓴 것이었다. 백은 내 말을 듣고 그 불쑥 두드러진 눈을 껌벅거리더니,

"허, 천산 땡잡았네나그려."

하고 모난 경기 사투리로 커닿게 말하고는 카이저수염을 쫑긋거리며,

"흐흐, 겉으로는 뇌락한[41] 척을 볼 장은 다 보시는군. 축하하오."

하고 싱글벙글하였다.

"아니, 축하라니 누가 무슨 좋은 일이 생겼나?"

하고 옆방의 박이 허둥거리고 들어온다. 그는 아무렇게 생겼다고

---

41 마음이 너그럽고 작은 일에 얽매이지 않다.

할 만한 상판에 입만 크고 난데없는 구레나룻이 난 친구다. 백이나 박이나 다 나보다는 십여 년 장이다.

"허, 천산이 장가를 드시게 되었어. 새악시는 방년 십오 세의 미인이시라고."

하고 백은 나를 향하여 손가락질을 하면서,

"글쎄요 골생원님이 어느 새에 벌써 그런 구멍을 팔 줄 알았어? 전 의뭉이야, 의뭉이라니까."

하고 너털웃음을 친다.

"어, 거, 잘됐구면."

하고 언제나 술주정꾼 같은 박은 눈을 썰룩거리며,

"그래, 어되와, 뉘 댁 규수와?"

하고 이 지방 사투리를 막 쓴다.

나는 이 두 사람이 남의 엄숙한 문제로 놀림거리를 삼는 것이 불쾌하였으나, 그래도 물어주는 것이 기뻐서,

"박 선생은 잘 아시지, 저 말아우 김정언의 손녀라나요?"

하고 나는 김정언의 손녀라는 것을 두 사람이 분명히 또 경의를 가지고 들어주기를 바랐다.

"응 김정언."

하고 박은 대수롭지 아니한 듯이,

"그럼 저 시라손이⁴² 김 진사의 딸이로구면."

하고 대단히 못마땅한 듯이 혀를 찬다.

"무어? 시라손이 김 진사?"

42 스라소니.

하고 백이 눈을 크게 뜬다.

"응, 시라손이 김 진사라고 있지. 그 아버지의 별명이 갈범 김 정언이어든. 호랑이 새끼 못난 것을 시라손이라고 안 하나. 술을 먹으면 에데데데하고 춤을 질질 흘리고 못난 꼴을 한단 말야. 그래도 속에는 욕심이 그뚝 차서 당될 심은 있거든. 에, 여바, 천산, 그만두어. 그놈의 집과 혼인이 무슨 혼인이야. 그래 천산 집이 그깟 놈의 집과 혼인할 집야."

하고 분함을 못 이기는 듯 두 볼을 불룩거린다.

박의 말에 나는 매우 실망하였다. 비록 반미치광이라는 박이지마는 그 대신에 속에 있는 대로 말하는 사람이다.

나는 염려가 되어서 역시 학교 직원 중에 하나인 족형 윤경을 보고 의논하였다. 나는 김정언의 손녀와 혼인하면 어떠냐 하는 말을 물었다. 윤경은 그가 늘 하는 모양으로 눈에 단아한 웃음을 띄우면서,

"그렇게 급히 서두를 건 없지 않소? 천천히 더 골라보시지."

그는 나보다 칠팔 년이나 장인 족형이언마는 나를 선생이라 하여 경어를 쓴다. 나는 그가 이 혼인에 반대인 것을 알았다. 그러고 섭섭하였으나 그렇다고 웬일인지 단념이 안 되어서 이것저것 이야기를 더 끌어서 윤경 형의 입에서 좋은 말이 나오기를 기다리기로 하였다.

"아니, 김정언 아들이 시라손이라고요?"

나는 이렇게 물었다.

윤경 형은 싱그레 웃으면서,

"왜 시라손이야. 글씨를 잘 쓰지 않소? 사람들이 숭보노라고

패니들 시라손이 김 진사라고 그러지."

"아조 못난이고 또 욕심꾸러기라고. 또 술을 먹으면 에데데데 하고 숭물을 부린다지오?"

"누가 그럽디까, 박 선생이? 아마 김 진사가 술을 잘 안 사준 게지. 누구는 술 취하면 에데데데 안 하나."

하고 윤경은 웃었다.

"그래도 박 선생은 그깟 놈의 집과 천산이 혼인할 처지냐고 그러던데요."

"글쎄, 전 세월로 말하면야 김 진사 집이 선생네 댁만 못 하지. 그러기로 혼인 못 할 거야 무어 있나."

"그럼 형님은 반대요?"

"반대야 내가 무슨 반대를 하겠소, 넘어 급히 서두를 건 없단 말이지. 또 선생은 초상 상젠데 어느새 혼인은 무슨 혼인이오?"

나는 윤경 형의 의사를 잘 알았다. 그의 품격상 김 진사를 깎아 말하지는 아니하나 에둘러서 이 혼인이 맞지 아니하다는 뜻을 표시하는 것이었다.

나는 번민이 일어났다. 이럴까 말까 하는 번민이 아니라 김정언의 손녀라는 것에 자꾸 마음이 끌리기 때문이었다. 다들 좋지 않다고 하는데도 단념할 수가 없는 것이었다.

돌아오는 인과응보의 바퀴는 열 마리 황소의 힘으로도 막아 낼 수는 없었다. 나는 한끝 꺼림칙하면서도 김정언의 손녀와 혼인하는 길로 한 걸음 한 걸음 끌려들어 갔다. 문의 누님은 외가에 가서 내 선전을 하고 백 선생은 백 선생대로 나를 혼인을 시켜서 학교에 비끌어 매려는 정책으로 나를 충동하였다.

유월 무더운 어느 날 저녁때에 문은 꾀꼬리 날개 같은 북포 상녹을 입고 방님을 쓰고 학교로 나를 찾아왔다. 아주 말속하고 깎은 서방님이었다.

"형님, 어디 좀 갑시다."

문은 들어오지 않고 이렇게 말하였다.

"어디?"

나는 문의 쏙 뺀 모양을 보며,

'알 부랑자로고나' 하는 생각을 하며 어리둥절하여서 물었다.

"글쎄, 차리고 나서우. 소풍이나 갑시다."

문의 말에 나는 대강 눈치를 채고 흰 여름 양복에 맥고자를 쓰고 나섰다.

"천산, 좋은 데 가네나그랴."

백은 나를 기롱할[43] 것을 잊지 아니하였다. 학교 문밖에 나가니 거기는 문의 누님이 눈같이 하얀 모시 치마 적삼을 입고 흰 당기 드린 까만 머리를 곱게 빗고 기다리고 있었다.

"그런데 어디로 가는 게야?"

나는 인제는 다 알면서도 괜히 물었다.

"내 외숙이 형님을 좀 만나자고 하시는구려. 누님이 어저께 댕겨오셨어. 언간하면 내 외숙이 형님을 찾아올 것인데 동풍이 되어서 출입을 못 한다고 나더러 형님을 좀 같이 오라고 그러시니 갑시다. 머, 못 갈 덴가. 김 진사도 형님네 댁과 세왼걸. 문병 삼아 갑시다."

---

43 실없는 말로 놀리다.

하고 내 소매를 끈다.

"가시죠. 제가 꼭 뫼시고 온다고 장담을 한 걸요."

하고 문의 누님은 내가 뒷걸음을 못 하도록 막는 모양으로 내 뒤에 따라 선다.

나는 싱거운 걸음이라고 생각은 하면서도 뿌리칠 용기도 없고, 또 한끝으로는 호기심도 있어서,

"거, 어디, 꼼작 못하게 말씀들을 하시는구면."

하고 나는 싱거운 소리를 하면서 따라나섰다.

김정언 집은 학교에서 이십 리도 다 못 되는 데다. 이 길은 내가 어린 적에도 댕겨본 데요, 아버지와 함께 어디 가는 길에 김정언 집에도 들러서 얼굴은 빨갛고 눈은 노랗고 수염은 하얀 갈범 김정언을 본 일도 있었다. 그러나 시라손이 김 진사란 사람은 도무지 기억이 없었다.

김 진사는 사랑에 누워 있었다. 이 사랑은 툇마루에 난간까지 두르고 앞뜰에 화계까지 하여놓은 제법 좋은 사랑이었으나 아랫목에 누운 김 진사는 과연 시라손이라는 별명을 들을 만하였다. 오래 누워 있어서 머리는 이마의 귀밑에 흘러내리고 입술 두텁고 큰 입은 헤벌어져서 침이 흘러내렸다. 윤곽이 분명치 못한 눈하며 개기름이 흐르는 얼굴하며 하나도 마음 끄는 구석은 없었다.

그는 내가 들어오는 것을 보고 남더러 일으켜 달래서 일어나 앉았다. 문이 절을 하니 나도 따라서 절을 하였다.

그는 내게 대하여서 반갑다는 말을 하고 내가 어렸을 적에 아버지와 같이 자기 집에 왔다는 말을 하고, 다음에는 자기 병이 중하여서 살아나기 어렵겠다는 말을 하고, 자기가 죽으면 집 일을

돌아볼 사람이 없다는 말과, 아들이라고 이제 여덟 살 먹은 것이 있으나 변변치 못하다는 말을 하고, 마치 내게 유언하는 모양으로,

"내 집을 돌아보아다오."

하고 해라로 명령을 하고 내 손을 잡게 해달라고 하야 내 손을 잡고는,

"딸년이 미거해."

하고 내게는 대답할 새도 아니 주고 어눌한 말로 혼자 다 결정해 버리고는 씨근씨근 숨이 차서 쓰러지듯이 누워버리고 만다. 그가 하는 짓이 뚱딴지요 어색은 하지마는 그 속에 비창한 인정도 있고 성의도 있어서 일종 비극적인 효과를 내었다. 그는 결코 박 선생이 말하는 것과 같은 시라손이는 아니라고 생각하였다.

저녁을 먹고 가라고 굳이 만류를 받았으나 나는 사양하고 나섰다. 그의 딸이라는 처녀를 한번 보고 싶었으나 차마 그런 말은 내지 못하였다. 내가 문과 함께 나올 때에 그 집 대문 밖에 여편네들이 사오 인이나 나와 섰는 것을 언뜻 보았다. 내 선을 보는 것이로구나 하였다. 문의 누님은 큰길까지 따라 나와서 내 입에서 무슨 말을 듣고 싶어 하는 모양이었으나 나는 아무 말도 아니 하였다.

"안녕히 가세요. 제 내일 갈게, 내일 저녁에 우리 집에 오세요."

하고 그는 도로 제 외가로 들어가버렸다.

이리하여 마침내 그 더운 칠월에 부랴부랴 혼인을 하여버렸다. 김의 집에서는 가장이 죽기 전에 하자는 것이었다.

내가 상중에 장가드는 데 대하여서는 예문에 대가라는 내 사종숙이,

“당장 제사를 바뜰 총부가 없으니 거상 중에 친영[44]을 하여도 권의로 용서될 것이다.”

하는 해석으로 해결이 되고, 또 혼인 삼 일간 길복을 입어도 좋다는 해석도 얻었다.

　학교에서는 나를 위하여 학교에서 두어 마장 되는 곳에 작은 집 하나를 사고 거기다가 소꿉장난 같은 살림을 차려놓았다. 내게 있어서 모두 신이 아니 나는 일이었다. 아내도 맘에 안 들고 집도 맘에 안 들고 세상이 모두 신산하기만 하였다.

　우리 집이란 것은 동네에서 좀 새뜨게 떨어져 있는 안채가 삼 칸 앞채가 삼 칸으로 된 두 자 집으로, 안채에는 부엌이 한 칸, 방이 두 칸이오, 앞채라는 것은 광이 한 칸, 헛간 이 칸인데 그중에 한 칸은 대문간으로 겸용이 되고, 좌우로 터진 데는 수수깡 바자에 짚으로 뜸을 두른 것이어서 그것을 합하면 입구 자 집이었다. 뒤꼍은 산비탈이었다. 문을 열어놓으면 오리나무와 기타 잡목이 꽤 무성한 수풀이어서 낮에는 낮새 소리, 밤에는 밤새 소리가 들린다 하면 운치 있는 것도 같지마는 언제 무슨 짐승이 내려올지도 모른다 하면 무섭기도 그지없는 곳이었다. 이 집에 그중 가까운 집은 이 집보다도 더 산속으로 들어가 있는 집으로서 큰 소리로 부르면 서로 알아들을 만한 거리요, 집에서 몇 걸음 아니 나와서는 읍내로 가는 큰길 아닌 길이었다. 그러므로 내 집은 이를테면 노름판 같은 것을 붙이거나 술 주막을 하기에 합당한 집이어서, 인근 수백 호 가난한 농가 중에도 가장 적기로 한둘을 다툴 집이었다.

---

44 육례의 하나. 신랑이 신부의 집에 가서 신부를 직접 맞이하는 의식.

대장부 뜻을 도에 두거나 천하, 국가에 두매 집이 크고 작은 것을 염두에 둘 배 아니라고 하루에 열 번, 스무 번 큰소리를 해 보아도 내 속마음은 고개를 흔들고 세상에 대하여서도 면목이 없었다. 그렇더라도 정드는 애인과 같이라면 재미도 있으려니와 첫날에 벌써 내 눈 밖에 난 어린 아내를 보러 학교에서 돌아오는 걸음은 죽으러 가는 소의 걸음과 같이 무거웠다.

나는 아내를 사랑하려고 애써도 보고 사랑을 못 할 바에는 불쌍하나 여기려고도 애를 써보았다. 그러나 애정을 억지로 짜내려고 아내를 껴안으면 실단의 어여쁜 모양이 나타나고 불쌍한 동정을 짜내이려 하면 불쌍한 것은 내요 그가 아닌 것 같았다.

나는 집에 오기가 싫었다. 저녁을 먹고 아내와 한 자리에 자다가도 학교로 뛰어가고만 싶었다.

하나 위로가 되는 것은 문의 누님이 가끔 오는 것이었다. 학교에서 돌아와서 문의 누님의 신발이 놓였으면 기뻤다. 이것이 잘못된 생각인 줄 알건마는 할 수가 없었다.

나는 학교 일에 몸을 고단하게 하여서 가정의 불만을 잊으려고 애를 썼다. 나는 동네 남녀를 모아놓고 야학도 하고 예배당에도 열심으로 댕겼다.

한겨울 이 모양으로 힘쓴 효과는 났다. 학교에서는 내가 대단히 신용과 존경을 받는 인물이 되고 교회에서도 그러하였다. 동네의 회와 야학에서는 물론 내가 중심인물이 되었다. 나는 가정에서 쏟을 데 없는 애정을 이 모양으로 학교와 교회와 동네에 쏟았다. 술이나 먹고 주책없는 젊은 놈이던 나는 대접받는 점잖은 선생이 되었다. 백도 나를 한 수 낮게 보는 버릇을 버리고 학교 일에 관하여서는 내 의견을 존중하였으며, 학생들이 내게 대한 태도도 일변하여서 나를 존경하는 모양을 보였다.

나 자신으로 보더라도 나는 변하였다. 나는 술을 끊고 담배를 끊고 서생식인 아무렇게나 날치는 것을 버리고 말이나 걸음걸이나 무거워졌다. 이것은 내 마음이 괴롭고 적막한 까닭도 되거니와 내가 의식적으로 인생의 향락을 단념하고 나라를 위하여 세상을 위하여 살리라, 죽으리라 하고 마음먹음에도 말미암는다.

경술, 팔월 이십구일이 내게도 큰 충격이 된 것은 말할 것도 없다. 나는 많은 슬픈 노래와 시를 지어 학생들에게 보였다. 그 노래들은 우리 학교에서뿐 아니라 다른 데도 널리 퍼졌다. 이것도 이 지방에 내 명예를 높인 한 원인이 되었다.

그러나 열아홉, 스무 살의 소년인 나로서는 지사적인 생활만으로는 만족할 수 없는 무엇이 있었다. 그것은 불타는 애욕이었다. 사랑하고 싶고 사랑받고 싶은 욕심이었다. 내 아내는 이에 대하여서 다만 만족을 주지 못할 뿐 아니라, 더욱더욱 내 애욕으로 하여금 배고프고 목마르게 하는 것이었다.

내 아내가 어디가 병신이라든가, 특별히 못난 여자여서 그런 것도 아니다. 그는 물론 환하게 잘생겼다거나 아기자기하다거나 그러한 여자는 아니로되 보통은 가는 수수한 여자였다. 나는 가끔 그가 바느질을 하거나 그러한 때에, 흔히는 밤에 물끄러미 그를 바라보는 일이 있었다. 그의 머리에서부터 발끝까지 이리저리, 요모조모로 뜯어보고 합쳐보아서 정 붙는 구석을 찾아보려고 힘을 썼으나 나는 번번이 실패하였다. 나는 온종일 밖에 있다가 늦게 집으로 돌아올 때에는 음탕한 생각까지 억지로 짜내어서 내 아내에 대한 정욕을 잔뜩 일으켜가지고 집에 들어가는 길로 그를 껴안고 살을 비비고 갖은 사랑의 표시를 다 하려고 벼르지마는 집에 들어가서 척 그를 대하면 고만 모든 흥미가 삭연히 다 슬어져 버려서 한숨이 나올 뿐이었다.

나는 그러한 때마다 이렇게 한탄하였다.

"저도 다른 남자에게 아내로 갔더면 사랑을 받을 수 있을 것을. 나로는 아무리 하여도 사랑할 수가 없다."

이것은 못 만날 남녀가 잘못 만난 것인가. 그렇지 아니하면 서서 전생 다생의 인과응보로 이렇게 불행한 가정의 보를 받기 위하여 만난 것인가. 하고 많은 남녀에 이렇게 싫은 사람끼리 만날 것이 무엇인가. 그것은 실로 애타고 기막히는 일이었다.

그러나 별수 없었다. 좋으나 궂으나 이 모양으로 살아가노라면 어찌어찌 아들, 딸도 날 것이오 그러는 동안에 늙어서 죽으면 고만이라고 생각할 수밖에 없었다. 나는 곧잘 이런 생각을 하고 학교일 같은 데 내 몸과 마음을 될 수 있는 대로 고달프게 하였다.

첫여름 어느 날 나는 학생들을 데리고 ○○산성에 원족遠足[45]을 갔다가 비를 함빡 맞고 어둡게야 집으로 돌아왔다. 젖은 옷에 몸은 얼어들어오고 시장은 하고 다리는 아프고 다 죽게 되어서 반갑지도 아니한 집이라고 화를 내면서 사립문을 들어섰다. 방에는 불이 켜 있었다. 나는 아내가 앉아 있을 줄만 믿었더니 내 기침 소리에 문을 열고 나오는 것은 뜻밖에도 문의 누님이었다.

"아이 함빡 젖으셨군요."

---

45 소풍.

하고 문의 누님은 무심히 하는 모양으로 내 등을 손을 만졌다.

"들어가셔요, 발 씻으실 물 떠다 드릴게."

하고 그는 대야를 들고 부엌으로 갔다.

방 안에는 아내가 없었다.

"어디 갔어요?"

나는 이렇게 물을 흥미는 없었지마는 의리를 느낀 것이었다.

"마라우 아저씨가 갑자기 병환이 더쳤다고 기별이 와서 그 애가 갔답니다."

문의 누님은 이렇게 말하면서 놋대야에 뜨듯한 물을 떠들고 들어왔다.

"어떻게 더운물이 있던가요?"

나는 아내로는 못 할 일이다 하고 물었다.

"발 씻으실 물이라고 데어놓았더니 다 식었어요."

하고 그는 장을 열고 내가 갈아입을 옷들을 내고 있었다.

평생에 남편을 받들어보지 못한 그는 이렇게 물을 데어놓고, 저녁상을 차려놓고, 갈아입을 옷을 꺼내는 것이 아마 처음일 것이오, 또 생각이 많을 것이라고 생각하니 그의 정경이 퍽이나 가련하였다.

그는 내가 세수하고 발 씻는 것이 끝나는 것을 보고는 대야를 들고 밖으로 나간다. 나는 그동안에 젖은 옷을 벗고 문의 누님이 차례차례 주워입기 좋게 내어놓은 옷을 갈아입고 막 다님을 칠 때에 새 물 한 대야를 떠가지고 들어왔다.

"손 씻으세요."

하고는 문밖에 지키고 서 있다.

나는 그가 하라는 대로 손을 씻었다. 문의 누님은 다시 대야를 들고 나가더니 이번에는 밥상을 들고 들어오고 찌개 놓인 화로를 들고 들어왔다. 화로에는 찌개 뚝배기 말고 적은 갱기 하나가 놓여 있었다. 그것은 까무스름한 청주였다.

문의 누님은 그 갱기를 들어서 앞치마로 재를 닦아 내 밥상 위에 놓으면서,

"약주 한 잔 잡수셔요. 아버지 생일 제주 뜨고 남은 것이야요. 아까 오라비가 가지고 와서 한참이나 기다리다가 갔는데 비가 그치면 또 온대요."

하고 권한다.

"내가 술을 먹나요? 벌써 끊은걸요."

나는 냉정하게 대답하였다. 지은 냉정이었다.

"그래도 비를 맞으시고 그러신 때에는 한잔 잡수시는 게 약이 된다는데."

하고 문의 누님은 두 손으로 술을 담은 놋그릇을 움키어 쥐듯이 만져보고,

"따뜻합니다. 얼마 안 되는 걸요."

하고 그것을 들어준다.

으스스한 것과 권하는 정성도 정성이려니와 술빛이 깊은 유혹을 주었다. 문의 아버지가 평생에 호강하는 생활을 하기 때문에 술과 음식 솜씨가 있었다. 나는 그것을 서너 참에 마셨다. 그리고 반찬도 내 아내 솜씨와는 달라서 모두 맛이 있었다.

상을 물릴 때에는 공복에, 또 오래간만에 먹은 술이라 얼근하게 취하여 올라왔다. 부엌에서는 설거지하는 소리가 들렸다. 밖

에서는 쫙쫙 비가 쏟아지는 소리가 들렸다. 나는 시계를 꺼내어 보았다. 벌써 열시. 낮이 길고 밤이 짧아진 것이라고 속으로 중얼거렸다. 나는 이상하게 마음이 설레는 것을 깨달았다.

부엌에서 설거지가 끝난 모양이나 문의 누님은 들어오지 아니하였다. 그도 어찌할까나 하고 마을을 지향 못 하는 것이나 아닌가 하고 나는 물끄러미 허공을 바라보고 앉아 있었다.

바람도 이는 모양이다. 이따금 비가 모래알같이 복창에 뿌려 왔다.

"이 밤에는 큰 용기가 필요하다."

하고 주기도문을 외우려 하였으나 자꾸 딴생각이 나서 그 짧은 기도문을 몇 번이나 중도에서 막혔다. 실상 신앙이 솟아나서 믿는 예수도 아니었다. 마음 붙일 데 없으니 믿는 예수요, 민중교화의 한 수단으로 민중에게 접촉할 기회를 얻기 위하여 댕기는 예배당이었다.

나는 이 밤에 생길 수 있는 한 장면이 눈앞에 떠나오는 것을 여러 번 고개를 흔들어서 지워버렸다.

'부엌에서 무얼 하고 있나?'

나는 그것이 마음이 키었다. 아무 소리도 없었다.

'내가 무슨 말을 해야 한다. 들어오라고 하자.'

나는 이렇게 마음속에서 연습을 해가지고 가장 점잖은 음성으로,

"무얼 하여요? 어디 가셨어요?"

하고 부엌으로 통한 샛문 쪽을 향하고 불렀다.

"네. 인제 들어가요."

하고 마치 잊어버렸다가 생각난 듯이 씻금질하는 물소리를 내었다.

내 마음은 점점 평형을 잃고 줏대를 잃었다. 여린 신앙과 도덕의 북두는 끊어지고 수컷 짐승이 다 된 듯하였다. 내 눈앞에 문의 누님이 번뜻하기만 하면 사자가 아롱말을 덮치는 모양으로 덮칠 것 같았다. 잠깐 더 시간이 지나는 동안에 나는 그렇게 하는 것이 남아의 용기요 자아에 충실한 것이라는 철학적 해석까지 하게 되었다.

'그렇다. 모든 허위를 버려라. 빨가숭이 사람이 되어라!'

이렇게 속으로 중얼거리고는 아주 위대한 비장한 결심이나 한 듯이 입을 한일자로 꽉 다물고 무서운 눈으로 천하를 노려보았다.

"쾌락의 일순은 고통의 천년보다 낫다"는 바이런의 돈판의 구절이야말로 진리라고 응하고 용을 썼다.

그뿐이 아니었다. 그렇게 하는 것이 도리어 문의 누님에게 대한 자비심이라고까지 생각하였다.

관자놀이에 피가 뛰는 것을 스스로 감각할 수가 있었다. 아까 산성에서 산에 오를 때에보다도 더욱 숨이 가빴다. 술의 힘이 이 것을 도운 것은 말할 것도 없었다.

문의 누님이 자리끼를 대접에 받쳐 들고 들어왔다. 들어와서 내 모양을 힐끗 보고는 자리끼를 놓고

"자리를 깔아드리게 일어나셔요."

하고 장롱 위에 쌓아놓은 자리를 내렸다. 나는 문의 누님을 정작 눈앞에 대하매 짐승의 마음이 사라지고 사람의 마음이 일어났다. 나는 머쓱한 생각으로 순순히 일어섰다.

문의 누님은 우리들 애정 없는 부부가 이따금 쓰디쓴 잠자리를 같이 하는 요를 깔고 이불을 펴고 베개를 놓고 일어섰다. 나는 그의 몸의 곡선이 움직이는 양을 탐스러이 보고서 있었다.

문의 누님은 아무쪼록 내 시선을 피하면서,

"자, 곤하신데 주무셔요. 나도 웃간에서 잘 테야요."

하고 위 칸으로 올라가서 샛장지를 꼭 닫는다.

나는 불현듯 부끄러워졌다. 나는 학교 선생이 아니냐. 교회에서 강도를 하는 교역자가 아니냐. 지금까지 내가 가졌던 생각이 무슨 더러운 생각이냐. 저 여자는 교육도 없는 젊은 과부라도 저렇게 마음이 굳굳하지 아니하냐. 나는 쥐구멍으로 들어가고 싶었다. 제가 싫어지고 미워졌다. 내 낯바닥에 가래침을 탁 뱉고 싶었다.

"거기 자리가 있으니 깔고 주무셔요."

하는 나의 말은 예사로운 점잖은 말이었다.

나는 번뇌와 수치가 뒤섞인 잡념 망상으로 오래 잠을 못 이뤘으나 마침내 잠이 들었다.

내가 잠을 깨었을 때에는 벌써 윗방에는 불이 켜 있었다. 장지름으로 움직이는 그림자와 사악사악하는 소리로 판단하건대 그는 머리를 빗고 있는 모양이었다. 빗소리는 없었다.

나는 목이 좀 아프고 머리도 띵함을 느꼈다. 감긴가 하였다. 간밤 일을 생각하면 입맛이 쓰고 이제 문의 누님을 대할 것이 면구하였다. 그는 필시 내 눈찌에서 내 더러운 속을 다 들여다보았을 것이라고 나는 생각하였다.

나는 일어날 생각도 아니 하고 자리에 누워 있어서 간밤 일을 생각하고 또 생각하였다. 뉘우침과 무안함이 가슴에 그득 차면서도 한편 구석에는 그 기억이 달콤하기도 하고 절호한 기회를 놓친 것이 아깝기도 하였다. 이치로는 무엇이 옳다는 것을 아나 아직 덕의 힘이 서지 못한 것을 한탄하였다. 마음속에 아내 아닌 여인에게 음심을 품는 것도 간음이라고 예수는 칼날 같은 말씀을 하였다. 나는 이미 문의 누님에게 간음을 행한 죄인이었다. 세상의 눈은 속일 수가 있어도 내 마음과 하나님을 속일 수는 없었다.

그러하건마는 그 달콤한 생각이란 대체 무엇인고? 시인과 소설가들 중에 그것이 끔찍이 좋은 것인 것처럼 말하는 이도 있었다. 그것을 사랑이라고 이름 지어서 사랑을 위하여서는 집도 명예도 목숨도 희생하는 주인공을 용기 있는 자라고 찬양한 것조차 있었다. 마치 문학은 도덕을 반항하는 것을 큰 옳은 일로 아는 것 같았다. 내가 동경에 있을 때에 유행하던 자연주의문학이란 것이 이러하였다. 구라파의 로맨티시즘이 의리 있는 남녀의 사랑을 찬양하는 데 대하여서 자연주의 문학의 대부분은 불의 남녀 간의 사랑을 즐겨서 묘사하고 찬양하였다. 이것을 자유라고 일컫고 해방이라고 일컬었다. 불의의 애욕을 심각하게 그린 문학일수록 애독자가 많았다. 이에 대하여서 톨스토이 혼자가 그리스도주의 문학으로 고군분투하였다. 나는 자연주의 속에서 톨스토이를 읽은 소년이었다. 그래서 속에 고양이와 쥐와 함께 있는 모양으로 자연주의와 이른바 이상주의가 동거하고 있었다. 이 두 가지는 마치 끝없는 내란과 같아서 이 주의가 한번 내 마음을 점령하면 저 주의가 또 습격하여서 이 점령하였다. 이 통에 곯는 것은 내 마음의 나라였다. 끊임없는 싸움의 마당이 되어서 갈수록 황폐뿐이었다. 나는 이 두 가지 중에서 하나를 취하고 하나를 버리지 아니하면 아니 되었다. 그러나 어 나에게 그만한 힘이 없었다.

"아아 나는 괴로운 자로다."

하는 바울의 한탄을 나는 장한 듯이 흉내 내었다.

밤사이 그렇게도 서두르던 풍우도 지나가고 창에는 햇볕이 쏘았다. 뒷산에서 새소리가 들렸다. 아침밥을 짓는 불에 자리가 따뜻하여 올라왔다.

나는 벌떡 일어났다. 스무 살 되는 내 육체는 내가 보기에 풍만하였다. 청춘의 아름다움이 있었다. 이 몸은 나 자신이 향락할 것이 아니라, 내 애인이 향락할 것이었다. 그렇게 생각하면 적막하였다. 나는 희고 푸근한 팔다리를 손바닥으로 쓸어보았다. 그러고는 견딜 수 없는 애욕이 끓어오름을 느꼈다.

"눈 깜박할 사이에 시들어질 꽃!"

나는 이렇게 한탄하였다.

나는 길게 기지개를 켜고 옷을 갈아입었다.

"배고프고 목마른 내 애욕이여!"

나는 재물로만 가난한 것이 아니라, 애욕으로 가난한 자였다.

나는 학교에 갔으나 다른 교원들이 내 눈이 붉다고, 열이 있나 보다고 할 때에 부끄러웠다. 다만 어제 원족에 비 맞은 때문만이면 그리 부끄러울 것은 무엇인가.

남들이 열이 있다고 하니 더욱 열이 있는 것 같았다. 그러나 나는 맡은 시간을 다 하였다.

"천산 안됐소, 어서 가서 누으시오."

하고 백이 나를 보고 걱정하였다. 그는 의사도 의원도 아니나 교원들 중에서는 가장 의술의 지식이 있어서 약방문을 내는 재주도 있었다. 그러나 나는 그의 약을 써본 일도 없고 신용도 아니하였다.

나는 무거운 몸과 괴로운 마음을 안고 집으로 돌아왔다. 오전 중에는 그렇게 청청하게 맑던 하늘이 오후가 되면서 흐리기 시작하더니 저녁때에는 나무가 소리를 내고 흔들리도록 바람이 불었다. 그 바람이 등으로 가슴으로 팔목으로 스미어들어와서 몸에 쪽쪽 소름이 끼치고 제 입김이 뜨거움을 느낄 수가 있었다. 호흡기가 약하여서 급성 기관지염을 가끔 앓는 나는 또 그것이나 아닌가 하였다. 침을 삼키면 목이 뜨끔뜨끔하고 기침을 하면 가슴이 찢어지는 것 같았다.

집에는 문의 누님이 있었다. 나는 그를 대하기가 부끄러웠으나 몸이 아픈 것이 모든 것을 용서할 이유가 되는 것같이 생각하고,

"나 좀 누워야겠어요."

하고는 두루마기를 벗고 쓰러졌다. 문의 누님은 자리를 깔아주면서,

"어제께 찬비를 맞으셔서."

하고 걱정해주었다.

나는 저녁도 먹는 둥 마는 둥 자리에 누워서 사오일 동안이나 실열이 높아서 중통하였다. 백이 문병을 왔다가 약을 지어 보내었다. 나는 백의 처방을 믿지는 아니하면서도 달여 먹었다. 다른 선생들도 다녀가고 학생들도 문병을 왔다. 그처럼 내 병은 중하던 모양이었다. 지금 말로 하면 폐렴이었을는지도 모른다.

내가 앓는 동안에 문의 누님은 참으로 정성으로 간호해주었다. 중병이란 것이 모든 장벽을 깨트린 것이었다. 그는 친동기와 같이 허물없이 내 몸을 만지고 내 베개를 고쳐주었다. 나는 그것이 기뻤다. 밤중에 깨어보면 내 곁에 그가 쓰러져서 잠이 들어 있는 일도 있었다. 이 모양으로 나는 그에게 대하여서 더욱 깊이 정이 들었다. 그도 나를 정답게 생각하고 있다고 나는 판단하였다.

나는 이 동안에 문의 누님의 여러 가지 아름다운 점을 발견하였다. 훌륭한 아내가 될 사람인데 혼자 사는 것이 아깝다고 생각하였다. 솔직하게 말하면 나는 그와 살고 싶었다. 그를 아내로 하고 살 양이면 행복되리라고 생각하였다. 왜 살고 싶은 사람하고 못 살고 살기 싫은 사람하고 살아야 하는가 하고 마음이 괴로웠다. 그러나 앓는 사람은 마음이 깨끗하여진다. 나는 문의 누님을 내 마음대로 할 수 있는 줄 알면서도 그리하는 것이 옳지 않다고 반성할 수가 있었다. 그래서 나는 그를 어떤 믿을 만한 남자에게 중매하고 싶다고 생각하였다.

백이 작년에 상배를 하여서 홀아비였다. 나는 그를 좋아하지 아니하나 남편감으로는 괜찮다고 보았다. 나이는 사십이 가깝지마는 몸은 건장하고 성미는 걸걸하고 또 들으니까 전실에는 계집애 하나가 있으나 서울 집에서 제 조모에게 기른다고 하니 그다지 파는 아니었다. 사람이 좀 변덕스럽고 남을 깔보는 흠이 있지마는 세상에 흠 없는 사람이 어디 있나.

나는 열이 내리고 방 안에서 일어나 앉을 수가 있었다. 아침 꾀꼬리가 북창 밖에서 우는 것을 내가 유쾌하게 듣고 앉아서 노래라도 하나 지어보고 싶은 생각으로 있을 때에,

"천산."

하고 부르는 소리가 났다. 물을 것 없이 백의 음성이었다.

"백 선생이시오?"

하고 나는 일어나서 문을 열었다.

문의 누님은 일어나서 윗방으로 올라갔다. 백의 눈은 그의 뒷모양을 따랐다.

"살아나셨구만 그래."

하고 백은 눈과 입이 온통 웃음이 되어서 방에 들어왔다.

"보내주신 약이 효험이 있었나 보아요."

나는 이렇게 치사를 하였다.

"천산의 병을 내가 분명히 알거든 약이 안 맞을 리가 있나. 과녁을 겨누고 쏘는 살과 같지, 흐흐흐흐."

하고 백은 심술궂은 웃음을 웃었다. 나는 그의 빈정대는 뜻을 알아듣고 잠깐 낯을 찡그렸다.

"학교엔 아무 일 없나요?"

하고 나는 백의 입에서 더 궂은소리가 나오기 전에 화두를 돌렸다.

"별일 없어. 밤낮 일 헌병이 성가시게 오는 게야 언제나 마찬가지지. 읍내에서 또 사오 인 부뜰려간 모양인데, 그러기로 우리들이야 어떨라고? 그러나저러나 나는 갈라오. 모두 구찮고. 가서 구멍가가라도 버리고 앉아서 세상을 모르는 것이 편안하지."

이런 소리를 하고 백은 입맛이 쓴 듯이 양미간을 찌푸리고 입맛을 다셨다.

"가시다니. 백 선생이 가시면 학교는 어떻게 하고요?"

이것은 다만 인사말만이 아니었다. 백은 지금까지는 학교의 중심인물이었다.

"무어. 인제는 천산이 자리를 잡으셨거든. 처음에는 미상불 천산의 거취를 의심했다는 것은 과언이지만, 어찌 되는가, 대체 어찌할 작정인가 하고 안심이 안 되었었소. 그래 다들 걱정을 했었어. 그렇지만 인제는 천산을 절대 신임야. 무엇이 신임인고 하니 말야, 첫째로는 천산이 학교를 위해서 몸을 바칠 결심을 하신 것, 둘째로는 직원과 학도가 천산의 인격과 학식에 대하야 절대 신임인 것, 그리고 셋째로는 역시 천산의 학제개혁안이 옳다는 것을 다들 승인했단 말요. 법학이니 천문학이니 다 집어치우고 아주 순전한 중학교로 개편하자는 천산의 의견이 옳단 말야. 이 교주도 오늘은 쾌히 승낙하는 답장이 왔는데, 인제는 실시만 남았거든. 도청에 들낙날락하는 것은 내가 전과 같이 담당하게시리 학교 일은 천산이 맡으시란 말요, 난 천산의 심부름꾼이 되리다."

나는 믿기지 아니하리만큼 백의 말에 놀라기도 하였거니와 내 주장이 통과하고, 또 내가 그만한 신임을 받게 된 데 대하여서는 감출 수 없을 만치 기뻤다. 실상 내 개혁안을 반대한 것은 백인데 백이 무슨 변덕으로 이렇게 앞장을 서서 찬성하게 되었을까. 그가 인제는 이 학교에 염증이 나서 내게다가 밀어 맡기고 달아나려 함인가. 그렇다면 구멍가게나 내고 세상에서 숨는단 말이 그럴 듯도 하다. 그러나 그는 여전히 도청에 드나드는 심부름을 한다고 하니 학교를 떠날 결심이 아닌 것도 같고 도무지 그의 진의를 알 수가 없었다. 어찌 되면 그가 교장이 될 마음인지도 모른다. 현재의 교장은 이 생원이라는 늙은 한학자로서 다만 명의만에 지나지 아니할뿐더러, 그는 누차 사임할 뜻을 표시하고 있고 또 도 당국에서도 실지로 책임을 질 교장을 내라고 독촉도 있었다. 이 기회에 백이 교장이 되려 한다는 것은 있을 만한 일이었다.

그러나 학교의 사정으로 보면 백이 교장이 되기는 어려운 형편도 있었다. 첫째로 백은 일솜씨는 있으나 남의 존경을 받을 만한 덕이 부족하였다. 내 족형 윤경은 원만한 사람이라 백의 밑에 드는 것을 참기도 하겠지마는 박은 도저히 그리 못할 것이다.

백이 정말 교장이 될 야심이 있나 하고 나는 그를 물끄러미 바라보았다. 나는 그를 교장이 되게 하고 문의 누님과 혼인하게 하고 싶은 마음이 났다.

백이 간 뒤에 나는 문의 누님과 마주 앉은 기회에 이렇게 말을 해보았다,

"아까 왔던 이는 백 선생이라는 이야요. 본래 서울 사람인데 작년에 상처를 했어요. 전실 아이로는 계집애가 하나 있을 뿐이라고요."

"네."

하고 문의 누님은 어리둥절한 눈으로 나를 물끄러미 보면서 힘없이 대답하였다.

"무척 사람이 걸걸하지오, 사내다와요."

"네애."

"백 선생 보셨지오?"

"아까 오시는 거 뵈었어요. 접때에도 뵈었구요."

문의 누님은 더욱 유심히 나를 바라본다.

"수염이 장관이지오? 이렇게 떡 삐친 것이. 그것이 카이저수염이라는 거야요, 독일 황제 카이저의 수염이 그렇거든요."

"네."

문의 누님은 싱거운 소리도 하는 듯이 일어 나간다.

나는 다소 무안함을 느꼈다. 내 말 눈치를 알아차리고 노얀 것이나 아닌가. 남의 수절과부 앞에서 사내 이야기를 하는 것이 실례였던 것 같았다. 그렇게 생각하면 내가 그를 향하여서 발하는 정욕이나, 그가 나를 향하여서 같은 뜻을 가졌으리라고 생각하였

던 것이 모두 낮에 쥐가 날 일이었다.

이렇게 암전한 궁리를 하는 한편에 자연주의 문학의 영향을 받은 묵은 인습에 대한 반항심도 있었다. 수절은 다 무어며 정조는 다 무어냐, 모두 케케묵은 인습이오, 곰팡내 나는 헌 옷이다. 현대인은 모름지기 이것을 쾌쾌히 벗어버릴 것이다. 입센의 노라가 무어라고 하였느냐,

"나는 자유다,

나는 자유다,

나는 새와 같이 나는 자유다

세상에 다시는 나를 가둘 옥이 없다."

라고 부르짖었다. 며칠 못 갈 인생을 왜 허송하려. 이 몸이, 이 맘이 즐길 대로 즐기다가 지쳐서 죽을 것이 아니냐. 거기 우리의 자유가 있지 아니하냐.

나는 실단을 그냥 놓쳐버린 것을 후회하였다. 그가 그날 그렇게 내게 매어달리지 아니하였던가. 내게 안기기를 애원하지 아니하였던가. 나는 못나게도 내가 만족하고 그를 만족시킬 기회를 놓쳐버리지 아니하였는가.

"못난이! 네가 못난이!"

하고 나는 나를 침을 뱉고 발길로 차고 싶었다.

문의 누님에게 대하여서도 마찬가지다. 한집에서 단둘이 자는 밤을 그대로 닷새나 엿새나 보낼 법이 있으려. 마음으로 갖은 짓을 다 하면서 겉으로는 점잔을 꾸미는 허위! 그래서 피차에 마음을 졸이고 몸에 기름을 말리우고 있지 아니하냐. 비겁이다! 허위다! 그밖에 아무것도 아니다.

더구나 이제 제 마음에 드는 여자를 다른 남자에게 내어주려는 내 심사, 아아 그것은 허영심밖에 아무것도 아니다. 나는 가장 깨끗하다는 것을 세상에 자랑하자는 허영, 속은 먹장 같이 검으면서 겉을 희게 꾸미려는 허위다.

"회칠한 무덤!"

예수의 말씀과 같다. 그렇다, 나는 회칠한 무덤이다. 속에는 썩고 구더기 끓고 구정물 흐르는 송장을 두고 겉에 회칠을 하는 것이다. 속에 있는 송장을 치워버리거나 겉에 바른 회를 벗겨버려라.

그렇지마는 잠깐 기다려라, 애욕이 과연 그렇게 더러운 송장일까. 그것이 내 마음에 피어나는 아름답고 향기로운 꽃이 아닐까.

"사랑! 사랑!"

사람에게 사랑에서 더한 꽃이 있을까. 젊고 마음 맞는 남녀가 가쁜 숨, 두근거리는 가슴으로 힘 있게 서로 껴안는 그 순간의 사랑의 불길―이것이야말로 우주 간에 가장 거룩한 불길이 아닐까. 이것을 막는 모든 제도와 이것을 그르다고 정죄하는 모든 도적은 다 두들겨 부술 악이 아닐까. 그리하는 이야말로 용사가 아닐까.

이렇게 생각하니 나는 가슴이 울렁거리고 숨이 찼다. 앞에 바위가 있으면 바위를 부수고 철문이 있으면 박차고 나갈 것 같았다. 그리하여 눌린 사랑에 우는 천하의 청춘남녀를 위하여 반역의 깃발을 들고 앞장을 서고 싶었다.

"흥, 명예."

하고 나는 내 쥐뿔만한 명예를 코웃음 하였다. 나는 실단을 내 것을 못 만든 것을 이를 갈았다. 영국이야기의 로빈후드 모양으로 조례청에 실단을 박차가지고 말을 달려 산림 속으로 못 달아난 것을 분히 여겼다.

"그렇다, 실단만은 못하나 문의 누님은 내 것을 만들리라. 내가 마음껏 즐기다가 싫어진 때에 백에게나 뉘게나 원하는 자에게 물려주리라."

이렇게 작정하고 나니 마음이 거뿐하였다. 나는 크나큰 용사요 혁명가가 된 것 같았다. 나는 일각이 삼추와 같이 밤이 들기를 기다렸다.

문의 누님은 내 마음이 어떤 줄도 모르고 태연히 들락날락하고 내 곁에서 무심하게 바느질도 하였다. 그는 내게 대하여서는 아주 턱 믿고 안심한 모양이었다. 내 무덤의 면회에 속은 것이었다.

저녁때에 문이 낙지 한 코와 소주 한 병을 들고 찾아왔다. 벌써 전작이 있어서 얼근하였다. 이제 겨우 열아홉 살의 소년이면서 중년 선비의 태를 부리는 그였다.

"낙지장수를 만났길래 형님 생각이 나서 술을 한 병 사가지고 왔소. 술은 삼거리 서병순네 술인데 금방 고무는 것을 곧소주로 받아달라고 했지. 값은 얼마라도 더 준다고 별 청을 다 했소. 망할 놈들이 물을 타서 팔아먹노라고 곧소주를 내놓우. 한사코 안 내놓지. 이게 한 식기라고 하지마는 두 식기 턱은 될 것이오. 맛이 좋아."
하면서, 죽엽을 그린 사기 술병을 제 귓가에 흔들어본다. 출랑출랑하는 소리가 들린다.

"누님."
하고 문은 윗방을 향하고,

"이 낙지로 안주 좀 만드슈. 슬쩍 데쳐서 초고추장에 먹으면 괜찮아. 초 있수? 없거든 집에서 좀 가져오시구려, 고추장도 가져오시구. 신접살림이 무엇이나 넉넉할 리가 있나?"

하고 떠드는 양이 매우 유쾌한 모양이다.

"그래 어되서 오는 길야? 무슨 좋은 일이 있나보에그려?"

나는 이렇게 문을 건드려보았다.

"좋은 일?"

하고 문은 그 가늘고 다부진 눈으로 나를 말끄러미 바라보면서,

"하, 형님도. 내야 도처 춘풍이지, 무슨 걱정이 있소? 주머니는 묵짓하거따 (그는 절렁절렁 주머니를 흔들어 보인다) 술은 있거따, 때는 진달화초 만발하는 봄철이어따, 글쎄 무슨 걱정이오? 엊저녁도 번저리 유엽이 집에서 진탕 치듯 먹고 마시고 골패하고 해가 낮이 되도록 자다가 낙지 한 코 사 들고 형님 찾아오는 길 아뇨. 인생이 일장춘몽이라 아니 놀고 무엇하리, 한번 아차 죽어지면 만수장님에 운무로고나, 하하하하. 안 그렇소, 형님? 형님가치 골생원님야 이 풍류를 알겠소. 누님 나 냉수 한 그릇 주슈."

하고 북창을 탁 열떠리며 가래를 탁 뱉는다.

"그러기로 하고한 날 그렇게 놀고 어떻게 할 작정인가. 게다가 놀음까지 하고."

나는 점잖은 형의 태도를 보였다.

문은 머리가 가려운지 주먹으로 망건 뒤를 툭툭 치고 나서,

"안 그럼 무얼 하우? 나 같은 놈이 이제 형님 모양으로 공부를 하겠소? 안 배운 농사를 하겠소? 그저 이러고 일평생을 보내는 게지. 안 그렇소, 형님?"

하고 추연한 빛을 띤다.

"그러기로 술 먹고 놀음하고 가산이 견듸어 나?"

나는 문의 생활의 방향을 돌리고 싶었다. 그렇게 재주 있고 마음 착하고 한 소년이 어느 새에 술꾼, 노름꾼, 알부랑자 패를 차고 가산을 탕진하는 것이 가여웠다.

"그야 그렇지. 벌써 한 오십 석거리 팔아 없샜는걸. 또 한 자리 내놓았어."

하기까지는 회오[46]의 빛을 보였으나 다시 처음과 같은 알부랑자의 태도로 돌아가며,

"허. 안 그럼 무얼 하느냐 말요? 놀음 빚에 땅 팔고, 빚 갚고 남은 건 술 먹고, 이 모양으로 곶감 빼어 먹듯이 쪽쪽 빼어 먹노라면 며칠 아니하여서 거지 될 것이야 빤한 일이지. 뉘가 그런 줄 몰라우. 그런 줄 다 알건마는 배운 도적질이오 버려놓은 춤이로구려. 기호지세騎虎之勢[47]라, 가는 데까지 갈밖에. 왕후장상이 영유종호아, 거지 깍장이는 씨가 있습되까, 나 같은 부랑자가 되는 것이지. 흥. 벌써 거지가 거진 다 됐어."

하고 고개를 숙여서 때 묻고 꼬깃꼬깃한 상목 두루마기와 버선을 만지면서,

"이게 사흘 입은 게 이 꼴이로구려. 그놈의 석유 기름에 이렇게 까매진단 말야. 그놈의 석유 등잔을 켜놓고 연일 밤을 새우니 안 그럴 게요? 형, 인제 요 꼴에다가 노닥노닥한 누더기를 입고 박아지 굳은 옆을 꿰어차고, 남의 집 문전에 서서, 거지 동냥왔습니다, 뿜빠뿜빠 하고 장타령을 한다? 하하하하. 눈에 선해. 흥, 그것도 한 풍류

---

46 잘못을 뉘우치고 깨달음.
47 호랑이를 타고 달리는 형세라는 뜻으로, 이미 시작한 일을 중도에서 그만둘 수 없는 경우를 비유적으로 이르는 말.

야. 퉁수를 배우면 좋을게요. 그렇지만 그도 구찮고. 박쳐먹기는 장타령이라고 장타령은 내가 곧잘 한다오. 형님 한번 들어보실라우?"

하고 원장친 버선을 두 손으로 닦는 듯이 쓰다듬고 있다.

"여보게 고만두게."

하고 나는 정색하였다.

"왜요? 형님은 나를 미친놈이라고 생각하시오?"

"미치긴 왜?"

"그럼 부랑패류라고?"

"패류야 아니지."

"부랑자는 부랑자란 말씀이지."

"흥흥."

하고 나는 고개를 끄덕끄덕하였다.

"바로 보셨소. 형님이 바로 보셨어. 내야 알부랑자지, 요 꼴에. 하하하하. 그렇지만 소리에도 대장부 허랑하여, 그러지 아니했소? 대장부는 본래 부랑자여든. 형님 같은 이는 졸사고. 옹졸하고 옹렬한 선비란 말야, 안 그렇소, 형님?"

하고 문은 고개 젖히고 뽐낸다.

"그래."

하고 픽 웃었다. 과연 그렇다고 생각하였다.

"그러니까 말야. 형님은 좀 파겁을 해야 된단 말요. 형님은 나를 훈계하려고 하시지마는 형님이 내 훈계부터 먼저 받으슈. 그 졸장부 좀 떼놓아요. 자 한잔 먹읍시다. 누님 거기 술잔 하나 주슈. 술 먹고 안주라니 술부터 먼저 먹고 안주는 나중 먹읍시다그려."

낙지도 잔도 들어왔다. 낙지는 내가 즐겨하는 것이었다. 하얀 낙지 동강 위에 파란 파가 보기 좋게 뿌려져 있었다.

"자, 한 잔."

하고 문은 주발 뚜껑에 그뜩 부은 것을 내게 권하였다. 우리 집에 술잔이 있을 리가 없었다.

"내가 술을 먹나?"

나는 속으로 당기면서 사양하였다. 속으로 당기는 까닭은 첫째로 안주도 술도 좋았거니와 오늘 밤 계획에 술의 힘을 빌 필요가 있는 것이었다. 나도 알맞게 취하고 싶었다.

"아따, 그 용렬한 것 좀 떼라는데 그러시는구려."

하고 문은 무릎을 밀고 나오며 강권하였다.

나는 잔을 받아서 한 모금 맛을 보았다. 과연 물 기운 없는 곧 소주였다. 사뭇 달고 매웠다.

"어서 주욱 드리켜요, 그리 주접떠시지 말고— 파접을 내가 시키고야 말걸."

하고 문은 제 손으로 술잔을 내 입에 밀어다 대었다.

"가만있어. 천천히 먹어"

하면서도 나는 먹고야 말았다. 가슴 속이 얼얼하였다.

이렇게 먹기를 몇 순배를 하니 술이 화끈 낯에 오르고 정신이 흐릿하여졌다. 숨도 차고 가슴도 답답하나 그래도 유쾌하였다.

나는 실언을 아니 하리라고 스스로 입에 자갈을 물렸으나 그래도 차차 말이 헤퍼지고 웃음소리가 커짐을 깨달았다. 내가 이렇게 되는 것을 보고 문은 만족한 듯이 웃었다.

문은 제가 먹던 잔을 다 마시고 나서 조그만큼 한 잔을 부어놓고,

"누님, 누님."

하고 부른다.

　나는 얼근히 취한 김에 문의 누님이 눈앞에 있기를 바랐다. 차차 마음을 싸고 비끄러매었던 무엇이 슬슬 풀림을 느꼈다.

　"왜애."

하고 문의 누님은 앞치마에 손을 씻으면서 부엌으로 붙어서 들어왔다. 아마 저녁 동자[48]를 하던 모양이었다.

　"누님, 좀 앉으슈."

하고 문은 누이의 소매를 끌어서 앉히고는,

　"누님, 이거 한 잔 잡수슈. 아버지도 술을 잡수셨고 나도 먹는 것을 보니 우리 집안에 술 못 먹을 사람은 없을 것 같으우. 자 드슈."

하고 술이 든 탕기 뚜껑을 누이의 손에 대어준다.

　"아이, 망칙해라, 내가 술이 무슨 술이냐."

하고 손을 들어서 오라비의 잔 든 팔을 민다.

　"조금 잡수어보시지."

　나도 권하였다. 나는 그의 얼굴에 볼그스레 술기운이 도는 양이 보고 싶었다. 그리고 부끄러운 말이지마는 그도 좀 취하는 것이 내 계획에 도움이 될 것 같았다.

　문의 누님은 한 모금을 마시고 낯을 찡기었으나 문과 나는 기어코 그 잔을 다 먹이고야 말았다. 문의 누님이 진저리를 치고 내려놓는 것을 보고 문은 만족한 듯이 벙글벙글 웃으면서,

　"누님 이제도 저더러 술 먹는다고 걱정하시겠수? 하하하하."

하고 병에 남은 술을 마저 따라서,

48　밥 짓는 일.

"집병자 필배야, 이 잔은 내가 먹으리다."

하고 쭉 들이키고는 '크으' 하고 낯을 찡기고 마치 수염을 씻듯이 두 손으로 번갈아서 입을 씻는다.

나는 그가 무의식적으로 그 아버지의 흉내를 내는 것이라고 생각하였다.

"형님, 이거 술이 부족하구려, 내 한 병 더 사가지고 오리다. 춘관은 몇 날이리, 마시고 밤을 새웁시다."

하고 병을 들고 비틀거리며 일어선다.

저녁상이나 받고 집으로 가라고 그의 누님도 나도 만류하였으나 취한 그는 듣지 아니하였다. 대문까지 따라 나간 나는 그가 까치당이 고개 쪽으로 무어라고 혼자 중얼거리며 슬어지는 것을 보았다.

'알부랑자'라던 문의 말을 생각하고 나는 그의 장래를 근심하였다. 그러나 그의 어제도 없고 내일도 없는 오직 오늘의 향락 만에서 인생의 값을 찾는 철저함이 한끝 부럽기도 하였다. 이 인생관이야말로 우리나라 모든 소리에 나타난 철학이오 지나의 성당시대 시인의 인생관이라고 생각하매 알부랑자 문은 결코 속된 사람이 아닌 것 같았다.

나는 저녁상을 받았으나 밥에는 마음이 없었다. 허공에 둥싱둥실 나뜬 듯한 정신상태였다. 내 눈에는 혹은 정면으로 혹은 곁눈으로 혹은 속눈으로 문의 누님만이 보였다. 내 옆으로 오락가락하는 그의 몸에서는 일종의 향취를 발하고 그의 몸이, 손이, 고운 때 묻은 버선 신은 발이, 치맛자락이 모두 견딜 수 없는 유혹을 내게 주었다. 혀로 핥고 싶고, 입으로 물고 빨고 싶었다. 그의 얼굴은 오늘따라 더욱 희고 포근한 것 같고 그의 입술은 더욱 붉고 열정적이었다.

나는 나를 누르기가 심히 어려움을 느꼈다. 그것은 실단에게 대한 것과 같은 정신적인, 플라토닉한 애정과 달라서 아주 동물적인 것이었다. 나는 실단과 마지막으로 둘이 있을 때에는 결코 이러한 욕망을 가지지 아니하였다. 도리어 종교적인 경건하고 엄숙한 사모하는 마음을 가졌을 뿐이었다. 그것은 지금 문의 누님에 대한 감정에 비기면, 형제나 자매에 대한 것이지 남성이 여성에 대한 정열은 아니었다. 그런데 웬일일까, 그로부터 불과 일 년에 나는 소년의 감정을 잃어버리고 수컷 짐승의 정욕을 품게 되었다.

나는 문의 누님에 대한 생각을 정신적인 것으로 전환하려고 애써보았으나 그것은 부서진 옥합의 조각을 맞추려는 것과 같았다.

깨어진 옥합! 그렇다 산산조각에 난 옥합이다. 그리고 옥합 속에 들었던 소년의 향기로운 안개는 영영 어디론지 나가서 슬어져 버리고 말았다.

이 원인이 무엇일까. 내가 나이를 한 살 더 먹은 탓일까? 혼인을 하여서 이성과 육적으로 결합하는 경험이 있는 탓일까? 내 목전에 있는 여성이 특별히 육감적인 탓일까. 내가 타락하여서 더럽게 된 탓일까. 내 혼인생활이 사랑이 없는 불행한 것인 탓일까. 어쨌으나 나는 천당에서 지옥으로, 흰옷 입고 향내 나는 천사로서 피 묻은 옷을 감고 비린내 피우는 악마로 떨어진 것 같아서 지난봄 실단이와 만나서 울던 시절이 까마아득한 가버린 옛날인 것 같았다.

나는 술과 번뇌로 불같이 뜨거워진 한숨을 토하였다.

문의 누님은 뜬 숯불에 내 옷을 다리고 있었다. 내일부터는 내가 학교에 가기 때문이다. 내가 앓는 동안에 그는 내 옷 한 벌을 빨아서 지었다. 나는 그가 반쯤 목을 굽히고 다리미를 밀었다 당기었다 하는 것을 바라보고 있었다. 그의 얼굴이 모로 보이고 통통한 하얀 목이 옥으로 깎은 듯이 탐스러웠다. 그가 다리미를 내어 밀어서 몸이 앞으로 숙이고 허리가 펴울 때에는 볼기짝과 어깨와 젖통과의 선이 아름다운 리듬으로 움직였다. 어떤 기회에는 짧은 저고리 뒷자락 밑으로 하얀 허리의 살이 불 그림자의 어둠 속에 번뜻번뜻하였다.

나는 조각가의 흥미로 이 여성을 바라보려고도 하고 자매관(누이로 보는 것)으로 보려고도 하고 부정관으로 보려고도 하였다. 그러나 내 어설픈 방법으로는, 약한 내 도덕과 신앙력으로 날치는 동물적 정욕을 누르기는 어림도 없는 일임을 깨달았다.

내 양심은 앞에 닥쳐오는 쓴 잔을 면하려고 애처롭고 가냘픈 애를 써보았으나 그것은 단 쇠 위에 떨어지는 꽃송이와 같았다.

"앗으셔요"라던가, "점잖으신 이가 웨 이러셔요"라든가, "이러시면 동생이 가엾지 아니해요"라든가, 뿌리친다든가, 문의 누님은 점잖은 여자로서 육례를 갖추지 아니한 남자의 요구에 대하여 반항할 수 있는 절차는 다 하였으나, 그도 사람이오, 젊은 여자요, 또 과부였다. 마침내 나는 그를 나의 정욕의 독한 이빨로 씹어버렸다. 이리하여서 나는 악인의 적에 등록이 되고, 양심의 옥합을 깨트린 사람이 되었다. 이것이 내 소년 시대의 입맛 쓴 끝이었다.

—《나》, 생활사, 1947. 12.

육장기

○○군.

나는 이 집을 팔았소. 북한산 밑에 육 년 전에 지은 그 집 말이오. 오늘이 집값 끝전을 받는 날이오. 뻐꾸기가 잔지러지게 우오. 날은 좀 흐렸는데도 무성한 감 잎사귀들은 솔솔 부는 하지 바람에 번뜩이고 있소. 오늘이 음력으로 오월 삼일, 모레면 수리(단오)라고 이웃집 계집애들이 아카시아 나무에 그네를 매고 재깔대고 있소. 모레가 하지. 벌써 금년도 반이 되고 양기는 고개에 올랐소. 잠자리가 난 지는—벌써 오래지마는 수일 내로는 메뚜기들이 칠칠 날고, 밤이면 풀 속에 벌레 소리들이 들리오. 아이들이 여치를 잡으러 다니오.

이 편지를 쓰고 앉았을 때에 어디서 청개구리가 개굴개굴 소리를 지르오.

저것이 울면 비가 온다고 하니 한 소나기 흠씬 쏟아졌으면 좋겠소. 모두들 모를 못 내어서 걱정이라는데, 뜰에 화초 포기들도 수분이 부족하여서 축축 늘어진 꼴이 가엾소.

지금이 오전 아홉시, 아마 이 집을 산 사람이 돈을 가지고 조금만 더 있으면 올 것이오. 내가 그 돈을 받고 나면 이 집은 아주 그 사람의 집이 되고 마는 것이오.

엿장수 가위 소리가 뻐꾸기 소리에 반주를 하는 모양으로 들려오오. 내가 이 집에 있으면서 엿을 잘 사 먹기 때문에 엿장수들이 나 들으라고 저렇게 가위를 딱딱거리는 것이오.

엿장수가 지금 우리 대문 밖에 와서 자꾸 가위 소리를 내이오. 아마 내가 낮잠이 들었다 하더라도 깨라는 뜻인가 보오. 그러나 나는 오늘 엿을 살 생각이 없소. 흥이 나지 아니하오. 엿장수는 최후로 서너 번 크게 가위 소리를 내이고는 가버리고 말았소.

어디서 닭이 우는 소리가 들리오. 앞 개천에 빨랫방망이 소리도 들리오. 담 밖에 밤꽃 냄새가 풍기오.

내가 이 집을 지은 것이 금년까지 육년째요 육 년이 잠깐이지마는 내지 나 간 사십팔 년의 육분지일이라고 하면 결코 짧은 동안은 아니오. 게다가 마흔세 살부터 마흔여덟 살 되는 여름까지라면, 내 일생의 상당히 중요한 시기를 이 집에서 보낸 셈이오. 그동안 줄곧 이 집에 산 것은 물론 아니오. 일 년 동안 문안에서 살았고, 또 일 년 남짓은 감옥과 병원에서 살았으니, 실상 이 집에 내 몸을 담아서 산 것은 사 년밖에 안 되는 것이오. 그러나 평생 집이라고 가져본 뒤로부터 이 집이 가장 내가 사랑하는 집이었다 할 수 있는 곳에, 이 집에 대한 특별한 인연이 있는 것이오.

내가 이 집을 짓던 해는 내 평생에 가장 암흑한 시기 중에 하나였소. 내 어린것이 불행하게 세상을 떠난 것이나, 내가 평생을 바쳐보려던 사업이 모두 실패에 돌아간 것이 이 해였소. 그뿐 아니라, 나는 정신적으로 모든 희망을 잃어버려서 이제 내가 인생에 아무것도 바라는 것도 없고, 할 것도 없으니, 이것이 내가 죽을 때가 된 것이 아닌가 하도록 나는 막막한 심경에 빠져 있었소. 내가 사랑하고 믿던 이들까지 다 나를 뿌리치고 가버린 듯하여서 나는 음침한 죽음의 근로에 혼자 버림이 된 혼령과 같이 붙일 곳이 없었소.

이런 심경에서 나는 아주 세상을 떠나버릴 생각을 하였던 것은 그대도 잘 아는 일이 아니오? 나는 아무도 모르게 산에 들어 일생을 마칠 결심으로 금강산으로 달아났던 것 아니오? 나는 거기서 며칠 지나서는 오대산으로 가려 하였었소. 오대산에를 간다고 방한암 같은 이를 찾아서 도를 배우자는 것이 아니라, 그저 깊이깊이 산을 들어가서 세상을 잊고 또 세상에서 잊어버림이 되자는 것이오. 그때 한 가지 희망이 있었다 하면 제 죄를 뉘우치는 생활을 하여서 내가 평생에 해를 끼친 여러 중생, 은혜를 진 여러 중생을 위하여서 복을 빌자는 것뿐이었소.

그러나 내 인연은 아내와 어린것들의 손을 빌어서 나를 도로 이 세상으로 끌어오게 하였소. 이 모양으로 끌려와서 시작을 한 것이 이 집을 짓는 일이었소.

이 집 역사를 할 때에 내 생각은 여기서 평생을 보내리라 하는 것이었소. 변변치 못하나마 문필로 먹을 것을 벌어서 이 집에서 죽는 날까지 살자 하는 것이었소. 그래서 나는 애초에 초가집을 짓고, 감밭을 장만하려 하였소. 내 원고가 밥이 안 되는 경우면 감 농사로 살아가자는 것이오. 그러고 내 아내는 닭을 치기로 하여 양계하는 책을 두서너 권이나 사들여서 열심으로 양계 공부를 하였소. 이 모양으로 세상에 나가 다닐 생각을 끊고 숨어서 살자 하는 것이 이 집을 지으려는 동기였었소.

그랬던 것이 어떤 협잡꾼 청부업자를 만나서 싸게 지어준다는 바람에 초가집 계획을 버리고 기와집을 짓게 된 것인데, 이것이 잘못이야. 예산이 엄청나게 많이 들어서, 감밭을 사고 양계장을 마련할 돈이 없어졌을뿐더러, 이 집이 기와집이기 때문에 탐내는 이가 많아서 마침내 이 집을 팔게 되었단 말이오.

만일 이 집이 조그마한 초가집이더면 이번에 이 집을 산 이도 살 생각을 아니 내었을 것이니, 작자 없는 동안 이 집은 내 집으로 남았을 것이 아니오? 우스운 말 같으나 이것은 농담이 아니라 진정이고 사실이오.

어찌하였으나 나는 이제 기껏 버티어야 앞으로 이 주일밖에는 이 집에서 살 수는 없이 되었소. 육 년간 추억 많은 이 집을 떠나게 되매 지나간 동안이 새로워져서 그대에게 이 편지를 쓰게 된 것이오.

이 집 역사가 아직 다 끝나기 전에 올연선사兀然禪師가 나를 찾아왔소. 그는 일주일간이나 소림사少林寺에 유숙하면서 나를 위하여서 날마다 법을 설하였소.

이보다 전에 아직 이 집터를 만들 때에 운허법사轉虛法師가《법화경法華經》한 질을 몸소 져다 주셨는데, 이《법화경》을 날마다 읽기를 두어 달이나 한 뒤에 올연선사가 오신 것이오.

운허, 올연 두 분은 물론 서로 아는 이이지마는 내게 온 것은 서로 의논이 있어서 오신 것은 아니오. 그야말로 다생의 인연으로, 부처님의 위신력, 자비력으로 내게 오신 것만을 나는 믿소.

또 이보다 수개월 전에 나는 금강산에서 백성욱사山性郁師를 만나서 삼사 일간 설법을 들을 기회를 얻었소.

또 이보다 십이삼 년 전에 영허당映虛堂 석감노사石嵌老師와 금강산 구경을 갔다가 신계사神溪寺 보광암普光菴에서 비를 만나 오육 일 유련하는 동안에 불탁에 놓인《법화경》을 한 벌 읽은 일이 있는데, 이것이《법화경》에 대한 이생에서의 나의 첫 인연이었고, 또 그 전해에 아내와 같이 춘해春海 부처와 같이 석왕사釋王寺에서 여름을 날 때에《화엄경華嚴經》을 읽은 일이 있었소. 또 우연하게《금강경金剛經》,《원각경圓覺經》을 한 질씩을 사둔 일이 있었는데, 이 집을 짓던 해 봄에 그것을 통독하였소.

이 모양으로 이 집에 와서부터《법화경》을 주로 해서 불경을 읽게 되었소. 여덟 살 먹은 어린 아들의 참혹한 죽음이 더욱 나로 하여금 사람이 무엇인가? 어찌하여서 나는가? 죽음이란 무엇이며, 죽어서는 어찌 되는가? 하는 문제를 아니 생각할 수 없이 하였소. 그러므로 나는 내 죽은 아들 봉근鳳根도 나를 불도에 끌어들이기 위하여서 다녀간 것이라고 믿소.

관세음보살이, 혹은 비가 되시와 나로 하여금 보광암에 오육 일 유련하게 하시고, 혹은 아들이 되어, 혹은 운허법사, 올연선사가 되시와 길 잃은 나를 인도하신 것이라고 믿소.

또 예수께서도 그러하시었다고 믿소.

내가《신약전서》를 처음 보기는 열일곱 살 적 동경 명치학원明

治學院 중학부 3년생으로 있을 때인데, 그 후 삼십여 년간 날마다 다 읽었다고는 못하여도 내 책상머리나 행리에 성경이 떠난 적은 없었거니와, 이것이 나를 불도로 끌어넣으려는 방편이었다고 믿소.

아무려나 나는 이 집을 지은 육 년 동안에 법화 행자가 되려고 애를 썼소. 나는 민족주의 운동이라는 것이 어떻게 피상적인 것도 알았고, 십수 년 계속하여왔다는 도덕적 인격 개조운동이란 것이 어떻게 무력한 것임을 깨달았소. 조선 사람을 살릴 길이 정치 운동에 있지 아니하고 도덕적 인격 개조운동에 있다고 인식하게 된 것이 일단의 진보가 아닐 수 없지마는, 나 스스로의 경험에 비추어서 신앙을 떠난 도덕적 수양이란 것이 헛것임을 깨달은 것이오. 내 혼이 죄에서 벗어나기 전에 겉으로 아무리 고친다 하더라도 그것은 의식에 불과하다고 나는 깨달았소.

스물여덟 살 되는 겨울에 나는 도덕적으로 내 인격을 개조하리라는 결심을 하고 마흔세 살 되는 봄, 내 어린 아들이 죽을 때까지 십오 년간 나는 이 개조생활을 계속하노라 하여 거짓말을 삼가고, 약속을 지키고, 내 책임을 중히 여기고, 나 개인을 위하여서 희생하고, 남을 사랑하고, 존중하고, 몸가짐을 똑바로 하고, 이러한 공부들을 계속하노라고 하였으나, 스스로 돌아보건대, 제 마음속은 여전히 탐욕의 소굴이어서 십오 년 전의 내가 그 더러움에 있어서, 그 번뇌에 있어서 조금도 다름이 없음을 발견하였고, 앞으로 살아나갈 인생에 대하여 아무 자신도 광명도 없음을 스스로 의식할 때에 나는 자신에 대하여 역정이 나고 말았소.

문학을 하노라 하여서 소설 권이나 썼소. 사상가 자처하고 논문 편도 썼고, 지도자를 자처하고 나보다 젊은 남녀들에게 훈계

같은 말까지도 수천만 어를 하였소. 그러나 홀로 저를 볼 때에,

"이놈아, 네 발뿌리를 좀 보아!"

하는 탄식이 아니 날 수가 없었소.

이러다가 나는 《법화경》을 읽는 자가 된 것이오.

이 집에 온 후로 육 년간 날마다 《법화경》을 읽는 자가 된 것이오.

그러면 지나간 육 년 동안에 얼마나 마음이 깨끗하여졌느냐, 그대는 그렇게 물으시겠지요. 지금 너는 전보다 얼마나 나은 네가 되었느냐, 이렇게 물으실 때에, 그대는 아마 내게 대하여 일종의 경멸과 비웃음을 느끼시리라.

글쎄, 별것 없지요. 별로 달라진 것 없지요. 나는 육 년 전이나 지금이나 마찬가지 더러운 중생이겠지요. 예와 같은 탐욕과 예와 같은 질투와.

그러나 사랑하는 그대여! 하나 달라진 것은 있소. 지금 나는 부처를 향하고 걸어가느니라 하는 믿음 말이오. 못나고 추악한 범부凡夫이기는 육 년 전이나 지금이나 마찬가지이지마는, 전에는 나는 언제까지나 이런 사람이고 마느니라 하던 것이 지금에는, 나는 장차 완전한 성인이 되느니라 하고 스스로 꽉 믿게 된 것이오.

"네가 어떻게 성인이 되느냐? 너 같은 것이 어떻게 부처님이 되느냐?"

하고 그대가 물으시면 나는 이렇게 대답하겠소.

"부처님 말씀이 나도 성인이 된다고 하셨다. 《법화경》을 읽노라면 언제 한 번은 성인이 된다 하셨다. 나는 이 말씀을 믿고 그저 《법화경》을 읽을란다."

그러나 그대가,

"나 보기에는 네가 육 년 전보다 성인에 가까워진 것 같지 않다."

그러시겠지.

내가 보아도 그러하긴 그렇소. 그러나 나는 믿소. 나는 이렇게 평생에 《법화경》을 읽는 동안에 얼굴과 음성도 아름다워지고, 몸에 빛이 나서 '衆生樂見, 加慕賢聖'[1] 하게 되고, 몸에 병도 없어지고, 마침내는 나고 살고 죽고 하는 것을 마음대로 하여서 삼십이 응신應身[2] 백천만억 하신河身[3]을 나토아 중생을 건지는 대보살이 되고, 마침내는 십호구족十號具足한 부처님이 되어서 삼계사생三界四生의 모든 중생의 자부가 되느니라고.

그날이 언제냐고? 오늘부터지요. 또는 무량겁無量劫[4] 되겠지요.

집값을 다 받았소. 닷새 뒤면 내가 이 집을 아주 떠나기로 되었소. 동네 사람들이 왜 이 집을 팔았느냐고, 아깝지 아니하냐고 그러오. 그렇게 애를 써서 지은 집을 왜 팔았느냐고, 그렇게 사랑하던 집을 왜 팔았느냐고, 게다가 너무 값을 적게 받았다고, 또 서로 정이 들었는데, 또 떠나게 되니 섭섭하다고 그러오. 다들 고마운 사람들이오.

"집보다 더한 몸뚱이도 때가 되면 버리고 가는걸요."

나는 웃고 이렇게 대답하였소.

실상 한 집에 한평생 사는 사람은 심히 팔자가 좋은 사람이오. 한 번 이사하는 것이 한 번 화재 당하는 것과 같다고 하는데, 그것은 다만 경제적 손해만을 가리킨 것이 아니라고 생각하오. 마

---

1 '중생악견, 가모현성'.
2 부처의 삼신三身 중의 하나.
3 강줄기의 물이 흐르는 부분. 굽이쳐 흐르는 강의 모양을 이른다.
4 헤아릴 수 없는 오랜 시간이나 끝이 없는 시간.

음이 설렁하게 들뜨는 것이 큰 타격인가 하오.

더구나 떠나갈 데를 미리 장만해놓지 아니하고, 있던 집을 먼저 팔아버린 때에 마음이 괴로움은 여간이 아니오. 게다가 제집한 칸 없이 셋집 셋방으로 돌아다녀서 여기서 쫓겨나고, 저기서 쫓겨나고 하는 심사는 실로 비길 데 없이 괴로울 것이오. 한층 더떨어져서 셋방을 얻을 힘이 없어서 남의 집 행랑, 곁방으로 식구들과 누더기 보퉁이를 끌고 다니지 아니하면 아니 될 신세야 말해서 무엇하겠소? 그것은 차라리 천지로 집을 삼고 홀몸으로 돌아다니는 거지 신세보다도 애 터질 노릇일 것이오.

한 곳에 떡 자리를 잡고 일평생 사는 것이 어떻게나 상팔자이겠소? 게다가 그 자리가 대단히 좋은 자리일 때에 그것은 인생에최고 행복일 것이오. 대대로 한 집에 사는 집을 명당이라고 하는것이 이 때문이겠지요.

나는 지금까지에 한 집에서 십 년을 살아본 일이 없는 사람이오. 한 집은커녕 한 고장에서 십 년을 살아본 일도 없소. 내가 처음 나서부터 우리 아버지가 나를 끌고 내가 열한 살 되기까지에네 번이나 이사를 하셨고, 열한 살에 부모를 여읜 뒤로는 나는 금일 동 명일 서로 표랑 생활을 한 것이오. 서울에 엉덩이를 붙이고사는지 우금于今 십구 년에도 집을 옮기기 무려 열 번이나 되오.그동안에 여기서 일평생을 살자 하고 집을 짓기가 세 번인데, 이제 둘째 집을 파는 것이오.

발등에 핏줄이 호형으로 돌아가면 한자리에 오래 붙어살지 못한다는 말이 있지 않소? 내 발등이 그래. 그리고 사주를 보이거나 손금을 보이거나 고향에 붙어 있지는 못할 팔자래.

그러고 보니 이것이 모두 전생의 업보요.

사람으로 집을 옮기는 것이 대개는 두 가지 이유가 있는가 하오. 빚을 지거나 기타 밖에서 오는 이유로 부득이 떠나게 되는 것이 첫째, 그리고 더 좋은 데를 찾아서 떠나는 것이 둘째, 부득이한 이유로 떠나는 것은 말할 것도 없지마는, 더 좋은 데를 찾아서 떠난다는 것도 벌써 그 사람의 팔자가 상팔자는 못 되는 표이오. 나는 두 가지 이유를 다 가지고 집 떠나기를 하여온 것이오.

한 번은 내가 병이 중하여서 피접避接[5] 나는 모양으로 집을 떠났고, 한 번은 일평생 살아갈 집이라고 지어놓고 옮아갔으니, 이것이 이를테면 내게는 가장 행복된 이사였고, 또 한 번은 아들을 좋은 소학교에 넣기 위하여서 그 일평생을 산다던 집을 팔고 떠났으니, 이것은 좋은 편이고, 한 번은 아들이 좋은 학교에 입학하려다가 죽어서 차마 그 집에 살 수 없다고 하여서 집을 떠났고, 한 번은 이제는 세상에서 숨어서 일평생을 산다 하여 새로 집을 지었으니, 그것이 바로 어저께 집값 끝전을 받은 이 집이오.

그리고는 아내가 의학 공부를 더 한다고 하여서 동경으로 집을 옮겼으니 이것도 상당히 칭찬할 만한 일이었고, 그리고는 아내의 병원을 짓고 큰 사업을 하자고 큰 집을 지었으니, 이것은 제법 사회봉사의 의미를 가진 매우 중요성 있는 이사였소. 나는 이이사가 크게 축복을 받아서 아내의 사업이 크게 흥왕하기를 바라오.

그런데 지금 팔려 넘어간 북한산 밑에 있는 집은 내가 홀로 숨

---

5 앓는 사람이 다른 곳으로 자리를 옮겨서 요양함. 병을 가져오는 액운을 피한다는 뜻이다.

어 있어서 일생을 보내리라는 생각을 바로 한 달 전까지도 가지고 있었으나, 행인지 불행인지 사자는 사람이 나서서 이것을 팔아버리게 된 것이오.

"그저 작자 없는 동안이 내 것이야."

하던 어떤 친구의 말이 명답이오.

나는 이제 와서는 이런 핑계를 하오. 이 집이 내 별장으로 너무 과해. 육천 원짜리 별장이 내게 당한가. 한 오륙백 원으로 초가집을 꼭 삼 간만 짓고 살리라―이렇게.

아직도 나는 더 나은 데, 더 좋은 데 하고 찾는 마음을 버리지 못하니 딱한 사람이오.

'吉人住處是明堂'[6] 좋은 사람 사는 곳은 다 명당이오. 그것이 산골짜기거나 벌판이거나 시의 빈민굴이거나 움막이거나, 저만 도를 얻어 덕이 있는 사람이면 그 사람 사는 곳은 다 명당이란 말이오. 이것은 내가 이 집을 팔고 어디로 가나 하고, 생각하다가 문득 얻은 글귀요.

'天地皆由我 無事不太平'[7] 이것은 일전 꿈에 얻은 글인데, 천지도 다 나로 말미암아 있느니 무엇은 태평이 아니랴, 그런 소리인가 보오. 두 글귀가 다 내게는 큰 교훈이 되오. 하필 경치 좋은 곳을 찾을 것은 있느냐? 하필 새로 집을 지을 것은 있느냐? 어디든지 내 분에 오는 대로 이 몸을 담아두면 그만이 아니냐―이 뜻이겠으나, 진실로 이런 심경을 가지고 살게 된다면야 제법이지요. 닥치는 대로 먹고, 닥치는 대로 입고, 닥치는 대로 자고, 그리고 마

6 '길인주처시명당'.
7 '천지개유아 무사불태평'.

음이 늘 화평하여서 아무 근심이 없다면야 벌써 성인지경 아니오? 그러나 그것은 내 따위로는 엄두도 못 낼 일이오. 어떤 중의 글에, '오랜 옛날부터 육도 두루 돌았으나, 좋은 것 하나 없고, 걱정 소리뿐일러라' 하는 말이 있소.

이것은 내 생명이 나고 죽고 하는 동안에 천상, 인간, 아수라, 지옥, 아귀, 축생 여섯 가지 세계에 아니 가본 예가 없지마는 어디를 가보아도 모두 근심걱정뿐이요, 살기 좋은 데는 없더라 하여 중생에게 염불을 권하는 글이오. 네 이 세상에서 아무리 좋은 데를 찾기로니 좋은 데라는 것이 어디 있느냐, 아미타불의 극락세계에나 가야 비로소 좋은 데를 보리라는 뜻이오.

그대여, 이 세상 한세상 살아가기가 그렇게 어렵구나. 아침에 나왔다가 저녁에 죽는다는 하루살이도 그 하루 생명을 부지하여 가기가 매우 어려운 모양이오. 요새 이 집에도 모기가 많이 나왔는데, 내가 모기장을 치고 자니, 여러 십 마리가 모기장 가로 앵앵하고 돌다가 돌다가 벽에 붙어서 자니, 필시 굶어서 자는 것 아니오? 이것을 사람의 말로 번역하면 생활난이야. 그들의 대부분은 그 조그마한 배도 채울 수가 없어서 굶주리다가 굶주리다가 죽는 모양이야. 그들이 앵앵거리는 것은 과연 비명이 아닐 수가 없소. 내 집 창 앞에 와서 우는 참새들도 산새들도 까치들도 또 아마 창경원에 집을 잡고 있는가 싶은 따오기 왁새들이 내 집 위로 아침저녁으로 날아다니는데, 그들도 무척 생활난이 아닌가 하오. 아마 요새에 어린 자식들을 두고 먹이를 찾느라고 수색, 일산 등지의 논으로 돌아다니는 모양이오.

그들이 인왕산 뒤를 넘어서 북악을 넘으려 할 때는, 더구나 다 저녁때에 너풀너풀 날아 돌아올 때에는 무척 지친 모양이오. 그러다간 황혼이 다 된 때에 또다시 서쪽으로 날아가는 것은 아마 밤 사냥을 나가는 모양이오. 카페 색시들이 밤에 벌이를 나가는 모양이겠지요.

또 뻐꾸기가 우오. 응, 그 꾀꼬리도 우오.

"뻐꾹 뻐꾹."

"비조비 비지오비, 지오리 지오리비."

이 모양으로 울고 있소.

밤이면 또 쑥덕새가 우오.

"쑥덕쑥덕 쑥덕쑥덕, 딱딱딱딱."

그들은 암컷을 부르는 것이라오. 하루 종일 부르고 날마다 불러도 좀체로 짝을 만나지 못하는 모양이오. 요사이에는 밤이면 청개구리가,

"개굴개굴 개굴, 개굴개굴 개굴."

하고 세검정 개천 버드나무 밑에서 밤늦도록 우오. 아마 밤새도록 울겠지. 그들도 암컷을 찾는 것이라오.

수일 전부터 반딧불들이 셋, 넷, 감나무밭 위로 오르락내리락, 조그마한 번뇌의 푸른 등을 깜박깜박하면서 헤매오. 그들도 짝을 찾는 것이라 하오. 그래도 쉽사리 못 만나는 모양이오.

우리 집 이웃에는 스물다섯 살이나 난 총각이 얼굴에 여드름이 잔뜩 나가지고, 날마다 지게를 지고는 벌이하러 문안으로 들어가거니, 해 지게 돌아와서는 밥을 먹고는 새 고의적삼을 입고 옥색 조끼를 입고는 세검정 네거리 쪽으로 내려가오.

"어디 가나?"

"말 가요"

하고 그는 웃소. 세검정 쪽으로 내려가면 술집 갈보가 있소. 그는 일찍 갈보 하나를 데려다가 한 사오 일 동안 놀이를 한 일이 있었는데, 그때 장가들 밑천이라고 모아두었던 돈 일백팔십 원을 몽땅 써버렸다고 하오. 그 돈을 다 빨아먹고는 그 갈보는 마치 피 빨아먹은 모기 모양으로 다른 데로 가버리고 말았소. 요새에는 그 총각은 하루에 기껏 일 원 남짓 버는 터이니, 갈보 팔목 한번 잡아볼 재력도 없을 것이오. 그가 밤에 세검정 네거리로 내려가더라도, 유리창을 통하여 그 뚱뚱한 갈보를 우두커니 바라보다가 오거나, 기껏해야 막걸리 한 잔 사 먹고 농담 한마디나 붙여보고 올까?

이 동네 처녀들은 모두들 공장으로 갔소. 열댓 살 먹어서 동네 총각들의 눈에 들 만큼 되면 공장으로 달아나버리고, 동네에 남아 있는 계집애라고는 코 흘리는 어린것들뿐이오.

모두들 생활난이오. 벌레나 새들이나 사람들이나, 먹을 것 없어 생활난, 시집 장가 못 가서 생활난, 그런데 대관절 무엇하러 이렇게 살기 어려운 세상에 살고 싶어 하는 것이오? 그나 그뿐인가. 저도 살기 어려운 세상에 애써서 왜 새끼를 치자는 것이오? 그것이 생명의 신비지요. 아마 생물 자신들은 의식 못 하면서도 그 속에 우주의 목적이─어떤 방향을 가게 하려는 목적이 있나 보지요.

'到處無餘樂 唯聞愁嘆聲.'[8]

8 '도처무여악 유문수탄성.'

그래서 옛날 중이 이러한 한탄을 한 것이오.

그렇다 하면, 이 사바세계에서 어디를 가기로 편안한 고장이 있겠소? 사바세계란 말이 본디 참는 세계라는 뜻이랍니다. 참고 견디고 살아갈 만한 세계란 말인데, 그렇다 하면 잘 참는 사람이 오직 행복된 사람이 되는 것이오. 행복은 추구함으로 얻을 것이 아니라, 제 번뇌—모든 욕심 말이지요—를 뿌리째 뽑아버린 때에 비로소 사바세계에 행복이 있단 말이지요.

'願入涅槃城.'[9]

그 중은 이 말로 끝을 막았소. 원컨대 열반성에 들어지이다—삼계 육도를 두루 돌아도, '到處無餘樂 唯聞愁嘆聲'이니까 다른 데 좋은 데를 찾을 것 없이 내 번뇌를 다 불살라버리자는 말이오. 열반이란 욕심을 떠난 경계라니까.

그런데 그대도 저번 편지에,

"여보시오. 나는 도저히 이 생활을 더 견딜 수 없소. 나는 이 자리에서 뛰어날 수밖에 없소. 나는 더 나를 속이기를 원치 아니하오. 이런 생활을 계속할 바에는 차라리 죽어버리고 싶소. 여보시오. 내가 어떻게 하면 좋소?"

이러한 말씀을 하셨거니와, 나는 그 편지에 여태껏 답장을 아니하고 있거니와 무슨 말로 답장을 하겠소? 할 말이 없지 않소? 그것은 그대가 지금 어디 있는지를 잊어버린 까닭이오. 그대 있는 곳이 어딘고 하니 사바세계요. 그대의 생활이 뜻대로 아니 되고 괴로움이 많은 것은 사바세계 중생으로 태어날 때에 벌써 그럴

9 '원입열반성.'

줄 알고 온 것 아니오? 그대가 그중의 말과 같이 열반성에 들거나 그까지는 못한다 하더라도, 아미타불님께 매달려서 극락세계에라도 가기 전에는 그대는 괴로움을 벗어날 수가 없는 것이 아니오? 그대가 이 자리에서 벗어나다니 어디로 벗어난다는 말요? 손오공이 모양으로 힘껏 재주껏 달아난대야 다 가고 보면 또 거기가 거기요. 죽어? 죽으면 어디로 가오. 죽어도 또 거기가 거기요. 사람이 죽어서 모든 괴로움을 벗어날 확신만 있다고 하면, 금시에 자살할 사람이 무척 많을 것이오. 그렇지마는 죽어라 하고 보면 죽음의 저편이 도무지 마음이 아니 놓여. 죽어서 지금보다 더 괴로운 데로 간다면 차라리 이 자리에서 참고 있는 것만도 못하거든. 그게 걱정이란 말이오.

또 까치가 깍깍거리오. 여러 놈이 함께 깍깍거리는 품이 어디 뱀이 나왔나 보오. 뱀들이 요새에 새 새끼들을 노리고 돌아다니는데, 아마 어떤 뱀이 까치집을 노리는 모양이오. 그 뱀이 까치집 있는 나무를 찾아 기어 올라가서 아직 날지도 못하는 까치 새끼를 잡아먹는 것이오. 그러나 뱀 편으로 보면 까치집 하나 얻어 만나기가 아마 극히 어려우리다. 그럴 것이, 이 동네에도 까치집이 모두 열이 될락 말락 하는데, 뱀은 아마 수만 마리가 있을 모양요. 또 땅에 붙어 기어 다니는 놈이 멀리서 까치집 있는 데를 바라보고 달려갈 수도 없는 노릇 아니오?

아무려나 까치들은 선천적으로 뱀을 무서워하는 모양이오. 반드시 한번 혼난 경험이 있어서만 까치들이 뱀을 무서워하는 것은 아닌 성싶소. 그러나 까치들은 뱀 안 사는 곳에 집을 지을 수가 없구려. 뱀이 살 수 없는 곳이면 까치 살 수도 없는 곳이란 말

요. 그러니까 까치는 될 수 있는 대로 뱀이 없을 듯한 데다가 집을 지어놓고,

"제발 뱀이 오지 말게 합소사."

하고 비는 수밖에 없을 것이오.

내 이 집을 사가지고 오실 부인이 나를 보고,

"여기 뱀 없어요? 지네 같은 것?"

이렇게 묻습디다.

그래 나는 빙그레 웃었소. 왜 웃었는고 하니, 바로 일전에도, 아마 지붕 기왓장 밑에 친 참새 새끼를 먹으러 왔던 게지요. 젊은 뱀 내외가 대낮에 담을 넘어들어오는 것을 우영이랑 환이랑 나랑 셋이서 우리 면이 다니는 소학교에 표본으로 보냈거든요. 그 아내 뱀이 태중이더라오. 남편이 먼저 들어와서 잡혔는데, 아마 아내가 혼자서 기다리다가 걱정이 되었던지, 무거운 배를 안고 따라와서 같은 유리병에 들어간 거요. 근래에는 사람에도 드문 열녀야.

또 우리 사랑 아궁이 옆에도 분명히 살무사 한 쌍이 산대. 환이 보았노라니 정말이겠지요. 둘이 가지런히 대가리를 내밀고 혀를 날름날름 하고 있는 것을 환이가 보았다오. 이런 것을 생각하니 그 부인이 묻는 말이 우습지 않소? 그래서 내가,

"세상에 뱀 없는 데가 어디 있어요? 지네, 그리마, 노래기 이런 것도 바위 있는 산에는 없는 데가 없습니다."

그랬더니 이 부인은 대단히 입맛이 쓴 모양입니다.

"난 뱀, 지네, 그런 것 싫어하는데."

그러고 양미간을 찡깁니다.

뱀, 지네, 그리마, 노래기, 쥐며느리, 거미, 송충이, 이런 것 좋아하는 사람이 어디 있겠소. 빈대, 바퀴, 벼룩, 모기, 파리 이런 것 다 싫은 것 아니오? 길 가다가 하루살이 그런 것 다 싫지요. 또 우리 몸을 파먹는 모든 벌레와 미생물들, 회충, 촌백충이, 십이지장충, 요충, 결핵균, 임질균, 매독균, 기타 파상풍 일으키는 균, 폐결핵 일으키는 균, 트라홈, 옴, 무좀, 이런 것 다 좋아하는 사람이 어디 있어요?

내 밥을 지어주는 집에서 닭을 서너 마리 쳤소. 수놈 한 놈, 암놈 세 마리. 그놈들이 풀숲으로 돌아다니고 울고 하는 것도 재미있으려니와, 하루에 두세 알씩 알을 낳는 거요. 이게 재미야. 그런데 이놈들이 부엌이나 마루에 똥질을 하고 화초와 채마를 녹이고 한다고 그 집에서 성화를 하더니, 그놈들이 이가 끓어서 그것이 방에까지 들어와서 견디다 못하여서 다 잡아 없애고 말았는데, 그 닭이 깔고 있던 섬거적에도 이가 있다고, 이 이는 삼 년이 가도 아니 없어진다고 하여서 솥에다가 물 한 솥을 끓여서 그 섬거적에 붓고는 그래도 끓는 물에도 아니 죽는 놈이 있을까 보아서, 마치 염병 앓다가 죽은 사람의 이부자리 모양으로 그 섬거적들을 길가 풀숲에 내어버렸는데, 올 적 갈 적 그 섬거적을 보면, 번번이 마음에 섬뜩한 것이 생긴단 말요. 한 중생 세계가 그 모든 욕심과 기쁨과 괴로움 속에서 살다가 망해 나간 폐허를 보는 것 같아서.

닭 주인은 다시는 닭은 아니 친다는 거요. 차차 닭 백 마리나 쳐서 양계를 해보려고 희망이 가득하더니, 아주 닭의 이 통에 진절머리가 난 모양이오.

'풍파에 놀란 사공 배 팔아 말을 사니,

구절양장九折羊腸[10]이 물 두곤 어려워라.

이후란 배도 말도 말고

밭 갈기나 하리라.'

하는 옛 노래가 있지 않소? 그러나 밭 갈기는 쉬운가? 그 사람이 만일 말을 팔아서 밭을 샀다면,

'밭 갈아 기음[11] 매기 풀 뽑기와 벌레 잡기,

가물면 가물어서, 비 오면은 물이 날까.

가을밤 우레 번개에 잠 못 이뤄' 할 것이오.

꽃 한 송이를 보자면 벌레 백 마리를 죽여야 하오.

이 글을 쓰고 있노라니 삼철이라는 영등포 방직공장에 다니는 이웃집 계집애가 찾아왔소.

"너 어째 왔니? 공일도 아닌데."

"몸이 고단해서 하루 말미를 얻었어요."

"어디가 아프냐?"

"그저 몸이 나른해요. 팔다리가 쑤시고."

하며 그는 눈을 뜨기도 힘이 드는 듯이 나를 쳐다보오.

이 애는 열여섯 살에 공장에를 들어가서 금년이 열아홉 살이오. 지금은 감독이 되었노라고 그래서 일은 좀 헐하지마는, 그 대신 다른 아이들한테 미움을 받노라고.

"여섯시부터 여섯시까지 줄창 섰는걸요. 피가 모두 다리로만 내려가서 발들이 소복소복 부어요."

---

10 아홉 번 꼬부라진 양의 창자라는 뜻으로, 꼬불꼬불하며 험한 산길을 이르는 말.
11 '김'의 방언.

"노는 시간이면 모두들 잔디밭에 모여 앉아서 눈물을 떨구기가 일이죠."

"그래도 소박데기나 과부나 그런 이들은 우리 같은 계집애를 부러워들 해요— 우리도 처녀 같으면 한 번 다시 시집가서 재미있게 살아 보련만— 이러구요."

삼철이는 뽀얗게 화장을 하고, 하얀 모시 적삼에 누르스름한 교직 치마를 입고 앞치마를 두르고, 머리에 핀들을 여기저기 꽂았소.

"그럼 무엇해요? 암만 있으니 여기 월급이 몇 푼이나 돼요? 옷 해 입고 화장품 사고, 먹고 싶은 것 잘 사 먹지도 못하지요."

"모두들 화장들 하니?"

"그럼요. 자고 나면 모두들 화장들 하지요. 화장하는 게나 재미지, 또 무슨 재미가 있어요?"

나도 한숨을 지었소. 보아줄 남자들도 없는 여자만의 나라에서들 화장들을 하는 과년한 계집애들의 모양이 눈에 뜨이오. 그들은 화장하고 작업복 입고 공장으로 들어가는 것이오.

"잘 때에는 모두들 곯아떨어져서 이를 갈아요. 잠꼬대도 하고, 이를 가는 것이 참 못 견디겠어요. 그리고 다리들을 남의 배 위에 척척 올려놓지요. 열두 시간이나 내려서니깐 다리가 저리거든요. 좀 올려놓으면 참 편안해요. 그래도 남의 다리가 내 위에 와 얹히면 참 싫어요. 그래서들 싸우지요."

"회사에서는 돈이 막 남는대요. 그래도 월급은 영 안 올라요. 먹을 거나 좀 낫게 해주어도 좋으련만."

"아버지도 인제는 늙으셨어요. 오늘도 허리가 아프시다고 누위계셔요. 어머니도 늙으시고요. 통 눈이 안 보인대요."

"오라버니는 마음은 착하건만 술 때문에 걱정야요. 언니는 병으로 그저 그 모양이고요."

삼철이는 이런 이야기를 하다가 갔소. 소학교에도 못 다녀본 그 연마는, 공장에 가 있는 동안에 지식이랑 말이랑 늘었소. 그의 말은 모두 한번 들으면 아니 잊히는 말이오. 그것은 인생의 시가 아니오? 슬픈 시가 아니오?

삼철이도 제 장래를 그리고 있겠지요. 그대나 내가 수십 년 전에 그리하였던 것같이 그는 지금의 가난한 신세를 한탄하면서도 좋은 남편과 깨끗한 집과 이러한 모든 좋은 것을 상상할 것이오. 그러기에 그가,

"집이나 하나 깨끗하게 짓고 살았으면 좋겠어요—초가집을요."
한 것이오.

이제는 시집도 가고 싶을 때 아니오? 아이도 낳고 싶을 때 아니오? 그러나 그렇게 알맞게 술 안 먹고 노름 안 하고, 일 잘하고, 또 될 수 있으면 돈도 좀 있고, 또 될 수 있으면 얼굴도 잘나고, 또 될 수 있으면 마음도 착해서 처가족을 소중히 여기고, 첩을 얻는다든지 도박을 한다든지 그러지 아니하고, 그러한 안성맞춤 신랑이 나서줄는지. 그리고 그가 그렇게도 소원하는 깨끗한 초가집 한 채가 그의 몫이 되어줄는지. 이것은 물론 이 아이의 몫에 오는 제비를 펴보아야 알겠지요. 그러나 한 가지만은 확실하지 아니하오? 괴로움 없는 생활은 없다는 것은. 그러니까 이 아이도 사바세계의 뜻을 알아서 참는 공부를 하여야 할 것이겠지요.

"어려서 좀 고생을 해보아야 해요."

삼철이는 어른스럽게 이러한 말을 하였소. 그것은 대단히 기특한 말이지마는,

"사람이란 일생에 고생할 것을 깨달아야 해요."

하는 말은 아직 이 애 입에서는 나올 때가 아니겠지요. 왜 그런고 하면, 열아홉 살 난 처녀의 생각으로는 필시,

"내가 고생할 날도 며칠 안 남았다. 며칠만 더 지나면 나는 고생을 떠나서 재미만 쏟아지는 살림을 하게 될 것이다."

이렇게 생각할 것이오.

그러나 그대는 이미, '인생이란 고생이다' 하는 진리를 깨달을 날도 되지 아니하였소? 이 세상에서 아무 데를 가더라도, 무엇을 하더라도, 거기가 거기요, 그것이 그것이라고 깨달을 때가 되지 아니하였소?

'내가 태어난 곳은 사바세계다. 참고 견디는 세계다. 내가 받는 것은 모두 다 내가 받을 것을 받는 것이다. 이것을 안 받으려고 앙탈하는 것은 마치 나이를 아니 먹으려고 뻗대는 것과 같다. 그것은 어리석음이오. 그뿐 아니라 앞날의 악업을 더 저지르는 것이다.'

그대는 이렇게 생각하지 못하오?

이런 소리를 하는 나도 실상은 이 집보다 더 나은 집을 가지고 싶어 하오. 이보다 더 경치 좋은 곳을, 그러면서도 이보다 더 교통이 편한 곳에, 산색뿐 아니라 야색까지도 볼 수 있는 곳에, 이 집보다도 더 내 취미에 맞는 집을 지어볼까 하는 어리석은 욕심이 있어서 벌써 거간한테 터 하나를 골라달라고 말까지 하여놓았소.

그렇지마는, 이것은 물론 헛된 공상이오. 첫째로 이 집을 팔아서 빚을 갚아버리면은, 새 터를 사고 새집을 지을 돈이 남을 것이 없는 것이오. 그러면서도 집을 하나 지을 필요가 있다, 꼭 하나 지어보자 하는 어리석은 생각을 버리지 못하고 있으니, 진실로 내가 가련하고 우둔한 중생이 아니오?

또 설사 내게 돈이 넉넉히 있기로니, 뱀도 지네도 없는 집터는 어디 있으며, 꼭 마음에 들어서 언제까지나 마음에 들 집은 어디 있소? 있을 수 없는 것 아니오? 죽자 살자 하고 서로 사랑하여서 만난 내외도 몇 해 함께 살아보면 시들해지는데, 천하에 어디 암만 오래 살아도 마음에 드는 집터나 집이 있겠소? 그러니까,

'吉人住處是明堂'이라는 생각을 하게 되는 것이오.

하필 집만이려, 만사가 다 그렇겠지요. 내외간도 그럴 것이오. 사람의 욕심이란 제풀로 내버려두면 대추나무 뿌리 같아서 한없이 뻗어 가는 것이오. 이 여자를 아내를 삼으면 저 여자가 더 좋은 것 같고, 이 남자를 남편으로 삼으면 저 남자가 더 잘난 것 같단 말요. 그러고 보면 결국 제게 태인 남편을 가장 좋은 남편으로 알고, 제 아내가 된 여자를 가장 으뜸가는 여자로 알아서 그로써 만족하는 것이 상책일 수밖에 없는 것인데, 욕심이라는 심술궂은 마귀가 사람의 눈을 가리워서 이 분명한 진리를 못 보게 하고서리, 자꾸만 더 나은 것을 찾아서 헤매게 하는 것이오. 이래서 저로는 번뇌가 끝이 없고, 세상으로는 죄악이 그칠 줄을 모른단 말요.

'不求大勢佛. 及與斷苦法. 深入諸邪見. 以苦欲捨苦. 爲是衆生故. 而起大悲心.'[12]

석가여래께서 수도하신 동기가 여기 있노라고 하셨소. 인생의

괴로움을 벗어나는 길이 힘이 많으신 부처님의 가르치심을 따르는 길밖에 없는데—다시 말하면 제 욕심을 따르는 이기욕을 버리고 자비의 생활을 하는 길밖에 없는데—이 길이야말로 진리의 길인데, 이 길을 찾지 아니하고 사특한(잘못된, 그릇된, 진리 아닌) 길을 걸어서 괴로움을 버리려고 하니, 그것은 도리어 점점 더 괴로움을 걸머지는 것이란 말요.

세상을 둘러보면 모두 괴로운 사람들 아니오? 얼른 보기에 행복된 듯한 부자들이나, 권세 있는 자들도 그 속을 들어보면 모두 걱정근심이여. 그런데 나이가 많은 사람일수록 더욱 고생이 심하고 걱정근심이 많은 모양이오. 그 사람들은 일부러 걱정근심을 찾아서 걱정근심을 하는 것은 아니겠지요. 다들 평생에 자고 나면 걱정근심을 면하고 행복을 찾으려고 애써온 사람들이언마는, 한 살 두 살 나이가 먹을수록 찾는 행복은 점점 멀어가고, 면하려는 고생만 지긋지긋이도 따라오는 거야. 이것이 인생의 진상이 아니오?

하룻밤 자고 나서 이 편지를 계속하오.

날이 밝고 바람도 없소.

"찌배, 찌배, 찌배, 찌배, 찌배."

솔새 소리가 나오. 두 뺨이 하얀 새요. 솔밭에 산다고 솔새라 하고 두 볼이 희다고 하는 놈이오. 아침저녁 솔새가 내 창 앞에 와서 우오.

어제는 비가 올 것 같더니, 제법 오기 시작까지 하더니, 무슨

12 '불구대세불. 급여단고법. 심입제사견. 이고욕사고. 위시중생고. 이기대비심.'

생각이 났는지 썩은 듯 부신 듯이 희오. 뜰에 심은 화초 포기도 축축 늘어졌소. 며칠 지나면 나는 이 집을 떠난다 하면 화초에 물을 주자는 정성도 떨어지오. 부끄러운 일이지요. 그래서 억지로 제 마음에 채찍질을 하여서 물을 주지마는, 워낙 가무니까 이로 당할 나위가 없소. 감들도 모처럼 많이 열린 것이 수분이 부족해서 떨어지기를 시작하오. 삼남 지방에는 기우제를 드린다는데, 어제가 단오, 오늘이 하지건마는, 모들을 못 내었으니 큰일 나지 않았소? 만주서 온 편지에도 가물어서 금년 농사가 걱정이란 말이 있소. 어떤 수리조합에는 저수지까지 말랐다니, 큰 걱정이 아니오?

"공전은 안 오르는데 쌀값만 껑충껑충 뛰니, 이런 제길."
하고 돌산에서 일하는 사람들이 게두덜거리오.[13] 그렇지만 하느님이 다 알아서 작히나 잘하시겠소?

하지만 내가 지은 이 집에 결점이 많아서 늘 불만하던 모양으로, 또 내 몸이 늘 병이 있고 아름답지를 못하고 또 내 마음이 지저분하고 의지력이 약하고 도무지 마땅치 아니한 모양으로 이 사바세계란 것이 결코 최상 최성(Best Possible)은 아닌 모양이오.

그래서 예로부터 이 세상은 안전한 이데아의 세계의 그림자라고 한 이(플라톤)도 있고, 이 세상은 본디는 완전무결하였지마는 사람이 죄를 짓기 때문에 이렇게 쩔렁쩔렁이 되었다는 이(예수)도 있고, 애초부터 하늘나라보다 못하게 만들어진 것이라(희랍 신화)고 한 데도 있고, 또 이 세상이란 아무렇게나 되는 대로 되

---

13 굵고 거친 목소리로 자꾸 불평을 늘어놓다.

어먹은 것이라고 한 이(쇼펜하우어)도 있고, 또 이 세상은 점점 완전을 향하고 걸어가는 생성(Becoming)의 도중에 있다는 이(진화론적 우주관을 가진 이들)도 있고, 또 이 우주 간에는 우리 세상같이 껄렁이도 있지마는, 이보다 좀 나은 세상, 더 나은 세상, 좀 더 나은 세상, 더 더 나은 세상, 더 더 더 나은 세상, 그러다가 마침내는 고작 나은 세상이 있고, 또 그와 반대로는 우리가 사는 세상보다 더 껄렁이, 더 더 껄렁이, 이 모양으로 수없는 계단을 내려가서 말할 수 없이 흉악한 껄렁이 세상이 있으니, 그것은 다 그 속에 사는 중생의 인연 업보와, 원력顧力[14]과 불, 보살의 원력으로 이루어진 것이니라, 이렇게 가르치는 이(불교)도 있지 아니하오?

그러기도 할게요. 지금 이 편지를 쓰고 앉았는 이 동네로 보더라도, 불과 오륙십 호 되지마는 집마다 다르거든, 이 중에서는 고작 나은 집, 좀 못한 집, 움집. 나라들로 보아도 그렇고 그런데, 이러한 집들이 다 그 집에 사는 사람들의 업보인 것이야 틀림없지 아니하오? 다시 말하면 다 제가 들어 있을 만한 집에 들어 사는 거야. 그러다가 나 모양으로 그만한 집도 지닐 형편이 못 되면 남의 손에 넘기고, 또 지금보다 형편이 펴이면 지금보다 나은 집을 옮아갈 수 있고.

아무려나 이 세상이 그렇게 가장 좋은 세상이 못 된다고 보셨기 때문에, 법장비구(아미타불 전신)가 괴로움 없는 가장 좋은 세계를 건설한 원을 세우시고 조재 영겁에 수행을 하신 결과로

14 부처에게 빌어 원하는 바를 이루려는 마음의 힘.

우리 사바세계에서 십만억 세계를 지난 서쪽에 서방정토 극락세계를 이룩하신 것이 아니겠소. 거기는 악이란 하나도 없고,

'諸上善人具會一處.'[15]

하여서 오직 즐거움만을 누리게 되었다 하오. 우리 사바중생들도 아미타불 부처님의 이름을 부를, 그 세계에 나기만 원하면 반드시 다음 생에 거기 태어날 수가 있다고 하오. 거기는 꽃도 좋은 꽃이 많이 피고, 앓는 것도 없고, 죽는 것도 없고, 얼굴들은 다 잘나고, 마음들은 다 착하여서 오직 사랑만이 있을 뿐이라 하오. 거기는 내 집을 사는 분이 걱정하시는 뱀이나 지네도 없고, 내가 제일 좋아 않는 파리나 모기나 송충이도 없고, 또 집을 팔 것도 없고, 집이 없어서 걱정도 없고, 물론 남편을 불안히 여겨서 다른 남자를 탐내는 여자도 없고, 아내가 싫어져서 다른 여자를 가지고 싶어 하는 남자도 없고, 아무려나 현재에 이 우주 간에 있는 세계 중에는 가장 잘 된 세계라고 하오.

인도에 용수龍樹라고 대단히 큰 학자로서 또 대단히 큰 불교의 중흥자가 되어서, 보살이라는 칭호까지 받은 어른이 일생에 생각다 생각다 못하여서 마침내,

'世尊我一心. 歸命盡十方. 無礙光如來 願生安樂國.'[16]

이라고 부르짖었소. 무애광여래란 아미타불이시오, 안락국이란 극락세계란 말요.

그러므로 적어도 법장비구의 사십팔 본원 속에 안겨서 극락세계에 나가기 전에는 괴로움 않는 인생이란 없는 것이오.

15 '제상선인구회일처.'
16 '세존아일심. 귀명진시방. 무애광여래. 원생안악국.'

그러면 어찌할까? 제게 태운 집에 만족하는 것이야. 쓰러져가는 초가집 한 칸이라도 내 집이라고 있는 것만 고맙게 생각하는 거야. 빈 땅이 있거든 꽃 포기나 심읍시다그려. 아침저녁 물 뿌리고 깨끗이 소제나 합시다그려. 종잇장도 바르고, 그림 장도 걸고, 내 힘에 미치는 데까지 깨끗하게 아름답게 꾸밉시다그려.

"아이고, 이런 집에 어떻게 살아."

하고 낯을 찡기고 앙탈하는 것은 손복損福[17]할 일야. 내가 과거에 한 일이나 현재에 먹는 생각을 살펴보면 이런 집도 황송해, 이렇게 생각하여야 옳지 않소? 그러다가 내 값이 높아지면 저절로 나은 집에 가게 되는 거 아니겠소? 집만 그런가? 남편이나 아내에 대하여서도 마찬가지 아니오?

어리석은 사람들은 제 낯바닥이 잘생겼거니 합니다. 제 낯바닥이 남만 못하거나 하는 사람은 대단히 지혜로운 사람이요, 또 성인에 가까운 사람이오. 그러길래 사진사는 사진을 수정할 때에 본 얼굴보다 낫게 해주어도 속인들은 불평을 하오.

"이게 무엇이야? 아이고 숭해라."

사진관에 사진을 찾으러 오는 사람들은 다 이렇게 불평하는 것이오. 이때에 사진사는 그 본 얼굴을 바라보고 웃지 않겠소? 본 얼굴은 사진 얼굴보다도 훨씬 못하거든.

사람들은 석경石鏡에 제 얼굴을 비추어보고 스스로 수정을 하고 변호를 하오. 코가 작은 사람은 코가 자그마한 것이 예쁘다고 보고, 얼굴 긴 사람은 얼굴 기름한 것이 의젓하다고 보오. 그러나

17 복을 일부 또는 전부 잃음.

제삼자의 냉정한 눈으로 보면 코는 돋다가 말고, 상판대기는 궁상스럽게도 길다, 그럴 것이 아니오?

그렇지만 어떡하오? 전생 업보로 그렇게 생겨먹은 낯바닥은 이생에서는 고칠 도리가 없지 않소? 그나 그뿐인가, 제가 이렇게 못생긴 것을 누구를 원망하오? 부모인들 못난 자식 낳고 싶어서 낳았겠소? 천하에 제일 잘난 자식을 낳고 싶은 것이 부모의 마음 아니겠소. 결국 제 업보로 그만큼밖에 못 타고난 것을 누구를 원망하오? 또 사실 제 소갈머리를 들여다보면 그 낯바닥도 과해.

그러니 타고난 이 낯바닥은 죽는 날까지 세상 사람들 눈앞에 들고 다닐 수밖에 없소그려. 나는 이렇게 못난이요, 이렇게 전생에 악업이 많아 덕은 엷고 복은 적은 이요 하는 것을 모가지 위에 높이 들고 다니지 아니하면 아니 되니, 참 냉혹한 벌이라고 아니할 수 없지요. 만일 사람이 이런 줄을 깨닫는다면 어디 사람 없는 곳에 꼭 숨어서 나오지를 못할 것이오.

그렇지마는 어떡하오? 아무리 흉한 얼굴이라도 들고 나와 다니지 아니할 수 없으니. 그러니까 언제나 소곳하고 조심성스럽고 겸손하지 아니할 수 없지요. 아무쪼록 남의 눈에 아니 뜨이도록, 더 흉하게나 보이지 아니하도록 조심조심할 것 아니오? '이것 보시오들!' 하는 듯이 그 못생긴 낯바닥을 내두르는 것을 차마 못 볼 일이 아니오?

하니까 여자면 분도 좀 바르고, 사내면 이발이나 자주 하고, 게다가 냄새나 아니 나게시리 목욕과 빨래나 자주 하고, 또 '얌전'이나 좀 바르고, 이렇게 될 수 있는 대로는 남에게 불쾌감이나 아니 주도록 닦을 수밖에 없지 아니하오?

쓰러져가는 초가집에도 꽃나무 하나가 있으면 운치가 있어서 그림쟁이들이 그림이라도 그리고 싶어 합니다. 하물며 그 집에 덕이 높은 사람이 살면 여러 사람이 그 집을 찾아오고, 신문사 사진반도 그 집을 사진 박습니다. 그 모양으로 얼굴이 흉해도 덕이 높거나 무슨 좋은 재주가 있거나 돈이 많거나 벼슬이 높거나 하면 사람들이 그를 우러러봅니다. 같은 애꾸라도 도둑질이나 하면 '그놈 애꾸 놈이' 그러지마는, 나라를 위하여서 큰 전공이라도 세우면 '독안룡'이라고 하여서, 눈 둘 가진 사람보다도 더 존경하지 않아요? 이것이 정말 화장술이 아니오? 이것이 우리가 이 세상 한세상 살아가는 길 아니겠어요.

저 못난 줄을 진정으로 깨달은 사람일 것 같으면, 사람에게 대하여서나 물건에 관하여서나 제 팔자에 대하여서나 불평불만은 없을 것 아니오? 나는 이것만은 믿게 되었소. 이것이 내가 이 집에 온 지 육 년 동안의 소득이지요.

"그 아까운 집을, 그렇게 애써 지은 집을 왜 파우?"
하고 이웃 사람이나 친구들이 다 말하지마는, 인제는 팔 때가 되니까 파는 것이다. 나는 이렇게 믿소. 그리고 이 집에 그렇게 애착도 가지지 아니하오. 만나는 자는 떠날 자가 아니오? 떠날 때에 애착을 가지면 무엇하오? 가는 구름같이 흐르는 물과 같이, 구름 가듯이 물 흐르듯이 걸리는 데 없이 슬슬 살아가는 것이 인생의 바른길이라고 나는 믿소.

이 집을 팔고 나서 앞으로 어떠한 집을 몇 번 가지게 되는지 내가 아오? 누구는 아오? 몰라! 내일 일도, 다음 순간 일도 나는 몰라! 다만 이것만은 확실하오—내가 게으르거나 허랑방탕만 아니 하면 죽을 때까지 방 한 칸 차지는 되리라, 또 내가 양심에 어그러지는 일만 아니 하면 죽어서 다시 태어나더라도 이 신세 이하로는 아니 되리라, 내가 만나는 사람마다에게 정성껏 대접하면 나도 남의 괄시는 받지 아니하리라―이것만은 확실하지마는, 그 이상은 도저히 내가 알 바가 아니오.

앞 개천에서 빨래질 소리가 들리오. 세검정 빨래란 자고로 유명하다고 하오. 날이나 밝은 아침이면 밥솥과 장작과 빨래 보통이와 빨래 삶을 양철통과를 사내가 걸머지고, 여편네는 잔뜩 한 임 이고 코 흘리는 아이를 데리고 자하문으로 주렁주렁 넘어오는 것이 봄부터 가을에 걸쳐서 이 고장의 한 풍경이오. 그들은 개천가 빨래하기 좋은 목에다가 진을 치고 점심을 지어 먹어가며 빨래질을 하는 것이오. 저 보시오. 개천가에는 홑이불, 욧잇, 치마, 모두 널어 말리고 있소. 남편은 아내를 도와서 방망이질을 하다가 버드나무 그늘에서 젖먹이를 안아 재우고 있소.

그들은 다 문안 잘사는 집들의 행랑사람들이오. 그들이 빠는 것은 물론 제 것은 별로 없고, 주인 나리, 아씨, 도련님, 아가씨 네의 의복들이오. 좋지야 않소? 그들이 남이 입어서 더럽힌 옷을 빨아줌으로써 내생의 공덕을 쌓고 있는 것이오. 아마 다음 생에는 더러는 지위가 바뀌어서 지금 빨래하고 있는 '행랑것'이 주인 아씨나 서방님이 되고, 지금 빨래를 시키고 놀고 앉아 있는 서방님이나 아씨가 무거운 빨래를 지고 자하문 턱을 넘게 되겠지요. 한편은 전에 하여 놓은 저금을 찾아 먹는 패, 한편은 새로 저금을 하는 패가 아니겠소? 요새에 저 자고 난 자리도, 저 밥 먹은 상도 아니 치우려는 신여성들은 필시 다음 세상에는 행랑어멈이나 애

보개로 태어날 것이오. 그래서 온 집안 식구가 먹은 밥상을 혼자 서룻고[18] 남이 낳은 아이를 잔등이 물도록 업고 다닐 것이오. 그래야 공평한 것이 아니오?

나는 이 세상이 지극히 공평하다고 믿소. 천지의 법칙이 어디 사람의 법률에만 대일 거요? 추호불차秋毫不差[19]라고 믿소. 빈부귀천이 없는 것이 공평이 아니라, 있는 것이 공평이란 말요. 공덕 있는 사람과 없는 사람이 똑같이 잘나고 똑같이 잘산대서야 그야말로 불공평이 아니오? 이런 말을 다른 사람들은 아니 믿더라도 그대야 믿어줄 것 아니오.

저 빨래하는 행랑 사람들이 아마 금생에는 도저히 안댁 서방님 아씨와 지위를 바꾸기는 어려우리라. 아마 안댁 서방님 아씨가 남의 빨래 짐을 지고 자하문 턱을 넘을 날은 있기도 하지마는, 저 아범과 어멈이 서방님 아씨가 되기는 졸연치 아니하리라. 굴러떨어지기는 쉬워도 기어오르기는 어려운 이치 아니오?

그대나 내나 다 행복된 사람은 아니지요. 첫째 건강이 없고, 둘째 돈이 없고, 셋째 얼굴이 잘나지를 못하고, 넷째 마음에 번뇌가 많고, 늘 불평 불안을 가지고 있고, 게다가 그런 주제에 눈은 높고 뜻은 하늘 위에 있단 말요. 그러나 그대여, 그것이 다 공평입니다. 아니 공평보다 한층 더 나아가서 우리는 우리 값 이상의 삯을 받고 있습니다.

그대여, 내가 이 집을 판다고 아깝다고 그러지 마시오. 그것은 대단히 황송한 생각이오. 어떻게 생각해야 옳은고 하니, 이만한

18 좋지 아니한 것을 쓸어 치우다.
19 조금도 다름이 없음.

풍경 이만한 집에 육 년이나 살게 된 것이 고마워라, 또 그것을 육천 원이나 되는 큰돈을 받고 팔게 된 것이 고마워라, 그 돈으로 오래 못 갚던 빚을 갚게 된 것이 고마워라, 이 집을 팔고도 내가 몸담아 살 집이 있으니 고마워라, 크신 은혜 고마우셔라―이렇게 생각하는 것이 옳겠지요.

나는 아까 마당에 풀을 뽑고 화초에 물을 주었소. 모레 글피면 떠날 집인지라 그리하였소. 나는 새 주인의 손에 이 집을 내어 맡길 때까지 이 집을 사랑하고 잘 거누지 아니하면 아니 될 것이오. 아니, 어디 그런 법이 있단 말이 아니라, 내 마음이 허하지를 아니한단 말요.

조선 풍속에서(지나 풍속도 그럽디다) 떠나는 집을 반자[20]와 창과 도배를 모두 찢어놓고 어질러 놓는 대로 치우지도 아니하고 간다는데, 이것은 복이 따라오지 않고, 그 집에 떨어져 있는가 보아서 그러는 것이라오. 그러나 그 복이란 어떻게 생긴 것인지 모르나, 만일 내가 복일 양이면 그렇게 뒤에 올 사람의 생각을 할 줄 모르는 위인은 따라가려다가도 고만두겠소.

이 집 뜰에 심은 화초를 파갈 생각을 하였으나, 새로 오는 주인이 적막할 것을 생각하매 차마 못 하여서, 여러 포기 있는 것만 한 포기씩 몇 가지를 뽑아서 분에 담아 놓았는데, 그것도 탐욕 같고, 내 뒤에 오는 이에게 대한 무정 같아서 부끄러웠소.

어저께는 손님들이 찾아오셔서 더 못 썼소. 화성이 벌겋게 북악 가슴패기로서 올라오는 것을 보고 잤소. 직녀성이 파란빛을

20 지붕 밑이나 위층 바닥 밑을 편평하게 하여 치장한 각 방의 윗면.

발하고 있는 것도 보았소. 스콜피온의 염통 별이 더 붉다 하는 생각도 하였소. 아침에 일어나니 날은 흐리고 바람이 부오. 양자강의 저기압이 오나 보오. 천기 예보에 말하기를, 일간 한 장마가 오리라고. 와야 아니하겠소?

마루에 전등을 켜놓고 잤더니, 나는 벌레들이 많이 들어와서 더러는 벽에 붙어서 자고, 더러는 마루에 떨어져서 죽었소. 조그만 놈, 큰 놈, 동글한 놈, 길죽한 놈, 옥색, 비췻빛, 노랑이, 알록이, 참말 가지각색이어서 두 놈도 같은 것은 없는 것 같소. 그중에서도 비췻빛 나는 나비가 참 가련하오. 손을 대면 깜짝 놀라서 그 보드라운 날개를 팔락거리고 서너 걸음 날아가오. 그러나 밤새 번뇌에, 애욕의 기쁨과 설움에 지쳐서 기운들이 없는 모양이오.

마루에 죽어 떨어진 시체들은 비로 쓸어도 가만히 있는데, 그 중에 어떤 나비는 아직도 생명이 조금 남아서 파딱파딱하다가 도로 쓰러지고, 어떤 놈은 기운을 내어서 날아가오. 그러나 그들은 다 제가 할 일을 하고 이 몸을 벗어버리고 간 것이오.

나는 전장을 생각하였소. 그저께 산터우汕頭가 점령이 되었는데, 적국이 내어버린 시체가 육백, 우리 군사 죽은 이가 스물둘, 상한 이가 사십 명이라오. 내 눈앞에는 피 흐르는 시체가 보이고, 붕대 동인 군사가 보이오. 나는 머리를 숙이고 눈을 감고 그네를 위하여서 빌었소.

백합이 오늘 아침에 한 송이 피었소. 호박빛 백합이야. 꽃에 코를 대어보았더니, 벌써 향기는 다 나갔어. 아마 해 뜨기 전에 피어서 벌써 그 향기를 바치는 아침 공양이 끝났나 보오. 나는 이 한 송이 꽃을 멀리 전장에서 죽은 병사들의 혼령께 바치노라 하였소.

백합이 또 한 송이는 아마 내일 아침에는 필 것 같소. 내일은 내가 이 집을 떠나는 날야. 백합—내가 여름내 물 주어 가꾼 백합이 내가 이 집을 떠나기 전에 피어준 것이 고맙소. 장미는 거진 다 졌어.

금잔화가 아마 내일 아침에는 서너 송이 필 것 같소. 그것이 알맞이 내일 아침에 피거든, 백합과 아울러서 아침 공양을 하고, 이 집을 떠나게 되겠소. 부처님께와 여러 신님께와, 전장에서 죽은 여러 용사님께와, 이 집에 나와 함께 살았으리라고 생각하는 여러 중생들께와.

분에 심은 봉숭아 두 나무, 빨강이 하나, 흰 것 하나가 웬일인지 어제 오후로부터 시들기 시작하여서 오늘 아침에도 깨어나지 못하고 아주 죽어버렸소. 대단히 싱싱하였는데, 웬일일까. 잎사귀 겨드랑이마다 꽃봉오리를 달고 날마다 모락모락 자라더니, 고만 그 꽃을 못 피우고 말았소.

내가 아침마다 지팡이를 짚고 세검정 가게에 우유를 가지러 가는 것이 가엾던지, 어제부터 그 동네 아이가 우유를 갖다 주오. 고마운 일이오. 오늘 아침에 내가 세수하는 동안에 갖다가 놓고도 말도 없이 가버렸는데, 아마 그 아이겠지요. 말도 없이 가버린 것이 더욱 고맙소.

그저께는 개천가 집 영감님이 앵두 한 목판을 손수 들어다가 주셨소. 나는 여태껏 그 어른께 아무것도 드린 것이 없는데.

또 그 전날은 앞집 황이 아버지가 빈대떡을 부치고, 되비지(두부 빼지 아니한 비지)를 만들고, 술 한 병을 사가지고 와서 말없이 나를 대접하였소. 아마 송별의 뜻이겠지요.

또 어저께는 삼철이 아버지가 일부러 오셔서,

"떠나시는 날, 짐 한 짐 져다 드리겠어요."

하고 가셨소. 허리가 아파서 요새에는 일도 잘 못 간다는 노인이. 나는 거절도 못 하고 받지도 못하고 황혼에 어리둥절하였소. 또 지난 공일날 밤에는 뒷집 숙희 아버지가 맥주 두 병을 사가지고 와서 나를 대접하였소. 그는 날마다 아침 여섯시에 나가서 저녁 일곱시에야 돌아오는 이인데, 앞뒷집에 살면서도 한 달에 한 번 면대하기 어려운 이오. 섭섭하다고, 내가 떠나는 것이 섭섭하다고 수없이 섭섭하다는 말을 하였소.

나는 아무리 하여서라도 뜰에 섰는 나무 세 포기는 파가지고 가야 하겠소. 오늘 비가 오면 파내려오. 한 포기는 자형화紫荊花라는 것인데, 이것은 봉선사 운허대사가 지난 청명 날 철쭉, 진달래, 정향, 무궁화와 함께 위해 보내어주신 것이요, 또 하나는 사철나무인데, 이것은 앞집 영감님(그는 벌써 사 년 전에 돌아가셨소)이 갖다가 심어주신 것이요, 또 하나는 월계와 해당인데, 이것은 뒷집 숙희 할아버지가 갖다가 심어주신 것이오. 돈값을 말하면 등 네 포기, 목련 두 포기가 많겠지만, 이것은 새로 오는 이에게 선물로 드리고 가려오. 그렇지마는, 남이 정성으로 내게 준 기념물만은 아니 가지고 가는 것이 죄송한 듯하오.

또 가지고 가야만 할 것이 돌옷 입은 돌멩이 몇 갠데, 이것은 황이네 삼 형제가 그 더운 날 땀을 뻘뻘 흘리며 져다 준 것이오. 열여덟, 열다섯, 열세 살 먹은 삼 형제가. 그들을 다 가지고 가자면 세 마차는 될 것인데, 다는 못하여도 예닐곱 개는 가지고 가지 아니하면 그 세 소년에게 대하여서 미안할 것만 같소.

끝으로 크게 감사하지 아니하면 아니 될 집이 하나 있소. 그집은 점숙이네 집인데, 점숙이란 그 집 여덟 살 먹은 계집애 이름이오. 지난 팔월에 내가 병원에서 이 집으로 나와서 지금까지 있는 동안에 두어 달을 빼고는 그 집에서 내 식절을 맡아 하여주셨소. 양식 값 반찬값은 드렸지마는 하루 삼시 지성으로 나를 공궤供饋[21]하여주신 후의는 참으로 뼈에 새겨져 잊을 수가 없는 일이오. 무엇 한 가지라도 맛나게 먹어지라 하고 정성을 들인 것이 분명히 보이지 아니하오?

이것저것 모두 생각하니, 모두 고마운 이들이오.

응, 또 하나 춘네 집이라고 있소. 내 집에서는 한참 떨어져 있는 집인데, 내가 이 동네에 와서부터 춘이 아버지, 춘이 언니, 춘이 누나, 모두들 나를 일가같이 대접하여 주셨소. 어린애 돌날이라고 떡도 가져오고, 과일철이면 과일도 가져오고, 내가 병원에서 나왔다고 모두들 위문하고.

나는 이 동네에서 많은 신세를 지고 떠나오.

내가 지팡이를 끌고 어디 나가는 것을 보면,

"먼이 아버지. 어디 가셔요?"

하고 불러주고 싱그레 웃어주고 따라와 주던 경희, 정희, 대복이, 명순이, 이러한 모든 어린아이들.

"진지 잡수셔겝시오?"

이 모양으로 만나면 읍하고 인사하여주던 이름도 잘 모르는 동네 젊은이들.

21 음식을 줌.

그네들은 모두 나를 위해주고 기쁘게 하여주었소. 나는 그이들에게 아무것도 하여드린 것이 없는데. 하기야 모두 형제들이 아니오? 자매들이 아니오? 한등불 밑에 한집에 한젖을 먹는 식구들이 아니오. 한등불이란 해 말요. 한집이란 이 지구 말요. 한젖이란 땅에서 나오는 물과 모든 곡식 말요. 내 코에서 나온 공기가 그대 코로 들어가고, 그대의 살 냄새가 내 코에 들어오지 않소?

　지구라야 조그마한 티끌 하나 아니오? 이를테면 이 무궁한 우주라는 큰 집의 조그마한 방 한 칸 아니오? 우리 지구상에 사는 인류란 이 단칸방에 모여 사는 한식구야. 그러니 얼마나 정답겠소? 얼마나 서로 불쌍히 여기고 서로 도와야 하겠소.

　짐승도 그렇지요. 새도, 벌레도, 나무, 풀도 그렇소. 다 마찬가지야. 나와 한집 식구야. 나와 같은 마음을 가지고 있소. 기뻐하고 슬퍼하고, 나고 죽고, 그의 살이던 것이 내 살 되고, 내 살이던 것이 그의 살 되고, 이것은《범망경梵網經》[22]까지 아니 보더라도 얼른 알아지는 것 아니오?

　내 창밖에 와서 울고 간 새가 어느 생에 내 아버지였는가 내 어머니였는가?

　밥상에 파리가 덤비면 나는 날리오. 날리다가 화가 나면 파리채로 때려죽이오. 얻어맞은 파리는 바르르 떨다가 죽어버리고 마오. 나는 파리하고 같은 음식을 다툰 것이오. 내가 먹으려는 것을 파리도 먹으려는 것이오. 같은 것을 먹고사는구려. 한어머니 젖을 먹고사는구려―파리와 나와.

22　대승계大乘戒에 관한 경전. 상권에는 보살의 심지心地가 전개되어 가는 모양을 밝혔고, 하권에는 10중 48경계를 설하였다.

내 밥상에 놓인 푸성귀는 벌레를 좋아하는 음식이 아니오? 오이 호박은 두더지가 좋아하는 것이오. 하필 송아지 젖을 얻어먹는 것만 가리켜 말할 것 없지요. 내가 먹는 물, 내가 받는 햇빛을 받아서 저 한련과 백합이 피지 아니하였소? 그런데도 한련은 한련이요 백합은 백합이오. 나는 나란 말요. 같은 살로 되고 같은 것을 먹고살지마는, 네요, 내요 다른 것이 있단 말야. 이것이 하나 속에 여럿이 있고, 여럿 속에 하나가 있다는 것이오. 무차별 속에 차별이 있고 차별 속에 무차별이 있단 말요. 색즉시공 공즉시색, 색불이공 공불이색色卽是空, 空卽是色, 色不異空, 空不異色이라는 것이겠지요.

우리가 이렇게 차별 세계에서 생각하면 파리나 모기는 하나 죽일 수 없단 말요. 내 나라를 침범하는 적국과는 아니 싸울 수가 없단 말요. 신문에서 보는 바와 같이, 우리 군사가 적군의 시체를 향하여서 합장하고 나무아미타불을 부른다는 것이 차별 세계에서 무차별 세계에 올라간 경지야. 차별 세계에서 적이요, 내 편이어서 서로 싸우고 서로 죽이지마는, 한번 마음을 무차별 세계에 달릴 때에 우리는 오직 동포감으로 연민을 느끼는 것이오. 싸울 때에는 죽여야지, 그러나 죽이고 난 뒤에는 불쌍히 여기는 거야. 이것이 모순이지. 모순이지마는 오늘날 사바세계의 생활로는 면할 수 없는 일이란 말요. 전쟁이 없기를 바라지마는, 동시에 전쟁을 아니 할 수 없단 말요. 만물이 다 내 살이지마는, 인류를 더 사랑하게 되고, 인류가 다 내 형제요 자매이지마는 내 국민을 더 사랑하게 되니, 더 사랑하는 이를 위하여서 인연이 먼 이를 희생할 경우도 없지 아니하단 말요. 그것이 불완전 사바세계의 슬픔이겠지마는 실로 숙명적이오. 다만 무차별 세계를 잊지 아니하고 가끔 그것을 생각하고 그리워하고 그 속에 들어가면서 이 차별의 아픔을 죽이려고 힘쓰는 것이 우리가 하여야 할 일이겠지요.

이런 생각들을 하면 무척 마음이 괴롭소. 이 세계가 왜 극락 세계가 못 될까 하고 한탄이 나오. 그러나 검은 흙만인 듯한 땅도 자세히 찾아보면, 금가루 없는 데가 없는 모양으로, 얼른 보기에 생존 경쟁만 하고 있는 듯한 중생 세계에서도 자세히 살펴보면 샅샅이 따뜻한 사랑의 불똥이 숨어 있어. 이 지구가 온통 금덩이가 될 수가 없는 줄 아시오? 금이나 흙이나 다 같은 피요, 같은 살야. 이 중생 세계가 온통 사랑의 세계가 못 될 줄 아시오? 일순간에 변화할 수 있는 것이오.

나는 이것을 믿소. 이 중생 세계가 사랑의 세계가 될 날을 믿소. 내가 《법화경》을 날마다 읽는 동안 이날이 올 것을 믿소. 이 지구가 온통 금으로 변하고 지구상의 모든 중생들이 온통 사랑으로 변할 날이 올 것을 믿소.

그러니 기쁘지 않소?

내가 이 집을 팔고 떠나는 따위, 그대가 여러 가지 괴로움이 있다는 따위, 그까짓 것이 다 무엇이오? 이 몸과 이 나라와 이 사바 세계와 이 온 우주를(온 우주는 사바세계 따위를 수억 억만 헤아릴 수 없이 가지고 있었고 있고 있을 것이오) 사랑의 것으로 만드는 일이야말로 그대나 내나가 할 일이 아니오? 저 뱀과 모기와 파리와 송충이, 지네, 그리마, 거미, 참새, 물, 나무, 결핵균, 이런 것들이 모두 상극이 되지 말고, 총친화總親和가 될 날을 위하여서 준비하는 것이 우리 일이 아니오? 이 성전聖戰에 참여하는 용사가 되지 못하면 생명을 가지고 났던 보람이 없지 아니하오?

오정이 지났는데 아직도 비가 오지 않소. 흐리기는 흐렸는데 바람만 부오. 그러나 올 때가 되면 비가 오겠지요. 성화하지 마시오. 이 천지는 사랑의 천지요, 공평한 법적의 천지가 아니오?

우물 앞 그 화단에 봉숭아가 두 송이가 피었소. 볼그스레한 것이 갓난이 모양으로 잎사귀 겨드랑에 안겨서 피었소. 봉숭아는 조선 가정 꽃의 대표가 아닐까요? 뒤꼍 장독대에 핀 봉숭아는 계집아이들이 가장 사랑하는 꽃이오. 그 순박하고도 어리숙한 모양이 좋은 게지요. 그 꽃이 처음 필 때에는 너무도 반갑고 소중하여서 감히 손도 대지 아니하지마는, 가지마다 축축 피어서 늘어진 때에는 계집애들은 그중 빨간 것을 골라서 고양이 밥이라는 신풀 잎사귀와 섞어서 으깨어서 새끼손가락과 무명지의 손톱에 싸매고, 하얀 헝겊으로 감고 밤을 자고 나서 아침에 끌러보면 손톱이 빨갛게 물이 들지 않았소? 그것이 금강석이나 홍옥보다도 아름다운 것이 아니었소? 그렇게 빨갛게 물든 손톱을 보며,

'구름 간다, 구름 간다

구름 속에 선녀 간다.

선녀 적삼 안 고름에

울금대정 향을 찾다

꽃밭에서 말을 타니

말발굽에 향내 난다.'

하는 노래를 부르지 않았소? 그 고름에 향을 찬 것은 처녀 자신이겠지요.

꽃밭에서 말을 타는 이는 그의 짝이 될 남자겠지요.

시편 백 편을 적어서 이 편지를 끝냅시다—.

'모든 나라들아, 기쁜 소리로 임을 찬송하라.

기쁨으로 임을 섬기고 노래하여 임의 앞에 나올지어다.

임은 하느님이시니, 임 아니시면 뉘 우리를 지으셨으리?

우리는 임의 백성이요, 그의 목장에 길 되는 양이로다.

감사하면서 임의 문에 들고, 찬양하면서 임의 뜰에 들어갈지어다. 임을 고맙게 생각하고, 그 이름을 칭송할지어다.

대개 임은 자비하시고, 임의 은혜는 영원하며, 임의 진리는 만대에 변함이 없으실세라.'

그대여, 인생을 이렇게 볼 때에 기쁨과 노래밖에 또 무엇이 있겠소? 무슨 근심 걱정이 있겠소.

나는 기쁨으로 이삿짐을 싸려 하오.

— 〈문장〉, 1939. 9.

영당 할머니

내가 절에 온 지 며칠 되어서 아침에 가서 거닐다가 이상한 노인 하나를 보았다. 회색 상목으로 지은 가랑이 넓은 바지에 행전같은 것으로 정강이를 졸라매고 역시 같은 빛으로 기장 길고 소매 넓은 저고리를 입고 머리에 헝겊으로 만든 승모를 쓴 것까지는 늙은 중으로 으레 하는 차림이지마는 이상한 것은 그의 얼굴이었다. 주름이 잡히고 눈썹까지도 세었으나 무척 아름다웠다. 여잔가 남잔가.

후에 알고 보니 그가 영당 할머니라는 이로서 연세가 일흔여덟, 이 절에 와 사는 지도 사십 년이 넘었으리라고 한다. 지금 이 절에 있는 중으로서는 그중에 고작 나이가 많은 조실 스님도 이 할머니보다 나중에 이 절에 들어왔으니 이 할머니가 이 절에 들어오는 것을 본 사람은 없다.

내가 이 절에 오래 있게 되매 자연 영당 할머니와 마주칠 때도 있어서 나는 그때마다 합장하고 허리를 굽혀서 경의를 표하였다. 그의 나이가 꼭 돌아가신 내 어머니와 동갑인 것이 더욱 내게 특별한 관심을 주었다. 어려서 어머니를 여읜 나는 어머니와 동갑 되는 부인을 대하면 반가웠다. 동갑만 되어도 내 어머니와 가까운 것 같았다. 나는 젊은 어머니를 알 뿐이요, 어머니가 살아계셔서 일흔여덟 살이 되셨더면 어떤 모양이었을까 해도 그것은 상상할 수가 없었다. 그렇기 때문에 어머니와 동갑 되는 부인은 다 내 어머니와 같았다.

비록 영당 할머니께 대해서 내가 이렇게 반가운 마음을 가지고 있다 하여도 또 아무리 그가 나의 어머니 나이인 팔십 노인이라 하더라도 역시 남녀의 사이라 친히 말할 기회는 없었다. 그러다가 얼마 뒤에 비로소 그 할머니와 한자리에 앉아서 이야기할 일이 생겼다.

C 할머니가 나를 찾아왔다. 그도 영당 할머니와 같은 나이로 일흔여덟이다. 이 할머니는 오십 년 전 신여성으로 남편도 아무도 없이 독립운동으로 늙은 이다. 그러나 이제 와서는 의지할 곳이 없이 떠돌아다니는 이다. 그는 내가 이 절에 있단 말을 듣고 이곳에 좀 머물러 있을 뜻을 가지고 찾아온 것이었다.

나는 C 할머니가 있을 방을 하나 얻어드리려고 두루 생각한 결과로 영당 할머니를 처음 찾아갔다. 영당 할머니는 C 할머니보다 귀가 먹어서 내가 온 뜻을 통하기에 매우 힘이 들었으나 옆에서 그의 딸이라는 애꾸 마누라의 통역으로 겨우 뜻을 통하였다. 영당 할머니는 그 하얀 눈썹을 곱게 움직여 빙그레 웃으면서,

"나는 몰라요. 선생님 말씀대로 하겠습니다. 늙은이 둘이 이 방에 같이 살지요."

하여서 허락을 얻었다.

나는 곧 내 처소로 돌아와서 거기서 기다리고 있던 C 할머니에게 영당 할머니가 승낙했다는 말을 전하고 C 할머니를 인도하여 영당 할머니와 대면을 시켰다. 두 늙은 부인의 눈이 분주히 피차를 정탐하는 것이 무시무시하였다. 두 분은 연해 너털웃음을 웃으나 웃음 따로 생각 따로였다. 귀머거리 두 늙은이가 피차에 저편이 더 못 알아듣는다고 성화를 하는 것도 가관이요, 또 저마다 제 과거를 드러내어서 제값을 높이려고 애쓰는 것도 가관이었다. 나는 첫인상으로는 이 두 늙은이가 서로 저를 높이고 저편을 낮추는 것이었다. C 할머니는 자기는 역사에 오를 만한 민족운동의 지사인 것을 내세우고, 영당 할머니는 자기도 옛날에는 교사 노릇도 하였고, 또 삼십여 년 염불을 모셔서 수도한 것을 내세웠다. 그러나 서로 저편 말은 귓등으로 듣고 제 말만 하고들 있었다. 어찌 갔으나 필경에는 두 늙은이가 한방에 같이 있기로 작정이 되었다.

C 할머니는 하루에도 몇 번씩 나를 찾아와서는 즐겨서 시국 이야기를 하였다. 그의 시국담에는 귀를 기울일만한 이야기도 있었다.

하루 나하고 이런 문답을 하였다.

"선생, 지금 우리나라가 건국의 터를 츠는[1] 시대요? 독립이란 집이 다 되어가지고 낙성연을 하는 시대요? 어디 선생 똑바로 말해

---

1 '치다'의 옛말.

보시오."

하고 C 할머니가 내게 물은 것이 문답의 개시였다.

"터를 츨 시대겠지요."

나는 '츨'에 힘을 주었다.

"옳소. 츠는 시대도 아니요, 츨 시대란 말이지요?"

"그렇게 봅니다."

하고 나는 저이가 무슨 말을 하려고 이 말을 꺼내는가 하고 호기심을 느꼈다.

"나도 그렇게 보아요. 그런데 일터에 모인 일꾼들을 보니, 가래, 삽을 든 꾼은 하나도 없고, 모두 연미복에 모닝에 흰 장갑까지 떨떠리고[2] 왔는데, 선생은 그 사람들이 손에 무엇을 들고 왔는지 아시오?"

"몰라요. 가래, 삽은 아니고, 무엇을 들고 왔을까요. 부채나 들고 왔나?"

나는 이렇게 웃었다.

"아니오. 부채 같으면 시원한 바람이나 나지. 무엇을 손에들 들고 왔는고 하니 커다란 문패란 말요. 저거, 저거, 저것들 보시오 글쎄. 모두 커다란 문패들을 내두르면서 어우러져 싸우고들 있구려. 이 집이 되면 저마다 제 문패를 붙인다고요. 글쎄 저런 어리석은 사람들이 어디 있어요. 집을 지어놓고야 문패를 붙이지 않소? 비인 터에다가 막대기를 꽂고 문패를 붙인단 말인가."

하고 바로 눈앞에 사람들이 보이는 것처럼 C 할머니는 '저거저

2 드러내어 자랑하다.

거’ 하고 손가락질을 한다.

나는 웃었다. 그리고 얼른 생각나는 대로,

"자필로 쓴 문패는 무용이라 하고 하나 패를 써 박지요."

하였더니, C 할머니는 두 무릎을 탁 치면서,

"됐소, 됐소. 자필 문패 무용이라, 하하하하."

하고 눈에서 눈물이 나오도록 웃는다.

그러나 C 할머니는 언제나 이런 정치담만 하는 것은 아니다. 이런 이야기가 제일장이요, 제이장은 영당 할머니 모녀 이야기요 제삼장은 자기의 신세타령이었다.

"잠을 잘 수가 있어야지."

하고 C 할머니가 영당 할머니에게 대한 불평이 시작된다.

"새벽 세시면 이 마누라 극락 공부하노라고 일어나는구려. 나는 잠이 잘 못 드는 병이 있지 않소? 자정도 넘고 새로 한시나 되어서 가까스로 잠이 들만 하면, 글쎄 이 마누라가 일어나서 부시대기를 치는구먼. 미리 화로에 놓아두었던 대야 물로 세수를 한다, 손발을 씻는다, 아 글쎄 쭈글쭈글한 볼기짝을 내게로 둘러대고 뒷물까지 하지 않겠소? 부시럭부시럭, 절벅절벅, 덜그덕덜그덕 원 잘 수가 있어야지. 내 담에 누워 자던 젊은 마누라도 끙하고는 이불을 막쓰고 돌아눕지 않겠소? 이것이 밤마다이니 원 옆엣 사람이 견디어 배길 수가 있나? 그리고는 미친 사람 모양으로 무엇에 대고 절을 하노라고 펄럭펄럭 바람을 내지 않나, 그것이 끝나면 염주를 째깍째깍하면서 염불을 하지 아니하나. 이러기를 한 시간이나 하고 다른 사람들이 일어날 때가 되면 도로 자리에 드러눕는구먼. 극락세계가, 원 그렇게까지 가고 싶을까?"

"선생님은 극락세계에 가고 싶지 않으시오?"

나는 C 할머니를 이렇게 건드려보았다.

"갈 수만 있으면야 가고 싶지. 그렇지만 나같이 팔자가 사나워서 이 세상에서도 붙일 곳이 없는 것이 어떻게 극락왕생을 바라겠소? 나 같은 사람이 다 극락세계를 간다면 극락세계가 도로 지옥이 되게, 하하하하."

C 할머니는 저를 비웃는 웃음을 웃는다.

"선생님이 무슨 죄가 있으시겠어요. 소년 과수로 평생 수절을 하셨것다, 민족운동에 일생을 바치시고 교육사업이나 하시고, 그렇게 지금까지 살아오셨는데 그런 이가 극락에를 못 가시면 극락세계가 비게요."

"피아 겉으로 보면 그럴듯하지. 나도 사람에게 책잡힐 일은 한 것 없어요. 그렇지마는 마음으로야 무슨 일을 안 했겠소? 갖은 못된 짓 다 했지요. 에퉤! 제가 생각해도 내 마음이 더러운데 하느님의 눈에야 얼마나 더럽겠소? 구리고 고리고 말할 나위가 없겠지. 수절? 수절하노라니 죄짓지. 민족운동? 말이야 좋지. 아주 애국자인 체, 내 마음에는 나라밖에는 없는 것 같지. 그렇지만 정말 애국한 날이 며칠 되오? 내 이름을 내자니 애국자인 체, 미운 사람을 욕을 하자니 내가 가장 애국잔 체—그저 그런 겝니다. 내가 그런 사람이란 말야요. 에퉤! 생각하면 구역이 나지요. 그런 것이 극락세계엘 가? 흥, 극락세계가 좁아터지게."

C 할머니는 끝없이 저를 책망하고 있다. 그의 눈과 얼굴 표정까지도 조롱하는 빛이 그득하다.

C 할머니는 영당 할머니에 대한 험구가 점점 늘었다. 새벽에

일어나서 부스대기를 쳐서 잠을 못 잔다는 것만은 언제나 공통한 죄목이지마는 그 밖에도 죄목이 많았다.

"글쎄. 그 마누라가 속에 똥 한 방울도 없는 척해도 젊어서는 남의 첩으로 댕기고 여기도 도를 닦으러 온 것이 아니라 어떤 중을 못 잊어서 따라왔더라는구면. 아따 그 중이 누구라더라, 원 정신이 없어서. 그 딸이라는 젊은 마누라한테 들었건마는, 그 중이 잘났더래. 풍신이 좋고. 그러다가 그 중이 죽고 저는 나이 많고 하니까나 여기 눌어붙은 거래. 그만하면 천하 잡년이지 무엇이오. 젊어서는 이 서방 저 사내 실컷 노닥거리다가 다 늙어서 나무아미타불! 흥 그런다고 극락세계에 가겠어요?"

이런 말을 할 때에는 C 할머니도 여성다운 표정을 하였다.

'허, 이거 큰일 났군' 하고 나는 두 분 할머니가 오래 같이 있지 못할 것을 느꼈다. 딴은 그럴 거다. 귀머거리 두 마누라가 서로 정이 들 건덕지가 있을 리가 없다. 서로 저편에 무엇을 주고 싶은 것이 있고, 무엇을 받고 싶은 것이 있어야 정이 들 터인데, 그러자면 남녀 간이거나, 핏줄이 마주 닿았거나, 뜻이 같거나 해야 할 터인데, 이를테면 해골바가지 둘이서 무슨 애정을 주고받으랴. 서로 얼굴이 보이면 고개가 돌려지고, 소리가 들리면 양미간이 찌푸려지고, 만일에 살이 닿으면 진절머리가 나는 것이다. 이런 두 식구가 한방에 모여 있게 되었으니 기막힌 인연이었다.

하루는 영당 할머니가 처음으로 내 처소에를 찾아왔다. C 할머니가 남성적인 반대로 영당 할머니는 철두철미 여성적이었다. 웃을 때에는 젊었을 적 아름다움을 연상시키는 눈웃음이 있었다.

영당 할머니가 나를 찾은 것은 C 할머니에 대한 하소연을 하기 위함이었다. 그의 말에 의하면 C 할머니는 저만 알고 남의 생각은 아니 하고, 고집이 세고, 거만하고, 나랏일은 저 혼자 한 것처럼 자랑을 하는 위인이었다.

"글쎄 당신 자실 밥을 화로에다가 따로 짓는구려. 우리 딸이 아무리 부엌에서 지어드린대도 막무가내하여, 어어 내 손으로 지어야 된다고, 남의 손으로 한 밥은 못 먹는다고, 아 글쎄 그러시는구려. 그러니 한집에 있는 사람의 마음이 편하겠어요? 왜 우리 밥솥엔 똥이 묻었나요? 아 이러고야 우리 딸이 앙잘거리지[3] 않겠어요? 아서라, 그러지 마라, 내 집에 오신 손님이니 마음 편하게 해드려야 한다, 이러고 내가 딸을 타이르지요. 아, 그나 그뿐인가요. 나랏일에 너무 정신을 써서 신경이 쇠약해서 잠을 못 이루노라고 자꾸 한숨을 쉬고 이리 뒤집고 저리 뒤집고 일어났다 앉았다 하니 어디 옆엣 사람이 잘 수가 있어요? 잠이 아니 오거든 가만히 누워 있거나 앉아 있으면 좋지 않아요? 남까지 못 자게 할 것이 무엇이야요, 글쎄. 그러고는 서울서 해가지고 온 반찬을 이 항아리 저 단지에 꼭꼭 봉해놓고는 혼자만 자시니 아무리 짜게 조린 것이기로니 오래 두면 상할 것 아냐요? 게다가 밥에는 꼭 콩을 두어 자시는구려. 콩밥에 썩은 고기를 자시니 속이 좋을 리가 있나. 그러니깐 껄껄 트림은 하지, 방귀는 뀌지. 방귀를 뀌었으면 가만히 있어야 다른 사람의 코에 구린내가 안 들어갈 것 아니야요? 그런데 이 마나님은 방구를 뀌고는 어, 이거 구려서 살겠느냐 이불을 번쩍 들었다 놓으니 이거 사람 살겠어요. 그나 그

---

3 작은 소리로 원망스럽게 종알종알 군소리를 자꾸 내다.

뿐인가요? 이렇게 자정이 넘도록 부시대길 치고는 그다음에는 집이 떠나가거라 하고 코를 곱니다그려. 팽, 팽, 큭, 큭 안 나는 소리가 없으니 이거 어디 살겠어요? 그래서 참다가 못해서 내가, 여보시오 C 선생, 좀 모으로 누우시오 하면 내가 언제 코를 골았느냐 벌떡 일어나서 한바탕 푸념을 하시지 않겠어요? 조금이라도 비위를 건드렸다가는 큰일 나거든요. 그래 가만두지요. 다 내 업보다 하고요. 그렇지만 젊은 거야 어디 그래요? 잠 못 자겠다고 벌써부터 열반당 집에 가서 잔답니다."

대개 이런 소리였다.

C 할머니는 또 영당 할머니와 그 딸과의 암투를 내게 일러주었다. 그 말은 대개 이러하였다.

"아, 글쎄 자식이 없으면 없는 대로 살지, 무얼 하겠다고 남의 자식을 얻어다가 기르오? 이왕 남의 자식을 얻어오겠거든 좀 얌전한 것이나 얻어오면 몰라도, 원, 그 애꾸눈이 심술패기를 얻어다가 길러가지고 저 곡경曲境[4]이로구려. 인제 겨우 사십 넘은 과부가 왜 아들만 바라보고 가만있으려 드나. 어디서 놈팡이 하나를 얻어 들어서는 누님, 동생 하고 그 비싼 양식에 석 달이나 먹여주었다는구먼. 했더니 이 녀석이 머 큰 이 남을 장사가 있다고 집안에 있는 돈도 몽땅 긁어가지고 간다바라를 했단 말요. 새파랗게 젊은 녀석이 왜 애꾸 늙으대기 바라고 있을랍디까. 그래 홀딱 벗겨가지고 달아났대. 그래서 모녀간에 으르렁거리는 거래. 어머니는 딸더러 잡년이라고 하고 딸은 어머니더러 이 사내 저 사내 줏

4 몹시 힘들고 어려운 처지.

어 먹던 늙은이라고 들이댄단 말야. 아이 구찮아. 어머니는 나를
보고 딸 험구, 딸은 나를 보고 어머니 험구, 쌀 뒤주 첫대를 이년
아 도로 내라 하고 어머니가 으릉거리면 딸은 돌아가시거든 관
속에 넣어드리오리다, 하고 빈정댄단 말야. 에퉤, 원 세상에 이런
일도 있소? 이름만이라도 어버이 자식이어든.”

   하루는 영당 할머니 집에서 와자지껄하고 여자들이 떠드는 소
리가 나더니 영당 할머니 손자가 숨이 차게 달려와서 영당 할머
니가 나를 오란다고 부른다. 나는 한숨을 한번 길게 쉬고 그 집으
로 갔다. 영당 할머니는 방 아랫목에 그린 듯이 앉아 있고 C 할머
니는 툇마루를 주먹으로 두들기며,

   “고약한 것들 같으니. 그래 내게 그렇게 해야 옳아? 내가 무얼
잘못했어? 쌀자루를 봉한 조희가 떨어졌기에 떨어졌다고 한마디
했을 뿐인데 그것이 그렇게 잘못야? 왜 떨어졌느냐고 묻는 말이
지, 누가 임자더러 그것을 뜯고 쌀을 훔쳐냈다는 게야. 생사람을
잡는다고, 흥. 내가 무얼 생사람을 잡았어. 그리고 극락세계엘 갈
테야?”

   C 할머니는 자기 쌀자루, 반찬 항아리를 끼니때마다 종이로
꼭꼭 봉하고 봉한 이에짬[5]에다가 도장까지 박아둔다는 말은 벌써
부터 아는 일이었으므로 나는 더 물어볼 것 없이 이 싸움의 원인
을 알았다.

   나는 이제는 C 할머니가 있을 곳을 다른 데 구할 수밖에 없었다.

— 발표지 미상

5 두 물건을 맞붙여 이은 짬.

이광수 연보

1892년	평안북도 정주군 갈산면에서 이종원과 삼취三娶 부인 충주 김 씨 사이에서 전주 이 씨 문중 5대 장손으로 출생.
1905년	일진회가 만든 학교에 들어가 일진회의 유학생 9명 중에 선발되어 일본으로 건너감. 일본에서 손병희를 만남. 동해의숙에서 일어를 배움.
1906년	대성중학교 1학년에 입학. 홍명희를 만남. 일진회 내분으로 학비가 중단되어 귀국.
1907년	유학비를 국비에서 해결해주어 다시 일본으로 감. 백산학사를 거쳐 메이지 학원 보통부 3학년에 편입.
1908년	메이지 학원의 급우 권유로 톨스토이에 심취. 홍명희의 소개로 최남선을 만남.
1909년	홍명희의 영향으로 자연주의 문예사조에 휩쓸림. 아호를 고주孤舟로 지음.
1910년	일본 메이지 학원 보통부 중학 5학년을 졸업. 정주의 오산학교 교주 이승훈의 초청으로 오산학교 교원이 됨. 7월 백혜순과 결혼.
1911년	105인 사건으로 이승훈이 구속되자 오산학교 학감으로 취임.
1912년	톨스토이와 생물진화론을 강의하여 신앙심을 타락케 한다는 이유로 교회와 대립.
1913년	오산교회의 로버트 목사에게 배척을 받음. 오산을 떠나 만주를 거쳐

상해로 감. 상해에서 홍명희, 문일평, 조소앙 등과 동거.

1914년   샌프란시스코에서 발행하는 신한민보의 주필로 가기로 하고 블라
디보스토크에 갔다가 제1차 세계대전이 일어나 귀국. 최남선 주재
로 창간된 〈청춘〉에 참여.

1915년   인촌 김성수의 도움으로 다시 일본으로 감. 와세다 대학 고등예과에
편입.

1916년   고등예과를 수료한 뒤 와세다 대학 문학부 철학과에 입학. 〈매일신
보〉의 요청으로 〈동경잡신〉을 씀.

1917년   〈매일신보〉에 소설 《무정》을 연재하기 시작. 재동경 조선유학생학
우회의 기관지인 〈학지광〉의 편집위원이 됨. 〈매일신보〉에 두 번째
장편 《개척자》를 연재.

1919년   '2·8 독립선언문' 수정에 참여. 임시정부의 기관지 독립신문의 사
장 겸 편집국장에 취임. 안창호의 홍사단 이념에 감명을 받음.

1920년   홍사단에 입단. 상해에서 시와 평론을 집필하여 국내에 보냄.

1921년   허영숙과 정식으로 결혼. 동아일보사, 조선일보사 등에서 언론 활동.
〈개벽〉에 〈민족 개조론〉을 발표하여 큰 물의를 일으킴.

1922년   '수양동맹회' 발기.

1923년   동아일보 입사.

1924년   〈동아일보〉에 〈민족적 경륜〉을 써 물의를 일으키고 퇴사. 김동인·김
소월·김안서·주요한 등과 '영대' 동인이 됨.

1925년   안창호의 지시로 평양의 동우구락부와 수양동맹회와 교섭하여 합
동을 교섭.

1926년   수양동우회 발족. 5월 동우회 기관지 〈동광〉을 창간하여 주요한과
함께 편집에 진력. 동아일보 편집국장 취임.

1927년   동아일보 편집국장 사직.

1928년   〈동아일보〉에 《단종애사》 연재.

1929년   《3인 시가집》(춘원·주요한·김동화)을 삼천리사에서 간행.

1931년   《무명씨전》을 〈동광〉에 연재.

1932년   〈동아일보〉에 《흙》 연재.

1933년   조선일보 부사장에 취임. 장편 《유정》을 〈조선일보〉에 연재.

1934년   조선일보 사직.

1935년   〈조선일보〉에 《이차돈의 사》를 연재.

1937년   동우회 사건으로 종로서에 피검. 서대문형무소에 수감됨.

1938년	단편 〈무명〉과 장편 《사랑》 집필에 착수함.
1939년	《세종대왕》 집필 착수. 김동인·박영희 등의 소위 '북지황군위문'에 협력함으로써 친일을 하기 시작함. 친일문학단체인 조선문인협회의 회장이 됨.
1940년	가야마 미쓰로香山光郎이라고 창씨개명. 총독부로부터 저작 재검열을 받아 《흙》, 《무정》 등 십 수 편이 판매금지처분을 받음.
1941년	동우회사건, 경성고법 상고심에서 전원 무죄를 선고받음. 태평양전쟁이 발발하자 각지를 순회하여 친일연설을 함.
1942년	장편 《원효대사》를 〈매일신보〉에 연재. 제1회 대동아문학자대회(동경)에 유진오, 박영희 등과 함께 참석.
1943년	조선문인보국회 이사. 〈징병제도의 감격과 용의〉, 〈학도여〉 등을 써서 학도병 지원을 권장. 이성근, 최남선 등과 함께 학병 권유차 동경에 다녀옴.
1944년	대동아문학자대회(중국 남경)에 다녀옴. 한글로 쓴 그의 저작은 모두 판매금지처분.
1946년	재산을 보호하기 위해 허영숙과 위장 합의이혼.
1947년	흥사단 요청으로 전기 《도산 안창호》 집필함.
1949년	반민특위에 체포되어 최남선과 서대문 형무소에 수감됨. 《사랑의 동명왕》 집필 시작. 《나의 고백》 집필.
1950년	유작 《운명》 집필. 6·25 전쟁 때 서울에서 인민군에 체포, 납북되어 10월 25일 자강도에서 폐결핵으로 사망.

01

이광수 중단편선집

소년의 비애

초판 1쇄 인쇄 2014년 6월 5일
초판 1쇄 발행 2014년 6월 16일

지은이 이광수
펴낸이 이범상
펴낸곳 (주)비전비엔피 · 애플북스

기획 편집 이경원 박월 윤자영 강찬양
디자인 김혜림 김경년 손은이
마케팅 한상철 이재필 김희정
전자책 김성화 김소연
관리 박석형 이다정

주소 121-894 서울특별시 마포구 잔다리로7길 12 (서교동)
전화 02) 338-2411 | **팩스** 02) 338-2413
홈페이지 www.visionbp.co.kr
이메일 visioncorea@naver.com
원고투고 editor@visionbp.co.kr

등록번호 제313-2007-000012호

ISBN 978-89-94353-38-8 04810

· 값은 뒤표지에 있습니다.
· 잘못된 책은 구입하신 서점에서 바꿔드립니다.

「이 도서의 국립중앙도서관 출판시도서목록(CIP)은 서지정보유통지원시스템 홈페이지(http://seoji.nl.go.kr)와 국가
자료공동목록시스템(http://www.nl.go.kr/kolisnet)에서 이용하실 수 있습니다.(CIP제어번호: CIP2014010425)」